JN074943

天官賜福

2

墨香銅臭

目次

用語

◆三界
——天界、人界（下界）、鬼界の三つを指す。

◆天界
——上天庭と中天庭に分かれており、上天庭は自らの力で飛昇した神官、中天庭は点将された神官で構成されている。

◆神官
——天界にいる神のこと。

◆飛昇
——修練を重ねて天劫を乗り越え、天に昇り神となること。

◆天劫
——試練として天から与えられる罰や災い。

◆点将
——飛昇した神官に配下として指名されて天に昇ること。

◆法力
——神官が持つ力。その源は「自身の修練」と「信徒の功徳」。

◆武神
——武道や戦を司る神。天界で武官を務めることがある。

◆文神
——文学や学問を司る神。天界で文官を務めることがある。

◆国主
——国王のこと。

◆国師
——道教あるいは仏教に造詣が深い人に王が与える尊称。王の師である場合もあり、政治面での助言もする。

◆鬼
——中国での鬼は死人（死体）もしくは死霊の化けたもの。知識に乏しい人間は、超自然的なものをすべて「鬼」で片付ける傾向がある。鬼は四等級に分けられ、等級は上から「絶」「凶」「厲」「悪」。

登場人物
花城—血雨探花—絶境鬼王
四大害の一人で、等級は「絶」。
神官からも恐れられる鬼王。
下界で謝憐と出会った時は、
少年の姿で「三郎」と
名乗っていた。
謝憐—太子殿下—花冠武神
四名景の一人。
二度天界を追われ、
八百年ぶりに
三度目の飛昇を果たした。
南風
中天庭の武官。
南陽殿に属する風信の配下。
扶揺
中天庭の武官。
玄真殿に属する慕情の配下。

天界

◆君吾（ジュンウー）―神武（シェンウー）大帝
―天界の第一武神。天帝。

◆風信（フォンシン）―南陽（ナンヤン）将軍
―東南を守護する武神。

◆慕情（ムーチン）―玄真（シュエンジェン）将軍
―西南を守護する武神。

◆霊文（リンウェン）―霊文（リンウェン）真君
―人事を司る女性の文神。

◆裴茗（ペイミン）―明光（ミングアン）将軍
―北方を守護する武神。

◆裴宿（ペイシュウ）―小裴（シャオペイ）将軍
―裴茗の子孫で、明光殿の補佐神。

◆師無渡（シーウードゥー）―水師（シュイシー）
―水を司る神。師青玄の兄。

◆師青玄（シーチンシュエン）―風師（フォンシー）
―風を司る神。師無渡の弟。

◆明儀（ミンイー）―地師（ディーシー）
―地を司る神。

◆郎千秋（ランチェンチウ）―泰華（タイホワ）殿下
―東方を守護する武神。

◆権一真（チュエンイージェン）―奇英（チーイン）殿下
―西方を守護する武神。

鬼界

◆戚容（チーロン）―青灯夜遊（せいとうやゆう）
―四大害で唯一、等級が「絶」に近い「凶」。青鬼（せいき）とも呼ばれる。

◆下弦月使（かげんげっし）
―花城の配下。元は上天庭の神官。

装画

日出的小太陽

第十六章　極楽坊携君問仙楽

——極楽坊であなたとともに仙楽について問う

　ふいに聞こえてきたその悲鳴に謝憐の心臓が大きく震え、考えるより先にぱっと体はそちらへ向かっていた。

「捕まえたぞ！」

「こいつ、もう一回殴り殺してやれ！」

「クソッ、このクソガキめ、どんだけ俺から食い物を盗みやがったんだ！　盗った分だけ体から削ぎ落としてやる！」

　路地の外では奇妙な姿をした大勢の妖魔鬼怪が円になって口々に叫んでいた。

「太子殿下、どうした？」

　師青玄が尋ねたが、謝憐はそれに答えず一歩また一歩と近づいていく。歩みはどんどん早くなり、最後には走りだして円の外側にいた者たちを押しのけた。

　そこに目をやると——真ん中で押さえつけられて殴られていたのは、ボロボロの服を着た少年だった。背格好からすると十五、六歳くらいで、地面で丸くなってガタガタ震えている。

　頭をしっかりと抱えているが、そこには何本ものぐちゃぐちゃに巻かれた包帯が絡まっていて、彼の髪と同様にひどく汚れていた。

　なんと彼は、謝憐が与君山で慌ただしく出会ったあと忽然と姿を消して、どれだけ捜索しても見つからなかったあの包帯の少年ではないか。

　どうりであれ以来少年の行方を捜索していた霊文殿がなんの成果も上げられなかったわけだ。天界の霊文殿は人界を捜索していたのだから、鬼界に逃げ込んでいた彼をどうやって見つけられるというのだろうか？

「このクソガキは俺よりも醜い化け物なんだろうよ。だからこれを剥がされるのが怖いんだ……」

　押しのけられて怒った数人の鬼が今度は謝憐を押しのけ、一人がそう言いながら少年の頭の包帯を引っ張る。すると憤った郎千秋が前に出ていって、その鬼たちを投げ飛ばしてしまった。

「貴様ら、何をしているんだ！」

「千秋、もう軽率な行動はしないって約束しただろう！」

　師青玄には止める暇もなく、ただ扇を振り下ろしてそう言うしかない。

　これで郎千秋がさらに多くの鬼たちを怒らせることになった。

「横槍を入れやがって、てめぇはなんなんだ！」

　罵声を浴びせながら鬼たちが次々に彼に向かって襲いかかってくる。

　郎千秋はそのまま彼らとボコボコに喧嘩を始めてしまった。

「風師殿、すみません。これで最後にしますから！」

「ああもう！　二度と君と一緒に巡視になんて出ないからな！」

　仕方なくそう叫んだ師青玄も、当然そのあとは加勢するしかない。とはいえ二人とも法力を使って霊光をさらすわけにもいかず、できるのはただ物理的に殴るか蹴るかだ。

　まだ少年を殴り続けていた一部の鬼たちは、謝憐に払いのけられた。身を屈めて少年を助け起こそうとした謝憐が「大丈夫か？」と声をかける。

　その声を聞いた途端、びくっと肩を震わせた少年は、おどおどした様子で謝憐を見た。

　顔を向けられ、謝憐はようやく気づいた。彼の顔に巻かれている包帯は血に濡れて赤黒くなっていて、ぞっとするような有様だった。その姿は前に別れた時よりもさらにひどくなっている。包帯の隙間から覗く大きな双眸は白目と黒目の境がはっきりしていて澄んでいるものの、謝憐の姿を映すその黒い瞳は恐怖に満ちていた。

「さあ、立って。もう大丈夫だから」

　謝憐は少年の腕を支えながらそう言ったが、彼は突然「ああっ」と大声で叫ぶと謝憐を突き飛ばし、飛び起きるなりそのまま逃げ出してしまった。

　少年はかつて人面疫を患っていた。つまり仙楽国と関わりがあるということで、謝憐は彼を見るとどうしてもひどく心をかき乱される。不意を突かれて防ぎようもなく、笠まで地面に落として唖然としてしまった。

「待って！」

追いかけようとしたが、先ほど彼に払いのけられた鬼たちがまたもや絡んできた。少年は賑わう長い通りに逃げ込み、大勢の鬼たちの間を身を屈めて何度かすり抜け、雑踏の中に紛れていく。こんな所では若邪で捕まえることも難しい。

「お二方、ここはお任せします！　ひとまず二手に分かれましょう。お二方はしっかりと身を隠してください。遅くとも三日後にはこの場所で集合しましょう！」

切羽詰まった状態でそう言った謝憐は、若邪で悪鬼数人を二人の方へと叩き飛ばす。身を屈めて笠を拾うと、少年が逃げた方へと一目散に走っていった。

「通してください！　通して！」

謝憐は叫びながらどうにか通りを突き進む。だが、長年人界で逃げ隠れしてきた少年の逃げ足は、当然ながら達者だった。頭が見えたかと思えば後ろ姿が見えたり、今度は一切見えなくなったりと、ますます遠ざかっていってしまう。気のせいかもしれないが、進むほどに通りはますます賑やかになっていくように思えた。人も鬼も押し合いへし合いしていて、通り抜けるのがより困難になってくる。焦って走っているうちに、謝憐はうっかりいくつもの屋台をひっくり返してしまった。

「すみません！　申し訳ない！」

慌てて謝罪するが、鬼がそう甘いはずもない。

「謝って済むとでも思ってんのか？　そいつをとっ捕まえろ！」

罵られ、ふいに何かに掴まれたような気がして背筋が寒くなった謝憐は、後ろに手を回してそれを払いのけた。

「誰だ!?」

掴んできたのは、どこからともなく現れた触手だった。大勢の鬼たちがありとあらゆる声を発しながら彼を取り囲む。

「おいおい、よくもこの鬼市で騒ぎを起こしやがったな。この優男をちょっと懲らしめてやろうじゃねぇか！」

鬼たちが大波のようにどっと押し寄せ、謝憐も少年もそれに流された。今にも少年を見失ってしまいそうになり、謝憐は必死でその触手を掴んで遠ざける。

「皆さん！　本当に申し訳ないんですが、わざとじゃないんです。あとで弁償の相談をさせていただきますので、先に人捜しをさせてもらえませんか？」

「そりゃ無理な相談だな！」

しつこく絡んでくる鬼たちと押し問答をしている間に、少年はとうとう姿を消してしまった。謝憐は呆然としたものの、相手を捕まえられず落胆しているのか、それとも悪夢が一つ去ったと感じているのか、正直なところ自分の気持ちがわからなかった。

その時、突然鬼たちが慌ただしく動きだし、自主的に左右に分かれて道を空けた。どうやら並々ならぬ人物がやってきたらしい。謝憐が我に返ると、すらりと背の高い黒衣の男が、人混みの中から真っすぐに歩いてくるのが見えた。

「皆さん、騒いでいないで早く放しなさい！」

黒衣の男は、通りにいる多くの妖魔鬼怪たちと同様に面を被っている。その面は仕様なく苦笑いをしているようなおかしなものだった。

「下弦月使が来たぞ！」

鬼たちが騒ぎだし、ようやく謝憐を解放する。どうやら男は鬼市の大物のようだ。

謝憐を見るや否や、男は一礼して言った。

「道長、城主様がお呼びです」

「え？　私をですか？」

謝憐は自分を指さして尋ねる。

「左様でございます。城主様が極楽坊にてずいぶんとお待ちでいらっしゃいます」

下弦月使の言葉に、辺り一面で息を呑む音がした。

「城主がお呼び？　俺の聞き間違いじゃないよな？　城主って言ったよな？」

「極楽坊だって？　あそこは城主の塒だぜ。誰かを誘ったことなんか今まで一度もないぞ！」

すると、別の通りから来た男が言った。

「ちょっと待て、こいつは今日鬼賭場で城主に勝った……いや、城主の指導を受けてたあの道長じゃないのか!?」

それぞれの少なくとも銅鈴ほどの大きさがある目でじろじろと見られてしまい、謝憐は笠を上げてその視線を遮らざるを得ない。

「どうぞ」

下弦月使に促された謝憐は、小さく頷いて彼のあとに続いた。

群衆が両側に避けて一本の道を作り、その鬼使は謝憐を案内しながら進んでいく。どういうことなのか確かめようとついてくる度胸のある者などおらず、一炷香後、二人は賑やかな大通りを離れてどんどん辺鄙な場所へと歩いていた。

その間、ほとんど会話はなく、今にも下弦月使が暗闇に紛れて見えなくなってしまいそうな気がして、謝憐は意識してぴったりと後ろについて歩く。何気なくこの鬼使の手首に目をやると、そこに黒い呪文の輪があることに気がついた。

謝憐にとって、これ以上よく知っているものは他にない。

呪枷!?

目を大きく見開いて声も出せずに驚愕していると、鬼使がふと「こちらでございます」と言うのが聞こえた。

顔を上げた謝憐は、自分が湖へと案内されたことに気づいた。水面ではたくさんのほの暗い鬼火が戯れている。そのほとりに、極彩色に輝く華麗な楼閣が一つ佇んでいた。

天界にも鬼界にも同じように華麗な建物がある。ただ、天界の楼閣は華麗さの中に重厚さと気品があるのに対し、鬼市の楼閣は艶めかしく華麗すぎて、軽薄な印象だった。この楼閣に大きく掲げられた「極楽坊」の三文字からも妖しい気配が漏れ出している。

すると、その中から不思議な歌声が聴こえてきた。ふわりと柔らかで麗しく、まるで大勢の女たちが軽やかな音楽に合わせて笑いながら歌い、あでやかに踊っているかのようだ。

歌声を辿るように謝憐はゆっくりと中に足を踏み入れた。珠簾を上げると、香りを纏った暖かな風がふわりと顔に当たり、そのみだりがわしい香りを避けるようにわずかに顔を背ける。

極楽坊の大殿には分厚い絨毯が敷かれていて、いったいなんの妖獣の毛皮なのか、なんとそれは一枚物だった。雪のような白い素足のままで、紗の衣を纏った大勢の美女たちが妖艶に体を躍動させ、自由に歌い踊っている。先ほどの歌声は彼女たちによるものだった。

思うままにくるくると回る女たちは、真夜中に咲く毒々しい棘のある薔薇を彷彿とさせた。謝懐の前を通る時には、誘惑するような視線を送ってくる。もし深夜に迷い込んだ者がこんな光景を目にしてしまったら、恐ろしいと感じるだろうか、それとも魅了されてしまうだろうか。だが、大殿全体をさっと見回した謝懐の視線はその女たちを素通りし、最初に目に入ったのは大殿の一番奥に座っている花城だった。

大殿の奥は墨玉〔黒い軟玉〕で作られた横長の寝台になっていて、十人ほどが横に並んでも寝られる大きさだ。そこにたった一人で座っている人物こそ、まさしく花城だった。

鬼界のあでやかな女たちが歌い踊っているというのに花城はそちらには目もくれず、退屈で仕方がないといった様子で目の前を見つめている。

彼の眼前にあるのは、金色に輝く小さな宮殿だった。一見すると天界の建物のように見える。さらによく見てみると、その宮殿は精巧に積み上げた金箔でできていて、彼が心ここにあらずといった様子で弄んでいるのもまた金箔だった。

金箔で宮殿を作る。これは謝懐が幼い頃に仙楽皇宮でよくしていた遊びだった。市井の子供が小石を積み上げて家を作るのと、実は大して変わらない。

年少の頃の謝懐は、何かにつけバラバラになっているよりもまとまっている方が好きな性分だった。どんなものであれ、まとまったものを崩すのが嫌で、完成したものを壊したくない。だから積み上げたものを誰にも触らせず、ずっと形が変わらないように糊でくっつけたくてたまらなかった。もっと幼い頃などは、積み上げて作った家が崩れているのを見ると、悲しくて食事は喉を通らなくなるわ、夜も眠れなくなるわで、父皇と母后にずっと宥めてもらわなければ治まらなかったくらいだ。

花城の前にある何層にもなっている宮殿は、おそらく百枚以上の金箔が積み重ねられていた。ぐらぐらしていて、「累卵の危うき」という言葉が脳裏をよぎる。そよ風一つ吹けば崩れ落ちてしまいそうで、謝憐は思わず心の中で「崩れるな、崩れるな」と唱えた。

ところが、しばしその宮殿を見つめていた花城は、突然明るく笑うと指を一本伸ばして小さな宮殿の上を軽く弾き——。

ガサーッと宮殿がまるごと崩れた。

金箔が床一面に散らばる。小さな宮殿を壊した花城は、まるで子供がおもちゃの積み木を倒した時のように少し楽しげな顔をしていた。

手で弄んでいた金箔を無造作に投げ捨てると、彼は寝台から飛び降りた。ひらひらと舞っていた若い女たちがすぐさま袖で口を覆って両脇に下がる。花城は床一面に輝く金の破片を踏みつけながら入り口に向かって歩いてきた。

「兄さん、来ていたならどうして中に入らないの？たった数日離れていただけで、三郎によそよそしくなった？」

その言葉を聞いた謝憐は、珠簾を下ろして答える。

「さっき賭場で知らないふりをしたのは三郎の方だろう」

既に花城は謝憐のそばまで歩み寄っていて、こう言った。

「郎千秋もいたし、ああでもして適当にあしらわないと兄さんに迷惑をかけてしまうと思って」

確かにあれはずいぶん適当にあしらっているという様子だったな、と謝憐は思った。もしかすると花城は鬼たちの中に紛れ込んでいた師青玄にも気づいていたかもしれない。

「相変わらず三郎はなんでも知ってるんだな」

謝憐が包み隠さずに言うと、花城が笑う。

「もちろんだよ。兄さん、今回はわざわざ俺に会いに来てくれたの？」

「……」

謝憐は胸に手を当てて自問した。もし花城がここにいることを知っていたなら、きっと休みを使って自ら会いに来ていただろう。けれど、今回は違う。

ところが、答えを待つことなく花城（ホワチョン）は小さく笑みを浮かべて言った。

「会いに来てくれたのでもそうでなくても、俺は嬉しいけどね」

それを聞いて謝憐（シエリエン）は一瞬ぽかんとした。彼が何かを言う前に、両脇で口を覆っている女たちがくすくす笑う声が聞こえてくる。

花城（ホワチョン）が顔を横に向けるや否や彼女たちが次々に頭を下げ、あっという間に一人残らず下がっていった。広く華麗な大殿の中にいるのは二人だけだ。

「兄さん、こっちに来て座ろう」

そう言った花城（ホワチョン）のあとを追った謝憐（シエリエン）は、彼を見つめて微笑みながら尋ねた。

「これが君の本来の姿だよな？」

花城（ホワチョン）の足取りがふと止まる。

気のせいかもしれないが、謝憐（シエリエン）には花城（ホワチョン）の肩がほんの一瞬強張（こわば）ったように感じられた。だが、次の瞬間、彼はいつもと変わらない表情で答える。

「言ったでしょう。今度会う時は、本来の姿を使うって」

「いいんじゃないかな」

にっこり笑った謝憐（シエリエン）は心からそう言った。からかうでもなく、慰めるでもなく、ごく自然に。

花城（ホワチョン）は今度こそいつも通りの顔で微笑む。数歩歩き、謝憐（シエリエン）はふいに大事なことを思い出して胸元にある例の銀の鎖を外した。

「そうだ。これ、君が置いていったものだよな？」

その指輪を目にして花城（ホワチョン）が笑顔を見せる。

「あなたに贈ったんだ」

「どういうこと？」

「大して貴重なものでもないし、遊び感覚で着けてくれればいいよ」

彼はそう言ったものの、謝憐（シエリエン）にはこれがきっととんでもなく貴重な品だろうことがわかる。けれど、こう答えた。

「それなら、ありがとう、三郎（サンラン）」

指輪を首にかけ直していると、花城（ホワチョン）の目が微かに光る。

「君が賭場で極楽坊に行くって言ったのを聞いた時、極楽坊って花柳（かりゅう）か何かだろうと思ったんだ。でも実際来てみたら、なんだか演舞場みたいなんだな」

　謝憐（シエリェン）が辺りを少し見回していると、花城（ホワチョン）は眉を跳ね上げた。

「何を言ってるんだい、兄さん。俺は今まで花柳みたいな場所になんて一度も行ったことがないよ」

　それを意外に思った謝憐（シエリェン）は驚いて「本当に？」と尋ねる。

「もちろん本当」

　墨玉の寝台のそばまで歩き、並んで座ると彼はまた口を開いた。

「ここは面白半分に建てた住処（すみか）の一つなんだ。暇な時にちょっと立ち寄って、そうじゃない時は放ってある」

「ここって君の家だったのか」

　謝憐（シエリェン）がそう言うと、花城（ホワチョン）は訂正するように言った。

「住処。家じゃないよ」

「違いがあるのか？」

「もちろんあるよ。家には家族がいる。一人で住む場所は家とは呼ばない」

　その言葉を聞いて、謝憐（シエリェン）の心は微かに揺れた。もしそうだとすれば、謝憐（シエリェン）には八百年以上「家」というものがなかったことになる。花城（ホワチョン）の顔には特にもの寂しい様子はないけれど、自分たちは似た者同士なのかもしれないと思った。

「もし家があったら、たとえ菩薺観（ぼせいかん）みたいな小さな所でも、この極楽坊より千倍も万倍もいい」

　謝憐（シエリェン）もその通りだとしみじみ思って微笑む。

「三郎（サンラン）って意外と人情深いんだな。でも菩薺観とここを比べられるとさすがに恥ずかしいよ」

　それに花城（ホワチョン）はハハッと笑った。

「どこが恥ずかしいの？　確かに兄さんの菩薺観は小さいけど、極楽坊よりずっと居心地がいいと思うよ。家って感じがする」

「そうかな？　じゃあ、君さえ嫌じゃなかったら気が向いた時に泊まりに来ればいい。菩薺観はいつでも君を歓迎するよ」

　穏やかな声で謝憐（シエリェン）がそう言うと、花城（ホワチョン）の眉と目が弧を描く。

「兄さん、言ったね。それなら遠慮なくお言葉に甘えることにしよう。今後も俺を邪険にしないでほしいな」

「しない、しない！　そうだ、三郎、ちょっとお願いがあるんだけど、時間はあるかな？」

「何？　俺のところにいるんだし、何かあるなら気にせず言って」

「前に与君山で仕事をした時に、私の故国に少し関係がありそうな少年に出会ったんだ」

　花城は何も言わずに少し薄目になる。謝憐はそのまま言葉を続けた。

「その子は怖がって逃げてしまって、長い間捜していたんだけど見つからなくて。でもさっき君の鬼市を歩いていたら彼がここに逃げ込んでいたことがわかったんだ。三郎はここの主だし、ちょっと捜すのを手伝ってもらえないかな？　その少年は顔中を包帯で覆っていて、ついさっき街から逃げていったんだ」

「わかった、大丈夫だよ。兄さんは何も心配しないで待っていて」

　花城が笑いながらそう言うと、謝憐はほっと息をついた。

「いつも本当にすまない。ありがとう」

「これくらいどうってことないよ。ところで郎千秋は置き去りにしてきたの？」

　ここに郎千秋がいたら、今度は馬鹿正直にどんな騒ぎを起こすか知れたものではない。やはりあとで合流しようと思いつつ、謝憐はさりげなく言った。

「さっきの賭場では泰華殿下が迷惑をかけてしまって申し訳ない」

　すると、花城の顔にまたあの少し馬鹿にしたような笑みが浮かぶ。

「なんだ、そんなこと。あいつには迷惑って言えるほどのことなんてできやしないよ」

「彼が壊したものは……」

「兄さんに免じて、あいつが壊したものの弁償は帳消しにしておくよ。一人で勝手にうろうろしていればいいんだ、俺の視界に入らない所でね」

「三郎、君は神官が自分の領地をうろついていても構わないのか？」

　まさか花城はそこまで怖いものなしなのだろうか？

花城は笑って答えた。

「あなたが知らないだけだよ、兄さん。三界の誰も彼もが口を開けばこの場所を堕落地獄だの百鬼夜行だのって言うけど、実際は皆一度来てみたいと思ってるんだ。天界の神官だって建前上は軽蔑したり唾棄したりしているけど、裏では何か人に知られたらまずいことがある度にこっそり変装して来てるのをもう何度となく見てるしね。騒ぎを起こしさえしなければ俺の知ったことじゃないし、何か起きたら一網打尽にするのに好都合だ」

「泰華殿下はわざと騒ぎを起こしたわけじゃないんだ。ただああいう賭けを見てどうしても止めなければと思ってつい衝動的になってしまったというか」

それに花城は淡々とした声音で言った。

「それはあいつが浅はかだからだよ。自分の寿命を十年延ばすか、それとも敵の寿命を十年縮めるか選べと言われたら迷わず後者を選ぶ。それが人間だ」

花城は腕を組んで言葉を続ける。

「郎千秋みたいな馬鹿でも飛昇できるなんて、天界も人材不足なんだな」

謝憐は少々自信なさげに眉間を揉んだ。

（そんな言い方しなくても。何せ私みたいなのでも……三回も飛昇してるんだから……）

しばしためらい、謝憐は口を開く。

「三郎、今から言うことは少し差し出がましいかもしれないけど、やっぱり一言言っておくよ。君のあの賭場はかなり危険だけど、問題が起きたりしないのか？」

息子や娘、人の生死を賭けるなど罪深いこと甚だしい。しかも細々とやるならまだしも、規模が大きくなりすぎると天界も遅かれ早かれ看過できなくなるだろう。それを聞いた花城は、謝憐をちらりと見やった。

「殿下、郎千秋にどうして飛び出していったのか聞いてみた？」

なぜ突然そんなことを尋ねてきたのかわからず、謝憐は少しきょとんとする。

「これは俺の推測だけど、あいつはきっとあなたにこう言ったはずだ。自分が飛び出さなければ、他に出ていこうとする人なんていなかったって」

まさにその通りだ。正確に言い当てているし、郎（ラン）千秋（チエンチウ）という人物を見抜いている。

「その通りだよ」

「なら俺は真逆だ。こういう場所は自分で掌握（しょうあく）しておかないと結局別の誰かが押さえにくる。他人に押さえられるよりは自分で掌握しておいた方がいい」

いつものことながら人とのつき合い方というものを心得ている謝憐（シエリエン）は、「わかった」と頷いた。

花城（ホワチョン）は感情豊かで自分に正直だが、謝憐（シエリエン）が想像している以上にいかに場を掌握するかということに気を配っているらしい。

「でも兄さんが心配してくれるのはありがたいな」

花城（ホワチョン）がそう言ったその時、扉の外から男の声が聞こえた。

「城主。見つけて連れて参りました」

謝憐（シエリエン）が入り口に目をやると、下弦月使が珠簾の外側に立って低頭（ていとう）している。彼が掴まえているのはボロボロの服を着たあの包帯の少年だった。

そちらに顔を向けることなく花城（ホワチョン）が「連れてこい」と命じる。

下弦月使はすぐさま少年を掴み上げたまま入ってくると、そっと床に下ろした。謝憐（シエリエン）は彼の手首に本当に呪枷があるかどうか確認したかったのだが、彼は一礼してすぐに下がっていってしまった。

それよりも今は注意を向けなければならない者がいる。謝憐（シエリエン）はまずその少年に向かって言った。

「怖がらないで。この前は私が悪かった。もう二度とあんなふうにはならないから」

少年は落ち着かない様子で、信じられないとばかりに大きく目を見開く。もう逃げる気力もないのか、はたまた逃げられやしないと思っているのか、彼は謝憐（シエリエン）をちらりと見やり、それから墨玉の寝台の上にある小卓（しょうたく）に目を向けた。

視線の先を追うと、小卓の上に色鮮やかな果物が盛られた皿が置かれているのが目に入った。おそらくずっと逃げ通しで何日も食べていなかったのだろう。

「好きにして構わない。俺に断る必要はないよ」

向き直った謝憐（シエリエン）が何かを言う前に、花城（ホワチョン）はそう言った。

謝憐(シエリェン)は遠慮することなく「ありがとう」と礼を言い、果物の載った皿を手に取って包帯の少年に差し出す。ぱっと皿を奪い取った少年は、それらをまるごと口の中に押し込み始めた。

どうやら本当にひどく腹を空かせていたようだ。謝憐(シエリェン)が最も落ちぶれて野良犬のように飢えていた頃でさえ、ここまで貪(むさぼ)り食うような真似はしなかったかもしれない。

「落ち着いて」

そう声をかけた謝憐(シエリェン)は、少し間を置いてから試しに「名前を教えてくれる?」と尋ねてみた。

少年は食べながらもごもごと何かを言おうとしているが、はっきりと言葉を発することができない。

「長年誰とも話をしていなかったから、話し方がわからなくなったのかもしれない」

花城(ホワチョン)にそう言われた謝憐(シエリェン)はため息をついた。確かにこの少年は小蛍(シャオイン)とすらほとんど会話をしたことがなかったようだから、おそらくかなり昔からこの状態だったのだろう。

「焦らずにいこう」

皿の果物はあっという間に平らげられた。彼の頭に巻かれている包帯が血で赤黒く染まっているのを見た謝憐(シエリェン)は、しばらく考えてから優しく話しかけてみた。

「顔に傷があるね。かなりひどいようだから看(み)てあげるよ」

そう言った途端、少年の目にまた恐怖の色が浮かぶ。だが、謝憐(シエリェン)が優しく声をかけ続けると、彼はようやくその場に腰を下ろした。袖の中から粉薬の入った瓶を取り出した謝憐(シエリェン)は、少年の頭に巻かれている乱れた包帯をゆっくりと外す。

思った通り少年の顔は肉が爛(ただ)れて血まみれになっていたが、あの恐ろしい人面はすべて消えていて残っているのは真っ赤な傷痕だけだ。

前回、与君山で会った時には顔に火傷(やけど)があったが、包帯にこれほど血はついていなかった。あのあと、少年はきっと人面疫で現れた人面を刃物で削ぎ落としたり切り刻んだりしたのだろう。

少年の顔に粉薬を塗る謝憐(シエリェン)の手が微かに震える。その時、花城(ホワチョン)が彼の手首を押さえた。

「俺がやるよ」

だが、首を横に振った謝憐（シエリェン）は、そっとその手をほどくと低い声で言った。

「大丈夫。自分でやる」

八百年前の仙楽国の皇城（こうじょう）で人面疫に感染した大勢の人々も、追い詰められて皆その方法を選んだのだ。あの光景はまさに地獄だった。切ってはいけない所を誤って切ってしまい、出血多量で死んでいった者もいれば、人面を取り除いたものの、その傷痕が二度と治らなかった者もいた。

謝憐（シエリェン）は新しい包帯をぐるぐると巻いていくうちに、この少年の容貌が非常に端整だということに気がついた。鼻筋が通っていて、双眸は白目と黒目がくっきりとしている。もともとは秀麗な少年だっただろうに、こんな息を呑むような容貌に成り果ててしまったのだ。

彼もまたあの人々と同じだった。たとえ奇形の人面を取り除いたとしても、一目見ただけで悪夢にうなされそうな顔は、そのまま永遠に元に戻ることはない。


やっとのことで新しい包帯を巻き終わった謝憐（シエリェン）は、震える声で尋ねた。

「君は……仙楽国の人間なのか？」

少年の大きな瞳が彼を捉（とら）える。謝憐（シエリェン）がもう一度尋ねると、彼は首を横に振った。

「じゃあ君はいったい何者なんだ？」

「……永安（えいあん）！」

少年がなんとかそう答える。

人面疫は仙楽国でしか蔓延（まんえん）していない。だが、この少年は永安国の人間だったのだ！

一瞬目の前が暗くなった謝憐（シエリェン）は、口走るように言った。

「君は白衣禍世（はくいかせい）を見たことはあるか？」

白衣禍世。疫病（えきびょう）の根源であり、不吉の象徴——。

血雨探花（けつうたんか）が世に出る以前は、彼こそが諸天の神々の悪夢だった。もし君吾（ジュンウー）が自ら彼を排除していなければ、おそらくこの悪夢は今日（こんにち）まで続いていただろう。

かの「絶（ぜつ）」の鬼は万年真っ白な喪服（もふく）を着て大きな袖をはためかせ、顔には悲喜面（ひきめん）を被っていた。

悲喜面とは、右半分が泣き顔で左半分が笑顔という、喜んでいるのか悲しんでいるのかわからないような面だ。彼が目撃されるということは、その地が近いうちに大乱に陥る(おちい)ということを意味する。

最後の戦いで仙楽皇城の城楼(じょうろう)の上に立った謝憐(シエリエン)は、黒い灰と涙にまみれた顔のまま呆然と下を見下ろしていた。ぼんやりした視界の中、城外一面のおびただしい死体の中で、たった一つ白い人影が大きな袖をひらひらとなびかせながら立っているのがはっきりと見えた。

謝憐(シエリエン)が見下ろすと、白い幽霊も顔を上げる。そして謝憐(シエリエン)の方を見やると、彼に手を振ってみせたのだ。

その悲喜面は、数百年の時を経てもなお謝憐(シエリエン)につきまとう夢魘(むえん)だった。

少年はどうやら「白衣禍世」がなんなのかよくわからないようで、ただ戸惑ったように謝憐(シエリエン)を見つめていたのだが、突然「ああっ！」と大声を上げた。知らず知らずのうちに謝憐(シエリエン)は彼の肩を掴み、その手に力をこめてしまっていたらしい。彼が叫んだことではたと我に返った謝憐(シエリエン)は慌てて手を放し、「すまない」と詫(わ)びた。

「疲れすぎてるんだ。ひとまず休もう」

花城(ホワチョン)が低い声でそう言い終わるや否や、大殿の脇にある小さな扉が開いた。優雅な足取りで入ってきた二人の女が少年を連れて下がっていく。少年がしきりにこちらを振り返るので、謝憐(シエリエン)は「大丈夫、あとでまた会いに行くから」と言った。

花城(ホワチョン)は謝憐(シエリエン)の方に向き直る。

「あなたもとりあえず座って休んで。あいつにはしばらく会わない方がいい。何か聞きたいことがあるなら俺が口を割らせるから」

花城(ホワチョン)の「口を割らせる」といういささか不穏(ふおん)な言い草に謝憐(シエリエン)は慌てた。

「大丈夫。彼が何も言えないならもういいんだ。焦らずゆっくりいこう」

「あの少年をどうするつもり？」

隣に来て並んで座った花城(ホワチョン)に尋ねられ、しばし考える。

「とりあえずそばに置いて、面倒を見ながら考えるよ」

「あいつは鬼であって人じゃない。鬼市に残した方がいい。ここなら食い扶持が一つ増えたところでどうってことはないから」

「ありがとう、三郎。でも……私が面倒を見るって言ったのは、ただ養うっていう意味だけじゃないんだ」

確かに鬼市は花城の縄張りで、彼の庇護があれば誰も少年を傷つけることなどできなくなるし、飢えることもないだろう。けれど、一番大切なのはあの少年の心と言葉をきちんと整え、正常な状態に戻るようゆっくりと導いてやることだ。鬼市は賑やかだが魔物も跋扈しているため、そうするのに適切な場所だとは言い難い。謝憐には自分以外に根気よくあの少年を導いてくれそうな者をどうしても思いつけなかった。

「あの子を捜し出してくれただけでも君にすごく感謝してるんだ。これ以上君の手を煩わせるわけにはいかないよ」

「手を煩わすなんてことはないよ。俺のところにいるんだ。必要なものがあったら言ってくれればいいし、行きたい場所があるなら行ったらいい」

あまり納得はしていないようだったが、花城はそれ以上何も口出しすることはなかった。

その時、唐突に謝憐は異変を感じた。花城が腰に佩いている湾刀が突如として変化したように見えたのだ。

下を向いた謝憐は驚いた。湾刀の柄に銀の目が一つ彫られている。目の模様は数本の銀色の線で形作られているだけなのだが、簡素ながらもとても生き生きしていて、まるで命が宿っているかのようだ。最初見えていなかったのは、目が閉じられていて一本の線のようになっていたからだ。ところが今、開いた目から赤い宝石のような瞳が現れ、くるりと回転したのだ。

花城もそれに気づき、低い声で言った。

「兄さん、ちょっと席を外すよ。すぐに戻るから」

「非常事態の知らせか？」

（まさか風師殿と千秋が鬼市で法身を現したんじゃないよな？）

「私も一緒に行くよ」

そう言って立ち上がろうとすると、花城がそっと謝憐を押し戻した。

「安心して、泰華殿下たちじゃない。兄さんが行く必要はないよ、ここに座っていて」

そう言われてしまった以上、謝憐も無理に同行するわけにはいかない。

身を翻して大殿の入り口へ歩きだした花城が離れた所から手を振ると、珠簾がひとりでに左右に分かれた。そして彼が出ていくとそれはぱちぱちと軽快な澄んだ音を立てながら元に戻る。

しばらく墨玉の寝台の上でじっと座っていた謝憐だったが、ここに来た目的を思い出して立ち上がった。先ほどの若い女二人が下がっていった小さな扉を通り抜けると、花園が目に入ってくる。その中に朱塗りの回廊があったが、誰もいなかった。

謝憐がどこへ向かうべきか迷っていると、黒い後ろ姿がさっと通り過ぎていくのが見えた。

あの後ろ姿は間違いなく下弦月使だ！

彼の手首にあった呪枷を思い返すと、やはりかなり気にかかる。先ほどの彼の動きは人目を憚っているかのようだったため、謝憐は物音を立てないよう息を殺して尾行した。

その男が消えた角を曲がった謝憐は、塀の角にぴたりとくっつきながらこっそり辺りを窺う。男の動きは素早く前後左右と周囲を気にしていて、やはりかなり警戒しているようだ。

（下弦月使は三郎の配下のはずだよな。三郎の縄張りでどうしてここまでこそこそする必要があるんだ？）

何か企みがあるのかもしれないと疑った謝憐は、同じように姿を隠してあとを追った。

下弦月使は何度も角を曲がって方向を変え、謝憐はその彼から三、四丈後ろを終始息を殺してついていく。

やがて長い廊下に入ると突き当たりに大きく華麗な扉があった。

（今振り返られたら隠れる場所がないな）

そう思った途端、あろうことか下弦月使が立ち止まってこちらを振り返るのが見えた。

彼が足を止めた瞬間に謝憐は嫌な予感がした。すんでのところで若邪が飛び出し、頭上の木の梁に巻きついて謝憐を一番高い場所まで吊り上げると、そこにぴたりと張りつける。

　振り向いたもののそこに誰もいなかったため、下弦月使は上を確認しようとはせずに身を翻してそのまま先へと進んでいった。

　とはいえ早々に下に下りるのはどうかと思った謝憐は、守宮にでもなったような気持ちで天井にくっついたまま音を立てないよう前進する。幸い相手はそう長く歩くことなくあの華麗な扉の前で立ち止まった。謝憐もまたその場に留まって様子を窺う。

　扉の前にはあでやかな女人の石像があったのだが、むろん謝憐の角度から見えるのは丸い頭と手に持っている丸い玉盤だけだ。ところが下弦月使は扉を開けずに女官像の方を向いて手を上げると、玉盤に何かを放り込んだ。コロコロと澄んだ音が二度聞こえ、謝憐は察した。

（賽か？）

　今日はこの音を何度も聞いていたので、きっとしばらくの間は忘れられないだろう。案の定、下弦月使が手をどかせると玉盤の中には賽が二つあり、どちらの目も真っ赤な六点だった。

　それでようやく賽を収めた下弦月使が、扉を開けて中に入っていく。扉は施錠されておらず、彼が入ったあとも無造作に扉を閉めただけで錠を下ろしたり閂をかけたりする音は聞こえてこない。しばらく待った謝憐は、紙切れのようにひらりと降り立つと腕を組みながらその扉を探ってみた。

　理屈で考えれば、この建物はさほど大きくもなく、中で何かをしていれば音が漏れてくるはずだ。ところが、下弦月使が扉を閉めて中に入ったあと、建物の中からは一切物音がしていない。謝憐は手を上げて扉を押してみた。

　案の定、扉を開けても中には誰もおらず、見たところ華麗ではあるものの、なんの変哲もない小部屋だった。部屋の装飾や調度品の配置からして、隠し通路があるとも考えられない。

　扉を閉めた謝憐は、傍らにある女官像とその手に持っている玉盤を思案するように眺めた。

　どうやらからくりはこの玉盤の中の二つの賽にあ

るようだ。

やはりこの部屋には錠が下ろされている。ただし、目に見える錠ではなく法術(ほうじゅつ)の錠だ。

この錠を開けるには鍵、あるいは合言葉が必要なのだ。賽を振って玉盤に二つの「六」の目を出さないと、扉は本当の目的地へは繋がらないということだ。

だが、謝憐(シエリエン)にはこの場で「六」の目を二つ出すなど絶対に不可能だ。建物を眺めてため息をつくしかなく、しばし扉の前をうろうろしたあと、その場を離れて引き返した。しばらく歩き、謝憐(シエリエン)は唐突に歩みを止める。正面から歩いてきたのは、腰に細長い銀色の湾刀を佩いたすらりと背の高い紅衣(こうい)の男だった。花城(ホワチョン)だ。

「兄さん、ずいぶん捜したよ」

腕を組んで歩きながら彼がそう言う。

出かけた時と同じ姿だったが、腰の湾刀が鞘(さや)から出されていた。鞘と一緒にぶら下がっていて、それが歩く度に紅衣の裾(すそ)辺りでカチャカチャと音を立てる様子は非常に尊大だ。厄命(オーミン)の柄にある銀色の日は既に閉じていた。

「あの子の様子を見に行こうと思ったんだけど、ここが広すぎて道に迷ってしまったんだ」

謝憐(シエリエン)は落ち着いた様子で答える。

花城(ホワチョン)に先ほどの出来事を伝えるつもりだったのだが、喉元まで出かけた言葉をなぜか飲み込んでしまった。

今回この鬼市に来たのは失踪した神官の行方を内密に調査するためだ。疑わしいと思われる手がかりは一つとして見逃すわけにはいかない。もしかすると失踪した神官はあの部屋の中に閉じ込められているかもしれないのだ。

まずはなんとかあの扉の中に入って確認することだ。この二つが無関係ならば、ただちに配下の妙な行動を花城(ホワチョン)に知らせなければならない。けれど、もし関係しているのならば……。

「あいつに会いたいなら俺が誰かに連れてこさせるから、わざわざ捜しに行かなくてもいいのに」

謝憐(シエリエン)を連れて引き返しながら花城(ホワチョン)がそう言う。後ろ暗い気持ちがあるせいか、花城(ホワチョン)に答える謝憐(シエリエン)の口調が思わず柔らかくなった。

「うん……君の方はもう片づいたのかな？」

「片づいたよ。また能無しのゴミどもが恥をさらしていただけだった」

「青鬼戚容が騒ぎを起こしに来たのか？」

「ゴミ」という言葉とその言い草に聞き覚えがあり、謝憐が推測しつつ尋ねると花城は笑って答えた。

「そうだよ。言ったでしょう？　誰もがここに目をつけているって。あのゴミが鬼市を欲しがり始めてもう一、二年どころじゃないけど、奴は欲しいと思うのが関の山でね。羨ましくてしょっちゅう下っ端のゴミどもを送り込んで嫌がらせをしてくるんだ。いつものことだよ。そんなのどうでもいいから、ちょうど兄さんに見せたい場所があるんだ。兄さん、一緒に来てくれる？」

「もちろん」と謝憐は快諾した。

　長い廊下をいくつか通り抜け、花城は謝憐を重厚な大殿の前へと案内した。

　大殿の扉は精錬された鉄で造られているらしく、凶猛な悪獣が彫られていて見る者の背筋をぞっとさせる。花城が近づくと猛獣たちが自ずから両側に分かれて扉が開いた。まだ中に入ってもいないというのに、謝憐は正面から襲いかかる殺気を感じた。手の甲に青い筋が浮かび上がり、若邪が攻撃態勢に入る。

　だが、中の様子を確認した謝憐は、瞬きをすると一瞬で警戒を解いた。足が勝手に動いて中へと誘う。

　大殿の四面の壁には様々な武器が陳列されていた。刀、剣、矛、盾、鞭、錘……なんとここは武器庫だったのだ！

　四方八方を様々な武器に囲まれたこんな武器庫の中にいれば、男ならば誰しも天に昇ったような気持ちになり血が騒ぐに違いない。謝憐も例外ではなく、目を見開いて面を輝かせた。こんな表情になったのは君吾の武器庫に行った時以来だ。

　傍から見れば穏やかな様子のままだが、既に気持ちが高揚しすぎて言葉さえも詰まってしまった。

「さ……触ってもいいかな？」

「兄さんの好きにしていいよ」

花城が笑って言うと、謝憐の手がすぐさまそれらに触れた。さまざまな武器や法宝の間で我を忘れて夢中になる。

「これは……全部貴重なものばかりだよ！　この剣は素晴らしいな。一対多数での戦いですごい能力を発揮できそうだ。これもまたすごい剣だよ！　待てよ、こっちの刀もかなり……」

扉に寄りかかった花城は、頬を紅潮させて熱中している謝憐を見つめている。

「兄さん、どうかな？」

尋ねられた謝憐は、振り返ることすら惜しむように武器を見つめたまま言った。

「どうって、何が？」

「好き？」

「好きだよ」

「すごく好き？」

「すごく好き！」

花城が密かに一回笑ったようだったが、謝憐はそれにまったく気づいていない。胸を高鳴らせながら、冷たく冴え渡る四尺もの剣を鞘から抜き出してしきりに驚嘆している。

「兄さん、気に入ったものはある？」

「気に入ったよ、全部気に入った」

謝憐はきらきらと面を輝かせて繰り返し絶賛した。

「兄さんは使い勝手が良さそうな武器を持っていないから、気に入ったものがあれば一本持っていったらって言おうと思ってたんだけどね。兄さんがそう言うんだったら全部あげちゃおうかな？」

「いやいやいや、いいよ。私は別に使いやすい武器なんていらないし」

花城の言葉を聞いた謝憐は、慌ててそう言った。

「そう？　でも兄さんはすごく剣が好きみたいだけど」

「好きだからって必ずしも手に入れたいわけじゃないだろう。もう長いこと使ってないし、見てるだけですごく楽しいから。それに全部もらっても置く場所がないし」

「そんなの簡単だよ。この建物ごと兄さんにあげれば解決じゃない？」

それが冗談だとばかり思って謝憐は微笑んだ。

「こんな大きな建物なんて持って帰れないよ」

「持って帰らなくても土地ごとあげるから、暇な時にいつでもこいつらを見に来て」

「いいよ、いいよ。武器庫はしょっちゅう掃除したり手入れしたりする人が必要だし、私がこの子たちを粗末に扱ってしまわないかって心配になるから」

剣を丁寧に棚に戻し、謝憐はしみじみと言った。

「昔は私にもこんな武器庫があったんだけど、焼き払われたんだ。ここの武器はどれも貴重な法宝だから、三郎には大切にしてあげてほしいな」

「それも簡単。手が空いた時に俺が兄さんの代わりに片づけに来ればいいだけじゃない？」

「そんなの頼めるわけないじゃないか。鬼王閣下に雑用をさせるなんて畏れ多いだろう？」

笑った謝憐は、ふと出発前に君吾に言われた戒めを思い出した。

『湾刀厄命、あれは呪いの刃であり不吉な刀だ。あのような邪の武器は、残忍に生贄を捧げ、血にまみれる決意があってこそ精錬できるものだ。あれに触れることも、傷つけられることも決してあってはならない。そうなれば、結果がどうなるか予測できない』

少し考えてから、謝憐は尋ねる。

「でも三郎、ここの武器はどれも君の湾刀厄命には敵わないだろう？」

すると花城が左の眉を少し跳ね上げた。

「へえ？　兄さんも聞いたことがあるんだ？　俺のこの刀のこと」

「噂で少しね」

その答えに花城がくすくすと笑う。

「当ててみようか。きっとろくな噂じゃないだろうけど。この刀は邪悪な血の儀式で作られたとか、人間を生贄にしたとか、誰かに言われたんじゃない？」

相変わらずの鋭い洞察力だ。

「まあ、そこまでじゃないけど。誰にでも良くない噂くらいあるものだし、だからって誰もがそれを信じるっていうわけじゃないしね。私が運良く伝説の湾刀厄命を見せてもらえる機会はあるのかな？」

「実はもうとっくに見てるんだ、兄さん」

花城は謝憐に数歩近づくと、小さな声で言った。

「ほら。兄さん、これが厄命(オーミン)だよ」

花城(ホワチョン)が腰に佩いている刀の目が再び開いて、ぐるりと回った瞳が謝憐(シエリエン)の方を向く。錯覚かもしれないが、謝憐(シエリエン)にはその銀の目が微かに細められたような気がした。

第十七章　借運道夜探極楽坊

運気を借り夜分極楽坊を探る

身を屈めた謝憐は、「こんばんは」と声をかける。

挨拶をするとその目はさらに細められ、まるで笑っているかのように弧を描く。大きな目は右に左にと活発に回転し、まるで刀の柄に彫ってある模様などではなく本当に人の体についている目のようだ。

それを見た花城が口角を上げた。

「兄さん、こいつはあなたのことが好きみたいだ」

謝憐が顔を上げて「本当に？」と尋ねると、花城は眉を跳ね上げる。

「うん、本当。こいつは好きじゃない奴にはまったく見向きもしないから。厄命が誰かを好きになるなんてかなり珍しいことだよ」

それを聞いた謝憐は、厄命に向かって「そうなんだ、どうもありがとう」と笑いかけ、それから花城に向き直った。

「私もこの子のことがすごく好きだな」

それを聞いた厄命は、何度も瞬きをすると花城の腰にぶら下がったまま突然震えだす。花城は理があるというように厳しい口調で「駄目だ」と言った。

「何が駄目なんだ？」

謝憐が尋ねると、花城はまた「駄目だ」と繰り返す。

厄命は謝憐の目の前に飛んでいきたくてたまらないように震えている。

「君はその子に駄目だって言ってるのか？」

不思議に思って尋ねると、花城は真剣な面持ちで謝憐に向かって言った。

「そうだよ。こいつはあなたに撫でてほしがってるんだ。だから駄目だって言ってる」

「それの何が駄目なんだ？」

にっこりと笑った謝憐が手を伸ばす。厄命は期待に満ちたようにぱっと大きく目を見開いた。

（目を突いたらすごく痛いだろうから、ここは触っちゃ駄目だな）

そう思った謝憐は、手を下ろして刀身の曲線に沿ってそっと二度撫でてみた。目はこれ以上ないほど細められ、気持ち良くてたまらないといった感じで受け入れながらさらに激しく震える。

撫でている謝憐(シエリェン)は妙な気持ちになった。動物にはそこそこ好かれる質(たち)で、昔は毛がふわふわの猫や犬を撫でれば、気持ち良さそうに懐に潜り込んできた。そしてこんなふうに目を細めてゴロゴロと喉を鳴らしていたものだ。しかし、ひやりと冷たい銀色の湾刀、しかも伝説の呪いの刃を撫でていて、まさか子犬を撫でているのと同じような感覚になるとは思いもしなかった。これのどこが血に飢えた妖刀、不吉な刃だというのだろう?

元から信じていなかったこともあって、自分の目で確認した謝憐(シエリェン)はそんな悪口を「信じるに値せず」という紙くずの山に捨てた。邪悪な血の儀式でこんなに可愛い霊識(れいしき)〔霊物が持つ意識〕を作り出せるはずがない。

二人して武器庫で名剣や宝刀を一通り品評したあと、興奮気味に出てきた謝憐(シエリェン)は、さらに自分から花(ホワ)城(チョン)の手を取って一緒に極楽坊へと戻った。

あの少年も全身を洗い、身なりを整えて連れられてきた。綺麗な服に着替え、包帯も真っ白なものに替えられている。相変わらず頭と顔に隙間なく包帯が巻かれているが、それでも見違えるようだ。

手足が長くほっそりしていて、本来なら修行に適した将来性のある体格だ。なのに今の彼は俯(うつむ)いて背を丸め、顔を上げるのすら怖がって萎縮(いしゅく)した姿で、嘆かわしい限りだ。

謝憐(シエリェン)は、少年の手を引いて一緒に座った。

「小蛍(シャオイン)殿は亡くなる間際に私に君を託して、私もそれを承諾した。でもやっぱり君本人の気持ちも聞いておかないといけない。これから先、私と修行する気はあるかい?」

少年は自分を修行に連れていってくれる人がいるなんて信じられないようで、ためらいと期待が入り交じった様子で呆然と謝憐(シエリェン)を見つめる。

「私のところに来てもいい暮らしができるとは言えないけど、それでもあちこち逃げ隠れしたり食べ物を盗んで殴られたりする心配がないことは保証するよ」

横目で少年を冷ややかに見つめている花城（ホワチョン）の視線に、少なからず見定めるような意味合いが含まれていることに謝憐（シエリェン）は気づいていなかった。

「自分の名前を思い出せないなら、新しくつけようか」

謝憐（シエリェン）が穏やかに言うと、少年は少し考えて「蛍（イン）」と口にする。

そこに小蛍（シャオイン）を偲（しの）ぶ気持ちが込められていると察して、謝憐（シエリェン）は頷いた。

「いいね。すごくいい名前だ。君は永安人で永安国の国姓（こくせい）〔王の姓〕は郎（ラン）だから、これからは郎蛍（ランイン）と名乗るのはどうだろう？」

少年はようやくゆっくりと頷く。それは彼が自分についてくると決めたという意味だと謝憐（シエリェン）は理解した。

それから宴（うたげ）が開かれた。これは花城（ホワチョン）が謝憐（シエリェン）のためにわざわざ用意した小規模な宴だったのだが、その豪華さときたら、何十人もてなすほどの大規模な宴に勝るとも劣らないものだった。それぞれ珍味や美酒、果物や点心が載った玉盤を捧げ持った数十人の美女たちが、大殿を走馬灯のようにゆっくり周りながら歩き、墨玉の寝台を通る度に手に持っている玉盤を恭（うやうや）しく差し出す。郎蛍（ランイン）はただ見ているだけで手を出そうとしないので、謝憐（シエリェン）が皿をいくつか彼の目の前に押し出してやると、ようやくゆっくり手に取って食べ始めた。

そんな少年を眺めていた謝憐（シエリェン）の脳裏に、ある光景がぼんやりと浮かんできた。

同じように顔中に包帯を巻いている薄汚れた少年が、供物皿を抱えて地面にしゃがみ込み、俯いて皿の中の果物や点心をがつがつとかき込んでいる光景だ。

その時、紫の紗の衣を身に纏ったしとやかな美女が酒杯を差し出した。花城（ホワチョン）が手を上げて酒を注ぐ。

「兄さん、一杯どう？」

先ほどから他のことに気を取られて上の空だった謝憐（シエリェン）は、無造作にそれを受け取って口に流し込んだ。飲んだ瞬間にそれが酒だと気づいて、視線を戻す。その時、あろうことか酒を持ってきてくれた若い女が、花城の後ろから艶っぽく目配せをしてきた。
謝憐は思わずその場で「ぶっ……」と吹き出した。

幸い口に入れた酒はすべて飲み込んでいたが、ただむせてしまって咳が止まらない。それに驚いた郎蛍が持っていた菓子を卓に落としてしまったため、謝憐は咳き込みながら「大丈夫、大丈夫だから」と言った。

「どうしたの？　この酒、兄さんの口には合わなかったかな？」

背をそっと叩きながら花城が尋ねてくる。それに謝憐は慌てて答えた。

「そうじゃないんだ！　すごくいい酒だよ。ただ、私の修行の道は禁酒しないといけないことを急に思い出して」

「そうなんだ？　それは申し訳ないことをしてしまったな。俺のせいで兄さんに禁を破らせてしまうなんて」

「君は何も悪くないよ。私がうっかりしてたんだ」

眉間を少し揉みながら振り返った謝憐は、さりげなく大殿の中央に目を向けた。

酒杯を運んできた女は彼に背を向けて優雅に歩いていて、その後ろ姿や足取りは実に魅惑的だ。花城は自分の手元を見ているか謝憐をひたすら見つめているかで、美女たちには目もくれない。当然、この女の顔も注視などしていなかった。だが、謝憐には先ほど何気なくちらりと見た瞬間にはっきりわかった。

酒を運んできたしとやかな美女は、風師青玄ではないか？

（風師殿、まさか極楽坊に潜入するためにわざわざ女相で紛れ込んでくるなんて……）

あの艶っぽい目配せに本気で驚いてしまった謝憐は、気持ちを落ち着かせたくて、やっぱり酒を持ってきてくれと言いたくなってしまった。

その時、花城が何気なくぽつりと呟く。

「修行って、自由に生きるためのものだと思ってた。あれもこれも控えなきゃならないなら、いっそやらない方がましだ。兄さんはどう思う？」

すぐに平静を取り戻した謝憐は、何事もなかったように答えた。

「それはどういう修行をするかによるんじゃないかな。そういうことを重要視しない宗派もあるしね。でも私の修行の道は通例として酒と色欲を断つ必要があるんだ。酒はたまにならいいけど、後者は決して禁を犯してはいけない」

「色欲を断つ」という言葉を口にした時、花城の右の眉が微かに跳ね上がった。その表情は喜んでいるのか、それとも少し厄介だと思っているのかわからない。

「実はもう一つ、怒りへの戒めもある。例えば賭場みたいに浮き沈みが激しい場所では怒りが生まれやすいから、これも断つべきなんだ。でも感情をしっかり制御できて、勝とうが負けようが動じなければ敢えて賭け事を控える必要はない」

　謝憐がそうつけ加えると、花城がハハッと笑う。

「どうりで兄さんが賭場へ遊びに来たわけだ」

　話は回り回って、謝憐はようやく自然な会話の流れで「賭け」という言葉を引き出した。

「それはそうと、三郎の賭け事の腕前は相当すごいな」

「別に、ただ運がいいだけだよ」

「……」

　思わず黙り込んだ謝憐は、自分と比べて悲しい気持ちになってきた。

「本当にすごく気になってるんだ、からかわないでくれよ。賽の振り方って、本当に何か秘訣があるのか？」

　そうでなければ、花城も賭場で何度も思い通りの数を出せはしなかっただろうし、あの下弦月使にしても一発で六の目を二つ出せるはずがない。だが、花城は笑って答えた。

「兄さんをからかうなんてとんでもない。秘訣はもちろんあるよ。ただ、一日頑張ったくらいじゃ無理だし、頑張ったところで誰でも身につけられるってわけじゃない」

　謝憐もおそらくこういう答えが返ってくるだろうと予想していたが、花城がさらにつけ加える。

「でも、すぐに身につける方法を教えてあげる。兄さんの思い通りの結果が出るし、百戦百勝できるって保証するよ」

「どんな方法なんだ？」

花城は右手を上げた。中指に赤い糸を結んでいる右手だ。手の甲でその赤い糸が小さな蝶結びにされていて、とても色鮮やかで美しい。

「手を貸して」

謝憐には訳がわからなかったが、彼が貸せと言うのだからと手を預ける。花城の手は温かくはないのだが、決して冷たいわけでもなかった。謝憐の手をしばらく握った花城は、少し微笑むと手のひらを返して賽を二つ取り出す。

「試してみる？」

謝憐が心の中で二つとも六と唱えて賽を振ると、コロコロと転がって真っ赤な「六」の目が二つ出た。

「コツはなんなんだ？」

「コツなんてないよ。俺の運を兄さんに少し貸しただけ」

「運って、法力みたいに貸し借りできるものなのか？」

謝憐が不思議に思って尋ねると、花城は笑って答える。

「もちろんできるよ。兄さんが今度誰かと賭けをする時は、まず俺のところに来ればいいよ。いくらでも貸すし、相手は間違いなく百年経っても立ち直れないくらいボロ負けする」

二人で向かい合って数十回試してみて、確かにその通りだと確認した謝憐は、少し疲れたと告げた。花城は配下に命じて先に郎蛍を連れていかせ、謝憐のことは自分で直接部屋まで案内する。

紅衣の後ろ姿がゆっくり遠ざかっていくのを見送ると、謝憐は扉を閉め、卓のそばに座って額を押さえた。花城が親切にしてくれればくれるほど気がとがめる。

（三郎の私への態度は本当に非の打ち所がないんだよな。今回のことはどうか三郎とは無関係であってほしい。真相が判明したらすぐにでも事情を打ち明けて謝らないと）

そうして座っていると、ほどなくして扉の外から誰かが呼んでいる声が微かに聞こえてきた。

「殿下……殿下……太子殿下……」

その声を聞いて、すぐさま立ち上がって扉を開けに行くと、外にいた人物が素早く中に入ってくる。案の定、女相の師青玄だった。

　師青玄は、まだ鬼界の女の衣装を着たままだ。薄手ではあるが下品ではない紗の衣を身に纏っていて、腰回りは非常に細く縛っている。部屋に転がり込んでくるなり男の姿に戻ると、倒れたまま胸元を押さえて言った。

「息ができない！　窒息する！　もう最悪だよ、こんなので締めつけられて死ぬかと思った！」

　謝憐がさっと扉を閉めて振り向くと、目に入ってきたのは、妖艶な紫色の紗の衣を纏った男が床に寝転がって胸元を締めつけている服と腰紐を引きちぎっている姿だった。直視できなくて思わず手で目を覆う。

「風師殿……風師殿！　元の白い道袍に戻れないんですか？」

「私は馬鹿なのか？　こんな真夜中にあんな真っ白い道服を着るなんて、私に的になれとでも？」

（いや……今のその格好の方がある意味余計に目立って攻撃の的にしたくなるだろう！）

　謝憐は心の中でそう思いつつ、しゃがみ込んで尋ねた。

「風師殿はどうして潜入してきたんですか？　三日後に集まろうって言いませんでしたっけ？」

「しょうがないだろう！　道で聞いてみたら皆が太子殿下は極楽坊に連れていかれたって言うし、極楽坊なんてまさに鬼王の巣だろう？　名前からしてまともじゃないし、遠巻きに見てみたら雰囲気は淫らだし、ここは絶対にいかがわしい場所に違いないって思ったら君の安否が気になって、かなり苦労して潜り込んだんだからね。ここに来てから本当についてないよ。おばさんとお嬢さんたちに引っぱり回されて顔の手入れをさせられるわ、任務のために恥を忍んでこんな格好をしないといけないわ、ここまで大きな犠牲を払ったのは初めてだよ」

（あなたはそれを明らかに楽しんでますよね、風師殿……）

　心の中でそう突っ込みつつ、謝憐は言った。

「泰華殿下はどちらに？　彼を一人にしてしまって、また何か起きなければいいんですが」

胸元を締めつけている服と腰紐をすべてむしり取り、ようやく一息入れた師青玄（シーチンシュエン）は、ほっとした様子で床に寝転がっている。

「安心して！　私が先輩として二度と勝手な行動をしないようにって命令しておいたから、もう面倒は起こさないはずだ。それにしても太子殿下、君は本当に運がいいんだね！」

「え？　私がですか？　運がいいですって？」

「そうだよ。私と千秋（チエンチウ）は鬼市では散々でさ、吊るされて腰帯を引っ張られるなんて辱（はずかし）めを受けたり、泊まる宿が見つからなくて犬みたいに彷徨（さまよ）ったりしてたのに、君はいいものを食べていい酒を飲んで、いい所に泊まって、しかも血雨探花が接待してくれてるんだぞ！」

……そうやって比べると確かにかなり悲惨だ。

「それで太子殿下。今回鬼市に来た目的はちゃんと覚えているよね？」

ようやく起き上がった師青玄（シーチンシュエン）が言うと、謝憐（シエリェン）は真顔で答えた。

「もちろん覚えています。さっきも極楽坊で任務のための準備をしていたんです」

それに師青玄（シーチンシュエン）は疑わしげな様子で尋ねる。

「本当に？　極楽坊でどんな準備をしてたんだ？　君が血雨探花と二人で賽を振って遊んでたのは覚えているけどね。しかもちゃんとやらずに、君があいつの手を触ったり、あいつが君の手を触ったりで、どんな新しい遊び方なんだ？」

「……」

思わず謝憐（シエリェン）は黙り込む。

「風師（フォンシー）殿、変な言い方をしないでくださいよ。ただ練習をしてただけです。極楽坊の中で手がかりを見つけたので調査中なんですが、もっと調べるには少し運が必要でして」

右手を上げた謝憐（シエリェン）は、まるで手の中に何かを捕まえたようにしっかり握ると、眉根を寄せて言った。

「借りてきました」

音もなくひっそりと扉から出た二人は、二炷香後、無事あの建物を見つけた。

女官像の前に立った謝憐（シエリェン）は、花城（ホワチョン）からもらった賽を二つ取り出し、しばらく息を止めてからそっと振る。「コロン、コロン」と軽い音が聞こえると、思った通り一発で真っ赤な「六」の目が二つ出た。

ほっと息をついたが、この運は花城が極楽坊で手を取って自分に貸してくれたものだと思うとさらに気が引ける。謝憐の後ろめたそうな表情を見た師青玄が軽く肩を叩いた。

「ここまで来たんだから今は前向きに考えよう。でも私が君だったら、気まずくなりたくないし、帝君に頼まれても引き受けたりしないかな」

小さく首を横に振った謝憐は、師青玄は君吾のことをよくわかっていないと思った。今回の件について、確かに謝憐にはやりづらい部分があり、君吾もそれを理解している。謝憐が知っている君吾は、こういう場合、謝憐には何も知らせることなく他の神官を派遣して任務を遂行させるはずだ。しかし、君吾は明らかに差し支えがあるのを承知の上で、敢えて謝憐にどうするかと尋ねてきた。

その意味はただ一つ。君吾はこの件に関して他に適任者を見つけられず、やむを得ず謝憐に頼んだのだ。

それに、行方不明になっている神官が七日前に助けを求める信号を出していて、花城もまた七日前に立ち去ったというこの偶然の一致は非常に気になるところだ。

ため息をついて賽を収めた謝憐は、扉を押し開けた。扉の中は先ほどのあのなんの変哲もない小部屋などではなく、黒々とした洞窟だった。地下の奥深くへと続く階段があり、下から冷たい風がひゅうひゅうと吹き上げてくる。

謝憐と師青玄は顔を見合わせて頷くと、前後に並んで洞窟の奥へと歩きだす。

前を歩く師青玄が指をパチンと鳴らし、掌心焔を手に乗せて足下の階段を照らした。謝憐はそっと扉を閉めて、背後を警戒しながらそのあとに続く。

階段を下りながら、謝憐は師青玄にあることについて尋ねた。

「風師殿、ここ数百年の間に上天庭でどなたか貶謫された神官はいますか？　私を除いての話ですが」

「いるよ。でもそんなことを聞いてどうするんだ？」

「鬼市の下弦月使の手首に呪枷があるのを見たんで

す。上天庭の神官だったとしか考えられないでしょう」

　その言葉に師青玄（シーチンシュエン）が驚く。

「なんだって？　呪枷？　血雨探花は上天庭の元神官を自分の配下にしてるのか？　さすがに調子に乗りすぎじゃない？」

「それほどでもないでしょう。既に天界に属してはいないわけですし、だったらどこへ行こうが個人の自由ですから。もともと詮索するつもりはなかったんですが、ただあの鬼使の挙動が少し気がかりで、彼の正体について何か心当たりがないか風師（フォンシー）殿に聞いてみたかったんです」

　しばし考え、師青玄（シーチンシュエン）は口を開いた。

「確かにここ数百年で西方の武神（ぶしん）が一人貶謫（へんたく）されている。当時はかなり大騒ぎになったんだ」

　西方？　西方の武神というと権一真（チュエンイージェン）ではないのか？

「でも、あの殿下が鬼界で鬼使なんかになるとは思えないな！　ちゃんとした門派（もんぱ）の出身だし、流されやすい気質でもないからね」


　それならばどうして貶謫（へんたく）されたのだろうか？　謝憐（シエリエン）がさらに尋ねようとしたその時、六十段以上あった石段を下りてようやく平らな場所に出た。

　そこは五、六人が横に並んで通れるくらいの分かれ道のない地下道だった。道は一本だけで、前は暗闇、後ろは地上に通じる階段、左右両側は分厚い壁だ。どこに行けばいいのか悩む必要もなく、ただひたすら前に向かって歩けばいい。

　ところが、地下道に沿って二百歩ほど歩いたところで氷のような冷たい石壁が目の前に現れ、行く手を遮った。

「ここで行き止まりって、あり得ないだろう？」

　そう言った師青玄（シーチンシュエン）は、片手に炎を乗せ、もう片方の手で何か仕掛けがないかと壁を探る。目眩（めくら）ましを解く法術の印をいくつか結んでみたが壁はびくともせず、万策尽きて「ぶち抜こうか？」と言った。

「それだと大きな音が出すぎて、極楽坊全体が騒ぎになってしまいますよ」

　師青玄（シーチンシュエン）は壁に手を押し当てて霊力を送り込み、しばらくすると手を引っ込めた。

「ぶち抜こうとしても無理だね。この壁の厚みは少なくとも十丈はありそうだ」

しかし、謝憐は確かに下弦月使が中に入っていくところを見たし、彼が陰でこそこそしていたのは、こんな行き止まりで座禅を組んで瞑想するためではないだろう。きっと他に何か方法があるはずだと二人は辺りを念入りに調べる。そう経たないうちに、謝憐が言った。

「風師殿、床を見てください。何かあるみたいです」

床を指さすと師青玄がすぐに手のひらを下ろし、二人でそこにしゃがみ込む。

この地下道の床には、小さな扉ほどの大きさの四角い石板が無数に敷き詰められていた。石壁の手前、彼らが踏んでいる石板の上には絵が描かれている。さほど大きくなく、人が賽を投げている小さな絵だ。

「もしかするとここも上のあの扉と同じで、正しい賽の目を出さないと石壁を開けられないってことじゃないかな？」

そう言って師青玄が顔を上げると、謝憐は小さく頷いた。

「そうみたいですね。ただ私は下弦月使をここまで尾行したわけじゃないので、通れる目がいくつなのかわからないんですよ」

「もうここまで来ちゃったんだし、引き返して調べ直すのも現実的じゃない。とりあえず適当に一回振ってみようよ」

「風師殿が試してみてください。私は……借りてきた運があと何回持つのかわからないので」

謝憐が賛同して言うと、師青玄は遠慮することなく賽を受け取って床に投げる。

「どう？」

出た目は「二」と「五」だった。しばらく待っても石壁が動くことはなく、謝憐は賽をしまう。

「やっぱり駄目ですね」

だが、師青玄が唐突に言った。

「太子殿下、足元を見て。絵が変わった！」

それを聞いて謝憐はすぐに下を向く。もともと四角い石板の上にあったのは、人が賽で遊んでいる小さな絵だったのだが、徐々に色褪せてからまた次第に濃くなり、丸々と太った黒くて長い虫のように見える絵に変わった。

「なんだこれ？」

師青玄の言葉に謝憐は推察しつつ答える。

「ミミズ？　ヒルかな？　そういうものに似てますね。田んぼの中にたくさんいるのをよく見かけましたよ」

「いったい何をしたらそんなものをよく見かける……」

その言葉を言い終わらないうちに、師青玄の姿が消えた。

師青玄だけでなく謝憐までも消える。先ほど師青玄が「見かける」と言ったと同時に足元の石板が消えた感覚がして、次の瞬間、二人は床に開いた穴の中に落下した。

なんと、石壁は扉ではなく正真正銘ただの石壁で、彼らが踏んでいた四角い石板こそが本物の扉だったのだ。賽を振ったあと、その扉は突然開いてまたすぐに閉じ、しばらく空中を落下した謝憐と師青玄は地面に叩きつけられた。

幸い地面がとてもふんわりと軟らかかったので、人型の深い窪みが二つできただけで済んだ。叩きつけられた痛みも特になく、すぐに立ち上がろうとしたが、二人とも頭を天井にぶつけてしまい、同時に「あっ」と声を上げる。謝憐が片手を頭に当てつつもう片方の手で上を探ってみると、手に触れたのは足元と同じ軟らかく湿っぽい土だった。

石板はない。あの石の扉もとっくに跡形もなく消えている。

先ほど落下した際に師青玄の掌心焔は消えてしまったが、また新たに燃やして辺りを明るく照らす。それでようやく自分たちが土の洞穴の中にいることに気づいた。

円形になっているこの洞穴は壁がすべて土で、人工的に掘られた形跡はないようだ。

「ここはなんなんだ？　私が間違った目を出したからここに放り込まれたのかな？」

額を揉みながら尋ねた師青玄に、謝憐はしばし考えてから言った。

「その可能性が高いですね。あの石の扉が消えてしまっているということは、私たちを帰すつもりはないということでしょう。まずはなんとかして脱出しないと」

　相談して二人は道なりに前へと進んだ。この洞穴は曲がりくねっている上に大人が真っすぐ立つのが困難なほど天井が低く、腰を屈めて歩くか這って進むしかないため、遅々として進まずかなり大変だった。しかも洞穴の空気は湿って温かく、おまけにこの土が厄介で、一歩踏み出す度に足を取られる。時々土の中で腐敗した動植物の死骸を踏んでしまうこともあった。謝憐（シエリエン）は顔色一つ変えなかったが、師青玄（シーチンシュエン）の方は全身に鳥肌を立たせている。

　歩けば歩くほど謝憐（シエリエン）は何かがおかしいと感じた。

「風師（フォンシー）殿、もっと速く歩かないといけないかもしれません。ここは……」

　その時、「ゴゴゴゴッ」という奇妙な轟音が響いた。

　音と同時に洞穴全体が微かに振動し、上から細かい土がパラパラと落ちてくる。顔を見合わせた二人は、何も言わずに轟音がする方向と反対側に向かって飛ぶように走った。

　だが、その轟音と震動は自分たちよりも遥かに速い速度で暴れ回りながら、どんどん迫ってくる。二人は曲がりくねった洞穴を倒（こ）けつ転（まろ）びつ必死で逃げたが、出口は見えず一筋の光すらない。それどころか、彼らが向かっている方向からも同じような轟音と震動が響いてきたのだ！

　前も後ろも塞がれ、二人とも立ち止まるしかない。すると「ゴゴゴゴッ」というずっしりとした巨体が土の中を通り抜ける音とともに、二匹の巨大な虫が蠢（うごめ）きながら二人の目の前に現れた。

　ぶくぶくと太った巨大な虫は、紫がかった黒い体でわずかに透明な皮があり、体は節くれ立っていて目も脚もなく、頭はどちらも尖った肉塊にしか見えない。とんでもなく長いミミズとしか言いようがなかった。

　あの石の扉から放り込まれたのは、ミミズの化け物の巣だったのだ！

　謝憐（シエリエン）が片手を前にかざすと、若邪（ルオイエ）が臨戦態勢になる。師青玄（シーチンシュエン）はどこからともなく風師扇（フォンシーせん）を取り出したが、残念なことにこの狭い地下では狂風を起こすことができない。もし起こせたとしても自分が吹き飛ばされて気絶してしまう可能性もあり、上等な法宝もここでは効果を発揮させるのが難しいだろう。

その時、謝憐（シエリエン）はミミズが光と熱を怖がることを思い出した。

「風師（フォンシー）殿、すみませんが私に少し法力を貸していただけませんか。それと、掌心焔を大きくしてください！」

師青玄（シーチンシュエン）は謝憐（シエリエン）と左手をパチンと合わせ、言われた通り右手の炎を数寸（すん）高く燃え上がらせる。謝憐（シエリエン）も素早く明るい掌心焔を出した。すると案の定、焼けつくような熱い炎を感じた二匹のミミズは身を縮めて一丈ほど後ずさる。炎の威力を借りた二人は、ミミズとの距離を保ちつつ出口を探してゆっくり前進していった。

だが、洞穴は狭く、大きな炎が燃えていると二匹のミミズが熱を怖がるだけではなく、時間が経つにつれ謝憐（シエリエン）と師青玄（シーチンシュエン）も暑さで汗が止まらなくなってきた。まるで窯（かま）の中にいるようで苦しくてたまらない。さらに恐ろしいのは、師青玄（シーチンシュエン）が法力で炎を出し続けているのだが、その掌心焔がどんどん小さくなっているように見えることだ。それに気づいた二匹のミミズも、怖くて逃げたい一心というほどでもなくなっている。

さらに数歩進んだところで、謝憐（シエリエン）は微かに息苦しさを感じた。

「風師（フォンシー）殿、この掌心焔は長くは持たないかもしれません。土が湿って軟らかいとはいえ結局は地中の奥深い所ですし、そのうち空気の流れが止まれば火は消えて、私たちも気を失ってしまいます」

「だったらもう縮地千里（しゅくちせんり）を使うしかないな」

師青玄（シーチンシュエン）が意を決したように言う。

二人とも陣を描く余裕などなく、地形も極めて不向きだがもう他に方法がない。

「平らな場所を探します」

そう口にしたまさにその時、謝憐（シエリエン）はあまり湿っていない地面を踏んだ感覚を覚えた。それが石板のように思えて、はっとしてすぐさま身を屈めて調べる。

案の定、これも石の扉だった！

この扉の上にも人が賽を振っている小さな絵が描かれている。師青玄が大喜びでそれを踏んだ。

「早く早く！　早く賽を振ってこれを開けて！」

賽を振ろうとした謝憐は、ふと思った。

（もっとかけ離れた目が出て、もっと恐ろしい場所に繋がったりしたらまずいな）

「あなたがやってください！」

賽を差し出すと、師青玄はためらうことなく即座にそれを掴んで投げる。

コロコロ――。

今度は「三」と「四」だ。

謝憐はすぐさま賽を収め、二人で扉の上に立つ。師青玄の手にある掌心焔はさらに一回り小さくなっていて、ミミズが今にも動きだしそうだ。謝憐が扉の絵を注意深く見つめていると、絵は徐々に薄れていき、また違う絵に変わった。それは森の中で奇妙な服を着た人々が一人を囲んで踊っているような小さな絵だ。

その時、とうとう抑えきれなくなったミミズが口を開けて重い体を引きずりながら突進してきた！

幸いなことに、二人との距離がわずか三尺となった瞬間、石の扉が突如として開いた！

またもや二人は狭い穴の中に落ちる。ただ、今回の地面はカチカチに硬く、狭い上に乾燥していた。ぶつかって一塊になって叩きつけられたせいで、痛くてたまらない。謝憐は痛みを堪えるのに慣れているため声を上げることもなかったが、師青玄が大声で叫んだ。謝憐はその叫び声で耳が痛くなったものの、何かあったのかもしれないと心配になって尋ねる。

「風師殿、大丈夫ですか？」

「大丈夫かどうか自分でもわからないよ。今まで一度もこんなふうに落ちたことなんてないんだから。太子殿下、君との仕事は本当にすっごく刺激的だね」

師青玄は頭が下、足が上になった姿勢のままそう答える。

それを聞いた謝憐は思わず吹き出してしまった。その時初めて自分たちが木の洞の中に落ちたことに気づく。

どうにか先に洞から出た謝憐(シエリエン)は、師青玄(シーチンシュエン)に手を差し出した。

「本当にお疲れ様です」

「どういたしまして」

謝憐(シエリエン)の手を掴んで木の洞から抜け出した師青玄(シーチンシュエン)は、頭も顔も埃だらけで紗の衣もボロボロになっていた。外の日差しが眩しいのか、眉間に手を当てて陽光を遮る。

「ここはどこだろう？」

「ご覧の通り、深い森の中ですね」

謝憐(シエリエン)はそう言って辺りを見回した。

「この扉は縮地千里の術専用の法器(ほうき)と同じなんじゃないでしょうか。違う目を出せばそれに応じた場所に送られるというような。さっき私たちが出した目は正しかったんでしょうか？」

師青玄(シーチンシュエン)はむき出しになったままの腕を組み、真剣な様子で言う。

「縮地千里は一回使うだけで大量の法力を消耗するんだよ。秘密を人目に触れないようにするためにわざわざこんな法器を作るなんて、血雨探花は法力が強くて深い謀略を巡らす質(たち)ってことか」

真剣な表情で話しているが、脚と腕がむき出しになった散々な姿では、あまりに不釣り合いでかえって笑いが込み上げてくる。必死で堪えた謝憐(シエリエン)は、花城(ホワチョン)が軽く口角を上げるあの顔が思い浮かんで首を横に振った。

(深い謀略って言うより……ただ悪戯(いたずら)好きなだけなんじゃないかな)

木の洞から外に出てたった数歩のところで、突然周囲の茂みの陰から裸の集団が飛び出してきた。二人を取り囲んで叫びながら跳ね回る。

「うおおおおおおおっ！」

「……」

二人ともこれ以上ないほど驚愕した。

「今度は何？」

師青玄(シーチンシュエン)がそう言うと、謝憐(シエリエン)は手を上げる。

「落ち着いて、皆さんも落ち着いてください。とりあえず様子を見ましょう」

よく見てみると別に彼らは真っ裸というわけではなく、体に獣の皮や木の葉を纏っていて、原始人のような姿だった。先端に鋭利な石が縛りつけてある長い木の槍を手に持ち、二人に向かってにやりと笑う口の中はすべてのこぎりの歯のように鋭く尖っている。

二人は何も言わず一目散にその場から逃げ出した。

「昔、兄さんがよく言ってたよ！　南の山奥には野人の妖怪がいて人を食うんだって！　一人でそんな所に行かないようにって！　まさか今出くわしたのがそれじゃないよね⁉」

師青玄が走りながらそう言うと、逃げ慣れていて姿勢も身のこなしも師青玄よりかなり余裕がある謝憐は冷静に答えた。

「ええ、その可能性は高いですね！　とにかく扉を見つけないと。とりあえず他に石の扉がないか探してみましょう！」

野人たちが背後から大声で叫びながら執拗に追いかけてくる。そもそも、謝師の二人には逃げるしか道はなく、反撃はできなかった。なぜなら、神官が下界に降りた際、許可なく法力を使って一般人を制圧してはならないという天界の決まりがあるからだ。この規則は、神官が法力を使って人間を虐げたり、権勢を笠に着て悪事を働いたりするのを防ぐためにある。だが、野人たちは二人に向かって尖った石や木の枝を何度も投げつけ、ふいにその木の枝が師青玄の頬を掠めた。

これが逆鱗に触れてしまった。師青玄が顔に触れると薄く血の痕がつき、彼はすぐさま激怒した。

「こらぁ！」

いきなり足を止めて振り返る。

「貴様ら、この世間知らずの山奥の野人どもが、この風師に相対して屈服しないどころか、よくも私の顔に傷をつけてくれたな‼　言語道断‼」

怒鳴った師青玄がにわかに風師扇を取り出し、さっと開いて振りあおぐと——野人たちはあっという間に地面から舞い上がって数丈先まで吹き飛ばされ、木に引っかかってぎゃあぎゃあと喚いた。二人はようやく立ち止まって、大きく息をつく。ぜいぜい喘ぎながら、謝憐の脳裏にまたあの考えが浮かんだ。

（神官って本当に大変だ……人も鬼も神も、楽なものなんてないな……）

鬱憤をぶちまけた師青玄は、謝憐に向かって言う。

「太子殿下、見てたよね。これはあいつらの自業自得！　法力を使って虐めたんじゃないから」

「ええ、その通りです。見てましたよ」

「兄さんですらこんなことしないのに」

　また顔を撫でた師青玄は、ぶつぶつ呟いてから振り返る。

「石の扉を探しに行こうか」

　謝憐は黙って頷いた。

　師青玄が衣をさっと翻して髪を整える姿を見ていると、実に爽やかだ。けれど、身に纏っているのはボロボロに破れた紗の衣で、爽やかさの中にどうしても珍妙な雰囲気が混ざり、それが目に焼きついてしまう。

　謝憐は深い感慨を抱かずにはいられなかった。半月関で初めて会った時のことを思い返すと、風師殿はいかにも神仙らしい姿で、この人は間違いなく奥深い人物だと感じた。絶世の妖道か、そうでなければ仙人だと思わせるほどだったのだ。ところが、親しくなってみてようやくわかった。それはまったくもって自分の錯覚だった……。

　二人は当てもなく森の中をぐるぐると歩き回り、ついに別の木の洞の近くで石の扉を見つけた。今度の師青玄はなぜか賽を振ろうとせず、少し頭をかく。

「どうしてかわからないんだけど、今まで私はいつでも幸運ってわけにはいかなくても、いつでも不運っていうほどでもなかったんだ。でも今日はどうも調子が悪いみたい。二回振って二回はミミズの洞穴で、もう一回は野人の妖怪だろう。次は何が出てくるかわからないよ」

　謝憐は申し訳なさそうに軽く咳払いをした。

「もしかすると、私がそばにいるせいであなたの運まで悪くなっているのかもしれません」

「何を言ってるんだよ！　この風師に他人の運の悪さがうつるわけがないだろう！　でもやっぱり君がやってみて。もしかしたら君の三郎が貸してくれた運がまだ少し残ってるかもしれないし」

「君の三郎」という言葉を聞いて、謝憐は気恥ずかしさを感じてしまった。何か説明をしなければと思ったが、よくよく考えると何を説明すればいいのだろうか？　変にこだわるのもおかしいと思い、それ以上何も言わず賽を手に取ってそっと転がした。

二つとも「六」。

しばし息を殺し、謝憐は石の扉の上にある絵が変化していくのを注意深く見つめる。これから何が起きてもいいように心の準備をしておかなければと思ったが、今度は絵にはなんの変化もなく石の扉がゴロゴロと音を立てながら開いた。

扉の中にはまたもや暗い石段があり、地中の奥深くまで続いていていて、冷気がひゅうひゅうと上がってくる。

顔を見合わせた二人は、心の中で同じことを思った。

（あれだけ大変な目に遭ったのに、結局一周回って元の場所に戻ってきたってことか？）

たとえ元の場所だろうがこれ以上猟奇的な危険に遭遇するよりましだし、もううんざりだった。二人は迷うことなく中に足を踏み入れる。背後で扉が重々しく閉まり、手を伸ばしてみると、つるりとした石壁の感触がした。

「そのまま下りるしかなさそうですね」

「はぁ、そうだね。一息ついたら、またいけ好かない血雨探花の遊びにつき合ってやろうじゃないか！」

謝憐の言葉に師青玄もそう答え、二人は再び石段を下りて四角い地下通路を進んでいく。二百歩ほど歩いたところで、謝憐は次第にあることに気づいた。

「朗報です、風師殿。ここは私たちが最初に歩いていたあの地下道じゃありません。かなり似てはいますけど」

師青玄もそれに気づいたらしい。

「確かに。あの時は二百歩も歩いたら石壁に当たったけど、今はそうじゃない」

「どうやら今回は正解だったみたいですね」

謝憐が静かな声でそう言い終わるや否や、二人は歩みを止めた。

前方の暗闇から血のにおいが漂ってきたのだ。

同時に、男の苦しげな息遣いも聞こえてくる。

二人はぴくりとも動かず、一言も発さない。明かりも火もないというのに相手は彼らが来たことに気づいたのか、立ち止まった途端、向こうから冷たい言葉が浴びせられた。

「何も話す気はない」

男の低い声を聞いた師青玄（シーチンシュエン）が、すぐさま掌心焔を燃え上がらせた。

第十八章　極楽化土芳心再臨

焦土と化した極楽、芳心国師再び

いきなり火を灯すとは思いもせず、謝憐には止める暇もなかった。非常に明るいその炎が黒衣の男の姿を照らし出す。

　その男は、通路の突き当たりにある石壁に寄りかかって俯いていた。顔は紙のように青白く黒い髪も乱れていたが、その中に見える澄んだ力強い双眸は、冷たく燃える氷を思わせる。あぐらをかいて座っているものの、立ちこめる濃い血のにおいは彼が大怪我を負ってここに監禁されていることをまざまざと物語っていた。先ほど男が「何も話す気はない」と言ったのは、おそらく二人が自分のことを拷問しにやってきた誰かだと思ったからだろう。

「君だったのか！」

　その男の顔がはっきり見えると、師青玄はそう言った。

男の方も現れた相手が予想外だったようで、しばし間を置いてから同じように「お前か」と言いかけたが、それをぐっと堪える。謝憐は密かに力を蓄えていた若邪を収めて尋ねた。

「お二人は知り合いだったんですか？」

　紆余曲折を経てようやく捜していた人物を見つけ、師青玄が顔に喜びと安堵の表情を浮かべて答えようとすると、あろうことかその男は躊躇なく「知らない」と言いきった。

　それを聞いて、師青玄は怒って男に扇を向ける。

「私と知り合いっていうのはそんなに恥ずかしいことなの？　そんな言い方あんまりじゃないか、明兄〔姓＋兄、先輩や友人への呼称〕。私は君の一番の親友だぞ！」

　だが男は断固として言った。

「私にはそんな格好でうろつく友なんていない」

「……」

　師青玄はまだあのボロボロに破れた紫の紗の衣を着たままの姿で、確かに……見るに堪えない。聞いていた謝憐は笑いそうになった。自分のことを

「誰かの一番の親友」と定義する人が本当にいるなんてと思ったが、それこそが師青玄の個性なんだろうとも思う。

それよりも、よく考えてみたら「明兄」だって？　五師の一人である地師の名前が確か明儀だったことをなんとなく覚えていたので、謝憐は尋ねてみた。

「もしかして、この方が地師殿ですか？」

「そうだよ。君も会ったことがあるじゃないか」

師青玄に言われた謝憐は明儀をしげしげと眺めたが、このような人物は記憶にない。

「お会いしたことなんてありましたっけ？」

「会ってるよ」

「会ってない」

明儀に即座に否定され、師青玄が「おいっ」と突っ込む。

「いや、会ってるってば！　二人とも、この前半月関に行った時のことをもう忘れたの？」

「……」

青白かった明儀の顔色が青黒くなっていくのを見て、謝憐はようやく思い出した。前回半月関で会った時、師青玄のそばに黒衣の女がいなかったか？

あの時、花城はその人物について、水師ではないが間違いなく同じ「風水雨地雷」五師の一人だと言っていた。やはり師青玄は自分が女相になることだけでなく、他人を巻き込んで一緒に女相に変化させることにも熱心だったのだ。どうりであの時、黒衣の女がずいぶん険しい上に、うんざりしたような表情をしていたわけだ。今回鬼市に入る前に師青玄が「一緒に楽しもう」とあれこれそそのかしてきたことを思い出した謝憐は、心の中で「危ない危ない、ちゃんと断っておいて良かった」と思った。

「地師殿、火龍嘯天はあなたが助けを求めて出したものですか？」

「私だ」

捜していた相手が見つかった。

「おそらく地師殿の怪我の具合は良くないでしょうから、すぐにここから離れましょう。話はまたあとで」

頷いた謝憐がそう言うと、師青玄は一切ためらうことなくしゃがんで明儀を背負う。

「よし、行こう！」

三人で来た道を戻っていると、師青玄は歩きながら口を開いた。

「あのさぁ、明兄。君は自分ですごく喧嘩が強いって言ってたよね。半月関で別れた時は元気だったのに、たった数日でここまでやられるってどういうこと？　何をやって血雨探花を怒らせたんだ？」

その人の不幸は密の味というような口調に、謝憐は心の中で思った。

（うん、この殴られても構わないって感じはやっぱり親友ならではだな）

だが明儀はこれ以上師青玄が話すのを聞いていられなくなったらしく「黙れ！」と言い放つ。

とはいえ、これは謝憐も知りたかったことなので、言い方を変えて尋ねてみた。

「地師殿、花城はなぜあなたに憂き目を見せたんでしょうか？」

明儀は黙れとは言わなかったが、その代わり返事もしない。謝憐が顔を横に向けると、なんと彼は既に両目を閉じていた。考えてみれば彼は何日も地下に閉じ込められて拷問を受けていたのだ。傷の状態も悪く、救助に来た者に会って安心し、ようやく少し休むことができたのだろう。いずれにせよ急ぐ必要はないため、彼を起こさないことにした。

三人は階段を駆け上がり、謝憐が賽を取り出してまた振る。暗闇の中では出た目がいくつなのかわからなかったが、目の前で「カチッ」という軽い音が聞こえて亀裂が一本入り、その隙間から光が漏れてきた。

扉を押した謝憐が「郎蛍も一緒に連れていく余裕があるかな？」と考えながら一歩踏み出すと、そこには足場がなかった。

「出てこないで！」

足を踏み外した謝憐は、すぐさまそう言った。

空中でぐるりと一回転して、何か硬いものの上に落ちる。剣の山や火の海でなくて良かったとほっと息をついたのも束の間、再び顔を上げた謝憐は、そちらの方がまだましだったかもしれないと思った。

花城のあの類い希なほど整った美しい顔が目と鼻の先にあって、片眉を上げてこちらを見ている。

今回は石の扉が開いて足を踏み外し、そのまま花城の上に落ちてしまったのだ！

着地した所はあの武器庫だった。

この時、花城は武器庫の上座に座って、のんびりと湾刀厄命を磨いていた。突然誰かが空から落ちてきて膝の上に乗ったというのに、特に驚きもせず、ただ手をどかして磨くのをやめただけで、説明を待つかのように穏やかに謝憐を見つめている。むろん謝憐に説明などできるはずもなく、思いきってただ彼の膝の上で真正面から見つめ合うしかない。

ふと視界の隅に誰かいるのが見えて謝憐がそちらに顔を向けると、そこにいたのは郎蛍だった。

床に座り込んだ包帯の少年は、あまりの恐怖からか両手で頭を抱えたまま目を見開いて二人を見ている。どうして郎蛍もここにいるのだろうか？

その様子からすると、どうやら花城が何か尋問していたらしい。また視線を移すと、上の方で白い靴の片方を半分ほど踏み出した状態の師青玄がちらりと見えた。切羽詰まった謝憐は、とっさに花城の両肩を掴む。

「ごめん！」

言うや否や、謝憐はぱっと花城を押し倒すように飛びついた。

その勢いで一丈先まで飛んだ二人は、床を転がっていく。止まった所でさっと体を起こすと、明儀を背負った師青玄が飛び降りてきて、もともと花城が座っていた場所に無事着地した。

謝憐が再び思いきって顔を向けると、花城は何か言うわけでもなく片眉をさらに高く上げて彼を見つめている。

すぐさま飛びのいて立ち上がった謝憐は、数尺ほど後ずさった。

「ごめん、本当に申し訳ない」

怯えたような目で花城を見た郎蛍が、謝憐の後ろに飛びつくようにして隠れる。謝憐は彼を庇いながら言った。

「三郎、説明させてくれるかな」

「うん、待ってるよ」

そこに師青玄が口を挟む。

「ちょっと待ってよ、逆だろう？　今回の神官失踪の件は全部そいつの仕業なんだから、そいつが君に説明すべきじゃないのか。太子殿下、気をつけて！」

　これは謝憐が最も避けたかった事態だった。花城をじっと見つめながら話す。

「三郎、地師殿と君の間にいったいどんな誤解があったのか知らないけど、お互い冷静に話し合えないかな」

　一番いいのは、花城がこのまま自分たちを見逃してくれることだ。地師は負傷しているが、命に別状はなく手足がなくなっているわけでもない。ここで手を引いてくれれば、これ以上事態が悪化することはないだろう。もし花城が見逃してくれるなら、謝憐は天庭に戻って復命する際に、たとえ自分の面子を潰してでも君吾に寛大な処置を願い出るつもりでいる。

「地師？　地師ってどういうこと？」

　ところが花城はなぜかそう答え、少し間を置いて言葉を続けた。

「ああ、あなたが言ってるのは風師が背負ってるアレのこと？　アレは俺の下で働いてるただの役立ずな配下の一人だよ」

　その言葉に謝憐と師青玄は唖然とした。

「紛れもない上天庭の神官に対して、そんな無理やりなでたらめを言ってどういうつもりだ？」

「なら、お前ら上天庭のお偉い神官様が、どうして正体を隠し身をやつしてまで俺のところで鬼使なんてやっている？」

　師青玄に笑って言った花城が厄命の曲線を辿るように磨き上げると、そこに弧を描いた銀の月が現れる。

「もしそいつが本当に地師なんだったら、見上げた根気だ。十年も演じ続けたってことだからな。この十年間、たまに怪しいと思うことはあったが、確たる証拠がなかった。もし半月関でそいつが風師に同行しているのに出くわさなかったら、正直なところ俺も確証が持てなかっただろうな」

　その瞬間、謝憐の脳裏に稲妻のようなものが走った。

　そういうことか！

地師(ディーシー)が行方不明になって捕らわれたのは、結局のところ十年前から正体を隠して花城(ホワチョン)の下で鬼使となっていたからだったのだ！

——悪い言い方をすれば間者(かんじゃ)だ。花城(ホワチョン)はこの配下を時折不審に思ってはいたが、証拠がなかったため泳がせて監視していた。だが少し前、正体が花城(ホワチョン)にバレてしまったのだ。

数日前に半月関へ行った際、花城(ホワチョン)は風師(フォンシー)と同行していた地師(ディーシー)を見かけた。

あの時、地師(ディーシー)は風師(フォンシー)にそそのかされて女相に変化していたが、花城(ホワチョン)はその偽の皮を見抜いていた。黒衣の女こそがまさしく彼が疑っていたあの鬼使で、その正体は五師の一人であることを突き止めたのだ。

半月関の事件が解決したあと、花城(ホワチョン)が菩薺観から立ち去ったのは、彼を追って片をつけるつもりだったからだろう。おそらく花城(ホワチョン)に追われて殺されそうになっている真っ只中、絶望的とも言える状況下で明儀(ミンイー)は助けを求める術を使ったのだ。そして、君吾(ジュンウー)は謝憐(シエリエン)を呼び、下界へと向かわせたというわけだ。

天界の神官が真面目に上天庭での仕事に勤(いそ)しまず、姿を変えて十年も鬼界に潜伏していたなど、とんだ醜聞(しゅうぶん)だ。互いに腹を探り合うのはまだしも、もし明儀(ミンイー)が捕らわれたまま拷問され続けて本当に殺されでもしたら、天界と鬼界の間に大変な禍根(かこん)を残すことになる。そうなれば、状況は一層混乱するのではないだろうか？　もしその日が来たら、誰一人として保身に走るだけではいられないだろう。考えた末、謝憐(シエリエン)にはこう言うしかなかった。

「わかった。この件は私たちに非がある。ただ、三郎(サンラン)。今日のところは大目に見てもらえないだろうか」

しばらく謝憐(シエリエン)を見つめ、花城(ホワチョン)は淡々と口を開く。

「殿下、あまり深入りしない方がいいこともある」

その時、突然師青玄(シーチンシュエン)が「風よ、来い！」と叫んだ。

彼が扇を取り出すと、武器庫内にびゅうびゅうと狂風が吹き荒れる。四方の壁の棚に置かれていた大量の武器が、微かに振動しながらブンブンと絶え間なく音を立てていた。

「風師(フォンシー)殿？　まだ何も始まってませんよ！」

「どうも君らはどっちも先に手を出しそうにないからね、私が悪者になろうじゃないか。風よ、風、来い！」

師青玄（シーチンシュエン）が声を上げた途端、「バキバキッ」と大きな音がした。頭上から埃が落ちてくるのを感じた謝憐（シエリエン）が見上げてみると、なんと風に押し上げられた屋根の一部に大きな亀裂ができている。

武器庫には窓がなく扉も閉まっていた。師青玄（シーチンシュエン）の狙いは攻撃ではなく、屋根をこじ開けて脱出することだったのだ！

風が吹き荒れる中、花城（ホワチョン）の黒髪と紅衣も風を受けてひらひらはためいているが、本人は微動だにせず笑っている。

「お前には扇があるが、奇遇なことに俺にもあるんだ」

そう言った花城（ホワチョン）は、傍らの武器棚から無造作に扇を手に取った。精巧で小さなその扇は、骨と扇面（せんめん）がすべて純金で、美しく落ち着いた色合いだった。花城（ホワチョン）がそれを手の中で数回回し、さっと広げて無言で微笑むさまは、殺伐とした中になんとも言えない風雅さがある。

彼が手を翻して一振りするなり、無数の銀色の光を帯びた強風が襲いかかってきた。三人が身をかわすと「ドドドッ」と凄まじい暴風雨のような音が聞こえ、振り返ってみると床に金箔が何列も突き刺さっていた。金箔の一枚一枚は薄いものの、床に一寸あまり食い込んでいて、その鋭さと威力を思い知らされる。

この武器庫にあるのはどれもが法宝で、何気なく手に取ったものですら殺傷能力がここまで高いのだ！

花城（ホワチョン）が再び手を翻すと、またもや金箔交じりの狂風が吹く。師青玄（シーチンシュエン）があおぎ出した風も強力だったが、強ければ強いほど状況は危うくなった。この武器庫は広いとはいえ一つの大殿であるため、風師（フォンシー）扇が起こした強風の一部は部屋の中で跳ね返ってあちこちに吹きすさび、大量の金箔を彼らの周囲に乱舞させることになってしまったのだ。

金箔で怪我をしないよう、謝憐（シエリエン）は郎蛍（ランイン）をしっかりと庇った。

「風師(フォンシー)殿、ちょっと手を止めてください！」

飛んできた金箔はもう何度も師青玄(シーチンシュエン)と明儀(ミンイー)を掠めている。師青玄(シーチンシュエン)も手を止めたいのは山々だったが、屋根は風で押し上げられて亀裂ができていて、今止めてしまって屋根が落ちてきたら、すべてが徒労に終わってしまう。

まさにその時、彼らを取り囲むように飛び交っていた金箔が突然一斉に舞い上がり、ひとしきり「カチンカチン」という音がした。そして割れた木片や石が降ってくると同時に、上から誰かが屋根を突き破って飛び降りてくる。

「風師(フォンシー)殿、申し訳ありません。やっぱりじっとしていられませんでした！」

「千秋(チエンチウ)、今回はちょうどいい時に来てくれた！」

着地するや否や朗々とした声でそう言った男に、師青玄(シーチンシュエン)が大喜びした。

身幅が大人の手のひらほどもある重剣(じゅうけん)を肩に担ぐその青年は、紛れもなく郎千秋(ランチエンチウ)だった。彼の重剣は金色に輝いていたが、目を凝らして見ると黄金の剣というわけではなかった。剣身にあの鋭利な薄い金箔がびっしりとくっついているせいで、黄金で作られた巨大な剣のように見えるだけだ。

郎千秋(ランチエンチウ)の重剣に使われている鉄は磁山(じさん)の中心部から採掘された非常に珍しいもので、金属を吸収するという特殊な能力を持っている。法器に含まれる法力の限界を超えない限り、剣を手にして念じるだけで周囲にある金属製の法器をすべて引き寄せ、さらに溶かして吸収することができるのだ。

案の定、金箔はほどなくして重剣に残らず吸収され、表面の金色が跡形もなく消えてしまう。その様子を見ていた花城(ホワチョン)はハハッと笑いだし、金箔扇を閉じてぽいと後ろに投げ捨てた。

「天界の神官がまさかここまでせこくてしみったれてるとはな。黄金を見たら手放すのが惜しくなったか？」

もし言われたのが謝憐(シエリエン)だったら、聞こえないふりをしただろう。だが花城(ホワチョン)は、王侯貴族として金銀財宝を土くれ同然に扱ってきた郎千秋(ランチエンチウ)に対して言ったのだ。敵の嘲笑を聞いた郎千秋(ランチエンチウ)は、けしかけられているとわかっていてもやはり怒りが込み上げ、重剣を振り上げて花城（ホワチョン）に斬りかかった。

花城（ホワチョン）の手には湾刀があり、片手でそれを振りかざして銀の花の如き光を咲かせると、冷静に迎え撃とうとする。

郎千秋（ランチエンチウ）はその一撃に渾身の力を込めていた。彼は怖い物知らずの若者そのものだったが、謝憐（シエリエン）は両者の実力差をとっくに見極めていた。もし花城（ホワチョン）が刀を本当に振り下ろしたら、郎千秋（ランチエンチウ）は間違いなく死んでしまう！

剣を使わない師青玄（シーチンシュエン）には具体的な差を見抜けなかったが、ひどく胸騒ぎがした。

「千秋（チエンチウ）、無茶をするな!!」

叫んだものの、既に矢がつがえられた一触即発の状況でどうやって止められるというのだろうか？

ところが、刀と剣が交わろうとしたその時、武器庫の中で眩（まばゆ）いばかりの白光が炸裂した。

白光は武器庫の全体を覆うほどに広がり、皆の視界が一時的に失われる。見えるのはただ眩しい白色のみだ。だが、事が起こる前に備えていた謝憐（シエリエン）には辛（かろ）うじて見えたため、師青玄（シーチンシュエン）から借りた法力を右手にすべて集めて炎に変え、一方向に向かって打ち出した！

武器庫の何もない一角がたちまちぼうぼうと燃え始めた。続けて若邪（ルオイエ）を放った謝憐（シエリエン）は、自分と師青玄（シーチンシュエン）、明儀（ミンイー）、郎千秋（ランチエンチウ）、郎蛍（ランイン）を一緒に巻きつけて叫ぶ。

「風師（フォンシー）殿、上に向かって風を起こしてください！」

師青玄（シーチンシュエン）はまだ目を開けられなかったが、言われた通りに扇を力一杯振ると床から凄まじい竜巻が発生して、今にも崩れそうになっていた屋根をとうとう突き破った！

若邪（ルオイエ）は五人を束ねてそのまま真っすぐ空高くへと飛んでいく。数丈下で炎の明かりが天を衝（つ）き、黒煙が濛々（もうもう）と立ちこめていた。空中で視力を取り戻し、武器庫に火の手が上がっているのを確認した師青玄（シーチンシュエン）は、花城（ホワチョン）がまだ追ってくるのではないかと心配になり、手を返すとすぐさまあおぎだした。これぞ文字通り「煽（あお）って焚きつける」だ。その狂風で火は瞬く間に広がり、他の建物まで飛び火して極楽坊の大半が真っ赤に燃え上がった！

必死であおいでいる師青玄（シーチンシュエン）の腕を謝憐（シエリエン）はやっと

のことで掴む。

「風師殿、もうやめてください！　これ以上やったら何もかも焼き尽くしてしまいます！」

「わかった、わかったってば。もうやめるから、太子殿下、手を放してくれ！　君の握力は強すぎるんだよ！」

　風師が風を止めると、謝憐はようやく手を放して下を見やった。

　一面の真っ赤な炎の中に、謝憐は赤い人影を見つけた。高くまで飛びすぎてはっきりとは見えなかったが、直感は今この瞬間、その場に立つ花城がこちらを見上げていると告げていた。

　追いかけるでもなく、火を消すわけでもなく、炎の勢いに任せたまま、彼はただそこに立っている。

　極楽坊の外にある鬼市の大通りではあちこちから甲走った叫び声が上がり、大勢の鬼たちが逃げ惑っていた。ふと息苦しさを感じた謝憐は、掠れ気味の声で呟く。

「私は……ちょっと火をつけて少し足止めしたかっただけなのに、どうしてこんなことに……」

　思い返せば、花城があの武器庫の扉に寄りかかって、中の武器ごと全部あげるよと冗談半分で言っていたのはつい先ほどのことだった。なのに、今はそれらすべてが火の海に呑み込まれてしまっている。

　確かに法宝は火に強い物が多いが、もともとの性質上、火明かりにさらしてはならないという禁忌があるものも少なくない。こうなってしまえば、それらは燃えて灰燼に帰すことになるだろう。炎がここまで一気に燃え盛り、極楽坊全体にまで広がるとはまったくもって想像もしていなかった。

　たとえ花城がここを「家」と思っていなくても、彼の住処であることに変わりはないというのに！

　謝憐が衝撃を受けている様子を見た師青玄も、さすがにばつが悪くなってきたらしい。

「えっと……申し訳ない、太子殿下！　ただ早く逃げなくちゃっていう一心で、他のことに気が回らなかったんだ、悪かった。本当なら小火で済むはずだったのに……もし血雨探花が君に弁償しろって言ってきたら私のせいにしていいからね。いくらでも弁償するからそこは安心して！　他に心配事はあっても金欠の心配だけはないから！」

師青玄はそう言うが、これは金の問題ではない。

目を閉じた謝憐はもう言葉もなかった。

その謝憐の肩を軽く叩いた師青玄は、手が濡れたような感覚とやけに鼻をつく血のにおいがして顔をそちらに向ける。見た途端、驚きのあまり顔面蒼白になった。

「太子殿下、その手はどうしたんだ？」

謝憐の右手は真っ赤な血にまみれていた。腕全体が血に染まり、震えはもはや「微か」どころではなくなっている。なのに、皆が狂風で散り散りに飛ばされないようにと、両手でしっかりと白綾を掴んだままだった。

「何があったんだ!?」

ふと我に返った謝憐は首を横に振る。

「大丈夫です……かすり傷ですよ。上に戻れば治りますから」

「さっきのあの白光、あれは君だったのか？　太子殿下、君が二人を引き離したのか？」

思い出して尋ねた師青玄に謝憐が答えた。

「これでも一応剣使いなので」

師青玄の推測通りだった。

先ほど花城と郎千秋の刀と剣が交わる寸前に、謝憐がぱっと前に出たのだ。武器の棚から無造作に剣を取って刀と剣の間に割り込み、二つの動きを繰り出した。

一手目で郎千秋の重剣を打ち返し、二手目で湾刀厄命を止める。

この二手は強力なだけでなく極めて微妙な加減で制御されていたため、刀と剣はどちらも止められはしたが、攻撃した本人に撥ね返されることはなかった。なぜなら、間に入った謝憐が剣と腕一本で両方の攻撃を受けきったからだ。

郎千秋の重剣はまだ問題なかったが、花城の太刀風の方は勢いが凄まじく止めようがなかった。謝憐が無造作に抜いた剣も花城の武器庫に収蔵されていたということは当然宝剣であるため、刃が交わった瞬間に巨大な白光が炸裂したのだ。

こうして攻撃は止めたものの、郎千秋の重剣と打ち合った一手目の衝撃で謝憐の剣にひびが入り、湾刀厄命（オーミン）と打ち合った二手目で粉々に砕けてしまった。

すべては電光石火の如く、目にも留（と）まらぬ速さだった。

「太子殿下、君って人は……片手で攻撃を二つとも受け止めるなんて、勇猛にもほどがあるだろう！」

謝憐（シエリェン）の右手の惨状を見た師青玄（シーチンシュエン）は、袖の中の腕はもう血まみれでめちゃくちゃになっているのではないかと思いながらそう言う。

花冠武神（かかんぶしん）、片手に剣、片手に花。師青玄（シーチンシュエン）は花のことは覚えていたが、謝憐（シエリェン）が飛昇した訳は剣の方にあることを忘れていた。

師青玄（シーチンシュエン）は、先ほどの一触即発の状況を思い返すと動悸がした。

「太子殿下が動いてくれたから良かったものの、そうじゃなかったら千秋（チエンチウ）は血雨探花にどれだけ切り刻まれていたかわからないよ」

不思議なのは、一見無傷の郎千秋（ランチエンチウ）が魂が抜けたように呆然とした表情をしていることだった。そんな様子に師青玄（シーチンシュエン）が声をかける。

「千秋（チエンチウ）？　千秋（チエンチウ）？　どうしたんだ？　起きてる？　なんだよ、さっきの光に目をやられてまだ治ってないのか？」

一行は風に乗ってついに仙京（せんきょう）まで飛んだ。他の者を引きずったり背負ったりしながら飛昇門を通り抜け、真っすぐ神武殿（シェンウーでん）に向かう。郎蛍（ランイン）は殿に入ることができないため、謝憐（シエリェン）は脇にある偏殿（へんでん）〔正殿の傍らにある殿〕で休ませておいた。その場には誰もいなかったため、通霊陣（つうれいじん）に入って叫ぶ。

「どなたかいらっしゃいませんか？　すみませんが皆さん、至急神武（シェンウー）殿まで来てください！　緊急事態です。負傷した神官が一人いるんです！」

謝憐（シエリェン）が叫んでいると、師青玄（シーチンシュエン）が指をパチンと鳴らしてようやく白い道袍姿に戻る。それから手を振り「負傷した神官は二人だ！」と言って十万功徳（くどく）をばら撒（ま）いた。

「風師（フォンシー）殿、落ち着いてください。功徳をばら撒くんじゃなくてきちんと話をしましょう。聞こえたら皆さん来てくれますから」

だが、慌てる謝憐（シエリェン）に師青玄（シーチンシュエン）はこう言った。

「いや、太子殿下。きちんと話すより功徳をばら撒いた方が百倍早い！」

ほどなくして遠くから声が聞こえてきた。

「誰が怪我をしたんだ？」

「誰」と言った時はまだ遠かったが、最後の言葉を発した時には、その人物は既に目の前に現れていた。風信(フォンシン)だった。殿の中に入ってくると、謝憐(シエリエン)、そして郎千秋(ランチエンチウ)を見て一瞬表情が固まる。

「私は大丈夫。おそらく地師(ディーシー)殿の方は重傷だと思います」

謝憐(シエリエン)の言葉にしばし沈黙してから風信(フォンシン)は尋ねた。

「その右腕はどうした？」

その時また別の声がした。

「怪我をしたくらいでなんですか。上天庭の神官が巡視に出て無傷だったことなんてないでしょうに」

その声はずいぶん上品で柔らかいが、言葉はあまり聞き心地のいいものではない。もちろん慕情(ムーチン)だった。神武(シエンウー)殿に足を踏み入れると彼もまず謝憐(シエリエン)を見て、次に郎千秋(ランチエンチウ)を見やる。ただ、風信(フォンシン)とは明らかに表情が異なっていて、これから面白いものでも見物してやろうというように微かに眉を跳ね上げていた。彼は風信(フォンシン)が謝憐(シエリエン)の腕を見に行ったのを眺めつつ、身を乗り出して明儀(ミンイー)を確認する。

「こちらが地師(ディーシー)殿ですか？」

この間に他の神官たちも続々とやってきた。地師(ディーシー)儀(イー)は一貫して滅多に姿を現さず謎めいていたため、初めて彼を見るという者も多く、どうしても皆の注目を集めてしまう。全員が訳もわからず突然呼び出されて戸惑っていたが、風師(フォンシー)の功徳を受け取った以上は様子を見に来ないわけにもいかなかった。

「ありがとうございます。でも大丈夫。放っておけば自然に治りますから」

謝憐(シエリエン)が風信(フォンシン)に向かって礼を言うと、風信(フォンシン)もそれ以上多くを語らず「気をつけて」とだけ口にする。

謝憐(シエリエン)がもう一度小声で礼を言って振り返ると、郎(ラン)千秋(チエンチウ)が呆然とこちらに目を向けているのが見えた。

「泰華(タイホワ)殿下、どうされました？」

郎千秋(ランチエンチウ)の様子がおかしいことに風信(フォンシン)も気づく。

「泰華(タイホワ)殿下もどこか怪我をしたのか？」

「していないはずですけど。見てみます」

そう言いながら謝憐(シエリェン)が郎千秋(ランチエンチウ)の眉間に手を伸ばす。だが、郎千秋(ランチエンチウ)はなぜか即座に謝憐(シエリェン)の手首をぱっと掴んだ。

郎千秋(ランチエンチウ)の表情にはわずかにためらいがあり、何かに気づいたもののまだ確証が持てずにいるような様子だったが、目には既に炎が宿っている。謝憐(シエリェン)は彼の腕から自分の腕に憤怒(ふんぬ)の震えが伝わってくるのを感じた。

尋常ではない様子に気づいた周りの神官たちも顔を寄せ合い、小声でひそひそと話し始めた。師青玄(シーチンシュエン)と慕情(ムーチン)までもが立ち上がる。

「泰華(タイホワ)殿下、何をやってるんだ?」

風信(フォンシン)が尋ねると郎千秋(ランチエンチウ)はようやく口を開いた。

彼が口にしたのはたった二文字の言葉だったが、それを聞いた謝憐(シエリェン)の心は地の底まで沈み込んだ。

「……国師(こくし)?」

彼は歯を食いしばるようにそう言ったのだ。

謝憐(シエリェン)の瞳孔(どうこう)が微かに収縮する。

取り囲んで見物していた神官たちは、訳がわからず周囲に「国師だって? 誰のことだ?」と小声で聞く者もいれば、すぐに察した勘の鋭い者もいた。

郎千秋(ランチエンチウ)は永安国の太子で、当時の永安国師は妖(よう)道双師(どうそうし)のもう一人である芳心(ファンシン)国師だったのだが、この人物がいったい何者でどのような来歴を持っているのか誰一人として知る者はいない。

今、郎千秋(ランチエンチウ)は謝憐(シエリェン)を掴んで「国師」と呼んだ。

それはつまり……謝憐(シエリェン)こそがあの国に災いをもたらした妖道――芳心(ファンシン)国師だということか!?

しかし、謝憐(シエリェン)は仙楽国の太子で、仙楽国は他ならぬ永安国に滅ぼされたというのに、なぜ彼が永安国の国師になどなるというのか?

泰華(タイホワ)殿下は快活で楽しい性分だと上天庭でも有名で、常に打算などなく、これまで人を困らせたこともなければ悲しみや怒り、憎しみといった感情を顔に出したこともなかった。

郎千秋(ランチエンチウ)は謝憐(シエリェン)を掴んだまま胸を激しく上下させ、やっとのことで口を開く。

「貴様……間違いなくこの手で殺し、この手で棺(かん)に封じ込めたはずなのに。国師……貴様にできないことなんて本当に何もないんだな!」

これは大変なことになった。今日はおそらく何か大事件が起こる！

第十九章　黒国師血洗鎏金宴

黒国師、鎏金宴大殺戮

　二人から最も近い位置に立っていた風信(フォンシン)は、驚きを隠しきれない表情で謝憐(シエリェン)を見つめた。慕情(ムーチン)の方は視線が細かく揺れ動いていて、驚愕を抑えているもののその中に微かな興奮が窺える。

　師青玄(シーチンシュエン)は明儀(ミンイー)を寝かせると、郎千秋(ランチエンチウ)に向かって尋ねた。

「千秋(チエンチウ)、何か誤解してないか？　太子殿下が芳心(ファンシン)国師なんだったら、君はどうして今まで気づかなかったんだ？」

　すると、傍らにいた男が口を開く。

「青玄(チンシュエン)、それは君が知らないからだ。伝説の芳心(ファンシン)国師は常に孤高の存在で謎に包まれていた。冷淡で傲慢、いつでも白銀の仮面を被っていて一度も素顔を他人に見せたことがなかったんだ。おそらく泰華(タイホワ)殿下は素顔を見たことがなかったんだろう」

　そう話したのは、離れた場所で腕を組んで立っていた裴茗(ペイミン)だった。彼に目を向けた師青玄(シーチンシュエン)は、不快そうに払子(ほっす)を振る。

「だったら今まで誰も芳心(ファンシン)国師の顔を見た人はいないってことになりますよね。裴(ペイ)将軍はどうして仙楽殿下が芳心(ファンシン)国師だと決めつけるような言い方をするんです？」

　謝憐(シエリェン)と行動をともにしている間の師青玄(シーチンシュエン)は、次から次へと妙なことをするので思わず笑ってしまいそうになったが、上天庭に来るとがらりと様子が変わった。矜持(きょうじ)が高く、自分の振る舞いには一挙手一投足すべてにおいてずいぶんと注意を払っている。

　ちょうどその時、殿の後方から雪のように白い人影が現れた。

　彼がやってくると、その場の全員がほっと安堵する。大殿の中でがやがや騒いでいた神官たちは慌てて姿勢を正し、腰を折った。

「帝君」

　君吾(ジュンウー)がわずかに手を上げると、皆がまた背筋を伸ばす。そのまま歩いてきた君吾(ジュンウー)は、すれ違いざまに謝憐の右腕を叩いた。先ほどまで袖からポタポタと滴り落ちていた血が、叩かれた直後にぴたりと止まる。

明儀の容態をしばし確認し、君吾は口を開いた。

「大事には至っていない。とりあえず安静にさせるように」

やってきた薬師の神官四人が明儀を助け起こし、支えながら下がっていく。師青玄はつき添って見守りたかったようだが、神武殿のこの様子を見るとやはり不安になり、その場に留まった。

君吾は手を後ろに組んだまま上段の宝座に戻ると、そこでようやく尋ねた。

「話してみなさい。何があった？　泰華はどうして仙楽を掴んで放さないのだ。仙楽もなぜ俯いている？」

郎千秋が再び謝憐を見やる。謝憐が黙ったまま何も言わないこと、そして四方に神官たちがいることを確認すると、逃げられる心配はないだろうと手を放し、君吾の方を向いて頭を下げた。

「帝君、この男は数百年前に芳心という偽名を使って私の親族を殺し、我が国に災いをもたらしました。奴と決闘したいのです。帝君、どうか今日その証人になっていただきたい！」

神武殿の中には芳心国師について知らない者もいて、慌てて通霊して検索し始めたが、調べてみるとかなり驚くべき内容だった。折良く霊文が皆の疑問に答えるべく話しだす。

「芳心国師は永安国太子である郎千秋の命の恩人で、文武を指南した恩師でもありました。彼が妖道双師の一人に列せられているのは、鎏金宴で永安国の皇族を殺戮した事件で有名だからです」

「鎏金宴とは？」

師青玄が尋ねると、霊文は言った。

「風師殿、鎏金宴というのは当初は仙楽国の貴族の間で盛んに行われていた宴の一種です。宴に使われる酒器、食器、楽器のすべてが最高級の精美な金器で、この上なく豪奢だったためそう呼ばれるようになりました」

永安国が建国されると、まず最初に「前王朝の驕奢な風習を断ち、決して同じ過ちを繰り返さずただ民のため一意専心困難に立ち向かう」と誠心誠意誓い、それを天下に宣言した。ところが、数十年も経つとすべて同じ道を辿り、かつての繰り返しとなったのだ。

霊文はそのまま話を続ける。

「永安太子の十七歳を祝う夜、皇宮で鑾金宴が催されました。この鑾金宴で、芳心国師は……剣を手にしてその場にいた永安の皇族たちを皆殺しにしたのです」

黄金の杯は倒れ、酒は血で赤く染まった。

「ただ一人遅れてやってきた永安太子、郎千秋だけが難を逃れましたが、口封じのために危うく殺されそうになったのです」

この衝撃的な事件は永安国にとって痛手となり、もし郎千秋が一貫して民の厚い支持を受けて、かつ心を尽くして骨身を惜しまず事に当たっていなければ、間違いなく動乱が勃発していたことだろう。やっとのことで情勢を安定させたのち、永安皇室は逃亡中の犯人を打ち取るため、世の並外れた能力を持つ者たちに招集をかけた。そしてついに男は捕らえられ、郎千秋は自らの手で一代の妖道である芳心国師を殺して、その亡骸を三重の棺に封じて土中に埋めたのだ。

しかし永安皇室は大幅に国力を失った。それ以降、次の王朝に取って代わられるまで徐々に衰退していくのは避けようがなかった。

郎千秋は謝憐をきっと睨みつけた。

「貴様がどうしてあんなことをしたのか、私にはずっと理解できなかった。私たちがその座についているのを見ていられないからだと貴様は言ったが、そんな言葉は信じられなかったし、王位を簒奪しようとしているとも思えなかった。だが、今になってやっとその理由がわかった」

神官たちは目を見開いて驚愕し、ひそひそ声が飛び交い始める。

「報復だな！」

「報復に違いない。仙楽国が滅ぼされたから永安国を滅ぼしたんだよ。永安人が彼の両親を殺したから、彼も永安太子の両親を殺した。目には目をってことさ」

「けど、仙楽国を滅ぼしたのは郎千秋の代じゃないのに、そんなふうに八つ当たりするのはあまりにも理不尽なんじゃ……」

「三界の笑い者はてっきり生まれつき馬鹿なんだと思ってたけど、実際はすごい奴だったんだな。敵国に乗り込んで国師となって陰で混乱を招くわ、皇族を皆殺しにするわ、大したもんだよ……」

　君吾の視線がこちらに向けられたことに気づき、謝憐は目を閉じた。しばらくしてから、ふいに君吾の声が聞こえてくる。

「泰華、仙楽が芳心だと言うのには何か根拠があるのか？」

「私に剣術を教えたのは芳心国師です。奴が打ち込んできて私が気づかないわけがないでしょう!?」

　郎千秋がそう言うと水面下での皆の憶測がさらに高まった。

「混乱を招くだけならまだしも、どうしてわざわざ敵国の太子に剣術を教えるなんてことをしたんだ？」

「どうりで三度目の飛昇以来、彼が剣を触ってるのを見かけないと思ったら、バレるのが怖かったのか」

「今回鬼市で血雨探花と戦うことになったのですが……」

　郎千秋が鬼市と花城の話を始めたのを聞いた神官たちの多くが、またもやぶるりと震え上がる。

「十二歳の時、私は初めての遊歴で賊の一味に捕らわれました。賊は私を攫って町まで逃げましたが、追いかけてきた侍衛と決死で攻撃し合ってしばらく格闘していたんです。そうしたら、道端にいた顔が腫れ上がって青あざだらけの大道芸人が突然棒を一本突き出してきて、今回と同じように二手で両方の剣を弾いて私を助けてくれました」

　郎千秋はそのまま話を続けた。

「賊と侍衛たちが共倒れになったので、その大道芸人が私を連れて逃げて皇宮まで送り届けてくれたんです。私の両親は恩義を感じて奴を引き留めました。奴が非常に有能だったので国師にまで取り立て、私は五年間奴から剣術を教わったんです。奴の剣筋を私はこれ以上ないくらいよく知っているのに、どうして見間違えることがあるというんですか？」

「泰華殿下、あなたは剣筋に面影を見たとおっしゃいますが、あなた以外に見た者は誰もいないわけで、結局それはあなたの一方的な言い分ですよね」

　慕情が静かにそう言う。

　この慕情の発言は一見謝憐を擁護しているようであって、その実かなり微妙なものだった。なぜなら、彼は既に結論が出ているようなものだとわかった上で言っているからだ。疑問を呈すれば呈するほど、郎千秋が意地になって証明しようとするため、謝憐にとってはなんの助けにもならない。

「いいでしょう！　すみませんが、剣を持ってきてください！」

　案の定、郎千秋はそう言った。

　殿内にいる武神の多くは剣を携えているため、彼が叫ぶとすぐさま誰かが剣を投げて寄越す。その剣を手にした郎千秋は、謝憐の目の前にそれを差し出した。

「受け取れ！　今すぐ勝負しろ。包み隠さず全力で戦って、私たちの剣筋が同じかどうか、私が誰に教わったのか確かめてみようじゃないか！」

　皆は神武殿での剣術比べなど無茶だと思ったが、鎏金宴大殺戮で一族を皆殺しにされたことを思うと、歴とした太子殿下である彼が感情的になるのも理解できた。

「千秋、太子殿下はさっき君のために花城の斬撃を受け止めて右腕がこんなことになってるのに、どうやって君と剣術で勝負するっていうんだ？」

　師青玄が謝憐の傷を心配してそう言うと、郎千秋は突然左手を伸ばして自分の右腕を思いきり強く叩きつけた。バキバキッという音とともに右腕が血しぶきを上げ、血がだらだらと流れ出してだらりと垂れ下がる。確認するまでもなく傷はひどい状態で、神官たちは皆驚愕した。謝憐も呆然として視線を上げる。

「何をやっているんです？」

「風師殿の言う通りだ。確かに貴様は私を助けるために腕を一本負傷した。だから今、腕を一本返した。だが、私を助けたことと私の一族を殺したことは話が別だ。どちらの手で剣を扱おうと、貴様の剣術が神域に達していることは知っている。だから左手で勝負だ。貴様も男なら剣を取れ！」

剣に目を向け、そして郎千秋（ランチエンチウ）をちらりと見やった謝憐（シエリエン）は、ゆっくりと首を横に振った。

「私はもう何年も前に誓いを立てたんです。二度と剣で人を殺（あや）めたりしないと」

それを聞いた郎千秋（ランチエンチウ）は、現場に駆けつけたあの夜、黒い袍（ほう）に身を包んだ男がまさに自分の父の体から長剣を引き抜く瞬間を見た時のことを思い出した。目の周りが一瞬にして恐ろしいほど赤く染まり、剣を握る左手がカタカタと音を立てる。

二人の間に割り込んだ師青玄（シーチンシュエン）が払子を振って、それを郎千秋（ランチエンチウ）の剣に巻きつけて押さえ込みながら言った。

「これには何か誤解があると思います。芳心（ファンシン）国師はいつも仮面を被っていたのなら、もしかすると誰かが彼になりすまして危害を加えたかもしれないでしょう？　帝君はどう思われますか？」

全員が上段の宝座に向き直る。

「仙楽」

「はい」

帝君に呼ばれ、謝憐（シエリエン）は頭（こうべ）を垂れた。

「泰華（タイホワ）が言ったことを君は認めるのか？」

「認めます」

その「認めます」という言葉は、それまでの口調とは明らかに違って冷たく、聞いていた風信（フォンシン）、慕情（ムーチン）、師青玄（シーチンシュエン）の顔色が一変した。

小さく頷いた君吾（ジュンウー）がまた尋ねる。

「鎏金宴（りゅうきんえん）で殺戮を行った芳心（ファンシン）国師とは、結局のところ君なのか？」

しばし沈黙し、謝憐（シエリエン）はぱっと顔を上げてこう言った。

「間違いありません。私です！」

きっぱりとしたその一言で、完全に後戻りはできなくなった。

「認めるんだな。いいだろう」

郎千秋（ランチエンチウ）はそう言った。

前述した通り、上天庭には人の血で手を汚した神官が数えきれないほどいる。だが、正直なところ遥か昔の殺人による恨みが原因でここまでの騒ぎになったことは、意外にもほとんどない。おそらくこれまでは、郎千秋(ランチエンチウ)のように飛昇して神官という高貴な身分になり、犯人に責任を追及できるほど身を立てた子孫がいなかったからだろう。

　以前、裴(ペイ)将軍は裴宿(ペイシュウ)のことを庇い立てしたが、それでも結局人界への追放は免れなかった。謝憐(シエリエン)には後ろ盾もなく、あとは君吾(ジュンウー)が昔のよしみに免じて庇護するつもりがあるかどうかにかかっている。

　ところが、神官たちには君吾(ジュンウー)が謝憐(シエリエン)に対して結局どういう立場なのかよくわからなかった。仙楽太子が初めて飛昇した頃は彼を高く買い、ずいぶんと目をかけていた。ところが二度目に飛昇した際に二人は戦い、しかも謝憐(シエリエン)は君吾(ジュンウー)を何度も刺してからようやく取り押さえられたのだ。今回の三度目の飛昇では、二人はなぜか以前のことなど忘れたかのように穏やかに接していて、さらに君吾(ジュンウー)は謝憐(シエリエン)に仙京の一等地に新しい宮観(きゅうかん)まで建ててやったほどで、不可解極まりない。それもあって、上段にいる彼がどう処断するのか耳をそばだてて待っていた。

　しかし、君吾(ジュンウー)の処罰を待たずに謝憐(シエリエン)が先に口を開いた。

「不躾(ぶしつけ)ながら、仙楽からお願いがあります」

「言ってみなさい」

「帝君、どうか私の仙籍(せんせき)を剥奪(はくだつ)し、下界に貶謫(へんたく)してください」

　その言葉に一部の神官は驚き、そして少しばかり感服した。なんと言っても、やっとの思いで飛昇したというのに、誰も貶謫(へんたく)などされたくないからだ。散々苦労してここまで上り詰めて一気に落ちるなど、考えるだけでも死ぬほど無念だ。なのに、大胆にも君吾(ジュンウー)に直接貶謫(へんたく)してくれと言うなど、彼らには到底できない。

　しかし、それを意に介さない神官もわずかにいた。ここまで騒ぎが大きくなった以上、死んでも否定し続けるより引いたほうがいい可能性もある。それに、謝憐(シエリエン)は既に二度貶謫(へんたく)されていて、三度目になったとしても彼にとっては大したことでもないだろうし、もうそろそろ慣れるはずだと思っているのだ。

　だが、郎千秋(ランチエンチウ)は違った。

「自ら貶謫(へんたく)を願い出る必要なんてない。飛昇したのは貴様の実力だ。私はただ決闘したいだけだ」

「私は君と戦う気はない」

「なぜだ？　かつて私と戦ったことがないわけでもないだろう。この戦いは生死を問わない。これでけりをつける！」

それに謝憐（シエリエン）は淡々とした声で答える。

「なぜも何もない。私と戦ったら君は間違いなく死ぬ」

第二十章　恚南陽拳打刁玄真

怒る南陽、狡猾な玄真に拳を振るう

さらりと告げられたその一言に、周囲から小さく息を呑む音がした。

　武神以外の神官たちの多くがこう思った。

（ろくに法力もないガラクタの神の分際で、歴とした東方武神である郎千秋に向かって「私と戦ったら間違いなく死ぬ」だなんて恥ずかしげもなく言うか？　思い上がりにもほどがあるだろう。自分から貶謫してくれっていうのも、張り合うのは大人げないから、郎千秋に譲ってやっているんだと言ってるようなものじゃないか。まったく、大口を叩きやがって）

　だが、郎千秋は彼のその言葉がはったりだとは少しも思わなかった。

「生死を問わないと言っただろう！　それに、手加減など無用だ」

　郎千秋には何も答えず、謝憐は君吾に向かって言う。

「どうか帝君、私を下界に貶謫してください」

　その時、唐突に師青玄が手を挙げた。

「ちょっと待ってください！　まだお話ししたいことがあります！」

「風師、言ってみなさい」

「皆さんは仙楽殿下が復讐のために芳心という偽名を使って永安国の皇族を皆殺しにしたと思っているんですよね。ですが、復讐したいんだったらどうして永安太子である泰華殿下だけを見逃したんでしょうか？　理屈から言えば、復讐者が一番自分の手で殺したいのはこの太子殿下なんじゃないですか？」

　それについては誰も考えなかったわけではないが、わざわざ声を上げる必要性を感じなかっただけだった。風師が率先して発言したことでようやく何人かが頷く。

「太子殿下とはそう長い付き合いではありませんが、彼が泰華殿下を助けるために正面から湾刀厄命を迎え撃ったのをこの目で見たんです。千秋、彼がもし永安皇室を恨んでいるなら、どうして自ら危険を冒してまで君を守るようなことをするんだ？」

「湾刀厄命（オーミン）を正面から迎え撃った」という言葉を聞いた風信（フォンシン）と慕情（ムーチン）の顔が強張る。

「後ろめたいからなんじゃないのか」と誰かが小声で呟くのを聞いた師青玄（シーチンシュエン）は、すぐさまその声を打ち消すかのように声を張り上げた。

「あれは不吉で邪悪な武器、呪われた刀なんですよ！　だから！　この件について私はまだ疑問の余地があると思います！」

「風師（フォンシー）殿にここまで信頼されて全力で弁護してもらえるなんて、太子殿下は実に羨ましい限りです。うちの小裴（シャオペイ）にはそんな幸運はありませんでしたから」

裴茗（ペイミン）のその言葉に師青玄（シーチンシュエン）が反論する。

「裴（ペイ）将軍、誤解を招くような言い方はやめてもらえますか。小裴（シャオペイ）の件と同列に語れるわけないでしょう？　私はこの目で小裴（シャオペイ）の悪行を見て、この耳で彼が認めたのを聞いたんです」

「それなら今日の件も同じではないのか？　泰華（タイホワ）殿下がその目で彼の悪行を見て、その耳で仙楽殿下が認めるのを聞いた。どこに違いがある？」

それを聞いて激怒した師青玄（シーチンシュエン）が再び反論しようとした時、謝憐（シエリエン）が彼を掴んだ。

「風師（フォンシー）殿、ありがとうございます。お気持ちはありがたく。でも、もういいんです」

師青玄（シーチンシュエン）も裴茗（ペイミン）にどう反論すべきかすぐには言葉が出てこず、怒りをぐっと堪えながら彼を指さす。

その時、君吾（ジュンウー）がようやく口を開いた。

「皆、少し落ち着け」

その声は特に大きいというわけでもなく、淡々として非常に穏やかだったが、神武（シェンウー）殿にいる神官たち全員の耳にはっきりと届き、皆が慌てて気を引き締める。大殿に静けさが戻るのを待ち、君吾（ジュンウー）は言った。

「泰華（タイホワ）、君は普段から少し衝動的なところがある。何事も猛進すればいいというものではない。冷静に話を聞き、状況をしっかりと見極めた上で判断することが肝心だ」

郎千秋（ランチエンチウ）は頭を下げて訓戒（くんかい）を受ける。

「仙楽もすべてを語らないままで、自らの貶謫（へんたく）を訴えても無駄だ。ひとまず仙楽宮にて禁足（きんそく）とし、のちほど私が直接尋問する。それまで二人は顔を合わせないように」

これは予想外の結末だった。

なんと、君吾は謝憐を——奉納もなければ信徒もいない、功徳さえもない三界の笑い者を庇ったのだ！

郎千秋は東方を守護する歴とした武神なのだから、もしこれが原因で不満を抱かせることになれば割に合わない。

だが、それでも守りたいということは——もしかすると君吾は未だに謝憐を高く買っているということなのか⁉

それを察した多くの神官たちは、今後は「三界の笑い者」という言葉を公の場で口にするのはやめておこうとひっそり思った。師青玄は安堵のため息をついて、賢明な判断だと帝君を何度もおだて上げる。だが、郎千秋は謝憐を睨みつけていた。

「帝君がお聞きになりたいことがなんであれ、どうぞご自由に尋問なさってください。ただ、最終的なご判断がどうなろうと、私は奴と戦いますから！」


言い終わると郎千秋は君吾に向かって一礼し、身を翻して大殿から出ていった。

君吾が軽く手を振ると武官数名が前に進み出て、謝憐を連れて下がっていく。師青玄の前を通る際、謝憐は彼に向かって小さな声で言った。

「風師殿、本当にありがとうございました。でも私を本当に助けたいと思ってくださるなら、もう何も言わないでください。ただ、二つお願いがあるのですがいいでしょうか？」

師青玄は自分が火を煽ったせいで極楽坊が燃えてしまったことをかなり申し訳なく思っていて、今謝憐に百の頼み事をされても引き受けるつもりだった。

「言ってくれ」

「私が連れてきたあの少年が偏殿にいるんです。申し訳ありませんが少し面倒を見てやってください」

「お安いご用だ！　二つ目は？」

「もし裴将軍が今後も半月を尋問しようと狙うようなら、風師殿、どうか助けてやってください」

「もちろんだよ。裴茗の思い通りになんてさせないから。彼女はどこにいるんだ？」

「菩薺観の中にある漬物壺に隠しています。もしお時間がありましたら、彼女を出して少しあおいでやってください」

「……」

風師に礼を言って別れを告げると、武官たちが彼を仙楽宮の前まで連れていく。

「太子殿下、どうぞ」

恭しく言われ、謝憐は「お疲れ様でした」と会釈した。

中に足を踏み入れると、背後で正門が閉じる。謝憐が周囲を見回すと、案の定、外観だけでなく殿の内部もかつての仙楽宮とまったく同じだった。前回ここを通りかかった時は中に入らなかったのだが、まさか初めて入るのが禁足のためとは思いもせず、あまり幸先がいいとは言えない。

ここ数日の目まぐるしさで相当疲れていたのだろう、謝憐は横になるとすぐに眠りに落ちた。

いろいろな夢を見た。

どうやら目を閉じて座禅を組んでいるらしい。目を開けると、文机の前に端座していることに気づいた。黒い袍は幾重にも重なって床に広がり、顔にはひやりとした重い仮面を被っている。

俯くと、下の方で文机に突っ伏している少年が目に入った。豪華な身なりをした少年は十四、五歳くらいで、朗々とした生命力を溢れさせて——熟睡している。

小さく首を横に振って歩いていき、少し身を屈めると指の節で文机を軽く叩いた。

「太子殿下」

氷のように冷たい仮面を通しているせいなのか、その声までもが幾分冷たい。ようやく驚いて目を覚ました少年は、その姿を見るなり飛び起きて正座した。

「こ、こ、国師!!」

「また寝ていましたね。罰として老子道徳経を十回書き写しなさい」

それを聞いた太子は驚愕する。

「それは勘弁してください、師匠。代わりに皇城の周りを十周走るというのはどうでしょうか！」

「二十回。今すぐ書き写しなさい。字は丁寧に書くように」

太子はどうやら彼が少々怖いらしく、大人しく座って書き写し始めた。彼はというと、元の場所に腰を下ろし、引き続き静かに座禅を組む。

実際、皇宮の誰もが彼を少し恐れていた。それは彼が意図的に近寄り難さと威圧感を作り上げていたからだ。

ところが、この太子は若すぎるからなのか、彼に対する畏敬の念がいつも長続きせず、しばらく書き写しをするとまたすぐ口を開く。

「師匠！」

「なんですか？」

呼ばれて彼は目を開けた。

「この前教えてもらった剣術は全部覚えましたし、そろそろ新しい技を教えてくれますよね？」

「いいでしょう。何を覚えたいのですか？」

「私を助けてくれたあの技を覚えたいです！」

彼はしばらく考えてから答えた。

「あの技ですか？　やめておきましょう」

「どうしてですか？」

「あの技は実用的ではないからです。少なくともあなたには向いていません」

その言葉に太子が困惑する。

「すごく役に立ったじゃないですか？　師匠はあの技で私を助けてくれたんですから。一本の剣で二本の剣の力を打ち消したんですよ！」

太子が納得できないのも無理はないと思い、彼は尋ねた。

「太子殿下、あなたに一つ質問があります」

「どうぞ！」

「昔、ある所にお腹を空かせた人が二人いました。二人とも目を血走らせて相手の食べ物を奪おうとして、殴り合いの喧嘩を始めました。そこに三人目の人がやってきて、二人の喧嘩を止めなくてはと思いました。あなたたなら、ただ説得するだけでいいと思いますか？」

「……無理だと思います。だって、彼らが欲しいのは食べ物ですよね？」

「そうです。問題の根本が解決されていないから、仲裁に入って真面目に話をしても誰も耳を傾けません。だから、この三人目の人が彼らの争いを止める方法は一つだけ。彼らの望むものを与えること。つまり、袋を開けて自分の食べ物を彼らに差し出すことです」

太子はわかったようなわかっていないような様子だ。

「それと同じ理屈です。ひとたび剣を抜けば、必ず誰かが傷つくということを覚えておかなければなりません。力を出せば誰かが必ずそれを受け止めなければならないのです」

彼はそのまま言葉を続ける。

「ですから、私があの二本の剣の力を打ち消したというのは間違いです。消したのではなく、相手の攻撃を自分が受け止めたのです。争いを止める代わりに自分でその傷を引き受けるという非常に愚かな技ですから、やむを得ない状況でなければ使いません。あなたは太子殿下という貴い身分なのですから、そんな技を覚える必要はありませんよ」

教典を書き写していた太子は、しばらくそうしているとまた考え込むような顔になった。

「まだ何か聞きたいことがあるのですか？」

そう問われ、しばしためらってから太子は口を開く。

「一つだけいいですか、師匠。もし三人目の人も腹を空かせていたらどうするんですか？」

「……」

「他の二人が、食べ物を手に入れたのに欲を出してもっとひどい喧嘩をして、彼に食べ物を求め続けたらどうすればいいんでしょうか？」

「あなたはどう思いますか？」

少し考え、太子は答えた。

「わかりません……もしかしたら、最初から口出しするべきではないのかもしれません」

◆

大殿は金色だった。何もかもが金色に輝いていたのに、今は紅（くれない）と化している。

金色の宴卓（えんたく）の上には、いずれも人が倒れていた。

一撃で致命傷を与えられ、無残な死にざまだ。剣を握る彼の手はずっと震えていた。きりりと美しかった国主は全身が血にまみれ、その目は痛みと恨みで赤く染まっている。膝の上には皇后の亡骸が横たわっていた。

彼は剣を手にしたまま一歩また一歩と近づいていく。顔を上げた国主は、彼が目に入ると驚愕し、ひどく狼狽した。

「国師？　そなた……!?」

冷酷極まりない刃が国主に突き立てられる。

同時に何かに気づいた彼は、はっと振り向いた。若い太子が入り口に散乱している近衛兵たちの死体の中に立っている。

少年は、自分が見ているものが現実なのか夢なのかわからないような虚ろな目をしていた。気が動転して、危うく敷居に躓きそうになりながら一歩前に出る。

彼が国主の体から剣を引き抜くと、黒衣に真っ赤な血が飛び散った。

太子は敷居には躓かなかったが、床に転がる死体に足を取られ倒れ込んだ。国主の体に縋りつき、ようやく声に出して叫ぶ。

「父皇!?　母后!?」

だが、国主は二度と言葉を発することはなかった。太子が揺らしても目を覚ますことはない。はっと顔を上げた太子は、大きく目を見開いて彼に言った。

「師匠！　何をやっている？　何をやったんだ!?　国師!!」

しばらく経って、彼はようやく抑揚のない自身の声が空虚に響くのを聞いた。

「当然の報いだ」

◆

謝憐は熟睡できないまま床を転がって目を覚ました。

眠い目を擦りながら、まだそれほど長く眠っていないことに気づく。しかもずいぶんと悪い夢を見ていたが、幸いなことに懐にある硬い何かに違和感を覚えて目が覚めた。しばらく座り、懐からそれを取り出して手を開く。手のひらには極楽坊から持ってきたあの賽が二つ乗っていた。

　ふと脳裏に燃えるような赤い情景が浮かぶ。それはぼんやりとしていたが、紅衣の人影が火の海の中から微動だにせずじっとこちらを見つめている姿だけは鮮明だった。謝憐(シエリエン)はふっとため息をつく。

（三郎(サンラン)の極楽坊はどれくらい焼け残ったんだろうか？　今回貶謫(へんたく)されたら、ありったけかき集めても弁償できるかどうか……数十年か、数百年か、なんなら一生かけて彼に返せばいいか）

　二つの賽をしばらく眺めた謝憐(シエリエン)は、両手を合わせてしばらくそれを振り、床に放り投げた。賽はコロコロと数回転がって止まる。

　案の定、花城(ホワチョン)に借りた運はすべて使い果たしていたらしい。二つとも六の目が出るよう念じながら振ったのだが、出た目は二つとも一だった。

　思わず笑って頭(かぶり)を振ると、背後から足音が聞こえてきた。謝憐(シエリエン)は一瞬動きを止め、笑みと二つの賽をさっと収める。

　その足音は君吾(ジュンウー)のものではなかった。君吾(ジュンウー)の足音は悠々としていて、速くも遅くもない。花城(ホワチョン)は自由気ままで不真面目、いつも気だるそうな歩き方をするが、二人の歩調から漂う自信に満ち溢れた雰囲気はまったく同じだ。それに比べると今の足音は若干軽く聞こえ、振り返った謝憐(シエリエン)はぽかんとした。

「君でしたか」

　やってきた男は黒い単衣(ひとえ)を着ていた。色白で唇の色も薄く、表情も薄い。ひどく冷たい印象で、紛れもなく武神なのに文官のように見える。これが慕情(ムーチン)でなくて誰だというのだ？

　謝憐(シエリエン)が若干訝(いぶか)るような顔をしたのを見て、慕情(ムーチン)は眉を跳ね上げた。

「誰だと思ったんです？　風信(フォンシン)ですか？」

　謝憐(シエリエン)の返事を待つことなく黒衣の裾を上げ、敷居を跨(また)いで入ってくる。

「風信(フォンシン)ならおそらく来ないでしょうね」

「君は何をしに来たんです？」

「帝君はただあなたに禁足を命じて泰華(タイホワ)殿下にはここへ来ないよう言っただけで、別に私に行くなとは言っていませんが」

慕情の言葉は謝憐の問いに対してまったく答えになっていない。もともと謝憐もそこまで興味があって聞いたわけでもなかったので、答えたくないならそれで構わない、と追及はしなかった。

慕情は真新しい仙楽宮の内部を見回すと、視線を謝憐に向けた。しばし眺めて、唐突にある物を投げて寄越す。青い影がさっと宙を舞い、謝憐が左手で受け取って見てみると、それは青磁の小瓶だった。

薬瓶だ。慕情は淡々とした口調で言った。

「右腕がいつまでも血まみれのままでは、見た日に不格好なので」

謝憐はじっと薬瓶を持ったままで、慕情をしげしげと眺めた。

三度目に飛昇して以降、慕情の謝憐に対する接し方は「回りくどい」としか言いようがない。常に慕情は、謝憐が三度下界へ蹴落とされるのを待ちながら、高みの見物で皮肉を言っているような口調だった。ところが今、謝憐が本当に蹴落とされそうになると、なぜか急に温厚な顔つきになって、しかもわざわざ薬まで届けに来てくれている。この態度の変わりように、謝憐は違和感を覚えずにはいられなかった。

謝憐が動かずにいると、慕情は微かに笑みを浮かべた。

「使おうが使うまいがお好きにどうぞ。他には誰も届けに来てはくれないでしょうけど」

その微笑みは作り笑いではなく、今は本当に機嫌がいいのが伝わってくる。別に右腕に痛みは感じなかったが、このまま放置しておく理由もない。先ほど君吾が一度叩いたことで応急処置はできているが、薬があればなおいいだろう。

青磁の小瓶を開けた謝憐は、心ここにあらずといった様子で右腕にそれを注いだ。瓶の中から出てきたのは、粉薬でも丸薬でもなく淡い青色の煙だった。上等な薬のようで、煙はゆっくりと流れて右腕を包み、爽やかな香りを漂わせる。

「郎千秋が言ったことは事実なんですか？　本当にあなたが永安国の皇族を殺したと？」

唐突に尋ねられ、謝憐は視線を上げて慕情を見やった。

たとえ慕情が隠していても、謝憐にはその目の奥に興奮の色が見て取れる。どうやら謝憐が起こした鎏金宴大殺戮についての詳細にずいぶんと興味を抱いているらしい。

「どうやって殺したんですか？」

慕情がそう言った時、後ろからまた重々しい足音が聞こえてきた。二人が同時に振り向くと、今度の来訪者はなんと風信だった。

大殿の中に入るなりそこに慕情がいて、しかも顔に笑みを浮かべて謝憐の横に立っているのが目に入り、風信は眉をひそめて警戒した様子で口を開いた。

「お前はここで何をしている？」

謝憐が手にしている青磁の小瓶を少し持ち上げ、慕情はわずかに笑みを消した。つい先ほど謝憐に風信は来ないだろうと言ったばかりだったのに、その風信がすぐに来てしまい、慕情としては当然ながら面白くない。

「別にここはお前の殿じゃないんだし、お前が来ていいなら私だって来ても構わないだろう？」

風信は相手にせず謝憐の方を向く。彼が何かを言う前に謝憐は口を開いた。

「もし君たちが同じ質問をしに来たのならまとめて答えましょう。今日、私が神武殿で話したことはすべて本当のことですから、信じていいですよ」

風信の顔が微かに青褪める。だが、それは慕情にとって最も見るに堪えない姿だった。

「もういい、やめとけ。今さら誰に向けてそんな沈痛な顔をしてるんだ」

そう言った慕情に風信が鋭い視線を向ける。

「お前に向けてるんじゃない。失せろ！」

「私にそんなことを言う資格がお前にあるのか。口では忠誠を語っておきながら、何年耐えられた？　結局はこの通り、一人で逃げたんじゃないか」

風信の額に青筋が盛り上がった。会話がまずい方向に向かっているような気がして謝憐が手を上げる。

「そこまで、そこまで」

だが、慕情が言われてやめるわけがない。

「世間じゃ、お前はかつての主が目の前で落ちぶれていくのを見るに忍びなかったんだとか大義名分があるように言われてるが、聞こえのいい言い訳を探して取り繕ったところで、はっきり言ってお前はただ単に廃(すた)り者につき従って無駄な年月を過ごすのが嫌になっただけなんだろう？」

慕情(ムーチン)がせせら笑うと、風信(フォンシン)は拳(こぶし)を振り上げた。

「お前に何がわかる!?」

「バキッ」という音とともに、風信(フォンシン)の拳が慕情(ムーチン)の顔面に命中する。色白の慕情(ムーチン)の顔に、風を纏った雷のような一撃が食らわされると、まるで柿をぶつけられたかのように顔面から血が流れだした。

ところが、慕情(ムーチン)も気丈で、呻(うめ)き声すら漏らさずに一切の躊躇もなく殴り返す。飛昇してからは二人とも自分の法宝や武器を持っていたが、頭に血が上った時はどうしても殴り合いをしなければ気が済まないらしい。風信(フォンシン)と慕情(ムーチン)の実力は八百年前から互角で、八百年経った今も伯仲(はくちゅう)していた。拳が肉にめり込み、バキッバキッと音がするほど殴り合っても優劣はつけ難い。

「お前のその腐った性根を知らないとでも思ってるのか。彼が悪事の限りを尽くせばお前は嬉しいんだろうが!!」

風信(フォンシン)が怒りもあらわにそう言うと、慕情(ムーチン)が吐き捨てるように反論する。

「お前こそ私をずっと見下しているくせに、笑わせるなよ。自分で自分をよく見てみろ！　お前のどこに私を見下す資格がある？　所詮(しょせん)五十歩百歩だろうが！」

郎千秋(ランチエンチウ)と謝憐(シエリエン)ですらまだ戦っていないというのに、なんと風信(フォンシン)と慕情(ムーチン)が先に争い始めてしまった。積年の恨みがある二人は、取っ組み合って言いたい放題罵り合う。互いの罵声ですら聞いていないのに、謝憐(シエリエン)の話に耳を貸すわけがない。

三人がまだ年少の頃、慕情(ムーチン)は物静かで誰かを怒鳴ることなどなかったし、風信(フォンシン)が誰かを殴るとしたらそれは謝憐(シエリエン)に言われてやっていたことで、殴れと言えば殴るしやめろと言えばやめていた。謝憐(シエリエン)はそれをまだ覚えているが、今はもうあの頃とは違うのだ。

片腕が垂れ下がったまま正門へと急いで向かった謝憐(シエリエン)は、何人か神官を呼んで仲裁してもらおうと思った。ところが、大殿から出る前に、前方で大きな音がした。その音に驚いた風信(フォンシン)と慕情(ムーチン)も、双方ともに手を止めて警戒しつつ音がした方向に目を向ける。

　仙楽宮の正門が何者かに蹴破られていた。正門の外には仙京のあの広々とした神武(シェンウー)大通りではなく、空気がどんよりと淀(よど)んだ暗闇が広がっている。

　その暗闇の中、目の前に無数の凜々(りんりん)たる銀の蝶が正面から舞ってきた。

第二十一章　劫仙宮三語嚇諸神

仙宮にて攫い、三言で神々を脅かす

銀色の光がやたらに煌めき、謝憐(シエリエン)は無意識にそれを手で遮ろうとした。手首には若邪(ルオイエ)が巻きついているため、危険が迫れば自ら迎撃してくれる。ところが、その銀の蝶は謝憐(シエリエン)を襲うどころか避けるように素通りし、つい先ほどまで取っ組み合っていた後ろの二人に向かって飛びかかった。

風信(フォンシン)と慕情(ムーチン)はかつてこの死霊蝶(しれいちょう)に散々な目に遭わされたことがあり、その力を十分理解している。油断するはずもなく、ほぼ一瞬にして同時に手を上げて叫んだ。

「盾！」

疾風の如く羽ばたく何千何万もの銀の蝶が、彼らに向かって襲いかかる。だが、二人の前にある目に見えない壁に阻(はば)まれ、ザーザーと豪雨のような音を立てながらぶつかると、四方に火花が散るように激しい白光を放った。

しかし、法力の盾をもってしてもこの死霊蝶の猛烈な勢いは止めようがなく、しかも尽きることがない。まるで飛んで火に入(い)る夏の虫のように狂気じみていて、この砲火のような蝶の雨に打たれた二人はじりじりと劣勢になっていく。

不意を突かれて先手を打たれてしまった。盾を展開しなければ死霊蝶に接近されてしまうし、盾を展開したままでは武器を手にする余裕がない。風信(フォンシン)と慕情(ムーチン)の二人は臍(ほぞ)を噛みつつ、歯を食いしばって耐えていた。前方に俯いて立っている謝憐(シエリエン)がちらりと見えたが、様子がわからず風信(フォンシン)がすぐさま叫ぶ。

「殿下、そんな所に立ってないで、早く盾の後ろに！」

「え？」

ところが、眉間にしわを寄せて振り返った謝憐(シエリエン)はまったくの無傷だった。

よくよく見た二人は、その場で口から血を天に届くほど高く噴き出しそうになった。謝憐(シエリエン)は手に死霊蝶を一匹乗せていて、しかも少しきょとんとした顔をしているではないか。

先ほど荒れ狂うような蝶の嵐が吹き抜けた時、やけにゆったり飛んでいる蝶が一匹いて、集団に追いつけずに謝憐（シエリェン）の目の前でパタパタ羽ばたいていた。謝憐（シエリェン）にはそれがなんとも一生懸命に見えて、思わずその蝶の下から少し離して支えるように手を伸ばすと、蝶は彼の手のひらの上で嬉しそうに羽ばたいて離れなくなってしまったのだ。それを見た風信（フォンシン）の額に青筋が浮き上がる。

「そんなものを触るな!!　それが何かわかってるのか？　危ないだろう！」

その時、突然手首に締めつけられたような感覚が伝わり、謝憐（シエリェン）は何者かに掴まれて力一杯引っ張られた。そのまま体ごと正門の外に広がる暗闇に引きずり込まれていく。

暗闇の中にいても、なぜか少しの不安もなければ警戒心を抱くこともなかった。この暗闇はまるで優しい鎧（よろい）のようで、危険どころか逆に人をなんとなく安心させる。暗闇の向こうにいる人物はまだ姿を見せないが、銀の蝶が現れた以上、それが誰なのかわからないはずがない。

「貴様、いい度胸じゃないか。仙京にまで来て騒ぎを起こすなんて、傍若無人（ぼうじゃくぶじん）にもほどがある！」

信じられないとばかりに言った慕情（ムーチン）に、笑いながら答える声がした。

「それはお互い様だ。お前ら上天庭の神官だって俺の縄張りで相当傍若無人な真似をしたじゃないか？」

自分を掴んでいるのが誰なのか最初からわかっていたとはいえ、よく知っている声が至近距離から聞こえてくると謝憐（シエリェン）はどうしても動揺してしまった。

「帝君が仙京にいらっしゃるんだぞ。その人を放せ！」

風信（フォンシン）の言葉を花城（ホワチョン）は嘲笑（あざわら）う。

「お前らの実力次第だな」

言い終わると同時に、正門が重々しい音を立てて閉ざされた！

手首を強く握りしめられた謝憐（シエリェン）は、早足でどこかへ連れていかれているような感じがした。暗闇の中で耳に入ってくるのは、あの黒い長靴についている銀の鎖が立てるチリンチリンという澄んだ音だけだ。足元にはでこぼこした起伏があり、門の外はあの明るく広い仙京の大通りではなく荒野の谷間だった。

おそらく花城(ホワチョン)は縮地千里を使って仙楽宮の正門をこの谷間に繋げたに違いない。だが、どうやってそれをやってのけたのだろうか？　少なくとも天界の神官でなければこんなことを簡単にできるはずがない！

謝憐(シエリエン)が口を開こうとした時、突然爆音のような怒鳴り声が耳元で炸裂した。

「殿下！　今どこにいる!?」

風信(フォンシン)だ。声は耳元で聞こえるが姿は見えない。風信(フォンシン)は通霊陣の中で怒鳴っていた。謝憐(シエリエン)はその怒鳴り声で鼓膜が少し痛くなり、大声を聞きつけて現れた多くの神官たちは恐怖に震えながら尋ねる。

「どうしたんだ！　何かあったのか？」

「一大事です！　霊文(リンウェン)はどこに？　早く帝君に報告してください、謝憐(シエリエン)が逃げました！」

通霊陣に入ってきた慕情(ムーチン)がそう答えた。普段は上品で優しく穏やかに話す慕情(ムーチン)だったが、今は慌てふためいた様子だ。

「なんですって？　仙楽宮に行って確認してきます！」

霊文(リンウェン)が確認に行くと、ある神官が驚いて声を上げた。

「三……太子殿下が逃げた？　仙楽宮で禁足させられていたんじゃなかったのか!?」

師青玄(シーチンシュエン)も通霊陣に入ってきて発言する。

「さっき中天庭(ちゅうてんてい)の若い神官たちが仙楽宮の外で大勢見張っているのを見ましたから、入ることはできても出るのは不可能ですよ。いったいどうやって逃げたって言うんです？」

「何が逃げただ。話をややこしくするな！」

風信(フォンシン)にそう言われ、慕情(ムーチン)が反論した。

「あれは一緒に逃げたようなもんだろう！」

「攫われたんだ！　殿下、まだ俺たちの声が聞こえるか？　今どこにいる!?」

攫われたという風信(フォンシン)の言葉を聞いて、皆がさらに驚く。

「ここは仙京だぞ。何者なんだ、そんなことをする傍若無人な輩(やから)は！」

たちまち誰もが一斉に声を大にして疑問を口にし、答えを待った。仙楽宮がもぬけの殻(から)になっていたことを確認した霊文(リンウェン)は、謝憐(シエリエン)が今どこにいるのか調べ始め、師青玄(シーチンシュエン)は何度も繰り返し功徳を撒く。

通霊陣の中は大騒ぎで、皆があぁだこうだと好き勝手に話し始めてしまって混乱状態になり、謝憐(シエリエン)が割り込む隙もない。落ち着くように大声で叫ぼうと大きく息を吸ったその時、花城(ホワチョン)が突然振り返って指を二本伸ばしてきた。ひんやりと冷たい指先が謝憐(シエリエン)のこめかみに優しく押し当てられたかと思うと、花城(ホワチョン)が笑いながら口を開く。

「久しぶり。皆さんご健勝かな？」

指をそっと触れさせるだけで、花城(ホワチョン)は謝憐(シエリエン)を通して上天庭の通霊陣に入ったのだ。その落ち着き払った声は、そばにいる謝憐(シエリエン)だけでなく通霊陣の中で慌てふためいている神官たちにも聞こえ、場は一瞬で死のような静寂に陥った。

「……」

全員が声なき咆哮(ほうこう)を上げる。どうりでこれほど傍若無人なわけだ。相手はこいつだったのか！

「お前らが俺に会いたがってたかどうかは知らないが、こっちはお前らに会いたいなんてこれっぽっちも思ったことはない」

「……」

確かに天界には毎日密かに花城(ホワチョン)のことを考えている神官も少なからずいた。だが、花城(ホワチョン)の方は自分たちに会いたいとは思っていないらしいと聞くと、彼の考えが今後も変わらないよう心の中で静かに経文(きょうもん)を唱えて祈る。すると、すぐさま花城(ホワチョン)がくすくすと笑った。

「でも近頃は俺もかなり暇にしているから、もし同じように暇な奴がいて俺と手合わせしたいって言うなら大歓迎だ」

「……」

この状況下で放たれたその言葉の意味は、これ以上ないほど明白だった。

「お前らの中に追ってくる度胸がある奴がいるなら、今度は俺がそいつに挑戦しに行く」

その挑戦を受ければ負けは確実、受けなければ面目丸潰れになる。もはや露骨な脅迫ではないか。

　先ほど通霊陣の中が沸き上がったようになり、何人かの武神は自発的に追撃に加わろうとしていたが、花城のその言葉を聞くと全員があっという間に姿を消した。誰も花城に覚えられたくなどないのだ。皆、そこにいないふりをしながら耳をそばだてて事の成り行きを見守っているものの、心中は逆巻く大波のように穏やかではなかった。

（上天庭までやってきて人を攫うなんて、血雨探花はやりたい放題にもほどがあるだろう。しかも攫ったのが渦中のあの三界の笑い者とは……）

　沈黙に陥った通霊陣では、唯一風信だけが怒鳴り続けているが、こちらでは話し終わった花城がすぐに謝憐から指を離した。謝憐は思わず口にする。

「三郎……」

「そいつらに構わずついてきて」

　そう言って、花城は掴んでいた謝憐の手も放す。

　その声はかなり低く、感情が読み取れない。そして謝憐を素早く放したその動きは、まるで振り払うかのようだった。初めて出会った時に手を振り払われたことを思い出し、謝憐はその場で呆然と固まってしまう。

　謝憐はなぜ花城が突然現れたのか、その理由を聞くつもりだった。もしかすると花城は自分が禁足を命じられたことを知って、わざわざ助けにきてくれたのかもしれないと漠然と思っていて、先ほど三郎と呼びかけた時も少し嬉しさを感じていたのだ。けれど、花城の手が離れた途端、謝憐ははたと我に返った。

　なぜ花城が自分を助けに来てくれたと思っていたのだろう？　極楽坊と武器庫を燃やしてしまったばかりなのだから、むしろ糾弾し弁償をさせるために来た可能性の方が高いのではないだろうか？

　極楽坊全体に火の手が広がったのは師青玄があおいだのが原因だが、最初に火をつけたのは謝憐だ。二人で前後に並んで歩きながらも、考えれば考えるほど申し訳なさと恥じ入る気持ちが込み上げてくる。

「……三郎、ごめん」

　我慢できずに謝ると、花城が突然歩みを止めた。

「どうして謝る？」

「私が鬼市に行ったのは地師（ディーシー）が失踪した事件を調査するためだったんだ。でも、この前君に本当のことを言っていなかったから、私は君を騙したことになる。君は心からもてなしてくれたのに、私は極楽坊もあの貴重な宝物ばかりの武器庫も燃やしてしまった。本当に本当に申し訳ない」

花城（ホワチョン）は何も言わない。謝憐（シエリエン）も「本当に申し訳ない」という言葉に重みがないことを承知しつつ言葉を続けた。

「でも私はもうすぐ貶謫（へんたく）されるだろうから、下界に降りたら必ずなんとかして埋め合わせをするよ。どうすればいいかは……」

「どうして俺に埋め合わせをしようとするんだ？」

そう言った花城（ホワチョン）の口調は少し硬く、これ以上聞いていられないというようにさっと謝憐（シエリエン）を振り返った。

「俺の刀で腕に怪我をしたことを忘れた？　あなたが俺を傷つけたんじゃなくて、俺があなたを傷つけたのにどうしてあなたが謝るんだ？　どうして俺に埋め合わせをしようとする？」

腕を怪我したことを綺麗さっぱり忘れかけていた謝憐（シエリエン）は、少しきょとんとしてからはたと思い出した。

「君が言っているのは右腕のこと？　それなら心配ない。痛くないし、すぐ治るから。そもそも私が自分から迎撃しにいったからこんなことになったわけで、君のせいじゃないだろう？」

謝憐（シエリエン）をじっと見つめる花城（ホワチョン）の左目には、この上なく明るい光が宿っている。ふと、謝憐（シエリエン）は彼が震えているように感じた。

しばらくして震えているのは花城（ホワチョン）ではなく、花城（ホワチョン）の腰の湾刀厄命（オーミン）だということに気づく。

紅衣に下げられた銀色の湾刀がずっとぶるぶる震えていた。銀色の線で描かれたその目もだ。もしそれが子供の顔についていたなら、きっとその子供はわあわあと泣きじゃくっていただろう。

第二十二章 玲瓏骰只為一人安

玲瓏な賽はただ一人のために

「どうしたの……」

その様子を見た謝憐は、思わず手を伸ばして少し撫でようとした。

ところが、花城は体を横に傾けて謝憐の手を避け、しかも刀の柄を容赦なく叩く。

「なんでもない。こいつには構わなくていい」

諸天の神々がその噂を聞いただけで肝を潰す呪いの刃——湾刀厄命は、花城に音が鳴るほどの強さで叩かれるとさらに激しく震えだした。

「三郎、どうしてその子を叩くんだ？」

謝憐が尋ねたその時、風信が通霊陣の中で叫んだ。

「花城はなぜ仙京で縮地千里が使えるんだ!? この門はどうやったら開く!?」

「南陽将軍、私、私！ 私なら開け方がわかるかも。この前、太子殿下と公務に出た時に花城のその術にひどい目に遭わされたんだ。まず門の前で賽を二つ振って、それから開けてみて！」

師青玄の言葉を聞いて謝憐は思い出した。先ほど自分は大殿で考えなしに賽を振って遊んでいなかったか？

謝憐の脳裏に、師青玄と一緒にミミズの洞穴、そして野人の妖怪から死に物狂いで逃げた時のことがまざまざと浮かぶ。

「やめるんだ！ 絶対やっちゃ駄目だ！ 危ない！」

慌てて言ったものの、また法力が尽きかけているらしく、謝憐の声は通霊陣まで届かなかった。もし届いていたとしても時既に遅しで、風信はなんの迷いもなく師青玄の言葉に従ったようだ。

なぜそれがわかったのか？ 次の瞬間、風信が通霊陣の中でいきなり口汚く罵り始めたからだ。

風信は興奮するとすぐに口が悪くなるのだが、その罵声はかなり聞くに堪えないものなので、耳目を汚さないためにもここではその言葉を敢えて伝えないでおこう。

「将軍、どうされたんですか！」

神官たちが慌てて尋ねると、同じくずいぶん愕然（がくぜん）とした様子の慕情（ムーチン）の声が聞こえてきた。

「ここはどういう場所なんだ？」

どうやら風信（フォンシン）と一緒に門の中に入ったらしい。

「気をつけて！　出目の合計によって行き着く場所が変わるんだ。いくつが出た？」

師青玄（シーチンシュエン）の問いかけに慕情（ムーチン）が答える。

「こいつが出したのは四です！」

風信（フォンシン）の罵声の中からは狼狽や怖じ気（おけ）づいたような気配が感じられて、彼らが危険な目に遭っているのではないかと謝憐（シエリエン）は心配になった。術を使った本人が目の前にいるため、他のことは置いておいて慌てて尋ねる。

「三郎（サンラン）、四を出してから門を開けると何が見えるんだ？」

「人によって違う。賽を振った人間が一番怖いと思う場所に行き着くんだ」

花城（ホワチョン）が言い終わるや否や、慕情（ムーチン）の冷たい声が聞こえてきた。

「我先に投げて女湯なんか出しやがって！　寄越せ、私がやる！」

「女湯」と聞いて謝憐（シエリエン）はぱっと顔を覆った。風信（フォンシン）は女性を敬遠する傾向があり、まるで洪水や猛獣のように恐ろしく見えるのか、話に出るだけで顔色が変わる。彼にとっての女湯は、虎穴や龍の住処よりも遥かに危険なこの世で最も恐ろしい場所なのだ！

聞いていると慕情（ムーチン）が賽を奪い取ったらしく、謝憐（シエリエン）はほっと息をついたが、次の瞬間、再び二人の怒声が飛び交った。

「お二方、今度は何が見えたんだ？」

居ても立ってもいられなくなった師青玄（シーチンシュエン）が尋ねたものの、あちらからの応答はなく、ただ二人とも水に沈んだような「ゴボッ、ゴボッ」という妙な音が聞こえてくる。皆が固唾を呑んで見守る中、しばらくすると、突然水面を割るように現れた風信（フォンシン）が数回何かを吐き出して怒鳴り声を上げた。

「黒い沼だ、しかもでかい鰐（わに）がいる！」

なんと、二人は湯気の立つ女湯から慌てて逃げ出したばかりだというのに、慕情（ムーチン）が賽を振ったら謎の沼地に足を踏み入れてしまったのだ。あっという間に泥沼が腰に達して口まで浸かり、やっとの思いで顔を出すと、数十四の極めて長大な鰐の妖怪にぐるりと取り囲まれていた。

この鰐の妖怪はどれもが体長四丈以上あり、常に人を食って修練してきたため、つけ足したかのように人間の手足が生えていて、沼の中を滑るように泳ぐ姿は息を呑むほどだ。二人は胸糞が悪くなりつつ、体の半分を沼に沈ませ、全身黒い泥まみれになりながら鰐の妖怪と激しくやり合った。そうしているうちに、風信は我慢できなくなったらしい。

「やっぱり俺がやるから賽を寄越せ！　お前だって正しい目を出せてないだろうが！」

「鰐の妖怪ならましだろう。女湯に比べたらこっちは公序良俗に反していないからな。お前がやったら今度は何が出るかわかったもんじゃない。私に寄越せ！」

これまで負けを認めたことのない慕情がそう言って白光を放つ。

「このクソったれが、さっきお前に渡しただろうが⁉　賽をどこにやった⁉」

二人は自分たちがまだ通霊陣に繋がったままになっていることを完全に忘れているらしい。互いに相手の博打運が悪いことにケチをつけてはバキッバキッと殴り合いを始め、賽もどこにやったのかわからなくなっている。

彼らの罵り合いを通霊陣の中で聞いていた神官たちは、内心ではもっとやれと思いながら傍観していたが、笑いを堪えすぎておかしくなりそうだった。自分もその場で直接声を上げて観戦したいとばかりに宝座を激しく叩き始める者さえいる。

風信と慕情はあまり運がいいとは言い難かったが、山野の妖怪は彼らにとって大した脅威にはならない。二人が早々に諦めて解放されることを願うばかりだが、同時に謝憐は、妖怪ではなく一発で花城を引き当てた先ほどの自分の目は絶妙だったと少し嬉しく思った。

「その賽なんだけど、私がさっき出したのは二だったんだ。つまり二を出せば君に会えるということなのかな？」

歩きながら尋ねたものの、言い終わってすぐにその聞き方が少し妙だったことに気づく。これではまるでものすごく花城(ホワチョン)に会いたいと言っているように聞こえるではないか。

だが、花城(ホワチョン)の返事は「違う」だった。

「そうか、違うんだ。じゃあ私の勘違いか」

謝憐(シエリエン)が少し気まずそうに頬をかいていると、前を歩く花城(ホワチョン)が口を開く。

「もしあなたが俺に会いたくなったら、どの目を出しても会えるよ」

「……」

喉仏がごくりと動き、謝憐(シエリエン)は自分が何を言おうとしていたのか忘れてしまった。その言葉の意味を反芻(はんすう)している暇もなく、通霊陣の中から誰かの「私がやります！」という声が聞こえてくる。

それが聞こえてから間もなくして、眩い白光が空を駆け抜けた。金属や岩石が破砕(はさい)される音が天地を揺るがすほどに響き渡り、花城(ホワチョン)と謝憐(シエリエン)の行く手を阻む。

白光が徐々に熱を失ったように薄れていくと、謝憐(シエリエン)はようやくはっきりと目にした。空から飛来して自分たちの目の前を塞いだのは、一本の剣だった。

謝憐(シエリエン)の双眸が微かに見開かれ、瞳が収縮する。

細長いその剣は、地面に斜めに突き刺さって剣身を震わせ続けていた。まるで黒い玉(ぎょく)で鍛造(たんぞう)されたかのような神秘的な深みがあり、鏡よりも滑らかな剣身は、近づけばそこに自身の姿がくっきりと映し出されるだろう。唯一、剣身の大部分を貫くように白銀の非常に細い線が通っていて、まるで潔白な心を表しているようだ。

剣の名はまさしく「芳心(ファンシン)〔美しい心〕」だった。

その剣の前に人影が降り立つ。

「これは貴様の剣だ」

芳心(ファンシン)国師の死後、彼の剣は永安国の太子によって保管されていた。そして今、その芳心(ファンシン)剣を投げつけて二人の行く手を阻んだのは、まさに郎千秋(ランチエンチウ)だったのだ。

風信(フォンシン)と慕情(ムーチン)は失敗したが、郎千秋(ランチエンチウ)は正しい目を振り出せたらしい。これは彼が幸運なのか、それとも謝憐(シエリエン)が不運なのかなんとも言い難い。唯一言えることは、同じ太子殿下という貴い身分でありながら、郎千秋の運は常に謝憐よりもずっと良かったということだ。

花城が手を後ろに組んで微かに動くと、謝憐は手を上げて彼を制止し、小さな声で言った。

「私が行く」

谷間の真ん中で、郎千秋は道に立ち塞がっている。

「決闘だ。結果がどうなろうとも、たとえ私が貴様に殺されようとも、一切償う必要などない。自ら貶謫を帝君に願い出る必要もない」

ここで戦わなければ、彼に引き下がるつもりがないことは誰の目にも明らかだった。

しばしのあと、謝憐はゆっくりと頷く。

「わかった」

剣の方へと近づいた謝憐は、柄を握って砕けた岩の間からそれを抜き出すと、静かに言った。

「これは君が自ら招いたことだ」

数百年の時を経て、芳心は再び彼の手に戻った。

それが謝憐の手の中でブンブンと低い音を立てる。そう遠くないところで、絶え間なく聞こえる剣の唸りに刺激された花城の眼光が輝いていた。

長剣を手にした謝憐は、それをさっと振って剣先を斜めに地面に向けると、冷ややかに言い放った。

「この一戦、結果がどうなろうとも後悔はないな」

それに郎千秋が大声で応える。

「絶対に後悔などしない！」

武者震いした郎千秋は、両手で重剣の柄を握りしめた。息を殺して全神経を集中し、あの黒い玉のような芳心の刃に焦点を絞ってわずかな隙も見せない。

謝憐が素早く前に飛び出した。郎千秋の目つきが鋭くなり、まさに迎撃しようとしたその瞬間、彼は突然何かにがんじがらめに縛り上げられたように四肢を強張らせて地面にどっと倒れ込んだ。

下を見た郎千秋は、本当に縛り上げられていることに気づいた。いつの間にか、雪のような白綾が毒蛇のように彼の体にぐるぐると何周も巻きついていたのだ！

郎千秋は子供の頃から芳心国師に剣術の指南を

受けていて、国師に深い畏敬の念を抱いていた。それで、謝憐（シエリエン）が剣を手にするなり一意専心とばかりにその動きに神経を集中させていたため、こっそり背後に回った白綾が不意打ちをかけてきたことにまったく気づかなかった。こんな恥ずべきことをするなんて、思いもしなかったのだ。

若邪（ルオイエ）が上手くやったのを見て、謝憐（シエリエン）のぴんと張り詰めていた表情と気持ちが一瞬で緩む。芳心（ファンシン）をぽいと放ると、謝憐（シエリエン）は大きく息をついて汗を拭った。

「ああ、危なかった」

郎千秋（ランチエンチウ）は地面に倒れてしきりにもがいているが、この白綾はなかなかのくせ者で、もがけばもがくほどきつく縛りつけてくる。

「国師、貴様、どういうつもりだ！　さっさと私を解放して命がけで戦え！」

そんなふうに怒鳴った郎千秋（ランチエンチウ）に、謝憐（シエリエン）は額の汗を拭いつつ言った。

「私たちはたった今命がけで戦ったし、今君の体に巻きついているのは私の法宝だ。君はもう負けたんだよ」

郎千秋（ランチエンチウ）はあり得ないとばかりに叫ぶ。

「これで決着がついたとでも言うつもりか？　命がけの決闘と言ったら、剣での決闘に決まってるだろう！　白綾なんかで不意打ちをかけるだと？　貴様も男なら剣を使え！　卑怯だろうが！」

郎千秋（ランチエンチウ）は剣があらゆる武器の祖であると本気で思っていて、そこに他意はないのだが、これではまるで白綾を法宝として用いる男性神官を差別して、謝憐（シエリエン）を男ではないと侮辱しているようにも聞こえる。

ただ、男らしくないと謗（そし）りを受けたところで、謝憐（シエリエン）は女装したことすらあるのだ。さらに口癖のように「勃（た）たないんです」などと言っているような人が、そんなことを気にするはずがない。

謝憐（シエリエン）は郎千秋（ランチエンチウ）のそばにしゃがみ込んだ。

「これは君の事前の考えが足りなかったからだ。武器は剣に限るとは言われなかったから私はそれを利用させてもらっただけで、君の道理が誰に通用する？　不意打ちだって戦術の一つだし、卑怯な手も使いこなせば智謀（ちぼう）になる。もし相手が私でなければ君はとっくに死んでいた」

二人からそう遠くないところに立っていた花城(ホワチョン)が、声を出すことなく笑う。

　郎千秋(ランチエンチウ)は驚愕のあまり呆然としていた。

　謝憐(シエリエン)がまだ永安国の国師だった頃、郎千秋(ランチエンチウ)は常に公明正大であれ、勇往邁進(ゆうおうまいしん)たれ、全力で事に当たるべしなどと諭(さと)され、まるで頭蓋骨を開けて中に注ぎ込むかのように教え込まれた。なのに、その人の口からこんな言葉を聞く日が来るとは思いもよらず、郎千秋(ランチエンチウ)はすっかりぽかんとしてしまった。

「国師、ずいぶん変わったな。昔の貴様はこうじゃなかった」

「君が知らないだけで私は昔からずっとこうだ。私は君が思っているような人間じゃないし、君の心の中で私を勝手に神聖化して、侵(おか)すべからずという碑(ひ)を立てるなってずっと前に君に言ったはずだ。最後に失望するのは結局君自身だと」

　謝憐(シエリエン)は立ち上がり、そのまま言葉を続ける。

「自分でよく考えてみなさい。次はこんなふうに術(じゅつ)中(ちゅう)に嵌まらないように」

「貴様、待て！」

　立ち去ろうとする謝憐(シエリエン)を、すぐさま郎千秋(ランチエンチウ)が呼び止めた。謝憐(シエリエン)が本当に立ち止まると、郎千秋(ランチエンチウ)はしばらく歯噛みしてから口を開く。

「貴様……ちゃんと説明しろ」

「私に何を説明してほしいんだ？」

　郎千秋(ランチエンチウ)は声を震わせた。

「国師、私も父皇も母后も、貴様ら仙楽国の遺民(いみん)に対して配慮がなかったのか？」

「……」

　正直に言うと、かなり手厚い扱いだった。

　仙楽国が滅んだあとも、前王朝の遺民の一部は仙楽人としての誇りを忘れられずにいた。永安が建国されて統治が始まってからも、一部の遺民やその子孫たちは依然として仙楽人を名乗り続け、しばしば新王朝の民と衝突していた。

　初めの何代かの永安国の皇族は、頑(かたく)なに抵抗する仙楽国の遺民を多く惨殺した。これに対し、仙楽人も互いに手を結んで永安国の王侯貴族の暗殺を企(くわだ)て、実際に何度も完遂(かんすい)したせいでますます確執を深めていったのだった。

しかし、郎千秋(ランチエンチウ)の代になるとなぜかその態度は打って変わって温和なものとなった。

郎千秋(ランチエンチウ)の父皇と母后は、新王朝の国民と前王朝の遺民の融和を願い、反対を押しきって仙楽国の皇族の末裔(まつえい)を「安楽王(アンローおう)」として王侯貴族の一員とした。その彼を郎千秋(ランチエンチウ)の遊び相手にまでしたのは、ただ誠意を示すためだった。郎千秋(ランチエンチウ)も仙楽人に対してずっとかなりの好感を抱いていて、旧怨(きゅうえん)が原因で偏見を持ったことなど一度としてなかった。

「貴様が……あんなことをしたあと、多くの者たちがこの件の背後では仙楽の遺民が糸を引いていたに違いないと言った。これを口実に仙楽人を徹底的に掃討しようと進言してきたんだ」

永安国と仙楽国の間にある怨恨(えんこん)はあまりにも深く、どちらか一方に何かが起きれば、もう一方が黒幕だと決めつけてしまう。

「けれど私はすべて拒否した。貴様は自分の身元を明かしていなかったから、仙楽人ではないと信じて彼らにそう伝えた。だから、多くの仙楽人は死なずに済んだ。訳もわからないまま一族が皆殺しにされるような目に遭わずに済んだんだ。私がそれを許さなかったから」

それは確かに善策だったのだろう。だが、今になって思い返すと、善策だっただけに余計にやりきれない気持ちになってしまう。

せねば良かったものをと思ったわけではない。やったこと自体は確かに正しいのだが、どうしてもやりきれない気持ちになってしまうのだ。自分が差し出した善意に対し、それ相応の善意を返されなかったのだから。

「国師、あの日は、私の誕生日だったんだ」

若邪(ルオイエ)に束縛されて伏した郎千秋(ランチエンチウ)は、必死に上半身を起こした。

「貴様は私を弄んでいたのか？　私の家族を全員殺したのは仙楽人なのに、その張本人の教えに従って仙楽人を救わなければならなかったのか？　貴様はわざとそうやって私を弄んでいたのか!?」

謝憐(シエリェン)は口を噤(つぐ)んでいる。郎千秋(ランチエンチウ)はそのまま言葉を続けた。

「それとも貴様自身、十七歳が一つの岐路(きろ)だったたから、私の十七歳も岐路にしようとしたのか？」

謝憐は依然として何も答えなかった。

怒りが湧き上がり、郎千秋は大声で怒鳴る。

「それが貴様の企みだったなら、意地でも思い通りになどさせないからな!!」

その言葉を聞いた謝憐の双眸が微かに見開かれる。

郎千秋は立ち上がることはできなかったが、その声は高らかに響き、瞳に宿る星はまるで白い炎を燃やすかのように輝いていた。

「もし私が貴様と同じように恨みや憎しみに支配されればいいと思っているのなら、意地でもそうなるものか！　貴様みたいに自暴自棄になるよう追い込もうとしてもだ！　何をしても無駄だぞ！　私は決して貴様のようにはならないからな!!」

それはまるで躍起になって宣戦布告をしているかのようだった。

この大胆な言葉を聞いた謝憐はすっかり唖然としてしまった。しばらく経ってからぷっと吹き出し、とうとう笑い始める。

郎千秋は目に熱い涙を溢れさせていたのだが、その笑い声に突き刺されて空気が漏れたかのように、驚きと怒りで胸がいっぱいになった。けれど、謝憐は手を叩いて大笑いしている。

「よし！　よく言った！」

前回こんなふうに思いきり笑ったのはいつだっただろうか。やっとのことで笑いを収めた謝憐は、少し目を擦りながら言葉を続けた。

「いいだろう。今言ったことを胸に刻んでおきなさい。決して私のようにはならないと！」

花城は腕を組んだまま冷静な眼差しで傍観している。すると謝憐が言い終わった途端、突然目の前で赤い煙が爆ぜた！

不意打ちのような爆発に驚いた謝憐は素早く避けて、郎千秋が怪しげな術でも使ったのかと集中して警戒する。ところが、爆発音は大きさの割にあまり殺傷力はないようだった。煙が消えると、郎千秋が倒れていた場所に彼の姿はなく、ただ左右に揺れ動いている不倒翁〔人形の底に土の重りをつけた、倒れてもすぐに起き上がる玩具。起き上がり小法師〕が一つ残されていた。

その不倒翁の頭と体はまん丸で、まるで大きな瓢箪(ひょうたん)みたいだ。長い眉に黒い瞳をした活発な子供のようで、目を丸くしてふくれっ面(つら)をしているのが無邪気で実に可愛らしい。背中に幅広の大剣を背負って非常に意気揚々とした姿のそれは、子供が好きで好きでたまらない大きなおもちゃに変えられてしまった郎千秋(ランチエンチウ)だった。

「千秋(チエンチウ)!?」

謝憐(シエリエン)は笑みを消して声を上げ、縛る相手がいなくなった若邪(ルオイエ)がシュシュッと手首に巻き戻る。のんびりと歩いてきた花城(ホワチョン)は、その不倒翁を指でコツンと弾(はじ)くと嘲笑して言った。

「こいつはどんな姿になっても馬鹿みたいに見えるな」

謝憐(シエリエン)は泣くに泣けず笑うに笑えず、不倒翁を両手に乗せる。

「こ……これって……三郎(サンラン)、これは千秋(チエンチウ)なのか？　どうしてこんな姿に？　彼で遊ばないで早く元に戻してやってくれ」

「いや、こいつも一緒に連れていこう」

「連れていくって、どこに？」

謝憐(シエリエン)の問いに答えることなく、花城(ホワチョン)は賽を一つ放り上げる。それが手のひらに落ちると、景色がぐるりと回転し、山の洞窟が二人の目の前に現れた。

人を不倒翁に変えるなんて、この法術は悪戯心満載で実に花城(ホワチョン)らしいのだが、解くのはかなり難しそうだった。どのみち謝憐(シエリエン)には解けないため、千秋(チエンチウ)の不倒翁を持ったまま花城(ホワチョン)を追いかけるしかない。ふと芳心(ファンシン)がまだ地面に投げ出されたままだったことを思い出し、慌てて引き返して剣を取る。それを背負うと、謝憐(シエリエン)は花城(ホワチョン)について洞窟の中へと入っていった。

ほんの少し歩くと、入り口は狭かった洞窟がだんだん広くなっていき、その広々とした洞窟内に足音が響いた。前方に微かな火明かりが見え、歌声が聞こえてくる。

謝憐(シエリエン)が鬼市の極楽坊に案内された時もまず歌声が耳に届いたのだが、極楽坊の女の妖(あやかし)たちの歌声は小鳥のさえずりの如く、まるで耳元で睦言(むつごと)を囁かれているかのように人を恍惚(こうこつ)とさせる音色だった。ところが、今聞こえてくる歌声は魔物の群れが踊り狂っているかのようにめちゃくちゃで耳障りなもので、両者はとてもではないが同列に語れない。

「三郎、ここってどういう場所なんだ？」

我慢できずに謝憐が尋ねると、花城が静かな声で「しーっ」と言った。

　もともと声を潜めて問いかけていたが、それを聞いた謝憐は息まで止めそうになる。なぜ静かにしなければならないのか、すぐに理解したからだ。彼らの正面から弱々しい緑色の火の玉がいくつか漂ってきている。さらに火の玉が近づいてくると、それは青い服を着た小鬼たちだとわかった。

　小鬼たちは頭上に灯火を一つ乗せていて、全身がまるで大きな青い蝋燭のようだ。この洞窟には隠れる場所もなく、まさに抜き差しならない状況に陥ってしまった。謝憐は手を後ろに回して背中の芳心を握ろうとしたが、すぐに若邪を使うべきだと思い直して手を下ろす。

　ところが、その小鬼たちはただ彼らを一瞥しただけで、そのままひそひそと話しながらすれ違っていった。二人のことが見えなかったとは思えず、むしろ目に入ったのに動じていないといった感じだ。謝憐が花城に目を向けると、横にいたのはあの得も言われぬ美しさの紅衣の鬼王ではなかった。どう見ても頭に青い炎を乗せた青白い小鬼ではないか。

　なんと、いつの間にやら花城は自分たちの見た目を偽の皮に替えていたのだ。

　自分の頭上にも青いつやつやした灯火が乗っているだろうと思った謝憐は、思わず頭の上を軽く触る。

「何もここまで……」

　何もここまで珍妙な姿にしなくてもいいんじゃないか？　と心の中で思いつつはっきりと口には出さなかったが、花城には謝憐の言わんとすることがわかったらしい。

「前にも言ったけど、青鬼戚容は悪趣味でね。奴の手下の小鬼は全員この格好をしないといけないんだ」

　予想外なことに、花城が謝憐を連れてきたのは青鬼戚容の縄張りだったのだ。

以前、青鬼戚容の話題になった際、天界でも鬼界でも誰もが彼のことを悪趣味だと嘲っていると聞いたが、謝憐にはその理由がよく理解できていなかった。けれど、手下の小鬼が揃ってこんな格好をさせられていると知って、ようやく少しわかった気がした。「青灯夜遊」という言葉だけを聞けば心なしか妙な風雅さが感じられるが、これが文字通り「青」と「灯」を意味していると考えると、最初に抱いた印象とは少々違ってくる。

「奴がいた洞窟はとっくに君に壊滅させられたんじゃなかったのか？」

「そうだけど、奴には逃げられたんだ。それから五十年かけてまた新しい根城を造ったらしい」

謝憐は郎千秋の不倒翁を懐に入れ、周りに誰もいないことを確かめてから小声で言った。

「三郎、君はここに青鬼を捜しに来たのか？　だったら先に千秋の術を解いて放してやってから、私はそのまま君につき合うっていうのはどうだろう？」

「いや、そいつも連れていこう。郎千秋に会わせたい奴がいる」

花城の口調には有無を言わせないものがある。

謝憐は内心不思議に思っていた。花城の反応を見ていると、郎千秋をあまり重視していないのは明らかなのに、どうしてわざわざ彼を誰かに引き合わせようとするのだろうか？　そう思いつつも、今は板挟み状態で余計な口は挟みづらい。

しばらくして、二人はようやく洞窟を抜けた。視界が大きく開け、さらにたくさんの洞窟が目の前に現れる。

山のあちこちに洞窟が掘られていて、それぞれから通路が伸び、また別の洞窟へと繋がっている。どの洞口も頭に青灯を乗せた妖魔鬼怪が出入りしていて、まるで巨大な蜂や蟻の巣のようだ。もし謝憐が一人で来ていたら、少し歩いただけで道がわからなくなってしまっただろう。だが、花城は自分の家にいるかのように少しのためらいもなく洞窟から洞窟へ悠々と歩いていく。まるで道順を熟知しているかのようだ。

二人とも青灯小鬼の皮を被っていたため道中邪魔されることもなく、謝憐がほっと息をつくと、ため息をついたと思ったのか、花城が尋ねてきた。

「どうかした？」

「いや、てっきり真正面から山に乗り込むとばかり思ってたから、まさか忍び込むとは思わなくて。私は喧嘩があまり得意じゃないから、それでほっとしたんだ」

「喧嘩があまり得意じゃない」というのは本心からの言葉だった。喧嘩自体はできても、その後始末が上手くいかないのだ。それを聞いた花城はどうやら笑ったようだったが、すぐにこう言った。

「前はそれこそ真正面から乗り込んだけど、戚容は知らせを受けてすぐに逃げ出したんだ。今回は奴本人に用があるから、気づかれるわけにはいかなくてね」

（もしかすると、三郎が千秋と引き合わせたい人っていうのは青鬼なのか？　二人の間には何か関係があるんだろうか？　はぁ、三郎はいったい何がしたいんだろう？　とりあえず今は彼につき合って、またおいおい千秋の術を解いてくれるように頼むとするか）

謝憐は自分が花城の極楽坊を燃やしてしまったことがまだ頭から離れず、どうしても負い目を感じてしまう。そんなことを思っていると、また花城の声が聞こえてきた。

「あのゴミはなんの取り柄もないくせに、意外と警戒心だけは相当強いんだ。小鬼じゃ奴の本体に近づけないし、腹心に変装するのも難しい。となると、奴に近づく方法は一つしかない」

その時、四人の小鬼が談笑しながらこちらに向かって歩いてきた。花城が歩調を緩めると、謝憐もそれに合わせてゆっくり歩く。青い服を着た四人の小鬼の後ろには、縛られ一列に並ばされた人間たちが縄を引かれていた。

その人間たちの中には衣服がボロボロの者もいれば、豪華な身なりの者もいる。一見すると皆三十歳以下の若い男女のようだった。おそらく捕らえられた親子なのだろう、若い男の服の裾をきつく掴んでいる子供も一人いた。両手を縛られてこの魔物の巣窟の中を歩かされているのだが、皆が恐怖におののき今にも気絶しそうな顔をしている。

彼らとすれ違った花城は、すぐさま気配もなく身を翻してその列の最後尾についた。花城に肘をそっと当てられ、謝憐もとっさに彼に倣う。再び花城を見ると、一瞬で皮を替えて今度は眉目秀麗な少年の姿になっていた。おそらく自分も似たような状態だろう。

　列は何度も曲がったり方向を変えたりしながら洞窟の中を進んでいく。前の方にいる小鬼たちは任された仕事にご満悦らしく、ひっきりなしに力を誇示しようと後ろの列に向かって大声で指図した。

「全員大人しくしてろよ、泣くんじゃねぇ！　泣いて顔中鼻水と涙まみれにして鬼王様の食欲が失せるようなことになったら、死んだ方がましだって思うような目に遭わせてやるからな！」

　鬼界のいわゆる四大害の中で、三人の絶は人を食うという噂を聞いたことがなかったが、青鬼戚容だけがまだその欲を捨てられていないようだ。仲間からも敵からも「人前に出せたもんじゃない」だの「見識が狭い」だのと嘲られるのは無理もない。先ほど花城が言った青鬼戚容に気づかれないように近づく唯一の方法とは、つまり食材の中に紛れ込むことらしい。

　謝憐は歩きながら花城の手を掴みにいった。その手を初めて握ると花城が一瞬硬直し、手を引きたそうにする。謝憐もそれに気づかなかったわけではないが、今の状況下で余計なことを考えている余裕はなく、花城の手をしっかりと握り直すと手のひらにそっと「救」の一文字を書いた。

　見てしまった以上は助けなければと、謝憐は自分がどうしたいのかを花城に伝える。

　その文字を書き終えると、花城はそっと指を閉じるように曲げて手を握りしめた。

　しばらくするとその列は通路を抜けて、やけに大きな洞窟の中に入っていった。

　洞窟に入るとすぐに黒々とした何かが目に入ったのだが、目を細めても謝憐にはよく見えない。すると、さっと手首を掴まれた感覚がして、花城が謝憐の手の甲に文字をいくつか書いた。

「頭上注意。触るな」――。

　最初、謝憐はこの洞窟の上の方には大量の布きれが垂れ下がっているのだと思っていた。ところが、目を凝らして見た途端、すっと瞳孔が収縮する。

あれのどこが布きれだ？　黒山のように隙間なくびっしりと並んでいるのは、紛れもなく足を上に頭を下にして宙に吊るされている大勢の人間ではないか。

逆さ吊り死体の森だ！

だが、逆さ吊り死体の森はあれど血の雨は降っていなかった。なぜなら、吊るされているのは乾いた死体ばかりで、とうの昔に流せる血などなくなっているからだ。乾いた死体はどれも苦悶(くもん)の表情を浮かべていて、口を大きく開け、顔も体も表面が雪のような結晶に覆われている。それは塩だった。

洞窟の一番奥は灯火に明るく照らされて、巨大な椅子や長い卓、金や玉(ぎょく)の杯が置かれているのが見える。その華麗さときたら深山の洞窟というより皇宮の宴の広間のようだ。長い卓から少し離れたところに何十人もが中で泳げるほどの巨大な鉄鍋があって、真っ赤な湯がぐつぐつと沸き立っている。もし誰かが不注意で落ちてしまえば、あっという間にぐずぐずになるまで煮られてしまうだろう！

小鬼たちが人々を鍋の方へと追い立てるが、中にはその様子を見て恐ろしさのあまり地面に膝をついて立ち上がれなくなった者もいる。殴るわ罵るわ、引きずり回すわの状態の中、謝憐(シエリエン)はふと横にいる花城(ホワチヨン)の腕が強張り、歩みを止めたことに気づいた。

そちらに顔を向けると、花城(ホワチヨン)は相変わらずあの眉目秀麗な少年の姿のままだが、目の中には天をも貫きそうな怒りの炎が燃え上がっている。

花城(ホワチヨン)はいつも笑みを浮かべているけれど、どんな時も心の奥深くに巧妙に感情を隠していることを謝憐(シエリエン)はよくわかっていた。そんな彼の目にここまで激怒の感情が現れたところなど今まで見たこともない。

花城(ホワチヨン)の視線を追った謝憐(シエリエン)は、次の瞬間、息が止まりそうになった。あの大きく華麗な椅子の前に誰かが跪いているのだ。

一見すると人間のようだが、改めてよく見れば等身大の石像だということがわかる。この石像はずいぶんと奇妙で、こちらに背を向けて膝をつき、力なく項垂(うなだ)れている姿は「喪家(そうか)の狗(いぬ)」という言葉を体現したもののように見える。こんな石像を彫った目的はただ一つ、言うまでもなくその相手を辱めるためだろう。

そしてこの石像を正面から見なくても、きっと自分にそっくりな顔をしているだろうと謝憐にはわかった。

理屈で言えば、人は自分の後ろ姿がどんなふうなのかわからないはずなのだが、謝憐は違う。自分の後ろ姿をこれ以上ないというほど知っていた。

仙楽国の滅亡後、人々は鬱憤を晴らすために八千もの太子殿を焼き払い、すべての太子像を引き倒しては剣の柄についた宝石を盗み、衣服から黄金を剥ぎ取った。ところが、それでも気が治まらず、次第に新しい憂さ晴らしを考え出した。それが、こうして地面に跪く石像をわざわざ彫るということだった。

以前は自分たちが高々と祭り上げていた太子殿下を跪いて懺悔する姿勢の像にして、人通りの多い場所に据え、通りすがりにこの間抜けな姿の像に唾を吐いたり叩いたりすれば悪運を取り除けるなどと吹聴したのだ。さらに歯止めはかからず、直接地面に叩頭する姿の像を造り、敷居の代わりに何千何万もの人に踏ませた。仙楽国が滅亡したあとの二十年あまり、多くの町や村でそういった石像を見かけたのだから、跪いた自分の後ろ姿を謝憐が知らないはずがない。

その時、若い男の声が聞こえてきた。

「裴宿め、あの図々しい犬っころが、裴の種馬の提灯持ちしてどうにか天界に昇ったくせに、本気で自分に力があるとでも思ってんのか？　今は流刑にされたただの野良犬の分際で、よくも俺の計画をぶち壊しやがって。奴の死体はからっからに乾くまでさらして、誰も骨を拾えないようにしてやるからな！」

声の主の姿はまだ見えないが、罵声だけが先に耳に届く。謝憐が横目で見やると、垢抜けた青い単衣姿の男が歩いてくるのが目に入った。ちょっとした興味で謝憐は思わず最初にその男の頭上を見たが、男が仮面を被っていて頭上に灯火がないとわかると、意外にも少しがっかりした。青い服を着た大勢の小鬼たちがその青い単衣の男を囲んでいる様子は、まるで人を蝋燭の輪がぐるりと取り囲んでいるかのようだ。おそらくこの男が音に聞く鬼界の四大害の一人、青鬼戚容だろう。

　南風が初めて戚容の名を口にした時から、謝憐はこの「戚容」が謝憐の知っているあの戚容なのかどうか少しばかり気になっていた。けれど、一般的に妖魔鬼怪は自分の本当の名前を偽り、過去を隠すものだという共通認識があったので、同一人物ではなく、ただ偽名が重なっただけの可能性もあると思っていたのだ。ところが、今その姿を見て八割から九割は確信を持った。謝憐が知っている戚容以外に、跪く太子像にここまで執着し、声にも聞き覚えのある戚容がいるか？

　青い服の小鬼たちが戚容を取り囲んで、大きな声で王と呼びながらぺちゃくちゃと喋っていたので、謝憐にもおおよその内容が聞き取れた。

　戚容は鬼市に腹心を何人か送り込んだが、騒動を起こすのに失敗し、花城に叩きのめされて跡形もなく消滅させられた。再戦するつもりでいたものの、第二陣が鬼市へ向かう道中で流刑にされた裴宿に出くわしてしまったのだ。今は人界に落とされたとはいえ、裴宿は元神官だ。他にすることもなく、遭遇したついでにその第二陣を一掃した。そうしてまたもや叩きのめされて跡形もなく消滅させられてしまったらしい。

　短期間で腹心を立て続けに二度も失い、知らせを受けた戚容はいきり立って続けざまに呪詛の言葉を吐いた。

「あの先祖にしてこの子孫ありだな。下半身にできものがある裴茗の種馬野郎め。そろそろ奴と裴宿の爛れたナニをぶった切って奴らの廟の前に吊るして、奴らを拝む人間も同じように歩く度に膿が流れるようにしてやりゃいいんだ！」

　聞いていた謝憐は、本気で耳を塞ぎたい衝動に駆られた。同じ聞くに堪えない罵声でも興奮した風信の罵声は、それがどれだけ聞き苦しい言葉であっても、ただかっとなっただけで本気で呪う気などないことがわかる。けれど、戚容の罵り方はそうではなく、相手が本当に言葉通りに醜悪な死に方をしてほしいと心の底から願っているとしか思えなかった。しかも下半身に対する口撃を惜しまないところは、下品そのものとしか言いようがない。

　青い服を着た小鬼たちは大声でそれに同調している。

　おおかた直々に抜擢した有能な手下のことを思い出してもしたのだろう、戚容はこうつけ加えた。

「宣姫は残念だったな。骨のあるいい女だったのに。あの恥知らずな裴家の狗どもに捕まって相当つらい目に遭わされてるってのに、未だに助けてやれてない！」

　その言葉に謝憐は同意できなかった。たとえ宣姫に哀れむべき点があったとしても、戚容が言うように裴将軍一人に非があるわけではない。何しろ十数人もの花嫁を攫ったのも彼女なら、殺したのも彼女なのだ。気骨があるのは間違いないが、いい女かどうかは議論の余地があるところだ。そして小裴のこともだ。先ほど戚容は、裴将軍の提灯持ちをしてどうにか飛昇できたと罵ったが、それにはさらに同意できなかった。

　これまでの長い年月、飛昇と貶謫を繰り返してきた謝憐だからこそ確信を持って言えることがある。実力のある者が必ずしも飛昇できるとは限らないが、飛昇できた者には必ずそれなりに実力があるということだ。実力がなければ、いくら他人に助けを請おうが天劫を乗り越えることはできず、せいぜい「同神官」の立場に甘んじるしかない。ただし、実力があるからといってそれに応じた高い地位を得ることができるかというとそうではなく、運も重要な要素となる。そうでなければ、裴宿はとっくに単独の殿を建てていたはずだ。

　しかし、戚容はそれをちっとも考慮しない。まるで天上天下に彼が呪い殺したくない者など一人もいないと言わんばかりに罵り倒す。裴茗を腐った種馬と、小裴を提灯持ちと、君吾を気取った奴と、霊文をクソアマと、郎千秋を馬鹿だと、権一真を犬の糞だと、水師を腹黒だと、風師をあばずれ女だと罵り――おそらく師青玄が実は男だということを知らないのだろう。

　もし自分の耳で聞いていなかったら、謝憐は一人の人物がこれほどたくさんの不平不満を抱くなんて想像もできなかっただろう。最後には花城と控えめな黒水沈舟に対して、二人ともたかが絶の分際でよくも見下しやがって、いつか自分の足下に跪かせてやると集中的に罵る。

　本来なら怒るべきところなのだが、そんな非現実的で幻想のような絵面は想像もできない。ただ滑稽としか思えず、謝憐はつい花城にちらりと目を向けた。

　意外にも花城本人は特に反応することなく、地面に跪いている石像をじっと見つめたままだ。幸いなことに、戚容は罵り倒して気分が良くなったらしく、ようやく話題を変えた。

「この間お前らにやらせた件はどうなった？　権一真と裴の種馬はやり合ってるか？」

　言いながらのけ反った戚容は、華麗な長椅子に座って足を上げ、靴を履いたままあの石像の肩に両足を載せた。なんと、石像を足置きにしたのだ。

　謝憐はずっと花城の腕を掴んでいたのだが、彼が微かに一歩踏み出したのを感じて慌てて引き留める。ただ引っ張るだけでは足りないと、花城の手のひらにまた一文字だけ書いた。

「謝」――ありがとう。

　その文字を読み取った花城が俯いて謝憐を見つめる。謝憐の眼差しには、彼の厚意に対する感謝の気持ちが溢れていた。

　すぐに小さく首を横に振って見せた謝憐は、また彼の手に「聞」、「天」と書く。

　戚容の話からすると、どうやら手下に何かを指示したらしく、それは上天庭の神官二人に関係があるようだ。あまりいいこととは思えず、謝憐はなんとかして詳細を聞きたいと思った。自分の像が足置きとして使われていることについては、既に敷居にまでされたことがあるのだし、あれはただの石にすぎず謝憐本人というわけでもないので、当然なんとも思っていなかった。

　伝えたのはたった三文字だけだったが、目が合った瞬間、謝憐は花城が自分の言いたいことを読み取ってくれたとわかった。花城がゆっくりと手を握りしめて顔の向きを変えると、その表情が見えなくなる。

「我が王のお言葉に従って、裴茗が裴宿を後押しして西方武神の座につかせようとしていると西の方で噂を広めてきたんですが、その話がどんどん大きくなってきてまして。それに乗っかって奇英殿（チーインでん）の信徒になりすまして北の方で明光（ミングアン）廟を百以上ぶっ壊しても、誰も疑いやしません。ハハハッ！　実はですね、馬鹿な信徒も結構いて、オレらがぶっ壊してるのを見ると、そいつらも張りきって便乗するんですよ！」

「そのまま奴らを焚きつけろ！　権一真（チュエンイージェン）は我慢できても、裴（ペイ）の種馬が我慢できるとは思えねぇからな！」

青い服の小鬼の報告を戚容（チーロン）がそう称賛した。

彼らが広めた噂が流言かどうかにかかわらず、そんなふうに悪意でもって広めるなど端（はな）から悪質だ。ましてや人間に化けて廟を壊すなんて功徳を損なう下劣なことをしておきながら、その代償を他人に肩代わりさせるとは、考え方が陰険悪辣（いんけんあくらつ）すぎる。上天庭の神官たちが戚容（チーロン）について語る際、大した力はないが非常に煩わしいと言うのも頷ける話だった。

（あとで折を見て君吾（ジュンウー）に、誰かが神官お二方を仲違（なかたが）いさせようとして双方をけしかけたから気をつけるよう知らせておこう）

謝憐（シエリェン）は心の中にそう留め置く。

用件を言い終えた戚容（チーロン）は後ろに倒れかかり、長い両足を石像の肩にかけたまま姿勢を変えた。小鬼たちはどうするべきかすぐに察し、こちらで集められている人間たちの方にやってきて選別を始める。

列の中にいたあの子供は十歳足らずでまだあまり物心もついていないようで、大きな目を瞬いて父親の服の裾を掴んでいるのだが、怯（おび）えてしきりにその裾を引っ張っている。若い父親の方は「大丈夫、怖がらないで」と言っているものの、顔面蒼白でずっとガタガタと震えていて、彼自身も死ぬほど怯えていた。

こちらに子供がいると知った青い服の小鬼が、嬉しそうに腕を伸ばしてその子供を捕まえようとすると、父親は「あっ」と声を上げて跳び上がった。彼がどうするつもりなのかわからず謝憐（シエリェン）が身じろいだその時、隣でさっと人影が動いたのを感じた。振り返って見ると、花城（ホワチョン）が前に出ていた。

青鬼を捜すためにここへ来たのだから、戚容を見つけた以上、花城は変装を解くだろうと謝憐は思っていた。そして彼一人でこの場を制圧できるだろうし、それを誰も止められやしないと信じて疑わなかった。だが、花城は元の姿に戻ることなく、あの普通の少年の皮を被ったままゆっくり前へと歩いていく。

それを見た数人の小鬼が次々と武器を取り出して警戒した。

「止まれ！　貴様、何しに出てきやがった⁉」

「あの小僧はなんなんだ？　取り押さえろ」

足を組んだ戚容が訝りつつ命令する。だが、花城は笑いながら言った。

「仙楽の皇族がここにいるっていうのに、少しは敬意を払ったらどうだ？」

その言葉を聞いた途端、戚容だけでなく謝憐までもがぽかんとした。

しばらく経ってから唐突に立ち上がった戚容は、怒りのあまり逆に笑ってしまったように、仮面の下からハッと声を出す。

「犬がふざけた真似をしやがって！　俺の前でよくそんなふざけたことが言えたな⁉　言ってみろよ、お前はどの仙楽皇族だって？　どこの家系だ⁉」

「安楽王」

花城が落ち着き払った様子で答えた瞬間、謝憐は懐に入れている郎千秋の不倒翁がもがいて傾いたような気がした。

安楽王は、まさしく郎千秋と同じ代の仙楽皇室の末裔だった。安楽王本人は郎千秋の友人とも言える。

戚容のぞっとするような笑い声が仮面の下から聞こえてきた。

「安楽王だと？　お前、死にてぇらしいな！　誰の差し金で来た？　お前を遣した奴は歴史を教えてくれなかったのか？　安楽王は仙楽皇室唯一の生き残りだったけどな、その血筋はもうとっくに死に絶えたんだよ！　俺の前で仙楽皇族になりすますなんて、何様のつもりだ？」

「へえ？　死に絶えた？　どうやって死んだんだ？」

花城が眉を跳ね上げると、戚容が怒鳴り声を上げる。

「捕まえろ！　このおかしな小僧を取り押さえるんだ！」

命令が下されると、数十人もの青い服の小鬼が洞窟のあちこちからどっと押し寄せて絶え間なく奇声や怒号を上げた。百鬼夜行の中、花城が微かに笑う。

ほんの少し前まで花城の表情はまるでそよ風に撫でられているかのようだった。だが、次の瞬間、厳寒の氷霜が彼の顔を覆う。その体がどう軽やかに動いたのか、花城は一瞬にして戚容の背後に現れた。

「クソが、お前こそ何様のつもりだ？　俺の前でこんな死にざまをさらしたいなんてな！」

片手で戚容の頭を掴んだ花城は、子供が鞠で遊ぶかのようにそのまま下に向かって叩きつけた。

「パンッ」という大きな音が響くと、あっという間にあの華麗な長椅子の前に砂礫が飛び散り、煙と埃が濛々と立ちこめる。謝憐は小石から守るように先ほどの子供を背後に庇い、砂埃が散るのを待っていると、なんと戚容の姿が消えていた。しかしもう一度よく見ると、消えたのではなく花城の一撃を食らって頭全体が深々と地面に叩き込まれていたのだ。

洞窟の中にいた人間と鬼が悲鳴を上げながら四方に散り、謝憐は「逃げ回らないで！」と叫んだ。万が一、洞窟内の鬼たちを刺激して手当たり次第人を殺し始めたらどうするんだ？　当然、いつものように誰も謝憐の言うことになど耳を貸さなかった。どうすることもできずに、謝憐は手を引っ込める。しかし、彼自身も他人を構っている余裕などなかった。

あちらではゆっくりとしゃがんだ花城が、片手で戚容の髪を掴んで地面に開いた穴から血まみれの頭を引っ張り出している。体ごと掴み上げてしばらく眺めると、花城は大層面白がるように声を上げて大笑いし始めた。

笑っているものの、その眼差しはぞっとするほど尋常でないものだった。飛び出していった若邪が、逃げ回る人間に刀を振り下ろそうとしている青灯小鬼を叩き倒すと、本能的にまずいと感じた謝憐はそちらに向かって叫ぶ。

「三郎？　三郎！」

戚容の仮面に数本ひびが入って欠片が落ちる。血を吐いた戚容は、大声で叫んだ。

「誰か！　早くこいつを止めろ！　こっちに来てこいつを止めるんだ!!」

先ほどまで死ぬほど戚容を痛めつけていた花城は、今は暇潰しでもしているかのようにのんびり取り留めのない話をしながらくすくす笑っている。

「ああ、お前は知らないようだな？　世の中には止めようのないものがあるんだ。例えば、大陽が西に沈むこととか、象が蟻を踏み潰すこととか——例えば、そう、俺がお前のその薄汚い命を奪うこととかな！」

最後の言葉を言い終えると、獰猛な表情が花城の満面に浮かび上がる。戚容の体を持ち上げた花城は、またもや下に向かって思いきり叩きつけた！

再び大きな音が響き、戚容の体は地面に叩きつけられて泥よりもひどい状態に成り果てた。そして、その顔を覆っていた仮面がパキッと軽い音を立てて割れ、顔の半分があらわになる。

その顔を見れば、誰もが意外な事実に気づくはずだ——。

青鬼戚容と仙楽太子、鬼と神という天と地ほども差がある二人が、まさかここまでよく似ているとは！

第二十三章　執假執真難解難分

誰が嘘で誰が真か判じ難い

だが、もう半分の仮面が落ちて戚容(チーロン)の顔がすべてむき出しになると、思ったほど似ていないことに気づく。二人の口や鼻、顔の輪郭は似ているのだが、目元が明らかに違っていた。謝憐(シエリエン)の目元は落ち着いていて穏やかだが、戚容(チーロン)の眉山(まゆやま)は高く跳ね上がっていて、目も細長い。間違いなく凜々(りり)しい少年ではあるのだが、顔を見ただけで扱いづらい人物だというのがわかる。

　戚容(チーロン)は両目から真っ赤な血が流れるほど叩きつけられて、ろくに目も開けられない状態だったが、自分を掴んでいる人物が先ほどまでとは別の姿に変わっているのがぼんやりと見えた。おぼろげではあるが、紅衣の少年のようだ。戚容(チーロン)は花城(ホワチョン)の本来の姿を見たことがなかったが、赤い服を見た途端に驚いて怒りをあらわにした。

「お前か。お前だったのか！」

「まださっきの質問に答えていないぞ。安楽王(アンローワン)はどうやって死んだんだ？」

　花城(ホワチョン)は既に本来の姿を現していた。彼の目があまりにも恐ろしく見えて、謝憐(シエリエン)は慌てて前に出る。

「三郎(サンラン)！」

　洞窟の中にいた人と鬼のほとんどは散り散りになっていて、謝憐(シエリエン)は急いで花城(ホワチョン)のそばへと近づく。

「どうしたんだ？　そんなに怒らなくても、もう大丈夫だから。とりあえず少し落ち着いて、ほら、もう大丈夫だから……」

　花城(ホワチョン)の肩先をそっと撫でながら、謝憐(シエリエン)は声を少しずつ小さくしてそう言った。謝憐(シエリエン)が子供だった頃、怒った時や悲しい時はいつも両親がこんなふうに背中をそっと撫でて優しい声で慰めてくれた。だから、花城(ホワチョン)にもそうしてみたのだ。思いのほか効果があったようで、しばらく撫でていると彼の唇が微かに動いた。少しずつ気持ちが冷めて落ち着いてきたのか、先ほどまで混沌(こんとん)とした色を見せていた瞳が澄んでくる。

それを見た謝憐(シエリエン)はほっと息をついた。ところがその息を最後までつく前に、花城(ホワチョン)が突然手を伸ばして謝憐(シエリエン)の肩先をそっと叩く。

叩かれた謝憐(シエリエン)は一瞬にしてその場で固まった。まさか花城(ホワチョン)が自分に手を出すとは思わず、まったく警戒していなかったせいで動きを封じられてしまったのだ。花城(ホワチョン)が何をするつもりなのかわからないが、自分のことよりも彼がまた先ほどみたいに暴走してしまわないかだけが心配だった。口を開こうとしたが、体が動かないばかりか声を出すこともできず、とっさに謝憐(シエリエン)はこれはまずいと思う。

「お前、このいかれた隻眼(せきがん)のクソ犬野郎が！　俺様が自分の家で飯を食って何が悪い！」

戚容(チーロン)は喧嘩はめっぽう弱いが減らず口だけは達者で、頭を血まみれにしながら罵っている。

花城(ホワチョン)は笑みを浮かべたまま再び戚容(チーロン)の頭を地面に叩きつけた。それからまた掴み上げて尋ねる。

「安楽王(アンロー)はどうやって死んだんだ？」

「クソったれが、お前には関係……」

言いかけた戚容(チーロン)を花城(ホワチョン)が張り倒した。

「安楽王(アンロー)はどうやって死んだんだ？」

そんなやり取りを何度も繰り返しながら、花城(ホワチョン)は笑みを絶やすことなく戚容(チーロン)の頭を鞠のように十回近くも容赦なく地面に叩きつけた。そうされても戚容(チーロン)が死ぬことはないのだが、死なないからこそたまらない。たとえ頭が鉄でできていたとしても、あんな叩きつけられ方をしたら耐えられるはずもなく、戚容(チーロン)はとうとう音(ね)を上げた。

「そんなに暇なんだったら自分で歴史書を読みゃいいだろうが!?」

だがその言葉を花城(ホワチョン)はせせら笑う。

「歴史書に書かれていることがすべて事実なんだったら、どうしてお前みたいなゴミにわざわざ聞きにくる必要がある？」

言いながらまた手を上げると、戚容(チーロン)が大声で叫んだ。

「郎千秋(ランチエンチウ)だ！　郎千秋(ランチエンチウ)に殺されたんだ!!」

謝憐(シエリエン)の懐の中で不倒翁が震え、激しく揺れ始める。

あまりにも激しく揺れ動く上に、今の謝憐(シエリエン)には押さえ込むことができず、とうとう地面に落ちた郎(ラン)

千秋の不倒翁がくるくる回転するのを、謝憐はただ見ているしかない。すると花城はこちらを振り向くことなく、なぜか術を解いた。赤い煙が立ちこめ、その中から郎千秋が飛び出してくる。

「貴様はでたらめばかり言って、どうしてそんなありもしないことを言いふらすんだ？　私と安楽は友達なのに、誰が安楽を殺しただと！」

　皇族の直系子孫として、郎千秋は生まれてこの方そんな濡れ衣を着せられたことなどなく、いきり立って戚容を指さした。

　突然現れた郎千秋に戚容が驚愕する。

「お前、郎千秋？　クソが、なんでお前までここにいやがる!?」

　郎千秋もなぜ自分がここに連れてこられたのかわからなかったが、ただ先ほどの戚容の告発に腹が立ち、どうしてもきちんと話をつけなければならないと思ったのだ。

「安楽王は間違いなく病で亡くなったのに、貴様はどうして私が殺したなんて訳のわからないことを言うんだ！」

　花城は冷ややかな目で傍観していて、もう戚容の頭を鞠のように叩きつけようとはしない。それで戚容の方も郎千秋に絡み始めた。

「病で死んだなんてクソみたいなでたらめを信じてるのはお前くらいだ。あいつが鎏金宴のすぐあとに死んだのは、お前らに暗殺されたからだろうが！　お前はやってなくても、お前ら永安の老いぼれどもが殺したんだ」

　戚容の荒唐無稽な主張に、郎千秋の顔が怒りのあまり青黒くなる。

「どうりで皆が青鬼戚容は低劣だと口を揃えて言うわけだ。今日の貴様を見ていると本当に低劣極まりない」

　郎千秋が口走ったその言葉は、見事に戚容の逆鱗に触れた。戚容が名を揚げてからというもの、数百年間ずっとあらゆる神々や鬼怪たちに陰に陽に下品だの悪趣味だのと嘲られ続け、彼は相当恨みに思っていたのだ。戚容はすぐさま気色ばむ。

「俺が低劣だろうがお前の馬鹿さ加減よりはましだ。口を開けば友達だとか、平和共存だとか抜かしやがって、仙楽人と永安人が友達になれるか？　平和共存なんてあり得るか？　お前の親と一緒で、いかにもちゃんとやってますみたいないい加減な態度ばっかり見せやがって、反吐が出るんだよ！」

　自分の両親を誇られ、郎千秋が息巻いた。

「黙れ！　私の父皇と母后には真心があった。いい加減な態度なんて見せていない。両親を侮辱するな！」

「たかが反乱軍と賊の分際で、お前の面の皮はクソ厚すぎるんだよ！　どこに真心があったって？　仙楽人を王侯貴族の一員にして領土を与えたことか？　そいつから奪い取ってきたもんでまたそいつに施しをするなんて、図々しいにもほどがあるだろうが。お前らが持ってたもんも元は全部俺ら仙楽のもんなんだよ！」

「貴様！　貴様……」

　戚容に吐き捨てるように言われると、もともと反論するのが苦手な郎千秋はそのまま言葉に詰まってしまった。怒りのあまり口ごもった郎千秋を見た戚容は、それで気分が良くなったのか、さらに容赦なく憤慨させてやろうと決めてハハッと笑う。

「でもまあ、お前らに安楽を殺されたとはいえ、あの子が死んだのは儲け物だったな。仙楽側は安楽一人だけが死んで、お前ら永安側は鎏金宴ごとやられたんだから。ただお前も一緒に殺せなかったことだけが残念だよ。お前らにも一族の断絶ってのを味わわせてやりたかったのになぁ！」

　それを聞いた郎千秋はぽかんとした。

「……貴様は何を言ってるんだ？」

　謝憐は心の中で頭を抱えて叫んだ。

跳び上がって花城がやったように戚容をもう一度地面に叩き戻して黙らせたかったが、花城に動きを封じられていて、どれだけ足掻いても術を解くことができない。

「私を一緒に殺せなかったってどういうことだ？」

　郎千秋が問うと、低劣だと言われた怨みを晴らしたい一心の戚容が得意満面で答える。

「やっぱりあの親にしてこのクソガキありだな。閣下の馬鹿さ加減は数百年にわたって俺の見聞を大いに広めてくれたよ。仙楽人はお前ら永安人に死ぬほどむかついてんだ。お前らのことを恨まない奴がいたら、そいつは仙楽人じゃねぇ！　仙楽皇室の子孫が永安皇室の子孫のお前と仲良くするなんて本気で思ってたのか？　全部お前から皇宮の内情を引き出して、お前の誕生日の鎏金宴(りゅうきんえん)で皆殺しにする計画のために決まってんだろ！」

謝憐(シエリエン)は今なお懸命にもがいていて、郎千秋(ランチエンチウ)はというと、完全に茫然自失(ぼうぜんじしつ)してしまっていた。かなり経ってからようやく声を詰まらせつつ口を開く。

「……安楽(アンロー)王と国師は、ぐ、ぐるだったのか？」

恩師と友人が結託して自分を欺(あざむ)いたのだと思うと、郎千秋(ランチエンチウ)は悲しみと憤りで胸が張り裂けそうだった。

「国師？　お前が言ってるのは、あの妖道芳心(ファンシン)とかいう奴のことか？　誰が奴とぐるだって？」

だが、戚容(チーロン)にそんなふうに問い返されてまたもや混乱してくる。

「き……貴様は安楽(アンロー)が鎏金宴(りゅうきんえん)で大殺戮をするつもりだったと言ったが、あれは間違いなく国師の仕業だ。だったら二人はぐるなんじゃないのか？　私は……」

郎千秋(ランチエンチウ)にはもう訳がわからなかった。

「あの妖道の素性(すじょう)なんざ知ったこっちゃねぇし、奴はなんの関係もねぇよ！　いいか郎千秋(ランチエンチウ)、よく聞け——永安国の鎏金宴(りゅうきんえん)大殺戮はな、仙楽人がやったんだよ！　安楽(アンロー)は計画通り宴の間にいた反乱軍のクソ子孫どもを皆殺しにしたってのに、お前のあのおかしな国師がいきなり押し入ってきやがったんだ。安楽(アンロー)はバレたと思って慌てて逃げ帰ってきて、人に見られた、どうしようって俺に聞いてきた。なのに、夜になったら大殺戮は国師の仕業で、既に指名手配されたって噂が耳に入ってきたんだよ」

戚容(チーロン)の言葉に郎千秋(ランチエンチウ)はしばらく放心状態になり、ようやく我に返ってから尋ねた。

「もしそれが本当なら、どうしてもっと早く言わなかったんだ？」

「お前、いかれてんじゃねぇか？　なんで俺が言ってやる必要がある？　誰かが罪を被ってくれたんだから、それでいいに決まってんだろ？　それに、俺がこんな嘘をついてなんの得がある？　お前は俺を絶に上げてくれるのか？」

嘲笑って答えた戚容は、そう言うと他人の不幸を喜び始めた。

「あれぇ？　わかったぞ、お前は信じるのが怖いんだな？　噂で聞いたけどさ、あのあとお前は師匠を棺桶の中に磔にして殺したんだってな。ハハハハハッ、このうすらとんかちが、お前は殺す相手を問違ったんだよ！」

戚容の悪意に満ちた豪快な笑い声を聞きながら、謝憐は目を閉じて心の中で罵った。

怒りのあまり郎千秋の骨がポキポキと音を立てる。

「……嘘だ！」

そう言った郎千秋は、体ごと謝憐の方を振り返った。

「こいつが本当のことを言わなかったとしても、貴様はどうなんだ？　貴様もどうして言わなかった？」

「そのクソ野郎はどこの誰なんだよ？　こんなに大勢で押しかけてきて俺んちで宴会でも開くつもりか？」

叩きつけられて抜けた歯を一本吐き出しながら戚容は言うが、誰も相手にしない。郎千秋はまた謝憐に向かって問い質した。

「貴様はやっていないなら、誰も殺していないなら、なぜ認めたんだ!?」

その時、固まっていた謝憐の体が緩んできた。

ようやく花城が謝憐の動きを封じていた法術を解いたが、既に少々遅かっただろう。郎千秋は謝憐の答えを待っている。ゆっくり立ち上がった謝憐は、手と腕の筋肉と骨を少しほぐしてから言葉を吐き出した。

「まったくのでたらめだ！」

郎千秋はてっきり謝憐が「本当だ、そいつの言う通りだ」と言うと思っていた。ところが、謝憐はただ冷然と一言だけ発し、自分にとって有利なはずの戚容の見解を真っ向から否定する。途端、戚容が不機嫌になった。

「おい、誰がでたらめを言ってるって？」

「君だよ。口だけならなんとでも言える。鎏金宴大殺戮が仙楽皇室の末裔の仕業だという証拠でもあるのか？」

戚容（チーロン）はそれが可笑（おか）しいと思ったらしい。

「殺したから殺したって言ってるんだ。証拠がいるか？　それにもう何百年も経ってるんだぞ、証拠なんかもう残ってるわけないだろうが？」

「だからでたらめだって言ってるんだ。仙楽と永安はどちらもとっくの昔に消えた王朝だっていうのに、今さらそんな大昔の話を持ち出していざこざを起こして、なんの意味があるんだ？」

謝憐（シエリェン）の口ぶりを聞いていた戚容（チーロン）はぽかんとし、まるで何かを思い出したかのように目を細める。

謝憐（シエリェン）は郎千秋（ランチエンチウ）に向き直り、穏やかな口調で言った。

「私が君の父皇を殺したのを君はその目で見ただろう。あの時の私は二回目の貶謫（へんたく）から何年も経っていなくて、自分の気持ちの中にまだ受け入れられていない部分があったんだ。あんな大きな過ちを犯したのは私の責任だ。関係のない人を巻き込んではいけない。奴が出任（でまか）せを言ってわざわざ安楽王（アンロー）を貶（おとし）めるのは、君に低劣と言われた腹いせがしたいだけだ」

この会話を他人が聞いたら、さぞ可笑しいと思うだろう。残虐な殺人犯という肩書きを求めて我先にと争うなど、事情を知らない者が聞けば鎏金宴（りゅうきんえん）大殺戮が何かの偉大な功績だとでも思うかもしれない。

郎千秋（ランチエンチウ）は混乱してしばらく頭を抱えて考え込み、ぽつりと言った。

「そうだ……貴様だ。他の奴じゃない」

間違いなく自分の目で見たのだ。あの夜、鎏金宴（りゅうきんえん）に駆けつけた郎千秋（ランチエンチウ）は、黒衣を身に纏った国師が父親の胸元から細長い剣を引き抜いて血しぶきを飛び散らせている瞬間を目の当たりにした。あの時、父皇である永安国の国主はまだ息絶えておらず、彼に向かって手を伸ばしてきた。その手が力なく垂れたのは、彼が縋りついたあとだった。

その時、床に横たわっていた戚容（チーロン）が突然口を開いた。

「太子従兄（にいさま）、お前なのか？」

謝憐（シエリェン）の視線が再び戚容（チーロン）に落とされる。しばらくじっと見つめ、謝憐（シエリェン）は口を開いた。

「戚容（チーロン）、これまで生きてきた長い年月、ずいぶん盛りだくさんだったみたいだな」

その言葉を言い終わると、花城(ホワチョン)が謝憐(シエリエン)の変装に使った偽の皮を消した。殴り込んできた三人が全員本来の姿を現したのを見た戚容(チーロン)の目が大きく見開かれる。

「従兄(にいさま)だと？」

郎千秋(ランチエンチウ)は愕然とした様子で呟く。

先ほど戚容(チーロン)の話の中で「俺ら仙楽」と言っていたため、生前の青鬼は仙楽の出身なのだろうと推測はしていたが、まさか謝憐(シエリエン)との間にそんな繋がりがあろうとは思いもしなかった。

戚容(チーロン)は謝憐(シエリエン)の顔を物珍しげな目で上から下へと舐めるように眺めている。その途中で謝憐(シエリエン)が背負っている芳心(ファンシン)が目に入った瞬間、いきなり爆笑し始めた。

「なるほど、そういうことか！　芳心(ファンシン)がお前で、お前が芳心(ファンシン)だったたってことか。ハハハハハハハハハッ！」

どうして戚容(チーロン)が笑っているのかわからなかったが、郎千秋(ランチエンチウ)は本能的に不快感を覚えた。

「何が可笑しい？」

「俺が自分の素敵な従兄(にいさま)を笑おうが、お前にはなんの関係もねぇだろ！　そうだ、さっき閣下の馬鹿さ加減は数百年にわたるって言ったけど、悪かったな、謝っとくよ。お前は優秀な師匠に育てられた立派な弟子だ。師匠がこのざまなんだから、弟子のお前の頭がいいわけねぇもんな？」

憎々しげにそう答えた戚容(チーロン)が、今度は謝憐(シエリエン)に向かって言う。

「お前もわざわざ永安まで行って国師になって、最後は自分の弟子に刺されて死んじまうって、最高じゃねぇか？　笑えるよなぁ？　それって自業自得って言っていいよなぁ？　本当、お前ってクソ間抜けだよな！」

「クソ」まで言ったところで、花城(ホワチョン)が雷霆(らいてい)の如く手を振り下ろした。戚容(チーロン)は元から打たれ強いのか、謝憐(シエリエン)の顔を見てさらに十倍興奮し、顔を地面に叩きつけられてもしつこく叫びまくる。

「間抜け！　間抜け！　クソ間抜け野郎！」

戚容(チーロン)が一言言う度に花城(ホワチョン)が手のひらで後頭部に一撃を食らわせる。あまりの血生臭い光景に、謝憐(シエリエン)は振り上げられた花城の手を止めた。

「三郎、もういい！」

「どうしてもういいんだ⁉」

厳しい声で花城がそう言うと、謝憐はそっと彼の肩を叩く。

「大丈夫、気にしないでくれ。彼はおかしくなっていて手に負えないんだ。私がなんとかする。君は構わなくていいから」

しばらくして、花城はようやく「わかった」と小さな声で答えた。

地面から頭を抜いた戚容は、難儀しながら脇に転がり吐き捨てるように言う。

「何をいい人ぶってんだよ？　あいつに俺を殴らせたくないんだったら最初から止めときゃいいだろうが！　今頃わざとらしくもういいとか言ったって、誰も寛大だなんて褒めねぇぞ！」

「私が止めたのは、彼の手を汚してほしくなかっただけだ。何か勘違いしてるんじゃないか？」

謝憐の言葉を聞いた途端、血がだらだらと流れる戚容の顔に一瞬怒りがよぎる。そして、すぐさま「けけっ」と笑いだした。

「おやぁ？　太子従兄は花城と仲がいいんだ？　どうりで中元節にこの弟が訪ねようとしたのに、向かわせた手下が一人も戻ってこなかったわけだ。お前が花城に取り入ってたからだったのかよ！」

過去に戚容が手下に命じて自分を捜させていたなど、謝憐はまったく知らなかった。中元節のあの夜、謝憐は花城に出会い、少年を菩薺観に連れて帰っていた。おそらく戚容が向かわせたという手下は、全員花城に片づけられてしまったのだろう。謝憐は思わず隣にいる人物に目を向けた。

「しかも三郎とか呼んだりしてさぁ。ちっちっちっ、本当に仲良しこよしなんだな。従兄は上天庭の大神官なのにこんな妖魔鬼怪とつるんじゃって、自分の身分を貶めるのが怖くないのかなぁ？　なんと言ってもお前は完璧で、一点の曇りもなく純潔で、お前の聖なる光は大地をあまねく照らすってやつなんだしさぁ、ハハハハハハッ……」

上天庭の神官は、多少なりとも慕情の話し方が皮肉めいていると思っているが、今ここに来て比較してもらえば、本当に皮肉めいているというのがどういうことなのか気づくだろうし、今まで本当に慕情を誤解していたとわかるはずだ。しかも戚容は言うだけに留まらず、胸を手で押さえる芝居がかった仕草までする。

「太子従兄、これまでの長い年月、この弟は本当に寝ても覚めても従兄のことを思ってたんだよ。従兄のために丹念に仕上げた石像を見てくれよ。俺がこれをそばに置いてるのは従兄の勇壮な姿をいつでも見られるようにするためなんだ。どう、よくできてるだろう。気に入った？　大丈夫だよ、気に入らなかったらもっと造ってやるからさぁ、ハハハハハッ……」

石像の話が出た瞬間、花城の表情がますます冷たくなっていく。もし謝憐に先ほど止められていなければ、すぐさま踏みつけていただろう。だが、謝憐は戚容の性格をよく知っていた。彼は少々おかしくなっていて、相手が反応すればするほど興奮して調子に乗る。だからその裏をかかなければならないのだ。

「造りはまあまあかな。ただ申し訳ないけど、あまり趣味が良くないみたいだ」

謝憐は軽く笑ってさりげなくそう言った。案の定、戚容が一気に不機嫌な顔つきになる。

「満足しろよ。昔のよしみでお前の像を造ってやってるのはもう俺くらいのもんだぞ。他に誰がお前なんかを祀ってくれるんだ？　今回飛昇できたのだって、どうせ君吾の足に縋りついて泣きながら膝がボロボロになるまで跪いたからだろうが。上天庭をぐるっと見回してみろよ。どの神官もお前より立派だろう？　飛昇して二百年の奴でもお前を踏みつけて見下してるってのに、八百歳を過ぎた奴がそれって、本当に失敗ばっかでざまぁねぇな」

「従兄は確かに失敗したかもな。たった八百年でもう凶になった従弟とは比べものにもならないよ」

戚容をどう懲らしめるべきかをよくわかっている謝憐は、微笑みながらそう答えた。横にいた花城はふんと鼻で笑い、戚容は本当に顔を青くする。しばらくその場の皆を見渡したあと、戚容は唐突に言った。

「その様子からすると、今日はまさか自分の憂さ晴らしのために、俺に殴り込みをかけて嫌がらせしろって花城に頼んだんじゃないだろうな？」

　謝憐はぽかんとしたが、今の状況をよく考えてみると反論のしようがない。

「お前らさぁ、自分の姿を見てみろよ。俺がお前の悪口を言ったら、いやぁ、そいつ、めちゃくちゃ怒るしさぁ。まさかお前の頭の上にある聖なる光ってやつに当てられて目が潰れちゃったとか？　ありゃ、そういえば、そいつは元から目が見えないんだったわ！　ハハハッ……」

　その言葉を言い終わらないうちに、戚容の目の前が真っ暗になった。また誰かに一発殴られて頬に激痛が走り、鮮血が激しく噴き出す。だが殴ったのは花城ではなく謝憐だった。

「私が今まで君を殴らなかったからといって、ずっと殴らないというわけじゃないぞ」

　極めて素早い動きで殴りつけた謝憐が、冷ややかにそう言う。

　容赦ない一発を食らわされ、大分経ってから戚容はやっと声を出した。彼は恥も外聞もなく地面に横たわって、拳で地面を叩きながら笑う。

「太子従兄、俺を殴ったな、殴りやがったな！　なんてこった！　我らの気高く心優しい、世の乱れを悲しみ、民の困窮を哀れみ、世話好きで蟻すら踏み潰したくない太子殿下が俺にキレて、しかも殴った、本当に殴ったんだぞ！　大変だ！　こりゃ大変だ!!」

　戚容は話にならないほどひどく興奮していて、狂気じみて見えるほどだった。今までこれほど奇矯な振る舞いをする人物に会ったことがなかった郎千秋は、戚容の一人芝居を見て驚きのあまり呆然としている。

「こ……こいつはいかれてるのか？」

　とっくに慣れている謝憐は、一切動じることもなかった。

「君も聞いていただろう。こいつは正気じゃないんだ。思考も情緒も正常じゃないから、言うことにもまったく信憑性がない」

　その時、戚容の笑い声がなぜか急に止まり、ふと表情を改めてせせら笑う。

「お前さぁ、そんなに焦って俺のことをいかれてるなんて言うなよ。じゃあ聞くけど、安楽（アンロー）王はどうやって死んだんだ？」

同じことを先ほどは花城（ホワチョン）が戚容（チーロン）に問いかけていたが、今度は反対に戚容（チーロン）が謝憐（シエリエン）に問いかけた。郎千秋（ランチエンチウ）はまた一気にそれが気になり始める。

どきっとした謝憐（シエリエン）はすぐに答えることができなかった。ゆっくり起き上がった戚容（チーロン）が、あの跪いた石像に寄りかかって座る。

「安楽（アンロー）が死んだあと、あいつの遺体の腹を開けてみたら、ものすごい剣気に当てられて内臓がめちゃくちゃになってた。だから外傷もないのにずっと咳き込んで血を吐いてたんだ。あんなやり方、普通の剣士にできるわけないだろ。俺は最初こそ永安の賊どもの誰かが、妖術や法術を使える奴に頼んで安楽（アンロー）が病死したように見せかけるためにやったんだと思ってた。でも今思うと、そういうことをしそうな奴がもう一人いたなって。そいつってのは、もちろんこの公正で正義感溢れる俺の素敵な従兄（にいさま）だよ。何せ花冠武神である俺らの太子殿下は、天山雪蓮花（てんざんせつれんか）（中国の天山山脈に自生する花。善良な心のたとえ）の如く世に並ぶものがないほど神聖で純潔だか……」

花城（ホワチョン）に踏みつけられた戚容（チーロン）が「ギャアッ」と悲鳴を上げる。郎千秋（ランチエンチウ）の方はただひたすらに爆発しそうな頭を抱え、目を血走らせて叫んだ。

「黙れ！　貴様は何がわかったって言うんだ？　いったい誰が犯人で、鎏金宴（りゅうきんえん）はどうなっていたんだ？　安楽（アンロー）王のこともどういうことだ？　結局何がどうなっているんだ⁉」

「郎千秋（ランチエンチウ）、なんでまだわからないんだ？　俺ですらほとんどわかったってのに、お前って奴は、お前の師匠がどんな野郎なのか本当にちっともわかってないみたいだな。ではでは、俺がお前のために俺の素敵な従兄（にいさま）について説明してやろうじゃないか――そちらの仙楽国の元太子殿下はお前んところの永安（アンロー）国に行って国師となり、お前に五年間剣術を教え……」

戚容（チーロン）が話し始めると謝憐（シエリエン）は長剣を振って前に出ようとした。すると、その前に郎千秋（ランチエンチウ）が重剣でそれを遮る。

「奴に最後まで言わせろ！」

「そいつがおかしいとわかっていて君はまだそいつのでたらめに耳を貸すのか？」

振り下ろされた芳心（ファンシン）の剣身は明らかにとても細いというのに、あまりの衝撃で郎千秋（ランチエンチウ）は巨大な重剣をしっかり握れなくなりそうになる。ところがその時、湾曲した銀色の刃がさっと跳ね上がり、謝憐（シエリェン）の剣の切っ先を引っかけて逸（そ）らしてしまったのだ。

「三郎（サンラン）！」

謝憐（シエリェン）は唖然として呼んだ。

戚容（チーロン）は自分がこれ以上余計なことを言って、それを郎千秋（ランチエンチウ）に聞かれるのを謝憐（シエリェン）が止めたがっていると気づき、逆にこの機会を逃すものかとばかりに言葉を続けた。

「安楽（アンロー）王は仙楽の立派な男だった。あいつは俺の言うことをよく聞いて、お前と仲良くするふりをして鎏金宴（りゅうきんえん）で永安の賊どもの卑（いや）しい命を奪った。なのに、お前の師匠に見つかっちまって安楽（アンロー）は逃げた。そして駆けつけたお前が、芳心（ファンシン）国師を全国に指名手配するよう命令した。ここまでが前半の話で、絶対に間違いない……」

謝憐（シエリェン）は何度も前に出て戚容（チーロン）の口を塞ごうとしたが、その都度花城（ホワチョン）に止められた。

「三郎（サンラン）！」

花城（ホワチョン）は何も言わず、ただ謝憐（シエリェン）を通そうとしない。謝憐（シエリェン）が急いで向かおうとすればするほど戚容（チーロン）は一層速く口を動かした。

「でも俺のこの聖人君子の従兄（にいさま）はな、安楽（アンロー）が人を殺すのを見てしまってきっと心の中でこう思ったのさ――『どうしてこんなことに？　こんなの間違ってる』ってな。それで安楽（アンロー）王を捜して説教してやろうと思ったんだ。ところがだ、見つけてみたらさあ大変だ、あいつの計画はもっと大がかりだったんだよ。あの賊どもの暗殺だけじゃなくて他にもいろいろ画策してたんだ。説教しても無駄だって思ったそいつは心を鬼にして、唯一残っていた皇室の――自分の一族の血脈をその手で断ち切ったのさ！　最後はお前が師匠を捕まえて棺桶の中に磔にして殺し、俺の従兄（にいさま）の波瀾万丈（はらんばんじょう）の国師人生はついに幕を閉じたってわけだ。従兄、俺の説明で合ってるか？」

　戚容は跪いている石像に血が混じった唾を吐きかけて続ける。

「俺はお前のことを嫌ってほど知ってんだよ！　お前はいつだってこういうことをしたがる。ご先祖様たち、お前らにどんだけ素晴らしい子孫が誕生したか見てみろよ！　仙楽謝氏にすべてを失わせただけじゃなくて、この世から子孫まで死に絶えさせたんだぞ！　謝憐！　この疫病神が！　お前が生まれたことが仙楽国最大の不幸だってのに、どうしてお前は死なないんだ。どうしてまだ図々しく生きてられるんだ？」

「でも、私は奴が剣で父皇を殺すところを見た。これをどう説明するんだ？」

　郎千秋の問いに戚容が答える。

「もしお前がお年寄りで目が見えなかったか、頭の中に水でも入って見間違えたんじゃなけりゃ、俺が思いつく説明は一つだけだ。つまり、安楽は確かにお前の親父を刺した。でも殺せなかったってことだ」

「奴が……奴がとどめを刺したのか？」

　戚容は奇声を上げて叫んだ。

「何言ってんだ、お前！　俺の素敵な従兄は心優しい人なんだぞ、すぐにとどめを刺すわけないだろう！　多分近づいても、気が引けてすぐにはやれなかったはずだ。きっと形だけでも助けようとしただろうな。ところがだ、へへッ、きっとお前の親父が自ら死を招いたんだろうなぁ」

「自ら死を招いたって、どういうことだ？」

「殺されそうになった奴が助かったあとですぐに取る行動はなんだ？　お前が鎏金宴でたくさん人が殺されたのを見たあとで最初に思いついたことはなんだ？」

　問われた郎千秋はよくわからないまま「……犯人を捜して捕まえる」と答えた。

「もうわかっただろう？　俺の素敵な従兄に助けられて意識を取り戻したお前の親父はこう言ったはずだ。『国師、急げ、安楽王の仕業だ。早く安楽王を殺せ！』って。いやいや、きっとそれだけじゃないな。もっとすごいことを言ったんだろうよ。例えば

『国師、皆を集めろ！　国中の仙楽人を一人残らず皆殺しにするんだ！　奴らを殉葬(じゅんそう)させてやる!!』とかな」

　憤怒と絶望に満ちた口調を真似たその言葉は聞いているだけでぞっとするほどで、郎千秋(ランチエンチウ)の顔がゆっくりと青褪める。戚容(チーロン)はそのまま言葉を続けた。

「お前のおふくろ、それにお前ら一族は全員目の前で安楽(アンロー)に皆殺しにされちまったんだ。あの時すぐには殺さなかったとしても、お前の親父は遅かれ早かれ国内の仙楽人の首を残らずはねただろう。お前の素敵なお師匠様はそれを聞いてまずいって思ったんだな。あれこれ考えて、駄目だ、やっぱりこの老いぼれは生かしておけないと思って、ブスッと刺して奴の胸にぽっかり穴を開けたのさ。そいつはそういう人間なんだよ。間違ったことを絶対に見過ごせない聖人君子っぷりで、いつだって自分にはなんの得もないのに余計なことばかりやって人に損をさせるし、両方にいい顔をしようとして結局どっちからも褒められない。クククッ、アハハハハッ……」

「戚容(チーロン)、君は黙ってろ！」

　謝憐(シエリエン)が怒鳴ると、郎千秋(ランチエンチウ)がさっとそちらに顔を向ける。

「貴様はどうして奴を黙らせたいんだ？　奴が言ったことの方が真実なのか？　鎏金宴(りゅうきんえん)で貴様と安楽(アンロー)の二人が手を下して、一人は私の親族を皆殺しにし、一人は父皇にとどめを刺した。貴様ら全員私を騙していたんだな!?」

「奴の言うことに耳を貸しちゃ……」

　言いかけた謝憐(シエリエン)の言葉を遮って、戚容(チーロン)は辛辣(しんらつ)に皮肉った。

「皆がお前を騙してたんだよ！　こんなに馬鹿なお前を騙さずに誰を騙すっていうんだ？　もし横槍が入らなかったら、十二歳の時には仙楽人はとっくにお前の卑しい命を奪ってたっていうのに、その歳まで生きて、しかも飛昇するなんて許せるわけないだろうが？」

「十二歳？」

　郎千秋(ランチエンチウ)が十二歳の時に起きた大事件、つまり賊に攫われ謝憐(シエリエン)に助けられたあの事件のことだ。

「あの年、私を攫った賊は仙楽人の差し金だったのか⁉」

「当たり前だ！　あんなに大勢の侍衛の目の前で太子を攫うなんて、普通の刺客にできると思ってんのか？　俺が安楽に手を貸したからに決まってんだろうが」

「手を貸した？　そうか、もうわかった。だから友達のふりなんてしてたんだな。貴様ら仙楽人は私たちの好意なんかなんとも思っていなかったし、安楽王には初めから下心があって私たちの命を奪うのが狙いだったというわけか」

　郎千秋は頷きながらそう言い、また謝憐に向き直る。

「だから、貴様も嘘をついたんだな」

「なになに、聖人君子の俺の従兄はどんな嘘をついたんだ？　早く俺にも教えてくれよ」

　戚容が目新しい話に興味津々なふりをして尋ねるが、郎千秋は完全に無視して謝憐に向かって言葉を続けた。

「永安と仙楽はもともと一つの国で、皇室同士の間に揉め事があったとしても民には関係ない。双方の民はもともと同じ国の民なのだから、私たちの代で変えられることもある。民さえ平穏であれば皇室の姓がなんであっても構わない、双方は恨みを消し去って再び融和できる。そう言ったのも全部嘘だったんだな。全部でたらめで、戯れ言で、嘘だったんだな！」

　それはまさに謝憐が最も聞きたくなかった言葉だった。

「違う！　嘘じゃない。よく思い出してみてくれ。君の手で本当にいくつかは変えることができただろう？」

　激しく上下していた郎千秋の胸の動きが止まり、そのまま口を閉ざす。

「君はよくやったじゃないか。その後仙楽の遺民は永安の民とうまく融和したんじゃないのか？　争い事もどんどん少なくなったし、嘘なわけがないだろう？」

　謝憐の言葉にしばらく沈黙し、郎千秋は涙を流した。

「じゃあ……じゃあ、父皇と母后は？　永安と仙楽の融和はもともと二人の一番の願いだったから、だから貴様ら一族の最後の一人を安楽王に封じたんだ。父皇と母后の願いは成就したとしても、最期に二人はどうなった？」

　戚容は吐き捨てるように言う。

「何かある度にいつまでもめそめそ泣くのは、本当に昔のこの聖人君子の俺の従兄と一緒だな！　お前は俺らに親父とおふくろを返せって言うけど、俺はお前の先祖に親父とおふくろを返せなんて言ったことない。何が二人の願いが双方の融和だったから安楽に封じただよ。聞こえのいいこと言いやがって、安楽だぞ、安楽。安が前で楽が後ろじゃねぇか。これはお前ら永安のクソどもが一生仙楽人の上に立ちたいっていう意味だって俺が気づかないとでも思ってんのか？」

「戚容、その悪い癖をいい加減に直せ！」

　謝憐が声を荒らげたが、郎千秋は涙を流しながら戚容をきつく睨みつける。

「貴様が陰で糸を引いて私の親族を殺したのか？　鎏金宴の件にも関わっていたんだな？」

　戚容はくすくす笑った。

「そうだよ。俺も、安楽も、お前の師匠も、俺ら三人の仙楽人全員が関わってたんだよ。ハハハハハハッ……」

　だが、笑っている戚容に郎千秋は突然叩き切るように重剣を振り下ろす。声を上げた戚容の体は真っ二つにされてしまった！

　その光景は非常に血生臭く、二つに切断された体を地面でのたうち回らせ、上半身だけになっても戚容は言う。

「痛くねぇな、痛くねぇ、ちっとも痛くねぇんだよ。お前の一撃なんか太子従兄の一撃とは比べもんにならねぇ！　ハハハハハハッ……」

　郎千秋は無言で戚容の髪を掴み上げた。戚容はまだ嘲罵を浴びせていたが、謝憐には郎千秋の表情が少々おかしくなっているのが見て取れる。

「戚容、命が惜しいんだったら口を閉じろ！」

　謝憐は常に穏やかに礼儀正しく人と接するが、戚容は常識で測れる人物ではなく、それを熟知しているからこそ何かあった時にはつい遠慮なく荒っぽい態度を取ってしまう。

郎千秋は戚容の上半身を引きずりながら、あのぐつぐつと湯が煮え滾る大鍋の方に向かった。ずっと引きずられているせいで、戚容は地面に太い血の痕を一本残している。

「貴様は普段この鍋を使って人を食べていたんだな?」

「そうだよ。だったらどうした?」

戚容が答えるや否や、郎千秋は手を放した。

「あああああハハハハッ——」

戚容は悲鳴を上げているのかそれとも大笑いしているのかわからなかった。大鍋の中に放り込まれ、あっという間に火傷で皮膚が破れて肉が裂ける。まさかこんなことになるとは思ってもおらず、謝憐の瞳孔がにわかに収縮した。

「千秋!」

思わず叫ぶと、郎千秋は厳しい声で答えた。

「どうかしたか？　何人も生きた人間を食べてきた青鬼戚容に、自分が茹で上げられる気分を味わわせてはいけないのか？　奴は私の一族を皆殺しにした仇なんだぞ。私も奴に苦しみを与えてはいけないのか!?」

当然構うことはない。だから謝憐には何も言えなかったし、言える立場でもない。だが、人界の一国の太子としても、上天庭の東方武神としても、郎千秋は未だかつてこんなことをしたことがなかった。彼は一貫して殺す時には即座に殺し、こんな残酷な手段を使うことを潔しとしない。今の彼は謝憐の知っている郎千秋とはあまりにもかけ離れていた。

戚容は熱湯の中に放り込まれ、しばらくしてから掬い上げられた時には、既に人の形をしていなかった。茹でられて全身の皮膚と肉が溶け合ったような一塊の何かになり、数か所から不気味な白い骨まで覗いていて非常に恐ろしい姿だ。だが、それがとても心地いいのか、戚容はまだ「ケケッ」と大笑いしていた。

「従兄、おめでとう！　お前の素晴らしい弟子を見てみろよ！　独り立ちして酷刑を使えるようになった！　人を痛めつけられるようになったぞ！」

郎千秋がまた手を離し、戚容は再び煮え滾る湯の中に放り込まれる。今度は骨まで出し汁に溶けるほど煮られたらしく、浮いてこなくなった。ただ青い服の欠片が数枚残って湯面を漂っている。戚容の姿が長い間見えなくなり、謝憐は思わず叫んだ。

「戚容！」

この従弟は、昔は口を開けば太子従兄と呼び、謝憐の何もかもを褒め称え、この上なく崇拝して追いかけていた。けれど、仙楽国が滅んだあと、完全におかしくなってしまったのだ。

先頭に立って謝憐の廟を燃やし殿を壊し、至る所で跪く石像と太子敷居を造り、謝憐を苦しめるためならどんな代償も厭わなかった。彼のそんな行為に対し、謝憐はできる限り堪え忍び、もし周囲に影響を及ぼすようなら極力阻止してきた。結局は我慢の限界が訪れ、もう互いに顔を合わせないことを願うしかなかった。それから長い間二人が相まみえることはなく、戚容はとっくに死んでしまったとばかり謝憐は思っていた。

ところが、こんなにも長い年月を経てからこの世でまた突然昔の知り合いに出会った。自分と三割ほど似ているその顔を見て、少しでも懐かしいと思う気持ちがあったかどうか、正直なところ謝憐自身にもわからなかった。

なんであれ、今なおこの世に残っている仙楽皇族はもう自分たち二人だけだ。なのに、再会してそう経たないうちにいきなり彼が目の前で死んでいくのを見ることになってしまった。しかも、杖刑ですら嫌がる郎千秋にあんな残酷な方法で殺されたのだ。あまりの目まぐるしさに、一瞬何をどう思えばいいのかわからず、心が千々に乱れる。

郎千秋は大鍋の横に立って俯いたまま沈黙していた。

しかしその時、花城が口を開く。

「死んでいない」

郎千秋が顔を上げて彼に目を向けると、花城は続けた。

「まさかこの程度で復讐できたなんて思っていないだろうな？　せいぜい奴の分身を一つ殺したにすぎない。もし本当に完全に殺したいんだったら、戚容の骨灰を見つけ出さないとな」

「気づかせてくれて礼を言う。私は必ずこの手で奴を捕まえ、奴の骨灰を捧げて父皇と母后の弔いをする。それが終わってから貴様と決着をつけに行く。国師、逃げられると思うなよ！」

冷ややかに言った郎千秋は、剣を振り下ろして大鍋を切り裂くと、すぐに立ち去っていった。

煮え滾った湯がどっと溢れ出し、鍋の中にあった骨の残骸が地面にぶちまけられる。謝憐は追いかけたかったが、心の中ではもう無駄だとわかっていた。

足を止め、その場に無言で立ち尽くす。

「あいつは真実を知ったばかりだから、一人にして少し落ち着かせた方がいい」

近づいてきた花城にそう言われ、謝憐は呆然とした。

「どうして真実を知らせる必要があるんだ？　真実がそんなに重要なのか？」

「すごく重要だ。あいつは知る必要がある。あなたが何をして、何をしていないのか、どうしてあなたがそうする必要があったのかを」

「そんなにはっきりと知ってなんになる？　殺した人数が減れば、酌量の余地があるとでも？」

きっと振り返った謝憐は、冷たい声で言い放つ。

花城は何も言わなかった。謝憐の胸の内に唐突に怒りが込み上げたが、それが誰に対するものなのかわからなかった。

「私に酌量の余地なんてクソみたいなものがあると思うか？　彼の父皇は心から仙楽一族と永安一族の融和を願っていたのに、私は彼を殺したんだぞ？　安楽王は私の一族の最後の血筋だったのに、私は彼を殺したんだぞ？　どうなろうが当然の報いだし、全部私が一人でやったってことにしておけばいいだろう？　私は何も怖くないんだ。たとえ何が向かってきたって、どうせ私は死なないんだから！　元は私一人がやったことで、私だけが元凶だったのに、今じゃそこに安楽王も、戚容も、仙楽人も皆含まれてしまった。一人を恨む方が大勢を恨むよりいいだろう？　私が彼に教えたことが本当は何もかも嘘で、空っぽでなんの価値もない戯れ言だったなんて、どうして気づかせないといけないんだ!?」

花城は何も言わず、ただ静かに謝憐を見つめている。しばらく見つめ合い、謝憐は突然ぱっと顔を覆った。

「ごめん。三郎、ごめん。私はどうもおかしくなってしまったみたいだ。ごめん」

「大丈夫。俺が悪かった」

「いや、君は悪くないよ。私の問題なんだ」

謝憐は地面に座り込んで頭を抱える。

「もうめちゃくちゃだよ。どうしようもなくなった」

少ししてから、ふと謝憐の隣に腰を下ろした花城が言った。

「あなたは間違っていない」

謝憐は頭を抱え込んだままで何も言わない。

「あなたは永安王を殺して、仙楽の遺民を守った。安楽王を殺して、仙楽一族と永安一族の間に二度と争いが起きないようにした。最後はあなたが郎千秋の手で殺されて、犯人は処刑された。三人の命で何代もの平和を得られるんだったらこれ以上の取引はないだろうし、俺でも同じことをしたと思う。だからよく聞いて」

花城は疑いを差し挟む余地もない自信に満ちた口調で言った。

「あなたは間違っていない。誰であってもあなたより上手くはやれなかったはずだ」

長い沈黙のあと、謝憐はぽつりと口を開いた。

「ただ、こんなはずじゃなかったって思うんだ」

ゆっくり顔を上げて言葉を続ける。

「ただ、善意でやったことなのにいい結果を得られなかったな。こんなはずじゃなかったんだ。たとえ嘘だとしても、千秋には覚えていてほしい。彼が仙楽人によくすれば、仙楽人も彼によくするんだってことを。正しいことをして、勇往邁進するってことを。さっきみたいに、私が彼に教えたことが、彼がかつて信じていたことが全部嘘で、偽りで、欺瞞で、全部がクソみたいなでたらめだったなんて思ってほしくなかったんだ！　私はただ……」

そう言って謝憐は右手を上げ、その手を見つめながらぽつりと言う。

「……私が散々味わった苦しみをもう誰にも味わっ

てほしくなかった」

　花城は静かに耳を傾けている。謝憐は先ほどまた汚い言葉を口にしてしまったと気づいた。

「ごめん。でも、世の中ってなんて滑稽なんだろうな。昔の永安の何代かは道理にもとることをしても、ろくな死に方をしなかったってことはなかったのに。郎千秋の両親の代になって、一心にいいことをしようと、大事を成そうとしたのにあんな結末になるなんて」

　永安の国主は謝憐を国師として敬い、五年間ずっと尊重し続けた。たとえ命尽きる最期の一瞬でさえも、彼への信頼が完全には消えないままこの世を去ったのだ。

「忘れられないんだ……彼を刺した時のあの顔を、どうしても忘れられない……」

　前をじっと見つめたまま謝憐は呟く。

「忘れよう。あれは戚容と安楽が悪かったんだ」

　花城は淡々とそう言ったが、謝憐は首を横に振る。顔を膝の間に埋めた謝憐の声は疲れ果てていた。

「……最初は全部上手くいってたのにな」

　郎千秋の父皇が即位するとすぐに、先代における仙楽遺民を弾圧する風潮が改められた。仙楽人と永安人はどうにか数十年平和に共存し、目に見えて関係が好転し始め、融和の前兆も見えていた。争いから遠ざかる希望もあったというのに、安楽王はよりにもよってその時期に鎏金宴大殺戮を起こしたのだ。

　謝憐が逃亡中の安楽王を発見した夜、最初こそ彼に二度と揉め事を起こさないよう警告するつもりだった。ところが、謝憐の一族の唯一の子孫である安楽王は、国師の正体を知ると興味津々で引き留め、復讐と国の再建という偉大な計画に加わるよう言ってきたのだ。その熱狂的な目も、昂ぶった声もぞっとするほどだった。

　そしてこうも言った――まずは鎏金宴で殺戮を行い、それから郎千秋を殺して永安を狂乱状態に陥れてやると誓ったのだと。

　たとえそれが、ようやく融和の兆しを見せ始めた双方の民の思いを打ち砕くことになろうとも、たとえそのために仙楽の遺民をすべて犠牲にしようとも、永安皇室と永安人を道連れにして地獄に突き落とせるのなら躊躇はしないと。

だが、どうあっても人殺しは人殺しだ。どれだけもっともらしい大義名分があろうとも、どれだけ「やむを得ない事情」があろうとも、異分子とされる者たちを心から受け入れようとした明君(めいくん)、そして一族の最後の一人となった血脈を自らの手で殺したという事実は何も変わらない。

第二十四章　食人巣鬼王対天官

人食いの巣窟で相対する鬼王と天官

振り向いた謝憐(シエリェン)は、そう遠くないところにあるあの力なく項垂れて跪いている石像を見ながら言った。

「戚容(チーロン)は一つだけ正しいことを言ってたな。確かに私はかなり失敗したよ」

「戚容(チーロン)みたいなゴミの言葉なんて信じてどうするんだ。奴は殺せない上に逃げ足が速いってこと以外、なんの取り柄もないんだから。八百年も経つのに絶にもなれていないし、手が汚れるから殴りたくもない」

花城(ホワチョン)の淡々とした声に、謝憐(シエリェン)はぎこちなく口角を上げる。

（殺せない上に逃げ足が速いって、私も当てはまるじゃないか？　私も一緒で、八百年以上生きてきて結局今もこのざまだし）

最初謝憐(シエリェン)は、飛昇した郎千秋(ランチエンチウ)が東方武神となり上天庭の神官に名を連ねても、昔とちっとも変わらず直言直行(ちょくげんちょっこう)で、退屈な評議の場で居眠りしている姿を見て内心かなり嬉しく思い、またほっとしてもいた。けれど今のこの瞬間から、郎千秋(ランチエンチウ)はどう変わっていくだろうか？　彼は戚容(チーロン)を追っていったが、追撃して戻ってきたら謝憐(シエリェン)とどう決着をつけるつもりなのだろうか？

立ち上がった謝憐(シエリェン)は、石像のそばまでゆっくりと歩いていった。正面に回ると、顔はやはり彼とそっくりだったが、涙を流してむせび泣いている表情に彫られているせいで、目鼻が歪(ゆが)んで非常に醜い。しばらくじっと見つめた謝憐(シエリェン)はそっとため息をつき、それの頭の上に手を置いて力を流し込んだ。

手を離すと、石像の頬にひびが二本静かに伸びていき、泣き顔が粉々に割れる。石像は無数の小石となって地面に崩れ落ち、二度と繋ぎ合わせられなくなった。

そしてもう一度振り向いた時、謝憐(シエリェン)はいつものあの穏やかで落ち着いた表情に戻っていた。

「戚容(チーロン)のこの巣窟にはまだ大勢の人が隠されている

かもしれない。その人たちを探して解放しようと思うんだけど」

　眉間を軽く揉んだ謝憐（シエリエン）がそう言うと、花城（ホワチョン）も立ち上がる。

「行こうか」

　先ほどの大騒ぎで、戚容（チーロン）の巣窟にいた青灯小鬼たちは散り散りになっていた。逃げなかった小鬼も怯えて物陰に隠れたまま出てこようとしない。二人は辺りを捜索し、適当に捕まえた運の悪い小鬼たちに無理やり案内をさせて、「新鮮な食材」の倉庫になっている洞窟をいくつも見つけた。戚容（チーロン）が食べようとして捕まえてきた人間は、ざっと数えただけでも三百人を下らず、そのほとんどが付近の村人か通りすがりの旅人だった。

　二人は歩きながらひたすら牢の扉を開け、捕らわれていた人々を逃がしていく。体を動かしているうちにいくらか落ち着いてきた謝憐（シエリエン）は、時間もあったため花城（ホワチョン）と雑談をしていたが、少し考えてから、やはり聞くことにした。

「そうだ、三郎（サンラン）。やっぱり君にちょっと聞いておきたいことがあるんだ」

「どんなこと？」

「君はどうして鎏金宴（りゅうきんえん）の件の黒幕が戚容（チーロン）だってわかったんだ？」

　初めは花城（ホワチョン）が自分と郎千秋（ランチエンチウ）を青鬼の巣窟に連れてきて何をするつもりなのか見当がつかなかったが、今ならわかる。花城（ホワチョン）の目的は、戚容（チーロン）自身の口から鎏金宴（りゅうきんえん）の一件について語らせ、それを郎千秋（ランチエンチウ）に自分の耳で聞かせることだったのだ。

「私が芳心（ファンシン）だっていうことを戚容（チーロン）は知らなかったはずだ。もし知っていたら、とっくの昔につきまとっていただろうしね。あの頃私は、仙楽のかつての皇族が陰でいろいろ画策していたことには気づいていたけど、それを裏で操っていたのが戚容（チーロン）だったとは知らなかった。なのに、君はどうして知ってたんだ？　いったいいつから？」

「少し前から」

　手を後ろで組み、肩を並べて歩きながら花城（ホワチョン）は続ける。

「戚容（チーロン）とは何度か関わりがあったから、奴の素性についてはよく知っていたんだ。生前の戚容は仙楽人で、永安人を心底嫌っていたし、不和の種を撒いて人を煽り立ててはいざこざを起こしてばかりいたから。永安国で起きた王侯貴族を標的にした暗殺事件の裏にはいつも奴がいたけど、ずっと尻尾を出さなかった」

　聞いていた謝憐は首を横に振った。

「まさか前科があったなんて。よく明るみにならなかったものだ。これだけ人界に干渉したことを上天庭の誰かが知ったら、容赦しなかっただろうな」

「鎏金宴大殺戮も奴のいつもの手口と一致するから、俺はずっとこの件の黒幕は奴で、芳心国師は奴の側の人間だと思ってた。でも、郎千秋が上天庭で芳心国師はあなただって指摘した。だったら、芳心と戚容が同じ側なんてあり得ない」

　謝憐の歩調がわずかに遅くなる。花城はもちろん天界にいたわけではないのに、神武殿で何が起きたのか手に取るようにわかるらしい。しかも、謝憐と戚容の関係や不和についても非常によく知っている。

「でも、やっぱり戚容がこの件の黒幕か、少なくとも奴が先に手を出したに違いないっていう考えは変わらなかった。仙楽の遺民は郎千秋の父皇が即位してから境遇が大きく改善されて、昔みたいに復讐や祖国の再建にあまり固執しなくなっていたからね。まだそれを諦めていなかったとしたら仙楽の皇族だけだ。当時、仙楽皇室の子孫は安楽王一人だけだったから、戚容が誰かをそそのかして反乱を起こさせたとすれば、必然的に安楽王になる。それが折しも鎏金宴のあとそう経たないうちになぜか病死した。病歴もなかったのに、こんなのどう考えても怪しいだろう」

　花城の言葉に謝憐は頷いた。

「おそらく安楽王は何者かに殺されて、その理由は鎏金宴と関係している。最初は永安の皇族の仕業かと考えた。でも、もし奴らだったなら、そのあとで仙楽の遺民が巻き添えになってひどい目に遭わされなかったのが腑に落ちない。いろいろ考えて、今の結論以外に思い当たらなかった」

　それを聞いた謝憐は、笑いつつも感嘆する。

「こんなに手がかりが少ないのに、君は十中八九推測できてしまうんだな」

「難しいことじゃない。事件に関わった奴らについて、元からよく知っていただけだ」

「確かに全員のことをよく知っているね。でも、君の推測は重要な前提のもとに成り立っていて、私にはそれが今一つ理解できないんだ」

「なんのこと？」

「君はどうして鎏金宴（りゅうきんえん）の件は戚容（チーロン）が先に手を出したに違いないって、そんなにも信じられたんだ？」

「奴がやったに違いないって信じてたわけじゃない。俺はただ、あなたがやったんじゃないって信じてただけ」

　花城（ホワチョン）のその言葉を聞いて、謝憐（シエリエン）は笑顔を引っ込めた。

　しばし沈黙してから尋ねる。

「どうして？」

「あなたが殺戮を行ったのは自分だと認めた時に使った動機が他のことだったら、確かにあなたがやった可能性もあるって信じたかもしれない。でも、永安の国主は勤勉で、誠実な執政（しっせい）で民からも熱烈に支持されていたのに、郎千秋（ランチエンチウ）は当時のあなたから聞いた動機が『そいつらがその座についているのを見ていられないから』だったと言った」

　花城（ホワチョン）はそのまま言葉を続けた。

「王位簒奪者の決まり文句だ。でも、それがあなたの口から出た言葉だとしたら、それはただ自分を貶めるための下手な言い訳としか思えない」

「自分を貶める」という言葉を聞いて、謝憐（シエリエン）は声に出さずに笑う。

「自分を貶める？　私が本当は心の中でそんなふうに考えていたかもしれないとは思わなかったのか？　もしかすると、私も心の奥底で少しは恨んでいたかもしれないよ？」

「考えていたら何？　あなたがあんなことをするはずがない」

　謝憐（シエリエン）は固く口を引き結ぶ。しばらくして、ようやく話しだした。

「三郎（サンラン）、実はね、私は君が思っているような人間じゃないんだよ。君は――」

　言いかけて、続きを口にするべきかどうかわからなくなったように、謝憐は目を閉じて小さく頭を振る。

「いいから、話してみて」

花城にそう言われ、少しの間ためらったあと謝憐はやはり言葉にした。

「この世の中、誰に対してもあまり期待しすぎない方がいいと私は思うんだ」

「そう」と言った花城がそのまま尋ねる。

「その『期待しすぎる』っていうのはどういうこと？」

「誰かを完璧だ、素晴らしいって過剰に思うことだ。一生関わることもなく、遠くから幻影を眺めるだけなら別に構わない。でも知り合って少しずつ仲良くなるうちに、ある日その人は自分が思っていたような人じゃない、むしろ真逆だと気づくことになる。そうなったら相当失望してしまうだろう」

しかし花城はこう言った。

「そうとは限らない。他人が失望するかどうかなんてどうでもいい。でも、一部の人にとっては、誰かがこの世に存在すること自体が希望なんだ」

花城は「一部の人」が誰で、「誰か」が誰なのか具体的には言わなかった。口調もいつもと同じで何気なく意見を述べただけのようだったが、謝憐はふと心がふわりと浮いたような気持ちになった。

言葉が見つからずその場で立ち止まった謝憐は、しばらく経ってから唐突に尋ねた。

「三郎、君はいったい何者なんだ？」

花城も足を止めて首をめぐらす。

謝憐は彼と見つめ合い、真剣な面持ちで言った。

「君は戚容が何者か知っていて、素性も把握している。私が何者かを知っていて、太子悦神図も描ける。私について何から何まで知っている。君はたくさんのことを知っている。もしかすると、もっと知っているのかもしれない」

「俺がたくさんのことを知っているのはいつものことじゃない？」

花城が眉を跳ね上げながら言うと、謝憐は首を横に振る。

「それとは違う」

そうして左手で右の肘を支えて顎をさすりながら、

少々物思いに耽(ふけ)るように言葉を続けた。

「ずっと、君が昔の知り合いのような気がしていたんだ。多分かなり昔から私のことを知っていて、もしかすると私が最初に飛昇した頃に出会ったのかもしれない。いや、もっと前かも。でも……いつ君みたいな人に出会ったのか、私もはっきりとは覚えていないんだ」

花城(ホワチョン)のような人物に一度でも会えば、絶対に二度と忘れられないはずだ。謝憐(シエリエン)には頭を打って記憶を失った経験もないので、会っていれば覚えていないわけがない。

謝憐(シエリエン)は少し戸惑った様子で花城(ホワチョン)を見つめた。

「君はいったい誰なんだ？　私は君に会ったことがあるのか？」

花城(ホワチョン)は何も答えず、ただ微かに笑っている。謝憐(シエリエン)はすぐに今の質問が非常に不適切だったと気づいた。

鬼の真名(まな)というものは、戚容(チーロン)のようにおかしくなっていて非常識でもない限り普通は秘密にしているもので、そう簡単に人に教えるわけがない。

「ごめん、気にしないでくれ。ただなんとなく聞いてみただけなんだ。答える必要はないし、君が誰であっても関係ないから」

謝憐(シエリエン)が慌てて言ったその時、花城(ホワチョン)が微かに目を細めた。何かに気づいた謝憐(シエリエン)が振り向いて背後に目を向ける。

そう離れていない洞窟から騒がしい声が聞こえてきて、その中から澄んだ女の声がする。

「ほら、言った通りだろう！　女相になれば法力だけじゃなくて博打運も強くなるんだよ！　なのに君は聞く耳を持たないでさ。どうだ、見たか、今回は正しい目が出た!!」

間違いなく師青玄(シーチンシュエン)の声だ。謝憐(シエリエン)は思わず「風師(フォンシー)殿！」と叫んだ。

案の定、白衣の女冠(にょかん)が洞窟の中から飛び出してきて、謝憐(シエリエン)を見るなり両目を輝かせた。

「見つけた！　太子殿下はここだ！」

ところが、謝憐(シエリエン)の後ろに花城(ホワチョン)の姿が見えた途端、師青玄(シーチンシュエン)は顔色を一変させてさっと飛びのき、風師(フォンシー)扇を体の前で横に構える。謝憐(シエリエン)が話そうとしたその時、今度は洞窟の中から男の声が聞こえてきた。

「見つかったのか？　どうなってる？」

足音が近づいてきて、現れた人影はなんと風信だった。彼は左手に黒い長弓を持っていて、花城を見るなり白銀の弦を引いて警戒態勢に入る。花城は嘲笑しただけで特に何も言わなかったが、謝憐は慌てて制止した。

「言いたいことがあるなら、まずは武器をしまいましょう」

四人は青鬼の巣窟の狭い通路で、二対二で向かい合った。風信は弦を最大限まで引き絞り、右手で凝縮した霊光が羽根つきの矢となって花城に狙いを定めている。風信は真っ先に低い声で言った。

「太子殿下、先にこっちへ」

風信のその弓は君吾から贈られたもので、風神弓と呼ばれていて非常に厄介な法宝なのだ。風信が本当に弓を放つのではないかと思った謝憐は庇うように花城の前に立つ。ところが、花城に後ろから引っ張られて戻されてしまう。

これにはやってきた二人ともが驚き、師青玄はすぐさま手を上げた
「花城！　血雨探花！　き、き、き、貴様、勝手なことをするんじゃない。貴様の極楽坊は、私がうっかり燃やしてしまったんだ。何か不満があるなら、まずは話し合おう。我々上天庭が弁償するから。それくらい帝君ならなんてことはない。太子殿下を放せ、全然大した問題じゃない」

「風師殿、ちょっと誤解があるみたいです。実は……」

謝憐は心から感謝しつつも泣くに泣けず笑うに笑えずで、花城は極楽坊の件をとがめに来たわけではないと説明しようとした。ところが、師青玄は黙っていてと言わんばかりにこっそり目配せをしてくる。

花城も特に反論することなく、ただこう言った。

「君吾が俺のところに間者を送り込んだ件もまだ解決してないのに、お前らはどう俺と交渉するつもりなんだ？」

謝憐はなるほどと思った。師青玄は花城に悪意がないと既に見抜いていたが、天界に戻った際に、

謝憐が反意を持って逃亡したという下衆の勘繰りを避けるために、建前上、花城が責任追及のために仙京に押し入ったという体で話す必要があったのだ。花城も師青玄の意図を汲み取り、それに乗ったということだ。けれど、謝憐はそういうことにしたくなかった。

「もう芝居はよしましょう。彼は始めから私を助けるために仙京に来たんです。三郎も好意でやってくれたことですから、ごまかす必要はないでしょう?」

「もうおしまい。さっきの会話はもう通霊陣に流しておいたから。君はわかっていないみたいだから言うけど、噂っていうのはあっちこっちに流れていくうちに、最終的に好意も悪意にされてしまうものなの。だったらいっそ最初から悪意にしておいた方がいいんだ」

師青玄の言葉に花城が眉を跳ね上げた。

「物わかりがいいな」

「当たり前だ。そうでなきゃこの風師はどうやって上天庭で生きていくっていうんだ? 南陽将軍、弓を下ろそうか」

得意げに師青玄が言ったが、風信は息を殺して無言で弦を七分ほど引き絞ったままだ。

「下ろしなって。向こうはすっごく仲がいいんだから悪意なんてないよ」

「太子殿下、隣にいるそいつは絶なんだぞ……」

師青玄は風信を叩いたが、風信の方は低い声でそう言う。

風信の敵意は緩むことなく、弓矢も下ろそうとしないのを見て、師青玄は突然「こらっ」と彼の肘にぶつかっていった。

その瞬間、風信は幽霊を見た時より一万倍も恐怖に満ちた顔になって大声で叫ぶ。辛うじて形を保っていた右手の霊力も霧散して跡形もなく消えてしまった。顔面蒼白になりながら長い罵声を浴びせた風信は、最後には半狂乱になって叫んだ。

「クソったれ! どういうつもりだ!!」

実は先ほど矢を握っていた風信の手に師青玄がぶつけたのは、なんと胸だったのだ。

その様子からすると、風信は本気で心底驚いたらしい。しかし、師青玄の浮世離れした孤高の風采からは、つい先ほどそんなはしたない真似をしたなんて想像もできない。

「それはこっちが聞きたいよ。血雨探花は太子殿下を助けに来たって言ってるのに、まだ矢を向けるなんて。君は喧嘩をしたいみたいだけど、この風師はつき合わないからな」

　さっと払子を振って師青玄はそう言ったが、風信の方はどうやら怖がっているのか、もう二度と近づきたくないとばかりに一気に遥か彼方まで後退し、あらん限りの声を振り絞った。

「おい、二度とこんな真似をするな!!　二度とだ！　わかったな!!」

「はいはい、わかったわかった。もうやらないってば。君が損をしたわけじゃないのに、なんだよその態度は？」

　自分の美貌と瀟洒な風格にかなりの自信がある師青玄は、風信に蛇蝎の如く避けられて思わず落ち込んでしまった。傷ついたように男相に戻り、振り向いて尋ねる。

「あれ、千秋は？」

　それを聞いた風信が、ようやく少し正気を取り戻して辺りを見回す。

「あっ」と呟いてから謝憐は言った。

「通霊陣の中にはいなかったんですか？」

「いなかったんだよ！　賽を振って正解の道に進んでいって、そのあと何も言わなくなったんだ。私が何回正しい数はいくつなのか聞いても、返事をしてくれなかった。今まで千秋は誰が話しかけてもすぐに返事をしてて、中天庭の若い神官が質問しても一度だって放置したことなんてなかったのに。本当に変なんだ」

　師青玄の言葉に、謝憐はそっとため息をついた。

「泰華殿下は戚容を追っていったんです」

「戚容？」

　あとから来た二人が唖然とする。

「そうなんです。ここは戚容の巣窟なんですよ。はぁ、とにかくですね……」

「ちょっと待ってくれ。どうして泰華殿下は戚容を追っていったんだ？　あいつはあなたを追ってきたんじゃなかったのか？」

風信(フォンシン)の問いに花城(ホワチョン)が横から答える。

「どうしても何も、あいつが追っているのは鎏金宴(りゅうきんえん)大殺戮の犯人だ。太子殿下はただ犯人の尻拭いをしただけだったから、真実を知った郎千秋(ランチエンチウ)は真犯人を追っていった。それだけのことだ」

途端、風信(フォンシン)の表情が厳しいものになった。

「真犯人？　本当なのか!?」

謝憐(シエリエン)はただもう一度説明はできそうにないと思った。短時間で詳細に話すのも難しいため、首を横に振る。

「そんなに単純な話じゃないんです。戻ってから改めて詳しく説明しますから」

「やっぱり誤解があったんだ。この風師(フォンシー)の予想は正しかったってことだね。これで君も戻ったところで禁足する必要はなくなったはずだ」

内情を知らない師青玄(シーチンシュエン)がそう言って喜ぶ。風信(フォンシン)もずいぶんほっとしたような顔で「わかった！」と言って弓を収め、先ほどまで見せていた警戒心もかなり薄らいだ。だが、花城(ホワチョン)は声に出して冷笑する。

「君は戚容(チーロン)があの戚容(チーロン)だって知っていましたか？」

謝憐(シエリエン)が風信(フォンシン)に尋ねると、風信(フォンシン)は「あの戚容(チーロン)って？　どの？」と口にし、驚いた様子で言葉を続けた。

「俺たちがよく知ってるあいつか？」

「やっぱり君も本当に彼だとは思いもしなかったですよね？」

「ああ。俺は青鬼本人とは接触したことがないから、偶然名前が同じだけだとばかり。だいたい、堂々と本名を掲げて闊歩(かっぽ)する鬼がどこにいる？　おかしいんじゃないのか？」

たちまち顔を曇らせてそう言った風信(フォンシン)は、言い終わった途端に戚容(チーロン)という奴は本当におかしかったと思い出した。次の瞬間、謝憐(シエリエン)と無言で顔を見合わせる。

二人が飛昇する前から、風信(フォンシン)は既に戚容(チーロン)を嫌っていた。戚容(チーロン)は他でもない謝憐(シエリエン)の母親、つまり仙楽国最後の皇后の妹の息子で、幼い頃から皇室で育てられていた。一日中謝憐(シエリエン)につきまとっていたため、風信(フォンシン)は謝憐(シエリエン)の侍衛として当然彼によく会う羽目になった。

戚容(チーロン)は幼くて分別(ふんべつ)がつかず、忠告を聞かない上に、精力旺盛でやることはめちゃくちゃだった。最悪なことに皇族という貴い身分のせいで誰も手を上げて叱ることができないため、どれほど無法の限りを尽くしてきたかは言うまでもない。

以前彼が口癖のように言っていたのは「太子従兄(にいさま)は完璧だ！」「俺の従兄(にいさま)はどうのこうの」という言葉だった。戚容(チーロン)には敬老の精神もなければ、子供を慈(いつく)しむという考えもなく、もし誰かが少しでも謝憐(シエリエン)に対して敬意を払わなかったり、あるいはほんの少しでも謝憐(シエリエン)に迷惑をかけたりすれば、それが誰であろうと関係なく麻袋(あさぶくろ)に入れて内臓が出るほど殴りつけた。

一度、謝憐(シエリエン)が十歳足らずの子供を彼の手から救い出したことがあったのだが、血まみれで人相がわからなくなるくらい殴られて悲惨な状態だった。

謝憐(シエリエン)は戚容(チーロン)の身の上を哀れみ、加えてただ心から自分を慕ってくれているだけだと思って、一度も手を上げて説教するようなことはしなかった。けれど、ただ言葉で諭され叱られたくらいでは彼の行動は一向に改められず、これは大きな頭痛の種だった。

風信(フォンシン)はずけずけとものを言う真っすぐな性格で、謝憐(シエリエン)ほどの忍耐力もなく、何度も戚容(チーロン)に楯突(たてつ)いては命令に逆らっていた。そのせいで戚容(チーロン)も風信(フォンシン)をずいぶんと嫌っていて、顎でこき使ってはあれやこれやと難癖をつけていたのだ。謝憐(シエリエン)が飛昇したあと、戚容(チーロン)のその態度は一層ひどくなり、時には太子殿の前でうっかり唾を吐くなど故意ではない過ちの場合でも、その人の口に焼けた炭を押し込もうとした。戚容(チーロン)の行きすぎた行為を防ぐために、しょっちゅう下界に降りてはその尻拭いをしなければならなかった風信(フォンシン)は、それに死ぬほど苛立(いらだ)って謝憐(シエリエン)に「戚容(チーロン)の奴はいかれてる！　いつか大変な騒ぎを起こすぞ！」と常々言っていたのだ。

「もし本当にあいつなんだったら、あんなことをしてもおかしくないな」

風信(フォンシン)がそう言うと、師青玄(シーチンシュエン)が不思議そうに尋ねる。

「なんだ、君たちは青鬼本人を知ってるのか？」

「私の従弟なんですよ」

頷いて答えた謝憐(シエリエン)に師青玄(シーチンシュエン)は驚いて腕を組んだ。

「すごいな」

「ええ、彼は本当にすごいんですよ」

「奴じゃなくて君のことだよ。太子殿下ってさ、ほら、東南武神と西南武神は幼なじみで、東方武神は弟子だろう。青灯夜遊は従弟で、血雨探花は杯を交わした兄弟で、この風師は友達だ。これでもすごくないって思う？」

　そう言われて謝憐は少しばかり微笑んだ。

（風師という人は本当にその名の通り風のような人だな。風が吹けば心の暗い霞も吹き飛んでいく）

　謝憐は心の中でそう思っていたが、花城と風信は「血雨探花は杯を交わした兄弟」という言葉を聞いた途端、同意しかねるという顔をした。花城は眉を跳ね上げ、風信はというと眉をひそめて黙り込んでいる。次の瞬間、風信は謝憐に向かって言った。

「もう用が済んだなら、あなたは急いで仙京に戻った方がいい。さっきあんな大騒ぎになって、他の神官は皆事情がわからずにまだ上で待っている。帝君の耳にも入っているはずだから、何が起きたのか説明しないと」

　それを聞いた花城がハハッと笑いだす。

「貴様、何を笑っている？」

「お前はどれだけ一本気な性格なのかと思ってたら、実は回りくどい言い方が好きだったんだな。太子殿下に俺みたいな妖魔鬼怪とつるんでほしくないだけのくせに、どうしてそう言わないんだ？　言う資格もなければ言える立場でもないのが怖いからか？」

「三郎……」

　謝憐がそっと咳払いをして呼びかけると、風信が冷ややかに言った。

「この人は元から妖魔鬼怪とつるむべきではないんだ。貴様がわかっているならそれでいい」

　その言葉に、花城はいいとも悪いとも言わない。

　謝憐は落ち着いた様子で話に割り込んだ。

「必ずきちんと説明しますけど、今はここでまだやるべきことがあります。戚容は巣窟の中に三百人以上の人間を食べるつもりで隠していて、さっき三郎が手を貸してくれたおかげでやっとその人たちを全員逃がせたんです。まだ小鬼の群れは残っていて、おいおい片づけていかないといけません。それが終わったらすぐに上がりますから」

「あまり長引くと良くない。片づけは俺に任せてくれればいい」

　穏やかな声で言った謝憐（シエリエン）に風信（フォンシン）がそう答えると、花城（ホワチョン）が頷きながら口を出す。

「上天庭の手際だと、多分全部片づくのは来月あたりだろうな」

「自分なら一瞬で終わらせられるみたいに言いやがって」

　なんと、二人は真っ向から対立してしまっている。

「二人の間には恨みでもあるのか？」と目で問いかけてきた師青玄（シーチンシュエン）に、謝憐（シエリエン）は首を横に振った。話を変えようとすると、花城（ホワチョン）がどこからともなく傘を取り出す。その傘の表面は楓（かえで）のように赤く、炎のように鮮やかだった。花城（ホワチョン）が片手で傘を差すとそれが彼と謝憐（シエリエン）の頭上を遮り、その赤が二人の頬を緋色（ひいろ）に染める。

　おそらくこれは与君山の死体の森で、血の雨の中を通った時に差されていたあの傘だろう。だが、今は別に雨が降っているわけでもなく、謝憐（シエリエン）は少し不思議に思って尋ねた。

「三郎（サンラン）、どうして傘を差すんだ？」

　謝憐（シエリエン）の方に体を向けた花城（ホワチョン）が、傘を少しそちらへ傾けてにっこり微笑む。

「待ってて。すぐに天気が変わるから」

　その言葉を言い終わるや否や、空から土砂降りの雨が降り注いだ！

　突然ザーザーと降りだした雨に打たれて、謝憐（シエリエン）はぽかんとしてしまう。ただ、しっかり花城（ホワチョン）の傘の下に収まっていたおかげで、一滴の雨にも濡れることはなかった。ところが、謝憐（シエリエン）と花城（ホワチョン）の向かい側に立っていた風信（フォンシン）は完全に無防備な状態で、頭のてっぺんから足のつま先までずぶ濡れになってしまっていた。

　さらに不幸なことに、この雨は血の色をしていて、こうして見てみると風信（フォンシン）は全身真っ赤な血まみれ人間になっている。大きく見開かれた両目の白目の部分だけが唯一白いという状態だ。上手い具合に洞窟の中に立っていた師青玄（シーチンシュエン）は難を逃れたが、呆然とするあまり言葉を失って払子を振ることすら忘れていた。

この血の雨は来た途端に去っていき、しばらくするとすっかりやんだ。風信はようやく我に返って顔を拭いたが、依然として顔中血まみれの猩猩緋色のままで、ちっとも拭いた意味がない。

「これって……」

謝憐が呟くと、花城が傘を収めてハハッと笑った。

「一瞬で終わった。これでどう？」

その短い言葉を口にする間に、花城は悠々と歩きだしていて、既に大分遠くにいた。謝憐は袖の中から手ぬぐいを捜していて、師青玄は払子から白い毛を何掴みか引き抜いて、二人ともそれを黙りこくっている風信に渡す。花城が立ち去ると、謝憐は自分の後ろに誰もいなくなったことにすぐさま気づき、身を翻して数歩先まで駆けだす。

「三郎、鬼市に帰るのか？」

「あなたも仙京に戻るんじゃないの？」

そう言って振り向いた花城は、そのまま冗談半分で言葉を続けた。

「でも、もし俺と一緒に鬼市に戻りたいなら歓迎するよ」

謝憐は「今度ね」と笑顔を向ける。そして、誠意を込めてこう言った。

「今度機会があれば必ずまた鬼市に行くよ。君が極楽坊を建て直す時は、私が煉瓦を運ぶから」

「煉瓦を運ぶ必要はないよ。座って見ていてくれればいい」

謝憐はゆっくりと真剣な表情に戻って「何はともあれ、千秋のことは本当に感謝してる」と口にし、少し間を置いてから続けた。

「どうするのが正しかったのかわからないけど、もしかしたらこうするのも悪くなかったかもしれない」

「考えすぎだよ」

花城の淡々とした答えに謝憐はきょとんとして小首を傾げる。

「あなたはやりたいようにやればいいんだ」

そう言い終わると、花城は振り返って軽く手を振った。

ほどなくして、その紅衣の姿は山の前から、月の下から、そして謝憐の瞳から徐々に影も形もなく消えていった。

第二十五章　尋往跡再上太蒼山

遠い記憶を探しに再び太蒼山へ

なぜかわからないが、謝憐はいきなり勇気が湧いてきたような気がした。

郎千秋が去ってから、足取りは少し重くなったままで背中も心なしか曲がっていた。どこからともなくやってきたこの勇気が、またどこへ向かおうとしているのかはわからないけれど、そのおかげで謝憐は知らず知らずのうちに背筋を真っすぐに伸ばしていた。その場に立ち尽くしていると、師青玄が近づいてきて軽く肩を叩く。

「あいつって友達がいのある奴だな。太子殿下がどうやって知り合ったのか知らないけど、君は本当に運がいいよ」

誰かが謝憐を指して運がいいと言うなんて滅多にないことだ。師青玄を見やった謝憐は小さく笑みを浮かべた。

「そうでしょうか？　多分そうなんでしょうね、私もそう思います」

後ろでは風信が黙々と顔を拭き続けていた。二人が振り向くと、顔中を白い毛だらけにしている風信の姿が見え、必死で笑いを堪える。

「すまなかった」

謝憐の言葉は花城の代わりに告げた謝罪だった。

やっとのことで白い毛をすべて剥がした風信が口を開く。

「俺の力不足だ。特に言うことはない」

三人はもう一度巣窟の中を一通り捜索して、捕らわれている人間と生き延びた小鬼が残っていないことを確認すると、ようやく風に乗って再び仙京へと戻った。

飛昇門をくぐると、大勢の中天庭の下級神官たちが通りを塞いでいるのが見える。物々しい警備で、行ったり来たりと通りの両側にあるすべての宮殿をしらみ潰しに捜索しているところだった。神武殿に到着すると、殿内は既に集まった上天庭の神官たちでいっぱいで、遠くから議論する声が聞こえてくる。

「花城(ホワチョン)の奴、我々上天庭が鬼市に間者を送り込んだと逆(さか)ねじを食わせてきたぞ。実に馬鹿げている。天界が奴のもとに間者を送り込む必要がどこにある？」

最初に聞こえてきたのがこれだった。

謝憐(シエリエン)も師青玄(シーチンシュエン)もそっと咳払いをした。鬼市に間者を潜り込ませたというのは、おそらく嘘ではないだろう。事情がはっきりしない段階で性急に喚き散らしているが、もしそれが本当だと知ったら、持ち上げた石で自分の足を打つことになるのではないだろうか？

師青玄(シーチンシュエン)を先頭に、三人が殿に入る。皆は彼を見るなり「風師(フォンシー)殿、戻られたのですね？」「お疲れ様でした！」とすぐに挨拶したが、視線はすべて謝憐(シエリエン)に向けられていた。

続けて尋ねようとすると、二人のすぐ後ろから、まるで血の池から這い出てきたような風信(フォンシン)が不愉快そうな顔で歩いてくるのが見えた。皆は一瞬で凍りつき、次々に視線を逸らす。さすがにこの清閑(せいかん)な大殿の中であの大空に響き渡る罵声を聞きたい者などいないだろう。慕情(ムーチン)だけが視線を逸らさないばかりか、逆にわざとらしくそちらに目を向けていて、その意図は誰の目にも明らかだった。

謝憐(シエリエン)が視線を上げると、上座に君吾(ジュンウー)が座っているのが見えた。どうやら少し疲れているらしく、片手で額を支えながらこめかみを押して目を閉じている。

謝憐(シエリエン)にはよくわかった。以前なら一、二か月に一度評議を開くか開かないかだったのだが、最近は事件が頻繁に起きていて短期間に何度も神武(シェンウー)殿が超満員になっている。毎日のように事件が起きるので一日に二度評議したいくらいで、謝憐(シエリエン)が君吾(ジュンウー)だったらきっと同じように疲れていただろう。その上、意見を言いたい者が多くて喧々囂々(けんけんごうごう)としているのだ。

「好き勝手にやってきて仙楽宮を別の場所に繋げるなんて、とんでもない奴です。今日、自分を怒らせた太子殿下を攫ったのですから、明日は他の殿から別の神官を攫うかもしれません。この件は絶対に厳しく追及し、ただちに食い止めませんと！」

ある神官がそう述べる。

これを人界に置き換えるなら、逆賊(ぎゃくぞく)が皇宮の中に地下道を掘って自由に行き来できるのと同じ状態であるため、当然心中穏やかではいられないだろう。どうりで先ほど大勢の中天庭の神官たちが全力で警戒に当たり、しらみ潰しに捜索していたわけだ。

　ところが慕情（ムーチン）の関心はそこにはなかったらしい。

「花城（ホワチョン）にはあれほど多くの信徒がいて、鬼市を所有しているわけですし、極楽坊ごときが燃えたところで奴にとって大した痛手ではないでしょう？　太子殿下が奴を怒らせたことが理由で押し入ってきたとは限りませんよ」

　淡々と言った慕情（ムーチン）に師青玄（シーチンシュエン）がすぐさま反論する。

「玄真（シュエンジェン）将軍、それは違うでしょう。花城（ホワチョン）が自分で認めたのを皆さんはっきり聞きましたよね。ところで、今月はどちらの将軍が上天庭を守る番でしたっけ？　仙楽宮の正門が法術で別の場所に繋げられたというのに一切察知できなかったなんて、職務怠慢（たいまん）ですよね？」

　傍らにいた裴茗（ペイミン）は、腕を組んで落ち着き払った様子で何も言わずに立っていたが、今の言葉が聞こえると「私です」と答えた。

　師青玄（シーチンシュエン）はてっきり慕情（ムーチン）だとばかり思っていたが、記憶違いだったらしく、結果的に裴茗（ペイミン）を攻撃してしまってどうにもきまりが悪い。ところが、裴茗（ペイミン）は意外にも責任逃れをすることはなかった。

「今月の当番は私です。確かに私の職務怠慢でした」

　裴茗（ペイミン）がそう言うと、親しい神官がすぐさま助け船を出す。

「ここはやはり一つずつ整理していって、まずは鎏（りゅう）金宴（きんえん）大殺戮の件をはっきりさせるというのはどうでしょうか！」

　その時、殿の前方に立っていた霊文（リンウェン）が突然口を開いた。

「泰華（タイホワ）殿下から連絡が来ました」

　ようやく目を開けた君吾（ジュンウー）が尋ねる。

「なんと言っている？」

　霊文（リンウェン）はしばし静かに待ってから答えた。

「彼が言うには、永安国鎏金宴（りゅうきんえん）の件には内情があり、自ら太子殿下と決着をつけるので他の方の手出しは無用だそうです。ただ、太子殿下が自らの貶謫（へんたく）

を求めても聞き入れないでほしい、この二つはまったく関係のない事柄だから、とのことです」

慕情（ムーチン）が眉間にしわを寄せて尋ねる。

「どんな内情なんです？」

「これ以上のことは何も。連絡も途絶えました」

今まさに大きな戦いが勃発しようとしていて、金槌（かなづち）が重々しく振り下ろされたというのに、ふわりと着地してしまうとは思いもせず、神官たちは少々拍子抜けしてしまった。郎千秋（ランチエンチウ）は被害者遺族で、その彼が犯人に償いを求めないのなら、他人は何が楽しくて見物などする？

それに郎千秋（ランチエンチウ）も何も語らない上に、謝憐（シエリエン）も語る気はない様子で、この件はちっとも面白みがなくなってしまった。

それから君吾（ジュンウー）は風信（フォンシン）と慕情（ムーチン）を指名し、裴茗（ペイミン）に協力して警戒態勢を強化するよう命じた。その他諸々（もろもろ）の手配をしたあと、手を振って皆を解散させる。謝憐（シエリエン）が居残っていると、誰かの会話が微かに聞こえてきた。

「案の定だな。あいつが何かしでかしても、帝君は審理すると言いながら、結局いつも何もしない……」

「お見それしましたよ。まさかそんなにすごいお方だったとはね。今後は言葉に気をつけないと」

全員が去るのを待ってから謝憐（シエリエン）は殿の前方まで歩いていき、腰を屈めた。

「ご面倒をおかけいたしました」

「この程度ではまだ面倒とは言えないな。君があくまでも鎏金宴（りゅうきんえん）大殺戮は自分の仕業だと言い張るのなら、そちらの方が面倒だ」

君吾（ジュンウー）にそう言われ、しばし躊躇したあと、謝憐（シエリエン）はやはり自分で事の顛末をすべて説明した。

「仙楽、君がやったことは本当に——苦労した割に感謝されるどころか、どちらからも恨まれてしまうことになったな」

君吾（ジュンウー）の評価に謝憐（シエリエン）は項垂れる。

「わかっています」

「まあいい。君はずっとこうだからな。泰華（タイホワ）は今のところ注意を逸らされて青鬼を追っている。追撃したあとは当然また君のところへ行くだろうが、どう対処するか答えは出たのか？」

「まだ何も。でも、今は別のことを少し考えようかと思っています」

君吾は笑って言った。

「何を考える？　私も楽しくなれるような面白いことか？」

「地師が鬼市に潜入していたのは、あなたが差し向けたからですか？」

謝憐の問いに君吾は落ち着いた様子で答える。

「そうだ」

「なぜですか？」

「花城が先に天界に間者を差し向けてきたからだ」

ゆっくりと告げられた言葉に謝憐が少々唖然としていると、君吾が立ち上がった。

「長年にわたって、いつも花城が情報を掴むのがあまりにも早すぎた。しかも、知り得るはずのないことまでよく知っている。やっていいことといけないこと、越えてはならない一線がどこにあって、いかにその限界を見極めるか、あまりにも正確に把握しているのだ。だが、今回君の仙楽宮に直接道を繋いだことは、上天庭に内通者がいると間接的に証明したに等しい。そうでなければ、ここまでできるはずがない」

その点について、実は謝憐も多少は思うところがあった。確かに花城はあまりにも多くのことを知りすぎていて、君吾がそう言うのも無理はない。

「証拠はあるのでしょうか？」

謝憐が尋ねると、君吾はゆるゆると首を横に振った。

「まさに証拠が掴めず苦労していたところに疑わしいことがしばしば起きて、それで私は明儀を鬼界に送り込んだのだ。上天庭にいる内通者もまだ割り出せないうちから明儀が彼の手に落ちるとは思いもしなかったが。幸い殺されずに君に助け出されたが、これで内通者を見つけるのはさらに困難になっただろう」

「問題の神官がいるのは上天庭ですか、それとも中天庭ですか？」

「なんとも言えない。ただ君を除いた全員にその可能性があると思った方がいい。一人だけか、もしかするともっと多いかもしれない」

君吾が明儀の行方を内密に調査するために他の神官を鬼市に行かせなかったのも頷ける。もし謝憐以外の誰しもその可能性があると言うのならば――。

（まさか風師、千秋、風信が内通者だということもあり得ると言うんだろうか？）

謝憐がついそう考えていると、君吾がふと口を開いた。

「仙楽、君が今、花城に対してかなり好感を抱いているのは知っている。君には自分なりの分別があるのだし、交友関係について他人が口出しすべきではない。だが、必要な時には花城に少し注意しなさい。何もかも打ち明けたりしないように」

そう言われて謝憐は我に返った。君吾はそのまま言葉を続ける。

「絶となる者は皆、常人では想像し得ない苦しみを味わっている。一気に頂点まで上り詰めるか、無間地獄に堕ちるかのどちらかだ。銅炉山から出てきた二人の絶境鬼王、黒水と花城は、君が思っているよりも遥かに恐ろしい存在だ」

謝憐は反論することも同調することもなく俯いていた。

「私には彼の動向が掴めていないが、彼は上天庭の動向を熟知している。これはかなり不利だ」

君吾が「かなり不利だ」と言うのを聞いた謝憐は顔を上げ、何も考えずに「三郎は……」と言ってしまった。君吾に視線を向けられて、少し間を置いてから言い直す。

「花城は、度を越した行いはしないはずです。考えてもみてください。もし騒ぎを起こすつもりがあるなら、彼の実力をもってすればとっくに天地がひっくり返るような騒動を起こせたはずではありませんか？　これまでそうしなかったのですから、よほど大きな出来事でもなければ今後もしないでしょう」

「そうであってくれればいいのだが。君も知っているように、私は危険を冒すことができないのだよ」

◆

神武殿(シェンウー)を出た謝憐(シエリェン)は、仙京の町をゆっくり歩いていた。

仙楽宮の前を通りかかり、ふと立ち止まってしばらく眺めてみる。

ここは君吾(ジュンウー)から与えられた宮観で、華麗で真新しいのと同時に、謝憐(シエリェン)にはまったく馴染(なじ)まなかった。

鮮やかな朱色の正門の扉には、光沢のある丸い飾り鋲(びょう)が何列も並んでいるのだが、そこにはびっしりと呪文が書かれた札が二枚張りつけられていた。巨大な交差の形をしていて、眺めているとなかなか衝撃的な光景だ。

神武殿(シェンウー)から離れる前に、師青玄(シーチンシュエン)はこう言っていた。

「正門が法術で別の場所に繋げられちゃって、君の宮殿はしばらく立ち入り禁止になったから、私の殿に来て休むといいよ」

だが、この「仙楽宮」をしばらくじっと見つめていた謝憐(シエリェン)は突然身を翻した。風師(フォンシー)殿には向かわず、他にやるつもりだったことも放り出して、なぜか真っすぐ飛昇門を出ると、そのまま飛び降りたのだ。

辺り一面真っ白な雲海を突っきって謝憐(シエリェン)が降り立ったのは、太蒼山(たいそうざん)だった。

この太蒼山にはかつて仙楽国皇室の道観(どうかん)——皇極観(こうきょくかん)があった。

皇極観は巨大な道観群で、太蒼山全体に分布する宮観や廟宇(びょうう)には複数の神や仙人が祀られていたが、それぞれが見事に調和していて美しかった。主神は他ならぬ神武大帝(シェンウーたいてい)で、その金殿(きんでん)は最高峰にあった。そして、往時は絶頂期を迎えていた太子殿は次に高い峰(みね)に位置していたのだ。

八百年前、太蒼山の山中は至るところすべてが燃え立つような楓の林で、景勝地(けいしょうち)として名を馳せていた。楓の林道は往来する信徒たちで埋め尽くされ、あちこちが人並みでごった返していた。

だがその後、仙楽国が滅ぶと、かつての信徒たちは群れを成し隊列を組んで山に駆け上った。彼らは太子殿に火を放ちに行ったのだが、山火事が起きてしまって太蒼山の大半が燃え、辺り一面は焦土(しょうど)と化した。

焼けた土地というのは死者を埋めた土地と同じよ

うに、より肥沃（ひよく）になるらしい。やがて一面の焦土の上に種が落ち、新たに木が育ち始めた。それから数百年が経ち、山はまた青々と茂る木々に覆われたが、二度と紅葉を見かけることはなく、八百年前とはまったく違う風景が広がっていた。

かつて山に登る時は、平らな青石を敷き詰めた広々とした山道があった。山道では参拝に訪れた人や、天秤棒（てんびんぼう）を担いで水を運んだり薪（まき）を背負って運んだりする若い道士をよく見かけたものだ。それが今では山道もとっくに消えて跡形もない。山からの落石や枯れ草、枝などに深く埋もれてしまっている。

謝憐（シエリェン）は自分の足だけを頼りにひたすら山を登り、道が茨（いばら）に塞がれていれば背中から芳心（ファンシン）を抜いて枯れた蔓（つる）や雑草を断ち切った。

山の中腹まで来ると少し疲れてきて、謝憐（シエリェン）は朽ち木に寄りかかってしばらく休んでいた。すると、突然「カタカタ」という奇妙な音を立てて黒い物体が木の上から落下し、真っすぐに襲いかかってきたのだ。

謝憐（シエリェン）はさっと体を横にしてそれをかわした。最初は折れた枝か鳥の巣だろうと思ったが、目を凝らして見ると、それは原形がなくなるほど腐った長い板で、両端には錆（さび）だらけの鎖がついていた。他の人が見ても、これがいったいなんなのか判別できないだろうが、謝憐（シエリェン）には一目で鞦韆（しゅうせん）［ブランコのこと］だとわかった。

その昔、太蒼山にはたくさんの鞦韆（しゅうせん）がかけられていて、遊ぶだけでなく武術の修行にも使われていた。謝憐（シエリェン）が物心つき始めた頃、ある日両親と一緒に皇極観へ祈祷（きとう）に来た際、若い道士たちが鞦韆（しゅうせん）の上を飛び回ったり手合わせをしたりする光景があまりに素晴らしくて目を奪われた。国主と皇后も面白がり、拍手喝采で大喜びした謝憐（シエリェン）は、両親に頼んでその若い道士たちに手厚い褒美を与えたのだ。そして、「道教の修行をする人たちはすごくて面白い」という印象が心に刻み込まれた。だが、成長した謝憐（シエリェン）が本当に皇極観で修行することになったのは、面白いという理由からではなかった。

しばらく休み、謝憐（シエリェン）はまた山を登り始めた。上に行けば行くほど茂みや藤蔓（ふじづる）が鬱蒼（うっそう）としていて、時々草むらの中を動物がさっと通っていく。ふわふわと膨らんだ尻尾の影だけを残したり、木の上で三々(さんさん)五々(ごご)と身を寄せ合ったりしている栗鼠(りす)もいて、松の実をかじりながら招かれざる客をこっそり覗いていた。

茨が道を塞ぎ、服が破れたり手足を擦りむいたりしたが、謝憐(シエリエン)はまったく気にしない。そうして三時(じ)辰(しん)後、ようやく太子峰(たいしほう)に辿り着いた。

太子峰という名は、もちろんもともとそう呼ばれていたわけではなく、この場所に太子殿が建てられたことでその名がつけられた。生い茂る雑草に埋もれるように、地面に敷き詰められた亀甲文様(きっこうもんよう)の煉瓦があちらに少し、こちらに少しとちらほら残っていて、焼け焦げた石の土台は覆い隠されている。かつての大殿の基礎だ。そこを通り抜けると崩れた垣(かき)や壁があり、瑠璃瓦(るりがわら)の瓦礫(がれき)の中には一部が壊れた古い井戸があった。

下を覗き込むと、この古井戸はとっくに涸(か)れていて底まで数尺ほどしかなく、見えるのは泥だけだ。しかし、謝憐(シエリエン)は迷うことなく足を上げて飛び込んだ。

泥の中へ落ちることはなく、幻像を突き抜けて数丈落下し、やがて足の裏が硬い地面に触れた。

周りは一寸先も見えず、上を向いても頭上に日の光はない。まるで幕に遮られているかのようだ。しばらく井戸の底を探った謝憐(シエリエン)は、いくつかの石を探り当てると特定の順番で押していく。すると、「ゴゴゴ」という音がして、横にとても低く小さな扉が開いた。腹這いになって扉をくぐった謝憐(シエリエン)は、その先の通路に沿ってゆっくりと潜り込んでいく。入った途端、後ろで扉が閉まる「ゴゴゴゴ」という音がした。

半炷香後、ついに突き当たりまで辿り着いた。謝憐(シエリエン)は体を起こして指をパチンと鳴らし、炎を手のひらに乗せる。

その小さな炎が辺りを明るく照らし始めると、それに呼応するように、そう遠くないところから光暈(こううん)が淡く光りだした。それはまるで一粒の真珠が深い眠りから目覚め、澄んだ美しい瞳を開いたかのようだ。

しばらくすると、さらに多くの真珠が光り始め、それが繋がって周囲がますます明るくなっていくと、ここが広々とした地下宮殿の大殿であることがわかる。大殿の天井には、無数の星辰が嵌め込まれていた。

まさか大火に焼き払われた太蒼山の下に仙楽古国の陵墓が隠されているとは、想像だにしないだろう。煌めく星辰は天井に嵌め込まれた夜明珠〔暗闇でも輝く伝説上の真珠〕と金剛石で、夜明珠は光を受けて明るく輝き、金剛石はその光彩を反射し、夢幻の如く互いを照らし合っている。それはまるで小さな銀河を地底に閉じ込めているかのようだった。

どの夜明珠も金剛石も連城の璧〔無上の宝〕に値するほどのもので、一粒でも外せば一生分の富と栄光を享受することができるだろう。だが、謝憐はそれらに見向きもせず真っすぐに大殿を通り抜け、一番奥にある墓室まで歩いていった。

大殿に比べると、この墓室はずいぶん簡素に見える。なぜなら、ここは未完成の状態で華麗な装飾品や調度品もなく、ただ棺が二基あるのみだからだ。そして、その二基の棺の間には、華麗な衣装を身に纏い黄金の仮面を被った男が剣を持って立っていて、その雪のように白く光る剣は、謝憐に向けられていた。

男はその姿勢を保ったまま、それ以上動こうとはしない。謝憐もまったく構うことなく勝手に墓室の中へと入った。というのも、黄金の仮面の下に顔はなく、華麗な衣装の下にも人はおらず、木と藁を縛って作られたただの木偶だということを知っていたからだ。

長い間、この華麗な衣装と仮面だけが謝憐の代わりにこの孤独な二基の棺につき添ってくれていた。棺の上にはそれぞれ小さな金の皿が一つ置いてあったが、その中にあるものは、干からびて種しか残っていない果物に、黴が生えて原形を留めていない黒く硬い塊という、少々不釣り合いなものだった。墓室に入った謝憐はそれらを回収し、墓室の隅に捨てて懐を探る。持っていた半欠けの饅頭は花城にあげてしまったため、もう何も残っていなかった。

「父皇、母后、申し訳ありません。二人に会いにきたのに、お供え物を忘れてしまいました」

当然、この言葉に返事をする者は誰もいない。謝憐はゆっくりと棺のそばに腰を下ろし、それに寄りかかるように座った。

しばらくぼんやりとしてから、ぽつりと呟く。

「母后、戚容に会いましたよ。戚容は死んだのではなく、鬼と化していました。彼がこの数百年間どのように過ごしてきたのか、私には想像もつきません」

小さく首を横に振り、謝憐はそのまま続けた。

「彼は……大勢の人を殺してきて、今は彼を殺したい人もいて、おそらく上天庭も容赦しないでしょう。はぁ、彼をどうしたらいいのか、私には本当にわからないんです」

さらに話そうとしたその時、突然すぐそばからか細い泣き声が聞こえてきた。

謝憐は硬直し、顔色が一変する。

神経を尖らせて耳を澄ますと、やはり錯覚ではなかった。本当に誰かの泣き声だ。それは息を殺して集中していなければ気づかないほど非常に低く小さい。しかもか細い声で、子供でなければ女性だろう。

泣き声は非常に近くから聞こえ、まるで薄い壁を隔ててほとんど謝憐にくっつくような距離で発せられているかのようだ。勢いよく振り向いた謝憐は確信した――この声は自分が寄りかかっているこの棺から漏れ出しているのだ！

驚愕しながらも、謝憐の口から最初に出たのは、「母さん、あなたなんですか!?」という喜びの言葉だった。

だが、自分が待ち望んでいたことは起こるはずがないのだと気づき、すぐさま我に返る。彼の母親は、八百年前に突然他界して苦界から脱しているため、怨霊と化したことはない。それにこの泣き声から感じ取れる感情は、悲しみではなく怯えだ。

ならば今この瞬間、いったい誰が彼の母の棺の中で泣いているというのだ!?

矢も楯もたまらず、謝憐は左手で棺の蓋を思いきり開けて、右手の芳心で斬りかかろうとした。ところが棺の中を確認した途端、その手はなぜかぎこちなく止まってしまった。

棺の中に二人目の人物はおらず、ただ漆黒の華麗な衣装を身に纏い、顔を布で覆っている人の形をした何かがそこにあった。

　それは本来ならば謝憐の母親以外にあり得ないのだが、今横たわっているのがそうであるはずがない。なぜなら、あまりにも小柄で体型も身長もまったく違っているからだ。そして何よりも重要なことは、その人物はガタガタ震えていて、まだ生きている人間だということだ！

　謝憐は顔を覆っている布をぱっとめくった。案の定、その布の下にあったのは子供の顔だった。

　一瞬で心が凍りつく。ぱっとその子供を掴み上げると、謝憐は驚き答えを恐れるように尋ねた。

「私の母后は？　母后はどこだ！　母后の遺体をどこにやったんだ!?」

　一見するとこの漆黒の華麗な衣装にはなんら変わったところはないが、極めて貴重で珍しい密虫の繭糸で織られた物だった。繭糸は異国からの貢ぎ物として献上され、衣服になるまでにいくつもの工程を経て緻密な加工を施される。さらに薬草入りの香り袋を遺体と一緒に収めて棺を密封すれば、その遺体は千年腐敗せず、死に顔はさながら生きた人間のように保たれるのだ。ところが、なぜか今その衣を目の前の子供が纏っている。では彼の母の遺体はどこへ行ったのか？　そして、どうなってしまったのだろうか？

　謝憐は考えることが怖くなり、ただ訳もわからず現れた子供を掴んだまま厳しい声で問い詰めるしかなかった。

「私の母后は？　君は何者なんだ？　どうしてここにいる？　私の母后をどこにやったんだ!?」

　けれど、怯えて泣いている子供がどうやってそんな質問に答えられるというのだろうか？　怖くて声も出せなくなってしまっている子供を棺から引きずり出した謝憐は、ふと衣から薄灰色の粉がパラパラと落ちてくるのに気づいた。

　顔面蒼白になりながら棺の中に目を向けると、棺の底にもその粉が敷きつめられている。一瞬眩暈がした謝憐は、心臓が止まってしまうような感覚に陥った。手を緩めてその子供を放すと、気が動転したまま棺のそばに跪く。

その粉に手で触れることも、また線香の灰のように飛び散るのを放っておくこともできなかった。決して認めたくなかったが、謝憐にはそれがなんであるのか内心わかっていた。

　八百年間も密封されていた遺体から衣を無理やり引き剥がせば、体はどうなるか？

　その瞬間、謝憐の心は激しく乱れ、他のことを考える余裕など一切なくなった。激しい耳鳴りに苛まれて頭を抱え込む。

　その時、突然背筋が寒くなった。本能的に危険を察知して振り向いた謝憐は、電光石火の早業で手を伸ばすと、素手で剣の刃を握る。ふと目を向けると、背後から何者かが剣を振り上げて刺しかかってきていた。あろうことか、それは謝憐が入ってきた時からずっと無言でびくともせずに立っていたあの木偶だった！

　なんと、先に来て潜んでいた誰かが、その華麗な衣装を身に纏って仮面を被り、無機質な木偶になりすまして静かに謝憐を待ち構えていたのだ。「バキンッ」という音とともに、謝憐は素手で剣の刃を真っ二つに折った。手は血まみれだったが、顔色一つ変えずに霹靂の如く蹴りを繰り出して侵入者の腹を蹴る。そして胸元をしっかりと踏みつけると、その侵入者は素早く謝憐の長靴を抱きかかえてもがこうとしたが、まるで地面に釘づけにされたようにびくともしない。謝憐が腰を屈めて黄金の仮面を手で叩き飛ばすと、若い男の顔が現れた。

「何者だ!?　墓荒らしか!?　どうやって入ってきた!?」

　謝憐が怒鳴りつけたその時、あの子供が傍らで叫んだ。

「父ちゃん！」

　その叫びを聞いて謝憐はようやく思い出した。この男と子供にはどちらも見覚えがある。先ほど青鬼の巣窟の中で、危うく茹でて食べられそうになっていたあの親子ではないか!?

　瞬時に事態を把握した謝憐は、雷霆の如き拳でもってその男の顎を殴りつけた。

「戚容、さっさと出てこい！　殺してやる!!」

　激怒した謝憐に、その男が血を吐きながら笑う。

「太子従兄(にいさま)、また会えてすごく嬉しいよ！　ハハハハハハッ！」

　別人の顔だったが、この気が触れて錯乱したような笑顔は、戚容(チーロン)でなければ誰だというのだろう？　なんと、霊体と化した彼はこの若い父親の体に取り憑いていたのだ！

　言うまでもなく、戚容(チーロン)は郎千秋(ランチエンチウ)に鍋の中に投げ込まれ、実体は煮込まれてバラバラになった。そのあと、郎千秋(ランチエンチウ)の追撃から逃れるために混乱に乗じて逃げ惑う群衆の中に紛れ込み、この若い男の体に取り憑いて仙楽の陵墓までやってきたのだろう。でなければ、普通の人間がどうやって仙楽皇室の秘密の陵墓の場所を知り得た上に、こんな短時間でやってくることができたというのだ？

　戚容(チーロン)が子供も連れているのは、もしかすると食料としてかもしれないし、先ほどのように子供を棺の中に隠して謝憐(シエリエン)の注意を逸らし、その隙に背後から不意打ちをかけやすくするためだったのかもしれない。

　謝憐(シエリエン)が殴りつけると、戚容(チーロン)は傷ついたように顔を覆って喚く。

「従兄(にいさま)は何をそんなに怒ってんだよ？　お前を刺したところで別に死にゃしねぇだろうが！　ヒヒヒヒッ！」

　両目を真っ赤にした謝憐(シエリエン)は、「バキッバキッ」とまた二度殴りつけた。

「お前は母后に何をしてもらった!?　その母后にこんな仕打ちをするのか!?　母后の遺骨にこんな仕打ちをするのか!?」

　だが、戚容(チーロン)はふんと鼻を鳴らす。

「伯母上(おばうえ)はとっくに死んでるんだ。今さら死体が人間の形をしてようが粉になってようがなんの違いがあるんだ？　ただ見た目が変わっただけで、中身は一緒だろうが。お前だってあの時安楽(アンロー)にひでぇことをしたくせに、ピーピー泣いちゃってさ。素敵な従兄(にいさま)は顔を二つ持ってんだなぁ、へへッ！」

　言い終わった途端、戚容(チーロン)は突然顔色を変えて吐き捨てるように続ける。

「なんでこんなことをしたかって？　お前のせいだろうが？　お前は反省するってことを知らねぇの

か？　全部お前が悪いんだよ！　この疫病神が、どの面下げて仙楽の陵墓に来て泣いてやがるんだ！」

謝憐が足に思いきり力を込めると、戚容が大声で叫んで口から真っ赤な血を激しく噴き出す。だが、一層興奮してきたらしく、戚容は自身の血で染まった白い長靴をしっかりと両手で抱きかかえながら声を張り上げた。

「そうだ、それだよ！　それこそがお前なんだよ！　戦って戦って、殺し合って、思いっきりぶん殴られよ！　思いっきりぶっ殺せよ！　屈辱やら痛みやらを呑み込んで聖人君子みてぇな面してんじゃねぇ！　見てて死ぬほど気色悪りぃんだよ！　おえぇっ！」

「うわあ！　と、父ちゃんどうしたの！」

あの子供が這い寄ってきて大泣きする。

この子には聞いていても何が起きているのか理解できなかったが、ただ父親が激しく殴られていることだけはわかった。彼にしてみれば、今の謝憐は凶悪な悪鬼に見えるだろう。だが、父親が死んでしまうかもしれないと思い、怯むことなく必死で父親の胸元を踏みつけている悪鬼の長靴をどかそうとしていた。若い男は血を吐き続けていて、死ぬほど驚いた子供はその口を手で塞ぎにいく。そうすれば血が止まると思ったのかもしれない。

それを見た謝憐は、体の持ち主に罪はないということに気づいて少し冷静さを取り戻し、力を加減した。芳心の剣先を下に向け、戚容の頬に突きつける。

「戚容、おい、とっとと出てこい！　出てこないんだったら舌ごと魂魄を引きずり出す！」

理屈から言えば、舌を根こそぎ引き出せばその人に取り憑いた鬼の魂魄も引きずり出すことは確かに可能だ。

「嫌だね。俺は絶対出ねぇけど、どうする？　引きずり出してみろよ、ほらほら、殺してみろよ！　今の俺は弱ってるから、こいつを殺したら俺も一緒に死ぬかもしれねぇぞ。この機会を逃したら、お前は一生俺の骨灰を見つけられなくなっちまうだろうなぁ！」

戚容は、謝憐が脅し文句のまま血生臭い方法で魂魄を引きずり出すのを望んでいるかのように、自分から舌を出してべらべらと喋りまくった。

「どうせ俺が取り憑いたこいつはただのカス野郎なんだ、やっちまえよ。やったって誰にもバレねぇし、誰も気にしねぇんだから、お前の神聖で純潔な太子殿下の栄光ってのも全然傷つきゃしねぇよ。ほら！　俺はお前の母さんまで粉々の灰にしたってのに、殺さなくていいのか？　ハハハハハハッ……」

「父ちゃんを殺さないで！　父ちゃんを殺しちゃ駄目！」

　あの子供は謝憐の長靴を動かせず、足に抱きついてわあわあと泣きじゃくっている。

　謝憐の呼吸はますます荒くなり、眩暈がして体が震えだした。戚容の頭蓋骨を叩き割りたくてたまらないのに、手を下すことができない。すると、戚容が手のひらを上に向けて肩をすくめる。

「ハハハハッ、太子従兄、失敗したなぁ。本当、失敗してばっかだよなぁ！」

　戚容を掴み上げた謝憐は、拳を振り上げると一回また一回と容赦なく殴りつけた。殴る度に罵る言葉を口にする。

「黙れ！　黙れ！　黙れ！」

　だが、謝憐が激怒すればするほど戚容は喜んだ。その代償として自分が激しく殴られようとも、相手を地獄へ道連れにできるのなら、これ以上の愉悦はないとばかりに戚容は両目から鋭い眼光を放ちながら言った。

「ほら見ろ、本性を現したな！　太子従兄、この世に俺ほどお前のことをわかってる奴がいるか？　いねぇだろ。今のお前は誰に踏んづけられても文句言えねぇ負け犬に見えるけどな、俺は知ってるぜ。お前の性根は相変わらず傲慢なままで、お前に対して失敗したって言った奴を許したことなんかねぇんだろうが！　だから俺を死ぬほど憎んでんだろ？　心ん中ぶっ刺されて血が流れてんだろ？　さっさとやれよ！　それとも、この人は無実だ、だから俺を殺すために巻き添えになんてできないって大声で俺に訴えてみるか？　さあ！　お前がどうすんのか俺に見せてくれよ！」

　挑発とも、得意になっているだけとも取れる気が触れたような大笑いに、謝憐の我慢にも限界が訪れた。

「カチャンッ」という音とともに、芳心が鞘から抜き出される。
　不気味に黒々と冴え渡る刃が、一気に振り下ろされた！

第二巻　太子悦神

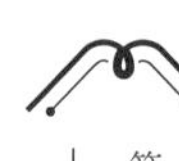

第二十六章　神武大街驚鴻一瞥

神武大通りでの鮮烈な一瞥

その剣の一撃は、地面に伏した妖魔の心臓を貫いた。

「妖魔降伏、天官賜福！」

神武大通りの両側に、高波のようなどよめきの声が次から次へと響き渡る。真紅の皇宮の正門前にある円形広場の真ん中で、天神と妖魔に扮した二人の道士は周囲に一礼すると、腰を屈めたまま左右に分かれて下がっていった。座輿である武闘の一幕を見た民の熱気は高まり、沿道は身動きができないほど押し合いへし合いになっている。それればかりか、屋根の上にまで豪胆な者たちが上ってきてぎっしりと集まっていて、皆が拍手をし、歓声を上げ、喝采し、狂喜乱舞していた。

この盛況ぶりは、町中の人が出払っていると言っても過言ではないだろう。仙楽国史上において空前絶後の上元祭天遊があるとすれば、それは今日に違いない！

高台の上には美しく着飾った王侯貴族たちがずらりと並び、皆が下を眺めながら優雅な笑みを浮かべている。皇宮の中では、長く伸びた何百人もの隊列が静かに待機していた。鐘の音が大きく鳴り響くと、国師が生えてもいない長い髭を撫でるようにして言った。

「先導の衛兵！」

「はい！」

「玉女」

「はい！」

「楽師！」

「はい！」

「馬の隊列！」

「はい！」

「妖魔！」

「はい」

「悦神武者！」

返事がない。おかしいと思った国師は眉間にしわを寄せて周囲を見回す。

「悦神武者は？　太子殿下は？」

　やはり返事がない。ややあってから、先ほど返事をした「妖魔」がその凶悪で恐ろしい形相(ぎょうそう)の仮面を外すと、色白の秀麗な顔が現れた。

　その少年は十六、七歳くらいで、肌の色も唇の色もかなり薄く、清潔感があった。双眸は黒曜石の如くきらきらと輝いていて、柔らかい髪が額と頬の横にいくつかの極細い筋となってかかっている。手にしている獰猛な妖魔の仮面とは対照的に、物静かで利口そうだ。

「太子殿下はここを離れました」

　彼が静かな声でそう言うと、国師は危うく気を失いそうになった。

　この大事を前に気を失っている場合ではないとどうにか持ち堪えつつ、肝を潰して叫ぶ。

「なんだと!?　どうしていないんだ!?　殿下はいついなくなった？　もうすぐ儀仗隊(ぎじょうたい)が宮門道(きゅうもんどう)から出ていくんだぞ。舞台を引っ張り出しておいて、妖魔だけいて神仙がいなかったらどうなる。皆が一口ずつ唾を吐くだけでこの老体は溺れてしまうぞ！　慕情(ムーチン)、なぜ止めなかった!?」

「太子殿下から去り際に伝言を承(うけたまわ)っています。心配は無用、すべて段取り通りで大丈夫です。すぐに行きますから、とのことです」

　慕情(ムーチン)が頭(こうべ)を垂れながら答えるが、国師は焦燥(しょうそう)に駆られる。

「これを心配せずにいられるか？　すぐに行きますだと？　すぐっていつだ？　万が一間に合わなかったらどうする気なんだ？」

　宮門道の外では、早朝から何時辰も待っている民が逸(はや)る気持ちを抑えられずに大声で叫んで催促をしている。その時、道士が慌ただしく駆けつけてきた。

「国師様、皇后様の使いの者が参りまして、なぜ儀仗隊はまだ出発しないのかと尋ねていらっしゃるとのことです。間もなく吉時(きちじ)〔縁起の良い時辰〕ですし、これ以上出発が遅くなると吉時を過ぎてしまいます」

　それを聞いた国師は、今この瞬間、突然反乱軍が城に攻め入ってこの上元祭天遊をぶち壊してくれないだろうかと願ってしまった。

まさかこの肝心要（かんじんかなめ）の時に厄介なことをしでかしてくれるとは！

もしこの面倒事を起こしたのが他の者だったら、激怒して剣で殺していたかもしれないが、やらかしたのはよりにもよって彼が誰より最も目をかけている愛弟子（まなでし）で、しかも人様の誰より最も貴い愛息（あいそく）なのだ。手を上げてはならず、叱ってはならず、ましてや殺すなどもってのほか。彼を殺すくらいなら、自分が死んだ方がましだ！

ちょうどその時、漆黒の宮門道を通り抜けて真っすぐに皇宮に駆け込んできた誰かが、よく通る声を張り上げた。

「国師様、なぜまだ出発のご命令を出されないのですか？　もうすぐ吉時を過ぎてしまいますし、皆が外で待ちかねております！」

やってきたのも十六、七歳の少年だった。背筋がぴんと伸びていてずいぶん背が高く、小麦色の肌をしている。背には黒い長弓と、雪のように白い羽根つきの矢を入れた矢筒（やづつ）を背負っていた。唇を引き結び、眉間にはしわを寄せていて、まだ年若いが目つきは毅然（きぜん）としている。その少年を見るや否や、国師はぱっと彼を掴んだ。

「風信（フォンシン）！　君の太子殿下はどこだ？」

一瞬唖然とした風信（フォンシン）だったが、すぐさま事態を察したらしく、目を怒りに染めて傍らにいた慕情（ムーチン）をきっと睨みつける。慕情（ムーチン）は何も言わず、既に妖魔の面を被り直していてその表情は見えなかった。

「今はご説明している時間がありません！　すぐに出発しましょう。太子殿下は国師を失望させたりしませんから！」

風信（フォンシン）が低い声でそう言う。

もうどうしようもなかった。悦神武者のいない舞台が現れても死、このまま遅々として出ていかずに吉時を逃しても死だ。国師は絶望した様子で手を振った。

「奏楽隊（そうがくたい）、始め！」

命令を受けて笙（しょう）や簫（しょう）〔縦笛の一種〕などの管弦が奏でられ始めると、長い隊列の最前にいた百名の皇室の衛兵が一斉に叫んで足を踏み出し、威風堂々（いふうどうどう）たる儀仗隊を率いて出発した。
兵士が先頭を担うのは、この世の茨の道を切り開くことを象徴している。その後ろに、一万人に一人と言われるほどの純潔の少女たちが続く。淑やかで美しく、真っ白な手に籠を携えて天女の如く花を降らせる。散り落ちた花は泥にまみれ、踏みつけられて香しい塵となっても、清々しい香りを漂わせていた。楽師たちは黄金で作られた金車の中で端座している。

宮門道から出た途端に驚嘆の声が上がり、皆は我先にと花を奪い合った。だが、たとえそれらがどれほど美しく、どれほど盛大で、どれほど厳かだったとしても、すべては肝心な芝居のお膳立てにすぎない。舞台、最後の華やかな舞台が満を持して登場するのだ。

金の轡を食んだ十六頭の白馬が牽引する舞台が、趣深い宮門道を通り抜けて何万人もの人々の前にゆっくりと現れる。舞台上には獰猛な仮面を被った黒衣の妖魔が、九尺の斬馬刀を体の前で横に持ってどっしりと構えていた。

国師の心臓は縮み上がり、奇跡が起きてくれと切に願う。だが、奇跡は訪れなかった。人々が騒然とし、楼閣の上では王侯貴族たちがわずかに眉をひそめて互いに顔を見合わせながら口々に言い合う。

「どういうことだ？　悦神武者はどうして舞台にいないんだ？」

「太子殿下はまだご到着されていないんでしょうか？」

「憐兄様は？」

楼閣の真ん中には、凜々しい美男子と、柔らかな白い肌をした穏やかで美しい貴婦人が端座している。この二人こそが仙楽国の国主と皇后だ。現れるはずの者が見当たらず、皇后は心配そうに隣にいる国主をちらりと見やる。国主は彼女の手を握ると、心配せずに待ってみようと慰めるような眼差しを向けた。

ところが、眼下の大通りを埋め尽くす群衆は宥めることなどできず、さらに激しく叫び始め、その叫び声で屋根がめくれ上がってしまいそうなほどだった。国師はその場で自害する勇気がなかったことを悔やむばかりだ。だが、舞台の上にいる慕情は落ち着き払っていて、芝居の相手がいなくても少しも手を抜くことなく自分の役目をこなし、「ガチンッ」という音とともに体の前で長刀を重々しく舞台に突き立てた。

この殺伐とした雰囲気の中、黒衣の少年は「妖魔」として非常に堂々と幕開きの場面をやり遂げたのだ。

顔や体格からすると慕情は細身で端整すぎて、まるで品のいい書生のように見える。しかし、他に類を見ないほど非常に重い九尺の長刀は意外にも彼の手によって軽快に操られ、重さを一切感じさせない。

妖魔を降伏しようとする者を演じる道士数十名が一人また一人と舞台に跳び上がってくるが、次々に倒されて舞台から追い払われる。公平を期して言えば、刀剣が入り乱れる中での彼の演武も十分に目を奪われるほど素晴らしかったため、彼に喝采する者も少しはいた。ただ、多くの人々は「妖魔が人を害する」場面を見にきたわけではない。

「悦神武者は!?」

「太子殿下はどこなんだ?」

「俺たちが見たいのは殿下が演じる神武大帝なんだよ！　妖魔は引っ込んでろ！」

皆が口々に叫び、楼閣の上からは誰かの怒号が聞こえてきた。

「俺の従兄は？　これはどういう茶番だ!?　誰がこんなの見たいっていうんだ？　クソッ、太子従兄はどこだよ!?」

確認するまでもなく、ひときわ大きな声で叫んだのは小鏡王戚容だった。人々が一斉に見上げると、案の定、首飾りと華麗な薄青色の錦衣を身に纏った少年が見えた。高台の端まで駆け寄り、怒りのまま下に向かって拳を振り回している。年はまだ十五、六歳くらいで、白粉をはたいたかのように肌は白く、眉は墨のように濃い。目を奪われる美しさだが、その表情はあまりに凶悪で、今にも手すりを越えて飛び降り、喧嘩でもしようとしているかのようだ。だが、楼閣はあまりに高く、飛び降りれば死ぬことはなくても脚が折れてしまいそうだったため、戚容は無造作に白玉の湯呑みを掴んでそれを下に投げつけた。

湯呑みが妖魔の後頭部に向かってものすごい勢いで飛んでいく。そのまま妖魔に当たれば流血して気を失ってしまいそうだったが、あろうことか微かに体をずらした妖魔は、長刀を斜めにさっと振り上げると、湯呑みを刃先に乗せて受け止めたのだ。

　ゆらゆらしていた湯呑みが、一本の線のような刃先の上でしっかりと立ち、歓声が上がる。慕情が再び長刀をさっと上げると、落下した湯呑みは舞台の下にいた道士の手に収まった。慕情の方はというと、落ち着き払った様子で自分の役を演じ続け、刀を操り人を斬っている。激怒した戚容がもう一度ぶつけようとしたが、皇后が連れ戻すよう命じて、ようやく彼は引きずり下ろされた。けれど、皇族たちの表情も次第に厳しいものになっていき、じっと座っていられなくなっている者すらいる。

　悦神武者が上元祭天遊の直前に忽然と姿を消したなど、面白がれるはずがない！

　ちょうどその時、群衆の中からこれまでのどれよりも凄まじい、嵐のような喝采が沸き起こった。ふと見てみると、雪のように白い人影が空から飛び降りてきて、黒衣の妖魔の目の前に着地していたのだ！

　黄金の仮面で顔を覆ったその人影が降り立つと、幾重にも重なる白い衣が舞台の上で大輪の花のように広がった。片手に剣を握った彼がもう片方の手で冴え冴えと輝く刃を軽く弾くと、「チンッ」という心地よい音が鳴る。その動きは、目の前にいる黒衣の妖魔など眼中にないかのように悠然としていた。妖魔がゆっくりと刀の切っ先を彼に向け、白衣の武者もゆっくりと立ち上がる。

　それを見ていた戚容は両目を輝かせ、頬を紅潮させて跳び上がりながら叫んだ。

「太子従兄だ！　太子従兄が来たぞ!!」

　楼閣の上も下も、誰もが目を見張り言葉を失うほど驚いた。

　この登場は、まさに天上から降臨したかのような大胆極まりないものだった！

　城楼は少なくとも高さ十数丈はあるのだが、この太子殿下は貴い身分だというのになんとそこから飛び降りてきたのだ。先ほど一瞬で、数多の人々は本当に天神が下界に降りてきたのかと思ったが、状況を理解した今、血が沸き立って頭皮が痺れるほど鳥肌が立ち、思いきり手を叩いた。戚容（チーロン）はさらに大声を上げながら誰よりも力一杯拍手する。声が嗄（か）れるまで叫び、両手が真っ赤になるまで叩くほどだった。

国主と皇后は互いに笑みを浮かべて顔を見合わせ、そして拍手した。他の皇族たちも皆表情を緩めてほっと息をつき、一緒に拍手喝采を送り始める。

神武（シェンウー）大通りの両側はさらに人波が大きくうねった。何百何千もの男たちは興奮のあまり、できることなら道を塞いでいる衛兵をかき分け、舞台に駆け上がって太子を取り囲み雄叫（おたけ）びを上げたい衝動に駆られる。

舞台の上では黒と白の人影が対峙（たいじ）し、天神と妖魔がそれぞれの武器を振りかざしてついに戦い始めた。

どうにか間に合ったと国師は胸を撫で下ろして、ようやく高台に上っていく。周りの同僚たちとぐるりと一周会釈し合ってから、席を探して腰を下ろす。一人で下を眺めていると、国主が笑顔で言った。

「国師、どうやってこんな世間をあっと言わせる登場の仕方を思いついたのだ？　実に見事ではないか」

「確かにこの上なく見事です。ただ、恐れながらこれは小臣（しょうしん）〔臣下の謙称〕が思いついたのではなく、太子殿下がお考えになったことでございます」

国師が汗を拭きながら笑って答えると、皇后が胸を少し叩く。

「あの子ったら、本当に無茶なことを。何も言わずにあんな高いところから飛び降りるなんて。さっきはびっくりしすぎてもう少しで立ち上がってしまうところでしたわ」

「皇后様、それにつきましてはどうぞご安心ください。太子殿下は武芸に優れております故、高さ十数丈どころか、その何倍も高い城楼であっても、目をつぶったまま軽々と跳び上がれますし、飛び降りることもできましてございます」

国師のやや誇らしげな言葉を聞いて、皇后は嬉しそうな顔をした。

「国師の指導の賜物（たまもの）ですね」

穏やかな声でそう言われ、国師はハハッと笑う。

「とんでもございません。太子殿下は天の寵児、天から授かった非凡な素質をお持ちで、天賦の才にも恵まれた天潢〔皇室のこと〕の貴きご子孫でございます。小臣らが殿下を教え導くことができるなど、恐悦至極に存じます。本日は太子殿下御自ら演じていらっしゃるのですから、必ずや有史以来最も素晴らしい悦神祭天演武を成し遂げられるに違いないと、小臣は予感しております」

彼が続けざまに四つの「天」をすらすら口にすると、微笑みを浮かべた国主は顔の向きを戻して下に目をやった。

「そうであればいいのだが」

この上元祭天遊において、最も重要な役は他ならぬ悦神武者と妖魔武者だ。どちらも非常に武芸に優れた少年が務めなくてはならない。とりわけ悦神武者は衣装にも冠にも厳格な定め事があり、桁外れなほど華麗なので、身支度を終えると頭から爪先までの衣装と飾りの重さときたら四十から五十斤にもなる。

武者はこれほどずっしりと重い負荷がかかった状態で、皆の注目を受けながら城の周りを何周もしつつ、少なくとも二時辰はある演武をやり遂げなければならない。その間、一切の間違いがあってはならないため、必ず武芸に秀でている必要があるのだ。

幸いなことに、この二人の少年は非常に優秀だった。戦いは熾烈なもので、互いに攻防を繰り広げて見事に戦っているし、力加減も申し分ない。おそらく数えきれないほど練習を重ねてきたのだろう。

「妖魔に扮して太子と戦っているのは誰なのだ？」

国主が尋ねると、国師はそっと咳払いをした。

「陛下に申し上げます。あれは皇極観の若い道士で、名を慕情と言います」

「私が見たところ、その子もよく戦っていますね。皇児〔謝憐のこと〕よりは少しだけ劣るようですけれど、風信とそう変わらないのではないでしょうか？」

皇后が優しい声で言うが、それを聞いた国師は同意しかねるという表情だ。戚容はずっと皇后の膝にうつ伏せて葡萄を食べていたが、慌ててその皮を吐き出した。

「ぺっぺっぺっ！　駄目駄目。ちょっとじゃなくて、かなり劣ってるじゃないですか。どんな奴だって太子従兄と比べられるわけがない！」

　それを聞いた皇后が笑いながら戚容の頭を何度か撫でる。貴族たちは皆、笑いすぎて前のめりになったり後ろへのけ反ったりしながらからかった。

「容児〔戚容のこと。名＋児、子世代への親しみを込めた呼称〕は本当に従兄にべったりですね。毎日褒めないと気が済まないんでしょう」

　下の人海では、大きな叫び声が雲を突き破るほど空高く上がった。

「やれ！　行け！　倒せ！」

「妖魔を倒せ！」

　その声の波はますます高まっていく。戚容もその中にいて、両手を口元に近づけて喇叭の形を作り、ハハッと笑った。

「太子従兄、行け！　従兄なら片手でそいつを倒せるんだから、その小僧を懲らしめちゃえ！」

　突然、舞台上の妖魔が刀で斬りかかり、武者は剣でさっと迎撃したが、「ん？」と声を出した。

　本来、祭天遊で行われる戦いはただ神を悦ばせるための演出であって、せいぜい七割程度の力を出せば十分だ。だが、今の一撃で太子は手に持っていた剣を危うく取り落としそうになった。明らかに先ほどの一刀には十割の力が込められていた。

　顔を上げた謝憐は、朗々とした声で呼びかける。

「慕情？」

　向かい側で妖魔に扮している少年は、何も言わずにまた刀で襲いかかってきた。謝憐には余計なことを考える暇もなく、「キンキンッ」「キンキンッ」と立て続けに攻撃を受け止める。

（さっきまでの見せかけの戦いなんかよりずっと面白いじゃないか）

　そう思うと気持ちが一気に高揚し、興が湧いた。山を崩し海を覆す勢いで歓声が上がり、互いの武器がぶつかり合って火花を散らす。舞台上での戦いが激しさを増すほど、下からの歓声は雷鳴のように響き渡った。ふいに剣が唸り、白光が眩いばかりに輝くと、群衆は「ああ！」と叫んで息を呑んだ。

　あろうことか、妖魔の九尺ある長刀が悦神武者の細身の長剣によって手から撥ね飛ばされて、高台の片側にある石柱に突き刺さったのだ。物好きがその刀を抜きに行ったが、力の限りを尽くしてもびくともせず、大層驚いた。

「なんなんだよ、この刀は。どれだけ力がいるんだ！」

煌びやかな舞台の上で、悦神武者が長剣をわずかに振る。剣の刃をまたそっと弾くと「チンッ」と澄んだ音が鳴り、黄金の仮面の下からくすっと小さな笑い声が聞こえた。

謝憐(シエリエン)は落ち着き払って、それでいて楽しげに言う。

「よく戦った。でも、君の負けだ」

武器を失った妖魔は片膝をついて押し黙っていたが、拳をきつく握りしめている。謝憐(シエリエン)が華麗な剣捌(さば)きで剣を振ると、四方八方から歓呼(かんこ)の声が上がった。とどめを刺して妖魔を「誅戮(ちゅうりく)」しようとしたその時、上方から悲鳴が四方に響いた！

驚いた謝憐(シエリエン)が剣を収めて上を向くと、見えたのは城壁の上からぼんやりした人影が急速に落下してくる様子だった。

その瞬間、考えるよりも先に彼は電光石火の如く足元を軽く蹴り、そのままふわりと真っすぐに跳んだ。

軽々と跳び上がった謝憐(シエリエン)は、両袖を蝶のように広げ、白い羽根の如くしなやかにひらりと着地する。腕の中にしっかりと誰かを抱きかかえて地面を踏みしめると、謝憐(シエリエン)はほっと安堵の息をつき、ようやく下を向いた。

腕の中では、顔中に包帯を巻いた薄汚れた子供が丸く縮こまっていて、ぽかんと彼を見つめている。

七、八歳に見えるその子供は、痩せこけていて小柄だった。あれほど高い所から落ちてきた小さな体は謝憐(シエリエン)の腕の中でガタガタと震え、まるで生まれたての動物のようだ。だが、頭に乱雑に巻かれている包帯の隙間からはずいぶん大きな黒い目が一つだけ見えていて、その瞳に雪のような白い姿を映し出している。まるで他のものが何も目に入らなくなったかのように、瞬きもせずに謝憐(シエリエン)をじっと見つめていた。

すると、四方八方から息を呑む音がしきりに聞こえてきて、微かに顔を上げた謝憐(シエリエン)はふいに心臓がどきっと跳ねるのを感じた。前方のそう遠くないところの地面に、金色の何かが落ちているのが視界の隅に見えたからだ。

顔を覆っていた黄金の仮面が落ちたのだ。

謝憐(シエリエン)は神武(シェンウー)大通りの真ん中に着地したが、儀仗隊はまだここまで行進してきておらず、数丈離れた場所にいる。突発的に起きた予想外の出来事に衛兵たちの足並みは乱れ、花を撒く玉女たちも怯えた表情を見せていて、金車も立ち往生していた。大きな白馬が数頭蹄(ひづめ)を上げていななき、管弦楽の演奏もたちまち不協和音になっている。進む者もいれば足を止める者もいて、すぐに歩調を合わせることができず、その場は収拾がつかなくなりそうだった。大通りの両側にいた群衆には一瞬何が起きたのかわからなかったが、楼閣の上にいた仙楽国主はぱっと立ち上がって息子の姿を見つめ、重苦しい表情になる。

国主が立ち上がった以上、周囲の王侯貴族も座っていられるはずがない。皆、落ち着かない様子で次々に立ち上がった。国師はやっと椅子が温まったところだったというのに、これでまた冷えてしまい、今すぐ跪き五体投地(ごたいとうち)で自責するべきかどうか素早く考えを巡らせる。その時、戚容(チーロン)は既に手すりの上に跳び上がり、袖をたくし上げて怒声を上げていた。

「今度はなんだ？　どういうことだ？　どうして隊列が乱れてる？　この役立たずどもは何をやってるんだ？　お前らは馬もまともに引けない穀潰(ごくつぶ)しか!?」

顔面蒼白になった皇后は両の眉をわずかにひそめ、すぐに彼を引きずり下ろすよう命じる。見る間に群衆の中にざわめきが広がり、今にも大混乱が起きようとしていた。

その時、謝憐(シエリエン)がいきなり立ち上がった。

普段、貴い身分である太子殿下は皇宮の奥深くに隠されているか、もしくは皇室の道観で静かに修行しているかで、民の前に姿を現す機会などほとんどない。未曾有(みぞう)の出来事に遭遇した群衆は、引き寄せられるようにして彼に視線を向ける。そして、皆がまたわずかに呼吸を忘れてしまった。

見えたのは長い眉と美しい瞳を持つ少年だった。

この上なく端麗で、光輝くようなその神々しさは、目を奪われると同時に眩しくてじっと見つめることができないほどだ。彼は片手であの子供を抱きかかえたまま、もう片方の手で剣をゆっくり持ち上げると、煌びやかな舞台の上を指した。

　妖魔は舞台上から事態を見下ろしていたが、謝憐のその動きを見てしばし動きを止めたあと、いきなり足元を軽く蹴った。

　群衆が驚いて叫ぶ。黒雲の如く空を駆けた妖魔は、長刀が突き刺さっている柱まで飛んでいくと、柄を握りしめ、ひび割れていく柱から飛び散る石とともにそれを引き抜いたのだ。そして身を翻して跳躍し、大通りの真ん中にいる武者の前に降り立つ。

　彼が瞬時に自分の考えを読み取って合わせてきたのを見た謝憐は、小声で「さすが慕情！」と褒めた。

　これで悦神武者も妖魔も舞台から下りた。黒衣と白衣、刀と剣が再び対峙し、血を滾らせた群衆がまたもや沸き上がり始める。楼閣の上にいる貴族たちの表情も緩み、少しはましになった。

　妖魔は武者が抱きかかえている子供を斬ろうとする素振りを見せ、両手で握った長刀を横に向けて謝憐に斬りかかる。二人は自然な演技で何度か打ち合うと、再び軽々と跳び上がって舞台の上に戻った。

　風信は群衆の注意が逸らされた隙に乗じて大通りを一転して横切って、仮面を掴むと儀仗隊の陣の中に突っ込み、声を抑えて叫んだ。

「陣形を崩すな！　皆、乱れるな！　何事もなかったようにそのまま進め！　この一周が終わったら皇宮に戻るんだ！」

　儀仗隊の陣にいた者たちは、慌てて気を引きしめて各自の位置に戻ると、再び気持ちを奮い立たせた。

　一方舞台上では、すぐさま慕情の攻撃が勢いを増し一層猛烈になった。謝憐が「キンキンッ」と数回攻撃を受け止めたその時、激しい刀光と剣気に巻き込まれて怯えたのか、子供が「あっ」と声を上げるのが聞こえてきた。

「怖がらないで！」

　左腕でしっかりと彼を抱きしめ、謝憐は低い声で言う。それを聞いた子供は、彼の衣装の胸元をぎゅっと掴んだ。謝憐は片手で子供を抱きかかえていても、もう片方の手で剣を軽々と自在に操ることができる。しばらく相手の技を返し続けていると、腕の中でまた子供が震えながら手を上げて肩にしがみついてきた。まるで藁にも縋るかのように必死で抱きついている。

「大丈夫。誰も君を傷つけられないよ」

　そう言い終わると、謝憐（シエリエン）は小声で「慕情（ムーチン）！」と呼んだ。

　向かい側にいた妖魔がそうと気づかないほど微かに頷き、謝憐（シエリエン）は剣を突き出す。

　そうして万人が見守る中、悦神武者はついに妖魔の心臓を貫き、その場で誅戮した！

　妖魔の仮面を被ったまま、慕情（ムーチン）が「傷口」を押さえてよろめきながら数歩後ずさる。しばしもがくと、ついに「ドサッ」という音とともに舞台上に倒れ、ぴくりともしなくなった。

　楼閣の上にいた戚容（チーロン）がハハッと大笑いして手を叩く。

「死んだ！　死んだ！　太子従兄（にいさま）が妖魔鬼怪を殺したぞ！」

　それと同時に威風堂々たる祭天遊の隊列がそのまま皇宮に向かって急ぎ行進し、締めくくりとなる宮門道に差しかかった。

　上手い具合に取り繕うことができた上に物語的にも盛り上がったため、先ほど脇道に逸れるような予想外の出来事があったにもかかわらず、民は文句を言うどころかさらに熱狂の渦に包まれる。

　無数の声が大音量で「殿下」と叫び「天神」と呼び、何千何万もの人々が皇宮に向かう舞台へと一斉に押し寄せてきた。将士たちはやむを得ずさらに何倍もの衛兵と兵士を出動させ、興奮が最高潮に達している民を押さえ込みにいく。だが、結局止めることができず、人の波は防衛線を突き破ってどっと押し寄せた。

「衛兵！　兵士！」

　仙楽国主が楼閣の上で号令したその時、儀仗隊の数百人全員が既に宮門道に入っていた。真紅の正門が舞台の後ろでゴゴゴッと音を立てて閉ざされ、ひらひらと翻っていた色とりどりの旗が動きを止める。肩透かしを食らった民が門に飛びつき、門を叩く音と歓声は天を揺るがすほどの轟音だった。

　そして、固く閉ざされた正門の中、舞台の上では「カチャン」という音が二回した。白衣の悦神武者と黒衣の妖魔は、双方ともに手に持っていた武器を捨ててばったりと倒れ込む。

　全身汗だくになっていた謝憐は、何層にも重なっている華麗な神の衣装をぱっとはだけると、長い息を吐き出した。

「ああ、危なかった。死ぬほど疲れたよ」

　慕情もずっしりと重い妖魔の仮面を外したが、疲れたと口にすることはなく無言で息を吐き出した。振り返ると、謝憐がまだ子供を腕に抱きかかえているのが目に入り、何も言わずに眉根を寄せる。だが、下で舞台を追って走っていた風信が言った。

「殿下、どうして子供を中に連れてきたんですか？」

　その子供は謝憐の胸に伏せたまま、小さな体を強張らせてぴくりとも動かず、怖くて息もできないといった様子だ。謝憐は体を起こして座り直す。

「どうしてって、じゃあ外に放っておけって言うのか？　通りがあんなに混乱しているのに、こんな小さな子を下ろしたらすぐに踏み潰されて死んじゃうじゃないか」

　言い終わると、謝憐は子供を抱き上げ、ついでにその小さな頭を撫でて何気なく尋ねる。

「坊や、君はいくつ？」

　子供は瞬きもしなければ、うんともすんとも言わない。謝憐は宥めながら続けて尋ねてみた。

「さっきはどうして落っこちてきたんだ？」

「殿下、その子は怖くて話せないか、放心しているのかもしれません」

　慕情に言われ、謝憐はまたその子供の頭を少し撫でたが、反応がないためつまらないと思い、撫でるのをやめた。

「なんだかぼんやりした子だな。風信、あとで誰かに言って、この子を脇門から外に連れ出してやってくれ。顔に包帯を巻いているから、傷があるかどうかも見てやってくれないか」

　そう言うと、風信が手を伸ばす。

「わかりました。こちらに渡してください」

謝憐は子供を抱き上げて渡そうとした。ところがなぜか渡せておらず、風信が尋ねる。

「殿下。どうして手を離さないんです？」

「離したよ！」

訝るように言った謝憐が下を見ると、泣くに泣けず笑うに笑えなくなった。子供が両手で謝憐の服の裾をぎゅっと掴んで放さなかったのだ。

皆がぽかんとして、たちまちハハッと大笑いし始める。謝憐は皇極観で修行をしているが、多くの善男善女が物珍しさや信仰心から、一目太子に会えないものかと頭を捻っている。そして苦労して一度会えばまた会いたくなり、太子と一緒に道士になりたいと願うまでになるのだった。まさかこんなに小さな子供にもその傾向があろうとは。舞台のそばで守護していた若い道士たちの多くは同じく皇極観で修行している者たちで、皆が次々に笑いだす。

「太子殿下、その子は離れたくないみたいですよ！」

それに謝憐もハハッと笑った。

「そうなのか？　それは駄目だぞ。私はまだやらないといけないことがあるから、坊やはお家に帰りなさい」

それを聞いた子供はようやく謝憐の服を掴むのをやめて、ゆっくりと手を放す。すぐさま風信がぱっと引き寄せたが、子供は風信に掴み上げられても、片方の大きな黒い瞳を光らせてじっと謝憐だけを見つめている。まるで鬼神に取り憑かれたかのような表情だ。その様子を見た道士の多くは、内心妙だと感じ始めた。しかし、謝憐はそれ以上一切子供に目を向けない。

「ガラクタみたいに掴み上げるなよ。怖がってるだろ」

謝憐に言われて、風信は子供を地面に下ろす。

「笑ってる場合ですか。国師が発狂しそうになってます。殿下、あとでどう言い訳するかちゃんと考えておいた方がいいですよ」

風信の言葉を聞いて、全員が笑うのをやめた。

半時辰後。皇極観の神武峰、神武殿。香雲がゆらゆらと立ち上り、誦経が聞こえてくる。国師と三人の副国師が沈み込んだ表情で大殿の片側に座り、その正面に慕情がいた。謝憐も跪いている。しかし、謝憐が跪いている方向には誰もおらず、ただ全身が金で覆われた神武大帝の塑像があるのみだ。風信はというと、主とともに謝憐の後方で跪いていた。

丹念に彫琢を施された黄金の仮面を手にした国師は、しばらくしてからため息交じりに嘆いた。

「太子殿下、はぁ、太子殿下」

たとえ跪いていても謝憐の背筋は伸びていて、頭を上げて返事をした。

「はい」

「わかっているんですか？　仙楽国史上、これまでにもたくさん上元祭天遊を催してきましたが、儀仗隊と舞台が城を三周しかしなかったことなど未だかつて一度もありませんでした。三周ですよ！」

国師が痛恨極まりない様子で言う。

上元祭天遊では儀式の一つ一つから細部の飾りつけに至るまで、そのすべてに意味がある。舞台が城を一周すれば国の安泰と民の安寧を一年分祈願したことになるため、回った分の年数だけ、次にこういった大規模な盛事を催す必要がなくなるのだ。験がいいだけでなく、金の節約にもなる。それなのに三周では、三年間しか加護を得られないということではないか？

しかも困ったことに、悦神武者が被っていた黄金の仮面まで祭典の最中に落ちてしまった。

仙楽人は古来、人体の霊気は五官に集まり、頭や顔には人の魂が宿ると考え、必ず最高の物を天に捧げなければならないと信じている。そのため、祭典で武者は必ず黄金の仮面を被り、顔を覆わなければならない。なぜなら、武者の顔は諸天の神々だけが鑑賞できるもので、下界の人間には見る資格がないからだ。

国師は謝憐が持てる能力を十分に発揮できていないことを残念に思い、こう言った。

「これまでの悦神武者は最低で五周、多くて十五、六周が限界でしたが、あなただったらどうですか？　たとえ目をつぶっていても五十周回れたでしょう！　百周でも！　なのに、たった三周で自分の首を絞めるようなことをして——どうして先に師父である私ですよ！」

の首を絞めておかなかったんです？　良かったです
ね、これで太子殿下は歴史に名を残すでしょう。あ
なたのおかげで私の名も一緒に残ることになりそう

大殿の中には、誰一人言葉を発する度胸のある者はいなかった。しかし謝憐は落ち着き払っていて、平然とした様子だ。

「国師、こう考えてはどうでしょう。あの子供がもし誰にも受け止められずに転落死して、祭天遊の最中に血が流れたら、それも不吉な兆しになったのでは？　そうなれば祭典も中断されますよね？　今思えば少なくともいい感じで終えることができましたし、最良の結果ですよ。こんなことが起きたのはもう不慮の事故と言うしかないでしょう」

そう言った謝憐に、国師はしばし言葉に詰まる。

「あなたという子は！　あの場には皇室の衛兵があれほどたくさんいたんですから、その中の誰かが同じように受け止めに行けたでしょう？　たとえ受け止め損ねて落ちた拍子に腕や脚が折れたところで死にやしません。舞台が通過してあなたが上手く戦っていれば、何かが落ちたことなんて誰も気に留めなかったでしょうに」

だが、国師の言葉に謝憐はさっと眉を跳ね上げた。

「国師、ご存じでしょう。あの状況下で私以外の人間が反応できるわけがないし、無傷で彼を受け止められるわけもない。受け止め損ねたら一人死に、受け止めたら二人死にます」

彼の口ぶりは当たり前だと言わんばかりで、自信たっぷりだ。国師たちも彼の言い分が事実だとよくわかっているため、反論することができなかった。神像の前で跪いているというのにまったく気兼ねしないところも、腹立たしくもあり可笑しくもあり、また誇りにも思ってしまう。いずれにせよ、この高貴な愛弟子を怒るに怒れず、ただ自分の髪を引き抜いて、頭皮の痛みで心の憂いを誤魔化すしかない。しばし間を置き、国師はまた口を開いた。

「それと！」

謝憐は微かに俯く。

「聞いております」

「今日の登場はいい出来でした。ですが、いくらい

い出来と言っても、事前に一言も知らせずに突然変更するのは感心しません。今日は陛下も皇后様も、お二人ともあなたにかなり驚かされたんですよ。万が一、吉時に間に合わなかったらどうなるかわかっているんですか？」

　ところが、謝憐は不思議そうに長い眉を上げる。

「国師、この件については事前にお伺いしましたよね？」

「私に聞いた？　事前に？　いつですか？」

　国師が唖然として尋ねると、それを聞いた謝憐は眉間にしわ寄せて傍らに目を向けた。

「慕情？」

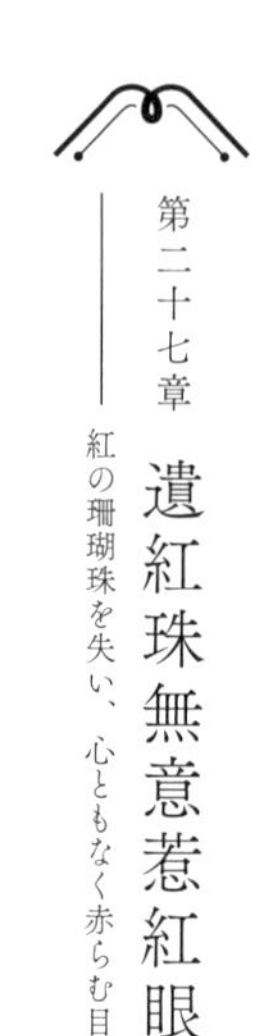

第二十七章　遺紅珠無意惹紅眼

紅の珊瑚珠を失い、心ともなく赤らむ目

〈一〉

その時、謝憐（シエリェン）の後ろで跪いていた風信（フォンシン）が低い声で言った。

「確かに昨日、殿下はお伺いを立てていました」

皆が目を向けると、風信（フォンシン）は続けて話し始める。

「ここのところ殿下はずっと祭天遊について考え込んでおられました。昨日になって、城楼から飛び降りて天人（てんじん）のように降臨するという突飛（とっぴ）なことを突然思いつかれたのです。その他に変更の手配は一切必要ないとのことでした。ですが、当時殿下はまだ儀式の段取りのおさらいをされていて手が離せず、それで代わりに慕情（ムーチン）に、その案が可能かどうか国師にお伺いするよう頼んだのです」

顔を上げた風信（フォンシン）の目には、微かに怒りが滲（にじ）んでいる。

「戻ってきた慕情（ムーチン）から、国師に伝えたと報告を受けたので、殿下は国師が許可を出されたと思って今日あのようになさったのです。まさか国師が何もご存じでなく、しかも危うく大切な祭典を台無しにするところだったとは思いもしませんでした」

風信（フォンシン）の言葉に、道士たちが互いに顔を見合わせる。

「誰かこのことを聞いた者はいるか？」

国師が尋ねると、三人の副国師が首を横に振り、皆がいいえと答える。慕情（ムーチン）の方を振り返った国師は、顔中に浮かんでいた沈鬱（ちんうつ）な表情を怒りに変えた。

「慕情（ムーチン）、わざと報告しなかったのか？」

国師の言葉と表情は、慕情（ムーチン）が裏で画策したのだと既に決めてかかっていた。謝憐（シエリェン）は傍らで何も言わずに姿勢正しく跪いている痩せた少年をちらりと見やり、しばらく考えてから口を開く。

「国師、これには何か誤解があるのではないでしょうか」

それを聞いた慕情（ムーチン）が、暗い瞳でゆっくりと謝憐（シエリェン）に目を向ける。

「もしわざと報告しなかったとしても、あとで少し事実確認をするだけですぐにバレてしまいますし、責任逃れもできませんよね。慕情(ムーチン)はそんなくだらないことをする短絡的な間抜けではないと思います。それに、悦神武者がいなくなって共演する妖魔武者になんの得があるんです？　国師、どうか彼の言い分を聞いてから判断してくださいませんか」

言い終わると、謝憐(シエリエン)は顔を横に向けた。

「慕情(ムーチン)、どういうことか話してみるといい」

視線を落とした慕情(ムーチン)は静かな声でぽつりと言った。

「昨日殿下に命じられた通り、私はお伝えしました」

国師が眉間にしわを寄せる。

「君が言ったかどうか、我々が知らないとでも？　いつ言ったんだ？」

「昨日、夜の日課〔道教の教典を朗読すること〕を終えてから半時辰後、四人の国師の皆様が四象宮(ししょうきゅう)で休まれていた時に窓の外から報告しました」

慕情(ムーチン)が言うと、国師は同僚三人を振り返り、疑わしげに尋ねた。

「夜の日課を終えてから？　あの時我々は何をしていた？」

質問した直後に自ら思い出し、国師は思わずきまりの悪そうな顔になる。三人の副国師も何度か咳払いをして言葉を濁(にご)すように言った。

「特にこれといったことはしていなかったのではないかな。ただ……そう、ただ休んでいただけだ」

国師たちが口ごもるのを見て、皆がすぐに悟った。

皇極観では誰も彼もが心静かに清らかに修行に励んでおり、基本的に遊興は禁じられている。ただ、いくつか一応の娯楽と呼べるささやかな楽しみがあって、中でも最も人気なのが牌遊戯(はいゆうぎ)だった。

つまり、札遊びだ。とはいえ、密かに興じるしかなく、誰かに見られてはならない。国師たちは年中皇極観にいるためひどく息が詰まっていて、相当病(や)みつきになっていた。札遊びをし始めると完全に我を忘れて夢中になってしまい、興奮のあまり外からのどんな声も一切聞こえなくなるほどだ。もし慕情(ムーチン)がその時に窓の外に来て報告をしたとして、いったい何文字が彼らの耳に届いただろうか？

「ああ、それはだな……多分、人が大勢いたから、声が小さくてよく聞こえなかったのかもしれないな。うん、聞き取れなかったんだ」

副国師の一人がそう言い、国師はというと疑うように尋ねた。

「君は昨日本当に四象宮に来たのか？」

「絶対に確かです」

それを証明するために慕情（ムーチン）が扉の外にいた見張りの道士の服装、容姿、なまりについて語ったところ事実と相違（そうい）なかったため、国師も信じるしかなく、またすぐに眉間にしわを寄せた。

「四象宮に来たのなら、扉の外にいる道童（どうどう）〔道教の修行をしている少年〕に一言取り次ぎを頼むか、中に入って話せばいいのに、どうして窓の外から叫んだりした？　しかも、なぜ我々に聞こえたかどうかの確認も取らなかったんだ？」

「そうしなかったわけではありません。扉の前にいた守衛の師兄（しけい）〔兄弟子の呼称〕に丁寧にお願いしました。でもあの師兄はなぜか私を困らせたいようで、宮に入って報告もさせてもらえず、伝言も言付（ことづ）かってくれず、それどころか……嘲笑されて追い払われたのです」

小さな声で答えた慕情（ムーチン）は、少し間を置いて続ける。

「他に方法がなく、四象宮の反対側に回って窓の外から国師の方々に報告するしかありませんでした。言い終わったあと、国師のどなたかが『わかった、下がれ、下がれ』とおっしゃったのが聞こえたので、殿下のお考えを承諾されたのだと思い、それで戻りました」

国師たちは押し黙った。

札遊びが盛り上がり熱中している時に、誰かが外で何を言ったかなど聞いているわけがないではないか！　何が聞こえようがすべて適当に「わかった」と返すだけで、実際にはどこから声がしたのかすらわかっていないだろう！

謝憐（シエリエン）は眉をひそめて言った。

「まさかそんなことがあったのか？　そんなに傍若無人なことをするなんて、どの道童だ？　私が差し向けた者に対してそこまで無礼を働くとは、なかなかいい度胸だな」

謝憐(シエリエン)は、普段皇極観の道士たちとかなり気さくに接していて、威張った態度を取ったことなどほとんどない。けれど、何しろ高貴な天子の子息であり、貴い皇子であるため、今この時も神像の前で跪いているとはいえ謙(へりくだ)った様子はまったくなかった。一瞬にして厳しい態度になり、怒りではなく威厳が滲み出ている。皆は小さくなって押し黙り、国師たちの表情は少々微妙なものになっていた。

「昨日戻ってきた時に、どうして私にそのことを言わなかったんだ？」

謝憐(シエリエン)が尋ねると、慕情(ムーチン)は跪いたまま体の向きを変え、彼に向かって頭を下げた。

「太子殿下、どうかあの師兄を問い詰めたりしないでください。私が昨日戻った時に殿下にこのことをお伝えしなかったのは、大事にしたくなかったからです。実際大したことでもないですし、殿下が私のために表に立ってくださったら、かえって同門のよしみが悪くなります」

「同門のよしみ？　同門だからといって侮辱(ぶじょく)して、腹いせに虐めることがか？」

慕情(ムーチン)の淡々とした言葉に、謝憐(シエリエン)は決して賛同することなく苦々しげに言う。

それを聞いていた国師たちの表情はさらに微妙になった。

こんなことが起きたのは、つまるところ国師たちが慕情(ムーチン)のことを快く思っていないからなのだ。

彼らのそばで仕えている道童たちも、自然とその気持ちを察してしまう。その上、慕情(ムーチン)自身も確かにあまり人好きのしない質(たち)なので、余計に同門たちが彼に便宜(べんぎ)を図るどころか、何かと難癖をつけてくるのだ。実のところ、これは日常茶飯事だった。この高貴な弟子は、もちろん故意に皮肉を言ったわけではなかったが、それでも確実に彼らの心をチクリと刺した。

慕情(ムーチン)の言葉はずっと謙譲(けんじょう)し遠慮するばかりだったが、風信(フォンシン)が聞いていられないとばかりに突然口を挟んだ。

「確かに大したことじゃなかったのに、結局お前がここまでややこしくしたんじゃないか。もしお前が門番の道童に太子殿下の命で言付けを預かっていると言っていれば、そいつに取り次がないなんて度胸があったか？　それに、今日の出発直前に国師が太子殿下はどこに行ったとお前に聞いた時、どうしてわざと曖昧に答えたんだ？　殿下なら今は城楼にいて隊列が出発するのを待っているとはっきり言えば良かっただろう？」

「国師はこのことをご存じだと思っていたのに、いきなり尋ねられて一瞬驚いてしまったんです。でも、そのあとすぐに国師にお伝えしました。太子殿下から『心配は無用、すべて段取り通りで大丈夫です、すぐに行きますから』と伝言を預かっていると。殿下はその場にいらっしゃいませんでしたが、たくさんの人が聞いていたはずですし、どこがわざとだって言うんです？　どこが曖昧ですか？」

　慕情（ムーチン）が即座にはっきりと冷静に言い返すと、風信（フォンシン）は目を怒（いか）らせて彼を睨みつける。とはいえよく考えてみると、当時慕情（ムーチン）は確かにそう言っていたし、国師は気が気でなくて軽率に出発させることができなかっただけだ。非を打とうにも、慕情（ムーチン）の悪意を証明できるような決定的な間違いを見つけ出せない。その時、謝憐（シエリエン）が口を開いた。

「もういい、もういいから。たまたますれ違いが起きただけで全部誤解だし、運が悪かったっていうことで、二人とも言い争うのはやめろ」

　風信（フォンシン）はずいぶん不愉快そうな顔だったが、身分というものもあり、神武（シェンウー）殿内で騒ぐわけにもいかずに口を噤む。国師もこれ以上この問題を追及したくはなかった。結局のところ、本（もと）を正せば彼らが札遊びをしていたのも原因の一つではないか？　そう思い、国師は手を振って言った。

「はぁ、また改めて話しましょう！　我々で少し相談して、この状況をどう挽回すべきか考えてみます。あなたたち三人は下がって、服を着替えて、すべきことをしてきなさい」

　謝憐（シエリエン）は軽く一礼してすぐに立ち上がった。風信（フォンシン）と慕情（ムーチン）は礼儀正しく叩頭してから立ち上がり、謝憐（シエリエン）のあとについて下がろうとする。謝憐（シエリエン）の片足が敷居を跨いだところで、国師が背後から「太子殿下」と呼ぶ声が聞こえてきた。

　謝憐（シエリエン）が振り向く。

「今日、国主陛下と皇后様からあなたについていろいろ聞かれましたよ。数日はあなたも暇があるでしょうし、帰ってお会いしてきてはどうですか」

にっこり笑った謝憐は「わかりました」と答えた。

神武殿から出た三人は、広大な山の峰を通って太子殿下のために建てられた道房である仙楽宮に戻った。そこで謝憐はようやく儀式に使った華麗な衣装を脱ぎ始める。

前に話した通り、上元祭天遊の悦神武者は衣装にも冠にも厳格な定め事があり、身につける物のすべてに意味があると言っても過言ではなく、一つとして乱れがあってはならない。例えば、一番外側の服は白で「純潔と神聖」を表し、その下に着る赤い服は「正統」を表している。金の冠で髪を束ねることは「王権」と「富」を、懐に白い羽根を隠しているのは「天に通じる翼」を表し、両袖のところに風になびく長い絹の飾りをかけるのは「衆生を携える」ことを象徴している、等々だ。

ご想像の通り、全身に纏う衣装と装飾品は着るのも脱ぐのもとんでもなく複雑で面倒だ。けれど、謝憐は貴い太子であり、当然一つ一つ自分の手を動かす必要はない。ただ清涼な香りが漂う部屋で両手を広げ、風信と話をしながら、近侍としての慕情が何層にも重なっている悦神服を脱がせてくれるのを待っているだけでいいのだ。

その悦神服の白衣は大変質の良い生地で、模様もきめ細かく、縁には淡い金色をした繊細な刺繍が施されている。華麗だが贅沢すぎるようには見えず、妖魔の黒い武者服とは天と地ほどの差があると言えるだろう。慕情はまだ自分の全身真っ黒な武者服を脱いでおらず、腕に謝憐から脱がした悦神服をかけていたのだが、指の関節をぴくぴくと動かすと、気づかれないようにその白い服をそっとさすった。

その傍らで、髪を束ねていた金の冠を取ってもらった謝憐は、長い髪を下ろして檀木の寝台の端に座った。脚を二回蹴って雪のように白い長靴を脱ぎ捨て、新しい服を着せてくれるのを待つ。しばらく待っても慕情が動かないので、謝憐は少しばかり首を傾げた。

「どうかしたのか?」

「殿下、悦神服が何か所か汚れているみたいです」

すぐに我に返った慕情が言うと、謝憐は「えっ」と呟く。

「ちょっと見せてくれるか？」

確かに、真っ白な武者服に小さな黒い手形が二つ、くっきりと残されていた。

「空から落っこちてきた坊やがやったんじゃないか？　確かあの時、私の服を掴んで放そうとしなかっただろう。あの子は顔に包帯を巻いていたし、転んだか何かしたんじゃないかな。風信、あの子の傷を見てあげたのか？」

「見てません。あいつを連れて皇宮を出て、殿下に言われた通りに顔を見てやろうとしたら、あいつ、俺の膝を蹴りやがったんです。あのクソったれ、結構痛かったぞ」

ちょうど悦神演舞に使った宝剣と斬馬刀を包んでいるところだった風信が、くさくさした様子でそう答えると、謝憐は笑いながら寝台に倒れ込んで風信を指さした。

「きっと君が怖がらせたからだ。そうじゃなかったらどうして私を蹴らないで君だけを蹴るんだよ？」

「違います！　あのクソガキ、鬼神に取り憑かれたみたいに走って逃げだしやがって。そうじゃなかったら俺はあいつを逆さまにして振り回して、泣くまで怖がらせてやりましたよ！」

風信の言葉に、慕情は悦神服をめくって確認しながら口を開く。

「あの子、まさか物乞いでしょうか。ちょっと掴んだだけでここまで黒くなるなんて、汚れすぎでしょう。殿下、悦神服は汚してはいけないんですよね。縁起が悪いと聞きました」

謝憐は寝台の上で横になり、枕元から適当に本を一冊手に取ると、顔の下半分を覆った。

「城を三周回って歴史に名を残したんだ。縁起はもう十分悪いだろう。汚れたんだったら洗えばいいよ」

少し間を置いて、慕情が淡々と答える。

「ええ、洗う時に気をつけるようにします」

パラパラと本をめくっていた謝憐は、ちょうど刀術の絵が描かれている頁に目が留まり、今日舞台上で激しく手合わせしたことを思い出して笑った。

「慕情（ムーチン）、今日はすごくよく戦ったじゃないか」

謝憐（シエリェン）の言葉に慕情（ムーチン）の肩先が一瞬強張る。

「今日初めて気づいたよ。君は剣より刀の方がかなり向いてるな」

謝憐（シエリェン）が続けて言うと、慕情（ムーチン）の表情が緩み、振り向いた彼の顔には少し笑みが浮かんでいた。

「本当ですか？」

「うん！　ただ、多分ちょっと焦りすぎだったんじゃないかな。刀を使うのは剣を使うのとは全然違うから、ほら……」

武道の話になると、謝憐（シエリェン）は俄然（がぜん）興味津々になり、国師たちが札遊びをする時以上に完全に我を忘れてしまう。靴も履かずに寝台から飛び降りると、手を刀に見立ててその場で実演して見せた。最初こそ慕情（ムーチン）は少々複雑そうな顔だったが、謝憐（シエリェン）がしばらく動いて見せると真剣な目になり始める。ところが、風信（フォンシン）はきちんと包んだ斬馬刀を振り回しながら謝憐（シエリェン）を寝台の上に追いやった。

「やるなら靴をちゃんと履いてからにしてください！　あなたは太子殿下なんですよ。髪を振り乱して裸足のままだなんて、なんて有様ですか！」

ちょうど興が乗ってきたところを大声で怒鳴られ、アヒルを止まり木に追い上げるように寝台に追いやられた謝憐（シエリェン）は、不機嫌そうに「わかったよ！」と言いながら両手で長い髪をまとめ始める。結い終えてからまた慕情（ムーチン）に詳しく説明しようとしたが、ふと眉間にしわを寄せてぽつりと言った。

「変だな」

「どうしました？」

風信が尋ねると、謝憐（シエリェン）は耳朶（みみたぶ）を軽く摘まみながら言った。

「耳飾りが片方なくなってる」

道教の修行において、仙楽人が思うところの究極の境地とは、他でもない「陰陽融合（いんようゆうごう）」と「雌雄同体（しゆうどうたい）」だ。神は変幻自在で、当然性別に左右されることもなく、男にも女にもなれる。この理念は悦神服の作りにも表れていた。歴代の悦神武者の飾りや衣装は、どれもが男服と女服の形式と細かな特徴を併せ持っていて、例えば下げ飾りがついた耳飾りや、輪の形をした玉飾りなどがそうだ。謝憐が悦神武者に扮した時も、耳朶に穴を開けて下げ飾りのついた耳飾りをつけていた。

　それは光華を放ち、滑らかな艶のある非常に美しい深紅の珊瑚珠で、とても希少なものだった。ところが、謝憐は先ほど髪をまとめていた時に、本来一対だった赤い珊瑚珠がなぜか片方しか残っていないことに気づいた。

　謝憐がなくしたと言うと、緩んできていた慕情の表情が急にまた強張ったが、他の二人はまったく気づかない。風信は手始めに部屋の中と外を一通り捜しに行ったものの、手ぶらで戻ってきた。

「あなたって人は、いつもそうやって物を忘れたりなくしたりして、耳につけたものすらなくしますか。仙楽宮の周りにはなかったので、外に行って道に落ちていないか捜してきます。祭天遊の時になくしたんじゃなければいいんですが」

　謝憐も不思議に思ったが、特段気に留めることなく答えた。

「あり得るな。もしそうだったら見つからないだろうし、なくしちゃったものは仕方ない」

「あの珠はとても貴重なものですから、できる限り捜してみましょう。寝台や棚の下に落ちていないか見てみます」

　慕情は淡々とした口調でそう言うと、普段自分が床を掃いている箒を持ってきて掃き始めた。

「だったら他にも何人か呼んできて捜してもらおうか」

「人が多いとごたついて、見つからないどころかこっそり拾われて隠されてしまうかもしれません」

　謝憐の提案に、風信が何気なくそう言う。慕情は黙々と寝台の下を確認していたが、今の一言を聞いてさっと顔色を青褪めさせる。そして猛然と立ち上がると、手に持っていた箒を「バキッ」という音とともに真っ二つに折ってしまったのだ。謝憐は唖然とした。

　神武殿を出てから風信は慕情に対してかなり非難めいた言葉を口にしていたが、感情的になってはいなかった。だが、慕情の方が先に感情的になったのを見ていきり立つ。

「何をいきなり物を折ってるんだ？　癇癪を起こすな」

「言いたいことがあるならはっきり言えばいいのに、遠回しに当て擦るってどういうことですか？　珠がなくなったのは私とは無関係です」

　慕情が冷ややかにそう言った。

　風信はどんな時も思ったことを率直に口にするため、当て擦ったと非難されたのは初めてで、憤りのあまり笑いだしてしまった。

「その言葉、そのままお前に返してやる！　俺が何を言った？　俺はお前が盗んだなんて一言も言ってないのに、勝手に決めつけてむきになりやがって、何かやましいことでもあるのか？」

　はたと我に返った謝憐は、内心でまずいと叫び、寝台から起き上がった。

「風信、それ以上言うな！」

　慕情の額に青筋が三、四本一気に盛り上がる。ところが、風信は本当に深い意味などなく言っていたため、訳がわからないという様子で尋ねてきた。

「どうしたんですか？」

　風信に説明するわけにもいかず、謝憐はとりあえず慕情に「誤解しないでくれ。風信は流れでああ言っただけで、君のことを指して言ったんじゃないから」と言うしかない。

　拳をきつく握っては緩めていた慕情だったが、結局はそれ以上怒りをあらわにはしなかった。ただ、目の周りを次第に真っ赤にして謝憐の方を向くと、じっと見つめながら一言一句はっきりと告げた。

「あなたは……約束を破ったんですね」

「違う！　破ってない！」

　謝憐の答えを聞いた慕情は口を噤んで数回息を吸うと、恨みと憤りがこもった目でじろりと風信を睨みつけ、何も言わずに駆けだして扉から出ていった。

　謝憐は寝台から飛び降りて追いかけようとしたが、数歩追ったところで風信に引き戻される。

「殿下、靴も履いていないじゃないですか！　そんな乱れた髪で出ていこうとするなんて、どういうつもりですか？」

「だったら代わりに彼を止めてくれ！」

「とにかく服を着て靴を履いて、髪もちゃんと結ってください。どうしてあいつに構うんですか。あいつは普段からひねくれ者ですから、何があいつの気に障るかなんてわかりませんよ。訳もなくいきなりキレやがって」

慕情はもう姿が見えなくなるほど離れてしまい、追いつけないと悟った謝憐は、髪紐を一本手に取るとそそくさと髪を結いながらため息をついた。

「慕情はいきなりキレたんじゃなくて、君がうっかり失言したからなんだよ」

「俺がどんな失言をしたって言うんです？」

風信は箪笥の中から謝憐が普段着ている白い道袍を出して、放り投げて寄越しつつ尋ねる。それに謝憐は長靴を履きながら答えた。

「君に教えるわけにはいかないんだ。とにかく、私と一緒に慕情を捜しに行って、全部誤解で彼を指して言ったことじゃないってはっきり伝えてやってくれ」

「俺に言えないことがあるんですか？」

風信が眉間にしわを寄せたが、謝憐は口を閉ざしたままだ。ますます懐疑的になった風信は、先ほど慕情が見せたあの恨みと憤りがこもった顔を思い浮かべ、唐突に言った。

「あいつ、まさか本当にあなたの物を盗んだことがあるんですか？」

謝憐は慌てて勢いよく「静かに」と手振りで示す。

「ない！　ない！」

その様子を見た風信は、逆にさらに強く確信した。

「そうか！　あいつが急に血相を変えたのは、図星を突かれたからだったのか。あいつ、いつそんなことをやったんですか!?」

「大きな声を出すなって！」

謝憐に言われて風信は声を抑える。

「そんなことがあったっていうのに、よくも俺に黙ってましたね！　早く言ってください」

既に風信が疑いを持っているのがわかり、これ以上隠しても遅かれ早かれ調べられて知られることになると思った謝憐は、仕方がないといった様子で話した。

「盗んだっていうほどのことじゃないんだ。ただ……はぁ、最初から話そうか。覚えてるかな。二年前、私が皇極観に入門して間もない頃、金箔を一枚なくしただろう?」

それを聞いた風信は大きく目を見開くと、太ももをパシッと叩いた。

「あの時ですか!?」

三年前、なんのかのとしつこく両親にせがんだ謝憐は、ついに成人前に皇極観に入門して修行する許しを得た。それから一年経って仙楽宮が完成したあと、ようやく上機嫌で入山した。

謝憐が入山した際、持参した荷物は決して多くはなかった。荷車二台分の書籍と二百本の名剣だけだ。しかし、息子を溺愛していた皇后の閔氏は、彼が山で寂しく貧しい生活を送るのではないかと心配し、あとから命じて従僕を二十人、太子が普段好んでいた物をぱんぱんに積んだ荷車四台を大々的に太蒼山へと登らせた。その中に、合計百八枚の金箔からなる金箔殿一式が含まれていたのだ。

金箔殿作りは、仙楽貴族の間で流行していた一種の遊びだ。当時は、そういった贅沢なものが山に運び込まれたことで、ちょっとした議論を巻き起こした。皇極観にいるのは真面目に修行に打ち込む道士ばかりで、太子殿下の気質についてよく知らなかったため、表立ってあれこれ言う度胸はなくとも裏ではこそこそこう言っていたのだ――この太子殿下は修行しに来たのか、それともぐうたら遊びに来たのかどっちだ? 皇室の貴族の子弟が冷やかしに来たのか? 修行したって物になるのか?

そんな議論の声を聞いて抗議しようとした風信に対し、謝憐は構うなと笑った。

「それが人の情ってものだよ。私が遊んでいるかどうか、この世代の皇極観の子弟の中で誰が一番か、彼らもそのうちわかるようになるさ」

ところが、そう経たないうちにある出来事が起きた。

謝憐は、皇后が彼のために用意した従僕たちと荷車四台をすべて追い返したのだが、荷物の数を改めていた時、百八枚あるはずの金箔がなぜか一枚足りないことに気づいた。

金箔は道中ずっと荷車に積んで太蒼山に運ばれ、仙楽宮から持ち出されたことは一度もない。道中でなくなったのでなければ、誰かに盗まれたということになる。荷車が通った道では見つからなかったため、謝憐はさりげなく国師に話してみた。金箔が盗まれたかもしれない、皇極観の誰かが金箔の誘惑に負けて間違いを犯したかもしれないと考えた国師は大激怒し、金箔の行方を草の根を分けてでも捜し出すと決意した。もし誰かのところで見つかったら、厳罰に処されること必定だった。

それで皇極観にいる三千人以上の人々を、何をしている最中であろうと不意打ちで残らず外に整列させて、道房を一部屋一部屋しらみ潰しに調べることになった。

ところが、苦心して大掛かりに捜索を進めていたにもかかわらず、大半を調べ終わった頃になって、謝憐が突然前言を翻した。「申し訳ない、同門の皆さんにご迷惑をおかけしました。この金箔殿は皇宮にいた時に自分で一枚なくしてしまっていたのを急に思い出したんです」と言うのだ。つまり、金箔は元から百七枚しかなかったと。

行方不明になった金箔の捜索に労を費やし、その夜の皇極観はてんやわんやの大騒ぎだったと言っても過言ではなかった。なのに、汗だくになっている時に太子殿下から急にそんなことを言われて、それまでの苦労が水の泡になり、同門の多くはどうしても不満を抱えてしまった。そんな訳で、一時期は皆が陰で「向こうはなんて言ったって太子殿下だから仰せの通りにやるけどさ、ただこんな大事なこと、次はちゃんと覚えておいて、捜索が始まる前に思い出してほしいよ」云々と言っていた。

それをしゃがみ込んで聞いていた風信は腹が立ったが、謝憐はまた構うな、静かに時を待てばいいと言った。そしてその後、謝憐は三千人もの弟子をすべての面で圧倒し、その名に恥じない皇極観の一番弟子となった。加えて、非常に気さくで決して権勢を笠に着て権力を振りかざすことのない人柄のおかげで、次第に同門の皆が陰で囁く謝憐の評判は上向いていった。

風信は過ぎたことを忘れてしまう質のため、前にそんな出来事があったことも覚えていなかった。今日またその話が出てきて、はっとした風信は驚いて怒りだした。

「あの金箔は慕情が持ち去っていたのか？」

「しっ！」

周りに誰もいないことを確認してから謝憐は口を開く。

「あの金箔は運ばれている途中で、でこぼこした道を通った時にはずみで落ちてしまって、水汲みで通りかかった慕情が草むらで拾ったんだ。寝床の下にしまって、どうしたものか決めかねているうちに、夜になって国師が突然不意打ちをして、全員外に出して身体検査と部屋の捜索を始めたんだよ。私はあの時まだ慕情のことをよく知らなかったけど、雑用係の一人が顔を青くしているのが見えた。そのあと、私が外で座っていたら、彼が茶を持ってきた時に小声でこっそり告白してくれて、それで事情を知ったんだ」

「拾っておいて報告しないっていうのは、盗むってことじゃないんですか？　それであなたはあいつを庇って事実を隠蔽するために、金箔は皇宮でなくしたって皆に言ったんですか？」

「そういうこと」

話している間に身繕いを終えた謝憐が扉を出てそう言った。

風信は死ぬほど腸を煮えくり返らせながら、謝憐の後ろに続く。

「殿下、あなたが皇極観に来たばかりの頃、どれだけの人が陰口を叩いていたか知っていますか？」

「声を抑えろって。慕情はあの時本当にひどい顔色で、すごく青白かったんだ。皇極観の人たちはもともと彼のことが気に食わないみたいだったし、私が事実を公にしたら彼は終わりだろう？　私とは身分が違うし、この件でも立場が違うんだから、同列に語ることとなんてできないよ」

その時、正面から若い道士が数人歩いてきた。恭しく一礼しながらも顔に笑みを浮かべて「太子殿下！」と挨拶する。謝憐も笑って会釈し、互いにすれ違うと、また風信に向かって言った。

「ほらね、静かに時を待てって言っただろう。今じゃ私は同門の皆と仲良くやってるじゃないか？　まだとやかく言う人なんているか？」

二人は慕情の道房に行ったが彼はおらず、そこを出て再び捜し続ける。

「あの時もおかしいとは思ったんです。あなたが皇宮で一枚なくしていたのを、どうして俺がまったく知らなかったんだって。あなたは二年も俺に黙っていて、しかもあいつが床を掃いている時に知り合ったって言いましたよね！」

「あのあと、慕情は私に他言しないよう頼んできたんだ。約束した以上、誰にも言うわけにはいかなかった。たとえ相手が君でもね。もう君は知ってしまったから、私は約束を破ったことになる。でも、君も誰にも言っちゃ駄目だからな」

「これのどこが約束を破ったことになるんですか。別にあなたが俺に教えたわけじゃなくて、あいつが勝手に罪悪感でびくついてぼろを出したから、俺に尻尾を掴まれただけでしょう」

「駄目だってば。この件を絶対に言いふらさないって早く誓ってくれ。でないと絶交だからな。しかも君は嫁を娶れなくなる」

謝憐が脅すように言うと、風信が吹き出した。

「あなたと俺が絶交？　絶交した次の日には、仙楽国の津々浦々の民にあることが知れ渡ってしまうでしょうね。太子殿下は服を着る時に自分の靴下留めの紐で首が絞まって気絶したことがあるって――わかりましたよ！　言いふらしません。人の悪口を言うなんてクソみたいな趣味はありませんから」

少し間を置き、風信は続ける。

「あいつは金箔を取ったことを俺が知っていて、だからいつもあいつにいい顔をしないんだと思ってるのかもしれませんけど、俺はただああいう奴が気に入らないだけです。大の男が一日中ああだこうだと考えて、きっとずっと前からあなたが俺に教えたんじゃないかって疑ってたんですよ。皇宮の妃たちだってあいつほど神経質じゃないっていうのに、見ているだけでイライラする」

「君が言うほど悪くもないよ。皇極観じゃ今まで物がなくなったなんて話は一度も聞いたことがないから、彼が初めてだったわけで、つまるところ、やっぱり彼の母親が原因で……はぁ、とにかく、彼はもう二度とやらないと何度も約束してくれたから、一度機会を与えるくらい別にいいだろう。彼も約束を守ったわけだし。それに今日、あの坊やが落ちてきた時に慕情が私に合わせてくれなかったら、祭天遊をあそこまで見事に締めくくることだってできなかったんだから」

謝憐の言葉に、風信は嘲笑いながら言った。

「どうせあなたは三周で終わらせて歴史に名を残したんですから、それはあいつだってそれ以上あなたの邪魔をする必要はないでしょう。殿下、これだけは言わせてください。俺は今日あいつが神武殿で言ったことを一文字たりとも信じていませんから。皇極観の上の者から下の者まで、国師が札遊びをする時は家族の顔さえわからなくなるほど夢中になるってことを知らない者がいますか？　よりによって、あいつはその時に言いに行って、しかも誰の命を受けて来たのか死んでも言わないなんて、まるで事が上手く運ばないように狙ってやったみたいじゃないですか」

だが、謝憐は小さく首を横に振った。

「実のところ、この件は私にも考えが足りなかったところがあったって思ってるんだ。慕情が好かれていないことは知っていたから、いろいろとやらせることで彼が私の侍従だって他の人にわかれば、もうちょっと丁寧に接するんじゃないかと思ったんだよ。でも、皆がここまで彼に対して礼儀知らずだなんて思わなくて、上手くいかなかったどころか、配下の者に嫌な思いをさせてしまった。君だって立場が違えば、事情があるから慕情が変わり者なのも納得できるって思うはずだよ」

粛然として謝憐は言ったが、風信はまったく同意しかねるといった様子だ。

「ただあいつがひねくれているだけなのに、どうしてあなたが責任を背負うんですか？　あなたは太子殿下なんですよ。重用しようとしただけなのに、まるで逆に借りを作ったみたいじゃないですか？　殿下がどうしてそこまであいつに目をかけるのか、俺には皆目わかりません」

それに謝憐がにっこりと笑う。

「風信、知ってるかい。この世の多くの人は、私の目には石ころにしか映らないんだ」

風信には理解できなかった。謝憐は手を後ろに組んで歩きながら続ける。

「石ころは手に入れやすいけど、美玉は手に入れにくい。今までの年月で、武道において美玉と呼べる人に私は二人しか出会ったことがない。一つは君。もう一つがまさに彼なんだ」

急に立ち止まって振り返ると、謝憐は目を輝かせた。

「私は慕情のことを、本当にものすごく素質があるって思ってるんだ。こんな美玉が出自と性格が理由で磨かれずに埋もれて、その素晴らしさを発揮できないなんてことがあっていいのか？」

そして、きっぱりと言った。

「いや！　それは間違っていると思う。どうしてそこまで彼に目をかけるのかって聞いたよな？　それは私が君に目をかけているのと同じ理由だよ。光るべきものは私が必ず光らせてやる。私は善意が悪い結果に繋がるなんて思わないから」

謝憐に続いて立ち止まった風信は、その言葉を聞き終わると少し頭をかいた。

「とにかく、あなたが自分の望みが何かわかっているなら構いません。どうするかはあなたの自由ですし」

「うん。ところで、慕情はいったいどこに行ったんだろう？」

その時、正面から両手で籠を抱えた若い道士が数人、ふざけ合いながら歩いてきた。謝憐を見るなり皆が大喜びで声を揃える。

「太子殿下！」

謝憐もそれに笑顔で応えると、道士たちは近づいてきて、籠を彼に差し出しながら嬉しそうに言った。

「殿下、さくらんぼを召し上がりませんか？　山の泉で洗ったので綺麗ですし、すごく甘いんですよ」

籠の中には鮮やかな赤色の可愛らしいさくらんぼがいっぱいに入っている。謝憐と風信がいくつか選んで食べると、とても甘くて爽やかな味がした。

その時、若い道士が尋ねてきた。

「さっき歩いてくる時に、殿下が慕情のことを尋ねていたのが少し聞こえたのですが、彼を捜していらっしゃるんですか？　僕たち、さくらんぼの林の方から来たのですけど、あそこで見かけたような気がします」

「そうなんですか？　教えてくれてありがとうございます」

礼を言い、謝憐と風信は桜桃の林の方に向かって急いだ。

太蒼山には、山中至るところにある楓の林以外に桃、梨、蜜柑など様々な果樹も多く植えられていて、桜桃の木もある。果樹は山の泉によって育まれ、山の雲霧と太陽の光、雨露を浴びて結んだ果実は霊気を豊富に含んでいるため、皇宮に献上される。余った分は、観内の弟子たちなら修行に疲れた時に摘んで食べることができるのだが、皇極観の外では大金を積んでも手に入れるのが難しいのだ。一本また一本とある桜桃の木が、新緑の葉の間から珊瑚珠のような果実を実らせている様子は非常に美しかった。

謝憐と風信はしばらく慕情を捜しながら林の中を歩いたが、ほどなくして前方から言い争うような声が微かに聞こえ、思わず足を止めた。

すると、前方に白衣の道士が四、五人立っているのが見えた。どうやら果物を摘みに来たらしく、誰もが手に籠を提げている。ところが、彼らは果樹ではなく誰かを取り囲んでいるようだ。遠く離れているが、二人の聴力ならば言い争っている内容がはっきりと聞き取れた。

「どうりで最近林の中の果物が少なくなった気がすると思ったら、誰かさんが一日中ここに張りついて盗んでいたのか」

青年道士がそう言うと、誰かが小さな声で反論する。

「太蒼山の果樹は、観内の弟子なら誰でも摘んでいいはずなのに、これのどこが『盗んだ』ことになるんですか？　それに、林の中には果樹が何百何千もあるんですから、私一人で果物を減らすことなんてできませんよ」

その声はまさしく慕情だった。人垣の間からわずかに見える服から判断すると、既に妖魔の黒い衣装を脱いで普段着ている地味な道袍に着替えたらしい。

先ほどの道士がふんと鼻を鳴らして言い募る。

「お前一人分だけなら、そりゃあそんなに減ることもないだろうな。でも、お前は自分の分だけ摘んでるんじゃないだろう。こっそり山を下りて他の奴にも食べさせるために、こんなこそ泥みたいなことをして、どれだけ恥知らずなんだよ」

謝憐は状況を理解した。慕情を目障りだと思っている同門の道士が、また因縁をつけてきたのだろう。

慕情の実家は貧しく、母親は麓にある都でかなり手元不如意な生活を送っている。以前は針仕事をして細々と暮らしていたのだが、目を悪くしてからそれもできなくなり、息子が山から雑役の賃金を持って下りてくるのを頼りに、家計を支えてもらうしかなくなっていた。慕情はたまに太蒼山から果物を少し摘んで下山し、採れたてのものを母親に食べさせていたのだ。それは別に大したことではなく、そうしてはならないという決まりもないのだが、ただ、やはり少々体裁が悪い。公の場で皮肉を言われると、さらにきまりが悪かった。

慕情の声がわずかに冷たさを帯びる。

「祝師兄、普段あなたと関わる機会は決して多くありませんよね。なのに何度も何度も私を困らせて、昨日だってあなたが四象宮に入れてくれなくて、私は国師たちに報告ができませんでした。私は何か気に障るようなことをしましたか？」

その祝姓の青年は国師に仕える四象宮の若い道士で、慕情が昨日のことに触れるなり頭に血が上ってきた。

「お前がちゃんと言付けをしなかったせいで危うく大事になるところだったっていうのに、逆に私を責めるつもりか？　昨日はお前が隠し立てして何も言わないから、悪いことでも企んでるのかと疑ったんだろうが。もしお前がさっさと目的をはっきり言っていれば、ここまでのことにはならなかったんじゃないのか？　そのせいで今日は危うく太子殿下の大舞台を台無しにしそうになって、私までさっき国師に呼ばれて説教されたんだぞ！」

言いながら手に持っていた籠を捨て、周りの者にも呼びかけて今にも掴みかかろうとする。謝憐はこれ以上見ていられず制止した。

「待て！」

その声を聞くなり、数人の道士がぎくっとして声がした方へ顔を向ける。

「太子殿下！」

謝憐と風信が近づくと、まだ喧嘩は始まっていなかったものの、慕情は祝師兄に襟元を掴み上げられ木に押さえつけられていた。本当に喧嘩になったとして、慕情はたとえ一対二十でも確実に優勢だろうが、皇極観で地位を確立したいのならば決して手を出すわけにはいかない。

「師兄と師弟の皆さん、何をしているんです？」

謝憐は微笑みを浮かべながらそう尋ねた。

祝師兄はそこそこ整った顔立ちと言える色白の青年で、普段からかなり太子殿下を敬慕している。彼の言葉を聞くなりぎょっとして、慌てて慕情を放り出した。

「こ、これはその、私たち……」

謝憐は微笑んだまま言葉を続ける。

「何が原因で皆さんが揉めているのかわかりませんが、慕情は私の近侍で、彼が何かしたとすれば、それは私に言われたからです。慕情に果物を少しばかり摘み取りに行かせたのは、何かの罪になるのでしょうか？」

「いいえ、いいえ！　殿下、あなた様が彼を遣わしたんですね。私たちの誤解でした！」

道士数人は、しきりに頭を下げてそう言った。

他方で木に寄りかかっていた慕情は、謝憐が自分を遣わしたと言ったのを聞いて唖然としたが、すぐさま襟を正し、何も言わずに俯く。道士たちは冷や汗をかきながら慌てて謝憐と慕情に謝り、ついにはそそくさと籠を抱えて桜桃の林から逃げ出してしまった。謝憐は、慕情が持ってきた籠が傍らに放置されているのに気づき、腰を屈めて拾い上げると彼に差し出した。

「手伝おうか？」

慕情は籠を受け取らず、ただ顔を上げて複雑な表情で謝憐をじっと見つめている。しばらくして、ようやく口を開いた。

「太子殿下」

「なんだ？」

「あなたはどうしていつもこんな時に現れるんですか？」

「？」

だが、それが風信には不愉快だったらしい。

「それはどういう意味だ？　こんな時に現れてお前のために場を収めたのが悪いとでも言うのか？」

慕情は風信をちらりと見やり、籠を受け取る。すると、風信は首を真っすぐにしてつっけんどんに言った。

「お前な、よく聞けよ。さっきのことは俺が悪かったと認める。俺は別にお前を指して言ったんじゃなくて、ただ流れで言っただけだ。お前もあれこれ勘ぐったり疑ったりする必要はない。太子殿下以外の奴のことになんか俺は興味ないし、他人の悪口を言う趣味もない。言いたいのはそれだけだ。お前もいい加減へそを曲げるな！」

「ぷっ！」

最初は口調がきつすぎると思っていたが、最後まで聞いたらなぜか可笑しくなって、謝憐は吹き出した。慕情も目を見開いて風信を見ている。

「はいはい、もういいだろ。風信が言ったのは全部本当のことだから、さっきの件はもうおしまい。何もなかったってことで」

謝憐が手を振ってそう言うと、しばらくして慕情が鬱々とした様子で言った。

「あの赤い珊瑚珠、あとでまた捜してみます。もしかすると町に落ちているかもしれないので」

あまり気にしていない素振りを見せるわけにもいかないと思い、謝憐はこう答えた。

「わかった。じゃあ、時間があったらよろしく頼むよ。でも町で落としたとしたら、多分もう誰かが拾って持ち去っただろうな」

もう他に言いたいことはないらしく、慕情は地面にいくつか落ちていたさくらんぼの房をすべて拾って籠に入れた。慕情は元からあまり摘んでいなかったが、拾うなりすぐに林の外へ歩いていこうとする。謝憐が見上げてみると、瑞々しさが滴らんばかりの赤いさくらんぼがたくさんあり、無造作に何房かを摘み取って慕情の籠の中に入れた。

少しぽかんとしている慕情に謝憐が言う。

「今度君が果物を摘んでお母さんに持っていく時は、私の命令で摘み取りに来たって言えばいい。それならもう誰も何も言わないだろうから。私は数日中に一度皇宮に帰るように国師に言われたから、明日帰るつもりなんだけど、君も明日下山してみるか？　とりあえず今日はもう部屋に戻りな」

かなり間を置いてから、慕情（ムーチン）はようやく小さな声で答えた。

「殿下、ありがとうございます」

次の日、謝憐（シエリェン）は風信（フォンシン）と慕情（ムーチン）を連れて下山した。

山を下りてすぐ、高大な山門の前にきらきらと輝く金色の馬車が一台見えた。首飾りと錦衣を身につけた少年が鞭を持って車の前部で横になり、片方の膝を立てて意気揚々と高く上げた足を組んでいる。謝憐（シエリェン）が山門から出てくるのを見るなり、その少年はぱっと飛び起きてものすごい勢いで走ってきた。

「太子従兄（にいさま）！」

大はしゃぎで叫んだその少年は、もちろん戚容（チーロン）だった。暇があろうがなかろうが太蒼山の麓にやってきては、株を守りて兎を待つが如く謝憐（シエリェン）を待ち構えているのは彼くらいだ。二歩で飛んできた戚容（チーロン）は嬉しそうに言った。

「やっと従兄（にいさま）に会えた！」

謝憐（シエリェン）はにっこりと笑いながら戚容（チーロン）の頭のてっぺんを軽く撫でる。

「戚容（チーロン）はまた背が伸びたか？　どうして私が今日皇宮に帰るって知ってたんだ？」

「知らないよ。どうせ従兄（にいさま）はそのうち出てくるだろうから、ここで見張ってればいつか会えるって信じてただけ」

にこにこしている戚容（チーロン）に、謝憐（シエリェン）は仕方がないといった様子で言った。

「君は本当に暇なんだな。ちゃんと読書していたのか？　剣もちゃんと練習した？　母后にまた君の勉強の進みを聞かれたら、もう絶対に上手く言ったりしないからな」

戚容（チーロン）は目玉をぐるりと回して跳び上がる。

「とりあえずそれは置いといてさ！　俺の新しい車を見て！　太子従兄（にいさま）、上がってよ。俺の車に乗って皇宮に帰ろう！」

「君が馬車を操るのか？」

戚容（チーロン）は謝憐（シエリェン）の手を掴みながら車の上に引っ張るが、

謝憐はただただ危ないと感じてそう尋ねる。

　侍従は車の前部に乗ることになっているため、風信と慕情も続いて乗ろうとしたが、戚容はむっとして鞭を振り上げた。

「俺は太子従兄に乗ってって言ったんだ。お前らには言ってないぞ！　下賤な奴らが俺の金車に触るんじゃない、とっとと失せろ！」

「戚容！」

　謝憐は声を抑えて怒鳴る。

　風信は戚容に何度も会ったことがあるため、口を開けば下賤な奴だの死ねだのと言うことはとっくに知っていたが、慕情は皇宮に入ったことがなく、当然この小鏡王と近くで接したこともない。戚容はずいぶん憤慨していたが、謝憐が立ち去ってしまいそうなのを見ると、渋々その二人の下賤な奴らも自分の大事な金車に乗ることを許した。

　だが、車に乗った途端、三人ともすぐに後悔した。馬車を操る戚容の姿はまったくもって常軌を逸していたのだ。

　訳のわからないことを叫びながら絶えず鞭を激しく打ちつけ、打たれた白馬はけたたましくいななくわ、車輪は飛ぶように急回転するわで、縦横無尽に大通りに突っ込んでいく。謝憐がしきりに止まれと叫んでも聞かず、危うく何度も通行人や屋台にぶつかりそうになった。風信と慕情が前で度々手綱を引いてくれたおかげで間一髪のところで止められたものの、そうでなければ少なくとも二十人くらいの命を奪ってしまっていただろう。

　皇宮の前まで来ると車輪がようやく徐々に速度を落とし、謝憐、風信、慕情は三人ともほっと息をついた。謝憐は冷や汗を拭い、風信と慕情はどちらも戚容に十数回も鞭で打たれていて、手が鞭の痕だらけになっている。そして、戚容はというと、立ち上がって背の高い白馬の尻を片足で踏み、得意げに言った。

「太子従兄、どうだった？　俺って馬車の操縦が上手いだろう！」

　だが、馬車から降りた謝憐はこう口にした。

「父皇と母后に君から馬車を没収するよう言っておくよ」

「なんでそうなるんだよ！」
謝憐（シエリエン）の言葉に戚容（チーロン）は愕然としていた。

仙楽国の国風は、一に黄金を愛し、二に宝石を愛し、三に美人を愛し、四に音楽を愛し、五に書画を愛する。仙楽の皇宮はまさに彼らが好むこれらすべてが一つに溶け合った究極の場所だ。広々とした広場を通り、鮮やかな朱色の長い廊下を抜けると、見えてくるのは決して贅沢三昧な金の煉瓦や玉の像ばかりというわけではなかった。至るところに精美な書画が飾られ、時折緩やかな音楽が流れてくる様子は、さながら仙境（せんきょう）のようだ。

皇宮は謝憐（シエリエン）の家であり、子供の頃からここで育ってきた。風信（フォンシン）も十四歳の時に侍衛に選ばれたため、とっくに何を見ても動じなくなっている。唯一慕情（ムーチン）だけが初めてこれほどの建築物を目にして驚いていた。しかし、驚けば驚くほどますます心情を悟られまいとして、一歩も間違えないようにと慎重になってしまう。

謝憐（シエリエン）はまず皇后の閔（ミン）氏に会いに行った。皇后は棲鳳宮（せいほうきゅう）で小卓に寄りかかって茶を飲んでいたが、太子殿下が帰ってきたという報告を早くから受けていて、嬉しさのあまり柳眉（りゅうび）が弧を描き、息子が近づいてくる前に両手を差し伸べた。

「やっと母さんに会いに来てくれたのね？」

風信（フォンシン）と慕情（ムーチン）は殿の外に控えていて、謝憐（シエリエン）と戚容（チーロン）が中へと入る。歩いていった謝憐（シエリエン）は、母親の手を取って言った。

「二か月前に帰ってきたばかりじゃないですか？」

「あなたって子は本当に薄情なのね。容児（ロンアル）だって年寄りの私の相手をしないといけないってわかっているのに、あなたときたら二か月も帰ってこないで、よく平気でそんなことを言えるわね」

「母后のどこがお年寄りなんですか？　何十歳も年上なのに、私と同じ十代みたいじゃないですか」

とがめるような皇后の口調に謝憐（シエリエン）は笑ってそう答える。

それを聞いた皇后は嬉しくてたまらない様子だった。謝憐（シエリエン）のような大きな息子がいるにもかかわらず彼女が麗しい貴婦人なのは、悠々と裕福な暮らしをしているため、体の手入れが行き届いているからだろう。だが、口では相変わらず非難するように彼女は言った。

「お世辞ばっかり言って」

　小卓に置かれた玉杯を見た謝憐(シエリエン)は、その中から放たれる変わった爽やかな香りを不思議に思い、持ち上げながら尋ねた。

「これはなんですか？」

「飲んでは駄目よ！　それはむやみに飲んではいけないの」


〈二〉


「飲んではいけないものって、なんなんですか？」

謝憐(シエリエン)は怪訝(けげん)そうに尋ねる。

　皇后はその小さな玉杯の中身を手ぬぐいに少し含ませると、それで顔をちょんちょんと数回拭いた。

「先日、太蒼山から新鮮な果物が献上されたのだけれどね。私、さくらんぼはあまり好きではなくて。でも、ある処方によると潰して液状にしたものを顔につけるといいとあったの。だから試しに汁を搾(しぼ)ってやってみたのだけれど、あまり効果がなくて。今、捨てさせようとしていたところなの。誰かに飲ませるようなものじゃないでしょう？」

　聞いていた謝憐(シエリエン)は小さく笑ったが、ふと昨日の出来事を思い出した。慕情(ムーチン)の母親にとってはさくらんぼなど年に何度も食べられるものではなく、慕情(ムーチン)は太蒼山でさくらんぼを摘んだだけでとやかく言われる。どうしても感慨を覚えてしまい、これを慕情(ムーチン)が聞いたらつらい気持ちになるのではと心配になった謝憐は、笑いながら話題を変えた。

「じゃあ、私が食べてもいいものは何かありますか？」

「その言い方だと、他の人に聞かれたら私があなたにひもじい思いをさせているみたいじゃないの。あなたってば、子供の頃からずっと好き嫌いばかりして、太らせようと思っても無理だったのよ。長いこと山にいてこんなに痩せてしまって、今日は母さんの言う通りに食べるんですよ。好き嫌いは許しませんからね」

皇后は笑ってそう言った。

しばらく母子二人で話をしていると、皇后は祭天遊で起きた不慮の事故についてひどく心配した様子で尋ねてきた。

「国師のお話では、どうやらかなり大事のようね。どう対処するかまだ決まっていないんですって？　あなたは罰を受けるの？」

謝憐が答える前に戚容が口を挟む。

「ふん。あんなの太子従兄のせいじゃないし、城壁から落ちたのも従兄じゃない。もし誰かを罰するんだったら、あの死に遅れのクソガキを罰すべきだ」

（子供に対して死に遅れって、なんて言葉を使うんだ）

そう思った謝憐が戚容の言葉を正すより先に、皇后は笑いだしていた。その時、皇后が殿の外にいる二人に気づいた。

「風信のそばにいるあの子は誰かしら？　あなたが風信以外の子と一緒にいるのを見たのは初めてだわ」

「慕情といいます。昨日の舞台で妖魔に扮していたのは彼ですよ」

謝憐が嬉しそうに答えると、戚容が微かに両の眉を上げる。

「そうなの？　ここに来てちょっと顔を見せて。風信も中に入っていいわ」

皇后がそう言うと、風信と慕情が殿の中に入り、彼女の前で片膝をついた。皇后は慕情をしげしげと眺めてから、謝憐に言う。

「昨日彼がよく戦っているのを見たけれど、意外に綺麗な子なのね。顔立ちは上品な宰相みたいなのに、まさか刀を使いだすとあんなに激しい勢いがあるなんて」

「でしょう？　私も彼のことはすごくいいと思ってるんですよ」

　謝憐（シエリェン）はにっこり笑って答える。

　その時、戚容（チーロン）がなぜか冷ややかな口調でこう言った。

「へえ？　こいつが昨日の妖魔だったのか？」

　それを聞いた謝憐（シエリェン）は内心でまずいと思った。案の定、いきなり立ち上がった戚容（チーロン）が小卓の上にあったあの玉杯を奪い取る。

「これは褒美だ！」

　それを真正面から勢いよく慕情（ムーチン）の頭に浴びせかけようとすると、謝憐（シエリェン）はすかさず戚容（チーロン）の手を払いのけた。なんとか慕情（ムーチン）の顔に汁がかからずに済み、謝憐（シエリェン）はぱっと戚容（チーロン）を掴み上げて言った。

「戚容（チーロン）、何をするんだ！」

　戚容（チーロン）は掴み上げられてもまだ凶暴さをむき出しにして猛（たけ）り狂っている。

「従兄（にいさま）、俺は従兄（にいさま）のためにこの分（ぶ）をわきまえない下人（げにん）を懲らしめてやるんだ！　昨日だって従兄（にいさま）が駆けつけてくる前、こいつはあそこで出しゃばって一人でいい気になって演じてたんだ。下人の分際で、自分が祭天遊の主役だとでも思ってるのか？　それとも反逆でもするつもりか？」

「容児（ロンアル）、あなた……何をしているの？」

　皇后はすっかり呆気（あっけ）に取られてそう言った。

　慕情（ムーチン）は顔にこそ汁がかからなかったものの、服にはかかってしまっていた。だが、皇后が立ってもいいと言わなかったため、床に膝をついたまま青い顔で表情を曇らせている。

「押さえておいてくれ」

　謝憐（シエリェン）は戚容（チーロン）を風信（フォンシン）に預ける。風信（フォンシン）は片手で戚容（チーロン）を制したが、戚容（チーロン）は風信（フォンシン）を殴ったり蹴ったりしながら罵倒した。

「お前はなんなんだ。犬の分際でよくもその手で俺に勝手に触りやがったな！」

「戚容（チーロン）、君はこの頃悪ふざけが過ぎるぞ！」

　頭が痛くなってきた謝憐（シエリェン）は、皇后に向かって言う。

「母后、一つ言い忘れていたことがあります。戚容（チーロン）

の金車を取り上げてください」

　戚容（チーロン）は驚いて大声で叫んだ。

「嫌だ嫌だ！　なんでだよ！　あれは伯母上が俺の誕生日の祝いにくれた贈り物なのに！」

「なんであっても没収しないといけない。さっきも町で危うく事故を起こしそうになったんだし、やっぱりちゃんと操れるようになるまで触らない方がいい」

　謝憐（シエリエン）の言葉に皇后が「えっ」と声を上げた。

「事故を起こしそうになった？　何があったの？」

　戚容（チーロン）が馬車を操っていた時の常軌を逸した様子を一通り伝えると、戚容（チーロン）は怒りのあまり目の周りを真っ赤にした。

「太子従兄（にいさま）、俺はそんなことしてない！　絶対誰にもぶつかってない！」

「それは君をしっかり引っ張って止めてくれた人がいたからだ！」

　謝憐（シエリエン）が泣くに泣けず笑うに笑えずそう言うと、戚容（チーロン）はぱっと風信（フォンシン）の手を振りきり、かんかんに怒って棲鳳宮から駆け出していった。何度呼んでも戚容（チーロン）は戻らず、皇后は仕方がないという様子でこう言うしかなかった。

「馬車のことは、明日また私から話しておくわ。はぁ、あの子はずいぶん前から馬車を欲しがっていたのよ。本当に心底欲しいようだったから、この間の誕生日に贈ったのだけれど、まさかそんなことになっていたなんて。前もってわかっていれば贈らなかったのに」

「彼はどうしてそんなに馬車を欲しがっていたんですか？」

「馬車があれば、いつでも太蒼山に行ってあなたを乗せて皇宮に帰れるからって言っていたわ」

　結局自分に対する好意からだったのかと思い押し黙った謝憐（シエリエン）だったが、しばらくしてから口を開く。

「やっぱり彼のために先生を探してきて、あの気性をなんとかしてやった方がいいですよ。これ以上このままでは絶対に駄目です」

　それを聞いて皇后はため息をついた。

「あの子を大人しくさせられる先生なんてどこにいるの？　昔からあなたの言うことしか聞かないのに。

まさか、一緒に山で修行をさせるつもり？　国師も彼を弟子にするのを断固拒否したのよ」

考えただけでも可笑しく、また恐ろしいとも思い、謝憐(シエリエン)は少し首を横に振る。

「戚容(チーロン)のあの気性だと、もし皇極観に入門したら太蒼山全体が大混乱になるでしょうね」

母子ともがこの問題についてかなり頭を悩ませたが、解決策が思い浮かばずひとまず置いておくことにした。

夕方、両親に会って一通り挨拶を終えると、謝憐(シエリエン)はすぐに皇宮を離れようとした。

周知の通り、太子殿下は太蒼山に登って皇極観に入門して以来、一心に道教の修行に打ち込んでいて、両親と過ごす時間よりも離れている時間の方が多い。そのことに対して国主はこれといって何も言わなかったが、皇后はいつも別れを惜しんでいた。皇宮から出た謝憐(シエリエン)は皇城の中を気の向くまま歩き、ついでに昨日言った通り慕情(ムーチン)につき合って彼の家に行った。

朱塗りの門や高大な家屋(かおく)などと貧民窟(ひんみんくつ)との間には、往々にして道一本の隔たりしかない。慕情(ムーチン)の実家は、皇城の最も栄えている場所の暗くて狭い路地の中にあった。

三人が路地の入り口に着いた途端、すぐにボロボロの服を着た子供たち五、六人に囲まれた。

「お兄ちゃんだ、お兄ちゃんが帰ってきた！」

どうして知らない人に対していきなり「お兄ちゃん」と呼ぶのだろう、と最初は少し不思議に思っていた謝憐(シエリエン)だったが、すぐに気づいた。子供たちが呼んだ「お兄ちゃん」とは、自分ではなく慕情(ムーチン)のことだったのだ。

「今日は何もない。馴れ馴れしく呼ぶな」

子供が可愛い声で呼んでいるのに、慕情(ムーチン)はすげない態度で答える。顔は無表情のままだったが、口調は決して本気で冷たいというわけではなかった。

「殿下、気にしないでください。この子たちは近所の子供です」

しかし、子供たちはどう見ても慕情(ムーチン)と知り合いで、普段から遊んで懐いているらしく、まったく怖がっていない。笑顔で謝憐(シエリエン)たちを取り囲み、汚れた小さな手を差し出して慕情(ムーチン)に食べ物をねだっている。結慕情（ムーチン）は袋の中から赤い宝石のようなさくらんぼを一房取り出し、彼らに分け与えた。

その様子を見ていた風信（フォンシン）は、慕情（ムーチン）がこんなことをするなんて珍しい、とかなり意外に思った。慕情（ムーチン）は目の前で他人が餓死しそうになっていても自分の食料をしっかり押さえるような、見るからに非常に冷淡で薄情そうな顔なのだから、そう思うのも無理もない。逆に謝憐（シエリェン）は驚かなかった。自分も子供たちに何かあげたいと思ったが、いかんせん年中飴玉を持ち歩いているわけではない。風信（フォンシン）に言って銀銭（ぎんせん）を渡すというのも考えはしたが、まるで物乞いを追い払うみたいで、結局妥当ではないと思った。

ところがその時、ガラガラッという激しい音がして、馬のいななきが長く響いたかと思うと、通りから悲鳴が聞こえてきた。

三人の表情が険しくなり、謝憐（シエリェン）は急いで路地裏から出る。大通りの両側は人も物もなぎ倒されて、てんやわんやの大騒ぎだった。通行人は入り乱れて逃げ回り、赤い林檎（りんご）や黄色い梨が辺り一面に転がっている。いったい何が起きているのか状況が掴めなかったが、すぐに少年の狂気じみた笑い声が耳に届いた。

「どけどけ、お前ら全員邪魔だ！　目がついてないのか、気をつけろよ！　踏み殺されても知らないからな！」

風信（フォンシン）が一言罵ってから言った。

「また戚容（チーロン）か！」

案の定、あの豪華な金車の上に立った戚容（チーロン）は、殺気立った表情で鞭を振り上げては打ちつけ、その度に白馬がいなないている。

「彼を止めるんだ！」

風切り音とともに金車が彼らの前を通り過ぎ、謝憐（シエリエン）の声に「はい！」と答えた風信（フォンシン）は、すぐさま金車の方へと駆けだした。戚容（チーロン）の車に当てられて倒れた通行人や屋台に近づき、怪我人が出ていないか確認しようとした謝憐（シエリェン）は、ふと何かがおかしいと感じてぱっと振り返ると、その高大な金車の後ろに、太くて長い麻縄（あさなわ）が引きずられているのが見えた。そして、その縄の端には麻袋が一つ繋がれていて、中に入っている何かがもがき続けている。形からすると、どうやら人間のようだ。

一瞬、謝憐は背筋を凍らせた。次の瞬間、急いでそちらに駆け寄る。

白馬は戚容に鞭打たれて必死で走り、繋がっている車も車輪が飛ぶように急回転しているため、風信が前方に近づいて馬を止めようとしてもすぐには止められそうにない。だが、謝憐は三歩で馬車に追いつき、長剣を鞘から抜き出すと剣を振り下ろす。音とともに麻縄が切断されて麻袋も地面に落ち、少し転がって動かなくなる。

謝憐は身を屈めて調べてみた。その麻袋はどれくらい地面を引きずられていたのかわからないが、擦れてひどく破れていた。汚れきって血の跡があちこちについていて、まるで死体袋のようだ。謝憐はまた剣を振って麻袋の口を縛っていた縄を切り、袋を開ける。一目見て、やはり中に人が入っているとわかった。しかも子供だ！

謝憐は麻袋をばっと丸ごと引き裂いた。子供は頭を抱え、体を丸めて縮こまっている。汚れた服には彼のものにしては大きすぎる足跡か、そうでなければ血がついていて、髪にも血がこびりついて絡まり合い、元の姿がわからないほどめちゃくちゃにひどく殴られていた。体つきを見るとせいぜい七、八歳で、ずいぶん小さなその体はまるで皮を剥がされてしまったかのように震えている。これほど激しく殴られた上に地面を引きずり回されて、本当にどうやって生き延びていられたのだろうか。

すぐさま彼の首に手を当てた謝憐は、脈がまだ弱くないのを確認してほっと息をつき、すぐに小さな体を抱き上げて振り返る。そして怒りを抑えきれない様子で怒鳴った。

「風信！　今すぐ戚容を止めろ‼」

まさか仙楽国でこんなことが起こり得るとは、想像もしていなかった。白昼堂々と貴族が人間を生きたまま麻袋に入れ、馬車の後ろに繋いで大通りを引きずるなんて！　もし謝憐が気づいて止めに入らなければ、この幼い子供は今日、死ぬまで引きずられていたのではないだろうか⁉

前方の遠く離れたところから、いななきと戚容の怒声がしきりに聞こえてくる。しばらくして風信が声高に叫んだ。

「止めました！」

謝憐が数歩でそちらへ駆けつけると、ちょうど戚容が悲鳴を上げて怒鳴っているところだった。

「犬の分際で怖いもの知らずの下人め、よくも俺を傷つけやがって！　その度胸は誰に恵んでもらった!?」

風信は戚容を止められず馬車の手綱を奪いに行ったが、当然ながら戚容が素直に渡すはずがない。奪い合っているうちに切羽詰まった風信が無意識にぶつかり、戚容は馬車から突き落とされたのだ。地面に落ちて何度か転がり膝を擦りむいた戚容は、周りが野次馬だらけなのに気づくとただただ怒りと恥ずかしさでいっぱいになる。だが、謝憐はこう言った。

「私が与えた！」

戚容は何かを言いたげに口を動かしてから「太子従兄！」と呼んだが、謝憐は怒りをあらわにする。

「君は自分が何をしたかわかってるのか！　戚容、私は本当に……」

その時、謝憐は腕の中にいる子供が少し身を縮めたように感じた。どうやら頭を抱えていた手をゆっくりと離し、肘の間からこっそりと謝憐を覗いているようだ。

謝憐はすぐに怒りを収めると、俯いて優しい声で尋ねた。

「気分はどう？　すごく痛いところはないか？」

その子供はまだ意識があって、痛みで気絶することも怯えて呆けることもなく、小さく首を横に振る。半分ほど覗いている彼の顔から血が滴っているのに気づいた謝憐は、頭に傷を負っていないか調べようとしたのだが、子供は残り半分の顔をぴたりと覆って、どうあっても見せようとしない。

「怖がらないで、大丈夫だから。君の傷をちょっと見たいだけなんだ」

謝憐は宥めるように言ったが、子供はますますしっかりと顔を隠してしまい、片方だけ見える漆黒の大きな目には恐怖の色が浮かんでいる。それは殴られることを怖がっているのではなく、何かに気づかれてしまうのを恐れているようだった。

半分以上隠れた顔と片方だけの目を見ていた謝

憐（リエン）は、ふとどこかでこの子に会ったことがあるような気がして少し目を細めた。謝憐（シエリエン）の表情がひどく厳しいものになったのを見て、戚容（チーロン）が口を開く。

「太子従兄（にいさま）、その死に遅れのクソガキが昨日従兄（にいさま）の大典（たいてん）を台無しにしたから、俺が代わりに仕返しししてやったよ。安心して、ちゃんと手加減したから死にやしないよ」

やはり謝憐（シエリエン）が抱きかかえているのは、昨日の上元祭天遊の最中に城楼から落ちてきたあの子供だったのだ！

どうりで見れば見るほど覚えがあるはずだ。子供は服も着替えておらず、昨日と同じ格好のままだったが、殴られたり蹴られたりした上にものすごい速さで地面を引きずられて、昨日よりもさらに汚れてしまっていた。もはや同じ服だとわからないのはもちろん、同一人物であることさえもわからないほどだ。

「私が仕返ししたがってるなんて誰が言ったんだ？　この子になんの関係がある？　この子のせいじゃないだろう！」

これ以上我慢できずに謝憐（シエリエン）が叫ぶ。だが、戚容（チーロン）はいかにも正当な理由があると言わんばかりに臆面（おくめん）もなくまくし立てた。

「そいつのせいに決まってるじゃないか。そうじゃなかったら、従兄（にいさま）が国師に叱られるはずないだろう？」

一連の騒ぎはずいぶんと大事になってしまい、物見高い目を向ける通行人もどんどん集まってきて、ひそひそと囁き始めている。ちょうどその時、慕情（ムーチン）が近づいてくると戚容（チーロン）は鞭を振り上げて彼を指し、凶暴さを帯びた不満げな表情を向けた。

「それと、この下人もだ。こいつは見ればわかる通り自分の立場をわきまえない身のほど知らずだから、今のうちにしっかり躾（しつ）けておかないと、将来いつか反逆して主である従兄（にいさま）の頭を踏みつけるようになる。俺は従兄（にいさま）のためにこいつを懲らしめたのに、従兄（にいさま）はこいつを庇って俺のことを告げ口した。今じゃ伯父（おじ）上（うえ）と伯母上は俺を捕まえて説教した挙げ句に、俺の金車を没収するって言ってるんだぞ。従兄（にいさま）、あれは俺の誕生日の贈り物だったんだ！　二年以上も前から楽しみにしてたんだぞ！」

慕情は考えの読めない曖昧な表情でちらりと戚容を見やる。謝憐は怒りのあまり逆に笑いだした。

「私はこんな好意なんて望んでいない。君は私のために仕返しをしたのか、それとも自分のためにやったのかどっちだ？」

「……」

謝憐の言葉に戚容が口ごもる。

「従兄、どうしてそんなことを言うんだ？　従兄のためを思ってしたことなのに、何が悪かったんだよ？」

「戚容、よく聞け。今後、二度とこの子に手を出すな。指一本触れるな。聞こえたか！」

いくら話しても通じないと思った謝憐は、戚容にそう言い放つ。

その時、急に首を締めつけられるような感覚がした。まさに怒り心頭に発していた謝憐が少し唖然として俯くと、子供が彼の胸に顔を埋め、両腕を首に回してぎゅっとしがみついているのが目に入った。ひどく震えているのが伝わってきて、謝憐はどこか痛むのかと思い、慌てて尋ねた。

「どうしたんだ？」

その子供の体は、土と砂と血にまみれてひどく汚れていて、それらが謝憐の白衣についてしまっている。だが、謝憐はまったく気にすることなく、そっとその背中を叩いて宥め、落ち着いた声で言った。

「大丈夫。すぐに医者のところに連れていってあげるから」

子供は返事をしなかったが、ただ一層強く謝憐にぎゅっとしがみついた。決して手を放さないよう、まるで藁にも縋るかのように必死で抱きついている。

謝憐が自分の好意を一切喜ばずにひたすら他人の肩を持つ様子や、子供が血だらけの泥を謝憐の体に擦りつけているのを見た戚容は、烈火の如く怒りが燃え上がり、馬鞭を振り上げてその子供の後頭部めがけて打ちつけようとした。ずっとそばに立っていた風信が、その瞬間に突然蹴りを繰り出し、それが戚容の腕に当たる。

「ゴキッ」という音がして戚容が大声で叫び、馬鞭を取り落とす。戚容の右腕は異常な角度に折れ曲がり、ぐんなりと垂れ下がっていた。信じられないという表情を顔中に浮かべていた戚容だったが、しばらくするとおもむろに顔を上げた。風信をじっと睨みつけながら、一言一句はっきりと口にする。

「お前、よくも、俺の腕を折りやがったな！」

この言葉は、骨身に沁みるほど不気味で冷たいものだった。風信は蹴ったあとで自分が何をしたのか気づき、わずかに顔色を変える。しかし、慕情の顔色の方が彼よりも甚だしく変わっていた。

普段から彼らが陰で戚容のことを嫌っているのは事実だ。だが、手元が狂ったとはいえ侍衛の身で王侯貴族の腕を折ってしまったことはまったく別の話だ！

先ほど謝憐は両手で子供を抱きかかえていた上に、背後には見物人が大勢いて、確かに避けるのは難しい状況だったが、彼ならば避けようと思えば避けられたはずだ。ただ、戚容は凄まじい勢いで近づいてきていきなり暴挙に出た。事態が混乱していて止める暇もなかったため、なりふり構っていられず、風信は考えるよりも先に体が動いてしまったのだ。

謝憐の服の胸元は既に真っ赤な血で染まっていて、これ以上長引くと子供の命が危険だ。即断した謝憐は大きく息を吸うと、よく通る声で言った。

「皆さん、今日この場で巻き込まれて何か損害を被った方がいたら、とりあえず覚えておいてください。あとで私がすべて責任を負います。決して言い逃れなどしませんから！」

そう言ってすぐさま風信と慕情に命令する。

「子供を助けるのが先だ。戚容を連れていけ！　このまま外で暴れさせるな！」

そう言い終わると、謝憐は子供を抱いたまま体の向きを変え、たちまち皇宮に向かって駆けだした。命令を受けた風信の表情は平静さを取り戻し、怒りに燃えている戚容をぱっと掴み上げると、謝憐の後ろについて皇宮へと駆けていった。

宮門道の前にいる兵士たちは、太子殿下が皇宮を出てたったの一時辰であたふたと駆け戻ってくるのを見て不思議に思ったが、無論遮る勇気などない。謝憐は侍医のところへ直行すると、風信と慕情に外で戚容を押さえておくように言い、自分は中に入っていった。

太子殿下が皇宮に戻ることは滅多になく、さらに命を下すなどまれなため、侍医たちは当然直ちに馳せ参じなければならなかった。

「皆さん、ご足労をかけます。この子はさっき数人の大人に殴られて、麻袋の中に入れられて地面を引きずり回されていたんです。面倒をかけますが、一番急を要するのは頭なので、まず頭に傷がないか診てやってください」

そう言って謝憐が子供を椅子の上に座らせる。

侍医たちは、薄汚れた庶民の子供を抱いて駆け込んできて治療させる皇室の貴族など今まで一度も見たことがなかった。だが、ただ命令に従えばいいと承知しているため、唯々諾々と「はい」と答える。

「坊や、とりあえず手を下ろそう」

誰かがそう言ったが、ここに入ってくるまで謝憐に抱かれたままずっと非常に大人しくしていた子供が、この時は意固地なほどきつく右半分の顔を覆って、何がなんでも手を放そうとしない。侍医の腕がいくら良くても、患者が協力的でなければ治療のしようもなく、彼らは謝憐に目を向けた。

「太子殿下、これは……」

「人見知りかもしれません。大丈夫、私がやります」

少し手を上げ、謝憐は侍医たちにそう告げる。

椅子に座っている子供と目線を合わせるため、謝憐は少し身を屈めて腰を曲げ、首を傾げながら尋ねた。

「君はなんて名前なのかな？」

子供は大きな目で真っすぐに謝憐を見つめ、その漆黒の瞳の中には雪のように白い人影が映っている。その目を形容するならば、風信が言っていた通り――「鬼神に取り憑かれたような」眼差しで、子供には似つかわしくないものだった。

しばらくしてから子供はようやく俯いて口を開いた。

「……紅……」

その声は低くて小さく、やや不明瞭で、心なしか恥ずかしがって言いたくないようだった。謝憐がどうにか聞き取れたのは「紅」の一文字だけだったが、続けて尋ねる。

「歳はいくつ？」

「十歳」

謝憐はただ警戒心を解こうと思い、何気なく聞いてみただけだったのだが、彼が「十歳」とはにかむように答えるのを聞いて唖然とした。

（てっきりせいぜい七、八歳だろうと思ってたけど、十歳だったのか？　だったらこの子は相当痩せこけてるな）

内心そう思いつつ、少し間を置いてから謝憐は微笑んで言った。

「今、お医者さんたちが君の傷を診てくれるからね。怖くないから、手を放してくれるかな？」

だが、子供はそれを聞いてもためらいがちに小さく首を横に振る。

「どうして嫌なの？」

謝憐が尋ねると、しばしの沈黙のあとで彼はようやく返事をした。

「醜いから」

一言そう答え、いくら宥めても頭から手を放そうとしない。謝憐が醜くない、見ないから、後ろを向いているからと誓っても駄目だった。年端もいかないのにずいぶんと強情だ。仕方なく、侍医たちはいくつか問診をしたり、手で数を示してそれがいくつか答えさせるしかなく、眩暈や頭痛がないこと、視界は良好で頭もはっきりしていることを確認してから、ひとまず体の傷の手当てをした。

治療をしているうちに、侍医たちはまるで合点がいかないという様子になり、その珍しさを口々に称賛する。

「皆さん、どうでしょうか？」

横で見守っていた謝憐がその声を聞いて尋ねると、侍医の一人が我慢できずに言った。

「太子殿下、この坊やは本当に誰かに殴られて、麻袋に押し込まれて引きずられていたのですか？」

謝憐はしばし言葉を失った。

「嘘なわけがないじゃないですか」

「でしたら非常に……感服いたしました。私は今までこれほど頑強な人間を見たことがございません。肋骨が五本と脚が一本折れていて、他にも大小様々な傷が重なっているというのに、異常なく意識がはっきりしていて、座って会話ができるとは。大人でさえ難しいというのに、まだ十歳の子供だなんて」

怪我の具合がそこまでひどかったことを聞き、謝憐の胸の内で戚容に対する怒りが一層強くなる。もう一度その子供に目を向けると、少しも痛みを感じないかのように座っていて、相変わらず大きな黒い左目で謝憐をこっそりと見ていた。自分が見ていることに謝憐が気づいたとわかると、すぐさま顔を背ける。

その様子を見て、謝憐はなんとなく彼のことを可笑しく、そしてかわいそうだとも思った。

「この子の傷はすべて元通りに治りますか？」

「無論、問題ございません」

侍医の一人が、子供の頭に新しい包帯を巻きながら答える。それで謝憐はようやく安心して頷いた。

「ご苦労様でした」

その時、宮人〔宮中に仕える人〕が国主陛下と皇后の来駕を伝えてきた。侍医たちはすぐさま一斉に出迎えに行き、礼をする。

「しっかり横になって休んでいるんだよ」

謝憐は子供を寝台に寝かせてそう言ったが、よくよく考えてみるとこの子供は人見知りなので、これから人が多くなってくると怖がらせてしまうかもしれないと思い、寝台のそばにある垂れ布を下ろしてからその場を離れた。

大勢の侍従と宮人に囲まれながら、国主と皇后が殿内に入ってくる。皇后は顔色を青くして尋ねてきた。

「皇児、どうして皇宮から出てすぐにまた戻ってきたの？　外で怪我でもしたの？」

「母上、私が怪我をしたわけではありませんのでご安心ください。怪我をしたのは他の者です」

謝憐が答えたその時、戚容が隅の方から叫んだ。

「伯母上、助けてください！」

それを聞いて、皇后は戚容が風信にしっかりと取り押さえられていることに初めて気づき、予期せぬことに驚いた。彼女はひたすら息子が無事かどうかばかりに気を揉んでいて、他のことにまで気が回らなかったため、今ようやくそちらを見たのだ。

「容児、どうしたの？」

　国主はというと、眉をひそめて疑問を口にする。

「風信、そなたはなぜ罪人を取り押さえるように小鏡王を押さえつけているのだ？」

　陛下の来駕により、本来ならば風信も慕情など他の者たちと同じくすぐさま礼をして迎えるべきだったが、戚容を取り押さえていたためにその場を離れることができず、いささかきまりの悪い立場に置かれていた。

「私が彼に命じました」

　謝憐が答えると、戚容は自分の右腕を支えながら訴える。

「伯母上、腕が折れちゃったんです」

「君は確かに腕が一本折れたが、中にいるあの子供はどうなった？」

　皇后が心を痛める間もなく謝憐が厳しい声でそう言うと、国主が問う。

「子供とはなんのことだ？」

「十歳の子供です。非力な上に元から痩せて弱っていたのに、戚容は配下の者を使ってその子を袋叩きにしたのです。運が悪かったら、殴り殺されてその場で死体になっていたかもしれません！」

　謝憐が答えると、戚容はまるで笑い話でも聞いたかのように目を見開いた。

「十歳の子供で非力？　痩せて弱ってた？　従兄はあの死に遅れのクソガキがどれだけ凶暴で、野蛮で、強いか知らないんだ！　従兄の前ではかわいそうなふりをしてるだけなんだよ。俺は五、六人行かせたのにあのガキを全然捕まえられなくて、あいつに殴られるわ、蹴られるわ、噛みつかれるわで、血だってだらだら出たくらいだったんだ。もしあいつが俺を怒らせなかったら、俺だってあいつを馬車の後ろに繋いで引きずり回すようなことはしなかった」

　それを聞いた国主と皇后が揃って顔色を変える。

　謝憐は大きく息を吸って言った。

「黙れ！　君は自分が素晴らしいことをしたとでも思ってるのか？」

　戚容は普段から公然と人前に姿を現しているのだから、そんな傍若無人な振る舞いをして、皇城の民の目に触れないわけがないだろう？　見たあとで茶や食後の休憩時に話の種にしないわけがないだろう？

　国主は皇后を一目見やって、少々顔色を青くして言った。

「小鏡王を連れていけ。侍医、彼の腕をしかと治せ。金車は没収し、禁足させて過ちを反省させよ。一か月は外に出すな」

　後ろにいた侍従がすぐさま「はい」と答え、戚容を連れていくために前に進み出ると、風信はようやく手を放す。だが、戚容はもうどうでもよくなったのか、ふんと鼻を鳴らした。

「没収するならどうぞ没収してください。俺は今日走らせたあれが最後の一回だったんだってとっくに覚悟してましたし」

　まったく反省の色が見えない戚容に、皇后は嘆息する。

「一か月の禁足くらいでは、また過ちを犯すかもしれませんから、絶対に厳しく躾けませんと」

　謝憐の言葉に戚容は絶句し、腹立ちまぎれに「太子従兄……」と言いかけたが、すぐさま目をぐるりと回す。

「わかりました。だったら認めます。この件は俺が悪かったです。陛下が俺にどんな罰を与えても、戚容は絶対に言い逃れなんてしません」

　そう言って、続く言葉からすぐに話題を変えた。

「でも、太子従兄の配下も罰するべきじゃないでしょうか？　伯父上、伯母上、俺の腕はこの風信に折られたんです！」

　それを聞いた国主は驚きと怒りの表情を浮かべ、即座に風信に目を向けた。風信はわずかに頭を下げ、慕情はというと気づかれないように横へ二歩ずれる。

「風信、そなたは太子殿下の側近だ。太子は確かにそなたを相当優遇しているが、まさかそれにあぐらをかいて己の立場を忘れ、慢心しているのではなかろうな？　そなたの職務は殿下に仕えることだというのに、そなたにとって仕えるとはこういうことなのか？　殿下の従弟である小鏡王に対して、よくも手を出せたものだな」

　そう言われて風信は跪こうとした。だが、謝憐が「跪く必要はない」と制止する。

風信(フォンシン)は必ず謝憐(シエリエン)の言うことを第一に考える。たとえ陛下が命令を発したとしても殿下の命令を優先するため、すぐに跪こうとするのをやめた。その様子を見た国主がますます不興顔になったが、謝憐(シエリエン)は続けて言う。

「風信(フォンシン)が戚容(チーロン)の腕を折ったのは確かです。ただその理由は、突き詰めれば主を守るためです。それに先に悪いことをしたのは戚容(チーロン)で、彼にはなんの落ち度もないのに、なぜ跪かなければいけないのですか？」

「理由がなんであれ小鏡王(シャオジン)に対して礼を失(しっ)したことに変わりはない。主僕(しゅぼく)の別、尊卑(そんぴ)の別というものがある。孤王(こおう)〔国主の一人称〕が風信(フォンシン)を跪かせるのはおろか、たとえ今すぐ杖刑百回に処しても何一つ不当なことなどないのだぞ」

国主は戚容(チーロン)に対して皇后ほど近しい情があるわけではないが、やはり戚容(チーロン)も皇室の人間であり、侵してはならない存在なのだ。戚容(チーロン)はそれを非常によくわかっていて、横目で風信(フォンシン)を見る。

「杖刑は不要です。何せ太子従兄(にいさま)の側近なんですから、俺もこいつをあまり困らせたくはないですし。こいつが自分の腕も折って、俺に跪いて三回叩頭さえすれば、それで水に流します」

国主はおもむろに頷いた。どうやら異存はないようだ。だが、謝憐(シエリエン)はそれに反論した。

「もし風信(フォンシン)を罰するというなら、まずは私を罰してください。一つには彼は何も間違ったことをしていませんし、二つにはたとえ落ち度があったとしても、それは私の命令に従った結果です。彼は私の侍従ですから、私が代わりに罰を受けます」

謝憐(シエリエン)がそんなふうに言うのを聞いて、突然国主の顔が怒気を孕(はら)んだ。

世の父子(ふし)というものは、大抵このような変化を経験するはずだ。息子が幼いうちは、父親のことを世界一の英雄だと思い、自分の手本として誰よりも尊敬する。しかし、一定の年齢に達すると、父親のすべてに疑いを持ち始め、ひいては反感を抱くようになる。そして最後には互いを一切認めなくなってしまうのだ。

謝憐(シエリエン)が太蒼山に登って心静かに修行する本来の目的は、もちろん武芸を習い求道することだ。それを心から望んでいる。しかし、実はそれをどこで、どういう立場で求めるかについては、特にこだわっていなかった。

　いわゆる「道」とは、文字通りに解釈すれば「道を歩む」ことを意味する。一心に道を求めればどこにいようとも修行はできるし、必ずしも形式にこだわって山に登り観に入門する必要はない。謝憐がしつこくせがんで、どうしても山に登りたいと言って譲らなかったのにはもう一つ別の理由があった。それは、父親と本当に反りが合わないと思っていたからだ。

　貴い仙楽太子として謝憐が生まれたその瞬間から、仙楽国主は息子が進むべき人生の道筋を完璧に描いていた。幼い頃はまだ順調だった。年端もいかない子供には悩みなどないに等しいし、謝憐もただ親がそばにいて一緒に金箔で殿を作ったり、おどけて遊んだりしてくれるだけで良かった。しかし、歳を重ねるにつれ、謝憐は父親が親であると同時に国主であり、その考え方ややり方には相容れない部分が多いということにだんだんと気づき始めたのだ。例えば、いわゆる皇室の威厳というものは、まさに謝憐が最も嫌いなものの一つだった。

　折り合うことができないのなら、距離を置いた方がいい。皇宮に帰った際、謝憐は母親とはとても楽しく談笑することが多いが、父親と腹を割って話したことは一度もない。双方とも自ら進んで話しかけることはほとんどなく、いつも皇后が間を取り持ってくれていた。

　父子ともども、もう数か月にわたって意地を張ったまま互いに譲らなかったため、この時も謝憐は一歩も引き下がろうとしなかった。

「いいだろう。ならばお前が彼に代わって責任を負いなさい。お前にできるかどうか見てやろうではないか！」

「当然です！」

　国主の言葉に謝憐が言い返す。皇后は二人がまた対立する様子に焦りを見せた。

「何もそこまでしなくてもいいのではありませんか？」

　その時、ずっと黙り込んでいた風信が突然左手を上げ、自分の右腕に向かって強く振り下ろした。

「ゴキッ」という音に皆が驚き、音の鳴った方へ目を向けると、風信の右腕も戚容と同じくぐんなりと垂れ下がっているのが見えた。

「風信！」

謝憐が驚きと怒りをあらわにして呼ぶ。

風信は額からわずかに冷や汗を流しつつ、一切躊躇することなく戚容に向かって跪き、ゴンゴンゴンと音が鳴るほど三度叩頭した。謝憐には止めることすらできなかった。

「もういい。仕方ないから本王〔親王の一人称〕はお前を許してやろう。最初からそうすれば良かったのにな？」

戚容は大得意でハハッと笑う。自分の腕も折れていたが、まるで戦に勝ったかのように清々しい気持ちで帰っていった。

風信は床に跪いたままだ。傍らでその一幕を見ていた慕情は、微かに灰色がかった顔色になっているが、何を考えているのかはわからなかった。謝憐はぱっと父親に向き直る。

「あなたという人は！」

怒りのまま言葉を口にしようとすると、風信が左手でさっと謝憐を制止した。

「殿下！」

皇后も謝憐の手を握って引き留める。

風信は十四歳の時から謝憐につき従い、皇后にも目をかけてもらってきた。自分たち父子が言い争って我を通せば皇后がつらい思いをする。風信はそれを見るのが忍びなくてこんなことをしたのだと、謝憐は内心でわかっていた。もし自分が今激高してしまったら、彼の気持ちを無下にすることになる。無理にでも堪えるしかなかったが、胸中には怒りの炎が燃え盛っていた。

国主はそれでようやく少し怒りを収め、不快そうな顔をして出ていった。

皇后も以前から風信のことをいたく気に入っていたため、ため息をこぼした。

「あぁ、あなたは優しい子ね。つらい思いをさせてしまったわ」

「皇后様、どうかそんなふうにおっしゃらないでください。これも私の責務ですから」

風信（フォンシン）のその言葉を聞いた慕情（ムーチン）の目に光がちらつき、無言で嘲笑うような表情を浮かべる。

「母上、もし本当に戚容（チーロン）を躾けるのが難しいのなら、いっそ閉じ込めてください」

謝憐（シエリエン）が目を閉じて言うと、またため息をついた皇后は小さく頷き、そして首を横に振って立ち去っていった。

謝憐（シエリエン）は侍医を一人呼んで風信（フォンシン）の右腕を処置してもらった。

「風信（フォンシン）、すまなかった」

他の者がいなくなると、風信（フォンシン）はすぐさま顔つきを変え、嘲笑うように言う。

「こんなのどうってことありませんよ。あいつを殴っておいて、報復が怖いなんて言うとでも？」

少し間を置き、風信（フォンシン）は宥めるように言葉を続けた。

「殿下、戚容（チーロン）を懲らしめるのはもちろん正しいことですが、陛下に腹を立てるのはやめておきましょう。陛下は国主で、一世代上の年長者でもありますから、考えていることが俺たちとは違うんです。あなた方父子が喧嘩をすると、見ている皇后様が憂鬱（ゆううつ）になってしまうでしょう。あの方にはもともと悩みもあるんですから」

謝憐（シエリエン）も母親が悩んでいることは当然知っていた。戚容（チーロン）の母親は他でもない皇后の実の妹で、姉妹は非常に仲睦（なかむつ）まじかった。若さ故にまだ分別のなかった思春期に、恋をして自由を求めた彼女は、甘い言葉を真に受けて婚約を破棄し、屋敷の侍衛と駆け落ちしたのだ。ところが、嫁（とつ）いだ相手はろくでなしだった。高貴な出の彼女が犬小屋のような部屋で暮らすようになって半年も経たないうちに、その侍衛は本性を現した。酒色（しゅしょく）に溺れ、戚容（チーロン）が生まれてからは妻に殴る蹴るの暴力を振るうようになったのだ。母子二人はとうとう耐えきれなくなり、戚容（チーロン）が五歳になると彼女は子供を連れて悄然（しょうぜん）と実家に戻った。

このことは早くから貴族たちの間で醜聞になっていたため、彼女は家の中に閉じこもって鬱々とした日々を送り、唯一息子だけを殊のほか可愛がった。

そしてある争乱の最中に、戚容（チーロン）の母親は皇后を庇って不幸にも流れ矢に当たってしまい、今際（いまわ）の際（きわ）に戚容（チーロン）を謝憐（シエリエン）の母親に託したのだ。

　皇后は当然全力を尽くした。だが、人の息子というのは得てして扱いにくいものだ。躾けるのが難しく、あれやこれやと小言ばかりでは厳しすぎてまるできつく当たっているようで、妹を思うと心を鬼にすることはできなかった。かといって躾（しつけ）をしないわけにもいかない。あまり口出しをせずにいたせいでこうなったのだから、厳しく言って聞かせなければ今よりひどくなる一方だ。謝憐（シエリエン）と戚容（チーロン）はほとんど同じように育ててきたのに、どうして子供たちの性格がこうも違っているのかと皇后はしょっちゅう不思議に思っていた。

　その時、謝憐（シエリエン）はふと部屋の寝台でまだあの子供が一人で寝ていることを思い出した。垂れ布を上げてみると、子供はいつの間にか体を起こして座っていて、隙間から外を覗いていたようだった。謝憐（シエリエン）が垂れ布を上げたので、また大人しく横になる。

「さっき外で喧嘩をしていたから、驚かせちゃったかな？　気にしないで、君には関係ないことだから」

　すると、侍医の一人が言った。

「太子殿下、この坊やの傷の処置は終わっております。あとは安静にしていれば大丈夫かと」

「ご苦労様です」

　謝憐（シエリエン）は頷き、また腰を屈めて子供に尋ねる。

「君の家はどこだい？　私が送っていこうか？」

　だが、子供は小さく首を横に振った。

「家はない」

「家がない？　まさか本当に物乞いなのか？」

　そう言って風信（フォンシン）が吊るされている自分の片腕を反対の手で支えながら近づいてくる。

　小柄で痩せていて、衣服が汚れているところを見ると、それもあり得ないことではない。だが、帰る家がないと言われても皇宮に置くわけにはいかないし、かといって路上に捨て置くわけにもいかないだろう。

「それなら、とりあえず一緒に太蒼山に連れて戻ろうか」

　少し思案してから謝憐（シエリエン）が言うと、思いがけず慕情（ムーチン）が口を開いた。

「その子は噓をついています」

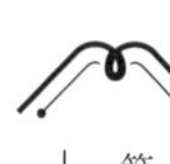

第二十八章　人上為人人下為人

上へ行っても下へ行っても、人は人だ

「どういうことだ？」

謝憐（シエリェン）は慕情（ムーチン）の方を向いて尋ねた。

「皇城の浮浪児たちはよく私の家の辺りに集まってきて食べ物をねだるので全員の顔を知っていますが、この子は一度も見たことがありません」

子供は黙り込んだまま慕情（ムーチン）を見つめている。

「そいつらが誰のところに来て食べ物をねだるって？　お前のところだと？　お前が自分から分けてやるなんてことがあるのか？」

風信（フォンシン）が疑わしげに言うと、慕情（ムーチン）は彼を睨みつけた。

「しつこくつきまとってくるので仕方なくですよ。それ以外にどうすればいいって言うんです？」

風信（フォンシン）は依然として解（げ）せない様子だったが、それ以上は何も言わず「そうか」とだけ口にする。

彼らの会話を聞いていた謝憐（シエリェン）は笑いだしそうになった。

慕情（ムーチン）はさらに言う。

「それに、この子の服には継ぎがいくつも当てられていますけど、縫い目からすると最近誰か大人に縫ってもらったもののようですから、家には少なくとも一人は年長者がいるはずです。暮らしぶりはあまり良くないかもしれませんが、絶対に物乞いではありません」

もちろん謝憐（シエリェン）は継ぎはぎの縫い目がどうなっているかに気を配ったことなど一度もなく、大人が縫ったのかどうかなど見分けがつかないが、慕情（ムーチン）は昔、皇極観の雑役として家で細々（こまごま）とした針仕事などもやる機会が多かった。よく見てみると確かにその通りで、謝憐（シエリェン）は問いかける。

「君の家には大人もいるのか？」

だが、子供は首を横に振った。

「いるはずです。この子が帰らなかったら、おそらく家族は慌てて捜すでしょうね」

「さ、捜さない！　誰もいない！」

慕情（ムーチン）の言葉に子供がそう叫ぶ。

まるで家に帰されるのをひどく恐れているようで、子供は叫ぶなり両手を広げて謝憐（シエリエン）にしがみつこうとする。子供の体はまだ泥と血にまみれていて、風信（フォンシン）はこれ以上見ていられないとばかりに言った。

「このガキめ、何をしているんだ？　さっきは緊急事態だったからまあいいとしても、まだ状況がわからないのか？　こちらは太子殿下だぞ。太子殿下だ、わかってるのか？」

子供はぱっと手を引いたものの、視線は謝憐（シエリエン）から離さずに言う。

「喧嘩しちゃって家を追い出された。ずーっと歩いたけど、行くところもないし」

三人は顔を見合わせた。しばらくしてから、風信（フォンシン）が口を開く。

「これ、どうします？」

すると、侍医の一人が進言した。

「殿下がお困りのようでしたら、その子をここに置いても構いません。何人かの宮人に世話をさせれば良いかと」

しばし考え込んだあと、謝憐（シエリエン）は小さく首を横に振る。やはり、戚容（チーロン）が性懲（しょうこ）りもなくこっそり抜け出してきて面倒を起こさないか心配だった。

「やっぱり、傷が治るまでとりあえず私が預かろう。家ではきちんと介抱してもらえなさそうだし。風信（フォンシン）、あとで戚容（チーロン）が倒した屋台の後始末に行く時に、ついでにこの子の両親を捜してみてくれないか。心配ないって一言知らせておいた方がいいだろうから」

「わかりました」

頷いた風信（フォンシン）は片腕が吊るされているにもかかわらず、もう片方の腕ですぐに子供を掴みにいこうとする。

「怪我をしてるんだから、やめとけって」

謝憐（シエリエン）が笑って言ったが、風信（フォンシン）は平然と答えた。

「折れているのは片方だけで、もう片方は特に問題ありませんので。たとえ両腕が折れていても、俺はこいつの襟を咥（くわ）えて山の上まで連れていってやりますよ」

「もういいです。私がやりますから」

慕情（ムーチン）は密かに白い目になってからそう言った。だが、彼が一歩踏み出したところで、子供は寝台の上から自分で飛び降りる。

「おれ、自分で歩ける」

彼の表情は拒絶の意思に満ち溢れていた。その顔が次の一歩をこの上なく躊躇させ、慕情(ムーチン)はこのまま足を踏み出すべきかどうか迷う。肋骨が五本、脚が一本折れているというのに、まだこんなにも活力が漲(みなぎ)っている子供を見て、謝憐(シエリエン)は笑っていいのか心を痛めるべきなのかわからなくなってしまった。

「走り回っちゃ駄目だろ！」

言うや否や、謝憐(シエリエン)は腰を屈めてすぐさま彼を抱き上げた。

それから三人は子供を連れて皇宮の門を出た。先ほど戚容(チーロン)が町で騒ぎを起こして通行人を驚かせ、たくさんの屋台にぶつかってひっくり返して迷惑をかけたせいで、謝憐(シエリエン)は気がとがめて皇城の民に合わせる顔がない。一行は、人に見られないように小道ばかりを選び、悄然と歩いた。道中、子供は謝憐(シエリエン)の腕の中で小さくなって、ずいぶんと大人しかった。声を出さないように言い聞かせたため、一言も口を利かずにいる彼を見て風信(フォンシン)は目を見張る。

「このガキ、昨日は俺のことを蹴ったくせに、今日はこれか。人を見て態度を変えやがって」

「太子殿下ですからね。普通の人よりもずっと好かれて当然ですよ」

慕情(ムーチン)はそう口にしたが、なぜだか慕情(ムーチン)という人は、たとえ褒め言葉でも言い方や言い回しがいつもどこか人の気を悪くさせてしまう。風信(フォンシン)もすぐに慕情(ムーチン)と話をする気が失せていた。しばらく歩いてから、風信(フォンシン)が口を開く。

「駄目です。やっぱり俺は殿下が得体の知れないガキを抱いて歩いているのを人目にさらすわけにはいかないと思います」

「別に大したことじゃないだろう？」

「あなたは太子殿下なんですよ！」

謝憐(シエリエン)にそう言った風信(フォンシン)は、前方の路地の出口にボロボロの荷車が一台止まっているのに気づいた。

「ガキをあれに乗せて引いていきましょう！」

風信(フォンシン)の提案に、すぐさま慕情(ムーチン)が答える。

「先に言っておきますけど、私はあれを引いて山に登る気はありませんから」

「誰もお前に頼もうなんて思ってない」

　言い終わるや否や、風信は手を伸ばして子供を謝憐の腕の中から引き離した。風信が掴み上げた途端、子供はまたもがき始める。

「やめておこう。その荷車はまだ使ってる人がいるかもしれないだろう！」

　だが、風信は既に子供を荷車の上に乗せていた。ちょうどその時、そう遠くないところから誰かが唐突に声をかけてきた。

「あなたは……太子では？」

　すぐさま誰かが大声で叫ぶ。

「そう、そうだよ！　太子だよ！　昨日仮面が落ちた時に俺はこの目で顔を見たんだ！　この人に間違いない!!」

「引き留めろ!!」

　三人とも内心どきっとした。謝憐は昨日の祭天遊で自分が間違ったことをしたとは思っていなかったが、誰もが自分と同じ考えではないということもわかっている。悦神演武を中断したことは大いなる不吉の前兆だと皇室の貴族たちは忌憚していた。民も昨日のあの興奮が冷め、あとから振り返った時に、あの不慮の事故が何を意味するのかあちこちで聞いて回れば、同じように寛容ではいられないはずだ。その上、今日は戚容が往来で騒ぎを起こしたせいで民の間に不穏な空気が満ちていて、今ここで取り囲まれるとかなりまずいことになるだろう。

　深く考える前に、慕情はぱっと謝憐を引っ張った。

「殿下、走ってください！」

「殿下、俺は腕が折れているのでこの暴徒たちを止められません。行ってください！」

　風信も荷車を引きながらそう促す。だが、既に路地の外には民が目の色を変えて押し寄せていて、道は残らず塞がれていた。四人に逃げ場はない。

（せいぜいこっぴどく殴られるくらいだ、私が反撃しなければいい！）

　大きく見開かれた無数の目に包囲されながら、謝憐はなるようになれと思った。

　ところが、人の波は押し寄せてきたものの、想像していたように袋叩きにされることはなかった。それどころか十七、八人が両手を伸ばしてきて、声を揃えて「太子殿下！」と歓呼しながら胴上げを始めたのだ。

　何回も空中に放り投げられ、また落下しても謝憐（シエリェン）はずいぶん落ち着いた表情を保っていた。

「太子殿下、昨日の神武（シェンウー）大通りでのあの一躍（いちやく）、本当に素晴らしかったですよ！」

「あの一躍、めちゃくちゃすごかったです！　いや、もう本当に！　俺、あの時、てっきり神武（シェンウー）大帝が御自ら降臨なされたのかと思って、鳥肌が立ったんですから！」

　皆が口々にそう言い、ある者は賛嘆し、またある者は賛意を示す。

「殿下が子供を助けたのは間違っちゃいません！　俺ら貧乏人の子供だろうが、命は命です。もし俺だったとしても同じようにしてますよ！」

　またある者は、憤懣（ふんまん）やるかたない様子でこう言った。

「その通り。今日、殿下が大事をぶち壊しにしたって誰かが言ってるのを聞きましたが、そんな話、俺は聞いていてられませんでしたよ。もし落ちたのが王侯貴族だったら、あいつらはそんなふうに言わなかっただろうに。殿下、どうかそんな奴らなんか相手にしないでください！」

「殿下こそが本当に俺たちのことをよく考えてくれているんだ……」

　最初は気がとがめていた謝憐（シエリェン）だったが、途中から呆然となり、最後には彼ら一人一人の熱意に満ち溢れた顔に感動させられた。群衆が謝憐（シエリェン）を取り囲みながら路地を出て大通りまで行くと、ますます多くの人々が集まってきた。風信（フォンシン）、慕情（ムーチン）とあの子供は輪の外に遠く追いやられて、割り込むこともできない。ただ長い列の後ろについて一緒に歩くしかなかった。

　この黒山の人だかりの勢いは、昨日の祭天遊に勝るとも劣らない規模だった。謝憐（シエリェン）は離れようとする度に引き戻され、再び一番高い所まで持ち上げられて下りることもできなくなってしまう。

（民と国師たちの意見が完全に真逆ってことは、私が正しかったってことだよな）

　そう思った謝憐（シエリェン）は面白くもあり、また安心もしたのだった。

太蒼山に戻ると、夕焼けがいつものように色濃く鮮やかに燃えていた。

高大な山門を抜けると、青石が敷き詰められた長い山道のあちこちに、天秤棒にかけた桶に水を入れて運んだり、薪の束を背負って走って上り下りしたりしている道士たちがたくさんいた。その一人一人が謝憐たち一行に挨拶をしつつ、怪訝な様子で奇妙な四人組と荷車に目を向ける。風信が片手で荷車を引く様子は、まるで献身的で勤勉な働き盛りの黒牛のようだった。謝憐と慕情は最初こそ遠慮しながらも死ぬほど笑ったが、風信にやめるよう言っても聞かないので好きにさせていた。

どこまでも続く楓の林を、車輪がゆっくりと回って進む。山に登る際、謝憐は後ろで荷車を押していた。上機嫌で何気なく子供に話しかける。

「坊や、君の名前は？　紅のあとは何？」

子供は謝憐をじっと見つめながら囁いた。

「おれ……名前なんかない」

「君のお母さんは君に名前をつけなかったのか？」

呆気に取られてそう尋ねた謝憐に、子供は小さく首を横に振る。

「母さんはいなくなった」

「じゃあ、君のお母さんは昔、君のことをなんて呼んでいたんだ？」

内心不憫に思いつつ謝憐がまた聞くと、子供はしばしためらってから答えを口にした。

「紅紅児」

「結構可愛い名前じゃないか。私も君をそう呼ぶよ」

謝憐は少し笑ってそう言う。紅紅児は謝憐に話しかけられるとはにかんでしまうようで、それを聞いて俯いた。

この時、既に夕闇が迫っていて、遠くの山の峰にある各宮観の灯火が一つ一つの塊になって光り始めた。中でも最も明るいのが太蒼山の最高峰である神武峰だ。

神武峰にある神武殿は昼のように明るく、数多の光が集まって山頂を照らしている。見ているうちに謝憐はため息をこぼした。

それは悲しいからではなく、その景色があまりにも美しく、かつ壮大だったからだ。その光はすべて神武殿内に供えられた灯明で、一つ一つが信徒たちの何よりも敬虔な祈りだ。神殿内の長明灯が多ければ多いほどその神官の法力はより強くなる。もし皇極観の神武殿内に灯火を供えたくても、多少金を積んだくらいでは難しい。巨富、権勢、英才、篤志、奇縁、これら五つのうちどれか一つでも抜きん出ていれば、観に入り灯火を供えることができるだろう。だが、世の中にはそのいずれも持たない者が多いのだ。

足を止めた四人は、皆それぞれ違った面持ちで太陽の如く光り輝く神武殿を眺める。その時、ふと少し聞き覚えのある声が「太子殿下！」と呼んでいるのが聞こえてきた。

謝憐が振り向くと、色白の青年が慌ただしくこちらに向かって走ってくるのが見える。だが、例の四象宮の門番をしている道士だったので、色を正して尋ねた。

「祝師兄、何をそんなに慌てているんです？」

祝師兄は慕情が謝憐の後ろにいるのに気づいて少し気まずそうにしたが、見なかったふりをして答える。

「国師がお呼びです。殿下をずいぶんと捜しておられて、ただ今神武殿にてお待ちです」

それを聞いた謝憐は少々ぽかんとしたが、内心ではおおかた昨日の祭天遊でのことだろうとわかっていた。

「わかりました。師兄、ありがとうございます」

風信と慕情に紅紅児を連れて先に仙楽宮に戻るように言い、謝憐は一人で神武峰に向かった。

大殿の外では、線香立ての鼎〔三本脚で支えられ耳が一対ついた器〕からゆらゆらと煙雲が立ち上り、神武殿全体を幻想の世界のように染め上げている。鼎の両側には何列もの長明灯が宙に浮かび、整然と灯火の壁を成していた。どの長明灯にも奉納者の名前と祈願の内容が端正で荘重な隷書体で書かれている。

殿内に入ると、大殿の両側にも同様に一列また一列と長明灯が浮かんでいた。神殿内に供えられている長明灯は外に供えてあるものよりもさらに貴重なものだ。

　大きな神殿の前方では、主国師が神武（シェンウー）大帝像の前で線香をあげていて、三人の副国師がその後ろで神像に向かってひれ伏していた。

　中に入った謝憐（シエリエン）は少し頭を下げて「国師」と声をかけた。

　拝礼を終えてようやく振り返った国師たちが、前に来るように示す。それで、謝憐（シエリエン）も線香を取って敬虔に供えた。

　しばらく経って、国師が口を開く。

「太子殿下、私どもで一通り話し合った結果、祭天遊の件の解決策は二つしかないという結論に至りました」

「国師、聞かせてください」

「一つ目の方法は、祭典を台無しにしたあの子供を見つけ出して、我々が祭壇にて法術を行い、贖罪（しょくざい）としてその子供の感覚を少なくとも一つ封印することです」

「いけません」

謝憐（シエリエン）はぱっと顔を上げた。

「絶対に駄目です」

　きっぱりともう一度繰り返すと、国師が頷く。

「あなたならそう答えるだろうと思っていました。ですので、私たちが有力視しているのは二つ目の方法です」

「聞かせてください」

　粛然とした口ぶりの謝憐（シエリエン）に、国師はこう言った。

「二つ目の方法とは、すなわち太子殿下、あなたが仙楽の全国民の前で自ら懺悔し、天の神々に許しを請うたのち、一か月の間面壁（めんぺき）することです」

「いけません」

　落ち着いた様子で答えた謝憐（シエリエン）に国師が唖然とする。

「何も本当に面壁して反省しろとは言いませんので、あくまで形だけということで……ゴホン」

　ここが神武（シェンウー）大帝像の前だということをふと思い出し、国師は慌てて言い直した。

「ただ十分な誠意さえ見せればそれでいいのです」

　だが、謝憐（シエリエン）は依然として「駄目です」と言い張った。

「理由はなんですか？」

「国師、私が今日下山して何を見たと思いますか？　皇城の民は、祭天遊の事故に対してとがめないどころか、むしろ非常に良かったと褒めてくれたんです。つまり、我が国の民は皆、あの子供を助けたのは正しい選択だったと思っているということです。それなのに、もし国師の言うようにして、正しいことが逆に過ちとして懲罰（ちょうばつ）されたことを知ったら、彼らはどう思うでしょうか？　それでは人の命を救うことは絶大な功徳を積む行いだということを否定するばかりでなく、さらに罪としてとがめられなければならないと皆に教えるようなものではありませんか？　もしそうならば、今後彼らはどう考え、どう行動すればいいのでしょうか？」

「この件が正しかったかどうかは、もはや重要ではないのです。今はあなたが二つのうちどちらかを選ばなければなりません。世の中には双方に配慮し満足させるような都合のいい道などありません。あの子供が罪を背負うか、それともあなたが背負うかの二つに一つです」

「正しかったかどうかが重要でしょう。もしどうしても選ばなければいけないのなら、私は第三の道を選びます」

　その言葉に国師は眉間を少し揉んで言った。

「あのですね……太子殿下、差し出がましいようですが、あなたはどうして民がどう考えどう思うかを気にするのですか？　彼らは今日こう考えていても、明日には違うように考えている。そんな些末（さまつ）なことにこだわらずに私を信じなさい。この件が終われば皆は日常に戻り、あなたに感動させられることもなければ、手本とすることもない。我々にとっては、やはりお上（かみ）への慎重な気配りの方がより重要なのです」

　しばし沈黙し、謝憐（シエリェン）は口を開く。

「国師、実は皇極観に入門して以来、修行をすればするほど考える時間も長くなってしまって、ずっとはっきり口にできずにいたことがあるのですが」

「どんなことですか？」

「私たちがこんなふうに神を祀り、神を拝むのは本当に正しいことなのでしょうか？」

国師はしばし言葉を失った。それから謝憐に問う。

「神を祀り、神を拝むことをしなければ、我々は飯の食い上げではありませんか？　まさか太子殿下、何百何千年にわたって数えきれないほどの信徒が神官を信奉してきたことが間違いだったと？」

謝憐は少し首を横に振り、しばし思案してから答えた。

「信奉することはもちろん間違いではありません。ただ、跪拝すべきではないと私は思うのです」

そう言って頭を上げ、あの眩いほどに輝く華麗で高大な神武大帝像を指さす。

「人が飛昇して神となります。神明は人にとって先達であり、導師であり、標灯でもありますが、主ではありません。神にはもちろん感謝すべきですし、賛美することもできますが、決して崇拝すべきではありません。例えば、まさに上元祭天遊のように、感謝の気持ちと同時に楽しむのが正しい姿勢であって、恐縮したり、機嫌を取ったり、戦々恐々としたりして、神のしもべのように振る舞うものではないと思うのです」

国師はしゃんとしたまま何も言わなかったが、三人の副国師は居ても立ってもいられず、次々に振り向く。

謝憐はそのまま言葉を続けた。

「予期せぬ事故が起きたのは、どうしようもないことです。私は千の灯火を供えて長夜を明るく照らし続けたい。たとえ飛んで火に入る夏の虫だとしても、恐れるものなど何もありません。ですが、正しい行いをしたことで頭を下げたくはないのです。面壁して反省すべき？　私になんの咎があると言うのですか？　関係のない者になんの咎がありますか？　戚容が悪事を働き、彼を罰した風信が逆に処罰を受けるなんて、どんな道理なのですか？　天の神々に目があるのなら、きっとこんなことで罪には問わないはずです」

「ならば太子殿下、お聞かせください。万が一本当に天が罪に問うてきたらどうしますか？　その時は詫びるのですか？」

国師が少し視線を外しつつ尋ねる。

「もし本当にそうなったとしたら、それは天の方が間違っていて、私が正しいということです。私は必ず天と最後まで戦い抜きます」

それを聞いた国師は表情をわずかに変え、笑って言った。

「太子殿下、それはずいぶんと勇敢なお言葉ですね」

副国師の三人は何か言いたいことがあるようだったが、黙して語らず揃って謝憐に目を向ける。ちょうどその時、殿の外で突然警鐘が鳴り響いた。どうやらたくさんの鐘が一斉に打ち鳴らされているらしい。国師たち四人は居ても立ってもいられず、同時に飛び出して殿の後方へと走っていく。

謝憐もぴたりと彼らのあとについていき、神武殿の裏手にある建物をいくつか通り抜けて八角形の漆黒の殿の前に出た。その黒殿の扉は大きく開け放たれ、無数のぼんやりとした暗い煙が中からシュッシュッと飛んでいくのが見えた。

「祝安は!? いったいどこへ行ったんだ! これはどういうことだ!?」

国師が悲鳴を上げて叫ぶ。見張りの道士数名が走ってくると、その先頭にいたのはまさにあの祝師兄だった。

「国師!! 私はここにおります! 私にもどういうことかわかりません。この扉はきちんと鍵がかかっていたはずなのに、先ほどいきなり開いたのです!」

「早く新しい封魂罐〔魂魄を封印する陶製の容器〕を持ってきなさい!」

国師が髪をかきむしりながら叫ぶ。

謝憐は真っすぐ殿に向かって走っていった。この黒殿の中は四方八方に大小様々な大きさの檀木の棚が巧みに配置されていて、その棚の上には陶罐や磁器の瓶、玉の箱などが雑多に置かれている。本来ならばどの容器も赤い栓でしっかりと塞がれ、瓶の口も赤い字が書かれた黄色の呪符で封じられて整然と並んでいるはずだった。しかし、今はいくつも棚から落ちて砕け、次々と勝手に落下していて、まだ棚の上にあるものもぐらぐらと揺れている。

これら封魂の容器には、騒ぎを起こした妖魔鬼怪が一匹ずつ封じ込められていて、黒殿はそれらを清らかで神聖な気によって鎮めるための場所だ。太蒼山のどの神殿の裏手にも、こういった黒殿がある。いったい何が起きたのかわからないが、封じ込められたものが突然暴動を起こし逃げ出してしまったのだ！

「間に合いません！」

　言い終わるや否や、謝憐は一蹴りして扉を閉める。もともと扉にかけられていた鉄鎖は、扉を突き破った怨霊たちに力尽くで切られてしまっていたため、佩いていた剣を抜いた謝憐は剣先で宙に文字を書くと、それをさっと地面に突き刺した。

　謝憐は二百本あまりの剣を山に持ち込んでいたが、そのどれもが世に二つとない名剣で、それを毎日のように取り替えて佩いている。剣が地面に斜めに刺さると、なんと扉は二度と開かなくなり、大勢の怨霊が黒殿の中でむやみにぶつかる怒りの音しか聞こえなくなった。

　だが、黒殿から離れて見上げてみると、山の峰にある各神殿の裏の黒殿からも、それぞれ黒雲が勢いよく上がっている。怨霊は濃煙がもくもくと立ちこめるように集まり、ある場所に向かって空を突き進んでいた。

「あれはどこですか？　どうして全部同じ方向へ飛んでいくのでしょうか？」

　祝安の声に国師が叱りつけるように言う。

「君は頭が回らなくなったのか、あそこは仙楽宮だろうが！」

　一行は疾風のように瞬く間に仙楽峰に至った。そして、太蒼山の無数の峰にある無数の神殿の裏から上った真っ黒な煙は仙楽宮へと猛進し、その上空で巨大な渦巻き状の雲を成していた。

「仙楽宮はどうなっているのですか⁉　黒殿から飛び出した妖魔鬼怪がすべて引き寄せられていきましたが、あの中に何があるんです⁉」

　国師の問いに謝憐は愕然としつつ答える。

「何もありません！　ただ……」

　ただ何がある？　謝憐ははっと思い出した――あの子供だ！

　その時、祝師兄が声を上げた。

「大変です、国師‼　太子殿の方で火事が起きました！」

その言葉通り、仙楽宮の一角は既に激しく燃え上がり、天を衝くような炎の輝きが上空の黒雲までも微かに赤く染めている。太蒼山の麓から遠く離れた皇城では、まだ眠りについていない民がその光景を見たが、まさか大変なことが起きているとは思いもしない。それどころか、物珍しげに興奮した様子で人を呼んでいた。

「うわぁ！　仙山(せんざん)〔仙人が住む山〕の上で仙人たちが法術をやってるぞ。すごく綺麗だ！」

瞬時にして一行は仙楽宮に到着した。謝憐(シエリェン)は仙楽宮にあまり多くの従僕を残していなかったため、他の場所から駆けつけた数十人の道士が必死で井戸水を汲んで火を消している。二人の侍従の姿が見当たらないことに気づき、謝憐(シエリェン)はそのまま中に飛び込んでいった。太蒼山の各黒殿から出てきた怨霊がすべてここに集結し、仙楽宮の中は一面がほぼ真っ暗闇だ。一寸先も見えないほどの視界の中で、大殿の中央に二つの人影が微かに浮かび上がり、謝憐(シエリェン)は叫んだ。

「風信(フォンシン)！　慕情(ムーチン)！」

その二人の人物は邪霊の侵入を防ぐために防護陣を敷いて必死に耐えていた。案の定、風信(フォンシン)の声が聞こえてくる。

「殿下、入ってこないでください！　このガキおかしいんです。こいつらは全部このガキをめがけて集まってきています！」

謝憐(シエリェン)はそれでようやく気づいた。二つの人影の後ろに、小さな黒い人影がもう一つあるのだ。頭を抱えて床に膝をついているその人影が声を上げた。

「おれじゃない!!」

しばし様子を窺ってから謝憐(シエリェン)が声をかける。

「もういい、陣を解くんだ！」

「できません！　陣を解いたら抑えきれなくなります。私が見つけ出しますから。どいつがこの中で一番……」

だが、答えた慕情(ムーチン)の言葉を遮り、謝憐(シエリェン)は大声で叫んだ。

「怖がらないで解け！　今すぐ！」

歯を食いしばった慕情(ムーチン)は、風信(フォンシン)と同時に陣を解く。

すると、阻むものがなくなったことで怨霊は次々に甲高く叫び始め、今にも暴れだしそうになっている！

だが、次の瞬間、手を伸ばした謝憐は稲妻のような勢いで黒煙を一筋ぐっと掴んだ。

一切手元を見ることなく素手で掴み、しっかりと握り込む。そして彼がその怨霊を捕まえると、仙楽宮の中を狂ったように縦横無尽に動き回っていたすべての怨霊の動きが鈍くなった。

仙楽宮の外にいた誰もが静かに小さく頷く。

混沌とした状態の怨霊が一つの場所に大量に入り乱れた状況では、それらは本能的に一番強いモノに従う。

その一匹さえ捕まえれば、その他は先導するモノがいなくなり一時的に進むべき道を見失ってしまうのだ。この時、謝憐は一目でどれが一番強いのかを見抜いて一切の機会を与えることなく掴み上げた。そして軽く手に力を込めると、その怨霊は跡形もなく消え失せた。

その直後、四人の国師が袖を振り上げて叫んだ。

「さあ、戻るんだ！」

頭を失った大量の怨霊は、まるで蜘蛛の子を散らすように仙楽宮の中をひとしきり闇雲に逃げ回ったが、為す術なく最後は運命と諦めて、渋々国師たちの乾坤袖〔物を入れ、悪霊などを封印できる袖。実際の袖の大きさを超える質量の物も入れられる〕に入っていった。数十人の道士たちが辺りの残り火を消し、殿内に濛々と立つ黒煙が次第に薄れていくと、謝憐はようやく三人の姿をはっきり確認できた。

風信と慕情はまだ驚き呆れた状態で片膝をついている。そして、彼らの後ろにいる子供は無言で頭を抱え込んだままだった。中に入ってきた国師たちが、その様子を見るなり尋ねる。

「その子はどこから来たのですか？　怨霊はすべてこの子供をめがけてきたと先ほど風信が言っていましたね？　どういうことですか？」

「上元祭天遊の時に城壁から落ちてきたあの子供です」

謝憐の返事に国師たちが驚愕した。

「どうしてその子を山に連れてきたのですか？」

説明する余裕がないとばかりに謝憐は小さく首を横に振り、風信に聞いた。

「この子はどうして黒殿の怨霊を全部引き寄せてしまったんだ？」

「こいつがいったい何をしたのか俺にもわかりません！　ただ、山に登って仙楽宮に入った途端、急にあの真っ黒いモノが大量に他の山の峰から飛んできて、この殿に入り込んでこいつを取り囲んだんです。どんどん集まってきて、外へ出るに出られなくなってしまって」

まだ腕を吊るしたままの風信が立ち上がり、そう口にする。

謝憐は少しの間、焼けて黒焦げになった柱や壁だけが残された仙楽宮を眺めてから言った。

「だったらこの火事はどういうことなんだ？」

「外へ出られない以上、私たちは陣を描いて身を守るしかありませんでした。それで、あの怨霊たちは蝋燭の火で仕切り幕を燃やして、私たちを無理やり陣から出そうとしたのです」

顔中が黒い煤だらけの慕情が答えると、風信が続けて話す。

「幸い殿下が早々に駆けつけて一発であいつらの頭を捕まえてくれたから良かったものの、そうでなければもうしばらく燃え続けて、俺たちも陣ごと焼き尽くされていましたよ」

その言葉を聞いた慕情は、目を閉じて少し俯いた。

一方、あちら側では国師たちが子供を取り囲んで注意深く観察し始めていた。

「国師、その子に何か良くないところがあるのでしょうか？」

例えば妖魔鬼怪に取り憑かれているなど、もし何か良くないところがあれば、謝憐には一目でわかるはずだった。皇極観で修行した数年間、ずっと眼力を鍛えてきたので、謝憐の目を欺いて悪事を働けるモノなどほとんどいない。けれど、謝憐にはこの子供に何か問題があるとは思えず、首を横に振った国師の様子からすると、おそらく同じように何も見当たらなかったのだろう。

「君の生辰八字〔生まれた年・月・日・時間を干支で表した八字〕はなんだ？」

国師が問いかけたが、紅紅児（ホンホンアル）は誰も彼もを強く警戒しているのか敵意に満ちていて、ただ謝憐（シエリエン）だけを見つめて口を閉ざしている。謝憐（シエリエン）は穏やかな声で諭した。

「教えてくれるかな。国師は君のためを思って命格（めいかく）〔生辰八字によって占うことのできる持って生まれた運勢のこと。諸説あり〕を見ようとしているだけだから」

　すると、紅紅児（ホンホンアル）はすぐに小さな声で自分の生辰八字を告げた。国師は眉間にしわを寄せ、掐指（こうし）〔親指で人差し指、中指、薬指の第一から第三関節まで計九か所に当てて占うこと〕して占い始める。しばらくの間、国師たちは紅紅児（ホンホンアル）を見つめて小声で囁き合っていたが、国師の表情はますます重々しいものになっていき、見ている謝憐（シエリエン）の表情までもが厳しくなる。

　国師は一見すると三十歳を少し過ぎた辺りの邪知深い青年のようだが、皇極観を統（す）べる自分の師父の実力がどれほどのものなのか、謝憐（シエリエン）は誰よりもよく知っている。

　仙楽の首席国師である梅念卿（メイニエンチン）は、「占い」に関して右に出る者がおらず、その名を天下に轟かせているのだ。謝憐（シエリエン）は国師たちに剣を習い、法術を習ったが、よりによって主国師から人相や骨相、手相を見ることと、運命を占うことだけは習ったことがなかった。ただ、それには理由があり、これらは世渡りのための術で、高貴な身分の貴い太子である謝憐（シエリエン）には不要だと国師が言ったからだ。謝憐（シエリエン）自身も興味がなかったこともあって、これまでかじったこともないが、国師がやるのであれば間違いない。

　長いこと占っているうちに、だんだんと国師の額から冷や汗が滲み出してきた。

「そうか……そういうことか……どうりで祭天遊がこの子に台無しにされたわけだ。黒殿の陰霊もこの子のにおいを嗅いだ途端に興奮して、仙楽宮は焼かれてしまった。こ……これは……本当に……」

「本当になんなのですか？」

　ぶつぶつと呟く国師に謝憐（シエリエン）が尋ねる。冷や汗を拭いた国師は、突然八丈も後ろに飛び退いた。

「太子殿下、本当にとんでもないものを拾って戻りましたね！　この子供は大変な害毒です。破滅を招く命格の天煞孤星（てんさつこせい）〔非常に不吉で、常に周囲の者に不幸を招く生涯孤独の星〕、邪悪なモノが最も好む類いで、関わる者は誰もが不運となり、親しくなった者は誰もが命を落とすことになります！」

　その言葉を言い終わらぬうちに大きな叫び声が聞こえ、飛び起きた紅紅児（ホンホンアル）が国師に向かって頭からぶつかっていった。

　彼の声は幼かったが、その叫びからは胸中に果てしない苦痛と絶望が満ちているかのような怒りがありありと感じられ、この場にいる者で心を震わせなかった者など誰もいなかった。この子供は見るからに全身傷だらけだというのに、目を血走らせた狂犬のような狂猛さで引っかき、殴りつけにいく。数人の副国師たちが紅紅児（ホンホンアル）を止め、国師はじりじりと後ずさりながら言った。

「早くその子を下山させなさい！　今すぐに！　皆、その子に触れてはなりません。私は本気で言っているのです。大いなる害毒をもたらす命格なのですよ、触れることすらまかりならない！」

　副国師たちが慌てて国師と一緒に距離を取り、慕（ムー）情（チン）と風信（フォンシン）は動くべきか判断に迷っている。

　周囲にいた者たちが蛇蝎の如く自分を避けるのを見て子供は唖然としていたが、すぐさま一層激しく暴れだして、噛みつきながら力の限り叫ぶ。

「違う！　そうじゃない!!　おれはそんなのじゃない!!」

　突然、誰かが彼の体を包むように腰に腕を回して両手で抱きしめた。頭上から声が聞こえてくる。

「君はそうじゃない。そうじゃないってわかってるよ。大丈夫だから泣かないで。私はわかってるからね」

　子供は口を固く閉ざし、腰に回された両腕の雪のような白い袖をぎゅっときつく握りしめた。長い間どうにか堪えていたが、ついに我慢しきれなくなり、丸く見開いた片方の黒い目から突然涙をぽろぽろと流して大声で泣きじゃくり始めた。

「君の問題じゃないよ。君のせいじゃないんだ」

謝憐（シエリエン）は背後から彼を抱きしめながらはっきりとそう口にする。

　ぱっと振り返った紅紅児（ホンホンアル）は、顔を謝憐（シエリエン）の胸に押しつけて激しく叫びだした。

　その言葉にならない叫びは意味を成さず、泣き声ですらなかったが、背筋をぞっとさせるものがあった。もし姿を見ていなければ、心が壊れる寸前の大人が思いを吐き出す咆哮のようでもあり、喉を切り裂かれた小さな獣が、死こそが唯一の解放だと言うように上げる断末魔の叫びのようでもある。どんな人であれ、こんなふうに叫ぶことがあってもいいだろう。だが、たかだか十歳の子供が発すべき声ではない。そのため、皆は衝撃で動けなくなった。

　かなり経ってから、国師が口を開く。

「私は本気で言っているのですよ。手を放した方がいい」

　その言葉を聞いた風信がようやく我に返った。

「殿下！　早く放してください。気をつけないと……」

　そう言いかけたものの、結局それ以上言うのは忍びなかった。

「大丈夫だ」

　謝憐はそう答えたが、太子殿下の安否をひときわ気にかけていた祝師兄は、紅紅児が血や涙、鼻水を謝憐の白い道袍に擦りつけているのを見ると、近づいてきて引き離そうとした。

「坊や、駄目だぞ！」

　だが、彼が引っ張れば引っ張るほど子供はわあっと大声で叫び、何がなんでも放すものかとばかりに手足両方を使ってますますぎゅっと抱きつく。三、四人の道士がやってきて、慌てて皆で一斉に引っ張っても離れず、逆に小猿のように全身で謝憐にしがみついてしまった。それが可笑しく、またかわいそうに思った謝憐は、片手で紅紅児を支えながら痩せ細った背中を撫でて慰め、もう片方の手を上げた。

「もういいでしょう。心配はご無用です。このままそっとしておきましょう」

　しばらくして、腕の中の子供が泣きやみ少しずつ落ち着いてきたのを感じた謝憐は、小声で周りの者に尋ねた。

「仙楽宮の火事で他に怪我をした人はいませんね？」

「いません。部屋に残っていたのは私たちだけです」

謝憐の問いに慕情がそう答える。

仙楽宮は真っ黒に焼けて一面の瓦礫と化し、当然ながら謝憐はここに住むことができなくなった。

建物は焼けたが特に怪我人はいなかったことを確認すると、山頂まで駆けつけてきた大勢の道士たちが現場を片づけ始める。瓦礫をめくると金色に輝く燃えかすや黒ずんだ宝石が見つかり、皆が心を痛めたが、謝憐はあまり気にしていなかった。

謝憐は日常で使っている少々手が込んだ繊細な品を除くと、貴重品をほとんど仙楽宮には置いていなかった。ここにあるもので最も貴重なのは彼が集めた二百本あまりの名剣だが、純金がいくら溶かしても変わらないように、どの名剣も烈火の中で鍛え抜かれて鍛造されたものなので、少しも被害を受けずに無事だったのだ。自分でそれらを捜し出した謝憐は、しばらくの間国師たちの四象宮に預けることにした。

紅紅児は大泣きし続けて泣き疲れたのか、謝憐にぴったりと抱きついたまま眠ってしまっていた。謝憐はもともと彼を連れて太蒼山を下り、どこか落ち着いて過ごせる場所を探そうと思っていたが、国師がひとまず一度四象宮に来るよう言ってきたので、彼を連れてそちらに向かった。

子供を部屋の寝台に寝かせた謝憐は、ついでに掛け布団の隅を敷き布団の下に折り込んで仕切り幕を下ろすと、風信、慕情とともに寝台を離れてから尋ねた。

「国師、あの子の命格は本当にそんなに恐ろしいものなのですか?」

「自分で数えてみたらどうですか。その子が現れてから何が起きたのか」

国師が口元を歪めて答えると、三人とも押し黙った。この子供は現れた途端に、万人が注目する中で城壁から転落し、その結果上元祭天遊は三周で中断せざるを得なくなった。再び現れた時には、八つ当たりをした戚容に馬車で引きずり回され、町の住民に迷惑をかけ、風信は腕を折り、謝憐は国主と衝突し、皇后は涙を流す事態に陥った。今も太蒼山全体の黒殿で鎮圧されていた怨霊が封印を破って飛び出し、仙楽宮を燃やしてしまった。確かにつきまとう影のように不運が相次いでいる。

「何か解決策はあるでしょうか？」

「解決策？　どういう意味です？　命格を変えるとでも言うのですか？」

国師の言葉に謝憐は頷いた。

「殿下、あなたは私に術数〔主に占いのこと〕を習いませんでしたから、この分野については本当にちっともわからないのですね。わかっていれば、そんなことは聞かないはずです」

少々唖然とした謝憐は、恭しく端座して言う。

「詳しく聞かせてください」

国師は卓上から急須を手に取って茶を注いだ。

「太子殿下、あなたが六歳になった時、陛下と皇后は私を皇宮に呼び、あなたを占うようにおっしゃいました。その際、私がしたある問いを覚えていますか？」

湯気が立つ茶を眺めながら謝憐は少し考える。

「杯水二人のことをおっしゃっているんですか？」

当時、太子である謝憐の運命を占うために、国師はたくさんの問いかけをした。正解がある問いも、ない問いもあり、謝憐が答える度に国師は巧みに言葉を変えながら褒め、聞いていた国主と皇后も喜びに顔をほころばせていて、多くの問答が美談として伝えられている。だが、その中に謝憐が答えたあと国師がなんの講評もしなかったため、世間に知られていない問いがあった。風信ですらよく知らず、慕情に至っては聞いたこともない。その問いがまさに「杯水二人」だ。

「二人が荒漠を歩いていて、喉の渇きで瀕死の状態になっているが、残された水は一杯分のみ。飲めば生き延び、飲まなければ死ぬ。汝が神ならばその一杯の水を誰に与える？　――あなたはまだ何も言わないでください。まず他の者に尋ねますので、彼らの答えを聞いていてください」

国師の言葉の後半は、少し離れたところに立っている二人に向けられたものだった。しばらく斟酌した慕情が慎重に答える。

「国師、その二人がそれぞれ何者で、どのような人柄で、どういった功罪があるのか教えていただけますか？　素性を隅々まで知らなければ決断できません」

　風信（フォンシン）はというと、こう答えた。

「わかりませんよ！　俺に聞かないでそいつらに自分で決めさせてください」

　謝憐（シエリェン）は思わずぷっと笑った。

「何を笑っているんです？　あなたは自分がどう答えたか覚えていますか？」

　国師に言われ、謝憐（シエリェン）は笑うのをやめて色を正す。

「もう一杯与える、です」

　それを聞いた風信（フォンシン）と慕情（ムーチン）は、聞いていられないとばかりに一人は顔を横に向け、一人は俯いた。振り返った謝憐（シエリェン）は大真面目な顔で言う。

「君たちは何を笑ってるんだ？　私は本気だぞ。もし私が神だったら、必ずもう一杯与える」

　国師が湯呑みの上方で手を軽く振ると、茶はまるで生きているかのように湯呑みの中で緩やかに流れる。続けて彼は話し始めた。

「この世の運気の良し悪しには、どちらも定数というものがあるのです。まさにこの一杯の水と同じく、全部でこれだけしかない。あなたが飲んでしまえば、他の者は飲めなくなります。一人の飲む量が増えれば、もう一人の分は減るということです。古往今来（こおうこんらい）、あらゆる紛争というものは、つまるところ人がたくさんいるのに水が一杯しかなく、誰に与えてもそれなりに筋が通る故に起こるものなのです。命格を改めたり他人と入れ替えたりしたいのですか？　非常に難しくはありますが、できないわけではありません。ただ、あの子供の命格を変えるとなれば、他人の命数（めいすう）〔天から与えられた運命〕も一緒に変わってしまって、怨恨と罪業（ざいごう）を増やすことになる。当時、あなたが水をもう一杯与えると言ったのは、まさに今日第三の道を選びたいと言ったのと同じことです。その狙いは資源を増やすことで非常に理想的な考えですが、敢えて言っておきます。それを成し遂げるのは基本的に不可能なのです」

　黙って聞いていた謝憐（シエリェン）は、特に賛同もしなかったが、逆にあれこれと反論することもなかった。

「国師、教えに感謝いたします」

　国師は茶を飲み、その余韻を味わうように舌を鳴らす。

「礼には及びません。どうせあなたは私の教えなど聞かないでしょうから」

「……」

見抜かれた謝憐（シエリエン）は軽く咳払いをしつつ言った。

「国師、今日は神武殿（シエンウー）でこの弟子が一時の感情で口答えをして、失礼いたしました。どうかお許しください」

「私の自慢の弟子であり、太子殿下でもあるあなたを許さないなど、できるわけがないでしょう？　殿下、はっきり言ってあなたは私がこれまで出会った人の中で最も恵まれているのですよ」

国師は両手をそれぞれ反対の袖の中に入れながら小さく微笑む。その言葉の意味が理解できず、謝憐（シエリエン）は耳を傾けた。

「あなたには素質があり、抱負があり、努力を惜しまず修行に励んでいる。高貴な出で、人柄は慈愛に満ち善良でもある。あなたより『天の寵児』という言葉に相応（ふさわ）しい人はいないでしょう。ですが、それでも私はあなたのことが心配なのです。あなたがあの難関を乗り越えられないのではないかと」

「心配とはなんのことでしょうか？」

「あなたは既にこれほどの高みに達していますが、まだ遥かに理解の及ばないこともあり、それは人に教わることができるものではありません。まさに今日、神武殿（シエンウー）であなたは神を崇拝し神を拝むべきではないと言いましたね。その道理に思い至った者はごく少数でしょう。その若さで既にそれについて思うところがあるのは上出来です。ですが、天上天下古往今来、唯一あなただけがその考えに至ったとは思わないように」

国師の言葉に謝憐（シエリエン）は少しばかり目を見張る。

「今日あなたが言ったことについて、何十年どころか何百年も前から、既に思い至っていた人はいたのです。けれど、大勢（たいせい）にはなれず、その小さな声が届いた者はほとんどいませんでした。それがどうしてか考えたことがありますか？」

少し間を置き、謝憐（シエリエン）は口を開いた。

「その人たちは思い至っただけで行動に移さず、しかも確固たる意志が足りなかったのではないでしょうか」

「ならばあなたはどうです？　何を根拠に自分の意志は確固たるものだと言えるのですか？」

「国師、あなたは私が飛昇できると思われますか？」

国師は謝憐にちらりと目を向ける。

「あなたが飛昇できないのなら、他の誰も飛昇などできないでしょうね。遅かれ早かれ、時間の問題です」

そう言った国師に、謝憐は少し微笑んだ。

「でしたら、どうぞご覧になっていてください」

天を指さし、彼は続ける。

「もしいつの日か私が飛昇したなら、必ずや今日言ったことをすべて大勢にしてみせますから！」

後ろで謝憐を見守っていた風信と慕情は、この場での彼の言葉に聞き入り、無意識に頭を少し上げた。風信は口角をわずかに上げ、慕情は謝憐とまったく同じように目に光を宿している。

国師は頷いて言った。

「いいでしょう。私は見ておりますよ――ただ、あまりにも早すぎる飛昇があなたにとっていいことだとは思いません。一つあなたに問います。道とはなんでしょうか？」

「人が道を歩むこと、すなわちそれが道だとあなたはおっしゃいました」

謝憐は頭を下げて答える。

「その通りです。ですが、あなたが歩んできた道はまだ足りていません。ですから、私はそろそろあなたを下山させて歩きに行かせる頃合いだと思っています」

国師の言葉に謝憐はぱっと両目を輝かせた。

「今年であなたも十七になります。今より太蒼山を下り、外に出て実践と鍛錬のために行脚することを許可します」

「それはちょうど良かったです！」

皇城で一日を過ごし、国主や戚容のことを思い出すと少々憂鬱になる。その上、あれほど華麗だった仙楽宮もすっかり焼き払われてしまい、これでまた両親とあれこれ関わらなくてはならない事情が増えてしまった。もっと遠くに離れて自分の道を進むことに専念した方がいいだろう。

その時、国師がまた言葉をかけた。

「太子殿下、これまでの長い年月、ずっと当然の理(ことわり)として言い伝えられてきたものの、実はそれが間違いであることに誰も気づかなかった言葉があります」

「どんな言葉ですか？」

「人は上に向かえば神となり、下に向かえば鬼となる」

少し考え、謝憐(シエリエン)は尋ねる。

「それに間違っているところなどあるでしょうか？」

「もちろんあります。覚えておいてください。上に向かおうとも下に向かおうとも、人はやはり人なのです」

その言葉を反芻していると、国師は謝憐(シエリエン)の肩を軽く叩いて寝台の方を振り返った。

「とにかく、あの子供のことは……あまり気にしすぎないようになさい。人にはそれぞれの運命があるのです。救いたいと思っても、すぐに救える方法が必ず見つかるわけではありません。何かあれば、またあなたが戻ってきてから話しましょうか。まずは外に出て、しっかり実践と鍛錬を積むことです。戻った時、もう少し成長していることを期待していますよ」

ところが、誰も予想できなかったことに、その日の晩、あの子供は皇極観から抜け出して姿を消してしまった。

そして、さらに誰一人予想できなかったのは、今回の遊歴のあと、弱冠(じゃっかん)十七歳の仙楽国太子謝憐(シエリエン)が一念橋(いちねんばし)で名もなき鬼魂(きこん)を大いに打ち負かし、そのまま稲妻が光り雷鳴が轟く中、飛昇したことだ。

これは三界に激震を走らせた。

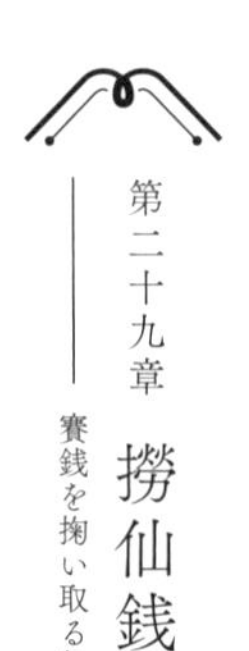

第二十九章　撈仙銭莽将遇太子

賽銭を掬い取る無謀な将が太子に出会う

「除幕――」

活力に満ちた長い叫び声とともに、赤い錦が地面に落ちる。たちまち千人もの群衆から空の果てまで届くような歓呼が沸き上がった。

　それは黄金の太子神像だった。片手に剣を握り、もう片方の手に花を持っているのは、「世を滅する力はあれども花を惜しむ心は失わず」という意味だ。神像の容貌は美しく滑らかな輪郭で、長い眉と秀麗な目をしている。麗しく形のいい唇は、その端が微かに上がっていて、笑っているようであり、笑っていないようでもある。多情に見えて軽薄ではなく、無情に見えても冷淡ではない、慈愛に満ちた端麗な顔立ちだ。

　これは仙楽国内に建てられたちょうど八千宇目の太子殿だった。飛昇して三年、一字もなかった廟は八千宇にまで増えた。これほどまでの熱烈な信奉は空前絶後で過去に類を見ず、今後も他の追随を許さない唯一無二の事例となるに違いない。

　だが、この八千宇目の殿の中にある太子神像も、決して最も豪華なものというわけではなかった。太蒼山にある、年少の頃の太子殿下が修行中に住んでいた峰は、今では「太子峰」と名づけられている。一宇目の仙楽宮はまさにそこに建てられた。一体目の太子神像が鋳造されたあと、国主陛下自らの手で除幕されたのもその場所だ。その一体目の太子神像は高さ五丈にも達し、その技巧はより真に迫っていた。全身が純金でできていて、混ざり物のない正真正銘の「金身」だ。

　仙楽宮には参拝客が絶え間なく出入りし、踏まれた敷居が壊れてしまうほどだった。殿の前方にある線香立ての鼎には短いものから長いものまで線香が溢れんばかりに立てられ、功徳箱も一般的な廟にあるものよりずっと嵩高で頑丈に作られている。それというのも、大きく作っておかないと一日も経たないうちに満杯になってしまい、あとから来た者が奉納できなくなってしまうからだ。

　観に入ってすぐのところには清水の池もあり、底一面に投げ入れられた硬貨が煌めく水面の下で青く光り輝いている。池の中にいる老いた亀たちは、毎日石橋の上から投げ込まれる参拝客の硬貨に打たれて甲羅の中に引っ込んだまま頭を出すのも怖がっていたが、道士たちがいくら注意してやめさせようとしても無駄だった。

　宮観の高くて大きな赤い塀の内側には梅の花が一面に咲き誇り、その枝には幸福を祈る平らで細長い赤色の布が無数に結ばれていた。咲き乱れる花の海の中でその赤い紐がひらひらと風になびく様子は、錦のように美しい。

　そして、大殿の中で謝憐は自分の神像の下に端座し、群衆を見下ろしていた。誰にも謝憐の姿は見えないが、彼には参拝客たちがあれこれ言い合っているのが見える。

「この太子殿にはどうして跪拝用の円座がないんだろう？」

「そうなんだよ。観主〔道観の奉納品を管理する者〕も跪いちゃ駄目だって言うし、観が開いたのに跪いちゃ駄目だなんてどういうことなんだ？」

　すると誰かが口を挟む。

「あなたたち、初めて仙楽宮に来たんでしょう。仙楽宮はどこもこうなんですよ。聞いた話だと、太子殿下は飛昇されたあと、多くの廟祝や観主の夢枕に立って、自分を信奉する者は跪く必要はないと言ったそうなんです。だから、どの太子殿にも跪拝する場所がないんですよ」

　彼らには見えていないが、謝憐は小さく頷く。

「そりゃいったいどういう理屈なんだ？　神様には跪くもんだろ？　どうせ間違って伝わった話だろう」

　他の数人が笑いながらそう言うと、謝憐は少しばかり言葉を失った。さらに、彼らに同調する声も聞こえてくる。

「そうだよ、跪かなきゃ。その方が誠意があるように見えるしさ！」

「別に円座がなくたっていいよ、俺らは床に跪こう」

　まず一人が率先して跪くと、たちまち周囲にいた大勢の者たちがそれに続いた。殿内と殿外に詰めかけていた何百もの人々が、神像に向かって次から次へと叩頭や拝礼をする。そして何やら口の中で呟き、密かに願をかけて幸福を祈っていた。

（まあいい、ゆっくりやっていこう）

　そう思いつつ、避けるように無言でその場から離れた謝憐だったが、次の瞬間、四方八方から無数の騒々しい声の大波がこちらに向かって押し寄せてきた。

「科挙に受かりますように！　科挙に受かりますように！　今年こそ絶対科挙に受かりますように！　受かったらお礼参りしますので！」

「旅の道中無事でありますように！」

「俺が好きになった女の子はみんな師兄を好きになっちゃうんです。だから、どうか師兄を少し不細工にしてください。お願いします」

「クソッ、俺のところに丈夫な男の子が一人も生まれてこないなんて、あり得ない!!」

　……人にはそれぞれあらゆる願いがあり、聞いていた謝憐は頭がぱんぱんになってはち切れそうになり、急いで印を結んで声をすべて遮断した。だが、耳の中が静かになった途端に大きな叫び声が聞こえ、殿の後方から黒衣の誰かが両手で耳を塞ぎながら走り出てきた。

「こいつら全員なんなんですか!!」

　咆哮するような叫びだったが、参拝客たちはその人物が現れたことにまったく気づかず、引き続き叩頭して拝礼している。謝憐はため息をつくと彼の肩を軽く叩き、笑って言った。

「風信、お疲れ」

　仙楽宮の参拝はこのように賑わっていて、毎日謝憐の耳に届く祈願は優に千を超える。最初の頃、謝憐は事の大小を問わず、人任せにせず自ら足を運ぼうと新鮮な気持ちで突っ走っていたが、その後、祈願する者があまりに多すぎて風信と慕情に一部を託すことにした。どれが自分の職責の範囲内で、どれが放置しておいていいものか一通り二人に確認してもらい、優先する必要のあるものを選別して報告してもらうようにしたのだ。
慕情（ムーチン）は確認し終えるとすぐ報告に来て、これまで文句を言ったことなどほとんどなかったが、風信（フォンシン）はなぜむやみに願い事をする者がいるのか、なぜ房事（ぼうじ）円満のようなことまで仙楽宮に来て祈るのか、いつも理解できないでいた。謝憐（シエリェン）は武神だというのに、そんなことをどう担えというのだ？

その状態が長く続いたせいで、他の神官にまでかなり不満を抱かせてしまった。用も足さないのに便所を占領しているとか、担うこともできないのに信徒を取り込もうとしているなどと陰で言われる始末で、返す言葉もない。

風信（フォンシン）は耳を塞いだまま、実際はそうしたところでなんの意味もないのだが、その手をいつまでも下ろせずにいた。

「殿下、なぜあなたにはこんなに女性信徒が多いんですか！」

「女性信徒が多いのはいいことじゃないか？　美人が大勢いると心と目の保養になるし」

謝憐（シエリェン）は両手をそれぞれ反対の袖に入れ、ゆらゆらと立ち上る香雲の中に座って微笑みながら言う。だが、風信（フォンシン）はぞっとした様子で答えた。

「ちっとも良くありません。女性信徒は一日中、綺麗になりたい、いい人に嫁ぎたい、息子を産みたいみたいな願い事ばっかりで、真面目な人間なんて一人もいやしない。俺はそういう奴らを見ているだけで頭痛がしてきます！」

謝憐（シエリェン）がにっこりと笑って返事をしようとしたその時、突然人々が騒ぎ始めた。二人が殿の外に目を向けると、誰かが声を抑えて「小鏡王（シャオジン）が来た、早く行こう！　早く！　小鏡王（シャオジン）が来ちまった！」と言うのが聞こえてくる。

「小鏡王（シャオジン）」の三文字を聞いて、人々はまるで「大魔王」とでも聞こえたかのように顔を青くして慌てて散り散りに逃げだした。瞬く間に神像を参拝していた人のほとんどが逃げてしまい、あたかも竜巻が通過したあとのようだ。

しばらくすると、外套を羽織った華麗な錦衣姿の少年が、玻璃（はり）で作られた宝灯（ほうとう）を両手で支え持って敷居を跨ぎ、肩で風を切りながら入ってきた。目を見なければ、少年の容貌は謝憐と三割から四割ほど似ているのだが、その目はあまりにも尊大かつ明麗な印象で、これが戚容でなければ誰だというのだろうか？

今では戚容も十七、八歳になり、あどけなさが抜けて気性も落ち着いてきていて、貴族の男子としての風采があると言ってもいいだろう。自分は扉から入ってきたが、配下の従者には中に入ることを許さず、両手でその灯を捧げ持ちながら殿に足を踏み入れると、外套をさっとめくって綺麗に清められた床に跪いた。灯火を頭より上に高く持ち上げ、粛々と数回拝礼する。上方の神壇の上にいた二人は、互いに目を見合わせた。風信が小さく舌打ちをして、謝憐は彼の目から苛立ちの感情を読み取った。

三年前、謝憐が皇城を離れて行脚に出た時、戚容はまだ禁足中だった。そして帰ってきた日もこの従弟に会う暇がなく、その夜、寝ている間にドカンドカンと大きな音が響く中で飛昇したのだ。この三年の間、謝憐は両親や国師たちの夢枕に立って少なからず託宣をしていた。戚容にも一度そうしたことがあって、今後は善行を積んで、好き勝手に振る舞わずに節度を持つようにと窘めた。それで戚容はあちこちで宮観と廟宇の建造にかなり積極的に携わり、功徳を寄付し、灯火を供えたのだ。

彼は一生懸命で非常に敬虔ではあったが、相変わらず何かにつけて面倒事を起こしていて、風信が下界に降りて尻拭いに苦心しなければならず、謝憐にも風信が苛立つ理由は理解できた。

すると、拝礼を終えた戚容が少々不満げにぼやく。

「太子従兄、これは俺があなたのために供えた五百個目の灯火だ。弟としてここまで真心を込めてるのに、いつになったら会いに来てくれるんだよ？　また俺の夢の中に現れて何か言ってくれたっていいじゃないか。伯父上と伯母上もすごく会いたがってるのに、俺たちのことを気にもかけないなんて、本当に勿体ぶってて冷たいんだな」

彼は風信が自分のすぐそばにいて、謝憐に注意を促していることにまったく気づいていない。

「殿下、絶対にあいつに構わないでください。帝君もおっしゃっていたでしょう。重大な事柄でない限り、神官は決して無断で下界の人間の前に姿を現してはならない、特に親族は避けなければならないと」

「安心してくれ。もちろんわかってるから」

　戚容は灯火を捧げ持ちながら立ち上がり、筆を手に取ると俯いて灯火に文字を書き始めた。謝憐と風信にはかつて戚容から受けた心の傷があるため、彼がいったい何を書いているのか気になり、我慢できずに近づいて一緒に覗き込む。そこに書かれていたのは、国の太平と民の平穏、天候と収穫の安定などごく普通のことで、どこそこの一家が市で斬首されますように、という類のことを願っているわけではなかったので、二人ともほっと息をついた。また、一筆一筆整然と文字を書いている戚容を眺めながら、謝憐はふとあることを思い出した。

　戚容が母親に連れられて実家に戻ったばかりの頃だ。ある時、王侯貴族が連れ立って太蒼山へ祈願に行ったことがあった。戚容の母親は一度下民と駆け落ちしたのちに逃げ帰ってきたため、人前に出ることを恐れていたが、息子は祈願に行かせ、自分と同じく引きこもって井の中の蛙にならないよう見聞を広めてやりたいとも考えていた。そこで、皇后に頼んで戚容も一緒に連れていってもらったのだ。

　なるべく目立たないよう過ごしてきたものの、貴族の間では醜聞はいつも矢より速く広まってしまう。皇城で彼女たち母子の事情を知らない者などいるわけがないだろう？

　そのため、道中で貴族の子弟たちは皆敢えて戚容を仲間外れにし、喋りもしなければ遊びもしなかった。鞦韆を見つけた謝憐がそれに乗って遊び始めると、年の近い子供たちが皆一緒になって遊び、代わる代わる太子殿下のために鞦韆を押して誇らしげにしている。一番高いところまで漕いだ時、謝憐が何気なく俯くと、皇后の後ろに隠れた戚容がひょっこり頭を出して羨ましそうにこちらを見上げているのが見えた。

　神武殿に着き、灯火を供え終えた大人たちは、一足先に国師たちとその場を離れた。御籤を引いて読み解いてもらい、それについて話をしている間、子供たちは神武殿の中に残したまま小さな灯火を供えさせて遊ばせていた。戚容は皇后とは初対面で、皇后が既に彼ら母子のために灯火を供えていたことを知らなかった。精巧で美しい灯火を見た戚容は、自分も同じように灯火を供えて幸福を祈願したいと思ったが、幼い彼には母の幸福を祈願する言葉をどう書けばいいのかよくわからず、いろいろな人に尋ねて回った。戚容と同じ一族の子供たちは、普段家にいる時から彼のことを嫌っていて、目上の人たちの影響もあり、彼ら母子のことを一族の恥さらしだと思っていた。それで、悪巧みをして戚容を騙したのだ。

　謝憐は一心不乱に自分の灯火に願いを書いていたが、書き終えて筆を置くと、誰かが後ろでけらけらと笑っている声が聞こえてきた。その笑い方が尋常でないように感じて振り向くと、手を墨汁まみれにした戚容が宝物のように灯火を抱きかかえ、満面の笑みを浮かべて供えようとしているのが見えた。そしてその灯火には、歪んだ不格好な文字で「一日も早く母と天に帰れますように　戚容」と書かれていたのだ。

激怒した謝憐は、その場で灯火を叩き壊した。

　その当時は謝憐もまだ幼かったが、その剣幕に貴族の少年たちは皆怯え、恐ろしさのあまり床に跪いたまま言葉を失うほどだった。それから謝憐が自ら戚容のためにもう一度灯火を用意して書き直してやると、嫌がらせをする度胸のある者など誰もいなくなった。

　その後、下山の際に謝憐はまた鞦韆遊びをしに行った。今度は戚容が皇后の後ろから走ってきて、謝憐のために鞦韆を押す役を買って出た。戚容は謝憐よりも背が低かったが、それでも誰より一生懸命に押し、行きの道中と同じように謝憐を見上げていた。ただ、その目は羨望から崇拝へと変わっていたのだ。さらにその後は謝憐の尻尾のようになり、一日中「太子従兄」の後ろをついて回るようになったのだった。

　これは認めざるを得ないことだが、かつての戚容はまだ比較的まともな人間だったと言える。だが、どういうわけか成長するに従って次第に歪んでいってしまった。しかし、この三年間、謝憐は気を配らなければならない人や事柄が多すぎて昔馴染みに注意を払っている暇がなく、彼が立ち直ったのかどうかもわからなかった。

　そう思っていると、戚容が灯火を供え終えて殿から退出しようとした。ところが、後ずさっているうちに後ろにいた誰かにぶつかってしまったのだ。一瞬よろめいた戚容は、ぱっと身を翻すと相手が誰か確かめもせずに罵り始めた。

「なんなんだ？　お前は目が見えないのか、それとも立ったまま死んでて避けるなんて無理か？」

　戚容が口を開いた途端、謝憐と風信は二人揃って額に手を当てる。

（変わってない。相変わらずあの頃のままだ！）

　五歳までずっと父親と一緒に暮らしていたため、下級層の雰囲気と父親の激しい気性に染まるのは避けられなかったのかもしれないが、その後皇后がどれだけ根気よく戚容を教え導こうとも、興奮すると彼は――国師の言葉を借りるならば「化けの皮が剥がれてしまう」のだ。

　戚容と軽くぶつかったのは二十四、五歳くらいのボロボロの服を着た青年だった。簡易な荷物入れを背負い、草鞋はすり減りすぎてほとんど底と縁がなくなっていて、長旅の疲れが見える。憔悴した顔で唇は乾き、頬もこけているけれど、目鼻立ちは非常に端整で朗らかだった。細身ではあるが弱々しくはなく、眼光が鋭く輝いている。

「ここはどこなんだ？」

「ここは仙楽宮、太子殿だ！」

　青年の問いかけに戚容が答えた。

「太子殿？　太子だって？　やっぱりここは皇宮なのか？」

　男はぶつぶつと呟き、殿内にある神像に目を向ける。その燦然と輝く黄金で顔が金色に照らされると、青年はまた尋ねた。

「あれは金なのか？」

　この宮観があまりにも華麗すぎて、彼はあろうことか神殿を皇宮だと勘違いしているのだ。傍らから戚容の侍従が近づいてきて、青年を追い払いながら言う。

「もちろん黄金だ。太子殿というのは太子神殿であって、皇宮の太子殿ではない！　ここがどんな場所なのか知らないなんて、お前はどこの田舎者だ？」

「じゃあ皇宮はいったいどこにあるんだ？」

　青年がそう聞くと、戚容（チーロン）が目を細めた。

「それを聞いてどうする？」

「俺は皇宮に行って国主に会いたいんだ。あの人に言いたいことがある」

　彼は真剣に答えたが、戚容（チーロン）と数人の侍従は皆笑いだす。その顔には軽蔑の表情が浮かんでいた。

「どこの田舎者か知らないが、皇宮に行きたいだって？　しかも国主に会いたい？　会いたいって言えば会わせてもらえるとでも思ってるのか？　皇宮に着いたところで、お前じゃ門前払いだろうな」

　だが、その青年は嘲笑われても少しも動じなかった。

「試してみるさ。もしかすると会えるかもしれない」

　それに戚容（チーロン）がハハッと大笑いする。

「だったら試しに行くといい」

　そう言いながら手を上げた戚容（チーロン）は、わざと皇宮とは逆の方向を指さした。「ありがとう」と礼を言って荷物入れを軽く背負い直すと、青年は振り返って観の外へと歩いていく。石橋に差しかかった時、彼はふと足を止めて下を眺めた。澄みきった水を通して、池の底に沈む幾層にも重なった硬貨が目に入る。

　青年はしばらく思案していたようだったが、次の瞬間、橋の手すりを飛び越えて池の中に入った。

　非常に力強くて素早い身のこなしで池に飛び込んだあと、彼は腰を屈めて一掴み、また一掴みと池の底の硬貨を掬い、自分の懐と荷物入れの中に詰め込んでいく。神の金を奪う勇気のある者になどこれまで出会ったこともなかったため、謝憐（シエリエン）と風信（フォンシン）は二人とも呆然とした。戚容（チーロン）も唖然としていたが、すぐに血相を変え、駆け寄って手すりを叩きながら大声で叫んだ。

「クソったれが！　何をやってるんだ⁉　さっさとそいつを引っ張り上げろ‼　このクソったれ野郎め‼」

　侍従数人が慌てて池に飛び込み、その青年を引きずり出そうとしたが、あろうことか青年はとんでもなく武芸に優れ、殴るわ蹴るわで誰も彼を止めることができない。上で見ていた戚容は地団駄を踏んで烈火の如く怒り、大勢の観の道士も為す術なく手をこまねいていた。

体がずっしり重くなるほど硬貨を掬った青年は、荷物入れを背負って岸に上がろうとしたのだが、思いがけず苔を踏んで足を滑らせてしまい、バシャンと水の中に仰向けに転んだ。侍従たちは今だとばかりに彼を捕まえ、取り押さえながら岸に上がってくる。戚容は足を上げるなり蹴りつけて罵声を浴びせた。

「よくもこの金が盗めたな！」

戚容が足を上げた瞬間、すぐ隣に立っていた風信が頃合いを見計らって遮ったため、思いきり蹴ってでも相手には強く当たっていない。戚容には風信が隣で邪魔をしているのが見えていないが、どこかおかしいとは感じていて、まるで幽霊に足を押さえられているみたいだと思っていた。七、八回こっぴどく蹴ってもずっとそんな感覚で、かなりむしゃくしゃしてきている。

水を飲んでむせたのか、その青年が何度か咳き込んでから話しだした。

「この金は池の中にただ置いてあるだけなんだし、なんで俺が人助けのために使っちゃ駄目なんだ？」

戚容はいくら蹴飛ばしても気が晴れず、とうとう苛立ちを募らせて問い質す。

「人助けだと？　お前は誰なんだ？　どこから来た？」

戚容がその質問をしたのは、この青年を罪に問い牢獄に放り込むつもりだったからなのだが、青年は正直に答える。

「俺の名は郎英。永安に住んでいるんだが、干ばつが起きて水がないんだ。農作物は育たないし皆食べ物も金もない。だけどここには水があって、食べ物があって、金もある。黄金で像を造って、銭を水の中に投げ入れてるっていうのに、なんで少しも俺たちに分けてくれないんだ？」

永安は仙楽国にある大きな町の一つだ。謝憐は立ち上がり、厳しい表情で尋ねた。

「風信、最近永安の方では干ばつが起きているのか？　どうして私の耳に入っていないんだ？」

振り向いた風信（フォンシン）が言う。

「わかりません。俺も聞いていないのですが、あとで慕情（ムーチン）に確認してみますか？」

第三十章 金像倒莽将埋苦兒

――金の像が倒れ、無謀な将は哀れな息子を埋める

「今すぐ呼んでくれ」

　謝憐（シエリェン）が言うと、風信（フォンシン）は右手の人差し指と中指を揃えてこめかみに当て、慕情（ムーチン）との通霊を試（こころ）みる。あちらでは戚容（チーロン）が吐き捨てるように言っていた。

「なんだ、あんなど田舎の永安から来やがったのか。やっぱり不毛の地ってのは無頼（ぶらい）の輩を生むもんだな。貧しいからって神の金を奪っていいと思ってるのか？」

「だったら俺はもう奪ったりしない。その代わり、俺が今すぐあんたらの祀るこの神を拝んで、跪いて叩頭して、故郷の皆の命を救うために金をくれって祈ったら、この神は俺たちを助けてくれるんだよな？」

　郎英（ランイン）に問われた戚容（チーロン）が少し言葉に詰まる。

（もし助けてくれるって言ったら、調子に乗って堂々と金を抱えて逃げるつもりじゃないだろうな？）

　内心でそう呟きつつ、戚容（チーロン）はこう答えた。

「太子殿下はもう神になってるんだ。神は皆すっごく忙しいから、お前らみたいな無頼の輩に構う暇なんかないんだよ！」

　それを聞いた郎英（ランイン）はゆっくりと頷く。

「俺もそう思う。今までも神を拝んだり祈ったりしなかったわけじゃないが、ちっとも意味がなかったからな。死ぬ奴はどうせ死ぬんだ」

　その言葉に謝憐（シエリェン）の心臓がドクンと跳ねた。そして一人の道士が郎英（ランイン）に声を荒らげる。

「あなたという人は、神殿内でそのような不敬なことを言うなんて、天上の神から罪に問われても怖くないのですか？」

「どうでもいいさ。問いたければ問えばいい。助けてもらえないことだってもう怖くないんだから、今さらそんなことが怖いわけないだろう？」

　戚容（チーロン）が手を振ると、待ち構えていた大勢の侍従たちがどっと郎英（ランイン）に飛びかかり、彼を取り囲んで殴ったり蹴ったりし始める。風信(フォンシン)がその中に紛れ、隙があれば彼らの拳や蹴りの力を削いだので、見た目は取り押さえられて激しく殴られているように見える郎英(ランイン)だったが、本人は戸惑ったような表情で身をかわすことも避けることもなく、時折背中の荷物入れを庇うように手を上げるだけだった。戚容(チーロン)はというと、向日葵(ひまわり)の種を一掴みし、それをかじりながら貧乏ゆすりをして怒鳴る。

「殴れ！　本王の命令だ、容赦なく殴れ！」

　それは完全に悪人の振る舞いだった。戚容(チーロン)の自称を聞いた郎英(ランイン)は、ふいに頭を上げて尋ねた。

「あんたは王なのか？　なんの王だ？　皇宮に住んでるのか？　あんたは国主に会えるのか？」

「俺はお前よりずーっと偉いんだよ！　よく国主陛下に会えるかもしれないなんて思えたな？　陛下は毎日政務でお忙しいんだ。お前なんかを構ってる暇があるもんか」

　戚容(チーロン)は口任せにそう怒鳴りつけたが、郎英(ランイン)は首を捻りながらも執拗に問い詰める。

「なんで俺に構ってる暇がないんだ？　神は俺に構ってる暇がない、陛下も俺に構ってる暇がない、だったらいったい誰なら俺に構う暇があるって言うんだ？　いったい俺は誰のところに行けばいい？　国主は永安で大勢の人が死んだのを知ってるのか？　皇城の民は知ってるのか？　知ってるなら、なんで金を水の中に捨ててまで俺たちに渡そうとしない？」

　戚容(チーロン)はヒヒッとせせら笑った。

「俺たちの金なんだから好きなように使うし、たとえ水切り遊びで投げようが他の奴にはクソほども関係ないだろうが。なんでお前らに分け与えなきゃならないんだ？　お前が貧しいから、お前の方が正しいとか言うつもりか？」

　彼の言葉にも一定の道理はあるが、今それを口にするのはいささか適切とは言えない。謝憐(シエリエン)がどうにかして戚容(チーロン)の口を封じようと考えていたその時、黒い単衣姿の少年が殿の後方から慌てて出てきた。

「殿下、何かご用でしょうか？」

　彼がそう言うと、謝憐(シエリエン)が手招きする。

「慕情(ムーチン)、早くこっちに来てくれ。君が最近受け取った祈願の中に、永安の干ばつについての情報はなかったか？」

「聞いたこともありませんが」

　慕情がぽかんとして答えると、きりきり舞いの風信が反射的に言った。

「聞いてないわけないだろう？　あそこの被災者がこっちまで避難してきてるんだぞ！」

　風信の口調があまりにも断定的だったので、慕情の表情が少々強張り、硬い口調で話しだす。

「本当です、確かにそういった祈願はありませんでした。まさか、あなたは私が故意に報告しなかったと言いたいんですか？　なら、あなたはどうなんです？　太子殿は奇数月が私の当番で、偶数月があなたの当番ですよね。もし本当に永安人が干ばつからの救済を願っているとして、その祈願がすべて奇数月に集中していて、あなたがちっとも事情を知らないなんてことはあり得ないでしょう」

　風信は唖然としたが、考えてみれば確かにその通りだ。

「俺はお前がわざと報告しなかったなんて言ってない。考えすぎだ」

　彼らがまた口論を始めそうになるのを聞いていた謝憐は、困った様子で「一旦やめろ」という手振りをした。

「そこまで。風信はそういう意味で言ったんじゃない。二人とも今すぐやめるんだ」

　謝憐にそう言われ、二人はすぐさま口を閉じて言い争うのをやめる。その時ちょうど、戚容はようやく配下の者が郎英を殴打するのを見飽きたらしく、小さな袋を手に取り、そこに向日葵の種の殻を入れて命じた。

「その泥棒を牢に引きずっていってぶち込んでおけ」

　侍従たちが「かしこまりました！」と数人で郎英を担ぎ上げる。

「とりあえず、目の前の問題を解決しよう。まずあの人を助けてから、私が永安のことを詳しく聞くよ」

　謝憐の言葉に、慕情は表情を和らげつつも慎重な態度で言った。

「殿下はどう解決するつもりなんですか？　みだりに姿を現してはならないんですよ」

飛昇してから、謝憐が非常に理解に苦しんでいる規則が一つあり、それがまさにこれだった。神官は生きとし生けるものを救うと言いつつも、やたらと勿体ぶっていて、衆生の上に君臨する立場としてみだりに姿を現してはならない。そのせいで謝憐は様々な制約を受けて思うように行動できず、大いに悩まされていたのだ。

幸い謝憐には少なからず考えがあったので、悩むことなく、振り返らずに手を前に出して一押しした。殿の前方にいた人々が、床に伸びた影が微かに揺れ動いていることに気づき、訝るように後ろを見る。次の瞬間、戚容が悲鳴を上げた。

「太子従兄――！」

今の一押しで、謝憐はなんと自分の神像を倒したのだ！

剣を握り花を持つ温和で秀麗なあの黄金の像が、ぐらぐらしながらゆっくりと傾いていく。戚容はまるで母親が首を吊って腰かけを蹴る瞬間でも見たかのような顔をして、心の底から驚いていた。郎英のことなど構っていられなくなり、ものすごい勢いで駆け寄って神像の太ももをしっかりと抱きしめ、必死に支えながら胸が張り裂けんばかりに叫ぶ。

「この役立たずどもめ、何を突っ立ってるんだ！　さっさとこっちを手伝え！　太子従兄を倒れさせるな!!　倒れちゃ駄目なんだよ!!」

そんな戚容に対し、謝憐は落ち着いた様子で彼とすれ違って太子殿から出ていく。だが、風信と慕情は衝撃のあまり顔面にひびが入ったような状態だった。しばらくしてから風信がようやく口を開く。

「殿下！　あれはあなたの神像なんですよ！」

像が倒れるのは縁起が悪いため、多少なりとも忌み憚られるものだ。それをこんなふうに神官が自分で自分の神像を押し倒すなど前代未聞で、これぞ三界の常識はずれだ。

「ただの大きな金の塊じゃないか。これくらいしないと彼らの注意を逸らせない。君たちは彼らがここを抜け出せないようにその像を押さえていてくれ。私はあの人に会ってみる」

謝憐がそう言うと、風信と慕情は呆れかえっていたが命令には従うしかない。二人は神像のそばに立つと指を一本ずつ出して像を押さえつけた。彼らにとってはその程度の力で十分なのだが、他の大勢はありったけの力を振り絞っても神像を立て直せず、辛うじて支えるのが精一杯で歯を食いしばりながらこう言った。

「……さすが純金製、本当に十分な重さですね！」

そして、外で尻餅をついていた郎英は、もう誰も自分のことなど気に留めていないことに気づき、長いこと金色に輝く神像を見つめていたが、立ち上がって体についた埃を軽く払うと、荷物入れを背負って走り去った。謝憐が彼のあとを追っていくと、しばらく走って仙楽宮からかなり離れたところで、鬱蒼とした林に入る。辺りを少し見回して、郎英はようやく木の下に腰を下ろして休んだ。それを見た謝憐は木の後ろに隠れ、無造作に印を結んで白衣姿の若い道士に変化する。

姿を変えると上から下までざっと眺めて抜けている箇所がないか確認し、謝憐は払子をさっと払った。

どうやって現れるのが自然か考えていたその時、なぜか郎英が木の近くにある水たまりのそばにしゃがみ込んで両手で一心不乱に穴を掘りだした。

「……」

この青年の手のひらは大きく、まるで痩せた黒い狼犬のように手を地面に差し込み、土が飛び散るほど広く深く穴を掘っていく。なぜ突然そんなことを始めたのか謝憐が不思議に思っていると、手についた土を下衣で拭き、水たまりから両手いっぱいに水を掬って口元に持っていくのが見えた。

それを見た謝憐は、これ以上隠れていることができなくなった。慌てて出ていって彼の手を止めると、乾坤袖の中から水筒を取って差し出す。

郎英は既に水たまりの水を口に含んでいて、頬を膨らませながら飲み込み、突然現れた若い道士を見つめていた。不思議に思うことも遠慮することもなく、水筒を受け取るとすぐにゴクゴクと飲み干す。すべて飲み終わってからようやく「ありがとう」と礼を言った。

唐突に現れてしまった以上、謝憐は自然な前置きにこだわるのはやめた。できるだけ仙人のような俗離れした風采で、信頼に値するよう払子を振って口を開く。

「そちらの方、あなたはどこから来て、どこに向かおうとしているのですか？」

「俺たちは永安城の郎児湾（ろうじわん）から来て、もともとは皇宮に行くつもりだった。今は気が変わったから、もう行かないことにした」

郎英（ランイン）の答えに謝憐（シエリェン）はぽかんとして尋ねた。

「俺たち？」

それに郎英（ランイン）が小さく頷く。

「俺たちだ。俺と、俺の息子」

謝憐（シエリェン）はますます訳がわからなくなったが、内心ではどこか薄ら寒い感じがしていた。すると、郎英（ランイン）が背負っていた荷物入れを解いてそれを開く。

「俺の息子だ」

彼が背負っていた荷物入れに包まれていたのは、なんと幼児の遺体だったのだ！

その幼児の体はずいぶん小さく、見たところせいぜい二、三歳くらいで、顔色は黄みを帯び、頬は落ち窪んでいた。額にはちらほらと黄ばんだ細い髪が数本張りついていて、しかもあせもができている。小さな顔は今にも泣きだしそうな奇妙な表情で、ひどくつらそうに見えた。目を閉じ、口は開いているが、もう二度と声を出すことはない。

謝憐（シエリェン）の瞳孔がすっと収縮した。気が動転して言葉を失う。どうりでこの青年の様子がどこかおかしいと感じたはずだ。どこがどうおかしいのか上手く説明できないが、ただ常人には思えなかったのだ。彼の言動はまるで後先を考えておらず、無鉄砲に突っ走っているようにしか見えなかった。今になって思えば、この青年に考えるべき後先などどこにあるというのだろうか？

郎英（ランイン）は謝憐（シエリェン）に息子を見せると、また元通りに包んできっちりと布の角を折り込む。そのひたむきな表情と仕草を見て謝憐（シエリェン）は胸が痛くなった。こんなにも小さな子供の遺体を目にしたのは初めてで、口ごもりながら尋ねる。

「あの……あなたの息子さんはどうして亡くなったのでしょうか？」

荷物入れを背負い直すと、郎英はぼんやりとした様子で言った。

「どうして死んだか、か……俺にもどうしてこうなったのかわからないんだ。喉の渇きも、空腹も、病気も、全部が重なったからかもしれない」

彼は少し頭をかき、言葉を続ける。

「息子を背負って永安を出たばかりの頃は、まだ時々咳き込んだり、後ろで父ちゃん父ちゃんって俺を呼んだりしてたんだ。それからだんだん何も言わなくなって、ただ咳き込むだけになった。だけど、そのうち咳き込むこともなくなったから、俺は寝たんだとばかり思ってたんだ。食べ物を見つけて起こそうと思った時には、もう目を覚まさなくなってた」

なんと、この子供は避難してくる道中で死んでしまったのだ。

郎英は小さく首を横に振った。

「俺は小さな子供の面倒をどうやって見ればいいのかわからなかったんだ。息子が死んだってもし嫁が知ったら、きっと死ぬほど俺のことを怒るだろうな」

そう言ってひとしきり沈黙してから、彼はまた口を開く。

「嫁がまだ俺を怒ってくれたらどれほど良かったか」

彼の表情はまるで枯れた切り株や暗く深い淀みのように終始淡々としていて、わずかな生気も感じられず、心にさざ波が立つこともない様子だった。謝憐は喉を締めつけられたような感じがして、かなり経ってから小さな声で言った。

「あ……あの……埋めてあげませんか」

「ああ。いい場所を探してたんだが、ここなら悪くない。日差しを遮る木があって、水もある。埋め終わったら俺はすぐに帰るよ。さっきは水をありがとう」

頷いた郎英はそう言って数回咳き込むと、また腰を屈めて手で穴を掘り始める。だが、謝憐は呟くように答えた。

「いいえ。礼なんていいんです……私に礼など言わないでください、お願いだ」

その時、駆けつけてきた風信と慕情は、一人が穴を掘り、もう一人が呆然としているのを見て、二人ともが困惑した。謝憐もあまり話す気になれず、ぼんやりと二言三言繰り返していたが、しばらくしてからようやく思い出した。この人は永安に戻るつもりなのだから、水を与えるだけでは足りない。袖の中に手を入れた謝憐は、しばらく探ってようやく何かを見つけ、郎英にそれを差し出した。

「これを持っていってください」

郎英が動きを止めて謝憐の手の中にあるものをしげしげと見る。それは光が流れるように艶やかな光沢が美しい、指の爪よりも小さな深紅の珠で、心を強く揺さぶるほど見事なものだった。たとえそれがなんであるかわからなくとも、一目見るだけでその小さな粒には連城の壁に値するほどの価値があるとわかるはずだ。

それはまさに三年前の上元祭天遊の時に謝憐がつけていたあの耳飾りの赤い珊瑚珠で、唯一残った片方だった。慕情はこの珠に深い思い入れがあり、見た途端に顔色をわずかに変える。郎英は常人にあるべき礼節や気遣いなどがすべて抜け落ちてしまったかのようで、遠慮することもなく手を伸ばして受け取り、「ありがとう」と言った。

それを注意深く帯の間にしまうと、背負っていた荷物入れを下ろし、掘った穴の中にそっと置く。

「父ちゃんはまたすぐにお前に会いに来るからな」

そう言い終わると手で丁寧に土を盛り、布の包みを覆った。謝憐は額に手を当てて目を閉じる。またしばらくすると、青年は足早に去って行った。

「殿下、彼はここに何を埋めたんですか？『父ちゃん』って言ってましたよね？　まさか人を埋めたってことですか？」

風信が訝るように尋ねてきたが、慕情が関心を持っているのは別のことだった。

「殿下、先ほど少し調べて確認してきました。永安の辺りはもともと裕福ではなくて、宮観や廟宇もあまり建てられていないんです。しかも、あちらの道観には地方の規定があって、奉納をしない者は宮観に入って参拝できないそうです。それで太子殿に来るのは裕福な家の者ばかりで、被災した貧しい人は最初から行こうともしないんだとか……」

　それには答えず、謝憐は低い声で告げた。

「君たちは永安に行って状況を把握してきてくれ。私は国師に会いに行っていったいどういうことなのかきちんと聞いてくる」

　謝憐の表情は今までにない険しさで、侍従二人は気を引き締めて「はい」と答えると、すぐさま出発する。そして、謝憐は身を翻して太蒼山へと走りだした。

　どうやら永安の被災状況は深刻なようだ。だが、たとえ自分に祈願の声が届かなくとも、皇宮が知らないはずはない！

第三十一章　天上神袖手人間事

天上の神は人界の事案に手をこまねく

太蒼山、太子峰。

この時辰以降、参拝客は山に留まることができないため、既に全員山門の外に出るよう丁重に促され、皇極観から離れていた。仙楽宮内では千人あまりの道士たちが夜の日課を行っていて、誦経の声がひとしきり聞こえてくる。四人の国師はというと、あの高さ五丈に達する黄金の像の足元で道事（どうじ）〔道教関連の儀式〕を取り仕切っていた。

太子殿内は、両側に床から天井までずらりと幸福を祈る灯明が並んでいる。天から降臨した謝憐（シエリエン）はふわりと神壇（しんだん）の上に降り立ち、ちょうど自分の神像の前に端座した。

彼が手を振ると何もないところから一陣の清風が吹き、無数の灯盞（とうさん）〔灯油を入れて火を灯す小皿〕がゆっくりと回転し始めた。灯火がゆらぎ、道士たちが次々に顔を上げる。彼らはその珍しさに舌を打ち鳴らして称賛し、微かなざわめきが広がる。国師は目を閉じて椅子の上でぐったりと座り込んでいたが、突然ぱっと目を開いた。

「今日はここまで。皆戻りなさい」

国師がそう言うと、道士たちが立ち上がって退出していく。その他の三人の副国師には謝憐（シエリエン）の実体は見えなかったが、何かが降臨したことを察し、道士たちと一緒に下がっていって神殿の扉を閉めた。その高い扉がぴたりと閉じるなり、謝憐（シエリエン）は待ちかねたとばかりにすぐさま口を開く。

「国師、永安の大干ばつについてご存じですか？　父皇の方ではほとんど動いていないようなのですが、朝廷に何かあったのですか？　それともまだ具体的な状況がよくわかっていないのですか？」

神官は下界の人間の前にみだりに姿を現してはならないが、一つだけ例外がある。それはつまり、国師や掌教（しょうきょう）〔門派の総責任者〕など位の高い道教修行者だ。そういった修練の境地が高い者は、人界における神官の代弁者であるため、謝憐（シエリエン）は国師とは直接会話ができる。例の「太子殿内では跪拝してはならない」という決まりも、まさに謝憐が国師の口を通して伝えたものだった。

もともと謝憐は、何か特殊な事情があって国主は手が離せず、永安の災害に対処する時間が取れずにやむを得ない状況になっているか、あるいは既に死者が出るほど深刻になっていることを国主がまったく知らないのかと思っていた。けれど、あろうことか国師の答えはこうだった。

「国主陛下はお変わりなくご健勝でいらっしゃいますし、大事も特に起きてはいません。永安の災害状況についてもよくご存じです」

謝憐は呆気に取られて尋ねた。

「それなら、どうして父皇が皇極観に来た時に、永安の幸福を祈願するのを私が一度も聞いていないのですか？　どうしてそれについて触れることすらなかったのですか？」

謝憐は父親と長年折り合いが悪かったが、国主が決して愚昧な君主ではないこともよく知っている。確かに貴い天子であると自負し、尊卑を重んじるきらいがあるが、被災した民に対して無関心でいるほどではないはずだ。

「この件は国主陛下には関係がありません。私から、陛下と皇后が幸福を祈願する際に永安については言及されないよう進言しました」

「……なぜですか？」

「無駄だからです」

その言葉に謝憐は愕然とした。

「無駄とはどういうことですか？」

少し間を置き、彼は次第にその意味がわかってきた。

「それはつまり、私が武神であって、干ばつについては担うのが不可能だから、私に祈願しても無駄だとおっしゃりたいんですか？　お忘れかもしれませんが、私は武神である前に仙楽の太子でもあります。私の国民が今、これほど悲惨な状況にあるというのに、どうして何もせずに黙って見ていることなどできますか？」

しばらく考え、謝憐は言葉を続ける。

「今、何よりも優先すべきなのは他でもなく永安の被災者を救うことです。ご面倒をおかけしますが、私の代わりに父皇にもうこれ以上神廟や神殿を建てなくていいと進言してください。太子殿は全国にあって多すぎるほどですから、もう必要ありません。それと、黄金像は全部溶かして被災者の救済に充てて構いません。西方の永安が大干ばつで水が不足しているのですから、川を造って東方から水を引いて灌漑し、土に養分を与えて……」

謝憐がそう話すと、国師は首を横に振って呟いた。

「早すぎました、早すぎましたね」

「早すぎたとは、なんのことをおっしゃっているのですか？」

理解できないとばかりに謝憐は尋ねる。

「私があなたにあまり早く飛昇すべきではないと言った理由が、これでわかりましたか？　それは、あなたの国民がまだ死に絶えていないからですよ」

「……」

絶句した謝憐は目を大きく見開き、低い怒りの声で言った。

「国師！　あ……あなたは何をおっしゃっているのですか？　いったい……私の国民がまだ死に絶えていないとはどういう意味ですか⁉」

「あなたは既に神なんですよ。それなのに、自分が下界の人間だった頃の身分を忘れられず、俗世への未練を断ち切れないでいる。あなたが渦中に身を置いたところで、どうすることもできません。結局ただ収拾がつかなくなるだけです」

謝憐は壇上に座っていて、国師はその下に立っている。明らかに謝憐が彼を見下ろしているにもかかわらず、国師が今の話をした際、なぜか彼の方こそが雲の上の存在かのようだった。

「どうすることもできないなんて、そんなはずないでしょう？　行動に移しさえすれば、きっと報われるはずです。少しでも救える可能性があるのなら救います。たとえ一人しか救えなかったとしても、何もしないよりはましです。もしあなたが私の言葉を父皇に伝えたくないのなら、自分で行きます」

謝憐がいきなり立ち上がると、国師はぱっと彼の袖を掴んで怒鳴りつけた。

「待て！　あなたはなぜ神官がみだりに下界の人間

の前に姿を現してはならないのか知っていますか？ 何百何千年にわたって定められてきた規則には、当然それなりの理由があるのです。馬鹿な真似をするんじゃない！」

「それなら、私には何ができるのですか？ あれは駄目、これも駄目……国師、今まさに私の領地でたくさんの人が死にそうになっているのです！ 神は衆生を救うことができるからこそ神と呼ばれるのではないのですか？ こんな時ですら姿を現してはならないのなら、いつだったらいいのですか⁉ 私はいったいなんのために飛昇したのですか⁉」

振り向きざまに謝憐（シエリェン）が言うと、国師は彼を掴んだまままため息をついた。

「太子殿下。はぁ……太子殿下。私が何を見たと思いますか？」

ひとまず心を落ち着かせ、少ししてから謝憐（シエリェン）は再び腰を下ろす。

「どうぞおっしゃってください」

国師は謝憐（シエリェン）をじっと見つめながら告げた。

「あなたの未来を見たのです。一面の漆黒でした」

「見間違いかもしれません。私は白しか着ませんから」

謝憐（シエリェン）は目を逸らすことなく言う。

「私はあなたが国民を救えず、逆に国民によって神壇から引きずり下ろされるのではないかと心配なのです」

「私の国民はそんなことをしません。彼らには善悪の区別がついています。彼らを救えないのなら、私が神壇の上にいる意味などありません」

ややあって、国師はため息を漏らした。

「あなたの父皇がなさったことは正しいとは言えませんが、間違っているとも言えない。あなたは被災者の救済に金を充てるよう言いましたが、実はあなたの父皇もそうしなかったわけではありません。ですが、その効果がいかほどだったのかご覧なさい。川を造って水を引くとも言いましたね。自分の目でその川を見て、それが可能かどうか確認してご覧なさい」

「わかりました。国師、ありがとうございます」

謝憐（シエリェン）は頷いてそう言った。

太蒼山を離れたあと、謝憐は真っすぐ西へ向かって進み、仙楽国の永安城にやってきた。

この二十年間、謝憐は太陽がこんなにも熱く、命にかかわるものだと思ったことはなかった。この土地に一歩足を踏み入れただけで、耐え難いほどの乾いた暑さを感じ、空気中のものがすべて歪んでいるように見える。太陽がかんかんに照りつけ、大地はひび割れて砕けた土の塊になっていて、古色蒼然としていて恐ろしい。道路の脇には深い溝が一本あり、どうやら元は水路だったようだが、干ばつが原因で底が見えて黒い河床から異様な生臭いにおいを放っていた。

かなり長いこと歩き続けても、見渡す限り田畑が一つも見当たらない。もしかすると、かつてはあったのかもしれないが、今はもうそれが田畑だったとわからなくなっているのだろう。

謝憐は歩きながら辺りを見回した。乾燥した熱い風に吹かれて長い髪がひどく乱れていたが、それを整える気にはならない。その時、ふと誰かが後ろから「殿下！」と呼ぶ声が聞こえてきた。

謝憐が振り返ると、黒衣の人影が二つ、慌ただしく走ってくるのが見える。風信と慕情だ。謝憐は単刀直入に尋ねた。

「何か情報はあったか？」

風信は服の胸元を掴み、少しばたつかせて風を送りながら答える。

「はい。この一、二年、西方は全体的に水不足で、今年はそれが爆発的に広がりました。ここ永安が最も深刻で、川が干上がり雨も降らず、耕作ができなくなっています。裕福な家は多少ましで、金があれば遠方から水と食料を調達することができたようですが、大多数の金持ちはとっくに一家で東方に移っています。残ったのは貧しい者か、動けなくなった者のどちらかです」

謝憐の眉間に深いしわが刻まれる。

「父皇は決して何もしなかったわけじゃなくて、被災者を救済するよう命じたと国師はおっしゃっていたのに、どうしてこんなに深刻な状態のままなんだ？」

「救済金を割り当てたところで、下に下りていく度に中抜きされて削られて、一番下まで行く頃には全部削り尽くされて少しも残りません。こんなふうに深刻な状態が続いているのも当然です。無駄に下げ渡して害虫の餌にするくらいなら、むしろ救済金なんて割り当てない方がいいと私は思いますが」

　慕情が冷たい声で言うと、謝憐はしばし息を凝らし、無理やり怒りを抑え込みながら口を開いた。

「害虫が食べたものを私が全部吐き出させてやる」

　だが、慕情は釘を刺すように言う。

「殿下、また忘れていますよ。これはあなたが口出しすべきことではありません。神官は人界のいざこざに介入してはなりません。三尺の厚い氷は一日の寒さでできるものではないんです。国主陛下は人界の事案を管理するのが専門で、それがあの方の職責です。その陛下ですら管理しきれないというのに、無数の信徒の祈願を担っているあなたがどうやって対処するんですか？　あれもこれもと手を出すと、結局最後にはいたずらに面倒事と非難を招くことになります。それに、これも一時的な対応にすぎなくて、根本的な解決にはなりません」

「根本的に解決するには、やはり水がないといけませんよね。東から西に水を移して均一にするよう、国師から国主陛下に伝えてもらってはどうですか？」

　日差しを手で遮りながら言った風信に、謝憐は小さく首を横に振った。

「さっき国師にそう言ったんだ」

「国師はなんておっしゃったんです？」

「……」

　謝憐は少し言葉に詰まってから話しだす。

「多分無理だろうなっていう様子だった。でも、今気づいたんだけど、確かにあまり現実的じゃないな。水を移すにはまず川を造る必要がある。だけど、川を造るには民を徴用して労働させないといけない。何年かかるかもわからない上に、人材も金も必要だ。もうどちらも費やせないよ」

「確かにそうですね。遠水は近火を救わず、ですから」

　風信がそう言って頷く。

しばらく考え込み、謝憐はまた口を開いた。

「でも、もし人界のやり方で解決できないんだったら、天界のやり方を試してみるのもいいかもしれない。何年か前に雨師を担当する神官が代替わりして、新しい雨師が飛昇したんだ。かなり人嫌いの気難しい方だって聞いたことがあるけど、訪問できるかどうか確認してみて、雨っていう形で東の水を西に引けないか尋ねてみるよ」

謝憐は飛昇して以来、君吾を除いてどの神官のところにも自分から訪問したことがなかった。誰かと意識的に親しくなろうとしたこともなく、通霊陣の中では分け隔てなく接してきたのだ。そんな彼が特定の神官を訪問しようとしているのは、かなり珍しいことだった。

だが、慕情がすぐさま「駄目です」と言った。

「どういうことだ?」

彼の方を向いて尋ねた謝憐に、慕情が答える。

「殿下、先ほど細かく調べたんですが、実はここ二年、永安や西側が水不足なのではなく、仙楽国全体が水不足なんです。ただ、仙楽の東側は海に近く、湖にも面している上に川が通っていますからあまり表面化せずに今のところ災害には至っていません。ですが、全体的な水量と雨量はどちらも以前より大分減っているのです」

謝憐が目を大きく見開いた。慕情はそのまま話し続ける。

「もし本当に川を造る、あるいは降雨によって東の水を西に移せたとしたら、永安の水不足は確かに少し緩和されるでしょう。ですが、完全に救うことにはならず、ただ彼らを少しだけ生き長らえさせることにしかなりません。それと同時に、東で干ばつが起きる可能性が極めて高くなります」

謝憐は次第に心が張り詰めていき、慕情の言葉を受けて言った。

「そして、仙楽の栄えている地域と人口の大部分は東に集中していて、西の三倍に留まらない。特に皇城がある。もしそこで干ばつが起きてしまったら……」

風信もすぐさま理解した。

「きっと永安以上に深刻な事態になり、死者も多くなります！」

「それによって引き起こされる動乱もさらに大きいでしょうね」

小さく頷いた慕情が厳しい表情でそう言う。謝憐は深く息を吸い込んだ。

「これが、国師が父皇のやったことは正しいとは言えないけれど、間違っているとも言えないとおっしゃった理由なのか？　ただ選択をしたにすぎないと」

「ですから殿下、誰もあなたの殿で永安の幸福を祈らなかったのは幸いだったんです。国主陛下のご判断にお任せしましょう」

謝憐は答えることなく顔の向きを戻した。

道中、謝憐が見かけた人々は皆、肌がどす黒くなり痩せて骨と皮ばかりの姿だった。男と子供は上半身裸で肋骨が一本一本くっきりと浮き出していて、女は顔の皮がむけ、虚ろな目をしている。誰もが動こうとせず、そんな力もないようで、何もかもが死と隣り合わせの悪臭を放っていた。悲鳴を上げながらこの今にも滅んでしまいそうな土地から逃げ出して、歌や踊りがあり燦然と輝く華やかな王都へすぐにでも戻りたくなってしまう。

ややあって、謝憐は口を開いた。

「君たちはとりあえずここに残って私を手伝ってくれ。可能な限り水を運んでくるんだ。私はちょっと考える時間が欲しい」

「わかりました。ゆっくり考えてください。答えが出たら、どうするか教えてくれればいいですから」

そう言った風信の肩を軽く叩き、謝憐は背を向けて去っていく。だが、慕情は後ろから淡々とこう言った。

「殿下、確かによく考えるべきです。私たちは十日や二十日なら力を貸すことができますが、一年や二年は無理です。百人を救うことはできても、数十万人を救うことはできません。あなたは結局武神であって、水神ではないんです。たとえ水神でも無から水を作り出すことはできません。根本的な問題が解決できなければいずれ立ち行かなくなるでしょう。これでは焼け石に水です」

第三十二章　世中逢爾雨中逢花

——世の中であなたに出会い、雨の中で花に出会う

その言葉を聞き、謝憐（シエリェン）はわずかに足を止めたが、結局振り返ることなく少し手を振ってそのまま歩いていった。

仙楽皇城に戻った謝憐（シエリェン）は、真っ先に皇宮に向かった。

自分でもなぜそうしようと思ったのかわからないが、決して両親に会うためではなかった。それは、神官が下界の人間の前でみだりに姿を現してはならないという規則があるからというだけではない。もっと大きな理由は、歳を重ねれば重ねるほど、家を離れて過ごす時間が長くなればなるほど、両親とどう話せばいいのか謝憐（シエリェン）にはわからなくなっていたことだった。これに関しては、世の中の息子や娘たちも皆同じようなものだろう。

そんな訳で、謝憐（シエリェン）は姿を隠して勝手知ったる皇宮の中をひとしきり歩き回った。どこを捜しても国主陛下の姿はなく、最後に向かった棲鳳宮でようやく父親と母親の姿を見つけた。

二人は宮人を下がらせて何やら話をしていた。皇后は寝台の隅に座り、手にした黄金の仮面を弄んでいる。それはまさに三年前の上元祭天遊の際に謝憐（シエリェン）が被っていたものだった。その仮面の形や目鼻立ちはすべて謝憐（シエリェン）本人の顔そのままに丁寧に作られていたため、被っていると顔にぴたりと合って違和感はなかったのだが、他の人の手にそれがあるのを見ると、どこか少しぞっとする。

「そんなものを弄っていないで、早くこちらに来て私の頭を揉んでくれないか」

傍らにいる国主がそう言った。

国主と皇后は、人前ではどんな場面であっても抜かりなく規則通りに振る舞っているが、人目のないところでは口うるさく言い合う普通の夫婦にすぎないということを、謝憐（シエリェン）は子供の頃から一番よく見てきている。皇后は仮面を置いて国主の近くに座り、こめかみを少し揉むと、ふと彼の髪を少しかき分けた。

「あなたの髪、また白くなっているわ」

　謝憐が目を凝らすと、父親の鬢の辺りが少し白髪混じりになっていて、なんとなくだが三割増し老けて見える。

（父皇はついこの前、皇極観に祈願に来たばかりだよな？　あの時はまだ髪は黒かったのに、どうしていきなり白くなったんだ？）

　謝憐がそう思っていると、皇后が銅鏡を手に取って国主に見せようとした。

「いい、見たくない。今度太蒼山に行く前にまた黒く染めよう」

　国主の言葉で謝憐はようやく気づいた。

（最近白くなったわけじゃなかったんだ！　とっくに白くなっていて、ただ私に会いに来る前にいつも黒く染めてただけだったのか。私は一日中信徒の祈願に耳を傾けたり、奔走したりで疲れていて、自分から二人に会いに帰ることなんて滅多になかったから、それで気づかなかったんだ）

　そう思い至ると、謝憐は内心恥ずかしくてたまらなくなった。今この時、この場にいる自分の姿が両親二人には見えないことが本当に幸いだった。

「私が毎日早めに休むように言っても、あなたときたらちっとも聞いてくれないし、しかも私が一日中小言ばかりだなんて言って。こんな格好の悪いところを皇児が見たら、ますますあなたのことを相手にしなくなりますよ」

　皇后が頭を揉みほぐしながら、あれこれと指摘するように言うと、国主はふんと鼻を鳴らす。

「君の皇児は大きくなってから言うことを聞かなくなったし、とっくに私のことなんて相手にしていない」

　国主は口ではそう言いながらも、我慢できずに寝台の近くにある銅鏡にこっそりと目をやり、ぽつりと呟く。

「それほど格好悪くもないだろう。いつも通りの顔じゃないか？」

　謝憐はぽかんとしてしまった。まさか父親にこんな一面があって、自分のいないところで嫌味っぽく「悪口」を言っているなんて思いもせず、ついその場で笑ってしまう。皇后も然(しか)りで、笑いを堪えていた。

「はいはい、格好悪くありません。体調は天下よりも大事ですから、今日は少し早めに休んでくださいね」

だが、国主は首を横に振る。

「休むわけにはいかない。近頃永安人が皇城に何人も来ている。来るだけならまだしも、あちこちで喚き散らすものだから、皆が怯えて不安がっていて厄介なのだ」

父親の髪が白くなった原因が、実はまさに永安の大干ばつだったとわかり、謝憐(シエリェン)の胸は言いようのない苦しさに見舞われた。

皇后は国主の言葉に頷く。

「私も容児(ロンアル)から聞きました。彼も今日、永安人に出くわしたそうですが、廟の中でお金を奪おうとしたと言っていましたよ。本当に恐ろしいこと」

「そうだな、恐ろしいことだ。数十人や数百人ならまだしも、万が一、十数万人が一挙に押し寄せて彼らが皇城の中をあちこちうろついたら、どんな結果になるか想像もつかない」

思い巡らすような様子で言った国主に、皇后はしばしためらってから答えた。

「必ずしもそうとは限らないでしょう。規則を守って大人しくしているのなら、来たって構わないではありませんか」

「一国の君主が『そうとは限らない』なんて考えで危険を冒すことなどできるわけがないだろう？　それに、彼らは絶対に来てはならないのだ。何人かを受け入れて養うということは、ただ箸(はし)を何膳(ぜん)か多めに用意すればいいというような簡単なことではなくて、もっと複雑なのだ。君にはよくわからないだろうから、この話はここまでにしよう」

「わかりました、もう話しません。あなたが言っていることは、私には元からわからないもの。せめて皇児がまだここにいてくれたら良かったわね。少なくともあなたの悩みを共有できたでしょうから」

皇后の言葉に国主がまたふんと鼻を鳴らす。

「彼が？　彼がいて何ができる？　私の憂いを増やさずいてくれるだけで上出来だ」

謝憐の話になると、国主は俄然元気が出てきたらしい。

「もう君の皇児についてはあれこれ言わないが、十何歳にもなるというのに、君が公主のように育てるからだ。彼が知ったところで何もできないだろう。ただいたずらに悩みが増えるだけだ。やはり彼は何も知らずに天上を飛んでいるのが一番いい。自分のすべきことをすればいいのだ。今はもう太子ではないし、人界とは関係もない。飛びたいのなら好きなように飛ばせておきなさい」

父親が自分をとやかく言って盛り上がっているのを謝憐が黙って聞いていると、皇后は笑いながら国主を軽く押した。

「あなたってば、今さらあの子のことを公主だなんて言うのですね。公主のようになったのは、あなたが子供の頃から甘やかして育てたからでしょう？　まさか自分のことは棚に上げて私のせいにするつもりですか？」

そう言いながらまたため息をつく。

「あの子は申し分のない子だけれど、家にだけは寄りつかない。昔、皇極観で修行していた頃からずっとそうで、数か月も帰らないこともよくあったでしょう。飛昇してからは輪をかけてひどくなって、三年間一度も会えていないのですよ。いつになったら会えるのかしら？」

彼女が不満を口にし始めると、国主は逆に謝憐を庇うように言った。

「女の君にはわからないのだ。天界の規則がそうなのだと国師が言っていたではないか。それに、彼を下界の人間と同じように考えるわけにもいかないだろう？　君の皇児を帰ってこさせるということは、彼の足を引っ張ることになりはしないか？」

「ただ言ってみただけですよ。あの子の前でそんなお願いをしたりしませんから」

慌ててそう言った皇后は、また独り言のように話を続ける。

「神像を見るというのも悪くないですね。あの子に会えるようなものですし、至るところにありますもの」

かなり長いことずっと見ていると、謝憐は胸につらい気持ちが込み上げてきた。喉の奥に何かが詰まったようなひどい苦しさを感じて、ただただ居たたまれなくなる。けれど、姿を現すことはできなかった。決して天界の規則を破ることを恐れているのではなく、姿を現したとしても何を言えばいいのかわからなかったからだ。永安の件について今のところなんの解決策も見出せずにいるのに、いきなり現れたところでただ両親を慌てさせるだけだろう。

　足早に皇宮から立ち去り、外に出て何度か深呼吸すると、謝憐はようやく気持ちが落ち着いてきた。心を静めて気を引き締め、ため息をつくより行動するんだと自分に言い聞かせる。無造作に印を結んで質素な白衣の若い道士の姿に変化し、謝憐は皇城を駆けずり回ってあちこち測量や記録をしていった。東奔西走して一日忙しく働いたあと、ついに明確な答えを得た。

　仙楽皇城の中にあるすべての川と湖の水位は、本当に以前よりも低くなっていた。皇極観にいた頃、謝憐は何度かこっそり下山して、仙楽国を貫く一番大きな川――楽河で舟遊びをしたことがあった。あの時、水面はどこも土手よりほんの少し低いくらいだったが、今では何尺も低くなっている。そして、皇城に住む民は皆、これは今に始まったことではなく、ずいぶん前からこうなっていたと言う。以前は気にも留めていなかったが、意識して見てみると、様々な兆候が驚くほど深刻な状況を示していることに初めて気がついた。

　最初、謝憐は慕情の情報が間違っている可能性に望みをかけ、自ら裏づけにやってきたのだが、今はもう認めざるを得ない。慕情は相変わらず期待に応えてくれていたということだ。

　この事実を確認したあと、謝憐は川のほとりに呆然と佇んで考え込んでいた。通行人が彼のそばを通りかかる度に、微笑みながら会釈をしてきたり、珍しそうにちらりと目を向けてきたりしたが、ほとんどの人は楽しげに自分のやるべきことをやっている。どれくらい立っていただろうか、空に少し雲がかかり、小雨が降り始めた。

　道行く人が次々に頭を覆って空を見上げる。

「本当についてないな！　雨が降ってきたから早く

帰ろう！」

「そうね、もう嫌になっちゃう！」

　雨の雫がポタポタと顔や体に当たり、謝憐はそれでようやく気づいて独り言ちた。

「雨か？」

　皇城の人は雨を嫌がり濡れるのを心配しているが、仙楽国の反対側ではこんな大雨が思いきり降るのをどれほど多くの人々が待ち望んでいるか、それは天のみぞ知るところだ。傘を差して走ってきた数人が、雨に打たれて濡れながら立ち尽くしている謝憐を見ると、ぱっと彼を引っ張って促した。

「そこの若い道長、走らないんですか？　どんどん雨が強くなってきてますよ！」

　ふらふらとついていった謝憐は、長屋の軒下まで一緒に走っていく。彼らは傘を閉じると、互いにハハッと大笑いした。

「幸い、今日は出かける時に雲が多いなと思って傘を持ってきてたんだ。そうじゃなかったら濡れ鼠になるところだったよ」

「長いこと降ってなかったもんな。ずいぶん雨を溜め込んでるだろうから、相当強くなるんじゃないか」

「うわあ、見てみろよ、やっぱりまた強くなってきた！　こりゃ土砂降りになりそうだな！」

　雨粒が地面に落ち、四方に弾け飛ぶ。彼らのなまりにとても親しみを覚え、謝憐はここが自分の生まれ育った場所であり、この人たちは自分のよく知る愛すべき国民なのだということをひしひしと感じた。

　話をしているうちに、徐々に雨脚が弱まってくる。

「今のうちに急いで行こう！」

　皆はそう言って次々に傘を差して軒下から出ていくが、謝憐はその場に立ったままだった。彼らは振り返って謝憐に目を向け、二言三言話し合う。すると一人が近づいてきて、持っていた古い傘を差し出した。

「道長はもしかすると帰れないんですか？　まだ雨は少し強いですから、良かったらこの傘を使ってください」

　親切に言われて謝憐はようやく我に返った。

「ありがとうございます。でも、あなたは？」

「俺たちにはまだ傘がありますから、肩を寄せ合えばいいんですよ。ほら、行くぞ！」

　雨の中、前にいた数人ががやがやと騒がしく言う。仲間に促され、彼は謝憐の手に傘を押しつけるとそのまま走っていった。彼らはピチャピチャと水を踏みながら遠くへ立ち去っていったが、謝憐はその傘を握ったまま佇んでいた。

　ふと前方の少し離れたところに、人目に立たない小さな廟が一宇あることに気づき、傘を差して雨の中をそちらに向かって歩いていく。すぐ近くまで来ると、その廟の扉の両脇にある対聯に「身は無間」「心は桃源」と書かれているのが見え、謝憐はようやく確信した。ここは太子殿だ。

　三年間で八千もの宮観が建つとなると、当然どれもが太蒼山にある人々を驚嘆させるような華麗で豪奢なものばかりというわけではなかった。中には庶民が流行りに乗って盛り上げるために建てた数合わせ的なものもたくさんある。功徳箱はなく、廟祝もおらず、ただ泥塑の像を立てて皿をいくつか並べ、点心と果物を少し供える。そして信心深い者が時折訪れて掃除をすれば、それでもう立派な殿なのだ。

　隅の方にひっそりと隠れるように建っているこの廟は、まさにそういった見栄えの良くない太子殿だった。謝憐が中に入ろうとすると、ほとんど間が抜けていると言っても過言ではない太子神像が目に入った。それは派手な色の服に、白粉をつけたような白い大きな頬、ぼけっとした笑みを浮かべていて、まるで大きな人形みたいだ。もし心労が重なっていなければ、きっとすぐさま声を出して笑っていただろう。

　この三年間、謝憐が見てきた太子像の数は五千まではいかないにしても三千はあるが、自分にそっくりな太子像は一度も見たことがなかった。一番似ているものでも七割ほどしか似ておらず、残りは醜すぎるか美しすぎるかのどちらかだ。他の神官の神像は醜すぎるものがほとんどだが、謝憐の神像はその逆だった。別人かと思うほど美化されすぎて、本人ですら恥ずかしくなってしまうようなものもあるくらいだ。

　謝憐はその泥塑の像をじっくり見てはおらず、ちらりと一目見ただけだったのだが、ふと雪のように白い何かが視界に入り、視線を像に戻す。

その粗末な太子像の左手には、真っ白な花が一束握られていた。

花びらは純白で、透き通ってきらきらと光る露に濡れて大変瑞々しく、清々しい香りがほのかに漂うとても可愛らしい花だ。仙楽太子像の標準的な姿勢は「片手に剣、片手に花」なのだが、左手に持つ花は決まって精巧に作られた黄金の花や、宝石の花、玉の花だった。そのため、本物の花を手にした自分の神像を見たのは初めてで、謝憐は思わず少し近寄る。

じっくり見てみて、謝憐はようやく気づいた。この泥塑の太子像の左手は、元は泥で作られた花を持っていたのだろう。しかし、像を造った者の腕が未熟で花のついた枝が折れたのか、それとも誰かの悪戯で取られてしまったのかわからないが、今は左の拳に小さな穴が一つ残されているだけだった。その小さな白い花束は、まさにその穴にぴったりと差し込まれている。もし、誰かがわざわざ摘んできてこの神像の左手の穴を埋めたのなら、本当に真心のある者に違いない。

そう思っていた時、ひとしきり慌ただしい足音が聞こえてきた。振り返らずにまず姿を隠した謝憐は、傘を持ったまま神壇の上までふわりと跳び上がり、振り返って下を眺める。すると、廟の外の土砂降りの雨に煙る薄暗がりから、少年が飛び込んでくるのが見えた。

せいぜい十二、三歳くらいだろうその少年は全身ずぶ濡れで、着古して汚れた服を纏い、顔には汚れた包帯を巻いている。右手を左の拳の上にしっかりと覆い被せていて、まるで何かを守っているかのようだった。

廟の中に駆け込んでくると、彼はようやく両手をゆっくり開く。

雪のように白い小さな花が一束、彼の手の中でそっと咲いていた。

何かを思い出した謝憐は、「えっ」と小さく声を上げる。

何層にも包帯を巻いた顔は、どうしても三年前に出会ったあの子供を思い起こさせた。けれど、確信は持てない。悲観的な考えだが、太蒼山から一人で逃げ出したあの子供が、果たして三年経った今も生きているのだろうか？

その時、近づいてきた少年がつま先立ちで泥塑の像の手から花を外し、自分の手の中にある束と取り替える。神壇の上に座っている謝憐には、その様子がはっきりと見て取れた。新しい花束は花びらがより瑞々しくふっくらしていて、水が滴るように美しく、馥郁とした香りを漂わせている。きっとつい先ほど摘んだばかりなのだろう。まさか、彼はこの人目に立たない廟に毎日やってきて、泥塑の像が左手に持つ花を新鮮なものに取り替えているのだろうか？

さらに少年は花を捧げたあと、太子像の下で合掌して印を結び、黙々と幸福を祈願し始めた。他の者のように考えなしに跪いたりせず、本当に謝憐の言葉に従っているのだ。

三年の間に、謝憐を参拝した数多くの信徒の中には、高官や貴い身分の者もいれば、当代の名士や世間をあっと言わせる才能を持つ者もいた。けれど、謝憐が本当に「真心」を感じたのは、意外にもまだ十二、三歳のこの子供だった。彼は貧相な身なりをしているため、華美で格調高い金殿には入れてもらえず、この庶民の神廟に参拝するしかなかったのだろう。

謝憐はなんとも言えない気持ちになってしまった。

その時、廟の入り口の方から、傘を差した子供たちの集団がはしゃぎながら走るピチャピチャという音が聞こえた。ただ通りかかっただけだと思っていたら、通り過ぎたあとで、なぜか彼らはまた戻ってきた。そして、何か珍しいものでも見つけたかのように手を叩く。

「うわっ、うわっ、化け物がまた追い出されてるぞ！」

その子供たちは、廟の中にいるこの小さな信徒と歳は同じくらいだったが、見たところ両親にきちんと食べさせてもらって育ったのだろう、どの子供も彼より背が高くて大柄だった。祭日が近いせいか、皆新しい服や靴を身につけている。彼らは無邪気に笑いながら活き活きと廟の入り口で水を踏んで遊んでいて、「化け物」という言葉が悪口であり、人を傷つけるものだと思ってもいないようだった。悪意など微塵もなく、本当にただそう呼ぶのが面白いだけなのだろう。少年は拳をきつく握りしめたが、その小さすぎる拳ではなんの威嚇にもならず、子供たちが扉の外からまた叫んでくる。

「化け物は今日もまた廟の中で寝るつもりだな。次に家に帰ったら母ちゃんに死ぬまでぶたれるぞ！」

謝憐は眉をひそめた。少年は包帯の下から覗く片方の目を血走らせ、拳を振り上げて怒鳴る。

「俺に家なんてない!!　母ちゃんなんていない!!　あの人は俺のお母さんじゃない！　お前ら全員失せろ！　失せろよ！　それ以上言ったらぶっ殺してやるからな!!」

だが、怖いもの知らずの子供たちは「べーっ」と舌を出した。

「殴ってみろよ。またお前の父ちゃんに言いつけて、お前のことを懲らしめてもらうからな」

子供の一人が目配せしながら言う。

「そうだよな、お前に母ちゃんはいないよな。だって、お前の母ちゃんはお前を捨てたんだから。それに家もない。お前んちの家族は皆お前のことが嫌いなんだし、せいぜいこのオンボロ廟で……」

そこまで言った瞬間、少年が突然大声で叫んでその子供に飛びかかった。

少年の背丈は低かったが勢いは十分で、いきなりの怒声に怯えた何人かが逃げだそうとする。けれど、少年と取っ組み合っている子供が「何をびびってんだよ！　こっちは人数が多いんだぞ！」と声を上げると、皆はまた引き返してきて寄ってたかって少年を引きずり回して殴りだした。

謝憐はこれ以上見ていられなくなり、軽く手を振った。すると、空気中に突然現れた奇妙な力によって、少年と子供たちが二つに分断される。その直後、地面から激しい水しぶきが噴き上がり、子供たちの方は一斉に後ろにひっくり返った。

彼らは何がなんだかさっぱりわからないまま奇妙な転び方をして泥水を飲み、下ろしたての服も全部濡れて自分たちが嘲笑っていた相手よりもさらに汚く醜い姿になってしまった。所詮は子供なだけに、ハハッと笑っていた声があっという間にわぁわぁという泣き声に変わる。地面から起き上がった彼らは、傘を掴んでおいおい泣きながら一目散に逃げていった。

　謝憐（シエリエン）は小さく首を横に振る。自分は邪魔鬼怪（じゃまきかい）を斬り、旅の無事を加護するひとかどの武神だというのに、初めてこんな幼い子供の争いに介入してしまった。非がある方を追い払ったとはいえ、少しの達成感もない。そして振り向いて少年を見た謝憐（シエリエン）は、少々呆然とした。

　混乱の中、少年の頭に巻かれていた包帯が半分ほど引き剥がされていて、そこから現れた顔は青あざだらけで紫色に腫れ上がっていた。明らかに先ほど殴られた傷ではない。謝憐（シエリエン）がよく見ようとすると、その前に少年は無言で包帯を巻き直し、膝を抱えて泥塑の像の足元に座り込んだ。謝憐（シエリエン）がこの太子廟にやってきたのは、たまたま手近なところにあったからで、ここに風信（フォンシン）と慕情（ムーチン）を呼んで重要なことを話し合い、指示をするつもりだった。だが、思いがけず出会ったこの子供が気になってしまい、招集の命令を出し終えると、すぐ隣にしゃがんで彼をじっと見つめた。

　そう経たないうちに、少年の腹がグーグーと音を立てる。供物皿には果物と点心がいくつか入っていて、干からびてあまり美味しくはなさそうに見えたが、何もないよりはましだろう。謝憐（シエリエン）はその中から一つ選び、そっと彼の体に向けて放り投げた。

　果物を当てられると、少年はぱっと両腕で頭を抱きかかえて丸くなり防御の姿勢を取った。まるで当たったのが石で、しかもさらにたくさんの石が投げつけられると思っているかのようだ。しばらくしてから辺りを見回し、それがただの果物で、この場には自分以外誰もいないことがわかると、少しの間ためらってから果物を拾い、服で軽く拭いてから供物皿に戻した。なんと、腹を空かせているというのに、皿の中の供え物を食べなかったのだ。

　その後、食べ物を探しに行こうとしたのか、彼は廟の入り口まで歩いていって外の大雨を眺めた。けれど雨足があまりにも強く、これ以上濡れるのも嫌だったのだろう。また戻ってくると泥塑の像の足元で丸くなって眠ってしまった。

その時、命令を受けた風信と慕情が駆けつけてきて、二人は廟の後方から姿を現した。

「殿下、よくこんな小さな太子廟を見つけましたね。どうしてここで指示を伝えようと思ったんです？」

風信がくさくさした様子で言いながら俯くと、誰かが床で丸く縮こまっているのに気づき、危うく踏んでしまうところだった。

「クソったれ、どうしてこんなところに子供がいるんだ⁉」

同じく俯いてじっくりと見た慕情が、すぐさま尋ねる。

「殿下、この子は三年前に太蒼山から逃げたあの子供ですか？」

それに謝憐は首を横に振った。

「確証はないんだ。この子がなんて名前かも知らないし、どんな顔かもわからないからね」

まったく気づいていない少年を囲みながら三人が話をしていると、彼が何度か寝返りを打ち、顔を拭う。すると、なんと鼻や口の端から血が出ていた。

その様子を見た謝憐は、ますます彼をこのまま寝かせておくわけにはいかないような気がした。

「とりあえずこの子をここから離れさせよう。空も暗くなってきてるし、この廟は夜を明かすのに向いている場所じゃない」

「こいつは行く当てがないんじゃないですか？　もしそうだったら、ここで一晩過ごすしかないでしょう」

風信の言葉に謝憐が答える。

「家はあるけど、家庭環境があまり良くないみたいなんだ。でも、この廟にいるのも良くないだろう。とりあえず離れないと食べ物も探してあげられない。この子は怪我をしているし」

「殿下、お言葉ですが、今はこんな些細なことに構っている暇はありません。私たちを呼んだのは、何か決断したからなのでは？」

上天庭の神官で、すべての信徒の祈願をそのまま受け入れる者などこれまで一人もいなかった。知っておかなければならないのは、世の中には数えきれないほどたくさんの信徒がいるのだから、一人一人対応していては煩わしいことこの上ないということだ。そのため、神官も時には見て見ぬふりをすることがある。取るに足らない些細な祈願や微妙な祈願などは、聞こえなかったふりをしておけば、大いに手間が省けるからだ。

けれど、謝憐はまだあまりに若く活力に満ちていたために、そういった臨機応変な対応を受け入れられる段階にはなかったのだろう。少し考えて、通行人がくれたあの傘を持って小さな廟の外に出た。

ゆっくりとその傘を広げると、雨粒がパタパタと勢いよく傘に打ちつける。床で丸まっていた少年は、その音を聞いて誰かが近づいてきたのだと思ってわずかに身じろいだ。けれど、誰が来たところで自分には関係ないと思ったのか、また横になってしまう。謝憐が広げた傘を廟の入り口に置くと、雨が傘を打つ音が消えることなくずっと聞こえてきて、それでようやく不思議に思ったようだ。

少年が起き上がって見に行くと、降りしきる雨の中、赤い傘が一本斜めに置いてあった。それはまるで、ぽつんとたった一輪だけ咲き誇る赤い花のようで、少年はその場に立ち尽くす。

それから駆け寄って傘を抱え上げると、その様子を見ていた慕情が言った。

「殿下、もうこの辺でいいでしょう。あからさますぎて彼に気づかれたら面倒事が増えます」

ところが、謝憐が答える前にまた走って戻ってきた少年は、彼らの後ろで大声を上げたのだ。

「太子殿下！」

三人が驚いて振り返ると、少年は傘を抱きかかえ、感動のあまり目を真っ赤にしながら泥塑の像に向かって叫んでいた。

「太子殿下！　あなたなんですか!?」

風信は謝憐が先ほど子供たちを追い払って彼を助け、しかも果物を投げたことを知らなかったため、不思議そうに言う。

「まさか気づかれるとは。このガキ、意外と勘がいいな」

ところが、どうやら慕情はこうなった原因を察したらしく、謝憐をちらりと見やった。

少年はなおも叫ぶ。

「もしここにいるなら、どうか俺の質問に答えてください！」

雲の上にある神壇に座している時、謝憐（シエリエン）は「どうかお姿を見せてください」という声を毎日数えきれないほど耳にしていた。どんな声でも繰り返し聞いていれば麻痺してしまうものだが、謝憐（シエリエン）はそういった声を聞く度につい注意を引かれ、立ち止まってしまうのだ。

「殿下、もう構うことはありません」

慕情（ムーチン）が横で促すように言ったが、謝憐（シエリエン）は何も答えない。少年は両手でその傘をぎゅっと抱きしめ、歯を食いしばりながら言い募る。

「俺はすごく苦しいんです！　毎日死んだ方がましだって思って、世の中の人間を皆殺しにして、それから俺自身も殺してしまいたいって毎日思うんです！　生きているのがすごく苦しいんです！」
十二、三歳の子供が大声でそんな言葉を叫ぶなど、滑稽であり、また哀れでもある。けれど、その小さな体の中で湧き上がる何かが、彼の憤怒と咆哮を支えていた。
「こいつはどうしたんだ？　世の中の人間を皆殺しにするだなんて、ガキが言う言葉か？」

風信（フォンシン）が眉間にしわを寄せてそう言うと、慕情（ムーチン）は淡々と答える。

「幼すぎるだけですよ。もう少し大きくなれば、今の自分に起きたことなんて全部大したことではなかったとわかるはずです」

少し間を置き、慕情（ムーチン）は謝憐（シエリエン）に目を向けた。

「この世には苦しい思いをしている人が多すぎるんです。まさに永安の大干ばつを例にすれば、どの永安人も彼より苦しいでしょう。殿下が気に留める必要はありません。やるべきことをやりましょう」

「そうかもしれないな」

謝憐（シエリエン）はそっとそう呟く。

一人の苦しみは、もう一人にとってはおそらくすべて取るに足らないごく小さな悩みにすぎないのだろう。

少年は謝憐（シエリエン）を見上げた。目は真っ赤になっていたが、涙は流れていない。片手で傘を抱き、もう片方の手を伸ばすと、彼は泥塑の像の裾を掴みながら問いかけた。

「俺はいったいなんのためにこの世で生きているんですか？　生きることになんの意味があるんですか？」

　長い沈黙が流れ、誰も答えることはない。少年もこうなることはわかっていたようで、ゆっくりと項垂れていく。

　ところが、その静寂を破る声が少年の頭上から降ってきた。

「なんのために生きればいいかわからないなら、私のために生きなさい」

　謝憐（シエリエン）の隣にいた風信（フォンシン）と慕情（ムーチン）は、まさか彼が本当に答えるとは思ってもいなかった。しかもそんな答えだったので、二人とも目を大きく見開いて彼の方を見る。

「……殿下!?」

　少年ははっとして顔を上げたが、誰の姿も見当たらない。ただ柔らかくて抑揚のある清らかな声がその泥塑の像から聞こえてくるばかりだ。

「君の問いには、私もどう答えればいいのかわからない。でも、もし生きる意味がわからないなら、ひとまず私をその意味だと思ってみるのはどうだろうか」

　風信（フォンシン）と慕情（ムーチン）は衝撃のあまり顔面にひびが入ってしまいそうだった。謝憐（シエリエン）の口を塞ごうと手を伸ばしながら、大声を上げる。

「もう喋らないでください、殿下！　規則違反です！　規則違反ですから！」

　彼らに口を塞がれる前に、謝憐（シエリエン）は急いでまた一言叫んだ。

「花をありがとう！　とっても綺麗で、すごく気に入ったよ！」

第三十三章　雨難求雨師借雨笠

雨は求め難く、雨師が雨笠を貸す

少年はすっかり呆然としてしまっていた。

風信と慕情の二人は、できることなら手を七本、足を八本生やしてでも彼の口を塞ぎたくて、どうにか謝憐を引きずり下ろそうとする。だが、謝憐はさっと二人を振り払った。

「わかったから！　もう喋らない！　規則に反したのはわかってるけど、君たち二人が聞かなかったふりをしてくれればいいじゃないか。君たちさえ黙っていれば誰にもバレないだろう。これっきりにする。だから口外しちゃ駄目だぞ、わかったか？」

慕情はまるで無理やり靴下を食わされたような表情を浮かべ、首を横に振りながらぼやく。

「あなたはどうしてそういう……『私のために生きなさい』なんて言葉を堂々と口にするなんて、本当に……」

謝憐はもともとなんとも思っていなかったのだが、そんなふうに言われると逆に何かあるように思えてきて、顔を赤らめた。

「もういいだろう。殿下がもうやめるって言ってるのに、どうしてお前は話を蒸し返すんだ」

すぐさま風信が顔を強張らせて言ったが、口元はぴくぴくと動いている。これ以上見ていられず、謝憐は弁解するように言い返した。

「なんだよもう、私の言葉はちゃんと役に立ってるだろう。見てみろよ」

少年は大分長いこと呆然と座っていたが、それ以上謝憐の声が聞こえてこなくなると、顔を何度か思いきり揉む。そして卓の上から供物皿を取ってきて胸に抱え込むと、その中にある干からびた果物と点心を食べ始めた。がつがつと咀嚼している様子は小動物のようで、非常にいじらしくもあり、また非常に獰猛な雰囲気でもある。謝憐は腰を屈めて彼を眺め、笑みを浮かべながら二人に向かって言った。

「ほら、君たちも見ろって、役に立ってるだろう。さっきは食べなかったのに、今は食べてるんだぞ」

「ええ、ええ、役に立っています。あなたは神ですからね」

「そう、そう、役に立ってますよ。あなたは神ですから」

「……」

慕情に続いて風信にもそう言われ、黙り込んだ謝憐は色を正して口を開いた。

「そうだ、私は神だ。君たちを呼んだのは、確かに決断をしたからだ」

ここにきて、ほんの一瞬和んだ雰囲気がまた重々しくなる。

「どうするんですか？」

風信がそう尋ね、慕情は「まだ関わるつもりですか？」と口にした。

「関わるよ。すごく簡単なことだ。仙楽国内に水が足りないのなら、仙楽以外の国に行けばいい」

「他国に行くんですか？　それだと遠すぎるのでは？　水系の法術を使う神官から法宝を少しお借りする必要があるかと思います。それに、その国を守護している神官が同意してくれるとも限りませんし」

慕情がためらうように言ったが、もちろん謝憐もそれは考慮していた。

「ひとまずやってみるよ。何もしないよりはましだ。君たちはこのまま永安に残って、まずは被害が深刻な場所から救済を急いでくれ。私は上天庭に戻るけど、何か質問はあるか？」

「ありません。あとは俺がなんとかします」

風信が応じると、慕情は少し考えてからまた尋ねる。

「殿下、それでは太子殿に届いた信徒の祈願はどうしますか？」

「それも言おうと思ってたんだ。君はとりあえず重要なものだけを選んで私の代わりに解決しておいてくれ。あまり重要じゃないものは一旦留め置いて構わないから」

慕情はあまり快く受け入れているようには見えなかったが、それでもこう答えた。

「あなたは太子殿下ですから、ご命令には従います。ですが、あまり長く留め置かない方がいいかと思いますよ」

謝憐が二人の肩をぽんと叩くと、風信と慕情は一礼してすぐに下がっていった。

小さな廟の中には、謝憐とあの子供だけが残される。廟を出て振り返った謝憐は、一目見てそれ以上長居をせず、真っすぐに仙京へと急いだ。

もともとの考えでは、まず水系の法術を使う神官を何人か訪ねるつもりだったのだが、不思議なことに最初の数人はあいにく仙府におらず、最後に残った雨師はそもそも仙京に住んでいなかった。謝憐が仙京の街頭を慌ただしく歩いていると、正面から公文書の束をいくつも抱えた黒衣の女性文官がやってきて、にこやかに声をかけられた。

「太子殿下、ようやくお戻りになったのですね」

「南宮、ちょうどいいところに。雨師の邸宅がどこにあるか知りませんか？」

謝憐も急いで尋ねる。

この黒衣の若い女は名を南宮傑といい、下天庭の下級文官だ。謝憐が飛昇したあと、それによって生じた多くの雑務をすべて彼女が引き受け、処理してくれた。情報通で仕事の手際も大変いいため、謝憐は彼女にかなり好感を抱いていた。

「雨師殿はまだ邸宅が完成していないので、しばらくは南方にある雨師国にいらっしゃいますよ」

南宮傑が雨師の住んでいる場所を教えてくれる。

「殿下はあの方に何かご用ですか？」

「急ぎの用件がありまして。ありがとうございました」

そう言って立ち去ろうとした謝憐だったが、また振り返ると軽く咳払いをして恥ずかしそうに尋ねた。

「南宮、あのですね、あなたは上天庭の神官たちに詳しいですし、一つ教えてほしいのですが。雨師殿に何か……特に好きなものってあるでしょうか？」

少しでも目端が利く神官なら、飛昇して新しく着任した際に、普通は同じ天庭で任に就いている神官の大廟を一通り訪問して贈り物をする。つまり相手の顔を立てるということだ。これは暗黙の了解となっている慣例なのだが、謝憐はいきなり飛昇したために、上天庭に来たばかりの頃にそのことを誰も教えてくれなかった。その後、国師から苦言を呈された時には、一つには機会を逸してしまっていて今さら贈るのも気が引け、二つにはこういうことはどうしても人界で裏取引をする汚職官吏を連想しがちで、太子として謝憐はあまりいい印象を受けなかったため、真摯に向き合っていればいつか同僚たちとの距離は縮まるはずだと、結局自然の成り行きに任せることにしたのだ。

　そうして当初は裏表のない清廉潔白な態度を取っていたのに、急に打って変わって自分から神官の好きなものを尋ねるなど、まるで賄賂を贈ろうとしているかのようで、どうにもきまりが悪かった。けれど、背に腹は替えられない。

　仙京に住んでいる水系の神官数人とは少なくとも通霊陣の中で話したことがあったので、何か交換条件などがあったとしても、交渉することができるだろう。けれど、雨師とはこれまでまったく接点がなく、初めて訪ねるというのに、ただで法宝を借りにきたと相手に勘違いされるのが謝憐は気恥ずかしかったのだ。

　南宮傑はすぐに謝憐の意図を理解して答えた。

「お恥ずかしながら、殿下のお力にはなれそうにありません。雨師殿は控えめな方で、私はおろか、おそらくこの天界にあの方の個人的な好みをご存じの方はいらっしゃらないと思います。申し訳ありません」

　それを聞いて謝憐は顔を少し赤らめる。

「大丈夫です。気にしないでください。ありがとうございます」

「ですが、もし重要なことをお尋ねしたいのなら、直接居所を訪ねても差し支えないでしょう。雨師殿の性格からすると、おそらく殿下に会わないというようなことはないでしょうから」

　謝憐は再び礼を言い、下界に降りて彼女が教えてくれた通りにひたすら南下すると、雨師が当面住んでいるという地に辿り着いた。

　そこは小さな村落で、青々とした山や川があって景色がいいのだが、謝憐にはそれを楽しんでいる余裕など皆無だった。あぜ道を通り抜けると、ようやく「雨」の文字が刻まれた石碑が見えてくる。本来ならば、この石碑を越えた先は雨師が仮住まいとしている地域で、ここで活動しているのは雨師の配下だけのはずだ。ところが、謝憐がどれだけ歩いていっても辺りは緑豊かな田畑ばかりで、その田畑で牛がモーモーと鳴き、水車がくるくる回っていて、農夫たちは田植えに勤しんでいる。田畑のそばには不格好に歪んだ藁葺きの小屋があるが、とても俗離れした雰囲気は感じられず、もしかして場所を間違えたのではないかと疑ってしまうほどだった。ここはただの辺鄙で古くさい小さな農村ではないのだろうか？

　謝憐がそう訝っていたその時、畑を耕していた黒い牛が突然「モーモー」と長い鳴き声を数回上げた。二本足で立ち上がり、前脚を伸ばして自分で牛鍬を体から外す。逞しい体がどんどん収縮して細くなり、牛の長い鼻もどんどん短くなっていくと、瞬く間につやつやした毛並みの黒い牛から、上半身裸の農夫の姿に変わっていった。

　その農夫は長身で体格が良く、筋肉がくっきり盛り上がっている。剛毅な顔つきで鼻には先ほどの牛と同じぴかぴかの鉄の鼻輪をはめていて、口に草を一本咥えていた。そして他の農夫たちは、今の恐ろしい変化を目の当たりにしても、平然とした様子で作業を続けている。それでようやく謝憐は、ここにいる人たちが皆下界の人間ではないということがわかった。

「道友、少々お尋ねしたいことがあるのですが、雨師殿がしばらくの間ご滞在されているというのはこちらでしょうか？」

　近づいていって拱手しながら尋ねると、黒い牛から変化した農夫が岸辺を指さす。

「ああ、雨師様ならすぐそこに住んでるよ」

「……」

　彼が指し示した方向には、あの風が吹けば倒れ、雨の日には雨漏りしそうな藁葺きの小屋しかない。何度も確認するように繰り返し見て、謝憐はようやく疑いを捨てた。

　謝憐の太子廟の中で、民間で建てられた最もみすぼらしいものでも、その小屋に比べれば相当体裁がいいだろう。謝憐は内心不思議に思った。話によると、飛昇する前の雨師は謝憐と同じく他ならぬ雨師国の皇族の子孫で、まさにそれが理由で謝憐は贈り物として希少価値の高い宝石を持ってこなかった。おそらく雨師もそういうものに対する感じ方は自分と同じで、特に欲しがらないだろうと思ったのだ。それが飛昇したあと、どうしてここまで落ちぶれてしまったのだろうか？　おおかた、これも一種の修練のやり方なのかもしれない。

農夫に礼儀正しく謝意を伝え、小屋に近づいた謝憐はよく通る大きな声で来訪を告げる。

「雨師殿、突然ですが仙楽太子謝憐が参りました。事前にお知らせしていなかったことをお許しください」

部屋の中からは何も聞こえてこず、先ほどの農夫が牛鍬を引きずりながら歩いてきた。

「あれ？　あんたが十七歳で飛昇したっていうあの太子殿下か？」

「お恥ずかしながら」

「事実なんだし、何も恥ずかしがることなんてないだろう。でも雨師様は人に会うのが好きじゃないし、それに最近怪我をしたから、残念だけどあんたに会うのは無理かもしれないな」

それを聞いた謝憐は少しがっかりしたが、それでも物は試しだとばかりに尋ねてみる。

「では、代わりに伝言をお願いできませんか？　大事なお願いがあるのです。もし聞いてみて雨師殿にとって都合が悪いようでしたら、決して無理は申しませんので」

「伝言の必要はない。俺らは皆、あんたが何をしに来たのかわかってるよ。仙楽国に水がなくなって、相当つらいんだろう？」

農夫がヘヘッと笑ってそう言い、謝憐は唖然とした。

「仙楽国の事情をご存じなのですか？」

「そりゃ知ってるさ。でも、知ってるのは俺らみたいな貧しい山奥の片田舎にこもってる奴だけじゃないぞ。あんたの仙楽国に大きな災いが降りかかってるのをまだ知らない奴なんているか？　あんたは自分で自分のことがわからないだろうけど、一日中あんたのことを見張ってる他の奴らの方が、よっぽどあんたのことをよく知ってるからな。もしかすると心の中じゃ喜んでるかもしれないぞ、ハハッ。あんたは被災者の救済を手伝ってもらいたくて、雨師様に法宝を貸してほしいって頼みに来たんだろう？」

　真実をずばりと言い当てられ、謝憐はようやく気づいた。訪ねるつもりだった上天庭の神官たちは、決してたまたま不在だったわけではなく、謝憐の来意がわかっていてわざと扉を閉ざして出てこなかったか、あるいは面倒事に関わりたくなくてとっくに逃げていたかだったのだ。

（まさか、のちのち顔を合わせた時に事を運びやすくするために、やっぱり最初に有力者一人一人の大廟を一通り訪問した方が良かったってことか？）

　そう思いながら謝憐はため息をつく。考えていると少々落ち込んできて、小さな声で答えた。

「まさにおっしゃる通りです。もし雨師殿が不都合であれば、決してつきまとったりはいたしません」

　けれど、農夫はこう言った。

「どうしてつきまとわないんだ？　面子にこだわってんのか？　これはあんたの国民の命に関わる大事なことなんだから、とことんしつこく粘るべきなんじゃないのか？　ちょっと腰を低くしたくらいで、もう耐えられないってか？　若い奴がそんなふうに気持ちを抑えられないんじゃ駄目だろうが。厳しいことを言うようだけど、雨師様があんたを助けるとしたら人情からで、助けないとしたらそれは本分じゃないからだ。あんたに貸すとしたら気分がいいからで、貸さないとしてもあとで恨み言を言われる筋合いはない」

　彼の言葉はすべて理に適っているとよくわかっていた。だが、今現在、既に耐え難い状況に追い込まれていて、その上彼の口調があまりにも友好的ではなかったために、謝憐は微かに怒りが込み上げてきて、顔を上げて色を正す。

「あなたがおっしゃることは、すべてよく理解しております。私は決して陰で恨み言を言ったりしませんし、何も最初からそんなふうに邪推しなくてもいいではないですか？　私がつきまとわないと言ったのは、ただ徒労に終わるだろうと思っただけではなくて、雨師殿にご迷惑をおかけしたくないからです。ですが、もし雨師殿が特にご迷惑ではなくて、私がつきまとえば法宝をお借りできるのなら、私は喜んで拱手の礼をして八千の宮観をお譲りできますし、地面に跪いて音が鳴るほど百回叩頭したって構いません」

　そう言った謝憐（シエリエン）に、農夫がハハッと笑った。

「怒ったのか？　気性はまだまだ子供だな。受け取れ！」

　謝憐（シエリエン）は手を上げて、彼が投げた青い竹笠を一枚受け取る。それは農夫が最初から背負っていたものだった。

「これは？」

「あんたが借りようとしていたものだよ。あんたが来るより前に、雨師（ユーシー）様からあんたに渡すよう言われてたんだ。気をつけて使えよ。壊したら容赦しないからな」

　謝憐（シエリエン）は目を大きく見開く。

「どうしてですか？」

「どうしてって、さっき言っただろうが？　あんたに貸すのは気分がいいからだ。他の神官が誰も貸さないなら、雨師（ユーシー）様は敢えて貸す。雨師（ユーシー）様はやりたいことがあれば気の向くままにやるんだよ」

「ありがとうございます！　ありがとうございます！」

　謝憐（シエリエン）は繰り返し礼を言ったが、農夫はこう答えた。

「喜ぶのはまだ早いぞ、太子殿下。雨師（ユーシー）様はあんたより飛昇して長いけど、信徒はあんたに比べたら多くないし、法力も遥かに及ばない。その上、怪我をしていることもあって、法宝を貸す以外にできることはないから、あとはもうあんた自身でやるしかない。遠方の水じゃ今の渇きを癒やすことなんてできやしないんだ。この雨師笠（ユーシーりゅう）は雨を運ぶことはできても、水を生み出すことはできない。あんたの仙楽国はもう水が足りていないから、他国に行って調達するしかないけど、他国が喜んで差し出すとは限らない。唯一雨師国だけは年中雨が多いから、まだ十分余剰（よじょう）がある。でも、こんなに遠く離れていると、一回使う度に法力を大量に消費してしまうんだ。あんたの法力がいくら多くても、いつかは底をつく時が来る」

　それでも、無関係の他人に自分の法宝を貸すということがどれほど容易ではないか、謝憐にはこれ以上ないくらいわかっていた。あの藁葺きの小屋に向かって深々と腰を折る。

「雨師殿が手を差し伸べてくださったというだけで、私は感謝の気持ちでいっぱいです。この大恩のお礼は言葉では言い表せません。今後もし私でお力になれることがありましたら、雨師殿、どうぞ遠慮なくお申しつけください。失礼いたします！」

　法宝を借り受けた謝憐は、すぐさま南方で湖か川がないか探し、雨師笠を使って大量の湖水を笠に汲んだ。千里を越えて仙楽の永安に戻ると、干ばつが最も深刻な村落――郎児湾に向かい、雲の上でその笠をひっくり返す。

　たちまち空からしとしとと小雨が降り始めた。謝憐は雲から飛び降りて足を地面につける。息も絶え絶えだった村人は、信じられないといった様子だった。ある者は扉から飛び出すと雨を浴びて小躍りしながら歓呼し、ある者は手足を洗う大小さまざまなたらいを慌ただしく家中から引っ張り出してきて雨を受けようとしている。

　その様子を見て謝憐はほっと息をつき、ようやく笑みを浮かべた。

　その時、ふと遠くから誰かが「太子殿下！」と呼でいる声が聞こえてきた。

　振り向くと、半分暗い顔をした慕情が木の後ろから出てくる。彼の顔色が冴えないのに気づいた謝憐は、嫌な予感がした。

「どうしたんだ、何かあったのか？」

第三十四章　閉城門永安絶生機

城門が閉ざされ永安の生きる望みは絶たれる

「殿下、どうしてこんなに何日もかかったんですか？」

慕情の言葉に謝憐は唖然として尋ねた。

「私はそんなに長いこと離れていたか？」

天に上っては地上に降り、湖水を入れて持ってきては雲に上って雨を降らせ、昼も夜も関係なく行ったり来たりしていて、とっくにかなりの時間を費やし日が経っていたが、当の謝憐はまったく気づいていなかった。

「もう何日も経っています！　太子殿の信徒の祈願が山のように溜まっているんですよ」

その時、謝憐は雨脚が弱まり糸雨のようになったのを感じて手を伸ばした。

「君たちには、とりあえず重要なものを優先して処理するようにって伝えただろう？」

「処理できるものはもちろん私たちですべて処理しました。で……ですが、まだかなりたくさんの祈願があって、私たちの等級では代わりに処理する資格がないんです。だから私はあの時、殿下にあまり長く留め置かずに早く戻ってきてくださいと言ったんです」

慕情が言い終わると雨もやんだ。この雨が降っていた時間は想像していたより短く、謝憐は思わず気が重くなってくる。空に浮かぶ暗雲がわずかに散っていき、青竹色の笠が一枚ゆっくりと落ちてくると、謝憐は両手を伸ばしてそれを受け止めた。

「でも、この状況を見ろ。私の方も手が離せないんだ」

謝憐の言葉に、慕情が眉間にしわを寄せる。

「殿下、雨師の法宝を借りてきたんですか？　これはどこから運んできた水なんです？」

「南方にある雨師国だ」

「あんなに遠くから？　これを一回運ぶのにどれだけ法力が必要なんですか？　それに毎回降らせられる雨の範囲は狭いでしょうし、長続きもしないでしょう。このまま消耗していったら、どうやって太子殿の信徒の祈願に対応するんですか？」

慕情(ムーチン)に言われるまでもなく、謝憐(シエリエン)もよくわかっていた。彼は武神で、太子殿の信徒は彼にとって殿の礎(いしずえ)であり、法力の源だ。今の謝憐(シエリエン)の行動は本末転倒に等しく、少しでも気を抜けばおそらく両方とも立ち行かなくなってしまう。けれど、これ以外にどんな方法があるというのだろうか？

「わかってるよ。でも、このままの状態が続いて、もし永安で動乱が勃発したら、太子殿にも遅かれ早かれ影響が及んでしまうだろう」

だが、謝憐(シエリエン)の言葉に慕情(ムーチン)はこう答えたのだ。

「もう勃発しそうなんです！」

「なんだって？」

驚いた謝憐(シエリエン)は、慕情(ムーチン)の報告を聞いてすぐさま仙楽皇城に戻った。神武(シェンウー)大通りに行くと、完全武装をして手に鋭利な武器を持った皇室の衛兵たちが、首と手に枷(かせ)をはめられたみすぼらしい身なりの男たちを大勢連行しているところに出くわした。大通りの両側は民でごった返し、誰もがいきり立った表情をしている。風信(フォンシン)は民が暴動を起こした時に備えるかのように、黒い弓を手にして構えていた。

「風信(フォンシン)！　今連行されている人たちは何者なんだ？　何をやった？　どこに向かっているんだ？」

謝憐(シエリエン)が大声で叫ぶと、その声を聞いた風信(フォンシン)は大股で歩いてきた。

「殿下！　これは全員永安人です」

列になった数十人の男たちは浅黒い肌をしていて、皆背が高く痩せている。彼らを連行する衛兵の後ろには、老人が数人と、ひどく怯えた顔の女や子供もいた。

「その後ろも全部そうなのか？」

謝憐(シエリエン)の問いに慕情(ムーチン)が「そうです」と答える。

実は、永安の大干ばつが数か月続いているために、永安に住んでいた者たちは続々と東方に避難していた。数十人規模の時はまだ目立たなかったが、すべて合わせるとこれまでに五百人以上もがやってきていたのだ。五百人を超える人間が一か所に集まって黒山のように密集している様子は、相当なものだ。

永安人たちはこの地に知人もいなければ土地にも

不案内だった。おまけに赤貧で、口を開けばすぐに気づかれてしまう地方のなまりがあるため、見知らぬ栄えた町では当然一つに固まって互いに身を寄せ合うことになる。そのため、彼らは仙楽の皇城をあちこち探し回り、ようやく誰も住んでいない緑地を見つけると、大喜びでそこに掘っ立て小屋を建てて一時的に滞在することにしたのだ。

その緑地には確かに誰も住んでいなかったが、あいにく皇城の人々にとっては憩いの場所だった。仙楽人は娯楽や鑑賞が生活の一部になっていて、特に皇城の人々はそれが顕著だ。多くの民は暇があれば緑地に出かけ、散歩をしたり、踊ったり、剣の稽古をしたり、詩を吟じたり、絵を描いたり、集会したりしている。

けれど、永安は仙楽の西側に位置し、土地は痩せていて貧しく、民の気質や習慣も東側とは天と地ほどの差がある。そのため、皇城の民は彼らに比べ、自分たちこそが正統な「仙楽人」だという強い自負があるのだ。以前は風雅だった場所が今ではこのような大勢の難民に占拠され、そこで日がな一日、薬を煎じるわ、死を悼んで泣き喚くわ、洗濯をするわ、火をおこすわで、汗と残飯の臭気がぷんぷん漂い、多くの近隣住民は我慢できなくなって不平をこぼした。

まとめ役である永安の老人数人は、それを察して他の場所に移動しようとしたが、皇城は元から人口がかなり多く、どこに移動しても人で溢れかえっていて、こんなにたくさんの人が暮らせる場所など見つからない。ましてや、この五百人あまりの中には、怪我をしたり病気になったりしている老人や女子供、体の弱い者もいるため、頻繁に場所を変えるのも望ましくなく、へりくだった態度で気を遣いながらも面の皮を厚くしてそこに居座り続けるしかなかった。皇城の民も不満はあるものの、何しろ同じ国の民でもあり災難に遭ったのだからと、とりあえず我慢していたのだ。

ここまで聞いたところで、衛兵の列が数十人の永安の男たちを市場の入り口まで連行し、大声で命令した。

「跪け！」

永安の男たちは誰も彼も不服そうな顔をしていたが、首に刀を突きつけられては嫌でも跪くしかない。彼らがばらばらと跪くのを取り囲んで眺めていた皇城の民の中には、ため息をつく者もいれば、溜飲を下げた者もいた。

「君のその話だと、お互いに我慢していたみたいなのに、今日のこれはどういうことなんだ？」

謝憐の疑問に風信と慕情が答える前に、人だかりの中にいた婦人が泣き喚いた。

「この野蛮な泥棒ども！　こそこそ盗みを働いた上に、私の主人をあんなになるまで殴って！　起き上がることもできないのよ！　もし彼に万が一のことがあったら、私はあんたらを道連れにしてやる！」

近くにいた数人が慌てて婦人を慰め、彼女に同調して非難する者もいた。

「故郷を追われて人様の土地に来たくせに、身のほどをわきまえるってことを知らんのか！」

「そうだ、人の家に来ておいて、お構いなしで物まで盗むなんて！」

「最初から言ってるように、俺たちは何も盗んだりしてない！　先に手を出したのも俺たちじゃないんだ！　それに、こっちにも怪我をした人が……」

枷を嵌められた若者が気持ちを抑えられなくなって弁明すると、一人の老人がそれを遮るように怒鳴りつける。

「それ以上言うでない！」

その若者は憤懣やるかたない様子で口を閉ざした。

風信がまた話し始める。

「皇城で誰かの犬が一匹いなくなったんですが、前に永安の子供があまりに空腹で、人の家の鴨を盗んで煮て食べたことがあったんです。それで、今回も永安人が捕まえて焼いて食べたんじゃないかと疑って、彼らのところに問い詰めに行ったところ、話が嚙み合わなくなった途端に殴り合いの喧嘩が始まりました」

それを聞いた謝憐は、ただただ理解に苦しんだ。

「たかが犬一匹が原因でここまで大騒ぎになって、こんなにたくさんの人が捕まったのか？」

「そうです。たかが犬一匹が原因でここまで大騒ぎになっているんです。どちらも長い間我慢してきたからこそ、小さな事が大事になってしまうんです。双方が誓いを立てて相手が先に手を出した、相手に非があると言って乱れに乱れて喧嘩をしているうちに、いつの間にかどんどん大規模な乱闘になっていきました」

　すると、先頭に立っていた衛兵が口を開く。

「大勢で集まって騒ぎを起こしたことは厳罰に処する！　二度と過ちを犯さぬよう、枷と鎖をつけて見せしめとする！」

　言い終わって離れた次の瞬間、多くの人々が永安の男たちに向かって野菜の葉や腐った卵を投げつけ始めた。

「申し訳ありません、皆さん、申し訳ありません」

「どうかお手柔らかに、お手柔らかにお願いします」

　何人かの年長者たちがそう言いながら周囲に向かって頭を下げる。

　些細なことを大げさに扱って、あまりに馬鹿馬鹿しすぎると思いながらも、謝憐は理解できないわけではなかった。

「それで、彼らは盗んだのか、盗んでないのかどっちだ？　その犬は見つかったのか？」

　尋ねると、風信が首を横に振る。

「そんなこと誰にもわかりませんよ。食べ終わって骨のかすを捨ててしまったら誰が見つけられるって言うんです？　でも表情を見るに、俺には彼らが盗んだとは思えません」

　だが、皇城の衛兵は当然ながら皇城の民の肩を持つ裁決をするため、盗んだかどうかにかかわらず、喧嘩が始まれば永安人に非があるということになってしまう。特に皇城の男の多くは遊興を好み、永安の男ほど喧嘩に強くないため、おそらく今回は田舎者にこっぴどく殴られて大いに面子を潰され、それで対立が一層深まったのだろう。

　首を軽く横に振ってさっと辺りを見回した謝憐は、ふと永安の男たちの列の真ん中で見覚えのある青年が俯いているのに気づいた。あの小さな林で息子を埋めていた郎英だ。

　謝憐はその場に呆然と立ち尽くす。その時、近くにいた誰かが不満を漏らすように言った。

「なんだかここ数か月で皇城の中の永安人がますます多くなってきたような気がするな。しかも今日は人を殴りやがるしさ」

「あいつら、まさか全員来るつもりじゃないだろうな？」

　すると、商人らしき男がしきりに両手を振る。

「国主陛下がお許しになりませんよ！　私の家は数日前に永安人に盗みに入られたんです。もしあの人たちが全員来てしまったら、大変なことになるでしょう？」

　その言葉を聞くと、ずっと項垂れて野菜の葉を真正面から投げつけられるままになっていた郎英（ランイン）が、突然顔を上げた。

「あんたは見たのか？」

「何をだよ？」

　商人はまさか相手が自分に話しかけてくるとは思いもよらず、つい返事をする。

「永安人があんたの家の物を盗んだところを、自分の目で見たのか？」

「……」

　商人は思わず押し黙った。

「この目で見たわけじゃないが、これまではなんの問題も起きなかったのに、あんたたちが来てから急に盗まれるようになったんだ。まさか、あんたたちとは少しも関係ないって言うんじゃないだろうね？」

　郎英（ランイン）は小さく頷く。

「なるほど、わかった。つまり俺たちが来る前は、物を盗むのは全部あんたらで、俺たちが来たあとは、物を盗むのは全部俺たちだと……」

　言葉の途中で、腐った柿が回転しながら飛んできて彼の口元に直撃し、まるで大きな血の花を吐いたようになる。商人がぷっと声に出して笑った。郎英（ランイン）は冷淡な目つきになり、それきり口を閉じて何も言わなくなった。

　謝憐（シエリエン）は、この永安の青年たちがこれ以上のひどい仕打ちを受けて血が流れないよう、彼らに向けて投げつけられる尖った石の勢いを相殺（そうさい）していった。この見せしめは夕方まで続いたが、取り囲んでいた見物人たちも次第に散っていく。そしてようやく十分だと思った衛兵たちは、今後二度といざこざを起こすな、さもないと決して簡単に容赦しない云々と警告し、横柄な態度で枷を外した。数人の年長者たちがずっとぺこぺこと頭を下げてへつらい笑いをし、二度と過ちは犯さないと約束していると、郎英は淡々とした表情で自分だけ立ち去っていった。

　郎英が一人で歩いていくのを見た謝憐は、時機を見計らって木の陰から姿を現し、彼の行く手を遮った。

　謝憐がさっと出てくると、青年の目つきが鋭くなり、一瞬、謝憐の喉を絞めにかかろうとする。電光石火の間にそこにいる人物を確認した郎英は、伸ばしかけていた手を戻した。

「あんたか」

　謝憐が変化しているのは、例のあの若い道士の姿だ。郎英が先ほど繰り出しかけた一撃に謝憐は少々驚き、「なかなかの腕前だな」と心の中で呟いた。

「あの珠を差し上げたのに、どうしてあれを持って永安に帰らないのですか？」

　そう言った謝憐を見つめながら郎英が答える。

「息子がここにいるんだ。俺もここにいる」

　少し間を置き、郎英は腰帯の間から珊瑚珠を取り出した。

「これを取り返しに来たのか？　返すぞ」

　珠を差し出したその手には、まだ枷を嵌められた時のうっ血した痕が残されている。しばし押し黙り、謝憐はそれを受け取ることなく言った。

「もう帰ってはどうですか。今日、郎児湾で雨が降りました」

　そして天を指さして続ける。

「明日も！　雨はまた降るはずです。必ず降ると保証します」

　けれど、郎英は小さく首を横に振った。

「雨が降ろうが降るまいが、もう帰れないんだ」

　立ち去っていく郎英の後ろ姿を眺めながらしばし呆然としつつ、謝憐はただ悩みというものは無限にあるように感じた。

　飛昇する前は、まるで悩みなど何もないかのようだった。自分がやりたいと思ったことはなんでもできた。ところが、飛昇してからは突然尽きることのない悩みに包まれてしまったみたいだった。他人の悩みもあれば、自分の悩みもある。何かをしようとしてもとても難しく、困難ばかりで手が回らず、力が及ばないのだ。ため息をこぼし、自分も身を翻してその場を立ち去った謝憐（シエリエン）は、何日も溜め込んでいた信徒の祈願を処理すべく太子殿に戻っていった。

だが、最も深く思い悩んでいるのは決して彼ではない。国主こそがそうだった。

仙楽国主の憂慮（ゆうりょ）は現実のものとなり、この五百あまりの永安人は、まだほんの始まりにすぎなかったのだ。

謝憐（シエリエン）は借りてきた雨師（ユーシー）笠を持って南北を頻繁に行き来し、自分の力だけを頼りに法術を使って雨を降らせた。雨を一回降らせるごとに、少なくとも五、六日の時間と大量の法力を消耗してしまい、こんなふうに行ったり来たりと駆けずり回っても持ち堪えられる者など、彼の他には本当に誰もいないだろう。当然のことながら、君吾（ジュンウー）以外にはだ。しかし、神武（シェンウー）大帝が守護する土地は謝憐（シエリエン）よりも遥かに広く、仙楽の一国よりもずっとたくさんの信徒や領地に精力を注がなければならない君吾（ジュンウー）に、どうしてこの件に関して気を配ってくれるよう求めることができるだろうか？　おまけに、一度で潤すことができる土地は永安のほんの一部分だけで、しかも長続きしない。緩和はされても根治（こんち）できないのだ。

こうして一か月後、永安人は本格的に集団で東に向かって移動を始めた。最初は数十人だったのが、数百人、数千人と次第に増えていき、大勢が集まって川を成した。

さらに一か月が経ち、仙楽国主はある布令を出した。

数か月に及ぶ騒乱や闘争の頻発（ひんぱつ）に鑑（かんが）み、皇城の平安維持のため、仙楽王都へ逃れて離散した元永安人に即刻皇城からの退去を命じる。また、各自には一定の路銀（ろぎん）の給付を行う。他の町で居（きょ）を構えるように――と。

東までやってきた膨大な数の永安人の目の前で、仙楽皇城の正門は閉ざされたのだ。

兵士たちが城の中に退却していくと、重い閘門（こうもん）「ここでは上下に開く門のこと」がぴたりと閉ざされる。兵士たちによって門の外に追い出された人々は、再び黒い潮のように押し寄せて門を叩いた。

「門を開けてくれ！」

「俺たちを中に入れてくれ！」

城楼にいる将士たちが大声で叫ぶ。「下がれ！　下がれ！　路銀を受け取った者はもう行っていい。東に向かえ、ここに留まるな！」

だが、ここにいる永安人は故郷を追われ、ひたすら逃げてきて、一番距離の近い皇城に辿り着いたのだ。それなのに皇城の正門は閉ざされ、生きたければ皇城を迂回(うかい)してさらに遠い道のりを歩き、東の町まで行かなければならなくなってしまった。

ここまでずっと歩いてきた道中で既に多くの困難や危険があり、数えきれないほどの死傷者が出ているというのに、このまま先に進む力がどこに残されているというのだろうか？　たとえ一人一人に少しの路銀と水、乾飯(かれいい)が支給されたとしても、何日持ち堪えられるのだろう？

彼らは皆、頭も顔も埃まみれで、細々(こまごま)とした生活用品を引きずっている者や背中に幼子を背負っている者もいれば、担架を担ぐ者、支え合っている者、横たわっている者もいる。もう歩く力もなく、人々は城壁の前でそれぞれ集まりながら座り込んでいた。若い男たちはまだ怒りをぶつける体力があり、城門を叩きながら叫んでいる。

「お前ら、こんなことしていいのかよ！　俺らに死ねって言うのか！」

「同じ仙楽人だっていうのに、ここまで情け容赦なく見殺しにしなくたっていいだろう！」

ある男は嗄れるほど声を張り上げた。

「俺たちを追い出すってんならそれでもいい。だけど、俺はいいから、せめて嫁と子供は残らせてやってくれないか、いいだろう!?」

蟻が大木を揺り動かすかの如く、城門は微動だにしない。

謝憐(シエリエン)は城楼の上に立っていた。白衣をひらひらと風になびかせ、城壁の上に築かれた胸壁(きょうへき)越しに下を見下ろす。

皇城の外は、見渡す限りにゆっくりと蠢く黒々とした人の頭が密集していて、それは子供の頃に皇宮の庭園で遊んでいた時に見かけた蟻の群れによく似ていた。

　あの時、謝憐（シエリエン）は好奇心から何度も目を向け、指を伸ばしてこっそりつついてみようとしたが、すぐさま宮人が叫んだ。

「殿下、そのような汚らわしいものを触ってはなりません、なりません！」

　そして裙（くん）を少し持ち上げながら慌てて近づいてきた宮人は、数回踏みつけて蟻をすべて潰してしまったのだ。

　蟻は生きている時ですら、その密集具合の他に見るべきところなどないのに、踏み潰されて泥と残骸とすら言えないものに成り果ててしまったら、さらになんの見所もなくなった。

　皇城の中では家々の灯火が光り輝き、歌や音楽が嫋々（じょうじょう）と流れている。この一面の城壁は、まったく異なる二つの世界を隔てていた。

　あとからやってきた永安人が中に入れないのは仕方ないにせよ、意外なことにもともと中にいた者たちまでも追い出されなければならなかった。冷酷で強硬な話だが、謝憐（シエリエン）にはおおよそわかっていた。ここ数か月の間、皇城の民と永安の民との間ではますます軋轢（あつれき）が生じており、そのような男たちの集団を皇城内に残して、万が一外と呼応して何か騒ぎを起こされると困るからだろう。

　けれど、一つだけまだ検討の余地があるのではないかと思い、謝憐（シエリエン）はぼんやりと呟いた。

「どうして女性と子供まで一緒に出ていかせる必要があるんだ？　もうあまり遠くまで歩けない人たちだっているのに」

　風信（フォンシン）と慕情（ムーチン）が彼の後ろにつき従って立っていたが、それに答えたのは慕情（ムーチン）だった。

「出ていかせるのなら、皆同じくそうさせなければなりません。寡（すくな）きを患（うれ）えずして均（ひと）しからざるを患（うれ）うですよ。対応に差をつけないようにしないと、人を刺激しかねません。どうしてあいつらは残れて自分たちは残れないのか、と」

「お前は本当にあれこれ考えすぎだ」

　風信（フォンシン）の言葉に、慕情（ムーチン）は淡々と返す。

「そう考える者は絶対にいるはずです。それに、もし妻と子供が残るとなれば、あの男たちもあまり遠くまで離れようとはしないでしょう。遅かれ早かれまた戻ってくるはずです。皇城に人を残すということは、つまり後患（こうかん）を残すようなものです」

永安人たちが立ち去ろうとしないせいで、城楼にいる将士たちも離れることができずにいた。

「ふん、そのままぐずぐずやっていればいい！」

国主陛下が布令を出したというのに、まさかそこに座ってただ待っていればどうにかなるとでも思っているのか？　一日や二日なら待てても、一か月、二か月、一年、二年と待てるのか？

皇城の将士と民は、皆そう思っていた。

永安人たちの中には、絶望のあまりこれも運命と諦め、賭けに出て東へと向かう者もいたが、その数はさほど多くなかった。大多数は依然として城門の前に座り込み、皇城が門を開いて中に入れてくれることを待ち望んだ。せめて自分たちがしばし休息できる場所を提供してもらい、準備を整えてから出発させてほしかったのだ。

さらにたくさんの永安人たちが新たにやってきたが、城門がぴたりと閉ざされているのを見てひどく落胆した。けれど、これほど大勢の人が待っているのを見ると、彼らもまた同じように期待しつつ待ってみようという気になって集団に加わっていく。

そうして三、四日後には城門の前に集まる人はますます増えて、数万人がここで仮の住まいを営むようになり、その不思議な光景はある意味壮観だった。彼らは国主が配給した水と乾飯を頼りに辛うじて持ち堪えていたが、それもそろそろ限界に近づいていた。

その限界は、ちょうど五日目に訪れた。

この五日間、謝憐（シエリエン）は一日を三分割して毎日を過ごしていた。一つは太子殿の信徒のために使い、もう一つは水を運び雨を降らせるために使い、最後の一つは城外にいる永安の民の面倒を見るために使ったのだ。

風信（フォンシン）と慕情（ムーチン）の手を借りながらも、時には重荷に耐えられず、気持ちはあっても力が及ばないということもあった。この日、ちょうど謝憐（シエリエン）が城外の見守りをしていなかった時辰に、炎天下の城門の前で突然悲鳴が響き渡った。

　悲鳴を上げたのは、子供を抱いた夫婦だった。人々が次から次へと取り囲んで尋ねる。

「その子はどうしたんだ?」

「腹が減ってるのか?　それとも喉が渇いてるのか?」

　しばらくして、誰かが驚いて叫んだ。

「みんな、水を少し分けてくれないか。この子、ひどい顔色で見られたもんじゃない!」

　母親が泣きながら、つらそうに顔を真っ赤にしている子供に水を飲ませたが、すべて吐き出してしまう。

「俺にもどうなってんのかわからない。きっと病気なんだ。医者だ、医者を呼ばないと!」

　父親はそう言って、息子を抱いて城門に駆け寄ると、ガンガンと門を叩いた。

「開けてくれ!　門を開けて助けてくれ!　このまじゃ息子が、俺の息子が死んじまう!」

　門内にいる兵士は当然ながら開門する勇気などなかった。本当に人が死にそうだろうがそうでなかろうが、門の外には何万もの人がいるのだ。一度門を開けてしまえば二度と閉じられなくなると思い、ただ上級将士に報告することしかできなかった。厳しい暑さの中、何日も見張り続けている将士たちも少し落ち着きがなく苛立っていた。

「水と食料を渡しておけ」

　適当にあしらうように言うと、縄に水と食べ物を少し吊るして下に下ろす。

「ありがとうございます。将士様方、本当にありがとうございます。でも水や食料はいらないから、どうか医者を呼んでもらえませんか?」

　これは非常に難しい話だった。彼を門の中に入れて医者を探させるわけにはいかないし、医者を吊り下げて渡すわけにもいかない。門の外に出たら、この四、五日もの間飢えに苦しんできた人々が何をしでかすかわかったものではないだろう?

　それで、将軍たちが言った。

「もういい、放っておけ。無視しても死にやしない。もしまた聞いてきたら、国主陛下にご報告して指示を仰いでいるところだと答えておけ」

国主は連日の永安の件をひどく煩わしく思っていて、やたらと怒りだすため、当然こんな些細なことで彼の邪魔をしに行く度胸のある者など誰もいない。兵士たちが言われた通りに返事をすると、男は深く安堵して何度も礼を言い、国主に感謝して地面に跪いて叩頭した。

だが、一時辰、また一時辰と過ぎ、炎天下の影が片方からもう片方まで移動しても医者は一向に現れず、腕の中の子供はますます焼けるように熱くなっていく。

子供を抱く夫婦の手はずっと震えていて、父親は頭から冷や汗を流しながら呟いた。

「まだ来ないのか？　本当に門を開けてくれるのか？」

とうとう我慢できなくなり、彼は城楼の上に向かって大声で叫ぶ。

「将軍様、すみません、ちょっとお聞きしたいんですが、医者は……？」

「国主陛下にお伺いを立てに行っている。もう少し待て」

兵士が答えると、下で気持ちが抑えきれなくなった民が言った。

「もう二時辰も前に行ったって言ったのに、どうしてまだ戻ってこないんだよ？」

兵士たちは上官の指示に従い、返事をし終えるとすぐに相手にしなくなる。城壁の下の群衆は憤慨しながらも無力感に苛まれ、心を痛めていた。そしてその子供を囲みつつ、疑いを抱き始める。

「あいつら、本当に国主陛下に報告したのか？　まさか俺たちを騙してるんじゃないだろうな？」

父親はこれ以上待っていられなくなり、腹を据えて子供を背負って背中に縛ると、妻に何事か言い残した。妻は首からお守りを外し、夫の首にかけてやる。男は城壁に向かって走ると、上によじ登ろうとした。

城壁の外側は非常に手で掴みにくい造りになっていて、彼が何度試しても登れず、他の男たちが次々に「手伝うぞ！」と言って支えに行く。数十人が重なり合い、男を地面から一丈ほど高い位置まで上げた。そこまで行くと、男は先ほど水と食べ物が吊るされていた縄を辛うじて掴み、それを使ってよじ登っていく。下にいる数万人は、気づかれてしまう恐れがあるために応援することはできなかったが、皆がひどく緊張した様子で彼を見つめていた。

城楼にいる兵士たちは数日見張っていたものの、この永安の難民たちが特に大きな騒ぎを起こすこともなかったので、どうしても少し気が緩んでしまっていた。その男がもうすぐ半分の高さまで登るという時になって、ようやく城壁に誰かが張りついていることに気づいたのだ。

「何をやってるんだ！　壁を登るな！　壁を登った者は赦免なしの死罪だぞ！　聞こえてるか、壁を登る者は死罪だ！」

彼らが大声で怒鳴って脅すと、男も大声で返す。

「悪意なんてありません！　俺はただ子供を医者に診てもらいたいだけで、何もしたりしませんから！」

叫びながら男は引き続き登っていく。将軍の一人はちょうど食事中だったが、これを聞くなり非常に腹を立てた。

もしこの男が無事に登ってきて先例を作ってしまえば、今後無数の永安人が真似をするのではないだろうか？　これは絶対に阻止しなければならない！

彼は大きく足を踏み出すと、城壁の端から下に向かって怒鳴った。

「貴様、死にたいのか！　今すぐ下りろ！　これ以上続けるなら容赦はしない！」

しかし、男は既に半分を過ぎるくらいのかなり高いところまで登っていて、もうひと頑張りすれば上まで辿り着けそうだったため、当然止まろうとはしなかった。その将軍は、兵営の中でずっと独断専行してきていて、彼の命令に背く度胸のある者など誰もいない。もしいたところで、対処するのは非常に簡単なことだ。城壁の端まで行った彼が剣を抜いてさっと振ると、その縄は切れてしまった。

切れた縄を握りしめたまま、男が空中から落下していく。無数の人々の悲鳴が響く中、彼は城門の外の硬い地面に強く叩きつけられた。

謝憐が現れたのはまさにその時だった。

男は子供を背負ったまま背中から落ちた。「ベチャッ」という音とともに、潰されて爆発した挽肉(ひきにく)の塊のようになり、数丈にわたって血しぶきが飛び散る。首も折れてしまっていて、両目は丸く見開かれ、その捩(ね)じ曲がった首からお守りが滑り落ちてきた。金の糸で花の模様が刺繍され、真ん中に「仙楽」の二文字が書かれているそれは、まさしく太子殿から加護を授かったお守りだった。

彼が登り始める直前に、この男と妻は二人でお守りを握りながら、心の中で太子殿下のご加護がありますようにと願った。それで彼らの祈願の声が聞こえ、謝憐(シエリエン)はここに駆けつけたのだ。

けれど、結局のところ謝憐(シエリエン)は伝奇などの物語に出てくる主人公の英雄ではない。毎度毎度都合良く刀が振り下ろされる寸前に現れ、危機一髪の瞬間にその刀から人を救うことなどできないのだ。

妻は夫の遺体をひっくり返して息子がどうなってしまったのかを確かめに行く勇気などなく、顔を覆って大声で叫ぶ。前を見もせずに勢いよく走りだすと、思いきり頭から城壁にぶつかっていって「ドンッ」という音を立てて倒れたまま動かなくなった。

謝憐(シエリエン)のすぐ目の前で、皇城の城壁の下に一瞬にして三つの死体が増えた！

謝憐(シエリエン)はまだ理解が追いつかなかったが、城門の外の民はもう我慢の限界だった。

誰かが非難の声を上げ始める。

「死んだぞ、一家三人が死んでしまった！　見てみろ、これが俺らの国主陛下に仕える素晴らしい将軍様だ！　俺らを救うどころか、無理やり死の道に追いやろうとしてるんだ！」

「中にも入れてくれないし、医者を外に遣してもくれないなんて、じゃあ彼らにどうしろって言うの？三人もの命が無惨に消えたって言うのに！　魂があんたらのことを見てるわ！」

「永安人は全員皇城から出ていけって言うけど、金持ちの奴らが出てくるところをどうして見かけないんだ？　俺たちみたいな金も権力もない奴は死んで当然だって言うんだな？　よーくわかったよ！」

「限界だ……もうこれ以上我慢できない。毎年税だけはたっぷり取るくせに、被災者を救済するとなったらその金はどこに消えちまったんだ？」

「害虫に餌をやって、自分の息子の廟を建てるのには金を使うのに、被災者の救済はしないで、ちょっとの水と乾飯を渡しただけで追い払おうとするなんて、俺たちをなんだと思ってるんだ？　暗君（あんくん）だ、暗君だよ！」

　兵士たちは城楼から声高に怒鳴りつけて黙らせようとしたが、例の将軍はこれまであらゆる重大な局面に立ち会ってきたという自負があるため、まったく気にしていない。けれど、形勢は既に制御不能の状態に陥りかけていた。何千何万もの人の怒りの手が城門を押し、頭や体ごとぶつかる者もいて、今度はもはや蟻が大木を揺り動かすどころではなくなっている。

　城門が動いた。それどころか、城楼までもが微かに震えている！

　謝憐（シエリェン）は生まれてこの方、こんな光景を見たことがなかった。彼が見てきた国民は、皆親切で、陽気で仲が良く、豊かで、可愛らしかった。顔を歪ませ泣き喚く人々によって、謝憐（シエリェン）は完全に見知らぬ別世界へと誘（いざな）われ、思わず背筋がぞっとした。最も恐ろしい妖魔や邪霊と相対した時でも、これほどの気持ちになったことはなかった。

　ちょうどその時、城楼から怒号が聞こえてきた。

　謝憐（シエリェン）がぱっと顔を向けると、例の縄を切り、城壁の下で三人が命を落とす原因となった将軍を、痩せた長身の男が掴み上げているのが見えた。「ボキッ」という乾いた音を立てて、彼の首がへし折られる。

　兵士たちは皆、その男がどうやって突然現れたのかわからず、驚きのあまり顔を青くして大声で怒鳴りながら、剣を手に取り囲む。

「何者だ!?」

「どうやって上がってきた!?」

　しかし、謝憐（シエリェン）はすぐに彼の両手が血だらけでぐちゃぐちゃになっていることに気づいた。あろうことか、この男はあのわずかな隙間すらない城壁を素手で掴みながら登ってきたのだ。そしてその人影が振り返ると、やはり郎英（ランイン）だった！

　兵士たちにぐるりと取り囲まれても郎英（ランイン）はまったく取り乱さず、城壁の上にある胸壁を越えてあの将軍の死体を城楼の下に向かって放り投げると、その死体を衝撃を殺すための踏み石代わりにして自分も飛び降りる。

　その寸前、郎英（ランイン）は真っすぐに謝憐（シエリェン）がいる方へ目を向けた。だが、見ていたのは謝憐（シエリェン）ではなく、視線は彼を通り越して皇城の中心に位置する皇宮を見つめていた。

　この日から、仙楽国は完全に混乱に陥った。

第三十五章　仙楽乱太子返人間

仙楽国が乱れ太子は人界に戻る

永安のような被災地から行き場を失い彷徨う民が、仙楽皇城の軍隊に歯向かうなど、以卵撃石、蟷螂の斧に等しい。

けれど、退路を断たれた者には、まさに卵で石を打ち、蟷螂が前脚をもたげて車を遮るほどの胆力がある。今回の騒乱のあと、数万もの永安人はついに城門を離れ、一定の距離まで後退して別の場所を仮住まいとした。

彼らはどうあっても立ち去ろうとしなかった。東へ向かったとしても道半ばで死ぬかもしれないし、ここでぐずぐずしていてもおそらく死ぬことになる。それならいったいなんの違いがあるというのだろうか？　以前国主が配給した水と乾飯、拾ってきた木の皮、雑草、山菜の根、虫、蛇、鼠、蟻、そして何日も溜め込んできた不平不満と悔しさをよすがに、彼らは想像を絶する頑強な生命力でもってどうにか持ち堪えていた。そして数日後、急遽千人あまりを寄せ集め、鋤、馬鍬、石、木の枝などを手に手に凄まじい勢いで皇城に押し寄せて戦った。

その戦闘はめちゃくちゃで、大敗を喫して千人のうち半数以上の死傷者を出したが、何も得るものがなかったわけではなかった。たった一人で城楼に突入した郎英が、米と穀物が入った大袋をいくつかと武器を数束担いで戻ってきたのだ。満身創痍ではあったが、それが逆にこの命知らずの群衆の闘志を奮い立たせることになった。

この時、彼らの性質はもはや強盗に近いものがあった。一回、二回、三回。仙楽の兵士たちはこの「強盗」どもが急速に進歩していることに気がついた。

最初はまったくの未経験でまとまりがなかった襲撃者たちは、模索しながら次第に要領を得ると、来る者は一回ごとに手強くなり、戻る者は一回ごとに増えていく。しかも、噂を聞きつけた被災者の群れが続々となだれ込んできてそれに加わり、より強大な集団となっていった。

　仙楽国内ではこれらの「強盗」にどう対処すべきかの論議が噴出し、てんやわんやの大騒ぎになった。そして、このような不条理な戦闘が五、六回続くと、謝憐もそれ以上見ているだけではいられなくなった。

　謝憐はもう何日も上天庭に報告に行っておらず、今回仙京に戻るなり何も言わずに神武殿に直行した。飛び込むようにして中に入った時、君吾は上座に座っていて、大勢の神官が皆首を垂れ、かしこまって命令を受けていた。どうやら重要な案件を評議しているようだ。以前ならば、謝憐も日を改めて出直していただろうが、今は待っていられないとばかりに単刀直入に言った。

「帝君、私は人界に戻ることにいたしました」

　神官たちは皆驚いたが、むやみに感情を表に出したくないのかすぐさま口を覆って押し黙る。君吾はしばし思案すると、宝座から立ち上がって穏やかな声で言った。

「仙楽、何が起きたのかおおよそはわかっている。だが、とりあえず冷静になりなさい」

「帝君、私が今日伺ったのは、お尋ねするためではなくお知らせするためです。今、私の民は塗炭の苦しみの中におります。私が冷静でいられないことをどうかお許しください」

「世事には定数というものがある。今回君が降りれば、それはつまり禁を犯すことになるとわかっているな」

「禁を犯すことになっても構いません！」

　謝憐のその言葉を聞いて、神官たちがさっと表情を変える。堂々と胸を張ってこんなことを大きな声で口にする勇気のある神官など今までいなかった。たとえ君吾がこの若くして飛昇した仙楽太子をどれだけ気に入っているとしても、いささか大胆すぎるだろう。

　謝憐はすぐさま身を屈めて頭を下げた。

「どうか寛大な処置をお願いいたします。私に少し時間をください。もう戦が始まってしまった以上、死傷者が出ることは避けられませんが、もし私が死者の数をできる限り抑え、被害を最小限に留めてこの戦を平定することができたなら、すべてが終わったあと、必ず処罰を請いに戻ってまいります。その時はどんな処置にも従う所存です。百年、千年、一万年山に鎮められようとも、私は決して後悔いたしません！」

言い終わると、謝憐は頭を下げた姿勢のまま殿の外へと下がっていく。

「仙楽！」

君吾に呼ばれ、謝憐の足がぴたりと止まった。君吾は謝憐を眺めてため息をつく。

「すべての人を救うことなどできないのだよ」

謝憐はゆっくりと背筋を正して口を開いた。

「すべての人を救えるかどうか、試してみなければ答えは出ません。たとえ天が私に死すべきだと言ったとしても、その剣が私の心臓を貫いて地面に釘づけにしないうちは、私は生き続けます。そして命が続く限り最後までもがき続けます！」

今回、再び人界に戻る時の感覚は、これまでのどの時とも違っていた。謝憐は何かを捨ててしまったような気がして、それは少し気軽であり、また少し気重でもあった。彼は矢も盾もたまらず、まず始めに皇宮に帰ることにした。

国主と皇后は書房にいて、暗く疲れた表情をして小声で話していた。扉の外までやってくると、謝憐はいささか緊張してきて、しばらく気持ちを落ち着かせてから仕切り幕をめくって中に入っていく。

「父皇」

謝憐が声をかけると、国主と皇后は揃って振り向き、二人とも唖然とした。しばらくして、やはり先に立ち上がったのは皇后だった。

「皇児！」

大喜びでそう呼んだ皇后が両手を広げて迎えにいくと、謝憐は手を添えて彼女をしっかり支えた。ところが、その笑みがまだ消えないうちにふと国主に目を向けると、さらに暗い表情になっていた。

「なぜ降りてきた！」

国主の言葉に謝憐の口元の笑みが固まる。

以前、皇宮で両親が自分のいないところで話しているのを聞いて、謝憐は父親もやはり本心では自分に会いたいのだと、自分に対してあれこれ意見してきていたあの表面上の態度とは違うのだと思っていた。だからこそ、戻ってくれれば国主も少なからず喜んでくれるはずだとも思っていて、そうなれば謝憐の方もきっと態度を和らげただろう。ところが、国主の反応は予想外のもので、まったくいい顔をしなかったため、謝憐は怒りが込み上げてきた。

「私がどうして降りてきたのか、その理由はすべてあなたにあるのですよ？　ご自分の胸に手を当ててよくお考えください。今日の永安の騒乱が起きたのには、あなたにも一定の責任があるのではないですか？」

謝憐が粛然とした様子でそう言うと、国主の表情が一変する。

「責任があるだと？　それが私に対して言う言葉か!?」

怒りのあまり自称すら気にかけずに国主が厳しい声で答えると、皇后が涙を流しながら言った。

「こんなことになってしまったというのに、どうしてまだ言い争うの？」

「言い争いではありません。道理を説いているのです。たとえあなたが国主で、私の父皇であったとしても、あなたに責任があるのなら、私が言ってはならない言葉などありますか？　なぜ被災者の救済に全力を尽くさないのですか？　被災者のための金が下へ届くまでの間に次々着服されているのなら、なぜ汚職官吏を取り締まらないのですか？　あなたが迅速果敢に捕まえた者から処罰していれば、横領しようなんて度胸のある害虫もいなくなって、今より状況は良くなっていたのではないですか？」

謝憐の言葉に、国主は額に青筋を立てて卓を叩いた。

「黙れ！　国庫は無尽蔵で、不足があればいくらでも埋められるとでも思っているのか？　しかも捕まえた者から処罰するだと？　そんなに簡単なことなら、君主の命令一つですぐに事態が動いて迅速果敢に処理できたはずなのに、なぜ歴朝歴代の汚職官吏は根絶やしにされなかった？　お前に何がわかる。無知な若造が、私の前で国の統治を語るな！」

「ええ、確かに私はわかっていません。それならば、たとえ皇城には被災した民が身を落ち着ける場所がなくて退去せざるを得ないにしても、どうしてその民にもう少し多めに路銀を渡さなかったのですか？　なぜちゃんと慰撫してやって、彼らが東に移るために軍を出して護衛させなかったのですか？」

国主は怒りで目をかっと見開き、天を指さした。

「失せろ、とっとと失せろ！　天に帰れ！　お前を見ているだけでイライラする！　二度と現れるな！」

謝憐は胸に溢れんばかりの熱い思いを抱いて降りてきた。ところが、いざ両親と顔を合わせたら、思いがけず父親の口から天に帰れという言葉を聞かされてしまい、何も言わずに彼に向かって一礼すると下がっていく。

「皇児！」

追いかけてきた皇后に呼び止められ、謝憐は穏やかな声で言った。

「母后、心配しないでください。ただ王都を歩いて回って、今の状況を見たいだけですから」

その言葉に、皇后は軽く首を横に振った。

「皇児、私には国家の命運にかかわる重大なことはよくわからないけれど、でもあなたの父皇のことはよくわかるわ。あの人が国主としてどんなふうにやってきたのか、これまでの長い年月、私はちゃんと見てきたもの。あなたが心の中で、あの人は上手くやれていないと思っていても、それはいいの。私もそう思うことがあるけれど、ただ口にしないだけよ。でもね、面と向かってそんなふうに言わないで。なんであれあの人はあなたの父皇なのだから、あなたに面と向かって真心がないなんて言われたら、本当に傷ついてしまうわ」

謝憐は何かを言いかけて、結局口を噤む。

「あなたは太子ではあったけれど、国主になったことはないでしょう。国を治めるということは、あなたが道を修めることとは違うの。あなたが皇極観に入ったばかりの頃、国師が道を修めるということはすべて真心次第だと、そうおっしゃっていたわよね？」

謝憐がおもむろに頷くと、皇后は彼の手を握りながら続けた。

「でも、世の中にはただ真心を込めるだけでは意味がなくて、能力が必要なことがたくさんあるの。それはあなただけに能力が求められるということではなくて、配下も皆能力を求められる。そして能力があればいいということでもなくて、あなたと心を一つにしていなければならないのよ」

謝憐は何も言わずに押し黙っていたが、しばらくしてから口を開いた。

「国庫はひどく痩せ細っていますよね？　私は廟宇など必要ありませんので、どうか私のためにあんなにたくさんの廟を建てるのはやめて、あの金の像も全部倒すよう父皇に言ってください」

皇后は仕方がないといった様子で言う。

「この子ったら……廟を建てるのは、あなたにいいものを与えたい、あなたが天上で肩身の狭い思いをしないようにという父皇の個人的な思いからよ。でも、八千の宮観のうち、実際に父皇が建てたものがどれくらいあるか、あなたは知っているかしら？　知らないでしょう」

謝憐は本当に知らなかった。そして少し考えてから答える。

「……半分？」

「もし本当に父皇が国庫のお金を使って四千以上もの太子殿を建てたなら、永安人が騒ぎ始める前に皇城の方が騒ぎ始めているわ。国庫が底をつきかけているのに、あんなにたくさん建てるお金があるはずないでしょう？　父皇が建てたのは二十宇程度で、あとはそれに追随した大勢の人が我も我もと建てたのよ。他の人が、あの人やあなたの歓心を買おうとしてしたことも、あの人がしたことの数に入れるの？」

「私は……」

皇后の声が小さくなる。

「あなたの父皇は確かに十分やったとは言えないけれど、でもあの人はね……全力を尽くしたのよ。ただ、世の中には全力を尽くすだけでは足りないことがあるの」

しばし間を置き、皇后はまた言った。

「あなたはあの永安人たちがかわいそうで、それで今父皇を責めているのよね。でも、皆があの人の愛すべき民なのに、まさか私たちが彼らを虐げていると思うの？　実際はね……」

「君は何をそんなに無駄話をしているんだ。さっさと天上に帰らせろ！」

皇后の言葉を遮って、国主が書房から怒声を飛ばした。皇后は振り向いてため息をこぼす。

「皇児、あなたは……もう降りてきてはいけないわ。やっぱり戻りなさい」

皇宮を離れ、謝憐(シエリエン)が神武(シェンウー)大通りの脇に伸びる路地を歩いていると、ちょうど風信(フォンシン)と慕情(ムーチン)が駆けつけてきた。やってくるなり慕情(ムーチン)が信じられないという様子で尋ねる。

「殿下！　自分から下界に降りることを願い出たんですか？　神武(シェンウー)殿に行って帝君に話したんですか？」

「ああ」

「どうして先に一言私に言ってくれなかったんですか？」

慕情(ムーチン)の言葉を不思議に思い、風信(フォンシン)が口を挟む。

「どういう意味だ。殿下が何をしようが、事前に誰かに伝えておく必要なんてないだろう？」

「どうして必要ないんですか？　私たちは彼の配下で、今や私たちと彼は一蓮托生(いちれんたくしょう)、彼の一挙一動が私たちに直接影響を及ぼすんです。だから、私は彼が何をするつもりなのか知っておきたいし、そう思うことの何がいけないんですか？」

慕情(ムーチン)は少々礼儀にもとりつつそう言った。

「殿下が何をしようが俺たちはただついていくだけだろう？　彼が何をしようが、天に昇ろうが地に降りようが、自分なりの考えがあってのことだっていうのに、お前は何を怖がってるんだ？」

「なっ……！　怖がってなんかいません！　私はただ……」

「もういい、やめろ！」

謝憐(シエリエン)がそう言ってさっと手を振ると、風信(フォンシン)と慕情(ムーチン)はすぐさま口を閉じる。その時、列を成した集団が大通りを行進していった。何百何千もの民が声高に叫んでいる。

「永安を消さねば国に安寧は訪れない！」

「国を乱す毒瘤(どくりゅう)め、人を馬鹿にするにもほどがあるぞ！」

仙楽人は未だかつて何かに対してこれほど強い攻

撃性を持ったこともなければ、ここまで大規模で凄まじい勢いの行進を行ったこともなかったため、謝憐はきな臭さを感じずにはいられなかった。ところが、風信が眉をひそめてこう言った。

「どうしてあの中に女がいるんだ？」

　行進している集団の中、一人の少女が先頭を切って突き進んでいる。非常に目を引くその少女は、すらりとした美しい体型で肌が雪のように白く、澄みきった瞳が黒く輝いていた。頬は赤いのだが、それは恥ずかしさではなく怒りの表れだった。この時すでに気持ちの整理をつけていた慕情が、冷ややかに言う。

「殿下は彼女のことをご存じないんですか？」

「知らないな」

　謝憐はそう答えたが、風信が「少し見覚えがあるような？」と言って眉間にしわを寄せた。

「彼女が発端の一つなんです」

「なんの発端なんだ？」

　謝憐の問いに慕情が答える。

「双方が共存できなくなった発端です。皇城の中の永安人がますます増えるにつれて、大人しくまとまっていないであちこちうろついて問題を起こす者が現れたんです。以前から、朝廷では追放の話ばかりが持ち上がっていて、その噂はとっくに外に流れていました。それである永安人がここに留まりたい、出ていきたくないと切羽詰まって暴挙に出て、ある夜、とある金持ちの家に忍び込んでその家の娘を攫っていったんです」

　慕情の話を聞いても、謝憐はまだ理解できていなかった。

「出ていきたくないからって、どうして金持ちの家の娘を攫うことになるんだ？」

　慕情は謝憐を見やって答える。

「彼女を娶るためです。でも、強引に攫いでもしない限り、皇城の家の娘で、自分から永安人に嫁ぐ者なんていません」

　慕情はそれ以上はっきりとは言わなかったが、謝憐も理解した。

　まさかそんなことがあり得るのか。世の中にはそんな人間がいて、そんなことが起きるのか。謝憐はこれまで想像したこともなく、急に吐き気が込み上げるのを感じる。

　風信は「吐き気がする！」とその場で口に出して罵った。

　その時、大勢の婦人と老婦人たちが慌てて前に出てきて、焦った様子でその少女を引き戻そうとした。どうやら、彼女は家の者が知らないうちに一人で逃げ出してきたらしい。けれど、少女は従おうとせずに言い放った。

「何を恐れているの！　私のどこが恥ずかしいの？　私は何も悪くないでしょう！」

　風信が珍しげに言う。

「あの娘、意外に気性が激しいんだな」

「ええ。あいにく彼女の家は普通の家柄ではなくて、父親は朝廷の重臣、母方の家は皇城の豪商なんです。この口にするのも憚られるような出来事に対して、泣き寝入りするつもりはなく、とは言えこのまま面子を保つために娘を嫁がせるなんてもっとあり得ないと、まずその永安人を殺しました。それからほどなくして、皇城中の豪商と名士たちが連名で上書して、永安人が皇城に入ってから犯してきた数々の大罪を列挙し、その者たちを全員投獄して容赦なく厳罰に処するよう国主陛下に願い出ました。大臣たちの立場がどうだったか、言うまでもないでしょう」

　しばし間を置き、慕情は淡々とさり気ない口調でつけ足した。

「聞くところによると、この女性の父親は、彼女を皇宮に送り込んで太子妃の座を勝ち取らせるつもりだったようです。おそらく殿下もかなり前に彼女と何度か会ったことがあるはずなんですが、意外に見てもわからないものなんですね」

　すべては自分が想像していたよりも遥かに複雑なのだと、謝憐はようやく気づいた。

　城内と城外はとっくに共存などできなくなっていたのだ。臣民が皆怒りに燃え、ただ相手を一網打尽にして皆殺しにできないことを恨めしく思っている中で、もし国主が永安人の肩を持つような決定を下してしまったら、それは身内の頬を叩くようなものではないだろうか？　最終的には、ほとんど底をついた国庫から一部の金を永安人に割り当て、路銀を配って退去させることに決まった。それは十分に侘（わび）しい対応に思えたが、それでもやはり大勢の不満を噴出させてしまったのだろう。

　敵の不満よりも恐ろしいのは、まさに自らの治下にいる臣民の不満だ。元は全員仙楽の臣民とはいえ、おそらく今はもうそう思っている者などほとんどいないだろう。

　謝憐（シエリェン）は雲の上の存在で、久しく人界のことを知らずにいたが、彼の父親はまだ人界にいるのだ。一国の君主として金を使う必要があり、人を使う必要がある。置かれている立場や受けている圧力、配慮と調和が必要な相手や事柄が、謝憐（シエリェン）と同じであるはずがないだろう？

　よそからやってきた永安人が皇城の土地を占拠し、騒ぎ立て、窃盗をするといったことは、廟に住む武神にとっては大概が耐えていればすぐに過ぎていくような、腹を立てるに値しない些細な出来事だ。けれど、皇城の民にとっては切実な問題だ。日々それがつきまとうのは耐え難い精神的かつ肉体的な苦痛で、いつ爆発してもおかしくない危険な状態にあったのだ。簡単、あるいは取るに足らないことだと思うのは、ただ自分が同じ立場に置かれていないからだ。

　謝憐（シエリェン）は、国主の鬢が前回見た時よりもさらに白髪交じりになっていたことをふと思い出した。あの時は染めようと言っていたが、おそらくもうそんな体力も気力もなくなっているのだろう。

　謝憐（シエリェン）は子供の頃、父親のことをこの世で最も偉大な君主だと信じて疑わなかったが、成長するにつれそうではなかったのだと気づいた。自分の父親は国主ではあるものの、比類ないほど英明とは言えず、時には少々古い観念に囚（とら）われて融通が利かなかったり、間違いを犯したりもする。この上なく貴いその身分を除けば、一介の下界の人間にすぎないのだ。

　それを理解すればするほど失望した。国主も彼の失望に気づいていたため、ますます彼の否定的な視線や非難の言葉に耐えられなくなり、そして、何より自分が失敗する姿を見られることが耐えられなかった。

　世の中に自分の失敗した姿を息子に見られたいと

思う父親など一人もいないだろう。父親は皆、息子の前では永遠に高くて大きな存在でありたいと願っている。なのに、謝憐（シエリエン）はこんな時に現れて自分の父親を厳しく責め立てたのだ。

　あなたの仕事ぶりは本当にひどい！　ひどすぎて、私が降りてきて代わりになんとかするしかないほどだ、と。

　一国の国主として、一人の父親として、こんな言葉を聞かされて心が痛まないはずがないだろう？

　結局、あの少女は僕婢（ぼくひ）〔下働きの男女〕に寄ってたかって引きずられ、家に連れ戻されていった。そして、その他の民は旗を振って同じ言葉を叫びながら行進を続ける。

　——殺せ！　開戦だ！　城外の永安人に目に物見せてやれ！

　しばらく経ってから、慕情（ムーチン）が口を開いた。

「殿下、やはり帝君にお詫びして戻りましょう。事ここに至っては、天の時、地の利、人の和、すべてが失われたようなものです」

　まさに神武殿（シェンウー）で君吾（ジュンウー）が謝憐（シエリエン）に対して言った通りだ。

　——世事には定数というものがある。

　あの言葉は、まさしく彼にこう伝えているのではないか。

　——君の仙楽国の天運はすでに尽きたのだ、流れに任せよう。

　皇后である謝憐（シエリエン）の母親は、夜となく昼となく息子に会える時を待ち望んでいた。それなのに、いざ会えたら目に涙を浮かべて帰るように言い、関わらないようにさせた。

　謝憐（シエリエン）にわからないはずがない。彼らはこの困難な事態に息子を直面させることを望まず、ただ傍観して自分の道を歩んでくれればそれでいいと願ったのだ。

　だが、そんなことがあっていいのだろうか？

「……いいわけがない！」

　謝憐（シエリエン）は低い声でそう言うと、大股で歩きだした。

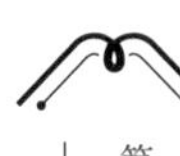

第三十六章　平永安太子上戦場

永安を平定すべく太子は戦場に赴く

謝憐の後ろにいた風信と慕情が驚いて同時に「殿下！」と声を上げると、すぐさま出ていって左右を守る。

　だが、神武大通りにいたすべての民は、目の前で大通りの真ん中に白衣の少年が現れたのを既に目視していた。行進していた集団はしばらく混乱に陥ったが、再び立て直されていく。千人にも上る人々が幾重にも謝憐を取り巻き、一人目は確信が持てない様子で口火を切った。

「あなたは……太子殿下では？」

　二人目がためらいつつ言う。

「太子殿下は飛昇したって話じゃなかったか？　とっくに下界の人間じゃなくなったはずなのに、どうしてここに現れたんだ？」

　三人目は声高に叫んだ。

「彼だよ！　三年前の上元祭天遊の時、私はこの目で見たんだ。確かに太子殿下だ！」

　そこにいるのは自分たちが日夜祀っているあの武神だとわかった者が次第に増えてくると、謝憐はおもむろに口を開いた。

「私です。帰ってきました」

　すると、人々は熱狂に包まれる。

「天神が降臨したぞ！　天神の降臨を直に見られるなんて！」

「天人が下界に降りてきたぞ！」

「きっと殿下は私たちが国賊に虐げられるのをこれ以上見るに忍びなくなって、降りてきてくださったんだ！」

　胸に希望を満ち溢れさせた様子で、一人がすぐさま尋ねた。

「太子殿下、あなたが我々を率いて永安人を打ち倒してくださるんですよね？　そうでしょう？　そうに決まってますよね！」

　しばし間を置き、謝憐は穏やかに告げた。

「私が帰ってきたのは仙楽国を守るためであり、私の愛すべき民を守るためです」

そばにいる風信（フォンシン）と慕情（ムーチン）は、二人ともそれを聞いてもいったいどういう意味なのか判断がつかなかったが、頭に血が上った国民はその言葉に含まれている意味を勝手な希望で解釈する。それに対して、自分なりの考えがある謝憐（シエリエン）は胸の鼓動がどんどん激しくなり、歯を食いしばった。

「……私を信じて！」

彼は拳を握りしめて言葉を続ける。

「あなた方の信仰が私にさらに大きな力を与えてくれるでしょう。その力で私は命に代えても仙楽を守り、衆生を守ると誓います。どうか私を信じてください！」

人々が待っていたのはまさにこの瞬間で、求めていたのもまさにこんな約束だった。すぐさま熱烈な歓呼の声を上げた彼らは、取り囲んだ輪の中心にいる太子殿下に向かって拝伏（はいふく）する。

「死ぬまであなたについていきます！　殿下についていきます！」

「仙楽を守ろう！」

皇城の民は「天神が下界に降りてきた」という話を耳にすると、この千年に一度あるかないかの奇跡を一目見ようと、町中至る所の通りや路地から一人残らずどっと湧いて出てきた。知らせを聞いて駆けつけてきた皇城の衛兵でさえも、無礼な振る舞いをすることなく拝伏する列に加わる。三人は大通りの真ん中で囲まれて一歩も動けなくなり、風信（フォンシン）と慕情（ムーチン）は秩序を保つために奮闘せざるを得なかった。

「押すな、皆、押すな！」

そう怒鳴ったものの大した効果はなく、誰もが太子殿下の一番近くに割り込もうとする。まるで天からやってきたこの神人（しんじん）の衣服の端に少しでも触れれば、全身に加護を授かることができると思っているかのようだ。最後には、皇宮内の国主まで知らせが届き、国主が完全武装した兵士を引き連れた将軍を数人派遣して、ようやく熱狂する人の群れを追い払ったのだった。

全員が散ったあと、足跡が至る所に乱雑に残されて埃が舞い上がっている地面の上に、謝憐（シエリエン）はあるものが落ちているのを見つけた。近づいていき、屈んで拾い上げる。

　それは一輪の花だった。たくさんの人々に踏みつけられ、押し潰されてほとんど土色になっている。残された花びらはわずか数枚だったが、本来の白さを垣間見ることができた。

　淡く清々しい香りもほとんど残っておらず、ほどなくして消えてしまった。

　いくつかの事柄について得心したあと、再び皇宮に戻った謝憐は、国主に対する態度がずいぶんと柔らかくなっていた。そのため、謝憐に対する国主の表情もかなり和らぎ、父子二人は互いに一歩歩み寄ってひとまず和解したと言えるだろう。そして、国師はどうやら謝憐が降りてくることをとっくに予想していたらしく、何も言わなかった。

　以前の謝憐は、国というものは皆が心を一つにして、大事の前では国主の意思に従うのが当然だと考えていた。ところが、本腰を入れて参与してみると、初めて国主というものがいかに悩み多き立場であるかを思い知らされた。

　朝廷の臣下は意外にもたくさんの小さな派閥に分かれていて、それぞれに思惑があり、一つの重大な決断を下すために七日間も不休で議論することができるのだ。どの臣下も、どの派閥も皆、口では国のため民のためと言うが、実際のところ腹の内ではそう思っているとは限らない。

　城外に駐留し、真っ向から対立して本格的に争おうとする永安人に対して、彼らの意見は遅々としてまとまらなかった。直接軍を派遣して殲滅し、大義名分が足りなければ多めに罪状をでっち上げればいいと主張する者がいる一方で、それに賛同しない者もいる。

　永安の乱は天災が原因で、人災によって勃発した。城門の前で死んだあの一家三人が、本当に最悪のきっかけとなってしまった。もし縄を叩き切ったあの将軍が、郎英によって素手で首をへし折られずに生きて戻ったとしても、相当重い罰を受けることになっただろう。だが、少々乱暴な言い方をすれば、内部にどれだけ複雑でどれほど多くの事情があろうとも、今の状況は表面上、支配者によるひどい圧政により民衆がやむにやまれず反乱を起こしたように見えるのだ。

　事ここに至っては、人々が喧々囂々としている中、無理やり罪を着せてしまえばさらに刺激して反感を抱かせるだけで、どんな理由をでっち上げようとも誤魔化すことはできない。もし軍隊を派遣して殲滅しようとすれば、誰の目にも非道な君主として映り、仁義の軍であるとは言い難いだろう。民の言論を封じることは川を堰き止めるよりも困難で危険だと言われるように、ひとたび残虐で凶暴だという世評が立てば、民が従わなくなるばかりか、近隣諸国がその機に乗じて、天に代わって道を正すという旗印を掲げて騒動を起こす恐れまで出てくるのだ。

　だが、少し別の角度から考えてみると、何をそんなにこの永安人たちを恐れる必要があるというのだろうか？　彼らは山林や原野を住まいとし、食料も武器もない中、どれだけの期間騒いでいられるだろうか？

　そうして、最終的に優位に立ったのは後者の主張だった。

　もし永安人が攻撃してきたらその度に殺し、攻撃してこなければ彼らの盛衰は成り行きに任せておく。そうすれば仙楽は兵を費やす必要もなく、相手は戦っているうちに消耗して自滅するはずだ。

　武神として謝憐が下界に降りたからには、当然戦場でその役割を果たさなければならない。それを利用し、軍は全力を挙げてこう吹聴した。

　――太子殿下がいる側こそが正義だ。太子殿下がいる軍隊こそが神の軍団なのだ！

　たちまち全国から大勢の成人男子が我先にと入隊し、短期間のうちに仙楽国の軍隊の人数は二倍に膨れ上がった。これだけ動きが大きくなると、永安側にもその情報が伝わったらしい。もともと彼らの活動は小規模とはいえ頻繁だったが、突然消息を絶ってしまった。まるで何かを恐れ密かに力を蓄えているかのようで、仙楽側の将士は非常にぴりぴりしだして、「毎回必ず先陣を切って突進してくる郎英」の恐ろしさを謝憐に余すところなく伝えた。その名前を聞くとあの日見た子供の亡骸を思い出し、謝憐はどうしても複雑な心境になってしまうのだった。

　二か月後、しばらく沈黙を保っていた永安人が、ついに再び攻撃に出た。

　この戦いに謝憐は一本の剣だけを携えて出陣し、鎧さえも身につけなかった。戦闘は半時辰足らずで終わった。

　至る所に血のにおいが充満する中、永安の残兵は鎧や兜を捨てて逃げ惑い、大慌てで撤退していく。仙楽国の兵士たちが見たのは辺りにいた人間がことごとく地面に倒れていく様子で、何が何やらわからないうちに立ち上がることのできる敵は一人もいなくなっていた。そして、彼らの太子殿下は、服の裾すら一切汚すことなくゆっくりと剣を鞘に収めた。

　しばらくして、ようやく自分たちの圧倒的な勝利を確信した彼らは跳び上がり、剣を天に向けて高く掲げて心行くまで叫んだのだった。

　その夜、仙楽の将士たちは城楼で勝利を祝う宴を開いた。

　兵士たちは重圧から解放されて久しぶりにこんな晴れ晴れとした気持ちになり、大いに喜び杯を上げて太子殿下を讃えた。けれど、謝憐はすべての酒を辞し、夜風に当たって頭をすっきりさせるために一人で城楼の隅に向かった。

　間違いなく酒は一杯も飲んでいないというのに、顔が火照って胸が焼けるように熱くなっているのを感じた。顔全体が紅潮して、指先はまだ微かに震えている。

　これは謝憐の生涯における初めての殺人だった。初めて、彼は千人にも上る人々を殺めたのだ。

　虫けら。

　頭の中にこの言葉が繰り返し浮かぶ。謝憐の力の前では下界の人間などひとたまりもなく、彼が軽く手に力を込めるだけで誰も耐えられなかった。まさにあの蟻の群れを踏み潰した宮人のように、他人の命を奪うのはこれほどまでに簡単で、剣を振るう間に彼から命への畏敬の念を奪ってしまうほどだった。

　謝憐は胸壁のそばに寄りかかり、何度か深呼吸をした。頭を振って雑音を振り払い、遠くの山あいの平地に見える点々とした明かりをぼんやりと眺める。

　ほどなくして、足音が二つ近づいてきた。

　振り返るまでもなく、誰が来たのかはわかっていた。

「君たちはお祝いに一杯やらないのか？」

謝憐の言葉に慕情がふんと鼻を鳴らす。

「祝い酒なんて飲んでる場合ですか。楽観視できるような形勢ではないのに」

その言葉を聞いて、謝憐は身を翻して尋ねた。

「君たちにもそう見えたか？」

本当に楽観視などできる状況ではなかった。この一戦には勝利したものの、実際のところ、今回の永安人の攻撃はこれまでで一番強力だった。

人数が増えただけでなく、彼らの陣形、武器、装備はどれも飛躍的な進化を遂げている。それにより多くの者が鎧を身につけていた。それは粗末でみすぼらしいものではあったが、もはや正規の軍隊のような規模になっていたのである。信じ難いことだが、その実体は下級層の農民の集まりなのだ。

慕情は腕組みして眉をひそめる。

「極端に苦しい環境は、確かに人を急成長させるんでしょう。ですが、いくらつらい目に遭って苦しんでいたとしても、どこからともなく物資が湧いてくるはずがありません。何かがおかしいです」

「奴らにはきっと外からの援助があるに違いない」

風信がより率直に簡潔な言葉を口にする　謝憐が小さく頷くと、慕情がさらに言った。

「将士たちが誰も気づいていないとは思えません。ですが、それでも彼らが勝利を祝うのは、こちら側にはあなたがいるから必ず勝てると思って少しも疑っていないからなんでしょうね」

この点に関しては、意外にも謝憐は大したことではないと思っていた。

「私が来てから初めての戦に勝ったんだ。少しくらい喜びに浸ってもいいんじゃないかな。士気も上がるだろうし」

風信は少したためらっていたが、やはり謝憐に尋ねる。

「殿下、あまり顔色が良くありませんね。まだ永安の方に雨を降らせているんですか？」

「ああ」

その答えに、慕情は別に意外とは思わないが同意もしていないという顔で言った。

「率直に言わせてもらいますが、今雨を降らせてももう意味がありません。それこそ底なしの穴みたいなものです。殿下、たとえ永安の干ばつを本当にすっかり解決できたとしても、城外にいる人たちはおそらく撤退しないでしょう」

「わかってるよ。ただ、私が雨を降らせに行くのはあの人たちを撤退させるためじゃなくて、まだ永安に残っている人たちが喉の渇きで命を落とさないようにするためだ。それこそが私の本来の目的で、どんな事情があっても変わることはない」

謝憐がそう返すと、風信はやはりあまり安心できずに問いかける。

「持ち堪えられますか？」

「安心してくれ。私には八千の宮観があるんだから。それに、信徒も十分にいる。もちろん問題はないよ。ただ……」

彼の肩をぽんと叩いた謝憐は、もう片方の手で慕情の肩を抱き寄せてため息をこぼしながら言った。

「今日は君たち二人が手を貸してくれて本当に良かった。私のそばにいてくれてありがとう」

今日の戦場において、この二人の侍従は謝憐以上に苦労し、全身血まみれになっていたのだ。

「そんな話はもうこれきりにしてくださいね」

風信がそう答え、慕情ははっきりしない態度で「うん」と呟く。

手に少し力を入れた謝憐は、三人の距離を近づけるようにぐっと引き寄せると、心を込めて告げた。

「今日だけじゃなくて、今までもずっと君たち二人には感謝してる。私は、三人で肩を並べて戦ったことが後世まで末永く残ればいいと思ってるよ」

「……」

「……」

ほんの少ししてから、風信がハハッと大笑いする。一方、慕情は理解し難いという様子で言った。

「気づいたんですが、あなたはいつも、そういうとても……な言葉を堂々と口にしますよね。本当に……」

彼が少し首を横に振り「まあ、もういいです」とつけ加えると、ようやく謝憐の口角が微かに上がる。だが、そうして笑っていたのも束の間で、急に表情が険しくなった。

「誰だ!?」

「カチャン」という音とともに、謝憐は長剣を鞘から抜いた。軽く弾くように剣を振ると、黒い影を剣先に引っかけて胸壁の隅から弾き出す。

その人物はこの隅に長い間隠れていたものの、息を殺していたためにずっと気づかなかったのだ。謝憐はただ剣先で宙吊りにして脅かしてやろうと思っただけだったが、今日は戦場で大勢の人を殺めたことで腕がずっと微かに震えていて、手を出した時に少し力加減を誤ってしまった。力を入れすぎて、その人物を城壁の外まで弾き出してしまったのだ。

月明かりの下、空中に浮かんだその人物が自軍の兵士の服を着ているのが三人にははっきりと見えた。体格からすると、十四、五歳の少年のようだ。その直後、少年は瞬く間に落ちていき、跡形もなく消えてしまう。城楼の下に落ちようとしているのを見た謝憐はまずいと思い、さっとその場から飛び出した。

爪先を胸壁の縁に引っかけ、体を逆さまにしてぶら下がると、謝憐は素早く手を伸ばしてちょうど相手の片腕を掴み、引っ張り上げようとした。完全に宙ぶらりんになったその少年兵が、行ったり来たりと揺れながら顔を上げて頭上を眺める。

淡い月明かりに照らされて彼の顔が見えると、謝憐は思わず目をわずかに見開いた。

第三十七章　背子坡太子陥魔巣

背子坂にて太子は魔の巣窟に陥る

軽々と跳び上がった謝憐のこの跳躍は実に驚くべきものだったが、二人の侍従はそれが彼にとって大したことではないと当然心得ていた。そのため慕情は動かなかったが、風信はそれでもさっと近づいて謝憐を引っ張る。謝憐が少し力を入れてその若い兵士を掴み上げると、二人ともその足で城楼に降り立った。

「君は誰の下についている兵士だ？　どうしてここに隠れていた？」

謝憐が問いかける。

この若い兵士は手にも頭にも包帯を巻いていて、しかもその包帯には血が滲み出し、見たところ傷だらけのようだった。それは別におかしなことではなく、今日の激しい戦いで多くの兵士たちが負傷し、こんなふうに包帯を巻いた姿になっている。けれど、ずっと声も出さずに物陰に隠れていたのは非常に怪しい。

「永安の間者かもしれません。捕らえて尋問しましょう」

慕情がそう進言した。謝憐も同じ疑いを抱いていたが、皇城の守りは厳重なため、敵が紛れ込む可能性は極めて低い。例外は郎英だけで、その上この若い兵士は明らかに未成年の子供だ。

その時、風信がなぜか不思議そうな様子で言った。

「殿下、この小僧を覚えていないんですか？　昼間、こいつは陣形の前方にいて、ずっとあなたの露払いをしていましたよ」

「そうなのか？」

謝憐はぽかんとした顔になる。

昼間の血で血を洗う戦いでは、他のことに注意を払っている余裕などまったくなく、ただ誰かが自分を殺そうと剣を振り上げてくれば、剣で迎え撃つことしか頭になかった。風信と慕情にさえ気を配れなかったのに、どうやって他の若い兵士に気を配るというのだ？

「そうですよ。俺は覚えてます。こいつはかなり思いきりよく突っ込んでいって、命知らずって感じでしたからね」

風信が断言するのを聞いて、謝憐はまじまじとその少年兵を観察してみた。心なしか背筋を伸ばして立っている少年は、顔を上げて胸を張っていて、少し緊張しているようにも見えるし、またピシッと軍人らしい姿勢で立っているようにも見える。

「だからと言って、ここにこそこそ隠れていてもいいということにはなりませんよ。覗きに来たのかもしれませんし、盗み聞きしに来たのかもしれないでしょう？」

慕情はそう言ったが、実は彼も心の中では警戒を解いていた。なぜなら、仙楽軍はいわゆる「天神の軍隊、天命の帰すところ」だと声を大にして吹聴していたために、多くの若者が謝憐に追随して軍に入隊していたからだ。中にはこれくらいの歳の少年も少なくなく、その多くは謝憐の忠実な崇拝者だった。

彼らは子供の頃から謝憐の神像を拝み、太子殿下の美名を聞きながら育ってきたこともあって、こっそり近づいて武神を一目見たいと思ったのは一度や二度ではなく、別に珍しいことでもないのだ。

「大丈夫、ただの勘違いだったんだ」

謝憐はそう言うと、少年兵に向かって穏やかな声で話しかけた。

「さっきは驚かせてしまってすまなかった」

少年は恐れる様子もなく、たださらに背筋を伸ばして口を開く。

「殿下……」

だが、彼が言いかけたその時、突然異変が起きた。その少年兵は言葉の途中で、いきなり謝憐に飛びかかってきたのだ！

彼が不意打ちを狙っていたのだと思った謝憐は、さっと身をかわすと手を上げ、すぐさま手刀を振り下ろそうとした。謝憐の力でこの一撃を打たれれば、少年は間違いなくこの場で命を落とすことになるだろう。

その時、ふと背筋に寒気が走るのを感じて、謝憐は振り下ろした手の軌道を途中で変えた。背後から自分に向けて放たれた不意打ちの矢を、逆手で掴み取る。

実は、この少年が勢いよく飛びかかってきたのは、飛来した矢が空中で放った冷たい光を見たからだった。謝憐は胸壁に背を向けて立っていたのだが、背後から襲われたにもかかわらず一切恐れることなく壁の上に跳び上がり、真っすぐに下を見下ろす。

城門の前に広がるがらんとした平地の彼方に、誰かが立っているのが微かに見えた。相手は深い色の服を着ていて、闇夜に溶け込んで非常に気づきにくい。素早く謝憐のそばに行った風信が、弓を引いてすぐさま矢を放つ。しかし、その人物は初めから距離をしっかり計算した上で、わざとかなり遠く離れたところに立っていた。矢を一本放って謝憐の注意を引き、自分の方に目を向けさせると、軽く手を振って何も言わずに背を向けて走り去っていく。その引き際はあまりにも素早く、風信の矢の勢いは既に衰えていて、ちょうどその人物の足元から後ろに数寸のところに刺さった。

「あれは何者だ!?」

怒りのあまり風信が城壁を叩くと、石灰石がパラパラと落ちる。

「郎英だ！」と謝憐は言った。

彼の他に誰がいる？

異常に気づいた仙楽兵士たちも大声で叫びながら辺りを走り回ったが、警戒心からか、すぐに開門を命じて追撃しようとはせず、あちこちに行って上官の指示を仰ぐ。

郎英は矢を一本だけ射て手を振るなり立ち去った。これではまるで謝憐に挨拶するためだけにわざわざやってきたかのようだ。

「あいつは何をしに来たんでしょう？　力を見せつけたかったんでしょうか？」

「今日の戦で永安はさんざん打ちのめされて、奴も辛うじて殿下の手を逃れただけだぞ。何が見せつけるだ！」

慕情が眉をひそめて言うと、風信が怒声を放つ。

ふと手に持った先ほどの不意打ちの矢に何かが結んであるような感触がして、謝憐はそれを取り外して火のそばに行った。見てみると、それは細長い布切れだった。青い錦の袍から引き裂いてきたものらしく、布にはべったりと血痕がついている。広げてみると、蚯蚓がのたくったような字で「戚」と一文字だけ書かれていた。

謝憐はすぐさまその布を握りしめて叫んだ。

「戚容は？ 戚容は皇宮にいないのか！」

風信が傍らにいた兵士に指示する。

「早く中に行って確認してこい！」

命を受けた兵士たちは慌てて下がっていった。

これは間違いなく戚容が一番好んで着ていたあの袍の切れ端だった。郎英は神出鬼没で有名で、戚容が本当に彼に攫われた可能性も決して否定できない。ぐずぐずしてはいられないと、謝憐は「あとを追って確かめてくる」と言ったが、風信がついてこようとするのに気づいて制止した。

「君たちは落ち着いて、このまま城門を守るんだ。陽動かもしれないから気をつけろ」

「誰も連れていかないつもりですか？」

風信が弓をさっと背負いながら尋ねる。

永安の方が先に大挙して侵略してこなければ、謝憐は絶対に仙楽から進んで出兵させたくなかった。もし戚容が敵の手中に落ちたのだとしても、自分一人で連れ戻すことができる。だが、兵を引き連れていったら必ずや大きな戦になり、死者も一人や二人では済まないだろう。今は事を最小限に収めたいと謝憐は考えていた。

「一人で行く。彼らには私をどうすることもできないよ」

そう言って、謝憐は壁の上に軽く手を添えて城楼から飛び降りる。そしてふわりと着地すると、急いで郎英が撤退していった方角に向かって追いかけていった。

しばらく走ったところで、背後からついてくる足音が聞こえて振り向くと、なんとそこにいたのはあの少年兵だった。

「手助けは必要ないから、君は戻りなさい！」

すると、少年は首を横に振る。

「戻るんだ！」

謝憐がもう一度そう言って足を速めると、瞬く間に少年をかなり遠くまで引き離し、完全に姿が見えなくなった。

それから五、六里走り、謝憐(シエリエン)はある山の中に入っていった。この山は険しくなくなだらかで、山というよりむしろ坂のようなので、背子坂(はいしざか)と呼ばれている。斥候(せっこう)によると、退却したのち、永安人の主力部隊と平民の大半がここに潜伏しているとのことだった。

背子坂は植物が密生していて、夜になると真っ暗な森の中ではあちこちから奇妙な物音が聞こえ、まるで無数の生き物たちが潜んで虎視眈々(こしたんたん)と獲物を狙っているかのようだ。謝憐(シエリエン)が山の奥深くまで入り、息を殺して捜していると、ふと前方の木に細長い人の形をした何かがぶら下がっているのが見えた。目を凝らして確かめ、「戚容(チーロン)！」と呼ぶ。

まさしく戚容(チーロン)だった。どうやら誰かにこっぴどく殴られたらしく、気を失ったまま木の上に逆さ吊りにされていた。鼻血が逆さまに流れ、片方の目には青あざができている。謝憐(シエリエン)は鞘から剣を抜くと、その縄を切って落ちてきた戚容(チーロン)を受け止めた。顔を軽く叩くと戚容(チーロン)はゆっくりと目を覚まし、謝憐(シエリエン)を見るなり大声を上げる。

「太子従兄(にいさま)！」

謝憐(シエリエン)が彼の縄を解いてやっていたその時、いきなり背筋がひやりとして、長剣を持った手を後ろに回して攻撃を防ぎ止める。振り向くと、郎英(ランイン)が重剣を両手で握って斬りかかってきていた。

二人はチャンチャンと音を立てて何度か剣をぶつからせ、そう経たないうちに謝憐(シエリエン)が郎英(ランイン)の剣を弾き飛ばした。そしてふくらはぎを蹴りつけ、郎英(ランイン)の足を払って倒す。謝憐(シエリエン)が剣先を彼の喉に突きつけて、勝負はついた。

「あなたでは私の相手にならないとわかっているでしょう。もう戦うのはやめにしてください」

今日、彼らは戦場で手合わせをしていた。謝憐(シエリエン)に飛びかかっていった者は全員返り討ちに遭って殺されてしまったが、ただ一人郎英(ランイン)だけが正面から彼の剣を受けても生き残り、傷ついた体を引きずりながら帰っていったのだ。郎英(ランイン)こそがまさに永安人たちの指導者であることは誰の目にも明らかで、謝憐(シエリエン)が彼に言った「もう戦うのはやめにしてください」という言葉の意味は、もちろん彼だけに向けられたものではなかった。

「あなたたちの方から侵略してこない限り、皇城の兵士も絶対にあなたたちを攻撃しに行かないと私が保証します。水と食料を持って立ち去りなさい」

　郎英（ランイン）は地面に横たわり、じっと謝憐（シエリエン）を見つめている。その真っすぐな視線に、心の底から湧き上がる恐怖を感じた。

「太子殿下、あんたは自分のやったことが正しいと思ってるのか？」

　郎英（ランイン）に言われ、謝憐（シエリエン）の表情が一瞬固まる。すると、傍らにいた戚容（チーロン）が罵声を浴びせた。

「くだらないことを！　お前は太子従兄（にいさま）がどういう人かわかってんのか？　天上の神だぞ！　まさか彼が正しくなくて、お前ら国賊の野郎どもの方が正しいとでも言うつもりか!?」

「戚容（チーロン）、黙りなさい！」

　謝憐（シエリエン）は戚容（チーロン）を一喝する。

　郎英（ランイン）が問いかけた言葉に謝憐（シエリエン）は答えられなかった。心の底では、自分がやったことは何か間違っているような気がしていたからだ。けれど、これが考え得る限り最良のやり方だった。もし彼が仙楽を守らず侵略に抵抗もしなかったとして、永安の反乱軍に何度も繰り返し侵攻されるのをただ受け入れ、あまつさえ皇城の中まで好きに攻め込まれても、まさかそれでいいというのだろうか？

　一人や二人が剣を持って向かってきたところで、謝憐（シエリエン）なら手加減して殴って気絶させれば丸く収めることができる。だが、戦場では刀剣が無慈悲に飛び交っていて、一人ずつ殴って気絶させている余裕などあるはずもない。ただ心を無にして剣を振るうことしかできなかった。

　郎英（ランイン）の問いは、謝憐（シエリエン）の心の底から一つの声を呼び起こした。

　——自分のやったことが正しいと思ってるのか？

　しかし戚容（チーロン）には、謝憐（シエリエン）ほどの葛藤（かっとう）はなかった。

「俺は何か間違ったことを言った？　従兄（にいさま）、せっかく来たんだから、この逆賊の野郎どもを皆殺しにしてよ！　こいつらは数十人で寄ってたかって俺を殴りやがったんだ！」

　戚容（チーロン）は普段から皇城で横暴の限りを尽くしていた

せいで、彼を敵視している永安人も当然多くいる。この機に乗じて報復しようとしたのは言うまでもなかった。もちろん、彼を敵視している仙楽人も少なくないのだが。

今は戚容の相手をしている暇がなく、謝憐は郎英に向かって言った。

「あなたの望みはなんなのですか？　雨が欲しいのなら、永安にはまた雨が降ります。金が欲しいのなら、私が金の像を倒してあなたに渡します。食糧が欲しいのなら、私が……なんとかしましょう。ですから、もうこれ以上戦を広げないでください。一緒に解決の道を、第三の道を探しませんか？」

それは謝憐が感情を抑えきれずに思わず口にしてしまった言葉で、「第三の道」とはなんなのか、おそらく郎英は理解していないだろう。だが、それでも彼は少しの迷いもなく答えを口にした。

「俺は何も欲しくない。それに何も必要ない。俺の唯一の望みは、この世から仙楽国が永遠になくなることだ。俺は仙楽国に消えてほしいんだ」

郎英の口ぶりは淡々としたものだったが、その言葉には訳もなくぞっとするものがあった。しばらくして、謝憐は暗い声で言った。

「……あなたが人々を率いて攻めてくるなら、私もただ傍観しているわけにはいきません。あなたたちに勝ち目などないのです。あなたに従う永安人が死ぬことになっても、あなたは引かないつもりなんですか？」

「そうだ」

「……」

郎英はあまりにも平然と、そして揺るぎない態度で答える。謝憐はポキポキと指の関節を鳴らすだけで、何も言うことができなかった。

「あんたが神だってことはわかってる。でも関係ない。たとえ神でも、俺を止められると思うな」

郎英は一字一句はっきりとそう言った。

郎英の言葉に嘘はないと謝憐にはわかっていた。なぜなら、彼の口調に秘められたものを、謝憐自身もこれ以上ないほどよく知っていたからだ——それは、己の正義を貫くという不退転の決意だ。謝憐が君吾に向かって「たとえ天が私に死すべきだと言ったとしても」というあの言葉を口にした時の決意と、今の郎英の決意はまったく同じものだった！

郎英の言葉は、このまま無数の永安人に呼びかけて怯まず際限なく攻め続け、諦める日など永遠に訪れないと宣言したようなものだった。ならば、謝憐が今何をすべきかは明白だ。

謝憐はいつも片手で剣を持つが、今は両手に変えていた。震える手で郎英の喉を刺そうとしたその時、突然後ろから「ギシ、ギシ」という怪しい音と、誰かの冷笑が聞こえてきた。

音も気配もなく背後にいきなり何者かが現れ、驚愕して振り向いた謝憐は、目を大きく見開く。

こういった場面で現れる可能性が最も高いのは敵側の将士で、ひょっとしたら無数の刀剣が既に自分に狙いを定めているかもしれないと予想していた。だが、後ろにいたのがこんな奇怪な人物だったとは思いもよらなかった。

その人物は青白い喪服を身に纏い、顔にも青白い仮面を被っている。その仮面は半分が泣き顔で、もう半分が笑顔というずいぶん奇妙なものだった。彼は二本の大木の間に垂れ下がった蔓の上に座っていて、先ほどの「ギシ、ギシ」という音は、まさにその蔓をまるで鞦韆を漕ぐかのように前後に揺らした時に立てた音だった。謝憐が振り向いたのを見て、彼は両手を上げてゆったりと落ち着いた様子で「パチ」「パチ」と拍手をしながら、しきりにせせら笑いを発する。謝憐はなんとなく不気味さを感じ、厳しい声で問い質した。

「お前はなんだ？」

謝憐が敢えて「なんだ」という言葉を使ったのは、それが人間ではないと直感したからだ！

その瞬間、謝憐はふと手元から伝わる剣先の感覚に違和感があることに気づいた。戚容が大声で叫び始め、そちらに顔を向けると、なんと目の前の地面が割れて細長い穴が現れ、横たわっていた郎英がその裂け目に飲み込まれてしまった。裂け目はあっという間にぴたりと閉ざされ、謝憐は反射的に剣を地中まで突き立てる。剣先が触れたのは泥土だけで、血肉に刺さった感覚はなく、今の一刺しでは郎英を殺せなかったのだと悟ったが、それが残念なのか幸いなのかはわからなかった。

　その時、白衣の人物がまたひっそりと怪しい笑い声を上げ、謝憐は手を振り上げて剣を彼に向かって投げつけた。

　長剣は稲妻のような勢いで飛んでいき、その人物の体を貫いて木に突き刺さる。すると彼は一言も発することなくぐったりと地面に倒れ込んだ。謝憐は急いで近づいて確認したが、そこにあったのは地面にだらりと広がる白衣だけで、それを纏っていた本人は忽然と姿を消していた！

　この人物の出現と消失は非常に奇異で、謝憐は内心ではしばし驚いていたが、油断できないと思い片手で戚容を掴み上げる。

「行くぞ」

「待って！　従兄、火をつけて山を燃やそう、従兄！　この山には永安の奴らが大勢いるんだ。城門の前で駄々をこねて座り込んでたあの卑劣な奴らも全員ここに隠れてるから、早く火をつけて奴らを一人残らず焼き払おう！」

　戚容はそう言って喚き散らす。

　謝憐は片手で戚容を引きずりながらしばらく道を進んだが、辺りの陰気がますます濃くなってきたように感じた。まるで無数の目が彼ら二人を見つめているかのようだ。

「さっきの奴がどれだけ怪しかったか、君は見ていなかったのか？　ここに長居すべきじゃない」

「怪しいからってなんだよ？　あなたは神なんだぞ。あんなくだらない妖魔ごときが怖いとでも？　邪魔しに来やがったら殺せばいいじゃないか」

「とりあえず戻ってから話そう」

　謝憐が適当にあしらうばかりで山を燃やす気がないのに気づいた戚容は、大きく目を見開いて言い募った。

「なんでだよ？　奴らは俺を殴ってこんなふうにして、俺たちに楯突いたんだぞ！　さっきも聞いただろう。奴は仙楽を滅ぼしたいって言ったんだ！　俺たちの国を滅ぼしたいって！　なんで奴らを皆殺しにしないんだよ。今日戦場でやったみたいに！」

「……」

　戚容の言葉に謝憐の呼吸が一瞬止まる。

「君はどうしていつも皆殺し、皆殺しって、それしか頭にないんだ！　平民と兵士が同じわけがないだろう？」

謝憐が怒声を上げると、戚容が言い返す。

「何が違うんだよ？　同じ人間じゃないか。誰を殺そうが皆同じだろう？」

まるで痛いところを突かれたかのように、謝憐は胸に血の気が湧き上がってきた。

「君って人は！」

その時、謝憐はふと足首を締めつけられるような感覚がして、俯いて下を見た。なんと、傍らにある低木の茂みの中からぶくぶくと太った腕が突き出し、いきなり彼の長靴を掴んできたのだ！

同時に前方から「ドサッ、ドサッ」と数回音がすると、七、八個の人影が雨のように木の上から落ちてきて、起き上がれずにぐったりと地面に横たわる。人の形をしてはいるものの、一糸纏わぬその姿はまるで巨大な肉の虫のようで、ゆっくりとこちらに向かって蠢いていた。

「何者だ!?」

戚容が思わず声を上げると、謝憐はさっと剣でそれの腕を断ち切り、厳しい声で言った。

「人じゃない、鄙奴だ！」

これまで皇城付近のどの山でも、こんなモノが出現したという話を謝憐は聞いたことがなかった。それに、もし何か妖魔鬼怪が現れれば、すぐに皇極観の道士たちに掃討されてしまうはずだ。つまり、この鄙奴の群れは何者かによって意図的にここに置かれたとしか考えられない。

この戦にあろうことか人ならざるモノまで介入してこようとは、謝憐はまったく考えてもいなかった。先ほどまでのいろいろな手がかりを思い返せば、相手は郎英と共謀して謝憐を誘き出すために戚容を攫ったのだという考えにますます傾いてきたが、今はもう深く考えている暇もない。

謝憐が剣を一回振る度に七、八匹の鄙奴が腰から綺麗に真っ二つに断ち切られていく。だが、鄙奴が現れる時はいつも群れを成しているものなのだ。案の定、辺りの木々や茂みがざわざわと音を立てると次第に激しく揺れ動き、ぼんやりした顔で人の形をした肉色のモノがさらにたくさん這い出てきた。続々と現れては謝憐の方へ押し寄せ、しかも謝憐だけをめがけて向かってくる。剣の一振りで十匹斬り殺しても、すぐさま二十匹が襲いかかるのだ。

絶え間なく剣を振り続けていたその時、木の上にいた一匹の鄙奴が謝憐の背中に狙いを定めて飛びかかってきた！

ところが、謝憐に近づく前にそれは一筋の冷たい光に切断された。戚容は武器を持っていないため、当然彼が切断するのは不可能だ。謝憐が振り返ると、剣を振っていたのはなんとあの少年兵だった！

彼は城門の前で謝憐に姿が見えなくなるまで引き離されたというのに、あろうことかそれでもついてきて彼らを見つけたのだ。少年が手にしていたのはボロボロの剣だったが、サッサッと数回振ると数匹の鄙奴が斬られていて、大いに役に立つ。鄙奴は這いずりながら非常に粘り気のある体液を分泌するので、戚容は気持ち悪いと大声で叫んでいたが、少し弱そうな鄙奴の頭を容赦なく足で数回踏みつけると、恐れるに値しないと気づいたらしく、訝るように言った。

「別にそんなに強くないじゃないか？」

しかし、鄙奴は往々にして他の凶暴で残虐な邪のモノと一緒に現れるということを戚容は知らなかった。謝憐は唇を噛み切ると右手の指二本に血をつけ、剣身の上を一定の速さで滑らせて血を塗りつける。最後に、その剣を戚容の手の中に押し込んだ。

「君たち二人はこの剣を持って先に行きなさい！　君たちに近寄れるモノはいないから、道中で何が聞こえてきても振り向くんじゃない。いいか、絶対に振り向くな！」

「従兄！　俺は……」

言いかけた戚容の言葉を謝憐が遮る。

「強いのはこれから来るんだ。それが現れたらもう君たちに構っていられない。だから戻って状況を知らせてくれ！」

戚容はそれ以上何も言わず、剣を持つとものすごい勢いで走りだした。彼が持った宝剣は謝憐が既に法術によって加護を授けたもので、鄙奴もその他の邪のモノも道中ずっと近寄ることができない。戚容は何事もなく進んでいき、すぐに姿が見えなくなった。

　ところが、少年兵はその場を離れなかった。戚容が先に行ってしまい、彼に渡せる二本目の護身用の宝剣はないため、謝憐は剣の代わりに手のひらを使って続けざまに法力を放ち、鄙奴を吹き飛ばして殺さざるを得なくなる。少年の必死の協力もあって、一炷香後、すべての鄙奴がようやく綺麗さっぱり片づいた。

　一面に広がる粘液と死体が生臭いにおいを絶え間なく発している。一匹も逃していないことを確認したあと、謝憐は呼吸を整えて振り返り、少年に向かって言った。

「君の剣の腕前は悪くないな」

　少年は剣をぎゅっと握りしめ、まだ微かに荒い息をついていたが、ぱっとまた真っすぐに姿勢を正して「は、はい」と答えた。

「別に何か命令してるわけじゃないのに、どうして『はい』って言うんだ？　私がさっき君に戻れって命令した時は『はい』って言わなかったよな？」

　謝憐が言うと少年がまた「はい」と答えたが、答えたあとでようやくどこかが変だと気づき、さらに背筋を伸ばす。謝憐は軽く首を横に振り、少し考えてからふと口角を少し上げた。

「でも、君は刀を使う方が向いてるんじゃないかな」

第三十八章 温柔郷苦欲守金身

温柔郷による苦しい欲から金身を守る

少年はぽかんとして尋ねた。

「なんでですか?」

謝憐（シエリェン）は頭の中で、先ほど彼が鄙奴（ひど）を斬り殺した時の一つ一つの技や動きを再現し、無造作にいくつか真似てみる。

「君は刀を使ってみたことがないんだろう? 君の剣筋は変化に富んでいて珍しいし、確かに素早くて思いきりがいいんだけど、少し動きがぎこちなくて、力を十分に発揮できていないように見える。刀を使ったことがないなら、今度試してみるといいよ。私が思うに、もしかすると威力ももっと上がるかもしれない」

謝憐（シエリェン）は誰かの素晴らしい腕前を見る度に、つい二言三言意見を交わしたくなってしまう。決してあれこれ口出ししたいのではなく、興味が湧いて相手と積極的に議論したい気持ちで胸がいっぱいになるのだ。

謝憐（シエリェン）は戦闘経験が豊富すぎるため、大抵のことは考えなくても一目でそうだとわかるのだが、とっさにその理由が説明できない。ただ絶対そうに違いないと感じるだけだ。ほとんどの者は彼の身分を敬って話をそのまま聞いているだけで、彼が理に適ったことを言っているかどうかを本気で考える者などほとんどいない。けれど、この少年は真剣に耳を傾けていて、どうやら思案しているらしく、時々手に持っている剣の刃に目を向けていた。

そんな会話をしていると、ふと辺りに広がる漆黒の森からまた何かが素早く這いずるようなカサカサという音がした。謝憐（シエリェン）は、まだ至るところに危険が潜んでいる状況下にいることをすぐに思い出し、今は興に乗って話をしている場合ではなかったと気持ちを落ち着かせて色を正した。

「この山にはまだ他にも邪のモノがいるかもしれないから、徹底的に片づけないとな」

その言葉に力一杯頷いた少年が、手に持っていた鉄剣を両手で献上する。だが、謝憐は首を横に振った。

「それで自分をしっかり守りなさい。君はさっき逃げなかったから、もう今から逃げることはできなくなった。私は君を全力で守るけど、君もくれぐれも用心するんだ」

その時、また草むらが小刻みに揺れ動き、何かが急速に遠ざかっていくのが見えた。謝憐は手を振って手のひらから一撃を放つ。攻撃は命中して、そのモノは「あうっ」と一声悲鳴を上げて動かなくなった。

漂ってきた血のにおいを嗅いで、謝憐は不思議に思った――もし相手が鄙奴ならば、打たれて爆発したあとに流れるのはネバネバした体液だけで、粘着性は極めて強いが、こんなふうに血のにおいがするはずはないのだ。それで謝憐は近づいて調べに行った。

草むらをかき分けると、案の定そこには頭の大きな鄙奴が一匹、手のひらからの一撃を食らってバラバラになっていた。けれど、血のにおいを放っているのはその鄙奴ではなく、それが咥えていたもの――長い髪がついた頭皮の欠片だったのだ！

鄙奴は残骸を食らって生きているため、その様子からすると既に頭皮の持ち主の人間は殺されているようだ。その鄙奴が這ってきた草むらの上にポタポタと血痕が残っていることに気づき、謝憐がすぐさまそれを辿っていくと、少年兵も彼のあとにぴったりとついてきた。進めば進むほど血痕が濃密になり、血のにおいも強くなっていく。ほどなくして、誰かの弱々しい泣き声が聞こえてきた。

少年兵は剣を構え、謝憐の前に出て庇おうとしたが、謝憐はぱっと彼を自分の後ろに引っ張る。一面に花を咲かせている低木を回り込むと、中くらいの大きさの洞窟が一つ、二人の目の前に現れた。

おそらくその洞窟では、元は何人かがしばらく暮らしていたのだろう。だが、今は洞窟の外のあちこちに死体が転がり、二、三十匹の鄙奴がその死体にべったりと張りついて勢いよくかじりついている。そしてそれ以外の五、六匹が、地面に倒れている少女を取り囲んでいた。

苦悶の表情を浮かべたその少女は、胸から腹を切り裂かれて内臓が一面に流れ出していたが、まだ息があった。どうやら先ほどまで身だしなみを整えていたらしく、鬢の辺りに真っ赤な花を一輪挿していて、真っ赤な血がその花の赤を際立たせて、一層残酷に見える。

鄙奴の群れは、まだじんわりと温かい彼女の内臓を舌で舐め回していた。それをかじろうと口を開けたその時、ふいに誰かが近づいてくる音を聞きつけ、一斉に振り向いてこちらに飛びかかってくる。

謝憐は視線を向けることすらせずに、手のひらで一撃を放ってすべて撃ち殺した。すぐさま死体を調べると、男も女も、年寄りや子供もいる。頭も顔も埃だらけで粗衣を身に纏っていて、おそらく全員が永安の平民に違いないが、謝憐は内心驚いていた。

この山の中に突然現れた妖魔鬼怪は、すべてあの怪しい白衣の者が呼び寄せたと思っていた。あの人物は郎英を助けて立ち去った以上、きっと彼の仲間なのだろうが、それならばなぜこの鄙奴は永安の平民を食っているのだろうか？　人ならざるモノがなんの理由もなく人間と手を結ぶわけがない。まさか、これは郎英が差し出した交換条件なのだろうか？　自分に追随する人間の命を代価にしたと言うのか!?

少女は痛みと恐怖で口から血を吐きながらむせび泣いていた。

「殺さないで！　私は悪いことなんてしてない！　殺さないで！」

謝憐は感情を抑えられず、あの日城壁の下で死んでいった三人の家族のことを思い出さずにはいられなかった。彼らもまた、何も悪いことなどしていなかったではないか？

謝憐は身を屈め、一段と優しい口調で声をかける。

「怖がらないで。大丈夫、私は君を助けに来たんだ」

だが、あの少年兵は剣を抜いて少女に向けながら言った。

「殿下、気をつけてください。山奥の妖かもしれません」

謝憐ももちろんそれは承知の上で、むしろその可能性が極めて高いとも考えていた。けれど、それを考慮してもやはり放っておくわけにはいかず、用心しておけばいいだろうと思ったのだ。

少女の脈を取る際に、謝憐は彼女の手のひらを上向きにして掌紋と指紋を確認した。見たところ彼女は生身の人間で、しかも武術を嗜むどころか手で鶏を捕まえることすらできないほどに非力だと即座に確信する。それですぐに手当てを始め、袖から薬瓶を取り出して栓を捻って開けると、薄白い煙がほのかに立ちこめて清々しい香りがした。

この霊薬はどんな毒の症状も一時的に和らげることができるだけでなく、傷口にも不思議な効き目がある。そのため、謝憐は惜しむことなく一瓶をすべて彼女に使いきった。

「少しは楽になったかな？」

そう尋ねたものの、少女の傷は極めて重く、むごたらしくて見ていられないほどだった。だが、今の煙を吸い込んでから顔に少し血色が戻り、弱々しく頷く。

「君たちは永安人か？　何があったんだ？」

「……そ、そうです。私にも何が起きたのかわからなくて。今まで、うっ……今まで普通に暮らしてたのに、あっという間に父さんが死んで、兄さんも死んで……」

そう言って涙を流す彼女の肩を謝憐はそっと叩いた。

「彼らを死なせた下手人はどんな人だった？　それか、どんなモノだった？」

少女は泣きじゃくりながら答える。

「彼らを死なせた下手人は……それは……それはあんただ！」

最後の言葉を口にした瞬間、彼女は突然凶悪な表情に変わった。そして両目を鋭く光らせ、両手を広げてぱっと謝憐に抱きついた！

傍らでずっと警戒を緩めずにいた少年兵が素早く反応し、彼女の背中に剣を突き立てる。少女は既に重傷を負っていて、その上彼に刺されれば絶対に助からないだろう。だが、彼女は晴れやかに大笑いし始めると、謝憐をきつく抱きしめて何がなんでも放さず、その姿勢のまま絶命した。それはあまりにも強い抱擁で、少年兵がやっとのことで彼女の死体を引き離す。

「殿下！　大丈夫ですか？」

謝憐も、元からこの少女は最後に不意打ちをかけるつもりだろうと思っていたが、別に鋭利な武器を隠し持っていたわけでもなければ、噛みついてもこなかった。ただぎゅっと謝憐に抱きつき、それだけで満足したかのように死んでも離そうとしなかった。

「なんともないよ、私は……」

謝憐は当惑した様子でそう口にしたが、言い終わらないうちに、まるで彼を嘲笑うかのような突然の眩暈に襲われた。

「殿下!?」

少年兵が、一つだけ見える黒く輝く瞳を大きく見開いて声を上げる。

謝憐は五臓六腑が焼かれるような痛みに支配され、何も言えず、言う気も失せていた。ましてや他人の言葉など聞きたくなくて、首を横に振ると手を上げて押し黙る。その時、四方を取り囲むように、楽しげな女の笑い声が聞こえてきた。

「ふふふふっ……」

「ふふふふっ……」

二人は驚愕しながらも、周りには自分たち以外の三人目の人物などいないと気づいた。笑い声の主は、あろうことか辺りに咲く真っ赤な花だったのだ！

謝憐は一瞬にして自分がどんな罠に嵌まったのかを悟った——。

「温柔郷」だ！

それは、いわゆる花柳界などを指すあの温柔郷のことではない。温柔郷とは他でもない、群れで暮らすことを好み、男の精気と血を糧として生きる花妖の一種だ。その香りはなんら好ましいものではなく、謝憐はすぐさま言った。

「口と鼻をしっかり覆うんだ。その花の香りを嗅ぐな！」

少年兵の顔はもともとしっかりと包帯で覆われていたために、空気が濾過されて香りを吸い込まずに済んでいた。謝憐の言葉を聞いて、包帯を少しきつく締め直したが、謝憐には香りを遮るものが何もないと気づくと、彼は自分の全身の中で最も清潔な袖を引き裂いた。力を入れて擦り、ぱたぱたと綺麗にはたいてから、両手でそれを謝憐（シエリエン）に差し出す。だが、謝憐（シエリエン）は「必要ない。もう無駄だ」と言った。

少女の手当てをしていた時、用心はしていたが、においにまでは気を配っていなかったため、彼女が鬢に挿していた花こそが「温柔郷」だとは気づかずにずいぶんと近づいてしまったのだ。その上、彼女は万全を期して死ぬ間際に謝憐（シエリエン）にきつく抱きついた。つまり、謝憐（シエリエン）は自分でも気づかないうちにとっくに温柔香（おんじゅうこう）を何度も深く吸い込んでいたことになる。まさに正真正銘「五臓六腑に染み渡る」と言えよう。

温柔香が体内に入ると、男は血が騒ぎだす。最初に力が入らなくなり、次に躁狂（そうきょう）してしまうのだ。今はまだ全身から筋を抜かれたようにぐったりとしているが、やがて痺れが治まれば、すぐに爆薬のようになってしまうだろう。

もし今あの怪しい白衣の者が再び現れたら、謝憐（シエリエン）はどこまで対処できるか自分でも本当にわからず、そもそも相手の実力がどれほどのものかもわからない。謝憐（シエリエン）がまず初めに取った行動は薬瓶を探ることだったが、探し当てたあとで、少女の手当てをするために中身を使いきっていたことを思い出した。結局、彼女が生き長らえることはできなかったのだが。

謝憐（シエリエン）が傍らの亡骸を見やると、少女の顔にはまだ笑みが浮かんでいる。それはまるで死に際に敵を罠に嵌め、ようやく家族に会いに行けると心から喜んでいるかのようだった。血みどろの凄惨（せいさん）な光景が花の危険な艶色をかすませ、血のにおいが花の異様な香りを薄めていたばかりに、謝憐（シエリエン）も想像だにしなかった。まだたった十五、六歳の少女があんな極限まで恨毒（こんどく）に満ちた表情をして、ここまで決然と事を起こせるなんて。

あちらでは花妖たちが興奮しきった様子でひそひそと話している。

「かかったわね」

「釣れちゃったわ」

「その彼よ」

「本当にあの太子殿下なの？」

「なんて美しいのかしら……あたしの根が、根がむずむずしちゃって、土の中から這い出しそうだわ！」

少年兵が剣を振り上げて切りかかり、群れ咲いている花の一部を平らに削り取ったが、この花の茎(くき)は意外にも非常にしなやかで丈夫だった。一度切り、もう一度切るとボロボロの剣はすぐに鈍くなっていく。

「あらま！　この毛も生え揃ってないお兄ちゃんったら、案外怖いじゃないの！　人がやっとのことで咲こうとしてるっていうのに、あんた、どう責任取ってくれるのよ！」

花妖たちが揺れ動きながら驚いて悲鳴を上げると、少年兵の目は怒りに燃え上がった。

「死にたいらしいな！　火をつけてお前ら全部燃やしてやる！」

花妖たちは緑色の葉を茎に当てて叫ぶ。

「怖ーい！　あたしたちは別にあんたにちょっかいを出したわけじゃないのに、何をそんなにかっかしてんのよ！」

すると、謝憐(シエリエン)も制止した。

「燃やすんじゃない！　そいつらは妖だから、燃やせば……毒の瘴気(しょうき)を発生させてしまう。引き抜くのも駄目だ！」

少年はすぐさま引き抜こうとしていた手を止める。

「茎に毒のある棘がたくさんついているんだ……」

謝憐(シエリエン)が力なげに言葉を続けると、花妖たちは甘えるように言った。

「あら、太子殿下ってば、なんて優しいのかしら。あたしたちを守ってくれてありがとう。待っててね、あたしたち、もうすぐ実を結ぶのよ！　きっとたっぷり可愛がってあげるからね、ふふふふっ……」

「子供の頃から童子功(どうじこう)〔成長期前の童子（童貞）だけが修練できる武術の一種〕を修練してきた男なんて滅多にいないものね。貞操を失ったら法力の境界が一段落ちちゃうけど、でも、我慢してもらうしかないわね、ふふふふっ……」

温柔郷の花たちは、淫奔(いんぽん)さをいちいちむき出しにして、互いに擦れ合いながらくすくすと甘ったるい声で笑っている。聞いていた少年兵は、「童子」、「貞操を失う」、「境界」という言葉の意味がわかったようなわからないような様子でしばらくきょとんとしていた。だが、いい言葉ではないということはわかったため、謝憐に聞かせまいとして、からかい文句をかき消すように怒号を上げながら、力の限り剣を振って花を切ろうとする。謝憐はというと、両手の指の関節をポキポキと鳴らしていた。

そういうことだったのか！

なんと、今夜の一連の出来事は、本当に謝憐だけを狙ってわざわざ仕掛けられた罠だったのだ。

戚容一人だけを攫ったのは、謝憐の仙楽武神としての誇りと思考を念頭に置いてのことで、大事を小事に収めるために、きっと誰の手も借りず単独で追ってくるに違いないと踏んだのだろう。そしてあの重傷を負った少女は、霊薬をすべて使わせることで、彼が温柔香を吸い込んだあとに一切症状を緩和できないようにすることが目的だった。ただこの状況を作り出して彼を待ち構えるためだけに、妖魔鬼怪と生身の人間が手を組んだのだ。

謝憐が修めているこの道に、必ず童子の身でなければならないという条件があるのは事実だ。この流派の道士が飛昇すると、参拝する人々も皆、自分たちが拝んでいる神は凡俗を超越していて人間の欲望とは無縁に違いないと信じて疑わない。そのため、もし貞操を守ることができなければ、間違いなく信徒をひどく失望させ、法力が大いに損なわれてしまうだろう。

とはいえ、すぐに神官から俗世の凡人に成り下がるほど深刻なことにはならず、その後何年か骨身を惜しまず修行に励めば、その分を取り戻す機会はある。だが、この大事な時に何年も閉じこもってそんなふうに修行する余裕など謝憐にあるはずがない！

皇極観の戒律は非常に厳しく、中でも謝憐は第一人者として、これまで一度たりとも規則を破ったことがなかった。修行を積んできて、早くから心は鉄石の如く揺らぐことはなくなり、狂風が吹いても自分の心の池にはさざ波すら起こせやしないと自負している。こういった類いの試練も数多く経験してきたが、いつも完璧に突破してきた。

けれど、心は止水の如く平静とはいえ、やはり若さ故に少々顔に出やすいところがある。しかも、今はかなり若い兵士がそばにいるというのに、花妖たちからほのめかすどころではない卑猥で下品な言葉を聞かされた上、花の香りまでまとわりついてくるせいで、血が沸き立ち浮ついてきてしまって、謝憐（シエリエン）はいくらか恥ずかしさと腹立たしさを感じずにはいられなかった。顔にもほんのりと赤みが差し、恨めしいことにどうしても立ち上がれないのだ。

　今はまだ辛うじて持ち堪えられているが、もしこの温柔郷たちが本当に実を結んだら、相当厄介なことになりそうだった。一番いい方法は、もちろんすぐに皇城に戻って、風信（フォンシン）と慕情（ムーチン）に症状を抑えるのを手伝わせることだ。しかし、今の謝憐（シエリエン）は足に力が入らずに立つことすらできず、仕方なくあの少年兵を呼ぶしかなかった。

「君……こっちに来てくれないか」

　その言葉を聞いて、少年兵の後ろ姿が強張る。ゆっくりとこちらを振り返ったものの、どうしても近づくことはできないでいた。今は一刻の猶予もない状況で、ためらっている彼を見た謝憐（シエリエン）はある種の焦燥感に駆られたが、その焦りを無理やり抑え込んだ。

「怖がらなくてもいい、別に君に何かするわけじゃないから。早くこっちに来てくれ！」

　少年はようやく足を踏み出すと、謝憐（シエリエン）の目の前二尺ほどのところまで走ってきて、また急に立ち止まる。謝憐（シエリエン）はそっと静かに息を吸うと、彼に向かって手を伸ばした。

「……私を起こして、ここから連れていってくれ」

　少年兵が慎重にその手を握る。まるで瀕死の人間がようやく拠り所（よどころ）を見つけたかのように、一瞬にして気が緩んだ謝憐（シエリエン）は少年に向かって倒れ込んだ。

　温柔郷の毒に蝕（むしば）まれているせいで謝憐（シエリエン）の体温は上がり、既に全身が火照っていたが、驚いたことにこの少年の手のひらも同じくらい熱かった。しかも微かに震えている。

　謝憐（シエリエン）はほんの少しだけ彼に寄りかかって力を蓄えると、大きく息を吸い、力を振り絞って真っすぐに立った。自分よりも小柄な人間に全身を預けるのは忍びなくて、手だけは握って支えてもらい、ゆっくりと数歩進む。ところが、思いがけず花妖たちの声が聞こえてきた。

「駄目よ、太子殿下。あんたはここを離れちゃ駄目。『彼』が道の途中であんたを待ってるんだから。ここを離れたら、『彼』に出くわしちゃうわよ」

――「彼」？

「『彼』って誰だ？」

謝憐（シエリエン）が尋ねたが、その人物の話になると温柔郷たちは少し怯えたようにじっと動かなくなり、しばらくしてから囁くように言った。

「『彼』って言ったら『彼』よ」

そう言って花たちは互いに頷き合う。

「『彼』は『彼』なの。つまり、あたしたちをここに連れてきた人よ」

花妖たちにその「彼」の名前や素性を言う勇気がなくても、謝憐（シエリエン）の脳裏にはすぐさまあの半分が泣き顔、半分が笑顔の仮面が浮かんでいた。

「つまり今戻れば、お前たちを掘り起こしてここに連れてきたその人が道中で私を阻んで攻撃してくる。でも、ここに残れば私を捜しに来ることはない。そういうことだな？」

花妖たちは大満足でぺちゃくちゃと喋りながら頷く。謝憐（シエリエン）の心の中ではたちまち言いようのない怒りが燃え上がった。

殺すわけでもなく、ただここに閉じ込めてこんな口にしにくい状況に陥れるだけだなんて、自分をわざと弄んでいるのか、それとも他に目的があるのか⁉　いっそ直接姿を現して、どちらかが死ぬまで戦った方がましではないか！

少し冷静になり、謝憐（シエリエン）は込み上げていた怒りをすぐに抑え込んだ。見たところ、相手は別に真っ向から彼を打ち負かすつもりはなく、どうやらただ法力を削り、修練の境界を落として信徒を失わせたいだけのようだ。

この花妖たちが必ずしも本当のことを言っているとは限らないが、たとえ嘘だったとしても、よく考えてみればこの少年が謝憐（シエリエン）を支えたり背負ったりしながら無事に帰りつけるという保証はない。もし道の途中で相手が敢えて女を何人か送り込んできたりすれば、状況はさらに悪化し、さらに気まずくなってしまうだろう。

しばらく天秤にかけ、謝憐（シエリエン）は焼けつくような熱い息を吐くと、目を閉じて言った。

「私をあそこの洞窟まで連れていってくれ」

少年兵は言われた通り、謝憐を支えながら地面に散乱する死体の間を縫うように進み、洞窟の前に着いた。

「止まって」

謝憐が小さな声で言うと、少年兵は歩みを止める。

「君の剣は？」

ただ手を上げるだけで震えつつ、謝憐はそう尋ねた。

少年は左手で彼を支えながら右手を離し、佩いていた剣を持ち上げる。謝憐が片方の手を伸ばして袖をまくり上げると、白く輝く月光の下、冷たい羊脂玉のような腕が半分ほど見えて少年は息を呑んだ。けれど、謝憐はそれに気づくことなく囁く。

「それで私を刺すんだ」

ボロボロの剣を持ち上げていた手がすぐさま垂れ下がったが、謝憐は続けて言った。

「怖がらなくていい、ただ少し深めに刺すだけだ。陣を張りたいんだけど、今は手元に法宝がないから、どうしても血がいるんだ」

ところが、少年兵は「殿下、どうぞ俺の血を使ってください！」と言うなり自分の腕を上げ、すぐさま一切の躊躇もなく剣で切りつけた。

「いいから！　君の血じゃ……」

謝憐は止めようとしたが間に合わず、少年の腕には深くて長い傷ができて、あっという間に鮮血が溢れ出す。

謝憐はため息をこぼした。

「はぁ……君は……仕方ないな」

謝憐の血は、それによって加護を授けることができる無上の宝で、下界の人間の血とは比べるべくもない。しかし、この少年兵の誠意を目の当たりにすると、彼がやったことは無意味だとはっきり言うのも忍びない。

「ありがとう。でも、陣を発動させるにはやっぱり私の血も少し必要なんだ」

ただそう言って自分で剣を握ると、震える手で何度も切ってようやく狙いが定まり、腕の真ん中に突き刺した。もったいなくも、赤黒い神の血が白い腕を伝って流れ、ポタポタと滴って洞窟の前に障壁のような二本の弧を描く。謝憐はわざわざ少年の血も少し混ぜてそれを描き終えると、眩暈で一層頭がくらくらしてきた。

「……入ろう」

洞窟の中は真っ暗で、少年は懐から火おこしを取り出した。擦って火をつけると、火の光が辺りをずいぶん明るく照らす。

少年兵の顔は包帯に隙間なく覆われていて見えないが、今の謝憐の散々な姿は余すところなくさらけ出されていた。冷や汗が流れ、髪も少し乱れていて、唇は腫れ上がって赤みを帯びている。口の端に血がついているのは、先ほど唇を噛み切って宝剣に加護を授けた際の傷だった。火明かりの眩しさが謝憐の目を刺し、焼けるような熱気も殊のほかつらい。

「火をつけないで、消してくれ」

謝憐がすぐさまそう言うと、少年は即座に火おこしを捨て、踏みつけて火を消す。辺りは再び暗闇に包まれた。

謝憐は彼に支えられながら洞窟に入っていき、地面に座って瞑想の姿勢を取る。しばらくそうして心を静めてからゆっくりと言った。

「今から君にある任務を与えようと思う。やり遂げられるか？」

「……」

少年は一瞬押し黙り、片膝を地面につくと謝憐に向かって言った。

「死んでもやり遂げます！」

謝憐は荒くなっていく息を抑え、無理やり平静を装いながら告げる。

「この洞窟の前に私が設置した障壁は全部で二つだ。外側の一つは外のモノを中に入れないためのもので、内側の一つは中にいる人を外に出さないためのものだ」

声を漏らさないように何度か深く呼吸してから、謝憐は言葉を続けた。

「二つの障壁の間に一人分の空間を残しておいたから、君はそこにいて入り口を守るんだ。洞窟の外からどんな音が聞こえても出てはいけない。同じように、私がいる洞窟の中から何が聞こえても絶対に入ってきてはいけない」

少年は少し驚いた様子で尋ねる。

「殿下、一人で中に残るんですか？」

「そうだ。自分でも何をしてしまうかわからないから……とにかく、何がなんでも君は入ってこないように」

　今のこの状況下では、謝憐（シエリエン）にも帰る術（すべ）がない。援（えん）兵（ぺい）を待とうにも、戚容（チーロン）はおそらくまだ難路の途中だろうし、ただ皇城まで走って帰るだけでもかなりの時間を要するのだから、彼が援兵を呼んでくるのを待っていたらいつになるかわからない。とりあえずどこか一か所に陣地を定めて、そこをしっかりと守り、温柔郷の毒をどうにか消すしかなかった。

「実を結んだ花妖が持つ誘惑の力は相当強い。あいつらはきっともうすぐ成熟して……」

　その時、空気中に漂う香りが突然濃厚になり、厳しい声で言う謝憐（シエリエン）の言葉を遮った。その生温くいかがわしい香りは天地を覆うほどで、花妖たちは嬉しそうに甘ったるい笑い声を立てながら口々に言う。

「あたしの根が！　あたしの根が硬くなったわ！」

「実が成熟したわ！」

　この上なく馥郁としたその香りを嗅ぐと、謝憐（シエリエン）は動悸が激しくなり、頭に一気に血が上るのを感じた。

「早く出ていきなさい！　君はくれぐれも香りを吸い込まないように。もしあいつらが近寄ってきても、怖がらなくていい。どんなモノだろうが血線（けっせん）は越えられない。でも、君の足が陣の内側にありさえすれば、剣であいつらを殺すことはできるから」

　謝憐（シエリエン）が歯を食いしばりながらそう言うと、少年兵は外をちらりと見やってから力一杯頷いた。そして剣を手に走って出ていくと、洞窟の入り口にある二本の血線の間に留まる。

　洞窟の外では、散乱する死体の間にあちこち群がって咲いている花たちがますます艶麗（えんれい）になっていた。そして一面に広がる花のどれもが小刻みに揺れ動き、今にも根が土を突き破って飛び出してきそうになっている。ほどなくして、やはり何かが土を突き破って現れた——それは女の頭だった！

　土の中から生えてきた「女」の頭は、地上の新鮮な空気を吸い込むと、うっとりと嬉しそうな様子で一本の線になるほど目を細める。その直後、続けて丸い肩が片方現れ、腕も一本這い出してきた。

温柔郷の実は根の下に生る。そして、成熟したあとに実る果実は、さまざまな女の姿をしているのだ。

成熟の時が来たのだろう。無数の全裸の若い女が土の中から現れ、手を上げて頭上の鮮やかな赤い花を摘み取ると、月の光を浴びながら手足を思うままに伸ばす。もともと香りを放っていたのはあの小さな花だったが、今はその妖艶な女たちから放たれている。それらは豊満な体についた土をはたいて長い髪を軽く整えると、洞窟の入り口へと歩いてきて媚びた声で笑う。

「太子殿下、あたしたち、来ちゃったわよ！」

洞窟の中にも息が詰まるほど濃厚な香りが充満していて、謝憐は洞内に端座し、目を閉じて心の中で道徳経を暗唱した。しかしそれもあまり役に立たず、花妖たちは口を開けば恥ずかしげもなく愛しい人、可愛い子、お兄さん、坊や、などと洞窟の外から囁くようにやたらと呼びかけてくる。その艶めかしく耳に心地よい声に苛立って心をかき乱された謝憐は、暗唱ではなく口に出して唱えることにした。

「五色は人の目をして盲ならしむ、五音は人の耳をして聾ならしむ……馳騁畋猟〔乗馬や狩り〕は人の心をして狂を発せしむ、得難きの貨〔宝〕は人の行いをして妨げしむ……躁は寒に勝ち静は熱に勝ち清静は天下の正と為る……善なる者は吾これを善しとし、不善なる者も吾またこれを善しとし……」

いつもならすらすらと暗唱できる経文の順序を、この時ばかりは前後して唱えてしまったことにもまったく気づかない。洞窟の外にいる女妖たちは手を叩いて笑った。

「可愛い太子、愛しい人、初心な殿下ったら、お坊さんでもないのに何をお経なんか唱えてんのよ……きゃあっ！」

すると、あちこちから悲鳴が上がるのが聞こえてくる。あの少年兵は一言も声は出さなかったが、手元は容赦なく剣を振って斬りつけていた。

「妖殺しよ！」

女妖たちはそう喚きながら逃げ回って、中には遠くから罵り始める女妖もいた。

「罰当たりなクソガキね！　女に乱暴するなんて、チビの化け物だわ！　女を憐れむとか慈しむとかってことがわかんないのかしら！」

「怖いわ、怖いわ、まだチビのくせにもうこんなにひどいことをするなんて！　成長したらとんでもない男になるわよ！」

　花妖たちは飢えて渇いているかのように、洞窟の中に押し入ろうとするが、どうやっても入ることができなかった。なかなか地面にある血の陣が目に入らず、誰かが洞窟の前で立ちはだかっていると思い込んでいるらしい。しばらく話し合い、少し離れたところに集まって声を上げる。

「お兄さん、どうしてあんたはそこで通せんぼしてあたしたちを入れてくれないのよ？　別に悪いことをしようってわけじゃないのよ。ただ太子殿下とちょっと楽しみたいだけなの」

「いい子ね、若い将軍さん。あたしたちが太子殿下といいことするのを邪魔しちゃ駄目よ」

「この坊やったら、怖そうだけど子供のくせに意外と力強いのね。でも残念、子供すぎてちょっと未熟だわ。きっと『いいこと』がなんなのかもわかってないんでしょう！」

　花妖たちがくすくす、けらけらと嘲笑う声の中、謝憐が微かに目を開けると、洞窟の入り口に漆黒の人影が見えた。それは両手で剣を握り、死んでもここからどくものかと言わんばかりに立っている少年だった。

「あのね、お兄さん。棒みたいにそこに突っ立ってるんじゃないわよ。なんのためにそんなことやってんの？　なんなら、あたしたちとあっちでちょっと楽しむ？　あんたはどんなのが好みなの？　あたしはどう？」

　少年兵は依然、うんともすんとも言わない。女妖は彼を突破しなければ洞窟に入れないと思っているのか、続々と手を替え品を替え彼をひやかした。

「あたしはどう？」

「こんなのはどうかしら？　あたし綺麗？」

「あたしを見てよ。どう、好みじゃない？」

　だが、最初はからかいから始まり、次第に文句に変わり、最後は罵倒になるまで少年は終始態度を変えず、遠くに離れれば相手にせず、近づけば切りつける。這い出てくる前の温柔郷は、土の中で自分の好きなように姿を作り出せることを謝憐（シエリエン）は知っていたため、声をかけて注意を促そうとしたが、困ったことにある理由によって口を開けることができなかった。やっとのことで体にふつふつと湧き上がる熱い波を耐え忍び、言葉を口にする。

「そいつらを見るな……」

　頭に勢いよく上る熱い血を食い止めるだけでもくたくたで、今の声は非常にか細く低かったが、少年兵はそれを聞き逃さず、すぐさま大声で返事をした。

「はい！　殿下、だ……大丈夫ですか？」

「問題ない。もし耐えられなかったら、目と、口と鼻も塞ぐんだ……」

　少年兵が答える前に女妖が一人、急にハハッと大笑いし始めた。

「わかった！　坊や、あんたが一番好きなのって、こんな感じじゃない？」

　その様子からすると、また新しい温柔郷が土から出てきたらしい。洞窟の外が突然死んだように静まりかえる。少年兵も一瞬息を呑んだようだった。

　次の瞬間、謝憐（シエリエン）の体がひっくり返りそうなほどの、女妖たちの天を驚かすような笑い声の波が押し寄せた。

　女妖たちは手を叩いて甲高い声を上げる。

「あら！　あんたそれすごいわね、すごすぎる！」

「嘘でしょう！　よく思いついたわね？　本当に最高じゃない、ハハハハハハハッ……ちょっと、見てよ！　この子ったら完全にぽかんとしちゃって、きっと図星ってことよね！」

「間違いないわね！　石みたいに色気のないクソガキだと思ってたけど、違ったみたいだわ。若いのに大胆だこと！」

「降参だわ、降参！　どう、坊や、こんな色っぽくて美しい姿を見たんだから、さっさとこっちに来て楽しんじゃえば？」

「これを逃したらもう二度と機会はないわよ。今すぐこっちに来ないと、この先八百年分不相応（ぶんふそうおう）な妄想したって食べられなくなっちゃうんだからね！　それとも、あたしたちが手伝ってあげようか？　今だったら……ふふふふっ……」

　完全に激高した少年兵が、冷たく辛辣な雰囲気を帯びた声を出す。

「……死、に、た、い、の、か！」

同時に、洞内にいた謝憐も限界に近づいていた。ただただ目と耳の中が混沌としている感覚だけがあり、これ以上しっかりと座っていられなくなって体が前に倒れかけたが、地面に両手をついてなんとか支える。しかし、傾いだ際に一瞬歯を食いしばれなくなってしまい、朦朧とする意識の中、耐え難い苦痛に呻き声を漏らした。

その声が漏れてしまったあと、謝憐は慌てて口を塞ぐ。

「……殿下？」

少年兵がぱっと身を翻して呼んだが、謝憐は片手を地面について体を支え、もう片方の手でしっかりと口を塞いだ。息遣いが乱れ、肩先はぴくぴくと震えている。その声と後ろ姿だけでは、きっと彼がすすり泣いていると思ってしまうだろう。

謝憐は生まれてこの方、飛昇前だろうが飛昇後だろうが、こんな苦しみを味わい続けるような経験をしたことはなかった。皇極観での最も厳しく過酷な修行よりも遥かに耐え難い。地面についていた手に力が入らなくなり、体が片側に倒れていった。そうして地面に横たわってぼんやりしていると、少年が中に入ってこようとしているのが見えた。

「来るな！　何が聞こえてもこっちに来るなって言っただろう!!」

謝憐が一喝すると、少年が足を止める。やっとのことで体の向きを変えて仰向けになった謝憐だったが、息遣いは辛うじて安定してきたものの、全身の至るところに押し寄せる熱い波は、一波また一波と次第に高まっていくばかりだった。洞窟の外にいる女妖は、謝憐がつらそうに寝返りを打ち体の火照りに悶えている音を聞いて、ひっきりなしに手を叩きながら笑う。

「可愛い殿下、何もそこまでしなくたっていいじゃない！　今日は信徒を失うのが怖くてこの楽しみを味わいに来ない、明日も信徒を失うのが怖くて他のこともできない。そんなののどこが神官なのよ。それじゃ信徒たちに手足を縛られて酷刑を受けてる罪人みたいなものじゃない？　そんな神ならやらなくていいわよ。どうせ失う時は失うんだから、自分が気持ち良くなれる方を選べばいいじゃない。信徒なんて勝手にいなくなったり戻ってきたりするもんなのに、そんな人を相手にしたってなんになるのよ！」

謝憐の額に微かな青筋が幾筋も盛り上がり、感情を制御できなくなってきて怒りのままに叫んだ。

「黙れ‼」

女妖たちには当然今の謝憐など恐るるに足らず、また少年兵をからかい始める。

「ねえ坊や、あたしたちが言ったこと、あんたは筋が通ってるって思うでしょ？　ハハハハッ……」

「ふふふっ……そこに立ちっぱなしでつらくない？」

謝憐の全身はとっくに冷や汗でじっとりしていた。苛立ちと焦りは頂点に達し、ほんの少しでも涼を取ろうと、手を伸ばして服の胸元をいきなり引き裂く。すると「ビリビリッ」という音がして、謝憐ははたと気づいた――どうして急に手に力が湧いたのだろう？

その力は一瞬で過ぎ去り、すぐに消えてしまったものの、意識を集中させてみると、やはり痺れが治まって徐々に力が湧いてきている。だが、謝憐の心は重くなった。

この温柔郷の毒に蝕まれると、まずは痺れて力が抜け、次に躁狂してしまう。痺れて力が抜ける段階が過ぎたということは、あと少し経てば大いに乱れ狂うことになる。謝憐が洞窟の前にわざわざ二つ設置した障壁のうち、内側の方はまさに自分が理性を失って飛び出してしまうのを防ぐためのものだったのだが、狂気に冒されてしまえばもう止められるかどうかわからない。ほんの少しでも冷静でいられる時間は貴重なため、謝憐はこの機会を逃すまいと稲妻のように頭を回転させ、早急に対応策を考えた。

すると、はっと思い当たる節があった――温柔郷の毒は回りがかなり早く、頭に血が上ってきたらすぐに制御できなくなるというのに、なぜ今まで持ち堪えることができたのだろう？　自制心がまずまずの強さだということを除いて、他に理由はないだろうか？

ここまで考え、謝憐は深く息を吸い込んだ。顔を少し横に向けて、洞窟の入り口にいる、入りたいのに入らずにいる少年の暗影に向かって言う。

「君も……入ってきてくれないか」

その言葉を聞いた少年兵は、すぐにでもそばに駆けつけたいようだったが、数歩進んだところで謝憐が先ほど「何が聞こえてもこっちに来るな」と怒鳴ったことを思い出したらしく、中に入るべきか否かわからなくなってしまったようだった。謝憐も今は仕方なく前言を翻す。

「とりあえず中で話をしよう」

謝憐が言うと、少年はそれ以上ためらうことなく駆け込んできた。

この洞窟は、壁は狭いが奥まで長く続いていて、内部は暖かくじめじめしている。辺り一面が真っ暗で一寸先も見えず、謝憐のぐっと抑えた微かに喘ぐような声を頼りに、少年は手探りで彼の前まで辿り着いた。

「君の剣を……地面に置いてくれ。あまり遠いところじゃなくて、私の近くに」

少年兵は「はい！」と答え、自分の身を守る唯一の武器を恭しく差し出し、謝憐の手の届く場所に置いた。

「私を起こしてくれないか」

謝憐がまた言うと、少年は彼のそばに片膝をつき、両手を伸ばして支えようとする。ところが、少年の指先に触れたのは布地ではなく、生温かい肌だった。

彼の両手がすぐさま引っ込められる。謝憐もふいに焼けるように熱い少年の手で触れられて、その火傷しそうな感覚でようやく思い出した。先ほどイライラして心が乱れ、地面で悶えていた際に自分の上半身の服を引き裂いていたのだ。

本来、男が上半身裸でいても別になんの問題もないのだが、ただ、この状況下では少々気まずかった。とはいえ、この程度の気まずさはやるべきことをやっているうちに薄れていくだろうし、敢えて言及するまでもない。少年もわかっているようで、謝憐が口を開くのを待たずに再び手を伸ばし、むき出しになっている両肩を掴んで素早く起こすと、またすぐに手を引っ込めた。

洞窟の壁にもたれた謝憐は、背中をひんやりとした岩に押しつける。若干苦痛が和らいだが、相手が少し後ずさっていることに気づいて慌てて言った。

「ちょっと待って、出ていかないでくれ！」

謝憐が何を言おうと、この少年兵はすべて言われた通りにするため、すぐに立ち止まる。

「私の髪を少し切り取ってくれないか。使い道があるんだ」

返事をしてから少年は手を伸ばした。だが、暗闇の中では物がはっきり見えない上に、謝憐の長い髪は後ろできっちりと結われている。そのせいで彼は一発で髪に触ることができずに、うっかり謝憐の胸元の肌に触れてしまった。それは滑らかできめ細かく、うっすらと汗ばんでいて、ほんの少し触れただけで滑ってしまいそうなほどだった。

謝憐は既に耐え難い状態だったのに、少年が触れた場所があまりにも悪く、一瞬で胸の辺りに電流のようなものが走り抜けた。痺れて力が抜ける感覚が全身に広がり、小さな呻き声を上げる。

たちまち洞内の二人は固まってしまった。

耳をそばだてて、縋りついてでも聞いてやろうと躍起になっている洞窟の外の花妖たちが、それを聞き漏らすはずがない。皆がふふっと笑って言った。

「あらぁ、中で何をやってるのかしらね！」

「こっちまで死ぬほど恥ずかしいわねぇ」

「もう聞いてられないわ」

自分が苦労して耐えているのを嘲笑され、謝憐は歯噛みした。

「お前たち！」

謝憐が腹を立てている声を聞いて少年兵は慌てて手を引っ込め、それ以上触れなくなる。もちろん謝憐は彼に対して歯噛みしたわけではなかった。謝憐からすれば、この少年兵はただの子供にすぎない。きっと自分の機嫌を損ねるのが怖いのだろうと思い、謝憐は口調を優しくして言った。

「慌てないで、続けてくれ。あいつらには構わなくていいから」

相手は掠れた声で「はい」と答えたが、どうやら内心動揺しているようで、いつまで経っても目当ての場所に触れられず、触っては間違えたと気づいて手を引っ込めるの繰り返しだ。結局最後は、謝憐の胸元から真っすぐに上へと辿るように触っていくしかなかった。その間、謝憐は痺れるような甘い感覚に襲われて言葉にならないほど苦しく、できることなら洞窟の壁に思いきり後頭部をぶつけて気絶してしまいたいくらいだった。

　ついに少年は謝憐の震える喉仏に触れると、後ろの方へと探っていき、髪を一束掴んだ。ただ、彼が掴んだのはごく細い毛束で、慎重に剣を拾ってそれを切るなり言った。

「殿下、できました！」

　その時、謝憐はまた少し力が戻ってきて手を上げることができるようになっていた。

「手をこっちに出して」

　謝憐の言葉に応じて少年も手を上げる。謝憐はその手の中から長い髪の非常に細い毛束を取ると、彼の指の一本にそそくさと結んだ。少年はしばらくきょとんとしたかと思うと、震える声で尋ねてきた。

「殿下、これは？」

　謝憐はため息をつきつつ答える。

「花妖の香りの発作はもうすぐ第二段階に入る。私は君の剣を借りないといけないから、もし何かに襲われそうになったらすぐにその手を上げるんだ。そうすれば体と命を守れる。とにかく今はすぐにここから出なさい」

　しばらく経ってから、少年兵は洞窟の入り口まで戻った。

「出てきたの？」

「やっと出てきたわ」

「あたしたちを閉め出しといて自分だけ中に入るなんて。坊や、さすがにあんまりじゃないの！」

　花妖たちが口々に騒ぎ立てる。

　それと同時に、謝憐は自分の手足に一層力が湧いてくるのを感じた。深呼吸をして、右手で少年兵が残していったボロボロの剣を掴む。気持ちを落ち着かせて剣を振り上げると、さっと左腕を切りつけた。すると、瞬く間に目の前の迷霧が晴れたかのように、五感が少しはっきりしてくる。

　やはりそうか！

　謝憐の左腕からは鮮血がどくどくと溢れ出していたが、心の中はまるで戦乱の世で一縷の生きる望みを掴めたかのようだった。

温柔郷の香りは、人を不安定にして苛立ちを募らせ、心の奥底に眠る欲望を呼び起こす。それまでの抑圧が厳しければ厳しいほど香りを吸ったあとの反動は大きくなってしまう。そして、謝憐がこれまで抑圧してきたものは「情欲」を除けば「殺欲」だった。

この「殺欲」には妖魔鬼怪を殺すことは当てはまらない。なぜなら、妖魔鬼怪は以前から数多く殺してきているため、抑圧していたとは言えないからだ。「殺す」相手は必ず人間、もしくは神でなければならない。それでこそ「禁を犯した」と感じられる。

洞窟に入る前、謝憐は陣を設置するために自分を一度切りつけていて、その時出血したことが温柔郷の毒を緩和する役割を果たしていた。なぜなら、自分への殺傷であっても殺傷に変わりはないからだ。

突き詰めれば「情欲」と「殺欲」はどちらも攻撃性が極めて高い欲念で、二者は本質的には同じだと考える人もいたと謝憐も聞いたことがある。ならば、その考えに基づいて目の前の難関を乗り越える代替策を見つけることができるはずだ。

そう確信すると、謝憐はまた少しもためらうことなく左腕を剣で切りつけ、一回切るごとに意識がいくらかはっきりしてくるのを感じた。内心大喜びしていると、温柔郷の妖気が体内で悪さをしたのか「殺欲」が満たされた瞬間、なぜか体の中から強烈な快感の波が突然沸き起こった。

力が抜けるような法悦が頭のてっぺんから足の先の隅々まで勢いよく襲いかかり、謝憐が先ほどまでつらい思いをしながら時間をかけて築いた砦の壁をいとも簡単にぶち破る。気づいた時には、微かな喘ぎ声が漏れ出していた。

もし洞窟の中にいるのが自分一人ではなかったら、謝憐は今の声が自分の発したものだとはまったく信じられなかっただろう。ぞくっと体を震わせ、目を見開きながら内心思う。

(この方法なら間違いなく行けると思ったのに、どうしてこうなるんだ?)

手に持った剣に視線を戻すと、少年兵がこれを使って花の茎を切り、人の形となった女妖も斬り殺していたことをふと思い出した。この刃にはとっくに温柔郷の汁がついていたのだ。発作を和らげようとしてこの剣で自傷しても、一回目に二割の力で刺したなら、二回目は三割の力で刺さなければ同じような鎮静効果は得られないということになる。これでは毒の酒を飲んで渇きを癒やしているようなものではないか!?

これも焦って頭の中が混乱していたせいで、そうでなければとっくにそのことに気づいていただろう。謝憐は心の中で自分を罵り、左袖を引き裂いて剣をごしごしと拭いたあと、今度は右袖を引き裂いて自分の口の中に押し込み、しっかりと咥えた。事ここに至っては、もう必死で耐えるほかない。

唇を噛み、歯を食いしばって、この微かな喘ぎ声をどうにか無理やり途切れ途切れにさせる。けれど、洞窟では音がこだまするために、どんな些細な物音でも重なり合って増幅されてから外に響いていく。ましてやあの少年兵は洞窟の入り口に戻ったあと謝憐の指示に従って手で目隠しをしていたため、なおさら音だけで状況を判断するしかなかった。より音に敏感になっている彼が異常に気づかないなんてあり得るだろうか？

もう抑えきれなくなって、少年が震える声で謝憐を呼んだ。

「殿下？」

これほどみっともない状況は、生まれてこの方味わったことのない恥辱だった。もし誰かに出くわしてしまったら、自分がどうなってしまうか謝憐には想像もできない。たとえ洞窟の中が真っ暗だとしても耐えられないだろう。

「入ってこないで!!」

そう叫んだが、謝憐は口に押し込んだ布をまだしっかり咥えていたため、ひたすら嗚咽していて非常に哀れに聞こえてしまい、聞いていた少年兵がさらに焦る。

謝憐の左腕は自分で刺したせいで血がだらだらと流れていたが、結局ただ「傷つける」だけで「殺す」までには至らず、欲望を完全に満たすことができない。口の布もまともに咥えていられなくなって落としてしまい、謝憐は一層容赦ない勢いで今度は左足を突き刺した。

　今の一刺しはかなり深く、刃が肉に食い込む音がはっきりと聞こえて、これ以上我慢できなくなった少年兵が目隠しをやめて急いで駆け寄ってくる。

　タッタッタッという足音が聞こえてくると、驚いた謝憐は後ずさり、洞窟の壁に背中が当たってもなお必死で後ろに下がって縮こまった。

「駄目駄目駄目！　こっちに来ちゃ駄目、駄目だって、来ないで……」

　洞窟の入り口にある二本目の血線は、謝憐が自分を止めるためだけに設置したものだ。少年を止める効果はないため、彼は再び安全な場所まで逃げることができる。しかし、今現在、温柔香の発作は既に第二段階に突入していた。少年がひとたび入ってきてしまえば、謝憐はおそらくその場で彼の命を奪い、二度と逃がしはしないだろう。

　謝憐は自分がうっかりこの子供を殺してしまわないかとひどく心配で、ただ避けることしかできない。少年兵は謝憐の口ぶりから滲み出す恐慌した感情を読み取ると、呆然とした様子で呟いた。


「殿下……」

　残虐な殺意が謝憐の血の中で暴れ回る。手を震わせながらあのボロボロの剣を持ち上げると、頭の中で一つの声が繰り返し叫んだ。

「私は死なない、私は死なない、私は死なない‼」

　次の瞬間、即座に決断を下して剣先を逆さに向ける。

　暗闇の中、冷たい光がさっとよぎるのが微かに見えて、少年兵は大声で叫んだ。

「殿下‼」

　謝憐は既に自分の腹を貫くように剣を刺し、しっかりと地面に釘づけにしていた！

　腹部の鋭い痛みが爆発して全身に広がり、熱い波をすべて追い払っていく。両手で剣の柄をきつく握りしめた謝憐は、ふいに両目を大きく見開いた。軽く一回咳き込むと、口元から真っ赤な血が溢れ出し、呼吸まで止まったかのように微動だにしなくなる。

　少年兵は驚きのあまり放心してしまったのか、「ドサッ」という音とともに謝憐のそばに跪いた。

　ちょうどその時、洞窟の外ではひっきりなしに悲鳴が上がっていた。

「誰よ！」

花妖たちは甲走った甘ったるい声で叫んでいてひどく耳障りだったが、その声をかき消した何者かの咆哮は、それ以上に耳障りだった。

「なんなんだ、これは!!」

その怒号が聞こえてくると、謝憐（シエリエン）は突然また息を吸い込んだ。

風信（フォンシン）！

もう一つ、くぐもった声が聞こえてくる。

「温柔郷です。術中に嵌まりたくなかったら急いで顔を覆うことですね」

その声の主は当然ながら、とっくに口と鼻を覆っている慕情（ムーチン）だった。風信（フォンシン）は顔を覆うと、どうやらまた何か見えたのか、くぐもった声で怒鳴る。

「あれは……殿下？　殿下!?　ちくしょう！　このクソったれが!!　何をするつもりだ！」

慕情（ムーチン）も「えっ」と声を出したあと、「みっともなくてお話になりませんね！」と言う。

だが、その口調は風信（フォンシン）ほど怒っているわけではなく、逆に誰かのくだらない笑い話でも聞いたような感じだった。洞窟の中に横たわった謝憐（シエリエン）には彼らが何を話しているのかわからなかったが、おおかた女妖が目の前で素っ裸になっているのが、風紀を乱していると不満に思っているのだろうと推測した。

「さっさと消すぞ！　他の誰かに見られないようにしないと！」

風信（フォンシン）がしきりに大声で罵倒する。それからすぐに女妖たちの悲鳴と罵声が徐々に消えていくのを聞いていると、慕情（ムーチン）が言った。

「徹底的に消してください。こういう女妖の香りには毒がありますから、種を残して育ってしまったら大変なことになります」

謝憐（シエリエン）が胸に大きく息を吸い込み、声を出そうとして少し咳き込むと、二人はすぐにそれが謝憐（シエリエン）の声だと気づいて洞窟に向かって叫ぶ。

「殿下、中にいるんですか？」

「……ここだ……」

謝憐（シエリエン）はできる限り平静を装って声を出したが、それでもいつもよりは弱々しい声だった。すぐさま向かった二人は洞窟の入り口で血線に少々阻まれたが、謝憐が障壁を設置する際の癖をよく知っているため、どう解除すればいいかも心得ている。風信は手のひらに掌心焔を乗せて数歩進んだが、洞窟の一番奥まで照らす前に唐突に言った。

「誰だ？」

すると慕情も警戒した様子で尋ねる。

「洞窟の中に他に誰かいるんですか？」

「大丈夫。若い兵士が一人いるだけだ」

謝憐がそう答えると、二人はようやく安心して近づいていった。火明かりに照らされて洞窟全体が温かい橙色に染められる。地面に横たわった謝憐は長い髪が乱れて広がり、上半身の服をすべて脱がされた状態で、長剣に腹を貫かれて地面に釘づけにされていた。

その様子を見た二人は、驚きと狼狽で恐怖に陥る。

「誰の仕業ですか!?」

身を屈めて風信が聞くと、謝憐は「自分だよ」と答えた。

「どういうことですか？」

慕情が愕然とした様子で言うと、謝憐は小さく首を横に振って答える。

「聞かないでくれ。もうこうするしかなかったんだ。急いで私を起こしてくれないか」

前に進み出た慕情が眉間にしわを寄せながらその剣を引き抜き、傍らに放り投げた。カチャンと音を立てたその剣を、あの少年兵が拾う。風信が謝憐を支えながら座らせて外衣を被せると、謝憐はようやく温柔郷に出くわしたあとの恐るべき一夜の顛末を大雑把に説明した。

「君たちは思いのほか早く来てくれたな。それで、戚容は？」

謝憐の問いかけに風信が答える。

「戚容は国主の命で皇宮に閉じ込められました。いつも威張り散らして町を闊歩しているから、あんなに簡単に狙われたんですよ。でも、帰ってきたらまず俺たちのところに行かなければっていうのはわかっていたようで、まだ自分がやるべき事くらいは理解できているみたいですね」

戚容（チーロン）はこの謝憐（シエリェン）の侍従二人を極度に嫌っているが、彼らが強いということも知っている。二人は本来ならばどちらか一人が残って皇城を守るつもりだったが、戚容（チーロン）が大声で喚き倒した上に、謝憐（シエリェン）の血で加護を授けられた宝剣を持っていたため、何か予想を上回るような危険な状況に陥っているのかもしれないと思って一緒に行くことにした。背子坂の中でもこの一帯の妖気が飛び抜けて強かったために、捜すのはそう難しくなく、すぐに駆けつけることができたのだ。

　謝憐（シエリェン）は飛昇した身であり、普通の刀剣では彼の根（こん）幹（かん）を傷つけることはできないため、あんなふうに自分を刺しても絶対に死なない。だが、これまでの二十年間、実戦や生死を賭けた決闘で一度も負けたことがなかったため、こんな大怪我を負ったのは初めてだった。さすがに少しは体を休ませざるを得ず、風信（フォンシン）が彼を背負って皇城に戻ることになった。腹から経験したことのない激痛がずきずきと伝わってきて謝憐（シエリェン）はしきりに眉根を寄せたが、懸命にそれを抑えて尋ねる。

「君たちは来る途中で何にも出くわさなかったのか？」

「はい」

　慕情（ムーチン）が答えると、謝憐（シエリェン）は気を失うまいと持ち堪えながら言った。

「気をつけてくれ、人ならざるモノが……」

　あの泣き笑いの仮面を被った白衣の人物のことを話そうとしたが、あまりにもひどく疲れ果てていて、視界の隅に血まみれの剣を抱えながら後ろをついてくるあの少年兵が見えると、ほっとして目を閉じ、英気を養うべく深い眠りについた。

　自ら下界に降りることを願い出て以来、謝憐（シエリェン）はもう二か月以上眠っておらず、積み重なっていた連日の疲れが爆発して三日間も眠り続けた。三日後にはっと目を覚ますと、華麗な天井がある部屋で横になっていて、なんと皇宮にいることに気づいた謝憐（シエリェン）は慌てて起き上がった。

「風信（フォンシン）！」

　部屋の外で弓を試していた風信（フォンシン）が、その声を聞きつけて入ってくる。

「殿下！」

　腹の傷はとっくに塞がっていたため、謝憐はすぐさま寝台から下りた。

「私はどれくらい寝ていたんだ？　何か起きたことはないか？」

「安心してください、数日だけです。ここ数日は敵の攻撃もありませんでした。もし何かあれば、俺があなたを起こさないと思いますか？　また靴を履いてないじゃないですか、寝台に戻ってください」

　ようやく安心した謝憐は寝台に戻って座り、少ししてからまた尋ねた。

「慕情は？」

「ここにいます」

　慕情は用意した謝憐の服を持って入ってきた。そして太子殿下に服を着せていると、傍らで風信が口を開く。

「ここ数日は戦になりませんでしたが、二人で調べてわかったことがいくつかあります」

「どんなことだ？」

　謝憐が続きを促すと慕情が答えた。

「以前、永安の怪しい動きには外部からの援助があるのではという話をしましたよね？　私たちで背子坂に行って状況を探ってみたんですが、そこで格好はこの国の人間なのに、かなり妙ななまりがあって仙楽人には見えない人を何人か見かけたんです。その数人を捕まえたら、案の定他国が裏で彼らを支援していて、こっそり食糧と武器や甲冑などの装備を運んでいました」

　そうでなければ、人里離れた荒れ山の峰にあれほど多くの永安人が詰め込まれて、山菜や木の皮だけの食事で今まで持ち堪えられるなんてあり得ない！

「クソが、普段は親切ぶって仲良くしておいて、今のこの大事な時にわざと波風立てやがって、仙楽がもっと混乱すればいいと思ってるんだな！」

　仙楽国は領土が広く、資源も豊かだ。鉱産物が豊富で黄金と宝石が潤沢に産出されるため、昔から周辺国家の垂涎の的だった。謝憐は早くからこうなることを予測していて、俯いて少し首を横に振ると、もう一つ別のことを思い出した。

「あの子は？」

「あの子？　あの若い兵士ですか？　あの日は国師にあなたを看てもらいに行くのに忙しくて、誰も構っていられなかったので、自分の所属の隊に戻ったんじゃないですか？」

　服を着替え終わると、謝憐は両腕を下ろして寝台の上に端座した。

「あの子はなかなか腕が良くて、私が見たところ、刀を使う絶好の器なんだ。ちゃんと訓練して育てれば、びっくりするくらい成長するに違いないよ。慕情、あとで忘れずに彼を捜し出してくれ。きちんと居場所や職務を用意してやって、少し引き上げてもいいんじゃないかな」

　今に始まったことではないが、謝憐という人は腕のいい人材を見かけるとすぐに気に入って引き上げ、毎日近くで眺めるのが嬉しくて仕方がないというような人物だ。けれど、意外にも子供をそんなふうに評価したのは初めてだった。謝憐が「刀を使う絶好の器」だの「びっくりするくらい成長する」だのと褒めちぎるのを聞いていた慕情は、少し微妙な表情をすると、先ほどつけ替えた謝憐の髪紐を手の中でくしゃくしゃに丸め、体の向きを変えてぽいと捨てた。

「あのガキはまだ十四、五歳くらいに見えましたけど、幼すぎませんか。引き上げたところで何ができるんです？」

　風信が言うと、慕情も淡々とした様子でそれに続く。

「あまり適切とは言えないと思います。軍の規律に反します」

「天神だって下界に降りてこられるのに、軍で規律だのなんだのとやかく言ってどうするんだよ」

　そう言った謝憐は、また称賛するように言った。

「君たちもあの子が鄙奴を殺すところを見るべきだったよ。本当に鮮やかだったんだ」

　鄙奴の話になると、あの奇妙な白衣の人物が謝憐の脳裏にさっとよぎる。

「殿下、背子坂にどうして温柔郷みたいな女妖が現れたんですか？　そんな話、今まで一度も聞いたことがありませんでしたが」

　風信の言葉に、謝憐は立ち上がって答えた。

「あの日、君たちに伝えたかったのはそのことなんだ」

　時間があったため、謝憐はようやくあの泣き笑いの仮面を被った人物について話した。三人は没頭していくつか話し合うと、全員が油断できないと考え、やはり上天庭に一言報告した方がいいということになった。それで謝憐はまず国主と皇后に会いに行き、次に太蒼山にある神武殿へと向かった。

　以前ならば、謝憐は直接仙京に戻り、面と向かって君吾に知らせていただろう。だが、今は状況が違う。彼は自分から仙京を離れていて、それはつまり自分から鍵を返したに等しく、戻りたくても扉を開けることができないのだ。

　その上、あの日はあまりにも急いで出てきてしまって、神武殿で声を大にして力説したことで君吾に対して少し申し訳なく思っていることもある。そのため、神武殿で恭しく最上級の大きな線香を数本奉納して、神武大帝の神像に向かって知らせることしかできなかった。君吾に時間があれば聞こえるだろう。

　だが、君吾に線香を立てる人は一日に一万人はいなくとも八千人はいるだろうし、祈願も数えきれないほど積もり積もっているはずだ。その中には大信徒たちも少なくないため、いつ君吾の耳に届くかは本当に運次第だ。謝憐もあまり長いこと持ち場を離れられないため、すぐさま戦場の前線に戻り引き続き皇城を守った。

　もしかすると一回目の戦闘での消耗が大きすぎた上に、外部からの援助を風信と慕情によって裏で次々に断たれたからなのか、永安の方も戦略を変えて、ひたすら猛烈に突っ込んでくるということがなくなった。

　数か月が経ち、小規模な戦は何度か起きたが、永安が惨敗したと言うほどでもなかった。一回目に比べればほとんど他愛もない遊びのようなもので、あの怪しい白衣の人物も二度と現れなかったため、仙楽皇城の方は次第に気が緩み始めていた。謝憐も珍しく前線から引いて、少し心を落ち着かせるために皇城を散策していた。

　小さな石橋を渡り、謝憐は橋のたもとにある枝垂柳の枝をそっと手で払った。橋の下を流れる水の中で尾ひれを振りながら楽しそうに泳いでいる鮮やかな赤い鯉をちらりと見ると、とても羨ましく思えてくる。しばらくぼうっとしていたら、ふと誰かの視線を背後に感じた。振り向いても誰も見当たらず不思議に思ったが、殺気や悪意は感じなかったため、特に気にも留めなかった。

橋を渡って、神武大通りに沿ってゆっくり歩いていると、道中ではずっと通行人の誰もが興奮していたり、恭しかったり、あるいは嬉しそうに彼にお辞儀をして、太子殿下と呼びかける。謝憐はその一人一人に向かって笑みを浮かべて会釈した。しばらく歩いたところで、背後から見つめてくるあの視線をまた感じた。

今度は念頭に置いていたため、いきなり振り向くと、ばっちりその姿を捉えた。半分出ていた体を柳の木の後ろにさっと隠すところが見える。近づいて手を伸ばし、相手を捕まえようとしたその時、木の後ろに隠れているのが頭に包帯を巻いた少年だということに気づいて、思わず唖然とした。

「君は……」

その少年は頭に包帯を巻いているのに、さらに両腕を重ねて顔を隠し、継ぎを当てた袖の向こうから漆黒の目を一つだけ覗かせ、強張った様子で言った。

「た、太子殿下、わざとじゃないんです」

謝憐は彼を指さす。

「君はあの晩の……」

言い終わる前に、謝憐はすぐさま数か月前のあの夜に何が起きて、自分がどれだけ散々な体たらくだったかを思い出した。脳裏に様々な場面が浮かび、顔がさっと赤くなる。少々気まずくなって、急いで軽く一回咳払いをしてから口を開いた。

「君だったのか。ずっと君を捜そうと思ってたんだけど、やることが多すぎて忘れてしまってたよ。ゴホン、君は軍の兵士なんだろう？　どうして皇城の中にいるんだ？」

少年はその言葉を聞いてきょとんとして、くぐもった声で答える。

「今はもう軍にいません」

「え？　どうしていないんだ？」

訝しく思った謝憐(シエリエン)が尋ねると、少年は謝憐(シエリエン)よりも訝しげな様子になる。

「その……追い出されてしまったんです。殿下……殿下は知らないんですか⁉」

「知らないって、何を？」

謝憐(シエリエン)は訳がわからないという表情で問い返す。

慕情(ムーチン)に、この子には将来性があるからきちんと居場所や職務を用意して引き上げるようにととっくに伝えていたはずだった。わざわざ言い聞かせたのに、なぜこの少年は軍から追い出されたのか？

けれど、少年は興奮した様子で感激したようにぱっと腕を下ろす。

「殿下は知らなかったんですね！　俺はてっきり……てっきり……」

謝憐(シエリエン)は聞けば聞くほど不思議に思った。

「こっちにおいで。私に話してごらん。君はどうして追い出されたんだ？　誰が君を追い出したんだ？　どうして私が知っていると思っていたんだ？　それと、『てっきり』なんだと思ったんだ？」

少年が彼に一歩近づき、口を開いて話そうとしたちょうどその時、神武(シェンウー)大通りから怯えきって恐慌に陥った悲鳴が聞こえてきた。

「ああ――っ」

謝憐(シエリエン)がさっと振り向くと、顔を覆った誰かがよろめきながらこちらへ駆けてくるのが見えた。

第三十九章　人面疫出土不幽林

不幽林の地より現れた人面疫

　その人物は背の高い大男で、狂ったような勢いで走ってくると、大通りの通行人を何人もなぎ倒していった。

「何すんだ？」

「この暑い日になんでそんなに速く走ってるんだか。怒りの発散でもしたいのかよ……」

「本当に前を見ないで走る奴なんて初めて見たな」

　ぶつかられた人たちは口々に文句を言うものの、案外本気で怒っているわけではないようで、何人もが笑い始める。ところが、その男はめちゃくちゃに走り回ると立派な馬車に頭から激突して、その場で血を飛び散らせたのだ！

　彼が仰向けに倒れると、冗談を言い合っていた通行人たちは皆悲鳴を上げ始める。馬車の主人も驚いて頭を突き出した。

「ぶつかったのか？　誰がぶつかったんだ？」

　突然の出来事に、謝憐（シエリエン）もやむを得ず少年を置いて早足で向かった。

「何があったんですか？」

　尋ねてみると、その男はかちかちに硬い馬車に思いきり頭をぶつけて気絶したらしく、振り乱した髪が顔を隠していて、大勢の人々が取り囲んで注意深く見守っている。謝憐（シエリエン）が近づく前に男は突然また飛び起きて、長い悲鳴を上げた。

「もう耐えられない！　殺せ、殺してくれ！　誰か早く俺を殺してくれ!!　早く！」

　通行人の中にいた数人の大男が見かねて言った。

「このおかしな奴はどこの家から逃げ出してきたんだ？　ちゃんと閉じ込めておかなかったのか？　おい、連れ戻してやろうぜ……」

　彼らが近づいてその男を取り押さえようとしたが、取り囲んでその気が触れたような男の顔をはっきりと見るなり、同じように立て続けに大きな叫び声を上げて慌てて飛びのいた。

「こいつはなんの化け物だ!!」

男は逆に彼らに向かって走っていき、激しく叫ぶ。

「早く俺をぶっ殺してくれ!!」

大男たちが愕然としていると、そこにちょうどよく謝憐がやってきて、皆は太子殿下だとわかった途端まるで罪人が恩赦を受けたかのように、急いで駆け寄って彼の後ろに回る。謝憐は考えるより先に足を上げてその男を蹴り上げ、空中で一回転させると比較的優しめに顔から転ばせる。大男たちは、地面を指さしながら言った。

「太子殿下！　そいつの……そいつの……顔……顔に!!」

彼らが言うまでもなく、謝憐の目にも見えていた——その男には、なんと顔が二つあったのだ！

正確に言うと、顔にもう一つ顔が生えている。その二つ目の顔はまさに男の片側の頬に押し込められていて、大人の手のひらほどの大きさがあった。この男はまだ若い青年だったが、二つ目の顔はしわだらけの小さな老人のようで、醜いこと極まりない！

驚愕のあまり、謝憐の頭に浮かんだのはこの言葉だけだった——。

こいつはなんの化け物だ!?

謝憐はすぐさま腰に佩いた剣を握りしめて抜き出した。この剣は神武大帝から贈られた奇剣——紅鏡だ。例の白衣の怪しい人物に出会って以降、いつかその素顔を見られる日が来るかもしれないと、いつもこの剣を持ち歩いてとっさの時に備えていたのだ。それが今まさに役に立ったのだが、長剣を鞘から出して俯いて見ても剣の輝きは真っ白なままで、剣身に映し出された光景にはなんの変化もない。映るのはその男の姿で、恐ろしい顔が二つあるままだ。つまり、この気が触れたような男は妖魔鬼怪のどの類でもなく、人間だということだ！

しかし、世の中に本当にこんな見た目をしている者がいるだろうか？　もし生まれつきの顔だとしたら、仙楽皇城の中でこんなにも長い間噂になっていないはずがない。

謝憐が驚きつつも信じられない様子でいると、ふと傍らにいた誰かが恐る恐る口を開いた。

「こいつは……こいつはどうしてこうなったんだ？」

それを聞いた謝憐（シエリエン）は、紅鏡（ホンジン）の剣身を鞘に戻してそちらに顔を向ける。

「あなたはこの人を知っているんですか？　以前の彼はこんな姿ではなかったんでしょうか？」

「知ってます。こいつは俺たちの同僚です。もちろん前はこんなふうじゃなくて、顔に……そんなものありませんでしたよ!!」

何人かが口を揃えてそう言った。

あっという間に野次馬がどんどん増えて、大通りをほとんど塞いでしまいそうになる。謝憐（シエリエン）は厳しい表情になり、大きく息を吸い込んで朗々とした声で告げる。

「皆さん、近づかないでください。なんでもありませんので解散してください！」

あの包帯少年が謝憐（シエリエン）を手伝おうと群衆を遮っていたが、謝憐（シエリエン）は気づいていない。彼は忙しく風信（フォンシン）と慕情（ムーチン）に通霊した。

「すぐに皇城の神武（シェンウー）大通りに来てくれ！」

こめかみから手を下ろすと、傍らでやけにためらった様子で何か言い淀んでいる者が目に入り、謝憐（シエリエン）は自分から一歩前に出て声をかけた。

「何か言いたいことがあるのではないですか？」

太子に問われ、その男は勇気を振り絞って口を開く。

「太子殿下、一つお話ししたいことがあるんですが、言った方がいいのかわからなくて……」

彼の前置きを待っている余裕など謝憐（シエリエン）にはもうどこにもなく、簡潔明瞭な言葉で促した。

「率直に言ってください！」

「何日か前から、私の胸のところにいくつか小さな窪みができて、ちょっと大きめの点みたいなのが三つと、小さめの点みたいなのが二つあるんです。特に何も感じなくて、痛くも痒（かゆ）くもないんですが、ちょっとほじったら結構気持ち良くて。あんまり気にしてなかったんですけど、その人を見たら私も心配になってきたというか……ちょっと怖いというかですね、ハハッ」

空笑（そらわら）いしながら彼が服の胸元をはだける。

「どうでしょうか、私のこれは……大丈夫ですよね？」

彼が服を脱ぐと、たちまち全員がしんと静まりかえった。この男の胸元にあるもののどこが「いくつかの小さな窪み」だと言うのか？　明らかに五官がすべて揃っていて、ぼんやりと女の顔が見えるではないか！

　自分も俯いてそれを見た男は、同じようにびっくりして顔を青くした。

「なんでこうなってるんだ!?　前はまだこんなに……こんなに……」

　生きているかのよう？　本物そっくり？　どう言い表したところで十分恐ろしいことに変わりはない！

　誰も彼もがぞっとして身の毛がよだつ思いだった。その男は気持ちを抑えられなくなり、思わず謝憐の服の裾を掴んで大声で叫ぶ。

「殿下、助けてください！」

　ちょうどその時、通霊を受けた風信と慕情が城楼から駆けつけてきた。その場の様子を見た二人は揃って眉をひそめ、風信が怒鳴りつける。

「離れろ、何を騒いでいるんだ？」

　謝憐は説明する前に、その男の肩を軽く叩いて慰めた。

「大丈夫です。ひとまず落ち着いてください」

　謝憐の口調は優しく穏やかで、厳粛かつ落ち着いていたため、その男は何か考えがあるのだと思い、さらにこれくらいの些細なことなど太子殿下にとっては手のひらを返すように簡単なのだろうと信じきって安堵する。だが、謝憐の胸の内には波紋が大きく広がっていた。

　この「人面」はだんだんと成長していくものなのだ！　そしてこの症状が表れているのは――ひとまずこれを症状と呼ぶが、一人だけではなかった。ということは、実際には他にももっといると考えられるのではないだろうか？

　謝憐はすぐさま風信と慕情に事のあらましを簡潔に説明した。

「皇宮に報告して、体に似たようなものが現れた人が他にもいないか、皇城中をくまなく捜索するよう命令を出すんだ。絶対に一人も漏らすな！」

　このあまりの恐ろしさに、知らせを受けた国主は事態を非常に重く見て、多くの人手を割いて徹底的に捜索と調査を行わせた。それはかなり手際良く進められ、その日の深夜には確定した――仙楽皇城全域で、体に浮き出てきた人の顔がはっきりし始めている者だけでも、既に五人いた。この五人は、それを見ても深刻に捉えていなかったか、「人面」が気づきにくい場所に生えてきた上、痛くも痒くもないために気づかなかったかのどちらかだった。この他にも、体に浅い窪みと突起が現れ、それが「人面」の形になる前のものである疑いのある者がまだ十数人いた。

　この二十人あまりのうち、ほとんどが女性と少年だった。一斉に謝憐のところに送られてくると、皆不安そうにおどおどしていて、挨拶を交わし何気ない会話をして互いを慰め合っている。謝憐は他の者に指示をしていたところだったのだが、それに気づくとなんとなく違和感を覚えた。

「皆さん知り合いなんですか？」

　謝憐が尋ねると、一晩中忙しく働いていた役人が冊子をちらりと確認してから答える。

「殿下、ここにいる者の多くは皆皇城の郊外に住んでおります。比較的近くに住んでおりますので、普段から近所づきあいがあったかもしれません」

　ここにいる多くが皆同じところに住んでいる？

「近くに住んでいる全員の体に人面が生えてきただって？　まさか、伝染するということですか？」

　慕情が愕然とした様子でそう口にする。慕情に先を越されてしまったが謝憐も同じことを考えていて、すぐさまこう言った。

「隔離するんだ！　誰も近くをうろつかないように、集まってきた人たちを追い払うんだ。どこか場所を探してここにいる全員を隔離しろ！」

　漏れ出した「伝染する奇病があるらしい」という噂は、解散の指示や、兵や軍隊よりも有効だった。野次馬の群れが散っただけでなく、通りのほとんどの家屋から人がいなくなったのだ。謝憐は駆けつけてきた役人や兵士たちに命令を出し、徹底的に体を覆って防護させた。それからあの二十人あまりの人々を、彼らの一部が暮らしているという皇城の人里離れたところまで連れていった。

その郊外の居住区の近くにはかなり広大な林があって、不幽林と呼ばれている。大臣たちはその一画に、しばらくの間「病人たち」を住まわせようと考えていた。林の中に入ると他の者は忙しく仮住まいを建てていたが、歩けば歩くほど謝憐の胸に嫌な予感が込み上げてきた。風信も慕情も当然気づいている。

「殿下、ここはもしかするとあの郎英が……」

風信が真っ先にそう言いだすと、謝憐は手を後ろに組んで眉を曇らせた。

「そうだよ。まさにここだ」

この不幽林は、郎英が自らの手で穴を掘り、自分の息子の亡骸を埋めたあの場所だ！

それに気づいた三人は、互いに顔を見合わせた。はっきりと言葉にはできないが、漠然と浮かぶ考えがあり、申し合わせたかのようにあの日郎英が亡骸を埋めた場所を捜さなければという思いに駆り立てられた。だが、あの日からもう何か月も経っている上に不幽林の中は樹木が密生している。あの時いったいどの木の下に埋めたかなど、はっきり覚えているわけがないではないか。

ちょうどその時、言葉で言い表し難い悪臭が漂ってきた。

死体の腐敗臭に少し似ているものの、それよりもさらに息が詰まるような悪臭だった。ただ一度吸い込んだだけですぐにでも気絶してしまいそうなほどだ。そのにおいを嗅いだ他の者も次々に下がっていって鼻を摘まみ、手であおいで風を送る。

「そこに何があるんだ？」

「なんだこりゃ！　漬物がめで十年漬けたよりも臭いぞ……」

謝憐がその恐ろしいほどの悪臭を辿って足早にひたすら真っすぐ進むと、やはり少し見覚えのある幹が途中から横に曲がった木を見つけた。木の下の地面にはわずかに盛り上がった箇所があり、緩やかに傾斜した小さな土まんじゅうのようになっている。兵士たちが剣を持って謝憐を守ろうと集まってきたが、彼は手を上げてそれを制止し、低い声で言った。

「気をつけるんだ。普通の人間は全員近寄るな」

普通の人間ではない風信が、無造作に円匙［土を掘る小型のシャベル」を一本手にして前に出る。それを使って数回掘ると、その土の盛り上がりはすぐに土坑(どこう)となって、悪臭がますます濃厚で強烈になった。風信(フォンシン)も一層注意深く掘っていく。さらに何度か円匙で掘ると、土の下から微かに蠢いている黒っぽい何かを掘り起こした。

　風信(フォンシン)の動きがゆるやかになってくると、兵士たちは皆、強大な敵に挑むかのようにひどく緊張し始める。すると突然、表面の土がぼこっと高く上がり、むくんで腫れ上がったような巨大な体が土を突き破って、たいまつを持つ彼らの前に姿を現した。

　腐敗臭が一瞬で猛烈に強くなり、多くの者がその場でおえっと声を出して嘔吐(おうと)する。謝憐(シエリエン)の瞳孔もすっと一回りほど収縮した。

　それは既に「人」という言葉では形容し難く、どんなものでもそれよりは人間らしく見えるだろう。この「とてつもなく巨大」と言っても過言ではない死体が、かつては痩せた弱々しい子供だったなんて、誰が想像できるだろうか！

　吐き気が喉に込み上げてきて、謝憐(シエリエン)は顔を横に背ける。風信(フォンシン)と慕情(ムーチン)も呆然として、思わず二人とも驚きの声を上げた。

「これはなんなんだ!?」

「呪いなのか、それとも単に腐敗した死体なのか？」

　それがなんであれ、今何をするべきなのか謝憐(シエリエン)にはわかっていた。

「全員下がれ！　遠ければ遠いほどいい！　これを徹底的に焼き払うんだ！」

　言い終わるや否や、すぐさま手を上げて激しい炎を勢いよく放つ。炎の輝きは天を衝き、黒い煙がもうもうと立った。まさにこの時、遠くの城楼からブォーッブォーッとしきりに催促するような凄まじい角笛(つのぶえ)の音が聞こえてきてきた。

　三人が同時に顔を上げる。これは敵軍の襲来を知らせる合図だ。

「クソったれが、よりによってこんな時に攻めてきやがって！」

「あるいは、わざとかも？」

　罵った風信(フォンシン)に、慕情(ムーチン)は厳しい表情で言ったが、火明かりの下ではそれがどういう感情なのかわからなかった。

謝憐はきっぱりと決断を下した。

「慕情はここに残って後始末を頼む。風信、君は私についてきてくれ。まずは彼らを撃退するんだ。ただし、少しも隙を見せないようにすることを、しっかり心に留めておいてくれ！」

その夜、二人は飛ぶような速さで慌ただしく皇城の外まで駆けつけ、そして慌ただしく戦った。

不意を突かれたものの、この一戦は勝利に終わった。また勝ったが、謝憐を含め、すべての仙楽人は少しも勝利の喜びを感じていなかった。

突如として発生した「奇病」は人々に「人面疫」と呼ばれ、仙楽皇城の中で防ぎようのない速さであっという間に広まった。人々はその話題で持ちきりで、皆不安に駆られてびくびくしていた。

国主も情報を統制しようとは考えたが、一人目の病人が大通りに走り出ていて目撃者も数えきれないほどいたため、最初から隠すことなどできなかった。それに、人面疫の拡散と発症はどちらも極めて急速で、わずか六日のうちに五十人以上の体からその疑いのある症状が見つかった。

それと同時に、永安の侵攻も頻繁になってきていた。多方面から集中砲火を浴びるかのような状況の中で、謝憐は雨を降らすために抜け出して永安に行く余裕がなくなり、本来そのために使うべき法力や体力、気力のほとんどを皇城の隔離区域で消耗してしまっていた。

ひんやりとして涼しい不幽林の中、一面に簡易の天幕と掘っ立て小屋が設置されている。謝憐は地面に横たわる病人たちの間を行き来していた。

当初は二十人あまりだったこの隔離区域は、今や百人近くの規模にまで膨らみ、ますます大きくなっている。謝憐は毎日時間を見つけてはここに来て法力を使い、病人の体にある恐ろしい症状を緩和していた。けれど、結局のところ緩和は根治ではなく、人々が切望しているのは完全な治癒なのだ。謝憐が歩いていると、地面で横になっていた青年が突然手を上げて彼の服の裾を掴んだ。

「殿下、俺は死にませんよね？　大丈夫ですよね？」

答えようとしたその時、謝憐はこの青年の顔に少し見覚えがあるような気がした。よく見ると、謝憐が仙楽で水が不足していることを知り、皇城で雨が降ったあの日に、傘をくれたあの通行人ではないだろうか？

　あの日、あの雨、あの傘を思い出すと、謝憐は胸が温かくなった。しゃがみ込んで彼の手の甲をそっと叩く。

「私が全力で対処しますから」

　真剣な表情でそう言うと、その男はまるで生きる希望を得たかのように目を輝かせて喜び、良かった、良かったと繰り返して再び横になった。

　ここにいる人々の切実な眼差しからは、太子殿下ならばできると深く信じているのがありありと見て取れる。そのため、彼らと目が合う度に謝憐は少しばかり自責の念に駆られ、一刻も早く解決策を見出さねばと思った。

　隔離区域を一周回り終えた謝憐は座る場所を探し、慕情が火をおこすとそこに座って考え込んだ。遠くで雑役が担架を運びながら去っていく。全部謝憐の耳に入っているとも知らずに、彼らはひそひそと小声で話していた——。

「これで何人目だ？」

「四人か、五人目じゃないか」

　担架で運ばれているのは不幽林で亡くなった病人だった。実は、人面疫では簡単に死に至ることはない。だが、だからこそ恐ろしいのだ。死なないということは、つまり一生体にそんなものがついたまま暮らしていかなければならないということで、考えるだけで生きる勇気が失せてくる。特に容貌が大切な一部の女子ならば、もし大事な顔にそんなものが生えてきたら、ほとんどの場合、最終的に死を選んでしまうだろう。

「あーあ！　いつになったら終わるんだか」

　雑役の一人がため息交じりに呟く。

「太子殿下がいらっしゃる限り、戦に負けることはないから安心しろよ」

　もう一人がそう言うと、先ほどの男は少し不満げにこぼした。

「俺は戦に負けるのを心配してるんじゃないんだよ。

今のこの状況だと、ただ負けないってだけじゃ意味ないだろう？　俺らみたいな庶民は結局生きづらいってことさ。はぁ……やめだ、やめだ。文句を言ってるわけじゃないからな。聞かなかったことにしてくれ。俺は何も言ってない」

　もし風信（フォンシン）がここにいれば、きっと今すぐ向かっていって怒鳴りつけていただろう。しかし慕情（ムーチン）は謝憐（シエリエン）をちらりと見ただけで、特に何も言うことなくそのまま火の番をしている。その雑役の二人が完全に遠くまで行ったあと、慕情（ムーチン）はようやく淡々と言った。

「本当に下々（しもじも）の民の考え方ですね。何かあれば天を恨み、責任転嫁するばかりです。まさか武神一人に何もかもすべて引き受けさせるつもりなんでしょうか？」

　けれど謝憐（シエリエン）は小さく首を横に振った。あの男が言ったこともある程度は理解できる。謝憐（シエリエン）は武神で、彼がいる軍隊は必ず勝つ。けれど、こんな時にただ戦に勝てるというだけでなんの意味があるというのだ？　軍隊はそもそも民を守るために存在するが、その守るべき民が疫病に襲われていては、本来の優勢もただの笑い話になってしまうのではないだろうか？

　その時、焚き火が微かに揺らめいた。誰かが謝憐（シエリエン）の横に座ったと思ったら、風信（フォンシン）が戻ってきていた。

「どうだった？」

　謝憐（シエリエン）がすぐさま尋ねると、風信（フォンシン）は首を横に振る。

「やっぱり前にあなたが探った結果と同じで、背子坂に郎英（ランイン）の姿はありませんし、白衣の怪しい奴も見当たりませんでした。どこに隠れているかもわからないので、奴らが悪巧みをしたかどうかも調べようがありません。それと、やはり永安人は皆かなり元気で、誰一人として人面疫にかかった奴はいませんでした」

「皇城と背子坂はあんなに距離が近いのに一人も感染していないなんて、いくらなんでもあり得ません。どう考えてもあいつらが悪巧みをしたに違いありませんよ」

　慕情（ムーチン）は焚き火をつつきながらそう言った。

　心の中では同じように思っている人は多く、確かに理に適った考えだ。だが、たとえ永安人が、もしくはより厳密に言えば郎英が悪巧みをしたのだと確信していても、相手は周到に身を隠していて尻尾を掴むことができない。

　彼らが疑っていたのは、人面疫は呪いによって引き起こされ、郎英の息子の亡骸こそが呪いの根源なのではないかということだった。だが、もし呪いだとしたらこの呪いは本当に見事だ。謝憐たちが大本を辿る手がかりにできるような痕跡を一切残しておらず、その疑いを証明できるものなど何一つない。それに、この人面疫は単に自然発生したまったく新しい疫病の一種かもしれないではないか。疑っている相手を捕まえない限り、謝憐には人面疫がいったいなんなのかを断定する方法がなかった。

　謝憐は自分の推測を早々に上天庭に報告していた。だが、既に言った通り、謝憐は禁を犯して下界に降りたため、今はもう昔のようにはいかない。以前は何かを報告しようと思えば直接神武殿の敷居を跨いでいって、君吾の耳に向かって大声で伝えればそれで良かった。しかし今は常規に従うしかない。

　知っての通り、いわゆる常規とは、運が良ければ思いきり功徳をつぎ込むことですぐに希望が神官に伝わり、運が悪いと非常に煩雑な手続きを無理やり踏まされることになって、無限に引き延ばされてしまう可能性があるということだ。手続きをすべて経たところで結局神官を下界に遣わして処理させるだけの話で、謝憐自身もまさに神官であり、君吾を除けば上天庭の中に法力において彼の右に出る者など存在しない。そのため、遣わされてくる神官が彼より強いとは限らないのだ。君吾は担っている責任が非常に重く、人界の言葉を借りるならば政務が多忙を極めているという状態で、直々に降りてきて謝憐を助けることなどあり得ない。そのため、この報告もただの形式的なもので、本当の意味で希望を抱いていたわけではなかった。

　しかし、今の謝憐が考えていたのはそのことではなく、もう一つの問題についてだった。

「もし永安側が皇城を壊滅させるために呪詛してきたのなら、一番有効なのは軍への攻撃だったはずだ。軍を倒せば城門が開いたも同然だろう？　でも実際のところ人面疫は軍ではまったく蔓延しなかった」

軍の内部に人面疫の患者がいないわけではないが、相対的に言えばその数は非常に少なく、たったの三、四人だった。しかもその患者たちを隔離区域に送ったあとすぐに事態は終息し、まったく流行しなかったのだ。

「もしかすると、奴らは軍を倒したところであなたがいれば負けは決まったようなものだと思って、いっそ軍ではなく一般の民を標的にすることにしたのかもしれません」

いつも思いついたことをすぐに口にする風信はそう言ったが、それを聞いた慕情がふふんと微かに笑った。

「何を笑ってるんだ？」

「別に。あなたはいつもすごく理に適った見解を提示できるなと思って。私に異議はありません」

風信は慕情のそういう皮肉を言いたいくせに口先では上品ぶるやり方が一番苛立たしく、無視して言葉を続ける。

「もし本当に奴らの仕業だったら、俺は軽蔑します。実力は戦場で示すもので、陰険な手口を使って罪のない民を傷つけるなんて、なんなんですか？」

その言葉に謝憐は深く同意し、ため息をついた。

「ここ数日、いったいどこから感染するのかずっと考えていたんだ。まずは感染経路を知らなければ、きちんと抑えることもできないだろう」

「それはもうはっきりしているんじゃないですか？近くに住んでいて接触が多く、同じ水を飲んだり食事をしたり、寝たりしていれば伝染します」

風信に言われ、謝憐は眉間を少し揉む。

「表面上はそれで間違いない。でも、軍を例にして言うと、兵士たちも皆一緒に水を飲んで、食事をして、寝て、普通の家族同士よりもさらに近くで頻繁に接触しているはずなのに、どうして感染した兵士があんなに少なかったんだ？」

すると、慕情が眉間にしわを寄せて口を開く。

「それはつまり、同じような条件下で、体質の違いによって感染する者としない者がいるということですか。あなたが聞きたいのは、いったいどんな人なら人面疫に耐性があるのかということですよね」

「慕情は私のことをよくわかってるな。まさにその通りだ。もしそれを突き止められたら、人面疫の拡散も断ち切れるはずなんだ」

顔を上げてそう言った謝憐に慕情は頷いて見せた。

「そういうことなら、逆にどういう人がより人面疫にかかりやすいのか考えてみましょう。不幽林の病人たちの中には、どういう人が一番多いんですか？」

謝憐はここ数日で不幽林の隔離区域を数えきれないほど繰り返し回っていたため、目を閉じていても答えることができる。

「女性、子供、少年、老人、それほど体格が良くない若い男性だな」

すぐさまそう口にすると、風信は疑問を抱いたようだった。

「まさか体の弱い人が感染してしまうとか？　だったら、全皇城の人々に体を鍛えるようにと、国主に布令を出していただくべきでは？」

「……」

「……」

謝憐と慕情は二人揃って風信をちらりと見やる。

どうやら二人とも返事をしたくないようだ。しばらく間を置いて、風信は「違うな」と一人で呟いた。

それは疑念の余地なく間違っている。なぜなら、神武大通りに最初に走り出てきた一人目の人面疫の患者は、まさに屈強で強健な男だったため、辻褄が合わないと言わざるを得ない。

人面疫にかかった数人の兵士は、他の兵士といったいどこが違うのだろうか？

謝憐は思いつく限り様々な可能性を考え、検証もした。しかし、あらゆる面から見て、彼らとその他の者の間に明確な違いはなかった。すべての感染者は、容姿、体格、ひいては身分や性格までいずれも多種多様で、特に決まった法則を導き出せないのだ。まさか、感染するかしないかは、本当にただの運だとでもいうのだろうか？

謝憐は独り言を呟く。

「いったい兵士たちは何をして人面疫の拡散を防ぐことができたんだろう？　別の言い方をすれば、一般の民はあまりしないことで、兵士がよくやることって、いったいどんな……」

ここまで言って、彼はふいに目を大きく見開き、さっと顔を青褪めさせた。謝憐の話し声が急に聞こえなくなったことに気づいた風信が問いかける。

「どうしたんですか、殿下？　何か思いついたんですか？」

謝憐は確かに何かを思いついた。それはある合理的な推測だったが、同時に恐ろしい推測でもあった。ぱっと立ち上がり、謝憐は思わず口走る。

「そんなはずはない！　いやいや、絶対にそんなはずはない、そんなことはあり得ない」

風信と慕情も立ち上がって「どんなことですか？」と尋ねる。

謝憐は額を手で覆いながら何度か行ったり来たりすると、手を上げて言う。

「ちょっと待ってくれ、かなり荒唐無稽な推測があるんだ。まさかとは思うけど、少し実験してみる必要がある」

「いったいどんな推測なんですか？　どう実験するつもりなんです？　試しに誰か連れてきましょうか？」

慕情の提案を謝憐はすぐさま却下した。

「駄目だ、生身の人間で試すのはいけない。万が一私の推測が間違っていたらどうするんだ？」

むしろ謝憐は心の中で、自分の推測が間違いどころか、とんでもない見当違いであってほしいと望んでいた。

「殿下、もしあなたの推測が正しいかどうか確かめたいなら、生身の人間を使って試すしかありません。それが一番いい方法ですし、ここでただ気を揉んでいても仕方ないでしょう」

慕情が眉間にしわを寄せて言うと、風信も眉間にしわを寄せる。

「お前は殿下が悩んでいるのがわからないのか？　こんな時にそういうことを言うな」

だが、慕情は顔をそちらに向けて言い返した。

「不思議ですね。私が何を言ったって言うんです？　本当のことを言っただけでしょう？　もうここまで来ているっていうのに、これ以上躊躇してなんの役に立つんですか？」

その言葉に風信は反感を抱いたようだ。

「お前のところじゃ、なんでもかんでも役に立つか立たないかで判断するのか？　生身の人間だぞ。少しも躊躇しないだなんて、お前はあまりに冷静すぎやしないか」

「冷静？　もしかして私のことを冷酷だって言いたいんですか」

　慕情がそう反論する。普段なら二人の間を穏やかに取り持っている謝憐だが、その根気も失せていた。

「君たち二人ときたら、たった一言がきっかけで言い争いを始めるなんてみっともないだろう！　ここで一炷香立っていろ。一炷香の間は二人とも動くな。いつものあれをやる」

「……」

「……」

「いつものあれ」という言葉を聞いた途端、風信と慕情は二人とも若干顔色を変える。謝憐は手を振って言った。

「天官賜福。始め」

　しばらくしてから、風信が歯噛みして言う。

「……福星高照〔幸運に恵まれること〕」

　慕情も歯噛みして言う。

「……照本宣科〔融通が利かないこと〕」

「科……科……」

　風信が難儀してどう続けようか懸命に考えている間に、謝憐は身を翻してさっと不幽林に入っていき、例の病にかかった三人の兵士たちのところに話を聞きに行った。

　いわゆる「いつものあれ」とは、謝憐が思いついた彼らの注意を逸らす方法だった。風信と慕情は何かにつけて相手に二言三言皮肉を言おうとして、大きくも小さくもないことで口論を始める。そこで、最初は彼らを一炷香黙って立たせて、冷静になるまで会話を禁止したのだが、効果はほとんどなかった。それでその後、彼らに四字熟語しりとりをさせることにしたのだ。勝ち負けがあるので、やっているうちに彼らの脳内はつい先ほどまでの喧嘩のことでやきもきしている暇がなくなる。その代わりありったけの知恵を絞ってしりとりをして、あれこれ考えを巡らしてどうすれば相手に勝てるかで頭がいっぱいになるのだ。

この素晴らしい方法を発見したあと、謝憐（シエリエン）は世の中がかなり平和になったような気がして、非常に気に入った。今、彼らにいつもの決まりに従って一通りやらせたのは、皆の気持ちをなんとか少し和らげたかったからでもあった。

けれど、この気楽さはさほど長くは続かず、一炷香後に戻ってきた謝憐（シエリエン）の表情は非常に厳しいものだった。

「病にかかったあの兵士たちと一緒に生活していた、同じ隊の兵士を全員召集してくれ。彼らに聞きたいことがあるんだ」

二人は既にそれぞれ何度も言葉に詰まって、お互い勝ったり負けたりしていたのだが、もうこれ以上しりとりを続けなくていいのだとほっと安堵の息をつく。

「それもいいですが、こんな回りくどいやり方で証拠を探していたら、結果の正確さを保証できないかもしれません」

慕情（ムーチン）がそう言い、風信（フォンシン）は身を翻して命令に従おうとしたが、謝憐（シエリエン）がそれを引き留めた。

「ちょっと待て！　もう夜も遅いし、今聞きに行ったら目立ちすぎる。それから、一度にたくさんの人を集めるのも駄目だ。注目されてしまう。私が聞きたい内容は一切外に漏らすわけにはいかないんだ。それだと隠しきれない」

「だったらどうしますか？　あなたのところに一人一人連れていってこっそり聞くとか？」

振り向いた風信（フォンシン）が尋ねると、謝憐（シエリエン）は言った。

「もうそうするしかないだろうな。とりあえず明日、あの数人と親しい兵士を一人ずつ私の部屋に連れてきてくれ。互いに何を聞かれたか知られてはいけないから、絶対に口外しないよう彼ら全員に命令するのを忘れないように。でないと……」

一つ息を吸い込み、ため息をついて続ける。

「まあいいか、やっぱり脅そう。もし口外したらその場で殺すぞって言うといい。脅し文句は容赦なければないほどいいから」

そう言った謝憐（シエリエン）に慕情（ムーチン）が尋ねた。

「一人ずつ聞くって、いったいいつまで聞き続けないといけないんですか？」

「いつまでかかっても聞くしかない。一人でも多く聞けば、その分確信に近づくんだ。この件を……私は何があってもはっきりさせないといけない。絶対にほんの少しの間違いもあってはならないんだ」

次の日、謝憐は城楼に一時的に設けられた自分専用の部屋に座り、三百人あまりの兵士に直接質問した。

謝憐の質問に対し、その三百人あまりは全員同じ答えを返す。一人聞くごとに謝憐の顔色はわずかに曇っていった。

終わったあと、風信と慕情が部屋の中に入っていくと、謝憐が卓のそばに座って片手で額を支え、黙り込んでいるのが見えた。しばらくしてから、謝憐はようやくおもむろに口を開く。

「君たちは城門を守っていてくれ。私は太蒼山に行ってくる」

「殿下、何か聞き出せたんですか？　呪詛ですか？　それとも……」

風信がためらうように言うと、謝憐は頷いて答える。

「聞き出せたよ。呪詛で間違いない」

それを聞いて、慕情は粛然とした様子で尋ねた。

「確信できたんですか？」

「ああ、疑う余地もない。どんな人が感染して、どんな人が感染しないかもわかった」

そうは言ったものの、謝憐の顔からはついに謎が解けたという喜びは微塵も感じられず、それを見て風信と慕情は事がそれほど単純ではないことを察した。けれど、謝憐が自分から話そうとしない以上、当然彼らも配下としてあれこれ尋ねるのは憚られて、二人の気持ちも重くなっていった。

太蒼山、皇極観のその最高峰にある神武殿。国師はゆらゆらと上る煙雲の中で線香を立てている。敷居を跨いで殿の中に入った謝憐は、単刀直入に言った。

「国師、私は帝君にお会いしなければなりません」

線香を立て終えた国師が振り向いて口を開く。

「殿下、天界の門はもうあなたに開かなくなりました」

「知っています。ですが、私は調べた末に突き止めました。今現在、仙楽国にかつてない呪詛という悪の潮流が押し寄せています。これは天災ではなく、人ならざるモノが陰で悪巧みをしているのです。どうか私に少しだけお力をお貸しください。帝君をお呼びして国師のお体に降霊（こうれい）して来ていただき、この知らせを直接伝えます。もしかしたら帝君はすべての根源がなんなのかご存じかもしれませんし、事態が好転するきっかけを掴めるかもしれません」

謝憐（シエリエン）が人界に戻ってきてから、神武殿（シエンウー）に報告に来たのは三回目だ。だが、前の二回はどちらも助けを請うつもりはなく、ただ慣例に従って形式的に一通りのことを行ったにすぎなかった。しかし今回だけは、本心から助けを請いたいと思ったのだ。

「殿下、私はあなたに手を貸したくないわけではありませんが、ただ、もうその必要はないでしょう。たとえ私があなたに少しばかり力を貸して、私の体に帝君が降霊して話ができたとしても、得られる答えはただあなたを失望させるだけでしょうから」

国師が椅子に座ってそう言うと、謝憐（シエリエン）はわずかに顔色を変えた。

「何かご存じなのですか？　あの泣き笑いの仮面を被っている白衣の人物がなんなのか、ご存じなのですか？」

「殿下、私があなたに話した言葉をまだ覚えていますか？　この世の運気の良し悪しには、どちらも定数があると言いましたね」

謝憐（シエリエン）は呆気に取られ、たちまち押し黙る。

「本来ならば、大勢の永安人は既に命を落としていたはずなのに、あなたが水を運んで雨を降らせたことによって彼らは息を吹き返しました。ですが、徹底的に彼らを大干ばつから救って、今後への展望を用意してやることはできなかった。だからこそ今、彼らは背子坂の永安軍となって自分たちの未来を勝ち取ろうとしているのです」

国師は続けて言った。

「本来ならば、皇城側は既に退勢に陥っていたでしょうに、あなたが自ら下界に降りて自分一人の力で一瞬にして局面をひっくり返したことによって皇城は息を吹き返しました。ですが、あなたは決然と永安の反乱軍と叛民を皆殺しにして根源を断たなかったどころか、逆に彼らを今日まで生き延びさせて、無数のゴキブリのように戦うほどに強くなっていくことを許してしまった」

そして、国師は不思議そうに尋ねる。

「殿下、聞いてもいいですか。あなたはいったい何をしているのです？　まさか、双方が悔い改めて心を入れ替え、和解して再び一つの国に戻るのをまだ待っているのですか？」

謝憐の心の中に言いようのない慙愧の念が湧いてきた。だが、それはすぐに当惑へと変わる。

（本当に不思議だ。私が人を助けるのも守るのも、すべてあの人たちが死に値するほどの罪を犯したわけではない無辜の民だからだ。私がしてきたことは全部、一つ一つ真剣に考えて悩んだ末の選択なのに、どうして人の口を介するとこんなにも馬鹿馬鹿しく聞こえるんだろう？　私がまるで何一つ成し遂げていないように、どうしてこんなにも……失敗しているように聞こえるんだ？）

脳裏に「失敗」という言葉が浮かんだ瞬間、それをすぐさま墨で塗り潰す。国師はまた言った。

「あなたは天神の身で、人界の事柄に介入したのです。仙楽国の定数は、あなたに天地がひっくり返るほどめちゃくちゃにかき乱されてしまいました。均衡を図るために自ずと別の何かが生まれ、あなたによって逸らされた軌道を元に戻そうとしているのです。私にはそれがいったいなんなのかわかりません。しかし、それがあなたによって生み出されたモノだということだけは確かです」

「……」

謝憐は体をふらつかせた。国師は続けて話す。

「もう一つ確かなのは、神武大帝があなたに会っても、きっと同じことをおっしゃるだろうということです。なぜなら、それこそが当初彼があなたを降りてこさせなかった理由だからです。ですが私に言わせれば、たとえあの時彼があなたにこのことを伝えていたとしても、あなたはきっと変わらず降りてきたでしょうね。十代の若者というのは忠告を聞かないし、転んで初めて自分が歩けないと気づくものですから」

「あなたがおっしゃっているのは、まさかこの人面疫の原因は私にあるということですか？　いわゆる定数論によれば、あの泣き笑いの仮面のモノが何をしようとも、すべて私の自業自得だと？　だから、上天庭はなんの対処もしてくれないと言うのですか？」

謝憐（シエリエン）は信じられないといった様子で言った。

「そうとも言えますし、違うとも言えます。もし本当にそう見なすのならば、あなたの父皇と母后を責めることもできるでしょう。なぜならもし彼らがあなたを産まなければ、あなたが飛昇することもなく、そのあと下界に降りてくることもなかったからです。同じように遡（さかのぼ）って考えていけば、あなたたち仙楽の代々の先祖まで責めることもできます。ですから、誰に原因があるかを議論するのは無意味なのです」

国師は言葉を続ける。

「最後の質問に関しては、その通りです。対処しません。なぜなら仙楽国の滅亡は必然で、あなたが手を伸ばしてその盤面を乱した以上、必ずもう一つの手によってあなたが乱した駒が元の場所に戻されるからです」

謝憐（シエリエン）は深く息を吸い込んだ。仙楽国の滅亡が必然であるかどうかについて国師と議論したくはなくて、しばし目を閉じる。

「ならば国師に伺います。もし今私が消えれば、あのモノも一緒に消えるでしょうか？」

「おそらくそうはならないでしょう。神というのは、来てもらうのは簡単だとしても、満足して帰っていただくのは難しい。妖魔鬼怪も違いはありません」

謝憐（シエリエン）は頷いて、硬い口調で言った。

「わかりました。国師、教えてくださってありがとうございます」

これ以上話しても虚しいばかりで、頼れるのはもう自分自身だけだと悟り、謝憐（シエリエン）は国師に一礼して暇（いとま）を告げるとそのまま立ち去ろうとした。彼の背に向かって国師が問いかける。

「殿下！　今後の道をあなたはどう進むつもりですか？」

「今、私が消えてもなんの役にも立たないのなら、最後まで抗い続けます。それが私の唯一の道です」

俯いて答えた謝憐は、しばし間を置いてからまた顔を上げ、一字一句はっきりと言った。

「あれが『もう一つの手』だろうがなんだろうが私には関係ありません。ただ、私が守っている人々は、絶対に駒などではありませんから」

半月後、郎英率いる永安軍が再び襲来した。

何か月にも及ぶ大小様々な戦いを経て、永安軍はついに軍隊と呼べるほどになっていた。彼らはもう強盗や流民の寄せ集めではなく、実力の伴った正規の軍隊なのだ！

郎英は長い間姿を消していたため、今回また戦場でこの男を見かけると、この時を待ちわびていた謝憐は真っすぐに群衆を飛び越えて勢いよく距離を詰め、さっと剣を斬り下ろして怒鳴った。

「あの白衣の奴はどこにいる？」

郎英は答えることなく謝憐の剣を防ぎ、ひたすら反撃してくる。謝憐は一歩また一歩と詰め寄った。

「誰のことを言ってるかわかってるんだろう。私にも我慢の限度があるぞ！」

すると、ふいに郎英が謝憐を見つめながら尋ねる。

「太子殿下、永安にはまた雨が降るって、あんたはそう言ってたよな？」

まさか郎英がそんなことを聞いてくるとは思わず、謝憐は内心どきっとして口を開けたまま言葉に詰まった。

「私は……」

確かに、永安に雨が降ると郎英に保証したことがあった。だが近頃、皇城内で人面疫に感染した人の数は何倍にも膨れ上がり、今現在で既に五百人近くまで増えている。この五百人は皆が不幽林の中に詰め込まれ、隔離区域が遠からず足りなくなるのは目に見えているため、役人たちはさらに皇城から遠く離れた広い場所に移動させようと検討していた。謝憐は法力のほとんどをこの五百人あまりの病状の緩和に使っていて、再び永安に行って雨を降らせることができなくなっていたのだ。雨師笠の使い道もなくなった以上、他人の殿で一番の法宝をずっと手元に置いておくのも申し訳なく、やむを得ず風信を雨師国に遣わし、それを雨師に返却して礼を述べさせたのだ。

「その雨を降らせていたのは私だ。どうしてやんだのか、お前たちが一番よく知っているんじゃないのか!?」

　謝憐は剣を突き出しながら怒鳴る。謝憐が怒れば怒るほど郎英は冷静になっていった。

「俺には関係のない話だな。俺にわかるのは、もし人面疫がなかったとしても、あんたの法力は長く持たないってことだけだ。あんたの雨があったとしても、永安で生き残れる人は大して増えないのと同じだ。全部が無意味なんだよ。太子殿下、なんであんたは自分がやりたいと思ったことはなんでもできるだなんて思えるんだ？　俺は自分の運命をあんたに預けるよりも、自分に預ける方を選ぶ」

　どの言葉に刺激されたのか、謝憐の胸にはにわかに殺意が芽生えた。

　剣の刃をわずかに捻り、左手の手のひらを密かに持ち上げると、心の中で一つの声が喚き立てる。

　――この男を殺せば、永安の残党など恐るるに足らず！

　二人が出会ってから初めて謝憐は本気で郎英を殺す決意をした。ところが、謝憐が手のひらを打ち込むと、それを胸に食らった郎英は血を吐いたが、心臓を打ち抜くことはできず、逆に弾かれてしまった。

　それに驚き、謝憐は信じられないといった様子で数歩後ずさる。

「なっ……!?」

　自分を弾き返したものがなんなのか、謝憐はこれ以上ないほどよく知っていた。

　人界には非常に優れた能力を持つ者がいる。例えば君主、奇才、義士などがそうで、危機的な状況に陥った時、傷を負わないように自ずと体を護る霊気が生まれるのだ。こういった者の多くは潜在的に飛昇できる素質がある。

　郎英は一介の民間人にすぎなかったが、なんとその守護の霊気をまとっていた。しかも極めてまれな一種――君主の気だ！

　謝憐はその意味を深く考えることができなかったが、ふと胸元にひやりとしたものを感じたと思うと、郎英が突き出した剣に胸を貫かれていた。

この戦では、双方は勝敗を決することができなかった。

侵攻してきた永安側はまたしても多くの死者を出したが、今回は仙楽皇城側もさほど良い結果とは言えなかった。他の者からすれば辛勝（しんしょう）だったとも言えるだろうが、謝憐（シエリエン）にとってこれは間違いなく負け戦（いくさ）だった。

彼は初めて戦に負けた。しかも、郎英（ランイン）は依然謝憐（シエリエン）に敵わず最後は負傷して撤退したものの、郎英（ランイン）が謝憐（シエリエン）を刺したあの場面を大勢の者が見ていたのだ。今この時、軍ではどれだけの将士があれこれと陰口を叩いているか、謝憐（シエリエン）はだいたい想像がついた。

殿下は武神なのに、どうして刺されちまったんだ？　俺たちは天神の兵じゃなかったのか？　なんで今回は今までみたいな大勝利を勝ち取れなかったんだ？

だが、謝憐（シエリエン）はもうそんな些細な声になど構っていられなかった。なぜなら今日、また百人以上の人面疫の患者が不幽林に送られたと慕情（ムーチン）から報告があったからだ。

たった一日で百人以上もだ！

現在、最初の人面疫の患者たちは、既に非常に厳しい状態まで病状が進行してしまっていた。全身上から下まで見るに堪えず、すべて分厚い白い布で覆い隠さなければ一目見るだけでも恐ろしくてぞっとしてしまう。だが、布越しでもでこぼこと平らではない何かがあるのが、体の輪郭からぼんやりとわかった。

あちこちを移動して手当てをしていた謝憐（シエリエン）がようやく一通り回り終えると、風信（フォンシン）は彼を引っ張って隅へ行き、声を潜めて尋ねた。

「殿下、今日の戦場はどういうことだったんですか？　どうしてあんな無謀な奴に刺されてしまったんです？　あのあともあなたの攻撃は奴に何度も命中していたのに、どうしてとどめを刺さなかったんですか？」

謝憐（シエリエン）は、郎英（ランイン）の体に神官でさえも侵すことのできない君主の気が現れていたことを風信（フォンシン）に伝えたくなくて、仕方なく苦笑いした。殺したくなかったのではなく、もう殺すことができなくなってしまったのだ。謝憐の攻撃の中に含まれていた法力は、すべてその王の気によって打ち消されてしまい、郎英に対してまったく効かなかった。それに気づいたあと、すぐさま武器を使って殴る蹴るの物理攻撃に変えたのだが、あの郎英ときたら、がたいが良く頑丈で非常に打たれ強いのだ！

　ちょうどその時、遠くの方で突然誰かの叫び声が上がった。

「殿下、助けてください！」

　謝憐はちょうど風信から手渡された水を受け取って一口飲んだばかりだったのだが、大きな叫び声が聞こえてくるなりむせて吐き出し、一息つく間もなく駆けつけた。叫んでいたのはまさしくあの日彼に傘を贈ってくれた青年だった。

　彼に対して謝憐は特に優しく接していたため、この青年も頻繁に謝憐に助けを求めていた。当初、彼の体に人面が生えてきた場所は膝で、謝憐は疫毒が広がらないように法力を使って抑えてきた。その結果、彼の全身ではまだ左足にしか人面が生えていなかったのだが、今はその足を激しく蹴ってずいぶんと取り乱している。謝憐は彼を押さえつけ、慰めるように言った。

「動かないで！　来ましたから！」

　青年はひどく怯えた様子で謝憐を掴む。

「殿下！　殿下、助けてください！　さっき足がすごく痒くなって、なんだか草が刺さったみたいにチクチクしたんです。それで見てみたら、そいつらがいて……そいつらの口がパクパクして、うご、動いてたんです！　そいつら草を食べてたんです!!　生きてるんです!!」

　謝憐は一瞬にして総毛立った。俯いて目を向けると、この青年の左足には数十もの人の顔が密集していて、いくつもの顔が口に草を咥え、中には貪るように咀嚼している顔もあるではないか！

　大勢の病人が悲鳴を上げ、群衆がしきりに騒ぎ立てたが、風信と慕情、そして兵士たちが全力で制圧したことによってなんとか暴乱は避けられた。謝憐は片手でその青年を押さえつけると、そばにいた者に尋ねる。

「彼はまだ立って歩けるのか？」

「殿下、もう無理です！　そいつのその足はもう駄目で、足の中にも何か生えてきてるのかわからないけど、鉛（なまり）を流し込んだみたいに重くて、引きずってもちっとも動かせないんです。それに疫毒はずっと上に向かって広がっていってて、もうすぐ足から腰にまで届きそうです」

　傍らで働いていた者が答える。不幽林で看護を担当する者たちは、全員徹底的に体を覆い隠さなければならず、包帯と外套で全身を隙間なく包んでいるために容貌などは見てわからないが、声を聞く限りどうやら少年のようだった。

　謝憐（シエリエン）は法力を使って全力を尽くして手当てをしたが、青年のその足は既に手の施しようがない状態と言っても過言ではなく、正常な感覚をほとんど失っていた。その時、医師の一人が小声で意見を述べた。

「殿下、私の考えでは、唯一まだ試したことのない方法なのですが、人面が生えてきた部位を切り落として、他の部位への蔓延を阻止できるかどうか見てみるしかないかと……」

　謝憐（シエリエン）が思いついたのもその方法だけだった。

「ならば切ってあげなさい！」

　謝憐（シエリエン）のその言葉に青年が慌てて叫ぶ。

「やめてください！」

　青年は本当に足を切断されるのではないかとひどく心配していたが、自分のその歪（いびつ）な足を抱きかかえることもできず、苦悶に満ちた様子で言った。

「俺の足はまだ駄目になってません！　もしかしたらまだ治るかもしれない……殿下！　な……何か他に助かる方法はないんですか？」

　謝憐（シエリエン）はもうこれ以上「全力を尽くす」だの「頑張る」だのといった言葉で答えたくなかった。目の前が明滅するように暗くなり、ぽつりと言った。

「ごめんなさい、私にはもうないんです」

　あろうことか、太子殿下がそんな言葉を口にするなど初めてのことで、その場にいた無数の人々はこれ以上ないほど驚愕した。さらには、恐慌をきたして叫びだす者もいる。

「ないだって？　あなたは殿下で神なんだから、方法がないはずないだろう？　俺たちはあなたが助かる方法を見つけてくれるのをここで何日も待ってたのに、何もできないって言うのか!?」

　その言葉を言い放った者はすぐさま誰かに押さえつけられて沈黙したが、止めたのは風信(フォンシン)でも慕情(ムーチン)でもなかった。慕情(ムーチン)はどうやら謝憐(シエリエン)の先ほどの言葉があまりにも率直すぎて、群衆をきちんと宥めることができなかったと思ったらしく、今は眉間にしわを寄せて押し黙っている。風信(フォンシン)はというと、離れたところで殊のほか感情が高ぶって騒ぎ立てている数人の病人を怒鳴りつけて制止していた。

　連日忙しく追いつめられていた謝憐(シエリエン)は、長剣をずっと鞘に戻さないまま腰の辺りに下げていたために、剣身と青年の足との距離が少し近くなっていた。冷え冷えとした剣気を感じた「人面」の一つが突然咀嚼をやめると、口を開けて悲鳴を上げだした。

　このモノは、あろうことか悲鳴まで上げるようになったのだ!!

　その声はか細くて弱々しかったが、その足から発されたことは間違いなかった。大声で叫んだ青年は、驚きのあまりもう少しで気絶するところだった。謝憐(シエリエン)にきつくしがみつき、続けざまに言う。

「殿下、助けてください! 助けてください!」

　そしてそれと同時に、彼の足の付け根辺りに少し窪んだ穴が三つ微かに現れた。

　先ほどの医師が驚いて声を上げる。

「殿下、広がっています。広がっています! 疫毒が足から這い上がってきているのです!」

　どれほどたくさんの法力を費やしても、謝憐(シエリエン)は結局この青年の病状を抑えることができなかった。見ている間にもその恐ろしいものがこの青年の全身に広がろうとしている。そうなってしまったら、もう二度と元に戻すことはできなくなり、ただ座(ざ)して死を待つのみなのだろうか?

　謝憐(シエリエン)は歯を食いしばって言った。

「一つだけ、聞きます。その足はいりますか、それともいりませんか? 足がなくなったあといったいどうなるか、私にも保証はできません。いらないのなら頷いてください。すぐに取りかかります。いるなら頷かないで。このまま様子を見ましょう!」

　荒い息をついている青年は、恐怖で目が虚ろになっている。ほとんど理性を失っているのか、頷いているようでもあり、また首を横に振っているようでもあった。そして彼の左足にある人間の顔は、まるで新しく入ってきた「仲間」を歓迎しているかのように一つ一つが次々に悲鳴を上げ始めた。ああっ、いいいっ、と叫ぶ声がする中、嬉しそうな表情や細くて小さい真っ赤な舌が小刻みに震えている様子まで見える。青年の左足の内部がいったいどうなっているのか、どんなモノの住処となってしまったのか、想像すらできなかった。

（これ以上引き延ばしては駄目だ！）

謝憐（シエリエン）はあの医師に向かって言った。

「切断してあげてください」

しかし、その医師はしきりに手を左右に振る。

「殿下、お許しください！　私も自信がありません。そんな場所とても切れません！　万が一切っても駄目だったら……やっぱり危険を冒すのはやめましょう！」

言いながら医師は心の中で自分を罵る。出る杭（くい）は打たれるというのに、余計なことを言ったせいで、もう少しで恐ろしい役目を引き受けさせられるところだったと、群衆の中に逃げ戻って黙り込んだ。

「殿下、助けてください、殿下！」

青年がぶつぶつと呟く。そして頭が真っ白になってしまった謝憐（シエリエン）の心の中でも、絶望する声がぶつぶつと呟いていた。

「……誰か私を助けてくれ……」

周囲は騒然としていて、あらゆる叫び声が飛び交う。あの歪んだ小さな人面も下の方で密集して悲鳴を上げていた。一瞬、謝憐（シエリエン）は地獄を見たような気がした。

彼はその地獄をじっと見つめているようでもあり、また何も見ていないようでもあった。冷や汗を流しながら、両目を大きく見開いて腕を上げ――。

手にした剣を振り下ろすと、鮮血が勢いよく噴き出した。

「ああああ――っ」

もともと意識が朦朧としていた青年は、謝憐（シエリエン）に左足を切断されたあと突然意識をはっきりさせ、激しく叫ぶ。

「俺の足！　俺の足が！」

謝憐（シエリエン）は血だまりの中に膝をつき、白い服に点々と血痕をつけたまま全力で彼を押さえつけた。

「もう大丈夫です！　医師、止血してください！」

医師の数人が慌てふためく。見ていられなくなった慕情（ムーチン）が口を開いた。

「頭を冷やしてくださいよ」

前に出ていった慕情（ムーチン）が小さな薬瓶を取り出すと、淡い煙が流れ出してゆっくりと血が止まっていく。謝憐（シエリエン）も青年の傷を霊光で覆ってやった。切り落とされた足はぽつんと地面に横たわっていたのだが、唐突に曲がると、あろうことか体から切り離されたというのにまるで生き物のように痙攣（けいれん）して蠢いていた。謝憐（シエリエン）が手を上げると火が大きく燃え上がり、その足はぼうぼうと燃え盛る炎に焼かれて黒焦げの塊になる。

「俺の足がぁっ！」

青年は凄まじい悲鳴を上げた。

謝憐（シエリエン）は彼の腰の辺りを調べ、人面の痕跡が広がっていないのがわかると、嬉しそうに両目をぱっと輝かせる。

「よし、止まった。もう広がっていない！」

それを聞いてようやく涙が止まった青年は、目を開けて尋ねた。

「本当ですか？　本当に治ったんですか？」

一斉に息を呑んだ群衆は、今にも動き出しそうにうずうずしている。一しきりためらったあと、誰かが喚き始めた。

「殿下、どうか俺も治療してください！」

しかし、そう遠くないところから一人の少年が大声で叫んだ。

「無茶するな！　必ず治るとは限らないし、万が一、しばらくしてからそいつが再発したらどうするんだよ？」

その声に気づかされて謝憐（シエリエン）も冷静になる。

「その通りです。今はまだはっきり決まったわけではありません。もうしばらく観察しないと」

謝憐（シエリエン）のその言葉に、ある者が恐る恐る口を開いた。

「これ以上どれくらい観察しなきゃいけないんですか……もう待ってられません。これ以上……これ以上待ってたら私はもう顔にまでこれが生えてきちまいますよ！」

捨て身になって「俺は喜んでその危険を冒しますよ！」と言う者もいる。

そうこうしているうちに、不幽林にいる数百人もの人々が騒ぎだした。

「殿下、お願いします。どうか私たちの苦しみを取り除いてください！」

人々は前の者に続いて謝憐（シエリエン）に向かって跪拝し始めた。謝憐（シエリエン）は彼らの中心に祀られて困惑していたが、いい加減な対応をすることもできない。

「皆さん、とにかく立ってください。もし一定の期間が過ぎてこの人が再発しなければ、私が必ず全力を尽くして皆さんを治療しますから……」

やっとのことで群衆を宥めてたくさんの約束を交わしたあと、足を切断されたあの青年を別の場所に連れていって休ませ、それから謝憐（シエリエン）は木の下に座り込んだ。周りを少し確認して、慕情（ムーチン）はようやく小さな声で言う。

「どうしてそのまま彼の足を切ってしまったんですか？　そんなことは本人が再三頼まない限り、あなたの一存で決めないでください。万が一あなたが彼の足を切ってもやっぱり無駄だったら、その時に恨まれるのはあなたなんですから」

謝憐（シエリエン）の心臓はまだバクバクと激しく脈打っていた。片手で顔を覆い、掠れた声で答える。

「……あの時はもうあれ以上待っていられない状況だったんだ。彼は私に答えてくれないし、医師も怖くて手を下せない。だからって、疫毒が広がるのを何もしないでただじっと見ているわけにはいかないだろう。誰かが名乗り出て、どうすればいいのか決断を下すしかなかった。本当にもう……」

「殿下、やっぱり少し休んだ方がいいと思います。本当に顔色があまり良くないですし、とりあえずこっちは俺たちが代わりになんとかしておきますから」

珍しく顔に憂色（ゆうしょく）をたたえた風信（フォンシン）がそう口にした。

謝憐（シエリエン）も少し持ち堪えられないような気がして、ゆっくりと頷く。

「わかった。私はここでちょっと休むよ、あまり遠くには行けないし。すぐ戻るから」

ちょうどその時、林の中でまた誰かが泣き喚き始め、風信と慕情は何が起きたのかを確認しに行った。謝憐は少しぼんやりしてから、すぐに地面に横たわった。

以前ならば、誰かが彼のために香を焚きしめた天幕を張り、象牙の寝台を設置してくれていて、こんな人里離れた野外の泥土の地面になど絶対に横にならなかっただろう。だが、今は本当にそういったくだらないものを手配する体力も気力もなく、服についた埃や砂、血痕すらも落とさずに、頭も顔も埃だらけのまま横になるとすぐに眠ってしまった。

どれくらい経ったのだろうか、ぼんやりした意識の中で、風信が自分を呼んでいるのが聞こえてきて、謝憐は驚いてはっと目を覚ました。慌てて飛び起きると、体から何かが滑り落ちたような気がして俯く。それは継ぎ当てをされたボロボロの毛布だった。彼が休んでいた間に誰かがかけてくれたのだろうか。謝憐は眉間を少し揉み、近づいてきた風信に向かって言った。

「これは私には必要ないから、あの病人たちに持っていってくれ」

その言葉に風信がきょとんとする。

「え？　なんの話ですか？　その毛布？　それは俺が持ってきたものじゃないですよ。俺はついさっき戻ってきたばかりですから」

謝憐は顔の向きを変えた。

「慕情なのか？」

「私でもないです。きっと隔離区域に住んでいる信徒の誰かが持ってきてくれたんでしょう」

慕情に言われて謝憐は辺りを少し眺めたが、それらしき人影は見当たらず、小さく首を横に振る。

（誰かが近づいてきたことさえ気づかなかったなんて、今の状態はまったく本当に最悪だな）

謝憐は毛布をきちんと畳んで地面に置き、立ち上がって言った。

「行こうか」

心の中に心配事を抱えたまま歩いていく。そして、彼が心配していたことはすぐに現実となった。

わずか二日後、謝憐が再び不幽林を訪れると、何人かの医師が彼にこう伝えた——夜に、十数人もの人面疫の患者が警告を無視してこっそり起き上がり、ある者は患部を火で炙(あぶ)り、ある者は刃物で皮や肉を切り取った。しかも何人かは、やり方が適切でなかったせいで大量に出血したにもかかわらず、見つかるのを恐れて毛布の中で声も出せずにひっそりと死んでいったのだ。

　戦場から戻った途端にその悲報を聞いた謝憐(シエリエン)は、数百人の間に立つと、地面に横たわり血を流しながら痛みで喚き散らしている病人を見て、ついに怒った。

「あなたたちはどうして忠告を聞かないんですか？　こうしたって疫毒を根絶できるかどうか、今はまだはっきり決まったわけではないって言ったでしょう？　どうしてこんな無謀なことをするんです！」

　これほど多くの信徒の前で謝憐(シエリエン)がここまで激怒したのは初めてで、群衆は俯き小さくなって押し黙る。謝憐(シエリエン)は心の底から怒っていて、我慢できずにもう二言三言言っていると、ふいに一人が口を開いた。

「太子殿下はどんな毒にも冒されないですけど、俺たちの体には病の痛みがあるんです。あなたの体にあるわけじゃないから、そりゃ当然俺たちのことを無謀だっておっしゃるでしょう。でも俺たちだって、本当に病がひどくなってきたから手当たり次第に試したわけで、他にどうしようもないじゃないですか？」

　この者はあからさまに楯突いたわけではなかったが、口調はかなりひねくれていて持って回った言い方だった。聞いていた謝憐(シエリエン)は少し頭に血が上ってくる。

「今なんて言いました？」

　相手はその言葉を言い終わるとすぐに縮こまったため、もうどこにいるのか見つからない。風信(フォンシン)は遠く離れた場所にいたため聞こえていなかったが、そうでなければすぐさま怒鳴っていただろう。慕情(ムーチン)はというと群衆の風向きが怪しいのを感じて慎重になり、事態を激化させないことを選択した。謝憐(シエリエン)がそのまま何も言わないのを見て、別の一人が話しだす。

「太子殿下、もしあなたが私たちを救えないんだったら、私たちはもう自分で自分を救うしかないんです。安心してください。あなたの霊薬や法力を無駄に使ったりしませんから」

　謝憐は先ほど血の気が上ってきたのを感じていたが、今は浮氷の隙間にでも落ちたかのようだった。

（……それはどういう意味だ？　まさか私が霊薬や法力を気にしているとでも思ってるのか？　私は手足を切断しても無駄になるかもしれないから心配して止めただけなのに、どうして私が相手の立場に立って考えずに綺麗事を並べているみたいに言うんだ？　確かに私は病の痛みを体感することができないけど、でももし本心から人を救うつもりじゃなかったら、私はどうして気楽に神官をやらずに、好き好んで降りてきて苦しい目に遭ってるんだ？）

　彼はこれまでの人生の中で、誰かにあんな言葉で皮肉を言われたこともなければ、こんなつらい思いをさせられたこともなかった。心の中には言いたいことがたくさんあるのに、何一つ言葉が出てこない。

　自分が人面疫を根治できる方法を見つけ出せなかったから、信徒たちにとうとう我慢の限界が来たのだと謝憐はわかっていた。民が受けている苦痛は、自分が負っている責苦より百倍も勝っているのだ。

　ただきつく両の拳を握りしめることしかできず、関節がポキポキと音を立てる。しばらくしてから、突然傍らにある木を殴りつけた。

　その木はバキッという音とともに折れ、群衆は皆驚いてひそひそ話を慎む。離れたところにいた風信は、それでようやくこちらで何かが起きていることに気づいて走ってきた。

「殿下！」

　拳で殴りつけた謝憐は、むしゃくしゃした気持ちを発散して少し冷静になった。ところが、一面に広がる死のような静寂の中、また誰かが口を開く。

「太子殿下、そんなにかんかんに怒らなくたっていいじゃないですか。この場にいるのは全員病人で、全員あなたの信徒なんです。皆、誰もあなたに借りがあるわけじゃない」

　その言葉が出ると、大勢の者が密かに頷く。皆は声を潜めていたが、謝憐の研ぎ澄まされた五感では、すべての声がはっきりと聞き取れた。皆は下でこそこそとこう言っていたのだ。

「やっと本当のことを言う勇気のある人が出てきた

よ。私はずっと我慢して言えなかったんだ……」

「昔は太子殿下と言えばすごく穏やかな人だって言われてたじゃないか……まさか本人がこんなだったとはな……」

じわじわ押し寄せる人々の言葉の波の中で、謝(シエ)憐(リエン)は無意識のうちに一歩後ずさる。二十年間、彼はどんな敵の前でも怯んだことなどなく、常に恐れを知らなかった。だが、今この瞬間、心の中には恐怖にも似た感情が去来(きょらい)していた。その時、また誰かが小声で話すのが聞こえてきた。

「そんなに神威(しんい)があるんだったら、敵のところに行って怒りを撒き散らせよ。そうしたらあんなに苦労して戦う必要もなかったのにさ！」

その一言を聞いて、謝憐(シエリエン)はこれ以上ここに立っていられなくなった。

彼が知らないわけがない。今の自分は、神壇の上にいるあの剣を握って花を持ち、穏やかに微笑んでいる武神とは似ても似つかないということを！

謝憐(シエリエン)は身を翻して一目散に走り、逃げるように不幽林から飛び出した。風信(フォンシン)と慕情(ムーチン)が後ろから叫ぶ。

「殿下！　どこに行くんですか！」

すると突然、群衆の中で騒乱が起きた。どうやら看護を担当する小柄な誰かがいきなり何人かの病人を殴ったり蹴ったりし始め、転げ回りながら殴り合い、乱闘になっているようだ。だが、風信(フォンシン)と慕情(ムーチン)もそれに構っていられず、大声で兵士の隊をいくつか呼んできて現場を任せ、急いでその場を離れて謝(シエ)憐(リエン)のあとを追っていった。

謝憐(シエリエン)が猛烈な勢いで突っ走っていったのは背子坂の方向だった。一歩で数丈も飛ぶように進み、そう経たないうちにあの鬱蒼とした山の上に辿り着く。謝憐(シエリエン)は両目を真っ赤にして林の中で怒号を上げた。

「出てこい!!」

「殿下！　ここに何しに来たんですか！」

風信(フォンシン)が尋ねるが、謝憐(シエリエン)は空に向かって怒鳴る。

「貴様がいることはわかっている。さっさと出てこい!!」

「呼んですぐ出てきてくれるのなら、今まで……」

慕情(ムーチン)のその言葉は、言い終わらないうちに突然止められた。なぜなら、三人とも背後からギシッギシッという物音がするのを聞いたからだ。ぱっと振り返ると、蔓の上に座って彼らを見下ろしていたのは、まさにあの右半分は泣き顔で左半分は笑顔の、白衣の怪しい人物ではないか？

まさか、一声呼んだら本当にすぐ出てこようとは！

謝憐はその人物を見るなり理性を失い、素早く飛びかかって荒々しい声で叫んだ。

「殺してやる！」

その白衣の人物はふわりと身をかわす。白い大きな袖をまるで蝶の羽が舞うかのようになびかせる姿は実に優美だった。もともと近づいて手を貸そうとしていた風信と慕情は、何かがおかしいことに気づいて「えっ？」と声を出すと、愕然とした表情で動きを止める。しかし、謝憐の心は激しい怒りに満ちていて、何も気づかずに長剣を鞘から抜いた。

「殿下！　気づいていないんですか？　相手は……」

風信が叫んだが、謝憐は既に片手でその白衣の人物の首をしっかりと締めつけ、もう片方の手に握った剣の剣先を胸元に突きつけていた。白衣の人物は明らかに制圧されているにもかかわらず、突然ハハハッと笑い始めた。

そのよく通る笑い声はまるで少年のように澄んでいて優しく穏やかで、謝憐はその声をよく知っているような気がした。誰かの声に似ているが、激怒している中では誰の声だったかすぐに思い出せない。ただ、心の中にほんの少しの疑念が一瞬よぎった。

白衣の人物はため息をついて言った。

「謝憐、謝憐。どう足掻いてももう無駄だ。君の負けは決まったんだから。仙楽国はもうすぐおしまいだよ！」

あまりの憤りに、謝憐は手を放すと彼の頬を強く平手打ちした。

「貴様は自分をなんだと思ってるんだ？　私が喋っていいと言うまでその口を閉じていろ！」

謝憐にとって、これは極めて荒っぽい振る舞いだった。謝憐に頬を打たれて白衣の人物の頭は横を向いたが、また元に戻して言う。

「本気で黙ってほしいんだ？　わかった、わかったよ。でも、実は君たちの負けを勝ちに逆転させることができる方法がまだ一つあるんだよね。君がやってもいいって思うかどうか次第だけど」

　もし最後の一言をつけ加えなかったら、謝憐はきっと彼を相手にしなかっただろう。だが、その一言で謝憐は彼の言うことが本当かもしれないと思った。ただ方法はあっても、謝憐に重い代償を払わせるに違いない。謝憐は息つくと、低い声で言った。

「どんな方法だ？　貴様が私にさせたいことがあるならはっきり言え。無駄口を叩くな！」

「もっと近づいてきたら、教えてあげる」

「わかった」

　謝憐が応じると、風信が声を上げる。

「殿下！　まさか……」

　だが、目に映ったのは謝憐が剣でその白衣の人物の心臓を貫くところだった。

　謝憐は上半身を近づけて一言告げる。

「言え」

　白衣の人物はずいぶん小さな声で彼に耳打ちをした。他の者には何を言っているかはっきり聞こえない。だが、聞けば聞くほど謝憐は両目を大きく見開いた。しばらく聞いていてこれ以上我慢できなくなり、また強く平手打ちをして怒鳴る。

「そんなことを言えとは言っていない！　私が欲しいのは解決策だ！　方法を聞いている！」

「言っただろう。これが方法なんだって。君がやってもいいって思うかどうか次第だ」

　謝憐は顔を歪める。

「……貴様はいったい何がしたいんだ？　いったい誰なんだ？」

　白衣の人物はへらへらと笑って言った。

「私が誰かって、君が仮面を外して自分で確認してみればいいだろう？」

　とっくにそのつもりでいた謝憐は、その半分泣き顔半分笑顔の仮面をさっと外す。次の瞬間、彼は完全に固まってしまった。

　仮面の下で微笑んでいたのは、雪のように白く美しい少年の顔だった。瞳をきらきらと輝かせ、唇には笑みが浮かび、限りなく穏やかで素直な表情をしている。
それは謝憐（シエリエン）自身の顔だった！

――続く――

-ダリアシリーズユニ　既刊案内-

魔道祖師
まどうそし
墨香銅臭
装画 千二百
訳 鄭穎馨
全4巻
圧倒的スケールで
描かれる
中国BLファンタジーの
金字塔！
時を超えた、運命の再会。
非業の死から13年後、現世に蘇った魏無羨。
かつて水と油の関係だった藍忘機と再会するが、
なぜか彼はそばを離れようとせず――。

大好評発売中!!

-ダリアシリーズユニ　既刊案内-

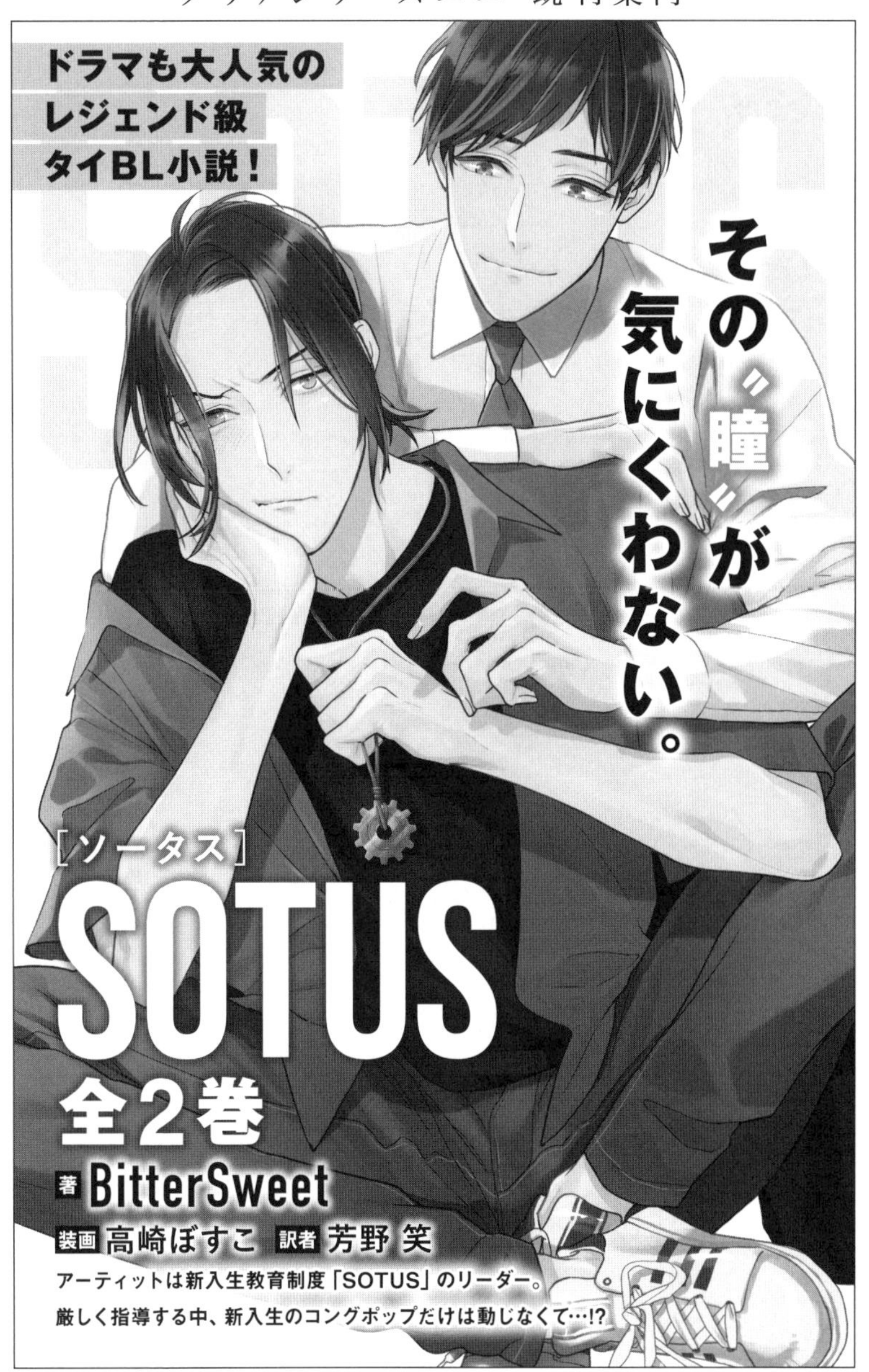

大好評発売中!!

-ダリアシリーズユニ 既刊案内-

大好評発売中!!

Daria Series uni

天官賜福 2

2023年 2月20日 第一刷発行
2024年 3月20日 第二刷発行

著 者 ── 墨香銅臭

翻 訳 ── 鄭穎馨（デジタル職人株式会社）

制作協力 ── 動物
井上ハルヲ

発行者 ── 辻 政英

発行所 ── 株式会社フロンティアワークス
〒170-0013 東京都豊島区東池袋3-22-17
東池袋セントラルプレイス5F
[営業] TEL 03-5957-1030
https://www.fwinc.jp/daria/

印刷所 ── 図書印刷株式会社

装 丁 ── nob